이 책에 쏟아진 찬사들!

"이 책은 하나의 현상이 되었다. 어느 한 장르로 분류되지 않는 이 소설은 러브스토리이자 살인 미스터리이고 법정 스릴러이자 자연에 대한 예찬이다."　　　　　　　　　　　　　－ CBS 뉴스

"고통스러울 만치 아름다운 소설, 살인 미스터리이고 성장소설이며 자연에 바치는 찬가다. 오언스는 버림받은 어린이의 눈을 통해 노스캐롤라이나 해안의 황량한 습지를 고찰한다. 그리고 세계와 격리되어 외톨이로 살아가는 이 아이는 우리로 하여금 개인적 세계의 비밀스러운 경이와 위험에 눈을 뜨게 해준다."　　　　　　　　　　　　　－「뉴욕 타임스 북리뷰」

"형용할 수 없을 정도로 이 책을 사랑한다! 그녀의 이야기에는 로맨스, 미스터리, 살인사건, 소녀의 성장 이야기가 모두 버무려져 있다. 나는 이 이야기가 끝나지 않기를 바랐다!"　　　　　　　　　　　　　－ 리즈 위더스푼

"사람들이 이 책에 대해서 야단을 떠는 데는 충분한 이유가 있다. 오언스는 감상에 치우치지 않으면서도 심금을 울리는 법을 안다. 즉, 감정을 자극한다. 하지만 사람들로 하여금 이 책을 사도록 하는 건 습지대에 대한 그녀의 빛나는 묘사다. 이건 순수한 마술이다."　　　　　　　　　　　　　－「선데이 타임스」

"미국을 단번에 사로잡은 데뷔작. 눈을 떼지 못하게 마음을 울리는 책. 마지막 페이지를 넘긴 후에도 오랫동안 당신의 뇌리에서 떠나지 않을 것이다."　　　　　　　　　　　　　－「스타일리스트」

"이 매력적인 미스터리는 바버라 킹솔버의 팬들에게 이상적인 책이다."　　　　　　　　　　　　　－「버슬」

"노스캐롤라이나주 아우터뱅크스 해안 습지의 리듬과 그늘에 흠뻑 잠겨 있는 이 치열하고 잊을 수 없이 아름다운 소설에는… 인간관계를 신뢰하는 법을 배우는 카야의 가슴 아픈 이야기와 야만적인 진실을 드러내는 흥미진진한 살인 미스터리가 뗄 수 없이 얽혀 있다. 놀라운 데뷔작이다."　　　　　　　　　　　　　－「피플」

"오언스의 눈부시게 아름다운 소설은 성장 서사이며 범인이 밝혀질 때까지 눈을 뗄 수 없는 추리소설이다."　　　　　　　　　　　　　　　　　　　　　　　－「리얼 심플」

"속도를 늦추고 자연을 중심으로 한 이 화려하고 풍요로운 소설이 절로 펼쳐지기를 기다려라. 미스터리가 읽기를 재촉하겠지만 천천히 머무르며 시시각각 변하는 조수, 조개 수집품, 캐롤라이나 연안의 얼룩덜룩한 빛에 대한 묘사를 음미하라."　　　－「가든 앤 건」

"싱그럽고 푸르른 데뷔 소설. 오언스는 아름답고 서정적인 산문으로 곱게 싼 미스터리를 내놓는다. 남부 해안 지역이 배경이지만 이곳이 우리의 정서를 자극하는 공간임을 책 곳곳에서 느낄 수 있다. 장려한 성취, 야심적이고 개연성 있고 몹시 시의적절하다."
　　　　　　　　　　　　　　　　　　　－ 알렉산드라 풀러, 베스트셀러 작가

"미스터리가 핵심이지만 여러 관점에서 읽을 수 있는 소설. 자연에 대한 위대한 수필이자 성장 소설이고 문학작품이다. 캐릭터, 배경, 스토리가 천천히 정성들여 전개된다. 긴장을 풀고 속도를 늦춰라. 다른 이들과 이 책에 대한 이야기를 나누고 싶어지게 될 것이다."　－ 아마존 '이달의 책'

"가슴이 아려온다. 눈을 떼지 못하게 하는 러브스토리에 동반된, 여성의 시각에서 본 '고립'과 '자연'에 대한 생생한 탐구."　　　　　　　　　　　　　　　－「엔터테인먼트 위클리」

"미스터리, 로맨스, 매력적인 캐릭터 등 모든 것을 하나의 이야기에 담아낸 경이로운 소설."
　　　　　　　　　　　　　　　　　　　－ 니컬러스 스팍스, 「노트북」 작가

"화려한 단어의 향연을 즐기게 해줄 너무나 아름다운 소설. 당신은 책장 사이에서 갈매기들이 우는 소리를 듣게 될 것이고, 습지 나무들 틈에서 깜빡거리는 빛을 보게 될 것이고, 화로 위에서 지글지글 구워지는 그리츠의 냄새를 맡게 될 것이다. 이 멋진 소설을 읽은 걸 후회할 일은 절대 없으리라."　　　　　　　　　　　　　　　　　　　－「인디 넥스트 리스트」

"우리를 일깨우는 데뷔작. 카야는 잊지 못할 영웅이 될 것이다."　　　－「퍼블리셔스 위클리」

"극적인 반전으로 끝나는, 자연을 담은 로맨스."　　　　　　　　　　　－「리파이너리29」

"정말 놀라운 데뷔작. 아름답지만 강력한 펀치를 날리는 뇌리에서 떠나지 않는 소설. 오랫동안 나를 울게 한 최초의 소설이다."　　　　　　　－ 크리스틴 해나, 「나의 아름다운 고독」 작가

"일단 이 책을 펼치기 시작하면, 독자들은 일상에서 손을 놓게 될 것이다. 스마트폰은 저 멀리, 세탁기 돌린 걸 깜빡하고, 심지어 식사조차 거를 수도." ―「뉴욕 저널」

"성장에 대한 이야기와 살인 사건에 대한 불가사의한 설명이 한 소녀의 시선으로 전개된다. 카야의 이야기를 통해 오언스는 고립이 인간의 행동에 어떤 영향을 미치는지 그리고 고립에 대한 거부가 우리의 삶에 얼마나 깊은 영향을 줄 수 있는지를 추적한다." ―「배니티 페어」

"서정적이다. 카야가 살고 있는 공간과 그녀의 깊은 관계 그리고 그곳의 모든 생명체와 맺고 있는 견고한 유대가 너무나 매력적이다." ―「북리스트」

"이 아름답고 여운을 주는 소설은 오랫동안 당신과 함께할 것이다. 사람을 빠져들게 만드는 이야기의 힘." ― 미국은퇴자협회

"강렬하고 독창적이다. 가슴을 뭉클하게 하는 아름다운 이야기. 독자의 머릿속에 카야는 아주 오랫동안 기억될 것이다." ―「셀프어웨어니스」

"저지대에 뜬 달처럼 빛을 발하는 산문체로 잊혀진 한 소녀의 이야기를 감동적으로 엮어냈다. 독자가 사랑할 수밖에 없는 살인 미스터리/러브스토리/법정 스릴러이지만, 우리 자연의 뼈와 힘줄을 더 깊이 있게 파고든다. 아주 오래되고 불투명한 습지 자체처럼 대답하기 어려운 질문들을 하면서. 충격적인 데뷔작이다." ― 크리스토퍼 스코튼, 베스트셀러 저자

"빛나는 산문체로 쓰인 눈을 떼지 못하게 하는 미스터리. 끈적끈적하고 탁한 진흙을 헤치고 나아간다." ―「오거스타 크로니클」

"세월을 간직한 발라드의 리듬을 연주한다. 오언스는 발이 쑥쑥 빠지는 검은 진흙에서 바닷물의 맛과 갈매기의 울음소리에 이르기까지 이 땅에 대해서 너무나 상세하게 알고 있다." ― 데이비드 조이, 베스트셀러 작가

"새로운 남부의 소설… 서정적인 데뷔작." ―「서던 리빙」

"놀라운 베스트셀러는 종종 시대와 함께한다. 이 책은 1950년대와 1960년대를 배경으로 하지만, 인종과 사회의 분열 그리고 자연의 유약한 복잡성을 다룬다는 점에서 현대의 정치와 생태계에도 여전히 유효하다." ―「가디언」

"모든 면에서 몰입할 수밖에 없다. 사랑, 상실, 생존에 대한 매력적인 이야기, 복잡한 남부의 삶에 대한 진정한 묘사, 아우터뱅크스의 형용하기 어려운 아름다움에 대한 찬사."

– 「다트머스」

"본능과 이타심이 어떻게 상호작용하는지, 인간의 행동이 웅장한 전체 구성에서 어떤 영향을 줄 수 있는지를 곰곰이 생각하도록 초대하는 책. 만약 당신이 미스터리와 로맨스 요소를 지닌 소설에 혹하고 또 시적인 문체를 좋아한다면, 이 책은 탁월한 선택이 될 것이다."

– 「북브라우즈」

"과거와 현재, 두 이야기가 능숙하게 교차된다. 미스터리와 서스펜스가 어우러진 가슴 저미는 러브스토리."

– 「히스토리컬 노블 소사이어티」

"자연을 품은 로맨틱 소설이라는 오언스의 첫 시도는 저항할 수 없이 매력적이다."

– 「커커스 리뷰」

"독특한 플롯, 아름다운 문체. 한번 읽기 시작하면 아침이 될 때까지 손에서 내려놓을 수 없는 독창적인 책."

– 타마슨 갬블, 여행 작가

"이 책에 대해 북버브 회원들이 가장 많이 한 표현들. '페이지터너' '독창적' '잊혀지지 않는' '예측할 수 없는' '멋진 캐릭터들.'"

– 「북버브」

"극히 예외적인 소설. 고립된 인간과 환경 사이의 연관성에 대한 가슴 뭉클한 조사. 배신, 포기, 거부, 편견은 모두 인간을 더 위대한 존재로 나아가게 하는 발판이다."

– 테리사 스미스, 서평 전문가

"이 책은 자연의 아름다움과 인간의 추함을 맞붙여놓는다. 사회의 온갖 물질적인 장식들에도 불구하고 인간은 결국 동물의 원초적인 행동을 모방한다는 사실을 뼈저리게 상기시킨다."

– 「애틀랜타 뉴스 나우」

가재가 노래하는 곳

Where the Crawdads Sing

유현경

서울대학교 미술대학 서양화과를 졸업 후 동 대학원을 수료하였고, 2011년 슐로스 플뤼쇼브(독일), 2014년 로테 파브릭(스위스 취리히), 2016년 두산 레지던시(뉴욕)의 해외 레지던시에 선정되어 활동했다. 그 외 런던, 아르헨티나, 스위스 티치노, 환경이 허락하는 데로 한국의 몇몇 도시를 경험하며 작업하다가 현재는 베를린으로 그간의 그림들과 주거지를 옮겨 긴 호흡의 작업 환경을 구축해 가고 있다. 한국인으로서, 여성으로서, 동양인으로서 그간 씌워진 틀들을 조금씩 벗고 인간 본래의 모습을 이해하는 일에 몰두하고 있으며, 이미 가져버린 그 한계들을 보고 보이는 것만으로도 다행이라는 마음으로 닫힌 것들을 열어가는 것에 투쟁하고 있다. 닫을 수밖에 없는 생존의 한계들을 따뜻한 시선으로 바라보는 일, 그럼에도 열리고 싶은 이상 사이에서 성실히 움직이는 것에 관심을 둔다.

Title: View of My Window,
Torstraße, Berlin #1
Year: 2021
Dimensions: 92×123cm
Medium: Oil on canvas
Studio: 2020-2021/Weißensee/Berlin/Germany

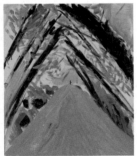

Title: 엄마가 서 있는 곳, 마요르카에서
　　　Where Mom Stands, In Mallorca
Year: 2023
Dimensions: 61×53cm
Medium: Oil on canvas

어맨다, 마거릿 그리고 바버라에게.

이 이야기는 너희들에게.

너희들을 보지 못했다면
알지도 못했을 텐데.
나는 너희를 보았고
알았고
사랑했어,
영원히.

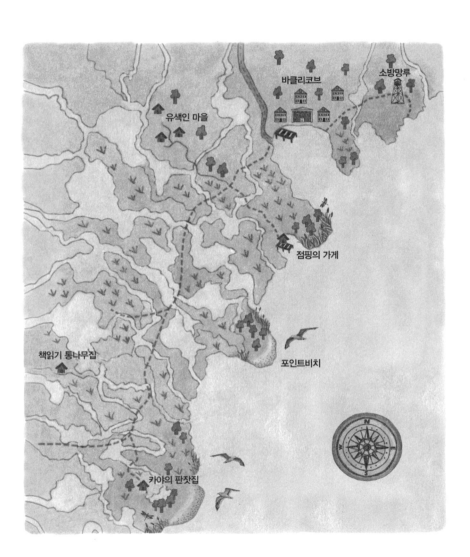

차 례

1부 습지

2부 늪

1부 _ 습지

1969년

습지는 늪이 아니다. 습지는 빛의 공간이다. 물속에서 풀이 자라고 물이 하늘로 흐른다. 꾸불꾸불한 실개천이 느릿하게 배회하며 둥근 태양을 바다로 나르고, 수천 마리 흰기러기들이 우짖으면 다리가 긴 새들이 – 애초에 비행이 존재의 목적이 아니라는 듯 – 뜻밖의 기품을 자랑하며 일제히 날아오른다.

　습지 속 여기저기서 진짜 늪이 끈적끈적한 숲으로 위장하고 낮게 포복한 수렁으로 꾸불꾸불 기어든다. 늪이 진흙 목구멍으로 빛을 다 삼켜버려 물은 잔잔하고 시커멓다. 늪의 소굴에서는 야행성 지렁이도 대낮에 나와 돌아다닌다. 소리가 없진 않으나 습지보다는 늪이 더 고요하다. 부패는 세포 단위의 작업인 탓이다. 삶이 부패하고 악취를 풍기며 썩은 분토로 변한다. 죽음이 쓰라리게 뒹구는 자리에 또 삶의 씨앗이 싹튼다.

1969년 10월 30일 아침 체이스 앤드루스의 시체가 늪에 누워 있었다. 자칫하면 소리 없는 늪이 삼켜버려 영원히 발견되지 않았으리라. 죽음을 속속들이 아는 늪으로서는 비극도 죄도 아무 일도 아니다. 하지만 이날 아침 마을 소년 둘이 자전거를 타고 낡은 망루를 찾았고 세 번째 스위치백 선로에서 체이스의 청재킷을 발견했다.

1

엄
마

1952년

그날 아침 불타는 팔월의 무더위가 기승을 부렸다. 습지의 눅눅한 숨결은 안개가 되어 참나무와 전나무에 늘어져 있었다. 팔메토 야자나무 덤불은 이상하게 고요해서 못에서 날아오른 왜가리의 느릿한 날갯짓 소리만 들렸다. 여섯 살밖에 안 된 카야는 차양문이 철썩 닫히는 소리를 듣고는 의자에 올라서서 냄비를 박박 닦던 손길을 멈추고 거품 자작한 개수대에 내려놓았다. 쥐죽은 듯 적막한 가운데 카야 자신의 숨소리만 들렸다. 누가 판잣집을 나갔지? 엄마는 아닐 거야. 엄마는 절대로 차양문을 소리 나게 닫지 않잖아.

하지만 포치로 달려가보니 긴 갈색 치마를 입은 엄마가 하이힐을 신고 발목에 휘감기는 치맛자락을 차며 모래 흙길을 걷고 있었다. 코가 뭉툭한 구두는 가짜 악어가죽으로 한 켤레밖에 없는 외출용 신발이었다. 큰 소리로 엄마를 부르고 싶었지만 괜히 아버지를 자극할까봐 무서웠다. 그래서 카야는 벽돌을 쌓아 널빤지를 덮은 층계 위에 올라섰다. 엄마 손에 들린 파란색 작은 여행용 가방이 보였다. 보통 때라면 새끼의 본능으로 엄마가 갈색 기름종이에 고기를 싸오거나 닭 한 마리를 사들고 닭 모가지를 달랑거리며 돌아올 거라 철석같이 믿었을 것이다. 하지만 그럴 때는 엄마가 절대로 악어가죽 힐을 신고 가거나 여행 가방을 들고 가지 않는다.

엄마는 오솔길이 대로와 만나는 곳에 이르면 늘 뒤를 돌아보곤 했다. 그러고는 한쪽 팔을 높이 치켜들고 하얀 손바닥을 흔들며 길 위로 올라섰다. 소택지의 숲과 고양이 꼬리 같은 호소湖沼*를 꼬불꼬불 가로질러 읍내까지 이어지는 길. 하지만 오늘 엄마는 땅에 깊이 팬 바큇자국을 위태롭게 밟으며 계속 걸어갔다. 숲에 뚫린 구멍 사이로 낭창낭창한 몸매가 살짝살짝 보이다가 급기야 나뭇잎 사이로 하얀 스카프만 어른거렸다. 카야는 길이 훤히 잘 보이는 자리로 달려갔다. 거기서 보면 엄마가 꼭 손을 흔들어줄 거야. 하지만 온 힘을 다해 뛰어갔을 때는 파란 여행 가방이 시야에서 막 사라지고 있었다. 가방은 숲과 전혀 어울리지 않았다. 계단에 올라가 기다리려고 돌아선 순간 카야의 가슴에 검고 고운 진흙 덩어리처럼 묵직한 슬픔이 얹혔다.

카야는 다섯 아이 중 막내였고 언니 오빠들과 나이 차이가 많이 났다. 나중엔 언니 오빠들 나이조차 잘 기억나지 않았다. 우리에 갇힌 토끼들처럼 비좁고 조잡한 판잣집에 바글바글 끼어 살았다. 참나무 밑 판잣집 차양문은 부릅뜨고 노려보는 눈알 같았다.

---

* 호소lagoon는 내륙에 있는 호수와 늪을 통칭하는 용어로, 이 소설에서는 주로 석호潟湖를 지칭한다. 석호는 사주로 바다와 분리된 호소로 해수가 섞여들어 담수호보다 염분이 높다.

바로 손위 오빠지만 나이가 일곱 살이나 많은 조디가 집에서 나와 카야 뒤에 섰다. 조디는 카야와 똑같이 검은 눈에 흑발이었고, 새들의 노래와 별들의 이름과 억새풀을 헤치고 나룻배 젓는 법을 가르쳐주었다.

"엄마는 돌아오실 거야." 조디가 말했다.

"몰라. 엄마 악어 신발 신었어."

"엄마들은 자식을 두고 가지 않아. 원래 그렇게 못 해."

"그 여우는 새끼들을 버리고 갔다면서, 오빠가 그랬잖아."

"그래. 하지만 그 여우는 다리가 찢어져서 만신창이였어. 제 몸도 건사 못 하는데 새끼 먹이까지 챙기려면 굶어 죽을 거야. 새끼들을 두고 떠나 몸을 잘 치료한 다음에 새끼들을 더 잘 기를 수 있을 때 다시 낳는 편이 낫지. 엄마는 배고파 죽을 지경이 아니잖아. 그러니까 돌아오실 거야."

조디는 콩알만 한 확신도 없으면서 카야를 위해 이렇게 말했다.

카야는 목이 메어 속삭였다.

"하지만 어디 먼 데 가는지 파랑 가방을 들고 갔단 말이야."

판잣집은 팔메토 야자나무 숲과는 거리를 두고 물러앉아 있었다. 숲은 모래밭을 가로질러 목걸이 모양을 이룬 초록색 못을 지나 저 멀리 습지 너머까지 펼쳐져 있었다. 생명력이 끈질겨서 소금물에서도 잘 자라는 풀이 수 킬로미터에 걸쳐 자라나고, 아예 바람 모양으로 굽은 나무들이 군데군데 섞여 있었다. 판잣집 뒤편에는 제일 가까운 못을 둘러싸고 참나무 숲이 빽빽하게 우거져 있었다. 수면에 서식하는 풍부한 생명체들이 끈적거리며 소용돌이쳤다. 소금물과 갈매기의 노랫소리가 나무 사이로 흘러 바다로 떠내려갔다.

이 지역의 토지소유권은 1500년대 이후 별로 변한 게 없다. 습지 소유권은 법으로 명시되어 있지 않고 자연스레 말뚝으로 구획되었다. 이쪽은 개천으로 경계를 짓고, 저쪽은 죽은 참나무로 표시하는 식이었다. 대부분 무법자들이었다. 인생 막장에 다다랐거나 도망자가 아니라면 수렁에 판잣집을 짓고 살 리가 없다.

초창기 정착민들은 갈라진 해안선 사이에 아늑하게 자리 잡은 습지를 '대서양의 공동묘지'라고 불렀다. 지금의 노스캐롤라이나의 해안선을 따라 이안류, 맹풍, 얕은 모래톱이 종이 모자를 구기듯 선박을 박살내기 때문이다.

육지다운 육지를 찾는 사람들은 이곳을 지나쳐 계속 항해했고, 악명 높은 습지는 반란 선원, 조난자, 빚쟁이, 전쟁이나 세금이나 법을 피해 도망친 떨거지들을 그물처럼 건져냈다. 말라리아에 목숨을 잃지도, 늪에 잡아먹히지도 않은 사람들은 다인종 다문화의 나무꾼 부족을 이루었다. 이 사람들은 자귀 한 자루만 있으면 작은 숲 하나는 거뜬히 베어버리고 몇 킬로미터씩 개간할 수 있었다. 강쥐처럼 영역을 지키되 외곽에 꼭꼭 숨거나 며칠씩 늪지로 사라져 종적을 감출 수 있어야 했다. 이백 년 후 습지로 도망친 노예 마룬이 이들과 합류했고, 땡전 한 푼 없이 막다른 골목에 몰린 해방 노예 또한 습지 여기저기 흩어져 살게 되었다.

빈곤한 지역이었지만 척박한 땅은 한 치도 없었다. 꾸물거리는 농게, 진흙에서 허우적거리는 가재, 물새, 물고기, 새우, 굴, 살진 사슴, 통통한 거위, 땅에도 물에도 살아 있는 것들이 겹겹이 쌓여 꿈틀거렸다. 귀찮아도 좀 휘젓고 다니며 저녁거리를 찾을 의향만 있다면 굶어 죽을 일은 없었다.

1952년이 되자 토지소유권은 사백 년에 걸쳐 듬성듬성 땅문서도 없이 자리 잡은 사람들 차지가 되었다. 대부분은 남북전쟁 이전에 터전을 잡은 사람들이었다. 최근에 무단거주하기 시작한 사람들도 있다. 특히 제2차 세계대전이 끝나고 만신창이나 빈털터리로 돌아온 남자들이 많았다. 습지는 사람을 가두지 않았으나 낙인이 찍힌 성스러운 땅답게 인간의 비밀을 지켜주었다. 원하는 사람이 없는 땅이니 누가 차지하든 아무도 개의치 않았다. 그래봤자 황무지의 수렁일 뿐이었다.

습지 사람들은 법法도 위스키처럼 밀수해서 썼다. 법은 석판에 불로 새겨지거나 문서로 명시되진 않았지만 훨씬 깊은 곳, 그들의 유전자에 새겨졌다. 매와 비둘기가 부화시킨 생명처럼 오래고 자연스러운 법이었다. 목숨이 걸린 궁지에 몰리면 사람은 무조건 생존본능에 의존한다. 생존본능은 빠르고 공정하다. 온유한 유전자보다 훨씬 강력하게 후세대로 물려 내려가는 생존본능은 언제나 필승의 패다. 윤리가 아니라 단순한 수학이다. 비둘기들도 자기네들끼리 싸울 때는 매와 다를 바 없다.

엄마는 그날 돌아오지 않았다. 하지만 엄마 얘기는 아무도 입에 올리지 않았다. 특히 아버지는 입을 굳게 다물고 있었다. 생선 비린내와 싸구려 술 냄새를 풍기고 들어와서 냄비 뚜껑을 쩔겅거리며 만지작거렸다.
"저녁거리는 뭐냐?"

오빠와 언니들은 눈을 내리깔고 어깨를 으쓱했다. 그러면 아버지는 개처럼 욕설을 내뱉고 다리를 절며 다시 숲으로 들어갔다. 부부싸움은 예전에도 여러 번 있었다. 한두 번 엄마가 집을 나간 적도 있다. 하지만 언제나 다시 돌아왔다. 돌아와서 포옹이 간절한 아이들을 꼭 안아주었다.

언니 둘이 콩 요리와 콘브레드로 저녁을 지었지만 아무도 엄마가 있었을 때처럼 식탁에 앉아 먹으려 하지 않았다. 각자 냄비에서 콩을 덜어 콘브레드로 덮고 방바닥 매트리스나 빛바랜 소파로 가져가서 먹었다.

카야는 밥이 넘어가지 않았다. 계단에 앉아 오솔길만 하염없이 내려다보았다. 나이에 비해 키가 크고 뼈가 드러날 정도로 앙상한 카야는 갈까마귀 날개처럼 새까맣고 숱 많은 생머리에 까맣게 탄 피부를 가진 아이였다.

어둠이 내리자 망보기도 끝났다. 꾸룩꾸룩 개구리울음에 묻혀 사람 발소리가 나도 들리지 않았다. 그래도 카야는 포치* 잠자리에 누워 귀를 기울였다. 바로 그날 아침에만 해도 주물 팬에서 타닥거리는 돼지비계와 나무 화덕에서 익어가는 비스킷 냄새에 잠을 깼었다. 멜빵바지를 서둘러 꺼내 입고 부엌으로 달려 내려와서 포크와 접시를 놓았다. 보통은 엄마가 환하게 웃으며 카야를 꼭 안아주었다. "잘 잤니, 우리 특별한 아가?" 모녀는 춤을 추듯 집안일을 시작했다. 엄마는 민요를 불러주거나 동시를 읊어주었다. "꼬마 돼지가 시장에 갔대요." 카야의 손을 잡고 빙글 돌리며 지르박을 추기도 했다. 배터리로 구동되는 라디오가 꺼질 때까지 쿵쾅쿵쾅 발을 굴렀다. 라디오에서는 술통 바닥에서 혼자 노래를 부르는 사람 같은 소리가 났다. 그런데 어느 날 아침인가에는 엄마가 카야가 이해할 수 없는 어른들의 사정을 하소연했다. 카야는 엄마의 말이 갈 곳을 찾나보다 어림짐작했고, 요리용 화덕에 불쏘시개를 넣으며 살갖으로 엄마의 말을 흡수했다. 어린 게 뭘 안다는 듯 고개를 주억거리면서.

---

* 포치porch는 건물의 현관 앞에 설치된 지붕 덮인 데크형 구조물을 말한다. 땅이 습한 남부에서는 집을 땅에서 띄워 짓는 경우가 많고, 이런 경우 계단을 올라 포치를 지나 현관으로 들어오게 된다.

모두 잠자리에서 일어나 밥을 먹는 분주한 시간이 금세 닥쳤다. 아버지는 함께하지 않았다. 아버지에게는 두 가지 모드밖에 없었다. 침묵 아니면 고함. 그러니 아버지가 계속 늘어져 잠을 자든 아예 집에 안 들어오든 아무 상관 없었다.

그러나 이날 아침 엄마는 조용했다. 미소는 사라지고 눈가는 붉었다. 하얀 스카프를 해적처럼 이마에 묶어 둘렀지만 보랏빛과 노란색으로 번진 피멍을 다 가릴 수는 없었다. 아침 식사가 끝나자마자, 설거지도 다 못 했는데, 소지품 몇 개를 작은 여행용 가방에 넣고 길을 따라 가버렸다.

다음 날 아침에도 카야는 계단에 앉아 망을 보았다. 까만 눈으로 길바닥에 구멍을 뚫을 기세로 노려보았다. 저 멀리 습지는 안개를 베일처럼 둘러쓰고 있었다. 아주 낮은 안개가 폭신한 엉덩이로 진흙을 깔고 앉아 있었다. 카야는 맨발가락을 꼬물거리며 풀줄기로 개미귀신 애벌레를 놀리다가 여섯 살짜리답게 금세 싫증이 나서 썰물 빠진 개펄로 놀러 나갔다. 물이 발가락을 뽁뽁 빨아당기는 소리가 났다. 맑은 물가에 털썩 주저앉아 양지와 그늘을 팔짝거리며 오가는 피라미를 구경했다.

조디가 팔메토 숲에서 카야를 소리쳐 부르자 빤히 쳐다보았다. 엄마 소식이 있는지도 모르는 일이다. 하지만 뾰족한 고사리를 헤치고 걸어오는 오빠의 심드렁한 몸짓을 보니 엄마는 집에 없었다.

"탐험가 놀이 할래?" 조디가 물었다.

"오빠는 이제 다 커서 그런 놀이는 안 한다고 했잖아."

"아냐, 그냥 해본 말이야. 아무리 커도 재밌어. 경주하자!"

두 사람은 펄을 가로질러 전력 질주해 숲을 헤치고 해변으로 갔다.

오빠가 추월하자 카야는 비명을 질렀고 모래밭 위로 거대한 가지를 뻗은 아름드리 참나무에 다다를 때까지 웃음을 그치지 않았다. 조디는 형 머프와 함께 참나무에 판자를 박아서 망루 겸 나무 요새로 썼다. 이제는 판자들이 거의 다 부서져 녹슨 못에 걸린 채 덜렁거리고 있었다.

오빠들은 카야를 놀이에 끼워줄 때면 보통 노예 소녀 역할을 하게 했고, 엄마의 찬장에서 비스킷 훔쳐오는 일을 시켰다.

하지만 오늘 조디는 말했다. "네가 선장 해."

카야는 오른팔을 치켜들었다. "스페인 놈들을 혼쭐내주자!" 두 사람은 나뭇가지를 잘라 만든 장검으로 덤불을 치며 소리를 지르고 적을 무찔렀다.

그러다 – 상상 놀이는 금세 시작되고 쉽게 사그라진다 – 카야는 이끼 낀 통나무로 걸어가 앉았다. 조디도 아무 말 없이 따라와서 카야 곁에 앉았다. 조디는 카야가 엄마를 잠시 잊을 수 있도록 뭔가 말해주고 싶었지만 아무 말도 떠오르지 않았다. 그래서 두 아이는 헤엄치는 소금쟁이 그림자만 바라보았다.

카야는 포치로 돌아와 한참을 기다렸다. 길 끝을 바라보면서도 절대 울지 않았다. 눈으로는 계속 찾아도 얼굴은 무표정했고 입은 일자로 다물고 있었다. 엄마는 그날도 돌아오지 않았다.

2
\
조
디

1952년

엄마가 떠나고 몇 주에 걸쳐서 큰오빠와 언니 둘도 모범이라도 보이듯 홀연히 떠나버렸다. 아버지의 폭력을 견디다 못해 다 도망가버렸다. 얼굴이 시뻘겋게 달아오른 아버지는 처음에는 고함을 지르다가 주먹으로 때리고 결국은 제 분을 못 이겨 손등으로 철썩철썩 갈겼다. 그렇게 언니들과 오빠는 한 사람씩 사라졌다. 카야는 훗날 언니 오빠의 나이도 잊고 진짜 이름조차 기억하지 못했다. 생각나는 건 미시, 머프, 맨디라는 애칭뿐이었다. 포치의 매트리스에는 언니들이 두고 간 양말들이 쌓여 있었다.

　이제 형제라고는 조디밖에 남지 않은 어느 날 아침, 카야는 짤랑거리는 냄비 소리, 지글거리는 아침 식사 기름내에 잠을 깼다. 카야는 엄마가 돌아와서 옥수숫가루로 튀김이나 빵을 만들고 있는 줄 알고 부엌으로 달려갔다. 하지만 장작을 때는 화덕에서 그리츠*를 튀기고 있는 건 조디였다. 카야는 실망감을 감추려 웃었고, 조디는 조용히 하라고 쉿 소리를 내며 동생 정수리를 톡톡 쳤다. 아버지를 깨우지 않으면 둘이서 밥을 먹을 수 있다. 조디는 비스킷을 구울 줄 몰랐고 베이컨도 없었다. 그래서 그리츠만 만들고 돼지기름에 달걀을 스크램블했다. 둘은 함께 밥상에 앉아 말없이 눈짓과 미소만 주고받았다.

그들은 재빨리 설거지를 끝내고 습지로 달려나갔다. 조디가 앞장섰다. 그런데 갑자기 아버지가 버럭 호통을 치며 절뚝절뚝 다가왔다. 뼈만 남은 앙상한 몸이 중력을 받지 못해 팔랑거렸다. 어금니가 늙은 개의 이빨처럼 싯누랬다.

카야는 조디를 올려다보았다. "뛰면 돼, 오빠. 이끼 많은 데를 찾아서 숨자."

"괜찮아. 괜찮을 거야." 오빠는 말했다.

한참 뒤 해 질 무렵이 되어서야 조디는 해변으로 카야를 찾아왔다. 카야는 오빠를 쳐다보지 않고 부서지는 파도만 노려보았다. 말소리만 들어도 아버지한테 얼굴을 심하게 맞았다는 걸 알 수 있었다.

"나 떠나야 해, 카야. 여기서 더는 못 살겠어."

카야는 하마터면 휙 돌아볼 뻔했지만 꾹 참았다. 아버지와 나만 혼자 남겨두고 가지 말라고 빌고 싶었지만 말이 목구멍에서 막혀 나오지 않았다.

"더 크면 너도 이해할 거야." 오빠는 말했다. 카야는 어리다고 바보인

---

* 그리츠grits는 미국 남부 음식으로 옥수수를 거칠게 갈아 빻은 가루다. 주로 죽을 만들어 먹는다.

줄 아느냐고 악을 쓰고 싶었다. 모두 아버지 때문에 떠난다는 걸 알았다. 다만 어째서 아무도 그녀를 데려가지 않는지 궁금했다. 카야도 떠날 생각을 해봤지만 갈 데도 없고 돈도 없었다.

"카야, 조심해, 꼭. 누가 와도 절대 집 안에 들어가지 마. 널 잡아갈 수도 있어. 습지 깊은 데로 도망가서 덤불에 꼭꼭 숨어. 발자국 지우는 거 잊지 말고. 오빠가 가르쳐줬잖아. 너도 아버지를 피해서 숨을 수 있어."

카야가 아무런 대답도 하지 않자 조디는 잘 있으라고 말하고 성큼성큼 해변을 가로질러 숲으로 걸어갔다. 조디가 숲속으로 들어가기 직전 카야는 고개를 돌려 멀어지는 뒷모습을 바라보았다.

"꼬마 돼지만 집에 남았어요." 카야는 철썩이는 파도를 보고 말했다.

조각처럼 미동도 없이 서 있던 카야는 별안간 판잣집으로 뛰어가기 시작했다. 복도에서부터 오빠 이름을 소리쳐 불렀지만 조디의 물건들은 이미 사라지고 바닥의 홑청도 홀딱 벗겨져 있었다.

카야는 오빠의 매트리스에 털썩 주저앉아 하루의 끝이 벽을 타고 스르르 미끄러지며 떨어지는 광경을 지켜보았다. 해가 저문 후에도 미련을 버리지 못한 빛이 머물다 방 안에 고였다. 아주 짧은 찰나 어지러운 침대며 묵은 빨래 더미들이 바깥의 나무들보다 훨씬 또렷하고 다채롭게 보였다.

카야는 스멀스멀 올라오는 허기에 놀랐다. 너무나 아무렇지 않게 일상적인 허기. 부엌으로 가다가 문 앞에서 멈춰 섰다. 언제나 빵을 굽고 강낭콩을 삶고 생선 스튜를 보글보글 끓이는 열기에 뜨거웠던 방이었는데, 이제 부엌은 퀴퀴하고 고요하고 어두웠다. "이제 밥은 누가 해?" 카야는 소리 내어 물었다. 사실 '이제 누가 춤을 추지?'라고 묻고 싶었지만.

촛불을 켜고 화덕의 뜨거운 잿더미를 쑤시며 불쏘시개를 넣었다. 불이 피어오를 때까지 풀무질을 했다. 판잣집까지는 전기가 들어오지 않아서 냉장고가 찬장 노릇을 하고 있었다. 곰팡이가 끼지 않도록 문에 파리채를 끼워 살짝 열어두었다. 그래도 틈새마다 검푸른 곰팡이가 피었다.

먹다 남은 음식을 꺼내며 카야는 말했다. "그리츠를 돼지기름에 튀겨서 데워야지." 음식을 냄비째 그대로 먹고 창밖을 살피며 아버지를 찾았다. 하지만 아버지는 오지 않았다.

초승달이 발한 빛이 판잣집에 닿자 카야는 포치에 있는 잠자리로 기어들어 갔다. 울퉁불퉁한 매트리스에는 엄마가 알뜰시장에서 사준 파란 꽃무늬 홑청이 덮여 있었다. 평생 처음 혼자 맞는 밤이었다.

처음에는 숲속의 발소리에 귀를 기울이며 몇 분에 한 번씩 일어나 앉아 차양문 밖을 살폈다. 한 그루 한 그루 모양을 낱낱이 아는데도 이따금 나무가 달을 따라 움직이는 것 같았다. 한참 침도 못 삼키고 뻣뻣하게 굳어 있는데 때마침 청개구리와 여치가 친숙한 노랫소리로 밤을 채워주었다. 어둠은 달콤한 향내를 간직하고 있었다. 더럽게 뜨거운 낮을 하루 더 견뎌낸 개구리와 도마뱀들의 텁텁한 숨결, 습지가 낮게 깔린 안개로 바짝 다가왔고 카야는 그 품에서 잠이 들었다.

아버지는 사흘 동안 들어오지 않았고, 카야는 엄마의 텃밭에서 순무싹을 따서 아침, 점심, 저녁으로 끓여 먹었다. 달걀을 찾으러 닭장에 가봤지만 텅텅 비어 있었다. 닭 한 마리, 달걀 한 알 보이지 않았다.

"닭똥 같은 카야! 이 똥 덩어리 같으니라고!" 카야는 엄마가 떠난 후로 닭장을 돌봐야 생각만 하고 아무것도 하지 않았다. 이제는 닭들이 다 도망쳐서 저 멀리 나무들 사이에서 꼬꼬댁 꼬꼬 울고 있었다. 근처로 불러 모을 수 있는지 보려면 모이를 뿌려놓아야 했다.

나흘째 밤에 아버지가 술병을 들고 나타나 침대에 벌러덩 드러누웠다.

그러더니 다음 날 아침 부엌으로 들어서면서 버럭 고함을 쳤다. "죄다 어디로 갔냐?"

"몰라요." 쳐다보지도 않고 카야가 대답했다.

"똥개도 너보다야 아는 게 많겠지. 똥돼지 젖꼭지만큼도 쓸모없는 것."

카야는 조용히 포치문을 열고 나왔다. 홍합을 찾아 해변을 걷고 있는데 연기 냄새가 났다. 고개를 들어보니 판잣집 쪽에서 연기가 치솟고 있었다. 힘껏 달려갔지만 이미 마당에서 모닥불이 타오르고 있었다. 아버지는 엄마의 그림과 드레스, 책들을 불에 던져 넣고 있었다.

"안 돼요!" 카야는 비명을 질렀다. 아버지는 본 척도 하지 않고 배터리로 구동되는 낡은 라디오를 불 속에 던졌다. 카야는 얼굴과 팔이 데는 줄도 모르고 그림을 꺼내려 팔을 뻗었지만 열기 때문에 뒤로 물러나야 했다.

카야는 아버지가 물건을 더는 못 가지고 나가게 하려고 판잣집을 막아서며 눈을 부릅뜨고 맞섰다. 손찌검을 해도 물러서지 않았다. 아버지가 홱 돌아서더니 절뚝이며 보트 쪽으로 가버렸다.

카야는 쓰러지듯 계단에 주저앉아 습지를 그린 엄마의 수채화들이 시커멓게 불타 잿더미로 변하는 걸 지켜보았다. 해 질 녘까지 앉아 있는 사이 단추들이 호박처럼 노랗게 빛났고, 엄마와 지르박을 추던 추억들도 불길 속에서 녹아 사라졌다.

그 후로 며칠 동안 카야는 언니 오빠들의 실수를 반면교사 삼아 아버지와 사는 법을 익혔다. 아니 오히려 올챙이들한테서 배운 교훈이 더 쓸모 있었다. 앞길을 막지 말아야 해, 눈에 띄지 않아야 해, 양지에서 그늘로 화드득 도망쳐 숨어야 해. 아버지가 깨기 전에 일어나서 집을 나와 숲

속이나 물에서 지내다가 살금살금 집 안으로 돌아와서 최대한 습지 가까이에 있는 포치에서 잠을 청했다.

아버지는 제2차 세계대전에서 독일군과 싸우다가 왼쪽 허벅다리에 파편을 맞고 폐인이 되었다. 그게 가족의 마지막 자존심이 되었다. 매주 수령하는 상이군인 연금이 유일한 수입이었다. 조디가 떠나기 일주일 전 냉장고는 이미 텅텅 비고 순무 한 뿌리 남아 있지 않았다. 월요일 아침 카야가 부엌에 들어서자 아버지는 식탁에 구겨진 지폐 한 장과 동전 몇 푼을 놓아두고 손으로 가리켰다.

"이거면 일주일 밥값은 될 거다. 세상에 공짜는 없어. 뭐든지 대가를 치러야 하는 법이지. 이 돈 받고 집 청소하고 땔감 구해와. 빨래도 하고."

태어나서 처음으로 카야는 바클리코브 마을로 혼자서 장을 보러 갔다. '꼬마 돼지가 시장에 갔어요.' 6킬로미터에 걸친 깊은 모래와 검은 진흙을 헤치고 걷다보니 멀리서 은은히 빛나는 만과 바닷가의 집들이 보였다.

마을을 둘러싼 소택지의 짭짤한 아지랑이가 메인스트리트 너머 크게 파도치는 바다 안개와 뒤섞였다. 습지와 바다가 손잡고 마을을 세상으로부터 격리시켰다. 바깥세상과 이어주는 유일한 끈은 금이 간 시멘트에 구멍이 뻥뻥 뚫린 일차선 도로뿐이었다.

거리는 두 개였다. 해변을 따라 쭉 뻗은 메인스트리트에는 상점들이 늘어서 있었다. 한쪽 끝에 피글리 위글리 식료품점이 있었고, 반대편 끝에 웨스턴 오토 자동차 정비소가 있었으며, 가운데 작은 식당인 다이너가 있었다. 그 사이사이 크레스의 오센트 잡화점, 페니 통신판매, 파커 빵집, 버스터 브라운 신발가게가 들어서 있었다. 피글리 위글리 식료품점 옆에 있는 술집인 도그곤 비어홀에서는 종이를 배 모양으로 접어 구운 핫도그, 매운 칠리, 튀긴 새우를 담아 팔았다. 점잖은 여자나 아이들은 술집 안에 발도 들여놓지 못했지만 포장판매 창이 따로 나 있어 길에서 핫도그와 니하이콜라*를 주문할 수 있었다. 유색인은 정문 출입은 물론, 창밖에서도 음식을 살 수 없었다.

그런가 하면 브로드스트리트는 낡은 고속도로에서 곧장 바다 쪽으로 뻗어 메인스트리트와 만나면서 끝났다. 그래서 마을에 하나밖에 없는 교차로에서는 메인, 브로드 그리고 대서양이 만났다. 가게와 상점은 다른 소읍과 달리 따닥따닥 붙어 있지 않고 아담한 공터를 사이에 두고 떨어져 있었다. 공터에는 습지가 하룻밤 만에 밀고 들어온 것처럼 팔메토 야자나무와 시오트가 무성하게 자랐다. 이백 년도 넘게 따가운 짠 바람에 풍화된 삼나무 기와집들은 녹처럼 붉은 갈색으로 변색되었고, 흰색이나 파란색으로 칠해진 창틀은 벗겨지고 금이 가 있었다. 마을은 자연과 다투다가 지쳐 떨어져 철퍼덕 주저앉은 꼬락서니였다.

작은 만으로 돌출된 마을 부두에는 해진 밧줄들이 축축 늘어졌고 늙은 펠리컨들이 돌아다녔다. 수면이 잔잔할 때는 노랗고 빨간 새우잡이 배들이 물에 비쳤다. 못을 에둘러 숲속으로, 상점가가 끝나는 지점을 지나 바닷가를 따라서 이리저리 꼬불꼬불 이어지는 흙길 가에 아담한 삼나무 집들이 늘어서 있었다. 바클리코브는 말 그대로 후미진 마을이었고, 바람에 날려 온 백로 둥지처럼 강어귀와 갈대밭에 여기저기 흩어져 있었다.

맨발에다 어느새 짧아진 멜빵바지를 입고 선 카야는 습지의 오솔길이

---

* 하퍼 리의 『앵무새 죽이기』에서는 백인 일행은 코카콜라를, 그들과 멀리 떨어진 흑인 일행은 니하이콜라를 마시는 것으로 묘사된다.

도로와 만나는 지점에 섰다. 입술을 깨물며 집으로 달음질쳐 도망가고 싶다는 생각만 들었다. 사람들한테 뭐라고 말해야 할지 막막하기만 했다. 장 보고 돈 계산하는 법도 몰랐다. 하지만 허기에 등을 떼밀려 메인 스트리트로 올라서서 고개를 푹 숙이고 피글리 위글리 식료품점을 향해 걸었다. 오센트 잡화점 앞에 다다랐을 때 뒤에서 시끌벅적한 소리가 나는 바람에 카야는 펄쩍 뛰어 비켰다. 카야보다 몇 살 많은 소년 셋이 자전거를 타고 쏜살같이 지나쳤다. 앞장선 소년이 하마터면 치일 뻔한 카야를 돌아보며 깔깔 웃다가 가게에서 나오는 여자와 부딪칠 뻔했다.

"체이스 앤드루스, 이리 오지 못하겠니! 너희 세 녀석 전부 와."

소년들은 페달을 몇 미터 더 밟았지만 곧 마음을 고쳐먹고 잡화점 직원인 팬지 프라이스 앞으로 왔다. 옛날에 프라이스 가족은 습지 외곽의 가장 큰 농장 소유주였지만 오래전 외압에 못 이겨 땅을 팔아버렸다. 다이너 2층의 비좁은 공동 주택에 사는 처지에 여전히 점잖은 지주인 양 살기란 쉬운 일은 아니었다. 팬지 프라이스는 실크 터번처럼 생긴 모자를 즐겨 쓰고 다녔는데 그날 아침에는 핑크색이라 붉은 립스틱과 뺨에 펴바른 연지가 돋보였다.

팬지 프라이스가 남자아이들을 야단쳤다. "내가 너희들 어머니한테 한 말씀 드려야겠다. 아니, 아버지가 더 좋겠네. 인도에서 그렇게 빨리 달리다가 사람을 칠 뻔했다고. 뭐 할 말 있니, 체이스?"

체이스는 제일 말쑥한 자전거를 타고 있었다. 빨간 안장에 크롬 핸들바.

"죄송합니다, 미스 팬지. 저 여자애가 앞을 가로막는 바람에 나오시는 걸 미처 못 봤어요." 검은 머리에 그을린 피부의 체이스가 카야를 손가락으로 가리켰다. 카야는 뒤로 물러서서 도금양 덤불 속에 몸을 반쯤 숨기고 섰다.

"저 애가 무슨 상관이라고. 자기가 잘못해놓고 남한테 떠넘기는 짓은 하면 안 돼. 아무리 늪지 쓰레기라도 그렇지. 자, 너희는 가서 잘못을 반성하고 착한 일을 해라. 저기 에어리얼 선생님께서 장바구니 들고 가시니까 가서 트럭까지 들어다드려. 셔츠 자락 바지 속에 넣어 입고."

"네, 알겠습니다." 남자아이들은 자전거를 타고 2학년 전체를 가르치는 에어리얼 선생님 쪽으로 갔다.

카야는 검은 머리 소년의 부모님이 웨스턴 오토의 주인이라는 걸 알았다. 그래서 제일 멋진 자전거를 몰고 다니는 것이다. 체이스가 트럭에서 물건이 잔뜩 든 커다란 마분지 상자들을 내려 가게로 옮기는 걸 본 적은 있지만, 체이스는 물론이고 다른 아이들한테 말 한마디 걸어보지 않았다.

카야는 몇 분 더 기다렸다가 다시 고개를 푹 숙이고 식료품점으로 향했다. 피글리 위글리 안으로 들어간 카야는 다양한 그리츠들을 살펴보다 거칠게 갈린 노란색 가루 한 봉지를 집어들었다. '이 주의 특선상품'이라는 빨간 딱지가 붙어 있었기 때문이다. 엄마가 가르쳐준 대로였다. 계산대에 손님이 다 없어질 때까지 복도에서 안절부절못하고 기다리다가 다가가서 점원을 쳐다보았다. 싱글터리 부인이 "엄마는 어디 계셔?" 하고 물었다. 짧게 잘라 뽀글뽀글 파마한 머리는 햇빛을 한껏 받은 붓꽃처럼 보랏빛으로 물들어 있었다.

"집안일 하세요."

"그래, 그리츠 살 돈은 있는 거지, 설마?"

"네, 있어요." 정확한 액수를 계산할 줄 몰라서 아예 1달러를 내놓았다.

싱글터리 부인은 아이가 동전들의 차이를 아는 것 같지 않아서 천천히 헤아려 하나씩 카야의 펼친 손바닥에 놓아주었다. "이십오, 오십, 육십,

칠십, 팔십, 팔십오 그리고 3페니다. 그리츠 값은 12센트니까 말이야."

카야는 속이 메슥거렸다. 뭘 더 헤아려야 하나? 손바닥에 놓인 동전들을 퍼즐처럼 바라보았다.

싱글터리 부인의 태도가 누그러졌다. "자, 됐다. 어서 가보렴."

카야는 가게에서 뛰쳐나와 최대한 빨리 습지 오솔길 쪽으로 걸었다. 엄마는 귀에 못이 박히도록 말했다. "마을에서는 절대로 뛰면 안 돼. 네가 뭘 훔쳤다고 생각할 테니까." 하지만 카야는 모랫길에 닿자마자 너끈히 1킬로미터를 내리달렸고 나머지는 빨리 걸었다.

집에 돌아온 카야는 그리츠를 만들 수 있을 것 같아서 엄마가 했던 것처럼 가루를 물에 풀었다. 하지만 그리츠는 냄비 속에서 커다란 공처럼 뭉쳐버렸고, 바닥이 다 타고 가운데는 하나도 익지 않았다. 어찌나 질긴지 몇 입밖에 못 먹고 다시 텃밭을 뒤져 순무 새싹 몇 줄기를 찾아냈다. 싹을 다 끓여 먹고 대맛잎 차를 꿀꺽꿀꺽 들이켰다.

며칠 지나자 그리츠를 만들 줄 알게 되었다. 하지만 아무리 열심히 저어도 덩어리가 생겼다. 그다음 주에는 등뼈를 사서 – 빨간 딱지가 붙은 걸로 – 그리츠와 무청을 함께 넣고 끓였는데 맛이 좋았다.

빨래는 엄마와 여러 번 해봐서 마당의 수도꼭지 밑에 빨래판을 놓고 벅벅 문질러야 한다는 걸 알았다. 물에 젖은 아버지의 멜빵바지는 무거워서 카야의 조막손으로는 도저히 짤 수 없었고, 빨랫줄에는 손이 닿지 않았다. 그래서 물이 뚝뚝 흐르는 채로 숲가의 팔메토 잎사귀 위에 널었다.

아버지와 카야는 같은 판잣집에서 각자의 삶을 살았고, 며칠씩 얼굴을 못 보는 날도 많았다. 웬만해서는 말도 하지 않았다. 카야는 꼬마 살림꾼이 되어 제 몸을 건사하고 아버지의 저지레를 치웠다. 아버지의 식사를 차려줄 만큼의 요리 솜씨는 꿈도 꾸지 못했지만 – 어차피 아버지는 밥때 맞춰 들어오지도 않았고 – 잠자리를 정리하고 쓰레기를 줍고 바닥을 쓸고 설거지를 했다. 누가 시켜서 한 일이 아니었다. 엄마가 돌아올 때 깔끔한 판잣집을 보여주고 싶어서였다.

엄마는 입버릇처럼 말했다. 가을의 달은 카야의 생일을 위해서 빛난다고. 그래서 날짜를 정확하게 기억하지 못하면서도 어느 날 못 위로 둥실 떠오른 탐스러운 황금빛 보름달을 보고 혼잣말을 했다. "나 이제 일곱 살이 됐나봐." 아버지는 생일 얘기는 꺼내지도 않았다. 케이크 따위는 턱도 없었다. 학교에 보내주겠다는 얘기도 일언반구 없었다. 실제로 아는 게 별로 없었던 카야는 무서워서 먼저 말을 꺼내지 못했다.

생일날에는 틀림없이 엄마가 돌아올 것이다. 그래서 추수를 감사하는 보름달이 뜬 다음 날 아침 카야는 사라사 드레스를 입고 오솔길을 하염없이 바라보았다. 악어가죽 구두를 신고 긴 치마를 휘날리며 엄마가 판잣집으로 걸어온다고 머릿속으로 되뇌었다. 아무도 오지 않자 카야는 그리츠 냄비를 들고 숲을 지나 바닷가로 갔다. 손을 모아 입에 대고 고개를 젖혀 울음소리를 냈다. "키 – 우, 키우, 키 – 우." 은빛 반점들이 저 높은 하늘에서 나타나 파도를 넘어 바닷가로 왔다.

"다들 왔구나. 그런데 이렇게 많은 숫자는 셀 수가 없는데."

우짖는 새들은 빙글빙글 돌다 자맥질하고 카야의 얼굴 근처에서 떠다니다 옥수숫가루를 던져주자 땅에 내려앉았다. 그러더니 조용해져서는 가만히 서서 몸단장을 했다. 카야는 다리를 한쪽으로 모으고 모래밭에 앉았다. 커다란 갈매기 한 마리가 카야 곁의 모래사장에 내려와 홰를 쳤다.

"나 오늘 생일이야." 카야는 갈매기에게 말했다.

1969년

수렁을 밟고 우뚝 선 버려진 소방망루의 썩은 다리를 타고 안개가 촉수처럼 피어올랐다. 깍깍 울어대는 까마귀 소리뿐 숨 막히게 조용한 숲에 기대감이 감돌았다. 열 살 동갑내기 금발 머리 소년 벤지 메이슨과 스티브 롱은 1969년 10월 30일 아침에 축축한 층계를 오르기 시작했다.

"가을에 이렇게 더워도 되는 거냐." 스티브가 벤지를 돌아보며 소리쳤다.

"그러게. 까마귀 소리밖에 안 나고 엄청 조용해."

계단 밑을 흘끔거리던 스티브가 말했다. "우앗. 저게 뭐지?"

"어디?"

"봐, 저기, 파란 옷, 진흙 위에 사람이 누워 있는 거 같아."

벤지가 외쳤다. "어이, 거기! 거기서 뭐 하고 있냐?"

"얼굴은 보이는데 꼼짝도 안 해."

팔을 파닥거리며 달려 내려간 아이들은 힘겹게 망루 밑 반대편으로 건너갔다. 초록빛이 도는 진흙이 장화에 들러붙었다. 한 남자가 똑바로 누워 있었다. 남자의 왼쪽 다리가 무릎에서부터 기괴하게 앞으로 꺾여 있었다. 부릅뜬 눈에 입을 헤벌린 얼굴.

"아, 씨발, 이게 뭐야!" 벤지가 말했다.

"세상에, 체이스 앤드루스잖아."

"보안관 불러야겠다."

"근데 우리 여기 오면 안 되는데."

"지금 그게 문제냐. 게다가 저기 까마귀들이 이제나저제나 노리고 있잖아."

소년들은 깍깍거리는 울음소리 쪽으로 동시에 고개를 돌렸다. 스티브가 말했다. "아무래도 한 사람은 남아서 까마귀를 쫓아야겠는걸."

"미쳤구나. 나 혼자 여기 남으라고 하기만 해봐. 아무도 안 남는다에 내가 인디언 목을 건다."

그 말이 떨어지기가 무섭게 소년들은 자전거를 집어타고 미친 듯 페달을 밟아 끈적거리는 모랫길을 따라 메인스트리트로 달렸다. 그리고 마을을 통과해 에드 잭슨 보안관이 전선에 매달린 알전구 하나만 켜놓고 집무실 책상에 앉아 있는 야트막한 건물로 직행했다. 중키에 건장한 체구를 지닌 에드 잭슨 보안관은 머리카락 색에 붉은 기가 돌았고 얼굴과 팔이 연한 주근깨로 얼룩져 있었다. 그는 자리에 앉아 「스포츠 어필드」를 엄지로 넘기며 보고 있었다.

소년들은 노크도 하지 않고 정신없이 열린 문으로 밀고 들어갔다.

"보안관님……."

"어이, 스티브, 벤지. 너희 또 망루에 갔었냐?"

"소방망루 아래 늪에 체이스 앤드루스가 대자로 뻗어 있어요. 죽은 거 같아요. 꼼짝도 안 해요."

1751년 바클리코브가 정착한 이래 억새밭 너머까지 관할구역을 확장한 보안관은 한 명도 없었다. 1940년대와 50년대에 보안관 몇 사람이 습지로 도망친 본토의 죄수들을 찾아 사냥개를 풀었던 적이 있다. 그 후로도 만약의 사태에 대비해 여전히 사냥개들을 관리하고 있긴 하지만 잭슨은 습지에서 발생하는 범죄는 대체로 묵인하는 편이었다. 시궁쥐들을 잡자고 시궁쥐 싸움을 벌일 수는 없지 않은가?

하지만 이번에는 다른 사람도 아니고 체이스다. 보안관은 일어나서 걸려 있던 모자를 썼다. "어디 보자."

참나무와 야생 호랑가시나무가 앙상한 가지를 뻗어 순찰차를 긁어댔다. 보안관은 번 머피 박사와 함께 꾸역꾸역 모랫길을 달려들어가고 있었다. 옆자리에 앉은 번 머피 박사는 새치가 생기기 시작할 나이인데도 탄탄하고 늘씬한 몸매의 소유자로 마을에 한 명뿐인 내과 의사였다. 비포장도로에 깊이 파인 바큇자국을 따라 두 사내의 몸이 속절없이 흔들렸다. 번은 머리를 차창에 쿵쿵 짓찧다시피 했다. 비슷한 연배의 오랜 친구들은 낚시 친구일 뿐 아니라 같은 사건을 담당해 수사하는 일이 비일비재했다. 지금은 수렁에 누워 있는 시체의 신원을 확인할 생각에 둘 다 말이 없었다.

스티브와 벤지는 자전거와 함께 트럭 짐칸에 타고 있었다. 잠시 후 트럭이 정차했다.

"저기 있어요, 보안관님. 저 수풀 뒤에요."

에드는 트럭에서 내렸다. "너희들은 여기서 기다려라." 그리고는 머피 박사와 함께 진흙을 헤치고 체이스가 누워 있는 곳으로 갔다. 다가오는 트럭 소리를 들은 까마귀들은 이미 날아가고 없었지만 다른 새들과 벌레들이 윙윙 날아다니고 있었다. 불경한 생명이 꾸역꾸역 연명하는 소음.

"체이스 맞군. 샘과 패티 러브 부부가 알면 차라리 죽고 싶겠어." 앤드루스 부부가 웨스턴 오토를 운영하며 주문한 모든 스파크 플러그와 꼼꼼히 회계 처리한 모든 장부와 손으로 매단 모든 가격표는 외아들인 체이스를 위한 것이었다.

시체 옆에 쭈그리고 앉아서 청진기로 심장 소리를 체크하던 번은 사망 선고를 내렸다.

"얼마나 된 것 같나?" 에드가 물었다.

"적어도 열 시간은 된 것 같은데. 물론 검시관이 정확히 검시해야겠지만."

"그럼 어젯밤에 올라갔던 모양이군. 꼭대기에서 떨어진 거야."

번은 체이스의 시체를 옮기지 않고 잠시 검사한 후 일어나 에드 옆에 섰다. 두 남자는 체이스의 눈을 바라보았다. 퉁퉁 불어터진 얼굴에 박힌 부릅뜬 눈이 아직도 하늘을 올려다보고 있었다. 그들은 헤벌린 입으로 눈길을 옮겼다.

"내가 마을 사람들한테 결국 이런 사달이 날 거라고 몇 번을 말했건만." 보안관이 말했다.

두 사람은 체이스가 갓난아기일 때부터 알고 있었다. 깜찍한 어린애가 귀여운 십 대로 넘어가는 모습도 보았다. 스타 쿼터백이자 마을 공식 미남이 부모님 정비소에 취직하고 핸섬한 청년이 되어 예쁜 아가씨와 결혼할 때까지 평생을 지켜봤다. 그런데 지금 체이스는 말구유보다 처참한 꼴로 혼자 자빠져 있었다. 잔인하게 뿌리째 잡아 뽑는 죽음의 무자비한 손길이 이번에도 쇼의 주인공이다.

에드가 침묵을 깼다. "그런데 말이야. 왜 다른 녀석들이 달려와서 도움을 청하지 않았는지 모르겠어. 여기에는 늘 떼로 몰려오잖나. 아니면 적어도 두서넛이 같이 와서 애정행각을 벌이거나."

보안관과 의사는 짧지만 의미심장한 눈길을 교환하며 고개를 끄덕였다. 유부남이 되어서도 체이스는 다른 여자를 망루로 데려오곤 했다.

"여기서는 일단 물러나자고. 주위를 잘 살펴봐두고." 에드는 쓸데없이 다리를 높이 들며 발을 뺐다. "너희들은 그 자리에 가만히 서 있어. 괜히 발자국만 많이 만들지 말고."

계단에서 이어지는 발자국을 가리키며 에드가 물었다. 수렁 건너편으로 체이스와 2~3미터 거리를 둔 자리에서 끊어져 있었다. "이게 너희가 오늘 아침에 낸 발자국이야?"

"예, 거기까지밖에 안 갔어요." 벤지가 말했다. "체이스라는 걸 알자마자 물러났어요. 저기 우리가 뒷걸음질 친 흔적 보이시죠."

"좋아." 에드가 돌아섰다. "번, 뭔가 좀 이상한데. 시체 근처에 발자국이 없어. 친구들이든 누구든 같이 있었다면 추락한 뒤에 여기로 달려와서 사방에 발자국을 만들었을 텐데 말이야. 옆에서 무릎도 꿇고, 살아 있는지 확인도 하고. 여기 우리 자취가 진흙 속에 얼마나 깊이 남았는지 보라고. 그런데 이것 말고 새로 난 발자취가 하나도 없단 말이지. 계단 쪽으로 간 자국도 없고 계단에서 내려온 자취도 없고, 시체 근처에도 하나도 없어."

"그럼 혼자 왔나보지. 그러면 전부 설명이 되잖아."

"글쎄, 설명이 안 되는 걸 하나 말해줄까. 체이스 본인의 발자국은 어디 있냐고? 체이스 앤드루스가 어떻게 오솔길을 걸어와서 이 진흙탕을 건너서 계단으로 올라가면서 발자국 하나 남기지 않을 수 있냐 이거야."

1952년

생일이 지나고 그로부터 며칠 후, 혼자 맨발로 갯벌에 나간 카야는 허리를 굽히고 개구리 다리를 쏙 내미는 올챙이 한 마리를 가만히 지켜보다 퍼뜩 놀라 일어섰다. 집의 오솔길 끝머리 깊은 모래밭에서 차 한 대가 공회전하고 있었다. 아무도 여기로 차를 몰고 오지 않는데. 그때 사람들이 웅성거리며 말하는 소리가 나무 사이로 흘러나왔다. 남자 한 명 여자 한 명이었다. 카야는 재빨리 수풀로 달려갔다. 거기서는 누가 오는지 망을 보다가 필요할 때 도망갈 수 있었다. 조디가 가르쳐준 대로.

키가 훤칠한 여자가 차에서 내려 엄마가 모래 덮인 길에서 그랬듯 하이힐을 신고 위태롭게 걸었다. 카야를 데리러 고아원에서 온 사람들이 틀림없었다.

'저 여자보다는 내가 더 빨리 뛸 수 있을걸. 저 구두를 신고 뛰다가는 그대로 앞으로 넘어져 납작코가 되고 말 거야.' 카야는 제자리에 서서 포치의 차양문 쪽으로 다가오는 여자를 바라보았다.

"여보세요, 여기 아무도 안 계세요? 그냥 공무원이 일하러 왔어요. 캐
서린 클라크를 학교에 데려가려고요."

이건 새로운 얘기였다. 카야는 꿀 먹은 벙어리가 된 채 주저앉았다. 여
섯 살이 되면 학교에 가야 한다고 굳게 믿고 있었는데 1년 늦게 찾아온
것이다.

카야는 애들하고 어떻게 말해야 하는지도 몰랐거니와 선생님한테 말
하는 법은 더 막막했다. 하지만 읽는 법을 배우고 싶었고 스물아홉 다음
에 오는 숫자도 알고 싶었다.

"캐서린, 아가야, 내 말 들리면 제발 좀 나오렴. 법이 그래. 학교에 가야
한단다. 하지만 가보면 너도 좋아할 거야. 날마다 공짜로 따뜻한 점심을
먹을 수 있거든. 오늘은 크러스트가 있는 치킨 파이가 나올 걸."

이건 또 다른 얘기였다. 카야는 몹시 배가 고팠다. 아침 식사로는 그리
츠를 끓여서 다 떨어진 소금 대신 소다크래커를 부숴 넣어 먹었다. 카야
가 이미 터득한 인생의 진실은 소금 없이는 그리츠를 먹을 수 없다는 것
이었다. 치킨 파이는 살면서 몇 번 먹어보지 못했지만 겉은 바삭바삭하
고 안은 부드러운 황금빛 파이 껍질이 지금도 눈에 선했다. 동그란 원처
럼 충만한 그레이비 맛도 입 안 가득 느껴졌다. 위장이 제멋대로 꿈틀거
리는 바람에 카야는 자기도 모르게 팔메토 잎사귀 사이에서 벌떡 일어나
버렸다.

"안녕, 아가야, 나는 컬페퍼 선생님이야. 너도 이제 다 커서 학교에 갈
준비가 됐지?"

"네." 카야는 고개를 떨구고 말했다.

"괜찮아. 맨발로 가도 돼. 다른 애들도 그래. 하지만 꼬마 아가씨니까

치마는 입어야 한단다. 원피스나 치마 있니?"

"네."

"좋아, 그럼. 가서 옷을 챙겨 입자."

컬페퍼 선생님은 카야를 따라 포치문으로 들어갔다. 카야가 널빤지를 따라 일렬로 놓아둔 새 둥지들을 조심스럽게 넘어가야 했다. 카야는 침대에서 몸에 맞는 단벌 원피스를 입고 한쪽 어깨를 옷핀으로 고정한 체크 스웨터를 걸쳤다.

"그러면 됐네. 딱 좋아 보여."

컬페퍼 선생님이 손을 내밀었다. 카야는 물끄러미 바라보았다. 다른 사람과 손이 닿은 지 몇 주가 넘었고, 모르는 사람과 접촉해본 적은 평생 한 번도 없었다. 하지만 카야는 조막손을 컬페퍼 선생님 손에 맡기고 회색 중절모를 쓴 과묵한 남자가 운전하는 포드 크레스트라이너를 타고 따라갔다. 카야는 웃지 않았고 엄마 날개 아래 아늑하게 자리 잡은 병아리 같은 느낌도 받지 못했다.

바클리코브에는 백인들이 다니는 학교가 하나 있었다. 1학년에서 12학년까지 모두가 메인스트리트를 가운데 두고 보안관 집무실과 마주 보는 2층짜리 벽돌 건물에서 공부했다. 흑인 아이들이 다니는 학교는 따로 있었다. 유색인 마을 근처에 있는 콘크리트 상자 같은 단층 건물이었다.

선생님이 이끄는 대로 교무실에 들어갔다. 교무실에서는 카야 이름을 찾아보았지만 공식 출생기록은 끝내 찾지 못해 평생 한 번도 학교에 다녀본 적 없는 카야를 그냥 2학년에 배정했다. 아무튼 1학년은 학생이 너무 많다고, 어차피 습지 아이들은 몇 달만 다니다가 영영 코빼기도 비치지 않을 텐데 무슨 상관이냐고 했다. 교장을 따라 발소리가 메아리치는 휑한 복도를 걸어갈 때 카야의 이마에서 식은땀이 났다. 교장은 교실 문을 열고 카야를 살짝 떼밀었다.

체크 셔츠, 풍성한 치마, 구두, 수많은 구두, 가끔 보이는 맨발 그리고 눈들. 전부 뚫어져라 쳐다보았다. 카야는 이렇게 많은 사람을 본 적이 없었다. 12명은 되어 보였다. 선생님이, 그 남자애들이 도우러 간 바로 그 에어리얼 선생님이 카야를 데리고 교실 뒤편 책상으로 갔다. 소지품은 반침에 넣으면 된다고 했지만 카야는 아무것도 가지고 온 게 없었다.

선생님은 교실 앞으로 다시 가더니 말했다. "캐서린, 일어나서 반 친구들에게 이름과 성을 말해주렴."

배 속이 마구 꼬이는 듯했다.

"어서, 수줍어하지 말고."

카야가 일어섰다. "캐서린 대니엘 클라크라고 합니다." 언젠가 엄마가 카야에게 말해준 이름이었다.

"개Dog 철자를 한번 말해볼래?"

카야는 마룻바닥만 바라보고 말없이 서 있었다. 조디와 엄마가 글자를 몇 개 가르쳐주었지만 누군가 다른 사람 앞에서 철자를 말해본 적은 한 번도 없었다.

위장의 신경이 꿈틀거렸다. 그래도 카야는 용기 내어 말했다.

"G-o-d."

폭소가 터져 나와 교실을 뒤흔들었다.

"쉬이이! 조용히 해, 애들아!" 에어리얼 선생님이 외쳤다. "우리는 절대로 비웃지 않아. 알겠니. 우리는 절대로 서로 비웃지 않아요. 너희 그렇게 무식한 아이들 아니잖니."

카야는 교실 뒤편 자기 자리에 재빨리 주저앉아 참나무 등걸 주름에 녹아들어 자취를 감추는 나무좀처럼 사라지려 애썼다. 하지만 선생님이 수업을 진행하자 카야는 불안한 와중에도 몸을 앞으로 바짝 기울이고 스물아홉 다음에 무슨 숫자가 오는지 배우려고 기다렸다. 지금까지 에어리얼 선생님은 발음 어쩌고 하는 얘기밖에 하지 않았고, 학생들은 입을 O자 모양으로 벌리고 선생님을 따라 ah, aa, o, u 소리를 따라 하며 다 같이 비둘기처럼 끙끙거렸다.

11시쯤 베이킹 이스트로 구운 롤빵과 파이 페이스트리의 따뜻한 버터 향이 복도를 채우더니 교실로 스며들어왔다. 카야의 위장이 쓰라리게 아파오더니 마구 죄어들었다. 반 아이들이 드디어 한 줄로 서서 학생식당으로 걸어갈 무렵에는 입 안에 군침이 잔뜩 고여 흘러넘쳤다. 다른 아이들이 하는 대로 쟁반과 초록색 플라스틱 접시와 포크와 스푼을 챙겼다. 배식대가 달린 커다란 창이 열리더니 주방에서 거대한 치킨 파이가 든 에나멜 냄비를 카야 바로 앞에 차려냈다. 두껍고 파삭파삭한 파이 껍질에 격자무늬가 그려져 있고, 뜨거운 그레이비가 보글보글 끓어올랐다. 훤칠한 흑인 여자가 미소를 지으며 몇몇 아이들 이름을 불러주더니, 카야의 접시에 파이를 듬뿍 잘라주고 버터에 볶은 콩 요리와 이스트 롤빵을 올려주었다. 카야는 바나나 푸딩과 하얗고 빨간 포장 우유갑도 쟁반에 챙겼다.

돌아서서 식당 안을 보니 대부분의 테이블은 깔깔 웃으며 이야기를 나누는 아이들로 차 있었다. 자전거로 그녀를 칠 기세였던 체이스 앤드루스와 그 친구들 얼굴도 눈에 들어왔다. 카야는 고개를 돌리고 빈 테이블에 앉았다. 아는 얼굴이 그들뿐이라 생각과 달리 시선은 자꾸만 소년들 쪽으로 향했지만, 다른 애들처럼 그들도 카야를 못 본 척했다.

카야는 치킨과 당근과 감자와 작은 콩들이 잔뜩 든 파이를 물끄러미 쳐다보았다. 황금빛 갈색 페이스트리가 얹혀 있었다. 겹겹이 풍성하게 부풀어 활짝 퍼지는 크리놀린 치마를 입은 여자아이 몇 명이 다가왔다. 키 크고 마른 금발 소녀와 뺨이 통통하고 얼굴이 둥근 여자아이였다. 카야는 저렇게 거추장스러운 치마를 입고 어떻게 나무에 올라가며 보트는 탈 수 있을지 생각했다. '물을 헤치고 개구리를 잡는 건 말해 뭐해. 자기 발도 안 보일 텐데.'

소녀들이 가까이 오자 카야는 눈앞의 접시만 바라보았다. 옆에 앉으면 뭐라고 하지? 하지만 소녀들은 새처럼 지저귀며 카야를 지나쳐 다른 테이블의 친구들 곁에 앉았다. 배가 고파 위장이 달라붙을 지경이었지만 입 안은 바짝바짝 말라 음식을 삼키기도 어려웠다. 그래서 몇 입만 먹고 우유를 다 마신 후, 우유갑에 파이를 최대한 쑤셔 넣은 다음, 아무도 못 보게 롤빵과 함께 냅킨에 쌌다.

그리고 남은 수업 시간 동안 카야는 입도 벙긋하지 않았다. 선생님이 질문해도 벙어리처럼 가만히 앉아 있었다. 배우러 왔지 가르치러 온 게 아니었다. '굳이 나서서 비웃음을 살 필요는 없잖아?' 카야는 생각했다.

마지막 종이 울리자 선생님은 카야에게 버스를 타면 집에서 5킬로미터 전에 내려줄 거라고 말해주었다. 거기서부터는 길에 모래가 너무 많아 더는 갈 수가 없다면서 아침마다 카야가 걸어 나와 버스를 타야 한다고 했다. 집으로 가는 길에 버스가 덜컹거리며 흔들릴 때마다, 무성한 습지 풀밭을 지날 때마다, 버스 앞쪽에서 아이들이 입을 모아 노래를 부르듯 읊조렸다. "미스 캐서린 대니엘 클라크!" 점심 때 본 여자애들, 키큰말라깽이금발과 동그랗고통통한얼굴이 큰 소리로 외쳤다. "어디 숨어 살았니, 습지 암탉아? 모자는 어디에다 두고 왔니, 늪 시궁쥐야?"

버스가 마침내 숲속 깊이 이정표도 없는 복잡한 교차로에 정차했다. 기사가 끼익 문을 열자 카야는 후다닥 뛰쳐나와 그대로 1킬로미터를 내리달려가 헐떡거리며 숨을 골랐다. 그리고 집까지 내쳐 달렸다. 판잣집 앞에서도 카야는 멈추지 않고 팔메토 숲을 지나 못으로 가서 오솔길을 밟고 빽빽하게 자라나 안전하게 보호해주는 참나무 숲을 헤치고 바다로 갔다. 황량한 해변으로 달려나가자 바다가 팔을 활짝 펼치고 맞아주었다. 밀물이 끝나는 지점에서 발을 멈추자 세찬 바람이 카야의 머리칼을 흩날렸다. 하루 종일 참았던 눈물이 왈칵 터져 나왔지만 꾹 삼켰다.

쿵쾅거리는 파도의 포효를 넘어 카야는 새들을 불렀다. 망망한 바다가 베이스를 노래하고 갈매기들이 소프라노를 불렀다. 갈매기들이 날카롭게 울어대며 습지와 모래밭을 내려다보고 원을 그리다가 카야가 파이 껍질과 롤빵을 던져주자 내려와 앉았다.

몇 마리가 발가락 사이로 부드럽게 빵을 쪼아 먹는 바람에 카야는 간지러워 웃음을 터뜨렸지만, 잠시 후엔 뺨을 타고 눈물이 흘러내렸고, 급기야 목구멍 너머 딱딱한 명치에서 꺽꺽 흐느낌이 비어져 나오고 말았다. 우유갑이 비자 카야는 다른 모든 사람들처럼 갈매기들마저 그녀를 버리고 떠날까봐 너무 무서웠다. 그러면 도저히 아픔을 견딜 수 없을 것만 같았다. 하지만 갈매기들은 그녀 주위에 쪼그리고 앉아 회색 날개를 쫙 펼치고 몸단장을 했다. 그래서 카야도 그 자리에 주저앉았다. 갈매기들을 다 모아들고 포치로 데려가 같이 자고 싶었다. 따뜻하고 깃털이 달린 포슬포슬한 몸뚱어리들과 한 이불을 덮고 자면 얼마나 좋을까.

이틀 후 카야는 포드 크레스트라이너가 모래밭에서 공회전하는 소리를 듣고 습지로 도망쳤다. 모래톱을 꾹꾹 밟아 뚜렷한 발자국을 남기고 까치발로 물에 들어갔다 나와서 방향을 틀어 흔적을 교란시켰다. 진흙이 나오면 원을 그리며 달려 추적에 혼선을 초래했다. 단단한 땅을 밟으면 속삭임처럼 부드럽게 지나쳤다. 풀뿌리를 밟고 잔가지들 위로 뛰어 발자취를 하나도 남기지 않았다.

　그들은 몇 주에 걸쳐 이틀이나 사흘마다 한 번씩 찾아왔고, 중절모를 쓴 남자가 주변을 수색했지만 카야 근처에는 얼씬도 못 했다. 그러다 발길이 뚝 끊겼다. 까마귀 소리만 들렸다. 카야는 팔을 가만히 내리고 인적 없는 오솔길을 바라보았다.

　카야는 살면서 단 하루도 학교로 돌아가지 않았다. 왜가리를 관찰하고 조가비를 모으는 생활만으로도 배움은 충분했다. "나는 벌써 비둘기처럼 우는 법을 아는걸." 카야는 혼잣말을 했다. "그리고 그 애들보다 훨씬 잘할 수 있는 일이 얼마나 많은데. 아무리 좋은 구두를 신고 다니면 뭐한담."

　학교에 갔던 날로부터 몇 주가 지난 어느 날 아침, 백열을 내뿜는 태양 아래 카야는 해변에 있는 오빠의 나무 요새에 올라가서 해골이 그려진 깃발이 휘날리는 배를 찾았다. 상상력은 깊디깊은 외로움에 뿌리를 내리고 자란다. 카야는 "야호! 해적들아, 내가 간다!"라고 외치며 칼을 휘두르며 나무에서 펄쩍 뛰어내려 공격을 감행했다. 별안간 오른발에 끔찍한 통증이 느껴지더니 다리를 타고 삽시간에 불처럼 번졌다. 무릎이 푹 꺾여 옆으로 나동그라진 카야는 비명을 질렀다. "아빠!" 발바닥에 깊이 박혀 툭 튀어나온 녹슨 못이 보였다. 카야는 어젯밤에 아빠가 집에 돌아왔는지 기억해내려 애썼다. "살려주세요, 아빠!" 하지만 아무 대답도 돌아오지 않았다. 카야는 팔을 뻗어 못을 잡고 단번에 잡아 뺐지만 아픔을 못 이겨 비명을 질러야 했다.

　카야는 헛되이 팔을 퍼덕여 모래를 헤치며 끙끙거렸다. 그러다 간신히 몸을 일으켜 앉아 발바닥을 살폈다. 피는 거의 나지 않았지만 작고 깊은 구멍이 뚫려 있었다. 그때 파상풍 생각이 났다. 위가 콱 죄어들며 오한이 들었다. 조디 오빠한테서 녹슨 못을 밟고 파상풍 주사를 맞지 않은 남자아이 이야기를 들은 적이 있었다. 턱이 억세게 악물려 입을 벌릴 수가 없고, 근육강직으로 척추가 활처럼 뒤로 휘어졌지만 아무도 손쓸 수 없어 몸이 뒤틀려 죽어가는 걸 넋 놓고 바라만 보았다고 했다.

조디 오빠가 확실히 강조한 점이 한 가지 있었다. 오빠는 못을 밟고 이틀 내로 주사를 맞아야 살 수 있다고 했다. 하지만 어디서 주사를 맞아야 하는지 알 수 없었다.

"뭐든 해야 해. 아빠만 기다리다가는 빳빳하게 굳어서 끝장날 거야."

식은땀이 구슬처럼 얼굴로 흘러내렸다. 카야는 절뚝거리며 해변을 건너 간신히 판잣집 근처 서늘한 참나무 숲으로 들어갔다.

엄마는 상처가 나면 꼭 소금물에 담그고 여러 가지 고약을 섞은 진흙을 발라주었다. 부엌에 소금이 다 떨어져서 카야는 다리를 절며 숲으로 가 썰물 때면 염도가 높아지는 후류後流에 발을 담갔다. 냇가에는 소금 결정이 들러붙어 찬란하게 반짝이고 있었다. 카야는 습지의 소금물에 발을 담그고 땅에 주저앉아서 끊임없이 입을 달싹거리며 중얼거렸다. 열려라, 닫혀라, 열려라, 닫혀라, 하품하는 시늉을 했다가, 씹는 동작을 했다가, 입이 딱딱하게 굳어버리지 않도록 쉬지 않고 움직였다. 한 시간가량 지나자 검은 진흙에 손가락으로 구멍을 팔 수 있을 정도로 물이 빠졌다. 카야는 비단처럼 부드러운 흙에 살며시 발을 쑤셔 넣었다. 이곳의 공기는 서늘했고 독수리 울음소리를 들으니 힘이 났다.

늦은 오후가 되자 카야는 배가 너무 고파져서 판잣집으로 돌아갔다. 아빠의 방은 여전히 비어 있었다. 앞으로도 몇 시간 동안은 돌아올 리가 없었다. 포커를 치고 위스키를 마시다보면 밤은 정신없이 지나가기 마련이다. 그리츠도 없었지만 부엌을 뒤지다보니 오래된 크리스코 쇼트닝 한 통이 나왔다. 하얀 지방을 아주 조금 퍼서 소다크래커에 발라 처음에는 조심스럽게 갉아먹다가 다섯 개나 더 만들어 먹었다.

카야는 포치에 누워 아빠의 보트 소리를 들으려고 귀를 기울였다. 밤은 휘몰아치며 다가왔고 잠은 조각조각 찾아왔다. 하지만 아침이 될 무렵에는 정신을 잃었던 모양이다. 일어나보니 중천에 뜬 해가 환히 얼굴을 비추고 있었다. 재빨리 입을 벌려보았다. 아직은 잘 움직였다. 다리를 질질 끌고 소금물 웅덩이와 판잣집을 왔다 갔다 하다보니, 해의 움직임으로 미루어볼 때 이틀이 훌쩍 흘러버린 듯했다. 입을 벌렸다 다물어보았다. 어쩌면 이제 살았는지도 모른다.

그날 밤 카야는 진흙이 들러붙은 발을 헝겊으로 칭칭 동여맨 채 이불을 꼭 덮고 누워서 다음 날 아침 잠을 깨어보면 자기가 송장이 되어 있지 않을까 생각했다. '아니야, 이렇게 쉬울 리가 없어. 내 등은 활처럼 뒤로 휘어질 거야. 팔다리가 다 뒤틀릴 거야.'

몇 분 후 허리에 짜릿한 통증이 느껴져 벌떡 일어나 앉았다. "안 돼, 아, 안 돼, 엄마, 엄마." 허리의 통증이 반복되자 카야는 숨을 죽였다. "그냥 좀 가려운 것뿐이야." 카야는 소리 내어 혼잣말을 했다. 그러다 기진해 잠이 든 카야는 참나무 숲에서 비둘기들이 웅성거릴 때까지 눈을 뜨지 못했다.

카야는 일주일 내내 하루에 두 번씩 웅덩이를 찾았고, 크래커와 쇼트닝으로 연명했다. 그동안 아빠는 한 번도 집에 오지 않았다. 여드레째가 되자 발목을 돌려도 뻣뻣하지 않았고 통증도 가라앉았다. 발을 조심하면서 살짝 지그 춤을 추어보았다. 그리고 꺅꺅 환호성을 올렸다. "내가 해냈어, 해냈어!"

다음 날 아침 카야는 다시 해적들을 찾으러 해변으로 달려갔다.

"선원들한테 제일 먼저 바다의 못들을 모조리 치우라고 명령해야지."

아침마다 카야는 일찍 일어나서 엄마가 분주하게 요리하는 소리가 날까봐 귀를 쫑긋 세웠다. 엄마가 가장 좋아하는 아침 식사는 집닭이 낳은 달걀로 만든 스크램블드에그와 잘 익은 빨간 토마토, 옥수숫가루와 물과 소금을 섞은 반죽을 지글지글 거품이 날 정도로 뜨거운 기름에 부어서 가장자리가 파삭파삭한 레이스 모양이 되도록 튀긴 콘브레드 프리터였다. 엄마는 옆방까지 타닥타닥 소리가 들리지 않으면 제대로 튀기는 게 아니라고 말했다. 카야는 살면서 하루도 빠짐없이 깰 때마다 프리터가 기름에 튀겨지는 소리를 들었었다. 뜨거운 옥수수 연기가 파랗게 피어오르며 냄새가 났다. 하지만 이제 부엌은 고요하고 추웠다. 카야는 포치의 잠자리에서 일어나 살그머니 습지의 못으로 향했다.

몇 달이 흘렀다. 남부의 겨울은 온화하게 다가와 슬며시 눌러앉는다. 담요처럼 포근한 햇살이 카야의 어깨를 감싸고 점점 더 깊은 습지로 유혹했다. 가끔 알 수 없는 밤의 소리가 들려오고 코앞에서 내리꽂힌 번개에 소스라쳐 놀랄 때도 있었지만, 카야가 비틀거리면 언제나 습지의 땅이 붙잡아주었다. 콕 집어 말할 수 없는 때가 오자 심장의 아픔이 모래에 스며드는 바닷물처럼 스르르 스며들었다. 아예 사라진 건 아니지만 더 깊은 데로 파고들었다. 카야는 숨을 쉬는 촉촉한 흙에 가만히 손을 대었다. 그러자 습지가 카야의 어머니가 되었다.

1969년

머리 위에서는 매미들이 비열한 해를 등지고 목청껏 울어댔고, 다른 생명체들은 모두 열기에 움츠린 채 잡풀에 숨어 공허하게 웅성거렸다.

이마에 흐르는 땀을 훔치며 잭슨 보안관이 말했다. "번, 여기 아직 할 일이 많은데 아무래도 이건 아닌 것 같아. 체이스의 아내와 가족이 아직 체이스의 사망 사실을 모르잖나."

"내가 가서 말하지, 에드." 번 머피 박사가 대답했다.

"그러면 고맙지. 내 트럭을 몰고 가게. 체이스를 데리고 갈 앰뷸런스도 보내주고, 트럭은 조한테 줘서 이리 가지고 오라고 하게. 아직 이 사건이 다른 누구에게도 새어나가지 않게 해주고. 마을 사람들이 죄다 나와서 구경하는 사태는 원치 않으니까. 말이 새어나가면 딱 그렇게 될 거야."

번은 뭔가 빠뜨린 게 있는 사람처럼 족히 1분 동안 체이스를 바라보다가 돌아섰다. 의사로서 이 문제를 해결해야 했다. 텁텁한 늪 공기가 두 사람 등 뒤에 서서 자기 차례가 오기를 기다리고 있었다.

보안관이 남자아이들을 바라보았다. "너희는 여기 그대로 있어. 지금 마을에 가서 떠벌리면 곤란하니까. 아무것도 손대지 말고 진흙에다 발자국도 남기지 마."

"알겠어요." 벤지가 말했다. "누가 체이스를 죽인 거라고 생각하시죠? 발자국이 없잖아요. 혹시 밀어서 떨어뜨린 걸까요?"

"난 그런 소리 안 했다. 이건 일반적인 조사 절차야. 자, 너희들은 방해가 되지 않게 조심하고 여기서 들은 얘기 어디 가서 옮기지나 마."

15분도 채 되지 않아 조 퍼듀 부보안관이 순찰 트럭을 몰고 나타났다. 숱 많은 구레나룻을 기른 키 작은 남자였다.

"도저히 실감이 나지 않는군요. 체이스가 죽다니. 이 마을 역사상 최고의 쿼터백이었는데. 더럽게 운도 없지."

"왜 아니래. 자, 일이나 하자고."

"지금까지 뭐 나온 거 없습니까?"

에드는 소년들에게서 더 멀찌감치 떨어졌다. "글쎄, 뭐, 겉으로 보기에는 사고 같아. 망루에서 낙상해서 죽은 거지. 하지만 아직 계단에서 체이스의 발자국을 못 찾았단 말이야. 다른 사람 자취도 전혀 없고. 혹시 누가 단서를 지운 흔적이 있는지 찾아보자고."

두 보안관은 10분 넘게 근처를 샅샅이 뒤졌다. "말씀대로군요. 저 애들 발자국 말고는 아무것도 없어요." 조가 말했다.

"그래. 게다가 자취를 지운 흔적도 없단 말이지. 도저히 이해가 안 되는군. 일단 여기까지 하고 넘어가자고. 이 부분은 내가 나중에 다시 조사하지." 에드가 말했다.

그들은 시체의 사진을 찍었다. 계단에서 본 시체의 위치, 두부 외상의 확대 사진, 반대 방향으로 꺾인 다리. 에드가 구술하면 조가 받아 적었다. 시체와 오솔길까지의 거리를 측정하고 있을 때 길가의 빽빽한 덤불에 앰뷸런스 측면이 긁히는 소리가 들렸다. 수십 년 동안 부상자와 환자, 죽어가는 중환자와 사망자를 도맡아 운송한 운전기사는 늙은 흑인이었다. 기사는 시신에 예를 갖춰 고개를 숙이고 소리 낮춰 의견을 제시했다.

"저, 팔이 잘 접히지 않을 테니까 들것으로 굴려서 올릴 수는 없습죠. 들어서 올려야 하는데 무거울 겁니다. 보안관님, 체이스 씨 몸을 꼭 껴안아보십시오. 그렇죠, 그렇게. 저런, 저런."

오전 늦게 그들은 체이스의 시신과 들러붙은 진흙을 앰뷸런스 뒤에 실었다.

지금쯤은 머피 박사가 체이스의 부모에게 아들의 사망 사실을 알렸을 것이다. 에드는 소년들에게 집에 가도 좋다고 말했다. 그리고 조와 함께 계단을 올랐다. 망루 꼭대기로 이어지는 계단은 한 층 한 층 올라갈수록 폭이 좁아졌다. 층계를 올라갈수록 세계의 둥근 테두리는 점점 더 멀어졌고, 무성하게 우거진 숲과 물기 어린 습지가 하염없이 팽창해 세상을 가득 채웠다.

마지막 계단에 올라선 잭슨은 양손으로 밀어 강철로 된 쇠살문을 열어젖혔다. 하지만 조와 함께 망대에 올라선 뒤 조심스럽게 다시 닫았다. 쇠창살도 바닥의 일부였다. 오래되어 회색으로 변색된 깨진 나무판자들이 망대 가운데 부분을 이루고 있었지만 그 주위로는 아래가 훤히 내려다보이는 철창살로 둘러쳐져 있었다. 쇠살문은 열었다 닫았다 할 수 있었다. 잘 닫혀 있으면 밟고 걸어 다닐 수 있지만 열려 있으면 20미터 아래로 추락하기 십상이다.

"어이, 저것 좀 보라고." 에드가 망대 끄트머리를 가리켰다. 쇠살문 하나가 활짝 열려 있었다.

"아니, 이게 웬일입니까?" 에드와 함께 그리로 걸어가면서 조가 말했다. 아래를 내려다보자 진흙에 새겨진 뒤틀린 체이스의 몸 자국이 선명하게 드러났다. 물감을 튀겨 그린 그림처럼 노란 점액질과 좀개구리밥이 옆에 튀어 있었다.

"이건 앞뒤가 안 맞는데." 에드가 말했다. "가끔 깜박 잊고 계단 위에서 쇠살문을 안 닫고 내려오는 사람들이 간혹 있어. 몇 번인가 열려 있는 걸 본 적이 있지. 하지만 다른 쇠살문이 열려 있는 경우는 거의 없단 말일세."

"체이스는 애초에 이 문을 왜 열었을까요? 아니 체이스가 아니라도 무슨 이유로?"

"누가 사람을 밀어서 떨어뜨려 죽일 계획을 세웠다면 몰라도." 에드가 말했다.

"그러면 그다음에는 왜 닫지 않았을까요?"

"체이스가 혼자 떨어졌으면 닫을 수가 없었겠지. 사고처럼 위장하려면 열어놔야 했던 거야."

"저 구멍 밑에 버팀목 좀 보세요. 부러져서 박살이 났는데요."

"그래, 나도 보여. 체이스가 떨어지면서 머리를 부딪친 모양이군."

"제가 저기로 올라가서 혈흔이나 머리카락 표본이 있는지 찾아보겠습니다. 나무 조각들도 주워오고요."

"고맙네, 조. 그리고 근접 확대 사진도 좀 찍어와. 나는 가서 자네 몸을 묶어 지탱할 밧줄을 가져오지. 하루에 이 진흙탕에서 시체 두 구를 건져 올릴 수는 없지 않나. 그리고 여기 쇠살문하고, 계단 옆 쇠창살, 난간에서 지문도 채취해야 해. 누군가가 손댔을 만한 데는 전부 다. 머리카락이나

실 표본도 채집하고."

두 시간 남짓 지난 후에야 두 사람은 굽히고 있던 허리를 폈다. 에드가 말했다. "타살이라고 말하진 않겠어. 아직 너무 일러. 게다가 체이스를 죽이고 싶어하는 사람이 있다니 상상이 가지 않는단 말이야."

"글쎄요, 저는 명단이 꽤 길 것 같은데요." 부보안관이 말했다.

"예를 들어서 누구? 자네 무슨 소리야?"

"이러지 마세요, 에드. 체이스가 어떤 녀석인지 아시잖아요. 우리에서 뛰쳐나온 황소처럼 세상 무서운 줄 모르고 날뛰었잖습니까. 결혼하기 전에도, 결혼하고 나서도 기혼 미혼 가리지 않고 여자들과 놀아났잖아요. 차라리 발정 난 개가 체이스보다는 품행이 더 방정했을 겁니다."

"맙소사, 그 정도로 나쁜 놈은 아니었어. 그래, 뭐, 소문난 바람둥이기는 했지. 하지만 이 마을에서 그런 이유로 살인을 저지를 만한 사람이 있을까."

"그냥 체이스를 좋아하지 않는 사람들이 있다는 얘깁니다. 질투에 눈 먼 남편이라든가. 체이스가 아는 사람일 겁니다. 우리 모두 아는 사람이 겠죠. 체이스가 생판 모르는 사람하고 여길 올라왔을 것 같지는 않거든요." 조가 말했다.

"외지인한테 빚을 옴팡 졌다면 모를까. 우리가 모르는 그런 사정이 있을 수도 있지. 게다가 체이스 앤드루스를 밀어 떨어뜨릴 수 있는 남자라. 쉬운 일은 아닐 텐데."

조가 말했다. "저는 벌써 몇 명쯤 생각나는데요."

1952년

어느 날 아침, 말끔하게 수염을 깎고 구겨진 버튼다운 셔츠를 입은 아버지가 부엌으로 들어오더니 군과 의논할 일이 있어서 버스를 타고 애슈빌에 간다고 말했다. 지급받지 못한 연금이 있으니 직접 가서 수령한 후 사나흘 뒤에 돌아오겠다고 했다. 아버지는 볼일이 뭔지, 어디로 가는지, 언제 돌아오는지 카야에게 말해준 적이 한 번도 없었다. 작아진 멜빵바지를 입은 카야는 벙어리처럼 아버지를 멀뚱멀뚱 올려다보고만 있었다.

"귀머거리 벙어리도 아니고 뭐 하는 짓이야." 아버지는 포치문을 철썩 닫고 나가버렸다.

카야는 왼 다리를 옆으로 옮겼다가 앞으로 잡아끌며 힘겹게 오솔길을 걷는 아버지의 뒷모습을 바라보다 손가락을 꼭 오므려 주먹을 쥐었다. 아무래도 다들 이 길을 따라서 한 사람씩 그녀를 떠나려는 모양이었다. 하지만 아버지는 큰길로 올라서더니 뜻밖에도 뒤를 돌아보았다. 그래서 카야는 팔을 치켜들고 온 힘을 다해 손을 흔들었다. 아버지를 붙들려면 뭐라도 해야 했다. 아버지는 한쪽 팔을 치켜들더니 집어치우라는 듯 재빨리 흔들어 보였다. 하지만 그건 대단한 일이었다. 엄마는 그 정도도 해주지 않았다.

카야는 못으로 가서 여명을 받아 은은하게 반짝이는 수백 마리 잠자리 날개를 바라보았다. 참나무 숲과 빽빽한 수풀이 수면을 둘러싸 동굴처럼 시커멓게 칠했다. 카야는 밧줄에 매달려 떠 있는 아버지의 보트를 물끄러미 보았다. 배를 습지로 몰고 나간 걸 아버지한테 들키면 보나 마나 혁대로 매질을 당하겠지. 아니 포치문 옆에 둔 노로 맞을지도 모른다. 조디는 그 노를 '환영 몽둥이'라고 불렀다.

카야는 배로 이끌리듯 다가갔다. 저 멀리 훌훌 나아가고 싶다는 갈망 때문이었으리라. 아버지가 낚시할 때 쓰는 소형 보트였다. 카야는 살면서 수도 없이 이 보트를 타고 나갔지만 대부분 조디와 함께였다. 조디는 가끔 카야에게 키를 잡게 해주었다. 심지어 카야는 조각보처럼 얽혀 있는 물과 땅, 땅과 물을 지나 마침내 바다로 이어지는 꼬불꼬불하고 복잡한 뱃길을 헤쳐나갔다. 판잣집을 둘러싼 나무들만 지나면 바로 망망대해가 나오지만 보트로 가려면 반대 방향인 내륙으로 더 깊이 들어가는 길밖에 없었다. 그다음에 미로 같은 물길을 꼬불꼬불 몇 킬로미터씩 따라가야 비로소 다시 바다가 나온다.

기껏해야 일곱 살짜리 여자아이가 혼자 보트를 몰고 나가봤을 리 없다. 보트는 달랑 면 밧줄 한 줄로 말뚝에 묶인 채 떠 있었다. 거뭇한 쓰레기, 낡은 낚시 장비, 찌그러진 맥주 깡통들이 보트 바닥에 어지럽게 널려 있었다. 보트에 발을 들이면서 카야는 소리 내어 말했다.

"조디 오빠가 한 것처럼 연료쪽을 확인해야 해. 내가 몰고 나간 걸 아빠가 모르게." 부러진 갈대 줄기로 녹슨 탱크를 찔러보았다. "잠깐 달릴 만큼은 되네."

솜씨 좋은 강도처럼 주변을 둘러본 카야는 말뚝에서 밧줄을 홀홀 풀고 하나밖에 없는 노를 저어 배를 앞으로 밀었다. 소리 없는 잠자리 구름이 앞에서 쫙 갈라졌다.

도저히 참을 수가 없어진 카야는 줄을 당겨 시동을 걸었고, 처음으로 모터가 돌기 시작하자 휘청하고 뒤로 넘어질 뻔했다. 엔진은 부릉거리며 물을 튀기고 하얀 연기를 벌컥벌컥 내뿜었다. 카야는 조종간을 잡고 스로틀을 돌렸는데 그만 지나치게 많이 돌리는 바람에 엔진이 비명을 지르며 보트가 홱 꺾였다. 카야가 스로틀을 놓고 두 손을 치켜들자 보트가 부드럽게 갸릉거리며 자연스럽게 수류水流를 타기 시작했다.

'문제가 생기면 그냥 손을 놔. 다시 자연스럽게 떠내려가게.'

카야는 이제 좀 더 부드럽게 속도를 높이며 쓰러진 사이프러스 고목을 피해 우회했다. 탓, 탓, 탓. 그리고 비버 서식지에 쌓인 나뭇가지 더미를 넘어갔다. 그리고 숨을 참으며 덤불에 가려 잘 보이지도 않는 못의 입구 쪽으로 방향을 틀었다. 낮게 축축 드리운 거목의 나뭇가지들을 피해 고개를 숙이면서 천천히 빽빽한 수풀을 헤쳐 100미터쯤 나아갔다. 거북이가 젖은 통나무에서 미끄러지듯 유유히, 좀개구리밥이 카펫처럼 수면을 두껍게 덮고 있어 물빛은 초록으로 물들었고, 녹음이 무성하게 우거진 숲 천장은 에메랄드 터널 같았다. 마침내 나무들이 활짝 앞길을 터주자 카야는 드넓은 하늘과 끝이 보이지 않는 풀밭, 새 울음소리 가득한 세상으로 스르르 흘러나왔다. 마침내 껍데기를 깨고 나온 병아리 눈에도 아마 이런 풍경이 보일 거라 생각했다.

카야는 배를 몰고 나아갔다. 보트에 탄 소녀는 작은 얼룩처럼 보잘것

없었다. 하지만 카야는 눈앞에 가지를 축축 늘어뜨리고 꼬였다 얽혔다
풀리며 무한히 변화하는 강어귀의 식생을 탐험했다. 바다로 나갈 때는
갈림길에서 무조건 좌회전만 하면 돼, 라고 조디는 말했다. 카야는 스로
틀은 건드리지도 않고 자연스럽게 보트를 조류에 맡긴 채 시끄러운 소
리를 최대한 줄였다. 우거진 갈대밭을 지나치는데 흰꼬리사슴이 봄에 낳
은 새끼들을 거느리고 물을 참방거리고 있었다. 놀란 사슴들이 고개를
휙 치켜들자 허공에 물방울이 흩뿌려졌다. 카야는 멈추지 않았다. 그러
면 소스라쳐 달아날 테니까. 야생 칠면조를 관찰하면서 배운 교훈이었
다. 포식자처럼 행동하면 상대도 먹잇감답게 행동한다. 그냥 못 본 척, 천
천히 가던 길을 가면 된다. 표표히 지나치자 사슴도 카야가 염생초 군락
을 지나 사라질 때까지 소나무처럼 꼼짝도 하지 않았다.

　비좁은 참나무 숲속으로 들어서고 시커먼 석호들이 나오자 카야는
저 멀리 거대한 강어귀로 흐르는 물길을 기억해냈다. 몇 번이나 막다른
곳에 다다라서 다시 돌아나와야 했다. 그러다 드디어 그 어귀가 전방에
나타났다. 끝도 없이 까마득하게 펼쳐진 물이 온 하늘과 구름을 담고 있
었다.

　조수는 빠지고 있었다. 카야는 개천 쪽으로 흘러 들어가는 바닷가의
물줄기를 보고 알았다. 썰물이 진행되면 물길이 얕아지는 건 시간문제였
다. 그러면 좌초되어 오도 가도 못 하게 될 것이다. 그 전에 반드시 돌아
가야 했다.

　키 큰 잡풀 덤불을 끼고 돌자 갑자기 회색빛으로 준엄하게 펄떡이는
대양의 얼굴이 험상궂게 인상을 찌푸렸다. 파도가 새하얀 침을 줄줄 흘
리며 서로 무섭게 부딪다가 굉음을 내며 해안으로 밀려와 부서졌다. 무
시무시한 에너지가 교두보를 찾아 헤매다가 판판하게 가라앉았더니 말 없

는 혓바닥 같은 거품으로 변해 다음번 물살을 기다리고 있었다.

커다란 파도는 어디 한번 바다로 나와서 덤벼보라는 듯 카야를 도발했지만 조디 없이 혼자서는 용기가 나지 않았다. 어쨌든 이제는 돌아가야 했다. 서녘 하늘에서 천둥 번개를 수반한 적란운이 터질 듯 빵빵한 회색 버섯 모양으로 뭉게뭉게 피어오르고 있었다.

다른 사람은 흔적도 보이지 않았다. 멀찌감치 보이는 배도 한 대 없었다. 그래서 널찍한 어귀로 돌아 들어설 때, 똑같이 낡아빠진 보트를 탄 소년이 습지의 풀밭에 바짝 붙어 낚시하는 광경은 뜻밖이었다. 카야의 진로는 소년과 불과 6미터 정도밖에 떨어져 있지 않았다. 카야는 머리에서 발끝까지 거친 습지 아이처럼 보였다. 산발로 헝클어진 머리, 먼지투성이의 뺨, 바람에 눈이 시어 흘린 눈물 자국.

연료가 떨어지거나 폭풍우가 다가와도 이렇게까지 초조하지는 않았으리라. 다른 사람, 특히 남자아이는 두려웠다. 엄마는 언니들에게 남자를 조심하라고 말했다. 탐스럽게 보이면 남자들이 짐승으로 변한단다. 입술을 앙다물고 카야는 생각했다. '어떻게 해야 하지? 바로 옆을 지나쳐 가야 하는데.'

곁눈질로 보니 소년은 몸이 가늘었고 황금빛 고수머리에 빨간 야구 모자를 눌러쓰고 있었다. 카야보다는 훨씬 나이가 많아 보였다. 열한 살, 아니 열두 살쯤 되어 보였다. 다가가는 카야의 표정은 어두웠지만 소년은 따뜻하고 허물없이 웃어보이며 신사가 고운 드레스를 입고 보닛을 쓴 숙녀를 반기듯 모자챙에 손을 대 인사했다. 카야는 살짝 고개를 숙였다가 앞만 보면서 스로틀을 올리고 지나쳤다.

이제는 어서 익숙한 지형으로 돌아가야 한다는 생각뿐이었다. 하지만 어디선가 잘못 돌았는지 두 번째 석호에서 집으로 가는 물길을 찾을 수가 없었다. 구부러진 참나무 등걸과 도금양 덤불 근처를 빙빙 돌며 찾고 또 찾았다. 느릿한 공포감이 슬며시 덮쳐왔다. 이제는 풀이 우거진 둑, 모래톱, 만곡이 모조리 똑같아 보였다. 엔진을 끄고 보트 한가운데에 다리를 넓게 벌려 균형을 잡고 똑바로 서서 갈대밭 너머를 보려 했지만 볼 수가 없었다. 카야는 주저앉았다. 길을 잃었다. 연료도 거의 없었다. 폭풍우가 다가오고 있었다.

아버지의 말을 빌려 떠나버린 오빠에게 욕을 퍼부었다. "조디 이 후레자식아! 불똥이나 싸고 타죽어라! 불똥이나 싸고 제 똥불에 타죽어버려."

보트가 부드러운 물살을 타고 표류하자 카야는 낑, 하고 우는 소리를 냈다. 태양의 영토를 빼앗고 있던 구름이 소리 없이 묵직하게 이동하며 맑은 수면에 비친 하늘을 밀어내고 그림자를 질질 끌고 와 덮었다. 강풍이 부는 건 시간문제였다. 하지만 그보다 무서운 건, 길을 잃고 헤매다가 아버지한테 들키는 사태였다. 카야는 서서히 전진했다. 그 소년을 찾을 수 있을지도 모른다.

몇 분쯤 실개천이 더 이어지다가 눈앞에 커다란 어귀가 나타났다. 그 건너편으로 낚시하던 소년이 보였다. 백로가 후드득 날아갔다. 점점 커져가는 잿빛 구름을 등지고 하얀 깃발처럼 한 줄로 퍼덕거렸다. 근처에 가는 것도, 가지 않는 것도 무서웠다. 한참 후에 카야는 돌아서 어귀를 가로질렀다.

카야가 가까이 다가오자 소년이 고개를 들었다.

"안녕." 소년이 말했다.

"안녕." 카야는 소년의 어깨너머로 갈대밭을 보았다.

"그런데 어느 쪽으로 가는 거야?" 소년이 물었다. "바다로 나가는 게 아니라면 좋겠다. 저기 저쪽에서 폭풍이 오고 있거든."

"그건 아니야." 물을 내려다보며 카야가 대답했다.

"너 괜찮니?"

울음을 삼키느라 목이 메었다. 고개는 간신히 끄덕거렸지만 말이 나오지 않았다.

"길 잃어버린 거야?"

카야는 다시 고개를 주억거렸다. 계집애처럼 울지는 않을 테다.

"뭐, 괜찮아. 나도 맨날 그래." 소년은 미소를 지었다. "그런데 나 너 알아. 조디 클라크 동생이지?"

"전에는 그랬어. 그런데 이제 오빠는 없어."

"그래, 그래도 여전히……." 하지만 소년은 말을 맺지 않았다.

"나를 어떻게 알아?" 카야는 재빨리 소년의 눈을 똑바로 쳐다보았다.

"아, 조디하고 가끔 낚시한 적 있어. 너도 두세 번 봤어. 작은 꼬마였는데. 너 카야지, 응?"

그녀의 이름을 아는 사람이 있다니. 카야는 깜짝 놀랐다. 무언가에 닻을 내린 느낌, 무언가로부터 풀려난 느낌.

"응. 우리 집 알아? 여기서 가는 거?"

"그런 거 같은데. 집에 갈 때가 되긴 했지." 소년은 고갯짓으로 먹구름을 가리켰다. "나 따라와."

소년은 낚싯줄을 걷고 장비를 상자에 넣은 후 아웃보드 엔진에 시동을 걸었다. 강어귀를 가로질러 가면서 소년은 손을 흔들었고 카야는 뒤를 따랐다. 천천히 순항하던 소년은 카야가 찾던 물길 쪽으로 직진했고, 카야가 배를 잘 돌렸는지 확인한 후 전진했다. 그리고 모퉁이가 나올 때마다 그렇게 해서 참나무 호소까지 안내해주었다. 소년이 집 쪽으로 이어지는 어두운 물길로 진입하자 카야는 어디서 길을 잘못 들었는지 깨달았다. 다시는 똑같은 실수를 하지 않을 것이다.

이제는 길을 안다고 손을 흔들어 보였지만 소년은 계속 앞장서서 석호를 가로질러 숲속 판잣집이 있는 해안까지 함께 갔다. 카야는 모터를 돌려 침수된 소나무 고목에 줄을 묶었다. 소년은 상충되는 후류를 타고 위아래로 흔들리며 카야의 보트에서 서서히 멀어졌다.

"이제 괜찮니?"

"응."

"뭐, 폭풍이 올 거라서, 나도 이제 가봐야겠다."

카야는 고개를 끄덕이다 엄마의 가르침을 기억했다. "고마워."

"괜찮아. 내 이름은 테이트야. 혹시 또 보게 될 수도 있으니까."

카야가 대답을 하지 않자 소년이 말했다. "그럼 안녕."

소년이 배를 몰고 나가는데 석호의 호변으로 느릿한 빗방울이 타닥타닥 떨어졌다.

카야는 혼잣말을 했다. "엄청난 폭우가 쏟아질 텐데, 저 남자애 완전히 흠뻑 젖겠어."

허리를 굽혀 연료 탱크에 갈대를 넣어 깊이를 가늠하면서 빗물이 들어가지 않게 작은 손을 모아 가렸다. 동전은 헤아릴 줄 몰라도, 연료통에 빗물이 들어가면 안 된다는 건 확실히 알았다.

'엄청 낮아. 아버지가 보면 알 거야. 돌아오시기 전에 싱 오일 주유소에 가서 한 깡통 사와야 해.'

주유소 주인 조니 레인 씨는 잘 알았다. 항상 카야네 가족을 늪지 쓰레기라고 부르는 위인이었지만 그 정도는 상대할 가치가 있었다. 비바람이 불어도, 조수가 밀려들고 물러나도 얼마든지 좋았다. 망망한 풀과 하늘과 물의 공간으로 다시 나갈 수만 있다면 뭐든 할 수 있었다. 혼자라 무서웠지만 이제는 그 기억마저 흥분돼 콧노래를 불렀다. 게다가 또 다른 요인이 있었다. 소년의 차분함. 그렇게 찬찬히 말하고 움직이는 사람을 카야는 한 번도 본 적이 없다. 너무나 확고하면서도 편안한 행동거지였다. 그냥 근처에만 있었는데, 그렇게 가까이 간 것도 아닌데, 딱딱하게 뭉쳐 있던 카야의 응어리가 한결 느슨해졌다. 엄마와 조디가 떠나고 처음으로 숨 쉴 때 아픔이 느껴지지 않았다. 상처 말고 다른 무언가가 느껴졌다. 카야에게는 이 보트와 그 소년이 필요했다.

바로 그날 오후, 테이트 워커는 자전거 핸들바를 잡고 걸어서 마을을 지나가며 오센트 잡화점에서 팬지 프라이스에게 고개를 숙여 인사하고, 웨스턴 오토를 지나 마을 부두로 갔다. 바다를 훑어보며 아버지의 새우잡이 배 체리파이호를 찾던 테이트는 저 멀리 환한 빨간색 페인트와 파도가 높아질 때마다 흔들리는 넓은 그물을 보았다. 구름 같은 갈매기 떼의 호위를 받으며 배가 접근하자 테이트는 손을 흔들었고, 태산 같은 어깨에 숱 많은 빨강 머리를 휘날리는 덩치 큰 사나이가 허공에 팔을 치켜들었다. 마을 사람들이 스커퍼라고 부르는 테이트의 아버지였다. 테이트는 스커퍼가 던진 뱃줄을 받아 묶고 선상으로 뛰어올라 그날 잡은 새우를 부리는 선원들을 도왔다.

스커퍼가 테이트의 머리칼을 흐트러뜨렸다. "잘 지냈냐, 아들? 와줘서 고맙구나."

테이트는 웃으며 고개를 끄덕였다. "뭘요. 당연하죠." 선원들은 분주히 새우를 궤짝에 실어 부두로 옮기며 도그곤에서 맥주나 걸치자고 외치다가 테이트에게 학교는 어떠냐고 물었다. 다른 사내들보다 한 뼘은 큰 스커퍼는 한 번에 새우 궤짝 세 개를 옮겼다. 곰 발이 무색할 정도의 주먹에 손가락 관절은 죄다 갈라지고 터져 있었다. 40분도 못 되어 갑판 물청소와 그물 정리를 끝내고 낚싯줄도 잘 보관해두었다.

스커퍼는 선원들에게 맥주는 다음에 하자고 말했다. 집에 가기 전에 배를 좀 정비해야 했다. 스커퍼는 조타실 카운터에 가죽끈으로 고정해둔 축음기에 밀리차 코르유스Miliza Korjus의 78회전 레코드를 걸고 볼륨을 높였다. 그리고 테이트와 함께 배 바닥으로 내려가 비좁은 엔진룸에 몸을 구겨 넣었다. 테이트가 연장을 건네주면 스커퍼는 부품에 윤활유를 칠하고 흐릿한 알전구 불빛에 의지해 볼트를 조였다. 그러는 내내 달콤하게 고조되는 오페라가 하늘로 높이 날아올랐다.

스코틀랜드 이민자인 스커퍼의 고조부는 1760년대에 노스캐롤라이나 연안에서 난파한 선박의 유일한 생존자였다. 그는 해안까지 헤엄쳐 와서 아우터뱅크스에 상륙했고 아내를 만나 슬하에 자식 13명을 두었다. 족보가 워커 씨에게로 거슬러 올라가는 사람들은 수없이 많았으나 스커퍼와 테이트는 대체로 단둘이서만 지냈다. 테이트의 어머니와 누이동생이 있던 시절과는 달리 치킨 샐러드와 데블드 에그를 펼쳐놓고 즐기는 친척들의 일요일 소풍에도 나가지 않았다.

어스름이 회색으로 변해갈 무렵에야 스커퍼는 테이트의 등을 철썩 치며 말했다. "다 됐다. 어서 집에 가서 저녁 먹자."

부자는 부두를 따라 메인스트리트를 지나 구불구불한 오솔길을 걸어 집으로 갔다. 1800년대에 지어진 이층집의 삼나무 외장재는 풍상에 낡아 허름했다. 하얀 창틀은 새로 칠했고 거의 바다에까지 이어지는 잔디밭은 깔끔하게 깎여 있었다. 하지만 집 측면을 따라 심어진 철쭉과 장미는 잡초에 파묻혀 시들시들했다.

노란색 장화를 잡아당겨 벗으며 스커퍼가 물었다. "햄버거는 이제 지겹냐?"

"버거가 지겨울 리가요."

테이트는 주방 조리대에 서서 햄버거 고기를 덜더니 패티를 만들어 접시에 놓았다. 어머니와 동생 캐리언이 둘 다 야구 모자를 쓰고서 창가에 걸린 액자에서 그를 보고 환하게 웃었다. 캐리언은 애틀랜타 크래커스 모자를 좋아해서 어디를 가나 쓰고 다녔다.

테이트는 사진에서 눈길을 돌리고 토마토를 썰고 베이크 빈을 저었다. 테이트만 아니었다면 이 자리에 둘 다 있었을 것이다. 어머니는 치킨에 양념을 바르고 캐리언은 비스킷을 잘랐겠지.

보통 때와 다름없이 스커퍼는 버거를 좀 까맣게 태웠지만, 속은 즙이 많고 부드러웠고 작은 전화번호부만큼 두툼했다. 둘 다 배가 고파서 한참을 말없이 먹다가 스커퍼가 테이트에게 학교 얘기를 물었다.

"생물은 좋아요. 하지만 영어 시간에 시를 배우고 있어요. 썩 좋다고 말하지는 못하겠어요. 한 사람씩 돌아가면서 시를 낭송해야 하거든요. 예전에 아버지가 몇 편 읽어주셨는데 기억이 잘 안 나요."

"내가 시 한 수 가르쳐주마." 스커퍼가 말했다. "내가 좋아하는 시인데 로버트 서비스Robert Service의 「샘 맥기의 화장火葬」이라고 하지. 옛날에는 너희들을 앉혀놓고 다 외웠는데 말이야. 엄마가 그 시를 좋아했지. 낭송할 때마다 웃음을 터뜨렸거든. 질리지도 않고."

테이트는 어머니 얘기가 나오자 눈을 내리깔고 콩을 휘저었다.

스커퍼가 말을 이었다. "시가 계집애들만 좋아하는 거라고 생각하는 건 오산이야. 물론 오글거리는 사랑 시도 있지만 웃기는 것도 있고, 자연에 대한 시도 많고, 심지어 전쟁 시도 있거든. 시의 존재 의미는 말이야,

사람한테 뭔가 느끼게 만드는 거지." 테이트의 아버지는 진짜 남자란 부끄러움 없이 울고 심장으로 시를 읽고 영혼으로 오페라를 느끼며, 여자를 보호하기 위해서는 수단과 방법을 가리지 않는 법이라고 입버릇처럼 말했다. 스커퍼는 거실로 가면서 어깨너머로 외쳤다. "웬만한 시는 다 외웠는데 이제는 다 잊었어. 하지만 여기 있다. 내가 읽어주마." 그는 테이블에 걸터앉아 시를 읽기 시작했다. 그리고 이 대목에 다다랐다.

샘은 앉아 있었네
포효하는 가마의 심장에서도 냉정하고 차분해 보였지
1킬로미터 밖에서도 보이는 미소를 지으며 말했네
부탁이니 문을 닫게
여기는 괜찮아. 하지만 자네 때문에 추위와 폭풍이 들어올까 두렵군
테네시의 플럼트리를 떠난 후로
몸이 따뜻한 건 처음이라네

스커퍼와 테이트는 킬킬거리며 웃었다.
"네 엄마도 항상 여기서 웃었지."
두 사람은 추억에 젖어 미소를 지었다. 그리고 1분쯤 가만히 앉아 있었다. 잠시 후 스커퍼는 테이트가 숙제를 하는 동안 설거지를 하겠다고 했다. 방에 들어가 수업 시간에 읽을 시를 살펴보던 테이트는 토머스 무어Thomas Moore의 시 한 편을 발견했다.

······그녀는 암울한 늪의 호수로 갔네
그곳에서 밤새도록 반딧불이 등불을 벗 삼아

하얀 카누를 저었지

머지않아 나는 그녀의 반딧불이 등불을 볼 테고
그녀의 노 젓는 소리를 들을 테고
우리 삶은 길고 사랑으로 충만하리라
죽음의 발걸음이 가까이 다가오면
나는 그 처녀를 사이프러스 나무에 숨기리

그 단어들이 조디의 동생 카야를 떠올리게 했다. 광활한 습지에서 너무 작고 외로워 보였다. 테이트는 여동생이 습지에서 길을 잃었다는 상상을 했다. 아버지가 옳았다. 시는 무언가 느끼게 만들었다.

1952년

낚시하던 소년이 습지를 헤치고 집으로 데려다준 그 날 저녁, 카야는 포치 매트리스에 다리를 꼬고 앉아 있었다. 거센 빗발로 피어오른 물안개가 차양 문틈으로 들어와 카야의 얼굴을 어루만졌다. 카야는 소년을 생각했다. 친절하지만 강했어, 조디처럼. 요즘 카야가 말을 섞는 상대는 가끔 아버지 그리고 훨씬 뜸하게 피글리 위글리에서 카운터를 보는 싱글터리 부인밖에 없었다. 싱글터리 부인은 요즘 카야에게 쿼터25센트 동전, 니켈5센트 동전, 다임10센트 동전의 차이를 가르쳐주는 일에 재미를 붙였다. 페니1센트 동전는 카야도 이미 알고 있었다. 그렇지만 싱글터리 부인은 성가시게 오지랖을 부릴 때가 많았다.

"아가, 그런데 네 이름이 뭐니? 엄마는 요즘 왜 안 오시니? 순무 싹이 돋고는 한 번도 못 봤네."

"엄마는 집안일이 많다고 저보고 가라 하셨어요."

"그래, 아가. 하지만 네가 사가는 걸로는 식구들이 먹기에 턱없이 부족할 텐데."

"알아요, 부인. 저 빨리 가야 해요. 엄마는 그리츠가 당장 필요하대요."

가능하면 카야는 싱글터리 부인을 피해 다른 점원 쪽으로 갔다. 그 점원은 별 관심 없이 애들은 맨발로 가게에 오면 안 된다는 소리만 했다. 발가락으로 포도를 집지는 않을게요, 하고 대꾸하고 싶었지만 어차피 포도는 비싸서 엄두도 못 냈다.

카야는 갈수록 아무하고도 말을 섞지 않고 갈매기한테만 이야기했다. 아버지한테 배를 사용해도 좋다는 허락을 받으려면 어떤 거래를 해야 할까 고민이었다. 습지에 나가면 깃털과 조개껍데기를 모으고 가끔은 그 소년을 볼 수도 있을 텐데. 카야는 친구를 가져본 적은 없지만 친구가 왜 필요한지는 알 것 같았다. 매혹적인 이끌림이 느껴졌다. 강어귀도 함께 돌아다니고 소택지를 샅샅이 탐험할 수도 있을 것이다. 소년은 카야를 그저 꼬마라고 생각할 테지만, 습지를 빠삭하게 꿰고 있으니 데리고 다니면서 가르쳐줄지도 모른다.

아버지는 자동차가 없었다. 낚시할 때도, 시내로 갈 때도, 늪을 지나 술집으로 갈 때도 보트를 탔다. 부들 수풀을 헤치고 위태롭게 나무판자를 놓아 만든 길을 따라가면 단단한 육지에 낡아빠진 술집 겸 포커 도박장 스왐프 기니가 나왔다. 아무렇게나 잘라 만든 미늘판자를 쌓고 양철 천장을 얹은 술집은 계속 추가로 연결한 구조물들이 구불구불 복잡하게 이어져 있었다. 바닥도 늪지 위로 벽돌을 쌓아 건물을 떠받친 높이에 따라 층이 다 달랐다. 아버지는 스왐프 기니뿐 아니라 어디든 갈 때면 보트를 가져갔고, 걷는 일은 거의 없었다. 그런데 카야한테 보트를 빌려줄 리가 있을까?

하지만 오빠들은 아버지가 쓰지 않을 때 보트를 타고 나가곤 했다. 아마 저녁거리로 쓸 물고기를 잡아 왔기 때문일 것이다. 카야는 낚시에는 전혀 관심이 없었지만 보답으로 뭔가 다른 걸 내놓을 수 있을 것 같았다. 아버지는 그런 식으로 구슬려야 하는 사람이었다. 요리는 어떨까, 엄마가 돌아올 때까지 집안일을 더 많이 하면 어떨까.

빗줄기가 누그러졌다. 빗방울이 한 방울씩 떨어져 여기저기 꿈틀거리는 고양이 귀처럼 잎사귀를 살짝살짝 흔들었다. 카야는 팔짝 뛰어 일어나서 찬장으로 쓰는 냉장고를 정리하고 얼룩진 마룻바닥을 걸레질하고 나무 화덕에 몇 달째 들러붙어 있는 그리스 찌꺼기를 닦아냈다. 다음 날 아침 일찍 카야는 땀과 위스키에 쩐 아버지의 이불 홑청을 빨래판에 박박 문질러 빨아 팔메토 야자나무에 널었다. 웬만한 옷장보다 좁은 오빠의 방도 먼지를 털고 빗자루로 쓸었다. 옷장 뒤에 더러운 양말들이 쌓여있고 바닥에 놓인 때 묻은 매트리스 두 개 옆으로 노랗게 변색된 만화책들이 흐트러져 있었다. 카야는 오빠들의 얼굴과 양말을 신고 있던 발들을 눈앞에 그려보려 애썼지만 자세한 부분은 이미 기억이 흐릿했다. 심지어 조디의 얼굴마저 희미해지고 있었다. 오빠의 두 눈이 잠시 보이는가 싶더니 다음 순간 스르르 감겨 사라져버렸다.

다음 날 아침, 갤런 깡통을 들고 모래투성이 길을 따라 피글리로 가서 성냥, 등뼈, 소금을 샀다. 다임 두 개는 아꼈다. "우유는 못 사. 연료를 사야 하니까."

바클리코브를 벗어나자마자 바로 나오는 싱 오일 주유소에 들렀다. 소나무 숲 가운데 자리한 주유소를 빙 둘러 녹슨 트럭과 고물 자동차들이 시멘트 블록에 층층이 쌓여 있었다.

레인 씨가 카야를 먼저 보았다. "썩 꺼져라, 상거지 암탉 같으니라고.

저리 가, 늪지 쓰레기."

"저 현금 있어요, 레인 씨. 아버지 보트 모터에 넣을 연료하고 기름이 필요해요." 카야는 다임 두 개, 니켈 두 개, 페니 다섯 개를 치켜들어 보였다.

"뭐, 기름 넣을 값도 안 되는 푼돈이다마는, 뭐, 그럼, 들어와라. 여기 내놔봐." 일그러진 사각형 기름통에 손을 뻗으며 레인 씨가 말했다.

카야는 레인 씨에게 감사 인사를 드렸지만, 불만스러운 투덜거림만 돌아왔다. 장 본 물건과 연료는 1킬로미터가 지날 때마다 점점 더 무거워져서 집까지 오는 데 꽤 오래 걸렸다. 마침내 석호 그늘에 들어선 카야는 보트 연료통에 깡통에 든 연료를 넣고 나서 더러운 때가 벗겨지고 금속 선체가 드러날 때까지 젖은 걸레와 모래로 보트를 박박 문질렀다.

아버지가 떠나고 나흘째 되던 날, 카야는 망을 보기 시작했다. 늦은 오후가 되자 싸늘한 두려움이 내려앉아 숨결이 가빠졌다. 그녀는 또 여기 이러고 있었다. 오솔길만 바라보면서. 고약한 사람이었지만 아버지는 카야에게 돌아와야만 했다. 마침내 초저녁이 되자 아버지가 모래밭 길을 따라 터벅터벅 걸어왔다. 카야는 주방으로 달려가 겨잣잎과 등뼈와 그리츠를 끓여 만든 굴라쉬를 차렸다. 그레이비를 만들 줄 몰라서 텅 빈 잼 단지에 등뼈 육수를 부었다. 하얀 기름이 국물에 둥둥 떠다녔다. 접시는 금이 가고 짝도 맞지 않지만 엄마가 가르쳐준 대로 포크를 왼쪽에 놓고 오른쪽에 나이프를 놓았다. 그리고 기다렸다. 자동차에 깔려 납작해진 황새처럼 찬장 냉장고에 딱 붙어 선 채로.

아버지는 현관문이 벽에 부딪혀 쾅 소리를 낼 정도로 활짝 열고 들어와서 거실을 지나 세 걸음 만에 자기 방으로 들어갔다. 카야를 부르지도 않고 부엌은 들여다보지도 않았다. 그게 정상이었다. 카야는 아버지가 가방을 바닥에 내려놓고 서랍을 여는 소리를 들었다. 틀림없이 깨끗한 이불과 깨끗한 마루를 보았을 것이다. 눈으로 보지 않고 코로 냄새만 맡아도 알 수 있었다.

몇 분 후 아버지는 방에서 걸어 나와 곧장 부엌으로 들어와서 식사가 차려진 테이블과 몽글몽글 김이 오르는 요리를 보았다. 그리고 냉장고에 바짝 붙어 서 있는 카야를 보았다. 두 사람은 생전 처음 보는 사람처럼 서로를 빤히 바라보았다.

"아, 이런, 이게 다 뭐냐? 쬐끄만 게 갑자기 다 커버린 것 같네. 요리도 하고, 참."

아버지는 웃지 않았지만 차분한 얼굴이었다. 수염을 깎지 않아 턱수룩했고 왼쪽 관자놀이 위로 감지 않은 검은 머리카락이 흘러내렸다. 하지만 맑은 정신이었다. 카야는 술에 취했을 때 나타나는 증상을 다 알았다.

"네, 아버지. 콘브레드도 만들었는데 잘 구워지지 않았어요."

"그래, 고맙다. 거 참 우리 딸 착하네. 아빠는 똥구덩이에 뒹군 돼지 새끼마냥 지치고 배고팠는데."

아버지는 의자를 빼고 식탁에 앉았고, 카야도 똑같이 따라 했다. 두 사람은 침묵 속에서 접시에 음식을 덜고 볼품없는 등뼈에서 실 같은 고기를 건져냈다. 아버지는 뼈를 하나 건져내 골수를 쪽쪽 빨아먹었다. 기름진 육즙이 수염이 턱수룩한 뺨에서 반짝거렸다. 아버지는 뼈가 실크 리본처럼 맨질맨질해질 때까지 빨아먹었다.

"이거 차가운 시래기 샌드위치보다 훨씬 맛있다." 그가 말했다.

"콘브레드도 잘 구워졌으면 좋았을 텐데요. 달걀을 좀 빼고 소다를 더 넣어야 했나봐요." 카야는 자기가 이렇게 말을 많이 하고 있다는 게 믿기지 않았지만 입을 다물 수가 없었다. "엄마는 정말 맛있게 만들었는데. 제가 정신 차리고 자세히 보지 않았던 거 같아요……." 그러고 보니 엄마 얘기는 하지 말았어야 했는데. 카야는 입을 다물었다.

아버지는 접시를 카야 쪽으로 내밀었다. "좀 더 먹어도 되겠니?"

"네, 아버지, 아직 많이 있어요."

"아, 그리고 그 콘브레드도 스튜에 좀 넣어주렴. 육수를 남김없이 찍어 먹고 싶은데, 내가 보기엔 빵이 맛있을 것 같구나. 스푼브레드처럼 부들 부들한 게."

카야는 아버지의 접시에 음식을 담으며 배시시 웃었다. 콘브레드로 가 까워지게 될 줄 누가 알았을까.

하지만 생각해보니 지금 보트를 써도 좋으냐고 물으면 아버지는 카야 가 대가를 바라고 요리하고 청소했다고 생각할 것 같았다. 실제로 그렇 게 시작한 일이지만 이제는 왠지 다른 기분이 들었다. 카야는 가족처럼 함께 앉아 밥을 먹는 게 좋았다. 누군가와 말하고 싶다는 갈망이 절박해 졌다.

그래서 혼자 보트를 갖고 나가겠다는 얘기는 꺼내지 않고 그냥 이렇게 물었다. "가끔 아버지 낚시하실 때 따라가도 돼요?"

그는 너털웃음을 터뜨렸지만 친절하게 느껴졌다. 엄마와 언니 오빠 들이 떠난 후 아버지가 소리 내어 웃은 건 처음이었다. "낚시 따라가고 싶니?"

"네, 가고 싶어요."

"넌 여자애잖니." 아버지는 접시를 보고 등뼈를 씹으며 말했다.

"네, 전 아빠 딸이에요."

"그래, 언제 한번 데리고 가주마."

다음 날 아침 모래밭 길을 내달리면서 카야는 두 팔을 한껏 펼치고 침을 튀기며 환호성을 질렀다. 날아올라 둥지를 찾아 습지 위를 활강하고 싶었다. 하늘로 솟구쳐 독수리와 나란히 날고 싶었다. 카야의 손가락은 긴 깃털이 되어 하늘을 등지고 쫙 펼쳐져서 바람을 모았다. 하지만 그 순간 아버지가 보트에서 소리쳐 부르는 바람에 카야는 땅으로 툭 떨어져버렸다. 날개가 툭 부러져 늘어지고 위장이 쿵 떨어졌다. 보트를 타고 나간 걸 아버지가 알아차린 게 분명했다. 엉덩이와 종아리를 내리치는 노가 벌써 온몸으로 느껴졌다. 도망쳐 숨고 아버지가 취할 때까지 기다리면 절대로 잡히지 않을 것이다. 하지만 이미 길을 따라 너무 멀리 와서 아버지한테 훤히 다 보였다. 장대와 낚싯대를 들고 선 아버지가 이리 오라고 손짓하고 있었다. 말없이, 겁에 질린 채, 카야는 다가갔다. 낚시 장비가 여기저기 널려 있었고 아버지의 좌석 밑에 옥수수 술이 한 병 숨겨져 있었다.

"타라." 그 한 마디가 아버지의 초대였다. 카야는 기쁨이나 감사를 표하려 했으나 아버지의 무표정한 얼굴에 가만히 갑판으로 올라 전면을 바라보는 금속 의자에 앉았다. 아버지는 크랭크를 잡아당기고 물길을 향해 출발했다. 물길을 따라 달리자 머리 위에 늘어진 나뭇가지를 피해 고개를 숙여야 했다. 카야는 부러진 나무들과 낡은 등걸의 이정표를 마음속으로 열심히 외웠다. 아버지는 후미진 배수背水에서 모터를 끄고 카야에게 가운데 자리로 와서 앉으라고 손짓했다.

"자, 이제 깡통에서 미끼를 좀 꺼내봐라." 아버지는 손으로 만 담배를 입가에 꼬나물고 말했다. 그리고 미끼를 꿰고 낚싯줄을 던지고 릴을 감는 법을 가르쳐주었다. 아버지는 카야에게 최대한 닿지 않으려고 몸을 괴상하게 뒤트는 것 같았다. 두 사람은 낚시 이야기만 했다. 다른 주제는 감히 건드릴 생각조차 못 했다. 자주 웃지는 않았지만 같은 땅을 밟고 선 그들 사이는 단단했다. 아버지가 술을 입에 좀 대긴 했지만 금세 바빠져서 많이 마시지도 못했다. 하루가 저물기 시작해 해가 한숨을 쉬며 버터 빛깔로 빛이 바랬을 때는 두 사람도 모르게 어깨에 힘이 빠지고 목이 부드러워졌다.

카야는 몰래 물고기가 잡히지 말았으면 좋겠다고 빌었지만 낚싯줄이 팽팽해져 확 당기자 두툼한 브림 한 마리가 은빛과 파란빛으로 반짝이면서 딸려 올라왔다. 아버지는 허리를 굽히고 그물망으로 낚아채고는 털썩 주저앉더니 무릎을 치며 환호성을 올렸다. 카야가 처음 보는 모습이었다. 카야는 만면에 웃음을 띠었고 두 사람은 서로의 눈을 보며 둘만의 유대를 굳혔다.

아버지가 줄로 꿰기 전에 브림은 펄떡거리며 보트 바닥을 돌아다녔고, 카야는 저 멀리 한 줄로 모여 있는 펠리컨의 동향도 살피고 구름 모양도 살피며 물 없는 세상을 바라보며, 넓은 아가리로 무가치한 공기를 들이키며 죽어가는 물고기의 눈을 피하려 안간힘을 썼다. 하지만 이 보잘것없는 가족의 잔해를 지키는 건 그만한 가치가 있었다. 물고기 입장에서는 다른 얘기겠지만, 어쨌든.

아버지와 딸은 다음 날도 보트를 타고 습지로 나왔다. 어두운 호소에서 카야는 수리부엉이의 보드라운 가슴털이 수면에 떠다니는 걸 발견했다. 양쪽 끝이 말려 작은 오렌지색 보트처럼 표류하고 있었다. 카야는 손을 모아 깃털을 퍼내서 주머니에 넣었다. 나중에는 쭉 뻗은 가지 끝에 버려진 벌새 둥지를 발견해 안전하게 갑판에 보관했다.

그날 저녁 아버지는 생선을 튀겨 저녁 식사를 준비했다. 옥수숫가루와 검은 후추를 듬뿍 묻혀 튀기고 그리츠와 채소를 곁들였다. 밥을 다 먹고 카야가 설거지를 하고 있는데 아버지가 제2차 세계대전 때 쓰던 낡은 군용 배낭을 들고 부엌으로 들어왔다. 아버지는 문간에 서서 의자에 배낭을 아무렇게나 휙 던졌다. 쿵 소리를 내며 배낭이 바닥으로 떨어지는 바람에 카야는 소스라치게 놀라 뒤돌아보았다.

"너 깃털이랑 새 둥지랑 뭐 그런 거 수집하는 거, 여기다 넣으면 좋을 것 같더라."

"아." 카야가 말했다. "아, 감사합니다."

하지만 아버지는 이미 포치문 밖으로 나가고 없었다. 카야는 낡은 배낭을 집어들었다. 평생을 써도 닳지 않을 것 같은 튼튼한 캔버스 천으로 만들어진 배낭에는 작은 호주머니들과 비밀 수납공간이 가득했다. 웬만해서는 고장 나지 않을 지퍼. 카야는 창밖을 물끄러미 바라보았다. 아버지는 한 번도 카야에게 무언가를 준 적이 없었다.

조금이라도 날이 누그러진 겨울날과 봄날이면 카야와 아버지는 하루도 빠짐없이 나가서 저 멀리 연안을 위아래로 훑으며 선상 낚시를 하고 낚싯대를 흔들고 릴을 감았다. 어귀나 개천이 나오면 카야는 낚싯배를 타고 있던 소년 테이트를 찾았다, 다시 볼 수 있기를 바라면서. 카야는 가끔 테이트 생각을 했고 친구가 되고 싶었지만 어떻게 해야 친구가 될 수 있는지, 아니 어디서 그를 다시 찾을 수 있는지도 알 수 없었다. 그러던 어느 날, 아버지와 함께 휘어진 물길 모퉁이를 돌아서는데 거짓말처럼 그가 낚시하고 있었다. 카야가 처음 봤던 그 자리 같았다. 보자마자 소년은 활짝 웃으며 손을 흔들었다. 뭐라 생각할 겨를도 없이 카야도 손을 흔들며 답했다. 하마터면 웃어 보일 뻔했다. 하지만 아버지가 쳐다보는 바람에 놀라서 재빨리 손을 내렸다.

"조디 오빠가 떠나기 전부터 알던 친구예요." 카야가 말했다.

"여기서는 사람들을 조심해야 된다." 아버지가 말했다. "숲에는 백인 쓰레기들이 많으니까. 거의 다 약에도 못 쓸 인간들이라고 생각해야 해."

카야는 고개를 끄덕였다. 소년 쪽을 돌아보고 싶었지만 참았다. 하지만 매정하게 군다고 생각할까봐 걱정되었다.

아버지는 매가 초원을 알고 있듯 습지를 샅샅이 알고 있었다. 사냥하는 법, 숨는 법, 침입자들에게 겁을 주는 법도 잘 알았다. 아버지는 카야가 눈을 동그랗게 뜨고 던지는 질문들에 신이 나서 거위 사냥철, 물고기들의 습성, 구름과 파도의 이안류를 보고 날씨를 읽는 법 등을 설명해주었다.

카야가 배낭에 피크닉 점심을 싸온 날이면 둘이서 바스러지는 콘브레드를 양파 채와 곁들여 먹었고, 그러다보면 지는 해가 습지에 가만히 걸렸다. 이제 카야는 콘브레드 만드는 법을 거의 터득했다. 간혹 아버지가 몰래 술을 숨겨오는 걸 잊으면 잼 단지에 차를 끓여 마시기도 했다.

"우리 가족도 항상 가난했던 건 아니다." 어느 날 참나무 그늘에 앉은 아버지가 불쑥 말했다. 두 사람은 낮게 날아다니는 벌레 소리가 윙윙거리는 갈색 호소에 낚싯줄을 드리우고 있었다.

"땅이 있었지. 비옥한 땅이. 담배와 면화 같은 걸 키웠다. 저기 애슈빌 근처에서. 네 할머니는 마차 바퀴만큼 커다란 보닛을 쓰고 긴 치마를 입었단다. 우리는 빙 둘러 베란다가 있는 이층집에서 살았지. 근사한 집이었어. 아주 멋졌지."

할머니. 카야의 입술이 벌어졌다. 어딘가에 할머니가 살아 계셨었다. 지금은 어디 계실까? 카야는 모두 어떻게 되었냐고 묻고 싶어 미칠 것 같았다. 하지만 두려움이 앞섰다.

아버지는 이야기를 계속했다. "그러다가 한꺼번에 모든 것이 잘못되고 말았단다. 그 사태가 벌어질 때 나는 어려서 잘 모르지만, 아무튼 공황이 오고 면화에 충해가 생기고, 아무튼 사정을 다 알지는 못하지만 전부 다 없어져버렸어. 남은 건 빚뿐이었지. 어마어마한 빚."

이런 드문드문한 대강의 설명에 의지해 카야는 아버지의 과거를 그려 보려 했다. 엄마의 과거에 대해서는 아무 말도 하지 않았다. 누가 카야가 태어나기 전 두 사람에 대한 이야기라도 꺼낼라치면 아버지는 불같이 화를 내며 길길이 날뛰었다. 카야는 그녀의 가족이 전에는 습지에서 아주 먼 곳에서 살았다는 걸 알았다. 할머니 할아버지네 집 근처 어딘가에서. 거기서는 엄마가 작은 진주 단추와 새틴 리본과 레이스 트림이 달린 드레스를 가게에서 사 입었다. 판잣집으로 이사 온 후로 엄마는 드레스들을 트렁크에 넣어 보관해두다가 몇 년에 한 번씩 꺼내 입고는 홀홀 벗은 후 작업복으로 다시 갈아입곤 했다. 새 옷을 살 돈이 없었기 때문이었다. 이제 그 좋은 옷들은 두 사람의 이야기와 함께 사라졌다. 조디가 떠나고 나서 아버지가 피운 모닥불 속에서 불타 없어졌다.

카야와 아버지는 낚싯줄을 몇 번 더 던졌고, 두 사람의 낚싯줄이 고요한 수면에 떠 있는 노란 꽃가루 위로 바람을 가르며 휙휙 날았다. 카야가 이제 이야기가 끝났나보다 생각하는데 아버지가 한마디 더 덧붙였다. "나중에 애슈빌에 한번 데리고 가줄게. 옛날에 우리 땅이었던 곳을 보여주마. 그게 네 땅이었어야 했는데."

잠시 후 아버지는 휙, 하고 거세게 낚싯줄을 잡아챘다. "여기 좀 봐라, 아가. 아버지가 월척을 잡았어. 앨라배마주만큼 큰 놈인데!"

판잣집으로 돌아온 두 사람은 그 물고기와 거위 알만큼 뚱뚱한 콘브레드를 튀겨 먹었다. 그다음에 카야는 채집한 표본을 전시했다. 조심스럽게 마분지 조각에 핀으로 곤충들을 고정하고 깃털은 안쪽 침실 벽에 붙여 보드랍고 하늘하늘한 콜라주를 만들었다. 한참 후에는 포치 잠자리에 누워 소나무 숲 소리를 들었다. 눈을 감았다가 문득 커다랗게 떴다. 아버지가 틀림없이 '아가'라고 불렀다.

1969년

망루에서 오전 수사를 마친 에드 잭슨 보안관과 조 퍼듀 부보안관은 체이스의 미망인 펄, 체이스의 부모인 패티 러브와 샘을 안내해 싸늘한 병원 연구실의 철제 테이블 위 시트를 덮은 채 누워 있는 체이스의 시신이 있는 곳으로 갔다. 이곳은 아쉬운 대로 영안실 역할을 대신했다. 작별인사를 하러 갔지만 그곳은 세상 어떤 어머니도 감당 못 하게 추웠다. 세상 어떤 아내도 못 견디게 싸늘했다. 두 여인은 부축을 받으며 간신히 연구실 밖으로 나왔다.

보안관 집무실로 돌아와서 조가 말했다. "참, 짐작은 했지만 정말 처참하더군요."

"그래. 사람 할 짓이 아니지."

"샘은 한마디도 하지 않았어요. 원래도 말수가 적은 사람인데 이건 진짜 뭐라고 해야 할지."

소금물 습지는 시멘트 덩어리라도 아침 식사로 꿀꺽 잡아 잡순다는 말이 있다. 벙커 같은 보안관 집무실도 갯비린내를 막진 못했다. 언저리에 소금 결정이 들러붙은 물 찬 자국들이 벽을 따라 낮게 물결 모양으로 번져 있고 검은 곰팡이가 천장을 향해 핏줄처럼 퍼져 있었다. 아주 작은 까만 버섯들이 모퉁이마다 옹송그리고 자라났다.

보안관은 책상 맨 아래 서랍에서 술병을 하나 꺼내 커피 머그잔 두 개에 위스키 더블을 따랐다. 두 사람은 버번처럼 매끄러운 황금빛 태양이 바다로 스르르 떨어질 때까지 홀짝거리며 술을 마셨다.

나흘 뒤, 조가 허공에 서류를 흔들며 보안관 집무실로 들어왔다. "검시 보고서 초안을 받았습니다."

"어디 보자고."

두 사람은 책상에 마주 앉아 보고서를 훑어보았다. 이따금 조가 손바닥으로 파리를 때려잡았다.

에드가 큰 소리로 읽었다. "사망 시각은 1969년 10월 29일에서 30일로 넘어가는 자정에서 새벽 2시 사이로 추정된다. 우리 생각과 똑같군."

1분쯤 더 읽던 그는 덧붙여 말했다. "우리가 가진 건 네거티브 데이터야."

"바로 그거예요. 여기에는 아무것도 없어요, 보안관님."

"세 번째 스위치백까지 올라간 남자애 둘 말고는 난간이나 쇠살에서 나온 지문은 하나도 없어, 아무것도 없단 말이야. 체이스나 다른 누구의 흔적도 없다고." 오후가 되어 웃자란 수염이 보안관의 혈색 좋은 얼굴에 그늘을 드리웠다.

"그러니까 누가 깨끗하게 지웠다 그 말이죠. 전부 다 싹. 딴 건 몰라도 체이스의 지문이 왜 난간이나 쇠살에서 나오지 않았을까요?"

"내 말이 그 말이야. 일단 발자국도 없고, 이젠 지문도 없다 이거지. 그러니까 체이스가 진흙을 헤치고 거기까지 가서 계단을 올라 맨 위 쇠살문 두 개를 열었다는 증거조차 없다는 거지. 그러니까 계단 위의 문하고 추락한 문, 두 개 말이야. 그렇다고 다른 누가 그랬다는 자취도 없고. 그러나 네거티브 데이터도 데이터야. 누가 아주 솜씨 좋게 뒤처리를 했거나, 어디 다른 데서 체이스를 죽이고 망루로 시체를 옮겨놓은 거야."

"하지만 시체를 망루로 끌고 왔다면 타이어 자국이 나 있었을 텐데요."

"맞아. 그러니까 다시 가서 우리 차하고 앰뷸런스 말고 다른 바큇자국이 있는지 찾아봐야겠어. 자칫 못 보고 지나간 게 있을 수도 있으니까."

1분쯤 더 보고서를 읽다가 에드가 말했다. "아무튼, 이제는 자신 있게 말할 수 있네. 이건 절대 사고가 아니야."

조가 말했다. "저도 동의합니다. 그리고 아무나 이렇게 깔끔하게 흔적을 지울 수 있는 것도 아니죠."

"배가 고프군. 그리로 가는 길에 다이너에 들렀다 가세."

"뭐, 그러다 덜컥 붙잡히실 수도 있어요. 마을 사람들이 굉장히 화가 많이 났거든요. 체이스 앤드루스 살인사건은 이 마을 역사상 가장 큰 사건일 거예요. 뜬소문이 연막탄처럼 피어오르고 있단 말입니다."

"뭐, 귀는 열어둬야지. 우리도 쓸 만한 정보를 한두 개 건질지 누가 알아. 보통 밥벌레들이 입조심을 못 하고 술술 불거든."

바클리코브 다이너는 한쪽 면이 통째로 허리케인 대비용 셔터가 달린 유리창으로 되어 있어서 창밖으로 항구 전경이 내다보였다. 1889년 지어진 식당 건물에서 좁은 도로 하나만 건너면 마을 부두로 내려가는 축축한 계단이 나왔다. 벽을 따라 버려진 새우 바구니들과 꽁꽁 동여맨 낚시 그물들이 나뒹굴고 갑각류 껍데기들이 인도 여기저기 널려 있었다. 사방에 바닷새 울음소리, 어디를 보나 바닷새의 똥, 소시지와 비스킷 냄새, 순무 시래기 끓는 냄새, 프라이드치킨 냄새가 부두에 즐비한 생선 통에서 나는 심한 비린내를 다행히 덮고 있었다.

보안관이 식당 문을 열자 나직한 웅성거림이 흘러나왔다. 테이블마다 손님들이 꽉꽉 차 있었다. 빈 테이블은 거의 없었다. 조는 탄산음료 기계쪽 등 없는 의자 두 개를 가리켰고 두 사람은 그쪽으로 걸어갔다.

싱 오일 주유소의 레인 씨가 디젤 정비공에게 말하는 소리가 들렸다. "나는 러마 샌즈가 저지른 짓이라고 생각해. 기억나나. 그 번지르르한 스키보트 갑판에서 제 아내가 체이스랑 놀아나는 걸 몇 번이나 잡았잖나. 동기도 있거니와 러마가 불법을 저지른 게 한두 번도 아니고 말이야."

"무슨 불법?"

"보안관 발목을 칼로 그은 무리와 어울렸다고."

"그때는 아직 애들이었잖나."

"또 다른 일도 있었어. 기억은 잘 안 나지만."

카운터 뒤에서는 요리사이자 식당 주인인 짐 보 스위니가 철판에서 굽던 크랩 케이크를 뒤집고 달려가서 버너에 올려둔 크림 옥수수를 휘젓고 튀김기에서 튀겨지는 치킨 다리를 쑤시고 또다시 달려 돌아오는 일을 반복하고 있었다. 그러면서 간간이 산더미처럼 음식이 쌓인 접시를 손님들에게 내놓았다. 사람들은 짐 보 스위니가 한 손으로 비스킷 반죽을 섞으며 다른 손으로는 메기 껍질을 벗길 수 있다고 했다. 유명한 특선요리는 – 피망과 치즈 그리츠를 곁들이고 새우 속을 채워 구운 넙치 요리였다 – 1년에 불과 몇 번밖에 내놓지 않았지만 광고할 필요도 없었다. 입소문이 빨랐으니까.

보안관과 부보안관은 테이블 사이를 지나 카운터로 가다가 크레스의 오센트 잡화점 직원인 팬지 프라이스가 친구에게 하는 말을 엿들었다. "습지에 사는 그 여자가 그랬을지도 몰라. 완전히 미친년이잖아. 얼마든지 이런 짓을 할 수 있을 거야……."

"무슨 뜻이야? 그 여자가 대체 무슨 상관인데?"

"있잖아, 거기서 글쎄 그 여자랑 벌써 한참……."

부보안관과 함께 카운터로 다가선 에드 잭슨 보안관이 말했다. "그냥 새우 샌드위치나 포장해서 갖고 나가자고. 이 난리 통에 우리까지 휘말릴 수는 없잖나."

1953년

뱃머리에 앉아서 카야는 낮게 깔린 안개의 손가락이 스멀스멀 보트로 다가오는 광경을 보았다. 처음에는 찢어진 구름 조각이 머리 위로 흘러가더니 짙은 안개가 회색으로 사위를 감쌌고, 이제 조용히 돌아가는 모터의 틱, 틱, 소리만 들렸다. 몇 분 후 풍파에 낡은 선박 전용 주유소가 모습을 드러내자 이질적인 원색들이 형체를 갖추기 시작했다. 보트는 가만히 있는데 주유소가 다가오는 것 같았다. 아버지가 모터를 끄고 부드럽게 부두에 뱃머리를 부딪었다. 카야는 여기에 한 번 와본 적이 있다. 늙은 흑인 주인이 의자에서 벌떡 일어나 이들을 도우러 왔다. 배만 보면 펄떡펄떡 뛰어오른다고 사람들은 그를 점핑이라고 불렀다. 하얀 구레나룻과 소금과 후추를 뿌린 듯한 머리카락이 넓적하고 너그러운 얼굴과 부엉이 같은 눈을 감싸고 있었다. 키 크고 홀쭉한 점핑은 쉬지 않고 말을 하고 고개를 뒤로 젖히며 웃었다. 특유의 미소를 지을 때면 입술을 앙다물었다. 점펑은 근방의 다른 일꾼들처럼 멜빵바지를 입지 않았다. 대신 잘 다린 파란색 버튼다운 셔츠와 좀 짧다 싶은 검은색 바지를 입고 워커를 신었다. 자주는 아니지만 간혹 심하게 뜨거운 여름날에는 너덜너덜해진 밀짚모자도 갖춰 썼다.

점펑은 연료와 미끼를 위태로워 보이는 부두에 따로 보관했다. 후미진 배수를 10여 미터 가로질러 호변에서 제일 가까운 참나무에 케이블을 연결해 설치한 부두였다. 점펑의 증조부가 이 부두와 저 뒤에 자리 잡은 사이프러스 판잣집을 언제 지었는지는 아무도 기억하지 못한다. 남북전쟁 전이라고만 알고 있다.

삼대에 걸쳐 판잣집 전체를 원색의 금속 간판으로 도배했다. 니하이 그레이프 소다, 로열 크라운 콜라, 카멜 필터스 담배, 20년어치 노스캐롤라이나주 자동차 표지판들이었다. 화려하게 폭발하는 원색이라 지독한 안개만 끼지 않으면 멀리서도 아주 잘 보였다.

"안녕하세요, 제이크 씨. 잘 지내셨어요?"

"뒈지지 않고 일어나긴 했수다." 아버지가 대답했다.

점펑은 그런 케케묵은 농담에도 배를 잡고 웃었다.

"오늘은 어린 따님도 데리고 오셨네요. 아주 잘하셨어요."

아버지가 고개를 끄덕였다. 그러더니 이제야 생각난 것처럼 말했다. "그래요, 여기 이 녀석이 우리 딸이요. 미스 카야 클라크."

"그래요, 만나게 되어 영광이네요, 미스 카야."

카야는 맨발 발가락을 내려다봤지만 아무 말도 생각나지 않았다.

하지만 점펑은 별로 개의치 않고 최근 어획이 좋다며 계속 수다를 떨었다. 그러더니 아버지에게 물었다. "그럼 꽉꽉 채울까요, 제이크 씨?"

"암, 꼭대기까지 탕탕 채워야지."

남자들은 날씨와 낚시 얘기를 하다가 탱크가 다 찰 때까지 또 날씨 얘기를 했다.

"그럼 좋은 하루 되세요." 점핑이 줄을 던져주며 말했다.

아버지는 천천히 돌아서 빛나는 바다로 다시 나왔다. 점핑이 연료를 채우는 속도보다 해가 안개를 잡아먹는 속도가 더 빨랐다. 소나무가 우거진 반도半島를 통통거리며 돌아 바클리코브까지 달렸다. 아버지는 마을 부두의 깊이 박힌 말뚝에 배를 묶었다. 어부들이 주위에서 바쁘게 움직이며 물고기를 포장하고 줄로 묶었다.

"식당에서 밥을 사 먹어도 되겠다." 아버지가 카야를 데리고 바클리코브 다이너로 들어갔다. 카야는 외식이 처음이었다. 식당에 들어가본 적도 없었다. 짧아진 멜빵바지에 말라붙은 진흙을 털어내고 헝클어진 머리를 가다듬는데 심장이 쿵쾅쿵쾅 요동쳤다. 아버지가 문을 열자 손님들이 음식을 먹다가 일순 그대로 얼어붙었다. 남자들 몇이 아버지를 보고 희미하게 고개를 끄덕였고 여자들은 얼굴을 찌푸리며 고개를 돌렸다. 누군가 코웃음을 치며 말했다. "셔츠와 구두를 신고 들어오라는 안내문은 못 읽으시나보지."

아버지는 카야에게 부두가 보이는 작은 테이블에 앉으라고 손짓했다. 카야는 메뉴를 읽을 수는 없었지만 아버지의 설명을 듣고 프라이드치킨, 매시트포테이토, 그레이비, 화이트 에이커 콩 요리와 갓 딴 목화처럼 포슬포슬한 비스킷을 주문했다. 아버지는 새우튀김, 치즈 그리츠, 오크라 튀김, 프라이드 그린 토마토를 먹었다. 웨이트리스는 얼음을 받친 버터 한 통을 통째로 갖다주었고 비스킷과 콘브레드가 든 바구니와 마음껏 마실 수 있는 달콤한 아이스티도 테이블에 내놓았다. 디저트로는 블랙베리 코블러를 아이스크림과 함께 먹었다. 배가 부르다 못해 울렁거렸지만 얼마든지 좋았다.

아버지가 카운터에서 계산하는 사이 카야는 바깥으로 나갔다. 어선 특유의 진한 비린내가 만에 걸려 있었다. 카야는 먹다 남은 치킨과 비스킷을 기름진 냅킨에 싸 들고 있었다. 멜빵바지 호주머니는 웨이트리스가 가져가라고 앞에 놓아준 짭짤한 빵들로 불룩했다.

"안녕." 기어들어가는 목소리에 돌아보니 네 살쯤 되어 보이는 곱슬머리 금발 여자아이가 카야를 올려다보고 있었다. 하늘색 원피스를 입은 아이가 한 손을 내밀었다. 카야는 작은 손을 빤히 쳐다보았다. 폭신하고 보드라운 그 손바닥처럼 깨끗한 건 처음 봤다. 양잿물 비누로 닦은 적도 없을 테고 손톱에 홍합 찌꺼기가 낄 리도 없는 손이었다. 카야는 아이의 눈을 쳐다보았다. 그 눈에 비친 자기 모습은 여느 소녀들과 다를 바 없었다.

카야는 냅킨을 왼손으로 옮겨 들고 천천히 오른손을 아이 쪽으로 뻗었다.

"어이, 거기, 저리 가지 못해!" 불현듯 감리교 목사 사모 테리사 화이트 부인의 목소리가 버스터 브라운 신발가게 쪽에서 들려왔다.

바클리코브의 종교 성향은 열혈 강성 개신교였다. 아주 작은 마을인데도 교회가 네 군데나 있었고 전부 백인 전용이었다. 흑인들이 다니는 교회도 세 군데 더 있었다.

당연히 목사와 선교사, 그 부인들은 마을에서 꽤나 대접받았고, 옷도 늘 잘 차려입고 다니며 점잔을 뺐다. 테리사 화이트는 파스텔톤 치마와 하얀 블라우스에 색깔을 맞춘 펌프스를 신고 백을 들고 있었다.

여자는 딸에게 다가오더니 홱 안아올렸다. 카야로부터 뒷걸음질 쳐 물러선 그녀는 딸을 인도에 다시 내려놓고는 쭈그려 앉았다.

"메릴 린, 아가, 저런 여자애 근처에는 가지 마, 엄마 말 알았지. 더럽잖아."

카야는 아이 엄마가 곱슬머리에 손가락을 넣어 훑어주는 모습을 보았다. 얼마나 오래 눈을 맞추고 서로를 쳐다보는지도 놓치지 않았다.

피글리 위글리에서 한 여자가 나와 허겁지겁 다가왔다. "괜찮아요, 테리사? 아니 어떻게 된 거예요? 저 계집애가 메릴 린을 괴롭혔어요?"

"내가 제때 봤어요. 고마워요, 제니. 저런 사람들은 마을 출입을 못 하게 하면 좋겠네요. 저 계집애 좀 봐요. 더러워 죽겠어. 못 배워먹어서 고약하잖아요. 요즘 장염이 돈다던데 내 생각엔 틀림없이 저런 사람들한테서 옮겨온 거 같아요. 작년에는 홍역도 옮겼잖아요. 심각한 문제라니까." 테리사는 아이를 꼭 움켜쥐고는 가버렸다.

바로 그때 아버지가 갈색 종이봉투에 맥주 몇 캔을 담아 들고는 뒤에서 카야를 불렀다. "뭐 하나? 어서 와, 빨리 가야 해. 썰물이 나가고 있어." 카야는 돌아서서 아버지를 따라갔다. 보트를 몰고 집이 있는 습지로 가는 사이 카야는 엄마와 딸의 곱슬머리와 서로 꼭 맞춘 시선을 떠올렸다.

아버지는 여전히 자취를 감추기도 하고 며칠 집에 들어오지 않기도 했지만 예전처럼 자주 그러지는 않았다. 돌아와서는 예전처럼 다짜고짜 정신을 잃고 쓰러지지도 않았고 식사도 하고 얘기도 좀 했다. 어느 날 밤두 사람은 함께 카드놀이를 했고 아버지는 카야가 이기자 배를 쥐고 웃었다. 그래서 카야도 보통 여자아이처럼 손으로 입을 막고 깔깔 웃었다.

카야는 포치에서 나갈 때마다 오솔길을 내려다보며 생각했다. 늦은 봄 야생 등나무꽃이 시들어도, 엄마가 떠난 게 벌써 작년 여름이라도, 그래도 엄마가 악어가죽 구두를 신고 모래밭 길을 따라 올지도 모른다고. 이제 아버지와 낚시도 하고 이야기도 나누니까 다시 가족이 될 수도 있을거라고. 예전에 아버지는 술에 취하면 가족 모두에게 손찌검을 했다. 며칠은 괜찮을 때도 있었다. 그러면 다 같이 둘러앉아 치킨 스튜를 먹었다. 해변에서 연을 날린 적도 있었다. 그러다 또 술, 고함 소리, 손찌검. 아버지가 난동을 피운 기억들은 여전히 선명했다. 한 번은 아버지한테 밀쳐져 부엌 벽에 심하게 부딪힌 엄마가 쓰러진 적도 있었다. 카야는 아버지의 소매를 붙잡고 제발 그만하라고 울면서 빌었다. 아버지는 카야 어깨를 움켜쥐고 청바지와 팬티를 내리라고 하더니 주방 식탁에 엎드리게 했다. 아버지는 능란하게 벨트를 끌러 카야를 매질했다. 맨 엉덩이를 가르던 뜨거운 아픔은 도저히 잊히지 않는다. 하지만 이상하게도 더 생생하게 기억나는 건, 깡마른 발목 밑으로 흘러내려 와 있던 청바지였다. 화덕 옆 모퉁이에 쭈그리고 앉아 큰 소리로 울던 엄마하고. 카야는 왜 그렇게까지 싸웠는지 이유는 전혀 몰랐다.

하지만 엄마가 지금 돌아온다면, 아버지가 이렇게 점잖게 굴고 있으니까 혹시 새 출발 할 수도 있지 않을까. 엄마가 떠나고 아버지가 남을 줄은 꿈에도 몰랐다. 하지만 엄마가 영원히 자기를 혼자 버려둘 리 없었다. 바깥세상 어딘가에 엄마가 있다면 반드시 돌아올 것이다. 아직도 라디오에다 대고 노래를 부르던 엄마의 도톰하고 붉은 입술이 기억났다. 엄마가 한 말도 또렷했다. "이제 오슨 웰스 씨의 방송을 잘 들어봐. 정말 신사답게 말한단 말이야. ain't*라는 말은 절대 쓰지 말고. 영어에 그런 말은 없거든."

엄마가 유화와 수채화로 그린 강어귀의 개펄과 석양은 대지를 한 꺼풀 벗겨낸 듯 풍요로웠다. 엄마는 처음에 가져온 미술용품을 주로 쓰고 크레스의 오센트 잡화점에서 조금씩 벌충했다. 피글리 위글리의 갈색 종이

---

* ain't는 인칭을 구분하지 않고 쓰는 남부 사투리다.

봉투에 카야 마음대로 그림을 그리게 해줄 때도 있었다.

그해 낚시 시즌인 구월 초순, 하늘을 찌를 듯한 열기로 달아오른 어느 날 카야는 오솔길 끝에 있는 우편함으로 갔다. 식료품 광고지를 훑어 넘기던 카야의 손길이 파란 봉투에 쓰인 엄마의 깔끔한 글씨체를 보고 탁 멎었다. 시카모어 나무 잎사귀가 엄마가 떠날 때처럼 노랗게 물들고 있었다. 그 오랜 시간 연락도 없다가 이제 와서 편지라니. 카야는 뚫어져라 봉투를 바라보다 높이 치켜들어 빛에 비춰보고 옆으로 기울어진 완벽한 필기체를 손가락으로 쓸어보기도 했다. 심장이 가슴을 쿵쿵 때렸다.

"엄마가 살아 있어. 어디 다른 데 살고 있어. 왜 집에 오지 않는 거야?"

편지를 찢어볼까 생각도 했다. 하지만 카야가 자신 있게 읽을 수 있는 글자는 자기 이름밖에 없었는데, 그 이름은 봉투에 없었다.

판잣집으로 달려갔지만 아버지는 보트를 몰고 어딘가로 나가고 없었다. 그래서 카야는 아버지 눈에 잘 띄도록 편지를 식탁 위 소금 통 옆에 두었다. 양파를 넣고 콩을 삶으면서도 행여 편지가 없어질까 곁눈질로 계속 살폈다.

몇 초마다 부엌 창가로 달려가 보트 엔진 소리가 들리는지 귀를 기울였다. 갑자기 아버지가 절뚝거리며 계단을 올라왔다. 용기가 온몸에서 한꺼번에 빠져나가버렸고, 카야는 아버지 옆으로 달려나가며 변소에 다녀올게요, 저녁 식사는 금방 차릴 거예요, 라고 외쳤다. 냄새 나는 변소 안에 들어가 서 있는데, 심장이 배 속으로 곤두박질쳤다. 나무 벤치에 균형을 잡고 서서 문에 난 초승달 모양 틈새로 지켜보았다. 자기가 기대하는 게 뭔지도 알 수 없었다.

그때 포치문이 쾅, 소리를 내며 열렸다. 아버지가 씩씩거리며 호소로 향했다. 한 손에 술병을 들고 곧장 보트에 올라탄 아버지는 시동을 걸고 사라져버렸다. 카야는 집으로 다시 달려가 주방에 들어가 봤지만 편지는 이미 사라진 뒤였다. 아버지 서랍장을 죄다 열어보고 옷장도 샅샅이 뒤졌다. "그 편지는 내 것이기도 해! 아버지뿐만 아니라 나도 그 편지의 주인이란 말이야!" 부엌으로 돌아온 카야는 쓰레기통에서 불에 타버린 편지의 재를 발견했다. 테두리에 파란색이 남아 있었다. 카야는 숟가락으로 재를 퍼내서 검고 파란 종이의 잔해를 식탁 위에 올렸다. 쓰레기 속에서 한 조각 한 조각 정성껏 찾아 꺼냈다. 바닥에 떨어진 조각에 단어 몇 마디라도 적혀 있을지 모른다. 하지만 결국 양파껍질에 들러붙은 잿가루밖에 아무것도 찾지 못했다.

카야는 식탁에 털썩 주저앉아 작은 잿더미를 바라보았다. 냄비에 안쳐둔 콩이 아직도 노래를 부르고 있었다. "엄마 손길이 여기 닿았어. 엄마가 뭐라고 했는지 아버지가 말해줄지도 몰라. 아니, 무슨 멍청한 생각이람. 차라리 늪에 눈이 내리는 걸 바라는 게 낫지."

우체국 소인도 다 타버렸다. 이제는 엄마가 어디 있는지 영영 알 수 없었다. 작은 병에 재를 모아 담고 침대 옆 시가 상자에 잘 넣어 보관했다.

아버지는 그날 밤도 다음 날도 집에 들어오지 않았고, 한참 후 곤드레만드레 술에 취해 문간에서부터 비틀거리며 늙은 주정뱅이 꼬락서니가 되어 돌아왔다. 카야가 용기를 내어 편지에 대해 묻자 아버지는 개처럼 짖어댔다. "네 알 바 아니라고 했냐 안 했냐." 그러더니 덧붙여 말했다. "그년은 돌아오지 않아She ain't comin' back. 싹 잊고 살아." 아버지는 술병을 끼고는 질질 발을 끌며 보트로 갔다.

"거짓말이에요." 카야는 아버지의 등에 대고 고래고래 악을 썼다. 작은 허리 위에 주먹을 꼭 뭉쳐 쥐었다. 아버지가 사라지자 인적 없는 석호를 향해 소리를 질렀다. "ain't라는 말은 영어도 아니란 말이에요!"

그때 혼자서 편지를 뜯어볼걸, 아버지한테 아예 보여주지 말걸, 카야는 훗날 후회하고 또 후회했다. 그랬다면 언젠가 읽을 수 있게 될 때까지 고이 간직할 수 있었을 텐데. 아버지는 차라리 그 말들을 모르는 편이 나았을 텐데.

아버지는 다시는 카야와 낚시하러 가지 않았다. 따스했던 날들은 덤으로 주어진 계절이었다. 낮은 구름이 갈라져 밝은 햇살이 카야의 세상을 잠시 환하게 비추는가 싶더니 곧 어둠이 굳게 아물려 움켜쥔 주먹처럼 단단하게 죄어들었다.

카야는 기도하는 법도 기억나지 않았다. 손을 잡는 방식이나 열심히 실눈을 뜨는 게 중요한 걸까?

"기도하면 엄마와 조디가 집에 올지도 몰라. 소리를 지르고 난리가 나도 이 덩어리진 퍽퍽한 그리츠보다는 사는 게 더 나을 거야."

잘 알지도 못하는 찬송가를 조각조각 불렀다. "이슬이 장미에 맺힐 때 주님이 함께 걸었네." 엄마가 몇 번 데리고 갔던 작고 하얀 교회에서 배운 노래는 그 구절 하나만 기억났다. 카야가 마지막으로 교회에 갔던 때는 엄마가 떠나기 직전 부활절 일요일 예배였다. 하지만 카야의 부활절은 비명과 유혈, 누군가 쓰러지고 엄마와 함께 도망쳤던 기억으로 얼룩져 있었다. 그래서 카야는 아예 부활절을 머리에서 지워버렸다.

나무 사이로 엄마가 심은 옥수수와 순무 텃밭이 보였다. 이제는 잡초가 뒤덮고 있었다. 장미꽃 따위 있을 리 없다.

"됐어. 집어치워. 이런 정원에 주님이 찾아올 리 없잖아."

10
다만 바람에 나부끼는 풀잎

1969년

모래는 진흙보다 비밀을 잘 지킨다. 보안관은 소방망루 진입로 초입에 순찰차를 주차했다. 살인이 벌어진 날 밤 누가 차를 몰고 갔을지 모를 증거를 혹시나 바퀴로 밀어버릴 수도 있으니 조심해야 했다. 그러나 길을 따라 걸으며 다른 차량의 자취를 찾는 동안에도, 한 발 한 발 내디딜 때마다 모래알이 흩날리며 아무렇게나 푹푹 파였다 사라지곤 했다.

그러다 망루 근처로 오면, 진흙에 팬 구멍들과 늪지에 수없는 구구한 사연들이 상세히 펼쳐졌다. 너구리가 새끼 네 마리를 데리고 흙탕물에 들어갔다 나온 자국. 달팽이 한 마리가 그리던 레이스 같은 무늬가 곰의 등장으로 끊어진 자국. 작은 거북이가 납작한 접시처럼 배를 뒤집고 서늘한 진흙에 누워 있던 자국.

"그린 것처럼 선명한데, 우리 차바퀴 말고 사람 흔적은 눈을 씻고 봐도 없군."

"모르겠어요." 조가 말했다. "여기 이 쭉 그어진 직선하고 작은 삼각형을 보세요. 발자국일 수도 있잖아요."

"아니야. 그건 칠면조 발자국을 사슴이 밟고 지나간 자리 같아. 그러면 저런 기하학적인 모양이 생긴다고."

다시 15분쯤 지난 후 보안관이 말했다. "저 작은 만까지 걸어가보자고. 트럭이 아니라 누군가가 보트를 타고 왔을 수도 있으니까." 두 사람은 코를 찌르는 도금양이 얼굴에 닿지 않게 치워가면서 협소한 어귀로 갔다. 게, 왜가리, 기어 다니는 어류인 성대의 자취가 젖은 모래 위에 찍혀 있었지만 인간의 흔적은 없었다.

"뭐, 하지만 이거 좀 보세요." 조가 커다랗게 휘저어진 모래가 거의 완벽한 반원형을 그린 자리를 손으로 가리켰다. "뱃머리가 둥근 보트를 끌고 올라온 자국일 수도 있어요."

"아니야. 여기 부러진 잡풀 줄기가 바람에 날려 모래밭에서 이리저리 휘날린 자국이야. 그러면 이렇게 반원이 그려지지. 그저 바람에 나부낀 풀잎일 뿐이라고."

두 사람은 서서 주위를 둘러보았다. 작은 반달 모양 해변에 부서진 조개껍데기, 갑각류 조각들과 게의 집게발이 온통 어지럽게 널려 있었다. 조개껍데기들이야말로 그 무엇보다도 비밀을 잘 지켜주는 법이다.

1956년

1956년 겨울, 카야가 열 살 무렵, 아버지가 절뚝거리며 판잣집으로 돌아오는 일이 점점 더 뜸해졌다. 마루에 굴러다니는 위스키병도 없고 침대에 퍼질러 누워 있는 사람도 없고 월요일의 돈도 없이 몇 주가 흘러가기 일쑤였다. 카야는 이제나저제나 아버지가 술병을 들고 나무 사이로 절뚝절뚝 걸어올까 싶어 기다렸다. 보름달이 차올랐다가 이울고 또 차올랐지만 아버지는 코빼기도 비추지 않았다.

시카모어와 히코리 나무가 탁한 하늘을 배경으로 앙상한 가지를 드리우고 무자비한 바람은 황량한 풍광에 햇빛이 퍼뜨린 기쁨을 하나도 남김없이 빨아들였다. 물이 마를 리 없는 바닷가 땅에 아무 쓸모도 없는 건조한 바람이 불었다.

현관 앞 계단에 앉아 카야는 생각에 잠겼다. 포커 게임에서 싸움이 붙는 바람에 심하게 맞은 아버지가 춥고 비 오는 날 밤 늪지에 버려졌을지도 모른다. 아니 술에 취해 정신을 놓고 숲에 들어갔다가 후미진 수렁에 얼굴을 처박고 빠져 죽었을지도 모른다.

"아버지는 영영 가버렸나봐."

카야는 하얗게 핏기가 가시도록 입술을 깨물었다. 엄마가 떠났을 때의 아픔과는 또 달랐다. 솔직히 아버지의 죽음을 슬퍼하려면 애를 써야 했다. 그래도 이제 진짜 외톨이라는 느낌은 막막하다 못해 윙윙 메아리쳤다. 정부에서 알게 되면 데리러 올 텐데. 아버지가 아직도 있는 척, 점핑한테마저 거짓말을 해야 했다.

그리고 이제는 월요일의 돈도 없다. 마지막 남은 몇 달러를 쥐어짜서 몇 주를 버텼다. 그리츠, 삶은 홍합, 방목하는 닭들이 가끔 낳는 달걀로 연명했다. 이제 남은 생필품은 성냥 몇 개비, 비누 한 덩어리, 그리츠 한 줌밖에 없었다. 성냥 한 주먹도 없이 겨울을 날 수는 없다. 그리츠를 못 끓이면 카야도 갈매기도 닭들도 먹고 살 수가 없다.

"그리츠 없이 어떻게 살아야 할지 모르겠네."

어딜 갔는지 몰라도 아버지가 걸어갔다는 게 그나마 최후의 위안이었다. 카야에게는 보트가 있었다.

음식을 구할 다른 방도를 찾아야 했지만 일단 그 생각은 마음속 깊은 구석에 넣어두기로 했다. 삶은 홍합으로 저녁을 때웠다. 이제 잘게 으깨어 소다크래커에 발라먹는 법을 터득했다. 식사 후에는 엄지로 엄마가 사랑하던 책들을 획획 넘기며 동화 읽기 놀이를 했다. 열 살이 되었는데도 아직 글을 읽지 못했다.

그러다 어느 날 등불이 깜박이다 희미해지더니 꺼졌다. 1분쯤 부드러운 동그라미의 세계가 머무르다 캄캄한 어둠이 내렸다. 카야는 오, 하고 소리를 냈다. 아버지가 등유를 사서 등잔을 가득 채워두었기 때문에 그 생각은 못 했다. 덜컥 캄캄해지고 나서야 큰일이다 싶었다.

몇 초쯤 앉아 남은 기름에서 불빛을 쥐어짜보려 했지만 허사였다. 눈이 어둠에 익어 커다랗게 웅크린 냉장고와 창틀이 어렴풋이 보이자 손가락으로 조리대를 더듬어 타다 남은 양초를 찾아냈다. 불을 붙이려면 성냥이 필요한데 다섯 개비밖에 남지 않았다. 하지만 지금 당장은 어둠이 문제였다.

획. 카야가 성냥을 당겨 초에 불을 붙이자 어둠이 구석으로 물러났다. 그러나 이미 어둠을 본 카야는 빛이 필요하다는 걸 알았다. 등유를 사려면 돈이 필요했다. 카야는 밭은 숨을 할딱거렸다. "차라리 마을까지 걸어가서 고아원에 자진 신고해야 되려나. 적어도 먹여주고 학교는 보내줄 거 아냐."

하지만 잠시 생각에 잠겼다가 다시 말했다. "아니, 갈매기랑 왜가리랑 판잣집을 떠날 수는 없어. 나한테 가족은 습지뿐인걸."

마지막 촛불이 비춰주는 빛 속에 앉아서 카야는 한 가지 궁리를 해냈다.

다음 날은 보통 때보다 일찍 일어났다. 아직 물이 얕을 때를 틈타 멜빵바지를 입고 양동이와 호미와 빈 자루들을 들고 살며시 밖으로 나갔다. 개펄에 주저앉아 엄마가 가르쳐준 대로 홍합을 땄다. 네 시간 동안 내리 쪼그리고 앉아 일해 자루 두 개를 꽉꽉 채웠다.

느린 해가 바다에서 쑥 빠져나오자 카야는 통통배의 모터를 돌려 점핑의 주유소 겸 미끼 가게로 갔다. 카야가 다가오자 점핑이 벌떡 일어났다.

"어이, 미스 카야, 연료가 필요해요?"

카야는 고개를 푹 숙였다. 마지막으로 피글리 위글리에 간 후로 사람들과 이야기한 적이 없어서 말이 좀 이상하게 나왔다.

"연료면 좋겠는데요. 먼저 좀 봐주세요. 아저씨가 홍합을 산다는 얘기를 들어서 좀 가져왔어요. 현금 조금하고 연료 괜찮을까요?" 카야가 자루를 가리켜 보였다.

"그럼요, 그거면 되겠네. 신선해요?"

"해뜨기 전에 땄어요. 방금요."

"좋아요, 그럼. 한 자루에 50센트 줄 수 있어요. 또 한 자루 값으로 탱크에 연료 가득 채워줄게요."

카야는 살풋이 미소를 띠었다. 진짜 돈을 벌었다. "고마워요"밖에 아무 말도 나오지 않았다.

점핑이 탱크를 채우는 사이 카야는 좁은 가게 안으로 들어갔다. 장은 늘 피글리에서 봐서 이 가게 안은 유심히 본 적이 없었다. 이제 보니 미끼와 담배 말고도 성냥, 돼지기름, 비누, 정어리, 비엔나소시지, 그리츠, 소다크래커, 휴지에 등유도 팔았다. 세상에서 카야에게 필요한 모든 게 바로 여기 있었다. 카운터에는 싸구려 사탕이 가득 담긴 커다란 유리 단지들이 나란히 놓여 있었다. 온 세상 사탕을 다 합친 것보다 더 많아 보였다.

카야는 홍합 판 돈으로 성냥, 양초, 그리츠를 샀다. 등유와 비누는 다음 번에 자루를 가득 채울 때까지 기다려야 했다. 양초 대신 사탕을 사고 싶은 마음을 힘들게 억눌러야 했다.

"일주일에 몇 자루나 사주세요?" 카야가 물었다.

"어이구, 지금 우리 거래 트는 거예요?" 점핑은 특유의 웃음을 지었다. 입은 꼭 다물고 고개를 한껏 젖힌 너털웃음. "이틀이나 사흘마다 20킬로그램쯤 삽니다. 하지만 홍합 따오는 사람들이 미스 카야 말고도 또 있다는 걸 명심해요. 미스 카야가 따왔는데 이미 홍합이 좀 있으면, 뭐, 그럴

땐 못 사요. 선착순이니까요. 이렇게밖에 할 수가 없답니다."

"좋아요. 고마워요, 그러면 돼요. 안녕히 계세요, 점핑 아저씨." 그리고 덧붙여 말했다. "아, 그런데요, 아버지가 안부 전해달라고 하셨어요."

"그렇군요. 좋아요, 제 안부도 전해주세요. 잘 가요, 미스 카야." 통통배를 몰고 가는 카야를 보고 점핑이 활짝 웃었다. 카야도 하마터면 웃을 뻔했다. 직접 벌어 연료와 먹을거리를 샀더니 어른이 된 기분이었다. 판잣집에 돌아와서 소담한 생필품 꾸러미를 풀어보니 봉투 밑바닥에 노란색과 빨간색 깜짝 선물이 들어 있었다. 점핑이 슬쩍 넣어준 슈거 대디 사탕에 홀리는 걸 보면 생각만큼 철이 든 건 아닌 모양이었다.

남들한테 뒤지지 않으려고 카야는 촛불이나 달빛에 의지해 깊은 밤에 홍합을 땄다. 은은히 빛나는 모래밭에서 카야의 그림자가 흔들렸다. 홍합뿐 아니라 굴도 따고, 첫 새벽이 밝자마자 일착으로 점핑에게 가려고 골짜기 근처에서 노숙을 하기도 했다. 홍합 판 돈이 월요일 돈보다 훨씬 더 꾸준히 들어왔고, 카야는 대체로 경쟁자들을 물리쳤다.

피글리는 발길을 끊었다. 싱글터리 부인이 왜 학교에 안 가느냐고 자꾸 캐물었기 때문이다. 자칫하면 들켜서 끌려가는 건 시간문제였다. 지금은 점핑에게서 필요한 물건을 구하면 되고, 배 터지게 먹고도 남을 만큼 홍합이 있었다. 그리츠에 넣어 끓이거나 형체를 알아볼 수 없게 으깨면 꽤 먹을 만했다. 홍합은 물고기처럼 눈이 달려서 카야를 쳐다보지 않았으니까.

1956년

아버지가 떠나고 몇 주는 까마귀가 울면 고개를 들어 쳐다보았다. 숲 사이로 비척거리며 다가오는 아버지를 보고 우는 걸까 싶었기 때문이다. 바람에 낯선 소리가 섞일 때마다 고개를 꼬고 인기척을 찾아 귀를 기울였다. 사람이라면 누구라도 좋았다. 심지어 그 여자 공무원이 또 땡땡이 치고* 카야를 찾으러 와도 숨바꼭질하면 재미있을 것 같았다.

하지만 카야가 찾는 사람은 낚시하던 소년이었다. 몇 번인가 멀리서 본 적은 있지만 3년 전 카야가 일곱 살 때 습지에서 길을 찾아준 후로는 말을 해본 적이 없었다. 점핑과 가게 점원 몇 명 말고는 그 소년이 이 세상에서 카야가 아는 유일한 사람이었다. 물길을 타고 달릴 때마다 소년이 있는지 훑어보곤 했다.

---

* '무단결석 선도원ruant officer'을 카야는 곧이곧대로 받아들여 '무단결석한 선도원'으로 알아들었다.

어느 날 아침, 갯줄풀이 우거진 강어귀로 배를 몰던 카야는 갈대숲 사이에 숨은 소년의 보트를 보았다. 테이트는 그때와는 다른 야구 모자를 쓰고 있었고 키도 훌쩍 컸지만, 멀리서 봐도 그 곱슬곱슬한 금발 머리는 금방 알아볼 수 있었다. 카야는 모터를 끄고 키 큰 잡풀 속으로 소리 없이 흘러 들어가 훔쳐보았다. 입술을 깨물며 가까이 다가갈까 생각도 해보았다. 물고기는 좀 잡았느냐고 물어보면 어떨까. 아버지도 그렇고 습지 사람들은 우연히 서로 만나면 그런 말들을 하는 것 같았다. "뭐가 좀 물어요? 입질이 좀 있습디까?"

하지만 카야는 꼼짝도 하지 않고 빤히 바라보기만 했다. 소년에게서 강렬한 이끌림과 강렬한 밀어냄이 동시에 느껴지는 바람에 그냥 가만히 있을 수밖에 없었다. 그러다 조용히 노를 저어 집으로 돌아갔다. 심장이 갈비뼈 밖으로 튀어나올 것만 같았다.

소년을 볼 때마다 그랬다. 왜가리를 바라보듯 보기만 했다.

카야는 여전히 깃털과 조개껍질을 모았지만 소금과 모래가 묻은 채로 계단 여기저기에 아무렇게나 두었다. 개수대에 접시가 쌓이는 사이 몇 개씩 주워 들고 놀았다. 어차피 또 흙이 묻을 바지를 뭐하러 빤단 말인가? 언니 오빠들이 버리고 간 멜빵바지를 주워 입기 시작한 지 이미 오래였다. 셔츠는 구멍투성이였다. 신발은 한 켤레도 없었다.

어느 날 저녁 카야는 분홍색과 초록색 꽃무늬 원피스를 꺼내 입어보았다. 엄마가 교회에 갈 때 입던 옷이다. 카야는 몇 년째 이 예쁜 옷을 만지작거리면서 작은 분홍색 꽃들을 손끝으로 쓸어보기만 했다. 아버지가 태우지 않은 단 한 벌 남은 엄마 옷이었다. 앞섶 어깨끈 밑에 빛바랜 갈색 얼룩이 하나 나 있었다. 핏자국일 것이다. 하지만 이제는 희미했다. 다른 나쁜 기억들과 마찬가지로 박박 빨아서 지워버렸다.

카야는 원피스를 머리부터 둘러쓰고 깡마른 몸을 밀어 넣었다. 밑단이 길어서 발가락에 닿았다. 이래서는 입을 수가 없다. 카야는 드레스를 벗고 옷걸이에 걸어두며 몇 년 더 기다리기로 했다. 잘라서 홍합 딸 때 입고 다니기엔 너무 아까웠다.

며칠 후 카야는 보트를 타고 포인트비치로 갔다. 점핑의 가게에서 몇 킬로미터 떨어진 앞치마 모양의 백사장이었다. 시간, 파도, 바람에 끝이 길게 늘어져 다른 해변보다 조개껍질이 많이 쌓여 있었다. 카야는 희귀한 종들을 주로 거기서 찾았다. 보트를 남쪽 끝에 묶어두고 북쪽으로 올라가며 눈으로 훑었다. 난데없이 흥분으로 높아진 말소리가 멀리서 바람을 타고 흘러왔다.

재빨리 해변을 가로질러 숲속에 몸을 숨겼다. 반지름이 20미터도 넘는 거대한 참나무 밑에 열대 고사리가 무릎까지 무성했다. 아이들 한 무리가 백사장을 거닐다 가끔 파도로 뛰어들어 물보라를 발로 찼다. 한 소년이 무리에서 앞으로 뛰어나왔다. 다른 소년이 축구공을 던졌다. 하얀 모래를 배경으로 반짝이는 원색 반바지들이 색색의 조류처럼 계절의 변화를 말해주었다. 여름이 백사장을 걸어 카야에게 다가오고 있었다.

소년들이 가까이 다가오자 카야는 참나무에 몸을 바짝 붙이고 경계했다. 다섯 명의 소녀와 네 명의 소년. 카야보다는 나이가 많았고, 열두 살쯤 되어 보였다. 카야는 늘 함께 어울리는 남자아이들에게 공을 던지는 체이스 앤드루스를 알아보았다.

키큰말라깽이금발, 포니테일주근깨, 짧은검은머리, 항상진주목걸이, 동그랗고통통한얼굴. 여자아이들은 새끼 메추리처럼 살짝 뒤처져 수다를 떨면서 깔깔 웃으며 걸었다. 아이들 목소리가 풍경 소리처럼 하늘을 날아 카야에게로 왔다. 카야는 아직 어려서 남자에게는 관심이 없었고

여자아이들만 정신없이 바라보았다. 소녀들은 다 같이 쭈그리고 앉아 뒤뚱뒤뚱 옆걸음질 치는 게를 보고는 배를 쥐고 웃으며 서로의 어깨에 기대다가 급기야 한 덩어리로 무너져 모래밭에 쓰러졌다.

카야는 아랫입술을 잘근잘근 씹었다. 저 사이에 함께 있으면 어떤 기분일까. 깊어지는 하늘 아래 소녀들의 즐거움이 오라처럼 눈에 보일 듯 환했다. 엄마는 여자들은 남자보다 서로가 더 필요하다고 말했지만, 그렇게 자랑스러운 우정을 가꿀 수 있는 방법은 말해주지 않았다. 자연스레 카야는 숲속 더 깊이 물러섰다. 그리고 아이들이 백사장을 따라 왔던 길로 다시 멀어져 모래사장의 작은 얼룩이 될 때까지 지켜보았다.

새벽 해가 잿빛 구름 아래서 이글거리기 시작할 때 카야는 점핑의 부두에 뱃머리를 대었다. 점핑은 고개를 절레절레 흔들며 작은 가게에서 걸어 나왔다.

"미안해서 어쩌나, 꼬마 아가씨." 점핑이 말했다. "하지만 이번에는 졌어요. 이번 주에 팔 홍합은 다 차서 더는 살 수가 없네요."

카야가 엔진을 끄자 보트가 말뚝에 쿵 하고 부딪었다. 다른 사람보다 늦은 게 벌써 2주째였다. 돈이 다 떨어져서 물건을 하나도 살 수가 없었다. 다시 푼돈과 그리츠의 삶으로 돌아가야 했다.

"미스 카야, 현금을 벌 수 있는 다른 길을 궁리해봐야 해요. 달걀을 한 바구니에 담아두면 낭패를 봐요."

집으로 돌아온 카야는 벽돌과 판자 계단에 앉아 깊이 생각에 잠겼다. 한 가지 다른 아이디어가 생각났다. 여덟 시간 내리 낚시를 해서 잡은 물고기 20마리를 소금물에 절였다. 동녘이 밝아오자 아버지의 낡은 훈연실 선반에 절인 생선을 가지런히 늘어놓고 불을 지폈다. 그리고 아버지가 하던 대로 장작을 넣었다. 청회색 연기가 넘실거리며 굴뚝으로 뭉게뭉게 피어올라 벽 틈새를 꼭꼭 채웠다. 판잣집 전체가 매캐한 연기에 휩싸였다.

다음 날 점핑을 찾아가 보트에 선 채로 양동이를 들어 보였다. 살점이 너덜너덜 떨어져 나간 빈약한 브림과 잉어가 대부분이었다.

"훈제한 생선도 사시죠, 점핑 아저씨? 여기 좀 갖고 왔어요."

"그러게요, 정말 가져왔네요, 미스 카야. 우리 이렇게 하지요. 조건부로 생선을 살게요. 팔리면 내가 돈을 주고 안 팔리면 그냥 이대로 다시 가져가는 거예요. 괜찮아요?"

"네, 감사합니다, 점핑 아저씨."

그날 저녁 점핑은 모래밭 길을 걸어 유색인 마을로 퇴근했다. 판잣집과 가건물들이 잔뜩 모여 있고 후미진 수렁과 진흙탕에 드문드문 진짜 집들이 몇 채 있었다. 여기저기 흩어진 유색인 숙영지는 바다에서 멀리 떨어진 깊은 숲속에 있었다. 산들바람도 불지 않고 조지아주 전체를 다 합친 것보다 더 모기가 많은 곳이었다.

요리용 화덕에서 나오는 연기가 바람을 타고 소나무 사이로 흘러나와 점핑의 코를 간질였다. 유색인 마을에는 도로도 없이 이리저리 집들을 연결하는 오솔길만이 나 있을 뿐이었다. 점핑은 제대로 된 집의 주인이었다. 점핑은 아버지와 함께 소나무 목재로 집을 짓고 가공하지 않은 원목으로 지반이 단단한 흙 마당에 울타리를 둘러 박았다. 듬직한 아내 메이블은 마당까지 자기 집 마루처럼 깨끗하게 쓸었다. 메이블의 감시하에 계단 근처 10미터 안으로는 뱀 한 마리 얼씬하지 못했다.

만면에 미소를 띠고 남편을 마중 나온 메이블에게 점핑은 카야의 훈제

생선이 든 양동이를 건네주었다.

"이게 뭐예요? 개도 안 먹을 쓰레기 같은데."

"또 그 여자애예요. 미스 카야가 갖고 왔어요. 가끔 다른 사람들이 홍합을 먼저 따올 때가 있는데, 그러니까 물고기를 잡아서 훈제해왔더라고요. 나한테 팔아달라고."

"맙소사. 우리가 뭐라도 좀 해줘야겠어요. 누가 이런 생선을 사가겠어요. 나야 스튜에 넣어서 요리라도 하겠지만. 우리 교회에서 아이 옷가지하고 또 다른 물건들을 좀 구할 수 있을 거예요. 잉어 몇 마리 잡아오면 스웨터로 바꿔줄 집도 몇 집 있고요. 그 애 옷 사이즈가 어떻게 돼요?"

"나한테 물어보는 거예요? 깡말랐어요. 말라서 뼈밖에 없다는 거 말고는 나도 아는 게 없어요. 내 생각에는 내일 아침 해가 뜨자마자 올 거 같아요. 땡전 한 푼도 없는 거 같더라고요."

홍합을 넣은 그리츠를 데워서 아침을 먹고 나자마자 카야는 훈제생선으로 조금이라도 돈을 벌었는지 알고 싶어 바삐 배를 몰고 점핑에게 갔다. 오랜 시간 봐왔지만 가게에는 늘 점핑 혼자거나 다른 손님뿐이었다. 하지만 천천히 다가가보니 웬 덩치 큰 흑인 여자가 부두를 자기 부엌 마루처럼 비로 싹싹 쓸고 있었다. 점핑은 자기 의자에 앉아 가게 벽에 기대어 장부 계산을 하고 있었다. 카야를 보자 점핑이 벌떡 일어나 손을 흔들었다.

"안녕하세요." 카야는 빼어난 솜씨로 배를 부두에 대면서 조용히 인사했다.

"안녕하세요, 미스 카야. 여기 미스 카야가 만날 사람이 한 명 있어요. 우리 마누라 메이블이에요."

메이블이 걸어와서 점핑 옆에 나란히 섰다. 카야가 부두에 내려섰을 때는 두 사람 사이가 더 가까웠다. 메이블이 팔을 뻗어 카야의 손을 잡더니 부드럽게 다른 손으로 덮어 감쌌다.

"만나서 정말 반가워요, 미스 카야. 점핑한테 착한 아가씨라고 얘기 많이 들었어요. 굴 따는 데는 따라올 사람이 없다면서요."

정원을 갈고 하루의 절반을 요리하며 보내고 백인들의 빨래와 수선을 도맡아 하면서도 메이블의 손은 보드라웠다. 카야는 벨벳 장갑 같은 손에 잡힌 손가락을 빼진 않았지만 어찌해야 할지, 뭐라 말해야 할지 몰라 가만히 있었다.

"자, 미스 카야, 어떤 가족이 훈제생선을 받고 꼬마 아가씨한테 필요한 물건으로 물물교환을 해주겠다고 하네요."

카야는 고개를 끄덕였다. 발끝을 보고 배시시 웃었다. 그리고 물었다. "배에 기름은 어떨까요?"

메이블이 점핑에게 물어보듯이 눈길을 돌렸다.

"뭐, 기름이 없는 건 아니까 오늘은 내가 좀 줄게요. 하지만 할 수 있을 때 홍합이랑 그런 걸 갖고 와요."

메이블이 우렁찬 목소리로 말했다.

"맙소사. 꼬마 아가씨, 자세한 건 우리 걱정하지 말도록 해요. 이제 이 아줌마가 한번 봅시다. 그 집 식구들한테 옷 사이즈를 말해줘야 하니까."

메이블은 카야를 작은 가게 안으로 데리고 들어갔다.

"여기, 여기 좀 앉아봐요. 무슨 옷이 필요한지, 뭐 또 필요한 건 없는지, 아줌마한테 얘기를 좀 해줘요."

목록을 상의한 후 메이블은 갈색 종이봉투에 카야의 발 모양을 따라 그렸다.

"자, 내일 또 오면 여기 선물을 한 꾸러미 갖다놓을게요."

"정말 감사합니다, 메이블 아주머니." 카야는 목소리를 낮추며 말했다. "한 가지 더 있어요. 제가 오래된 씨앗 봉투들을 찾아냈는데 텃밭 가꾸는 법을 하나도 몰라요."

"뭐, 그런 것쯤이야." 메이블은 몸을 젖히고 너그러운 가슴 깊은 곳에서부터 호탕하게 껄껄 웃었다. "텃밭 가꾸는 건 내가 제일이에요."

메이블은 차근차근 자세하게 단계별로 설명을 해주고 나서 선반 위의 깡통을 집어 애호박, 토마토, 단호박 씨앗을 꺼냈다. 씨앗을 종류별로 종이에 싸서 접더니 봉투 겉에 채소 모양을 그려주었다. 카야는 메이블이 글을 쓸 줄 몰라서 그러는지, 카야가 글을 읽을 줄 모른다는 걸 알아서 그러는지 잘 몰랐지만 어찌 되었든 둘 다에게 이편이 좋았다.

카야는 계단을 내려와 보트에 타면서 고맙다고 인사했다.

"도와줄 수 있어서 기뻐요, 미스 카야. 그럼 내일 와서 물건 가져가요." 메이블이 말했다.

당장 그날 오후부터 카야는 엄마의 텃밭이 있던 땅을 괭이로 일구기 시작했다. 괭이가 철컹거리며 이랑을 파 내려가자 흙냄새가 퍼지고 분홍빛 벌레들이 딸려 나왔다. 그때 전혀 다른 쨍그랑 소리가 났다. 허리를 구부리고 보니 금속과 플라스틱으로 된 엄마의 머리핀이었다. 카야는 머리핀을 부드럽게 바지에 닦아 흙을 털었다. 그 싸구려 장식품에 반사라도 된 듯 엄마의 붉은 입술과 검은 눈이 수년 만에 처음으로 또렷하게 떠올랐다. 카야는 주위를 둘러보았다. 지금이라도 엄마가 오솔길을 걸어와서 흙 뒤집는 일을 도와줄지도 모른다. 드디어 집에 올지 모른다. 이렇게 깊은 정적은 귀했다. 심지어 까마귀들마저 고요해서 자기 숨소리까지 다 들릴 정도였다.

머리카락을 쓸어올려 왼쪽 귀 위에 핀을 꽂았다. 아무래도 엄마는 영영 집에 오지 않을 모양이다. 어떤 꿈들은 그냥 빛이 바래고 사라지기 마련인가보다. 카야는 괭이를 치켜들고 딱딱한 흙덩어리를 잘게 부쉈다.

다음 날 아침 카야가 찾아갔을 때 점핑은 혼자서 가게를 지키고 있었다. 메이블의 커다란 덩치와 멋진 생각들은 헛것이었는지도 모른다. 하지만 부두 위 점핑이 활짝 웃으며 손가락으로 가리킨 곳에는 물건이 잔뜩 든 상자 두 개가 놓여 있었다.

"좋은 아침이에요, 미스 카야. 여기 이거 아가씨 거예요."

카야는 부두로 펄쩍 뛰어올라가 물건이 흘러넘치는 궤짝들을 멍하니 바라보았다.

"어서요." 점핑이 말했다. "다 미스 카야 거라니까요."

카야는 멜빵바지며 청바지, 그저 티셔츠가 아니라 진짜 블라우스들을 조심스럽게 꺼내보았다. 진한 감색 레이스업 케즈 스니커즈 한 켤레와 버스터 브라운 신발가게의 투톤 새들 슈즈도 있었다. 여러 번 정성껏 광택을 낸 갈색과 흰색 가죽이 반짝반짝 빛났다. 카야는 목둘레에 레이스 칼라와 파란 새틴 리본이 달린 블라우스를 치켜들었다. 저도 모르게 입이 살짝 벌어졌다.

또 다른 궤짝에는 성냥, 그리츠, 식용유, 말린 콩, 집에서 만든 돼지기름 1리터가 통째로 들어 있었다. 그 위에는 신문지에 싼 싱싱한 순무와 푸른 채소, 오크라가 놓여 있었다.

"점핑 아저씨." 카야가 부드러운 말씨로 물었다. "그 생선값보다 훨씬 비쌀 거 같아요. 한 달 치 생선값은 될 거 같아요."

"자, 생각해봐요, 낡은 옷이 집 안에 돌아다니면 사람들이 그걸 어떻

게 하겠어요? 그 사람들한테는 이런 물건이 넘쳐나는데 미스 카야한테
는 필요하잖아요. 그런데 미스 카야는 생선이 있고 그 사람들은 생선이
없으니까, 그럼 서로 바꾸면 되는 거죠. 이제 미스 카야가 빨리 가져가요.
여기 부두에도 이런 걸 놔둘 데는 없으니까요."

카야는 그 말이 사실임을 알았다. 점핑의 가게에는 남는 공간이 없었
다. 부두에서 물건들을 빨리 치워주는 게 돕는 길이었다.

"그럼 가져갈게요. 하지만 고맙다는 말씀 꼭 전해주실래요? 그리고 물
고기를 더 많이 훈제해서 최대한 빨리 가져올게요."

"그럼요, 미스 카야. 그러면 돼요. 물고기를 잡으면 그때 가져와요."

카야는 통통거리며 바다로 다시 나왔다. 반도를 돌아 점핑한테 보이지
않는 곳에 다다르자 모터를 끄고 물 흐르는 대로 배를 맡긴 뒤 상자를 파
헤쳐 레이스 칼라가 달린 블라우스를 꺼냈다. 카야는 무릎을 기운 낡은
멜빵바지 위에 블라우스를 걸치고 목에 달린 작은 새틴 리본을 묶었다.
그리고 한 손으로 키를 잡고 다른 손으로 레이스를 만지며 망망대해와
강어귀를 가로질러 집으로 향했다.

13
\
깃
털
선
물

1960년

열네 살치고는 야윈 편이지만 몸이 다부진 카야는 오후의 해변에 서서 빵 부스러기를 갈매기들에게 던져주고 있었다. 아직도 갈매기들의 숫자를 헤아리지 못했다. 아직도 글을 읽지 못했다. 이제 독수리와 하늘을 나는 백일몽 같은 건 꾸지 않는다. 진흙을 파서 저녁거리를 장만해야 하는 아이는 상상력이 납작해져 빨리 어른이 되나보다. 엄마의 선드레스는 이제 품이 낙낙하게 맞았고 기장도 무릎 바로 아래로 떨어졌다. 엄마 키를 따라잡고도 남은 모양이었다. 카야는 다시 집으로 걸어가서 낚싯대와 낚싯줄을 가지고 곧장 석호 반대편 덤불로 물고기를 낚으러 갔다.

　막 낚싯줄을 던지는데 등 뒤에서 나뭇가지가 뚝 부러졌다. 카야는 고개를 홱 돌려 기척을 살폈다. 덤불에 발소리. 곰은 아니었다. 커다란 곰이 밟으면 나뭇가지가 박살이 나는데, 수풀 속에서는 그저 뚝, 소리가 났을 뿐이다. 그때 까마귀들이 울었다. 비밀을 지키는 걸로 말하자면 까마귀가 진흙보다 못하다. 숲속에 신기한 게 보이면 무조건 모두에게 떠벌려야 직성이 풀렸다. 까마귀의 경고를 귀담아들으면 보상이 따른다. 맹수에 대한 경고일 수도 있고, 먹을 것을 찾았다는 신호일 수도 있으니까. 뭔가 근처에 있었다.

낚싯줄을 걷어 감으면서 조용히 어깨로 덤불을 밀고 숲으로 들어갔다. 발을 멈추고 귀를 쫑긋 세웠다. 어두운 공터 ─ 여기는 카야가 가장 좋아하는 장소였다 ─ 가 빽빽하게 자란 다섯 그루 참나무 아래 동굴처럼 펼쳐져 있었다. 나무들이 어찌나 무성한지 햇살도 아지랑이처럼 흐릿하게 걸러 탐스럽게 핀 연령초와 흰 바이올렛꽃 무덤을 비추었다. 카야는 눈으로 공터를 훑었지만 아무도 보이지 않았다.

바로 그때 뒤쪽 덤불 사이로 사람 그림자가 푹 수그리고 앉았다. 카야의 시선이 휙 돌아갔다. 사람 그림자가 멈췄다. 심장이 세차게 뛰었다. 카야는 몸을 낮춰 공터 언저리 풀숲으로 소리 없이 민첩하게 달려갔다. 뒤돌아보니 나뭇가지 사이로 카야보다 나이 많은 소년이 빠른 걸음으로 숲속을 가로질렀다. 소년이 카야를 보고 발길을 딱 멈췄다.

카야는 가시나무 덤불에 몸을 숨기고 토끼뜀을 하기 시작했다. 요새 장벽처럼 무성한 풀숲 사이로 요리조리 몸을 틀며 팔짝팔짝 뛰었다. 계속 수그리고 달리다가 깔끄러운 가시에 팔이 긁혔다. 다시 잠깐 멈추고 귀를 기울였다. 불에 타는 듯한 무더위에 숨바꼭질하니 목구멍이 쫙쫙 갈라졌다. 10분이 지나도 아무도 오지 않자 이끼 덮인 샘물로 기어 나와 사슴처럼 물을 마셨다. 소년이 누군지, 왜 왔는지 궁금했다. 점핑한테 가는 게 이래서 문제였다. 사람들 눈에 띄어버린다. 고슴도치 배때기처럼 훤히 노출된다.

드디어 그림자가 불분명해지는 어스름이 오자 카야는 어둠이 깊어지기 전에 참나무 공터를 지나 집으로 돌아왔다.

"그 사람이 몰래 돌아다니는 바람에 훈제할 생선을 한 마리도 못 잡았네."

공터 한가운데에 썩은 등걸이 하나 있었다. 이끼가 카펫처럼 깔려 있어 얼핏 보면 망토를 뒤집어쓰고 숨어 있는 노인처럼 보였다. 카야는 등걸로 다가가다 멈칫했다. 등걸에 꽂혀 삐죽 튀어나와 있는 건 15센티미터쯤 되어 보이는 검고 얇은 깃털이었다. 대부분의 사람에게는 그저 대수롭지 않아 보였을 것이다. 까마귀 깃털쯤으로 짐작하고 지나쳤을 것이다. 그러나 카야는 그 비범한 깃털을 알아보았다. 왜가리과인 그레이트 블루 헤론의 눈썹이었다. 눈 위로 우아하게 휘어져 머리 뒤까지 뻗쳐 있는 깃털이다. 연안 개펄에서 가장 특별한 한 조각이 바로 여기 눈앞에 있었다. 한 번도 찾은 적이 없는 깃털이지만 한눈에 알아보았다. 평생 쭈그리고 앉아 그레이트 블루 헤론과 눈을 맞춰왔으니까.

그레이트 블루 헤론은 파란 수면에 비치는 잿빛 안개색이다. 안개처럼 스르르 배경으로 녹아들어 사라질 줄도 안다. 새의 몸이 모두 사라지면 탄환이 장전된 총구처럼 동심원을 그리는 눈만 남는다. 그레이트 블루 헤론은 인내심 강한 외로운 사냥꾼이다. 먹이를 낚을 때까지 오래도록 혼자 서서 기다린다. 그러나 사냥감을 포착하면 고기를 탐하는 신부처럼 긴 다리로 성큼성큼 다가간다. 아주 희귀한 일이지만 날개를 펼치고 날아올라 장검 같은 부리를 앞세우고 예리하게 다이빙해 사냥하기도 한다.

"어떻게 저 깃털이 등걸에 똑바로 꽂혀 있는 거지?" 속삭이면서 카야는 주위를 돌아보았다. "그 남자애가 여기 꽂아뒀나봐. 지금도 나를 보고 있을지도 몰라." 카야는 가만히 서 있었다. 심장이 또 한바탕 요동쳤다. 뒷걸음질 치면서 카야는 깃털을 내려놓고 판잣집으로 달려들어가 차양문을 잠갔다. 어차피 크게 도움이 되지 않기 때문에 문을 잠그는 일은 흔치 않았다.

하지만 새벽이 나무 사이로 슬그머니 기어 나오자 카야는 그 깃털이 끌어당기는 힘을 느꼈다. 적어도 한 번 더 보고 싶었다. 해가 뜨자마자 공터로 달려가 조심스럽게 주위를 살피고 다시 등걸로 가서 깃털을 집어 들었다. 매끈했다. 벨벳 같았다. 집에 다시 돌아온 카야는 벽에 날개처럼 펼쳐져 있는 소장품 한가운데 특별한 자리를 만들었다. 작은 벌새의 깃털과 커다란 독수리 꼬리까지 별별 게 다 있었다. 소년이 자신한테 깃털을 갖다준 이유를 생각해봤지만 도무지 알 수가 없었다.

다음 날 아침이 되자 등걸로 가 다른 걸 또 놓고 갔는지 보고 싶은 마음이 굴뚝같았지만 일부러 참고 기다렸다. 남자아이와 마주칠 수는 없었다. 한참 늦은 오전에야 공터로 나와 귀를 쫑긋 세우고 천천히 다가갔다. 아무도 보이지 않고 아무 소리도 들리지 않았다. 등걸에 꽂힌 얇고 하얀 깃털을 본 카야의 얼굴에 귀한 찰나의 미소가 환히 빛났다. 손가락 끝에서 팔꿈치까지 닿는 깃털은 우아하게 휘어지고 날렵하게 좁아졌다. 깃털을 집어들고 큰 소리로 깔깔 웃었다. 열대 조류의 화려한 꼬리 깃털이었다. 이 지역에 서식하는 새가 아니라서 이 바닷새를 실제로 본 적은 없지만, 아주 희귀한 경우 허리케인의 날개를 타고 육지로 불려온 깃털을 본 적은 있었다.

카야의 심장이 경이감으로 벅차올랐다. 귀한 새털을 얼마나 많이 가지고 있기에 이렇게 양보까지 해줄 여유가 있을까.

엄마의 오래된 가이드북을 읽지 못해서 새나 벌레 이름도 알지 못했다. 그래서 카야는 자기 나름대로 이름을 지어주었다. 글은 쓸 줄 몰라도 채집한 표본을 분류할 방법을 찾아냈다. 재능이 무르익어 이제 뭐든지 그림으로 그리고 색칠하고 스케치할 수 있었다. 오센트 잡화점에서 분필과 수채물감을 사서 새와 곤충과 조개껍데기를 식료품점 봉투에 그려 표본에 붙였다.

그날 밤 카야는 큰마음 먹고 호사를 부리기로 했다. 그래서 양초 두 개에 불을 붙여 식탁 위 접시에 놓았다. 흰 깃털에 담긴 모든 색깔을 보고 싶었다. 그 열대 조류의 깃털을 그릴 수 있도록.

일주일도 넘게 등걸에는 깃털이 놓여 있지 않았다. 카야는 하루에도 몇 번씩이나 가봤다. 신중을 기하며 고사리 너머로 고개를 빼꼼 내밀고 봤지만 아무것도 없었다. 한낮에도 판잣집에 앉아 있었다. 웬만해서는 있을 수 없는 일인데.

"저녁에 먹을 콩을 불려놨어야 했는데. 너무 늦었네." 부엌 찬장을 뒤지며 카야는 손가락으로 식탁을 두드렸다. 그림을 그릴까 생각도 했지만 그러지 않았다. 또 등걸을 찾았다.

꽤 멀리서도 야생 칠면조의 긴 줄무늬 깃털이 보였다. 가슴이 철렁했다. 칠면조는 예전에 카야가 제일 좋아하던 새였다. 암컷 칠면조가 걸어갈 때 어미 날개 밑에 새끼 12마리가 들어가 숨는 걸 본 적이 있다. 가끔 몇 마리가 뒤처졌다가도 조르르 달려가 다시 어미 날개 밑으로 들어갔다.

하지만 1년 전에 쭉쭉 뻗은 소나무 숲을 산책하다가 새된 울음소리를 들었다. 야생 칠면조 15마리가 – 무리는 다 암컷이었고 수컷은 몇 마리 되지 않았다 – 정신없이 날아다니면서 흙에 파묻힌 기름걸레 같은 걸 쪼아대고 있었다. 새들 발밑에서 흙먼지가 날려 숲을 뒤덮고 가지 사이로 피어올라 잎사귀에 걸렸다. 살금살금 기어가봤더니 땅바닥에 쓰러져 있는 건 암컷 칠면조였다. 동족인 새들이 쓰러진 암컷의 목과 머리를 쪼고 발톱으로 할퀴고 있었다. 날개가 가시덤불에 걸려 뒤엉키는 바람에 깃털이 이상한 각도로 꺾여 날지 못하게 된 것 같았다. 새가 다치거나 해서 무리의 다른 새들과 다른 모양이 되면 포식자를 끌어들일 수 있기 때문에 나머지 새들이 죽여버린다는 얘기를 조디한테 들은 적 있었다. 동족까지 덤으로 죽이는 독수리가 꼬이는 것보다 낫다고 했다.

덩치 큰 암컷이 커다랗고 탐욕스러운 발톱으로 만신창이가 된 칠면조를 할퀴다가 꼼짝 못 하게 발로 찍어 누르자 다른 암컷이 날아와 쓰러진 칠면조의 목과 머리를 공격했다. 쓰러진 암컷은 울부짖으며 자기를 공격하는 동족들을 정신 나간 눈으로 바라보았다.

카야는 팔을 휘휘 저으며 공터로 달려나갔다. "어이, 뭐 하는 짓이야? 당장 나가. 그만두란 말이야!" 칠면조들이 화다닥 흩어져 덤불 속에 숨자 파닥거리는 날갯짓에 또 흙먼지가 잔뜩 날렸다. 하지만 이미 너무 늦었다. 암컷 칠면조는 눈을 부릅뜨고 힘없이 축 늘어져 있었다. 뒤틀려 꺾인 채 흙에 처박힌 주름진 목에서 피가 흘렀다.

"슈우우, 가! 가버려!" 카야가 쫓자 마지막까지 남은 큰 새가 그제야 뒤뚱뒤뚱 도망쳤다. 이제 할 일은 다 했다. 카야는 죽은 칠면조 옆에 무릎을 꿇고 앉아 시카모어 잎으로 눈을 덮어주었다.

칠면조를 본 날 밤, 카야는 먹다 남은 콘브레드와 콩으로 저녁을 먹고 포치에 누워 석호를 어루만지는 달을 보았다. 불현듯 숲에서 판잣집으로 다가오는 사람의 기척이 들렸다. 불안하게 빽빽대는 말소리였다. 어른이 아니라 소년들이다. 카야는 똑바로 일어나 앉았다. 뒷문은 없었다. 지금 나가서 도망치거나 침대에 앉은 채 들어오는 그들을 맞거나 둘 중 하나였다. 생쥐처럼 재빨리 문으로 달려갔지만, 그때 빛무리 속에서 흔들리는 촛불을 보았다. 도망칠 때는 이미 놓쳤다.

목소리가 점점 커졌다. "우리가 왔다, 마시 걸*!"

"어이, 그 안에 있나? 미개한 유인원 계집!"

"이빨을 드러내! 늪지의 풀을 좀 보여달라고!" 까르르 터지는 폭소.

발소리가 점점 더 다가오자 카야는 포치의 반쪽짜리 벽 뒤에서 머리를 숙이고 몸을 낮췄다. 미친 듯 번득이던 불길이 한꺼번에 휙 꺼지더니 열서너 살쯤 되어 보이는 남자아이 다섯이 마당을 질러 달려왔다. 말소리는 뚝 끊겼고 소년들은 전력으로 뛰어와서 차양문을 손바닥으로 철썩 소리가 나도록 쳤다.

철썩철썩 소리가 날 때마다 야생 칠면조의 심장에 칼이 꽂혔다.

벽에 꼭 붙어 앉아 있던 카야는 낑낑 울고 싶었지만 억지로 숨을 참았다. 마음만 먹으면 차양문을 부수고 쉽게 들어올 수 있었다. 한 번만 세게 밀면 집 안으로 들어온다.

하지만 소년들은 계단을 내려가더니 나무 사이로 사라졌다. 마시 걸, 늑대의 아이, dog의 철자도 못 쓰는 소녀한테 덤비고도 탈 없이 무사하다는 안도감에 환호성을 지르며 달아났다. 그들의 말과 웃음소리가 숲을 지나 밤 속으로 사라지자 이제 안전해졌다. 카야는 털썩 주저앉아 돌처럼 고요한 암흑을 노려보았다. 수치스러웠다.

아직도 야생 칠면조를 보면 그날의 낮과 밤이 떠올라 싫었지만, 저 등걸에 꽂힌 꽁지깃에는 마음이 설렜다. 아직 게임이 끝나지 않았다는 뜻이었기에.

---

* 마시 걸 Marsh Girl 은 습지 소녀를 뜻하며, 여기서는 비하의 의미로 습지 계집애에 가깝다.

1969년

찜통더위로 흐려진 아침은 바다도 없고 하늘도 없고 아지랑이뿐이었다.
보안관 집무실에서 나온 조는 순찰 트럭에서 내리는 에드를 만났다.

"여기로 와보세요, 보안관님. 체이스 앤드루스 건에 대해 실험실에서
뭔가가 더 나왔답니다. 멧돼지 숨처럼 뜨끈뜨끈한 새 정보예요."

조가 커다란 참나무 앞으로 앞장서 갔다. 늙은 나무뿌리가 주먹을 쥐
고 맨흙에 구멍을 뚫고 있었다. 보안관이 도토리를 파삭파삭 씹으며 뒤
를 따랐다. 두 사람은 그늘에 서서 바닷바람이 부는 쪽으로 얼굴을 돌
렸다.

조가 소리 내어 읽었다. "몸통에 멍, 내상, 높은 곳에서의 추락과 부합
함. 실제로 뒷머리를 버팀목에 부딪혔음. 혈흔과 머리카락 표본이 일치
함. 충돌로 심한 타박상과 후두부 손상이 발생했으나 사망 원인은 아님."

"이거 보세요. 시체가 옮겨진 게 아니라 우리가 발견한 곳에서 죽은 거

라고요. 버팀목의 피와 머리카락이 증거예요. '사망 원인: 망루에서의 추락으로 인해 후두부와 두정부의 신경 뇌하수체에 가해진 급작스러운 충격, 부러진 척추.'"

"그러니까 누군가 발자국과 지문을 모조리 없앴다 이거군. 다른 건 뭐 없나?"

"이것 좀 보세요. 체이스의 재킷에서 이질적인 섬유를 다량 발견했다고 합니다. 체이스의 의복에서 검출되지 않은 붉은 울 섬유래요. 표본이 동봉되어 있습니다."

보안관은 작은 비닐봉지를 흔들어보았다. 그리고 두 남자는 거미줄처럼 비닐에 납작하게 붙어 있는 포슬포슬한 빨간 실을 바라보았다.

"울이란 말이죠. 스웨터 또는 스카프나 모자일 수 있겠네요." 조가 말했다.

"셔츠, 치마, 양말, 망토. 빌어먹을 뭐는 아니겠어. 아무튼 그걸 찾아야만 해."

15
＼ 게임

1960년

정오가 되자 카야는 손으로 뺨을 감싸고 천천히, 기도하는 마음으로, 등걸로 다가갔다. 등걸에는 깃털이 없었다. 카야는 입술을 꼭 깨물었다.

"당연하지. 나도 보답으로 뭔가 두고 가야 해."

마침 호주머니에 그날 아침 발견한 어린 흰머리수리의 꼬리 깃털이 있었다. 조류를 아주 잘 아는 사람이라야 이 얼룩덜룩하고 볼품없는 깃털이 독수리라는 걸 알아볼 수 있을 것이다. 세 살밖에 안 돼서 아직 왕관이 생기지 않은 독수리였다. 열대 조류의 꼬리 깃털만큼 희귀하지는 않아도 귀한 물건이었다. 조심스럽게 등걸에 꼬리털을 놓고 바람에 날아가지 않게 작은 돌멩이로 눌러두었다.

그날 밤 깍지 낀 손에 머리를 괴고 잠자리에 누운 카야의 얼굴에 희미한 미소가 번졌다. 가족들은 늪에서 혼자 알아서 살도록 그녀를 버리고 떠났지만, 누군가가 찾아와 그녀를 위해 숲속에 선물을 두고 간다. 불확실성이 사라진 건 아니더라도 소년이 나쁜 마음을 먹은 것 같지는 않았다. 새를 좋아하는 사람이 심성이 못됐을 리가 없다.

다음 날 아침에는 벌떡 일어나 엄마가 '대청소'라고 불렀던 일을 부지런히 해치웠다. 엄마 서랍장에서 남은 옷 중 쓸 만한 걸 고르려고만 했는데 막상 가위가 보이자 집어들고 머리털을 뒤로 모아쥐었다. 7년 전 엄마가 떠난 후로 다듬은 적 없는 머리를 20센티미터나 싹둑 잘랐다. 이제 머리카락은 어깨 바로 아래에서 찰랑거렸다. 카야는 거울을 보고 고개를 살짝 튕기고는 미소 지었다. 손톱을 박박 씻고 머릿결이 반짝반짝 윤이 나게 감았다.

카야는 머리 솔과 가위를 제자리에 갖다두고 오래된 엄마의 화장품을 들여다보았다. 파운데이션과 연지는 말라붙어 쩍쩍 금이 가 있었지만 립스틱의 유통기한은 수십 년쯤 되는지 새것 같았다. 어릴 때도 예쁘게 치장하는 놀이는 해보지 못했다. 립스틱을 조금 발라보았다. 좀 예뻐 보인다는 생각이 들었다. 엄마 같지는 않아도 꽤 보기 좋았다. 혼자 실소를 하고 입술을 문질러 지웠다. 서랍장을 막 닫는데 바짝 마른 레블론 매니큐어 병이 눈에 띄었다. 연한 핑크색이었다.

카야는 작은 병을 집어들고, 마을에 갔던 엄마가 하고많은 물건 중에서 이 매니큐어를 사온 날을 새삼 떠올렸다. 우리 올리브색 피부에 정말 잘 어울릴 거야, 라고 하셨다. 카야와 두 언니에게 소파에 나란히 앉으라고 하고 손톱 발톱을 연분홍으로 칠해주었다. 엄마도 매니큐어를 칠한 다음에 다 같이 깔깔 웃으면서 분홍빛 손톱 발톱을 흔들며 마당을 뛰어다녔다. 아버지는 어디 가고 없었지만 보트가 석호에 정박되어 있었다. 엄마는 여자들끼리만 배를 몰고 나가자고 아이디어를 냈다. 한 번도 해본 적 없는 일이었다.

낡은 통통배에 올라타서도 다들 살짝 취한 것처럼 까불거렸다. 크랭크를 여러 번 잡아당겨야 했지만 아웃보드 모터는 부르릉, 돌았고 우리는 다 함께 출발했다. 엄마는 석호를 가로질러 습지로 이어지는 좁은 물길로 들어섰다. 물길을 누비며 순항하는가 싶었지만 엄마는 사실 배를 잘 몰랐고, 얕은 석호로 들어가 타르처럼 찐득한 검은 진흙에 좌초되고 말았다. 장대로 이리저리 밀어봤지만 배는 꿈쩍도 하지 않았다. 하는 수 없이 치마를 걷고 배에서 내려 무릎까지 진창에 처박히는 수밖에 없었다.

엄마는 외쳤다. "배가 전복되면 안 돼, 얘들아, 절대 배를 뒤집으면 안 된다."

진흙 범벅이 된 서로의 얼굴을 보고 꺅꺅 소리를 질러대면서 배가 홀홀 물에 뜰 때까지 밀었다. 다시 배에 올라타는 건 쉬운 일이 아니었다. 뭍으로 나온 물고기들처럼 팔딱팔딱 뒤집히며 난리를 쳤다. 여자 네 명이 좌석에 다 못 앉고 보트 바닥에 나란히 끼어 누워서 다리를 하늘로 치켜들고 발가락을 꼬물거렸다. 분홍색 발톱이 진흙을 뚫고 반짝거렸다.

그렇게 누워서 엄마는 말했다. "다들 엄마 말 잘 들어. 이건 진짜 인생에 있어 중요한 교훈이야. 그래, 우리 배는 좌초돼서 꼼짝도 못 했어. 하지만 우리 여자들이 어떻게 했지? 재밌거리로 만들었잖아. 깔깔 웃으며 좋아했잖아. 자매랑 여자 친구들은 그래서 좋은 거야. 아무리 진흙탕이라도 함께 꼭 붙어 있어야 하는 거야, 특히나 진창에서는 같이 구르는 거야."

엄마는 매니큐어 리무버를 사오지 않았고 칠이 벗겨지기 시작하자 윤기가 사라지고 분홍색으로 얼룩덜룩 지저분해졌다. 벗겨진 매니큐어를 보면 그때의 즐거웠던 기억이 되살아났다. 진짜배기 인생의 교훈이 생각났다.

낡은 병을 바라보며 언니들 얼굴을 그려보려 애썼다. 그러다 입 밖으로 소리 내어 말했다. "엄마, 지금 어디 있어? 왜 우리하고 꼭 붙어 있어 주지 않았어?"

다음 날 오후 참나무 공터에 가자마자 카야는 채도 낮은 녹색과 갈색의 숲과 대조되어 화려하고 부자연스럽게 빛나는 원색을 보았다. 등걸에는 빨갛고 하얀 작은 우유갑이 놓여 있고, 그 옆에 또 깃털 하나가 있었다. 소년이 판돈을 올렸나보다. 카야는 다가가서 먼저 깃털을 집어들었다.

부드러운 은빛 깃털, 나이트 헤론이었다. 습지에서 가장 아름다운 새다. 다음에 카야는 우유갑 안을 들여다보았다. 꼭꼭 싸서 쑤셔 넣은 몇 종류의 씨앗 ─ 순무, 당근, 그린 빈 ─ 아래, 카야의 보트 엔진에 맞는 스파크 플러그가 갈색 봉투 속에 들어 있었다. 저도 모르게 다시 미소를 지은 카야는 살짝 동그라미를 그리며 빙글 돌았다. 대부분의 물건 없이도 잘 사는 법을 터득하긴 했지만, 가끔 스파크 플러그가 필요해질 때는 있다. 점핑이 소소하게 엔진을 수리하는 법을 가르쳐주었지만 부품을 사려면 마을까지 현금을 들고 걸어가야 했다.

그런데 여기 여분의 스파크 플러그가 있다. 필요할 때까지 보관해두기만 하면 된다. 여분. 심장이 한껏 부풀어올랐다. 연료를 가득 채웠을 때나 붓으로 칠한 하늘의 석양을 볼 때와 똑같은 마음이었다. 꼼짝도 하지 않고 가만히 서서, 그 느낌을 한껏 만끽하고 의미를 찾으려 했다. 암컷에게 선물을 갖다주며 구애하는 수컷 새는 여러 번 본 적이 있다. 하지만 둥지를 틀기에 카야는 아직 어린 새끼였다.

우유갑 바닥에 쪽지가 있었다. 쪽지를 펼쳐 글자를 보았다. 어린애라도 읽을 수 있게 또박또박 쓴 글씨였다. 카야는 밀물과 썰물의 시간을 날 날이 외우고 있었고 별을 보고 집을 찾아갈 수 있고 독수리의 깃털을 한 올도 빠짐없이 알고 있었지만 이 글은 읽을 수 없었다.

밤이 내리자 카야는 담요를 들고 습지에 나와서 달빛과 홍합으로 가득 찬 작은 골짜기에서 자고 새벽까지 어망 두 자루를 가득 채웠다. 연료를 살 돈이었다. 들고 가기에는 너무 무거워서 첫 번째 자루는 질질 끌고 호소로 갔다. 좀 돌아가야 했지만 백조 깃털을 놓아두려고 일부러 참나무 공터를 질러가기로 했다. 앞을 보지도 않고 나무 사이로 들어갔더니, 등 걸에 그 깃털 소년이 기대앉아 있었다. 카야는 어렸을 때 습지에서 길을 가르쳐준 테이트를 바로 알아보았다. 차마 가까이 갈 용기가 없어 몇 년째 멀리서 지켜보기만 했던 테이트. 이제 훤칠하게 성장한 테이트는 열여덟 살쯤 되어 보였다. 황금빛 머리칼은 야구모자 밑으로 제멋대로 삐져나와 있고 피부는 보기 좋게 그을려 있었다. 테이트는 차분하게, 얼굴을 환히 밝히며 웃었다. 하지만 카야의 마음이 철렁했던 건 그의 눈 때문이었다. 황금빛 도는 갈색에 녹색 반점이 점점이 흩뿌려진 두 눈이 올챙이를 포착한 왜가리처럼 카야에게 못 박혀 있었다.

암묵적 규약이 느닷없이 깨지자 카야는 멈칫했다. 이 게임의 재미는 서로 말하지도, 만나지도 않아도 된다는 데서 나왔는데. 뜨거운 열기가 카야의 얼굴로 치받쳐 올랐다.

"이봐, 카야, 부탁인데…… 도망가지…… 마. 나야…… 그냥 나야…… 테이트."

테이트는 카야가 멍청해서 못 알아듣기라도 할까봐 그런지 아주 조용히, 아주 천천히 말했다. 하긴 마을 사람들은 카야가 바보 멍청이라고 할 테지. 사람 말도 제대로 못 한다고 하겠지.

테이트는 도저히 눈을 뗄 수가 없었다. 카야는 열서너 살쯤으로 보였다. 하지만 그렇게 어린 나이에도 테이트가 본 어떤 얼굴보다 더 강렬했다. 거의 새까매보이는 큰 눈동자, 어여쁜 입술 위로 날씬한 코가 이국적인 분위기를 풍겼다. 키 크고 마른 몸매는 야생의 바람이 깎아 빚은 듯 여리고 낭창낭창했다. 하지만 조용한 힘이 깃든 어리고 단단한 근육도 숨겨지지 않았다.

카야는 늘 그렇듯, 도망가고 싶다는 충동을 느꼈다. 하지만 한편으로는 또 다른 감정도 있었다. 몇 년간 느끼지 못한 충만함, 따끈한 무언가가 심장으로 흘러들어온 느낌, 깃털과 스파크 플러그와 씨앗들. 지금 도망치면 다 끝나버릴지도 모른다. 말없이 한 손을 들어 우아한 백조의 깃털을 보여주었다. 새끼 사슴처럼 소스라쳐 도망칠까봐 겁나는 듯, 테이트가 아주 천천히 다가와서 카야 손에 들린 깃털을 살펴보았다. 카야는 말없이 보기만 했다. 테이트의 얼굴은 보지 않고 깃털만 봤다. 그 눈은 특히나, 절대로 보지 않았다.

"툰드라 백조구나, 그렇지? 믿기지가 않아, 카야. 고마워."

테이트는 카야보다 키가 훨씬 커서 깃털을 받아들려면 살짝 허리를 굽혀야 했다. 선물 고마웠다고 카야가 인사할 차례였지만, 소년이 이제 가면 좋겠다고, 게임이 계속되면 좋겠다는 생각만 하고 말없이 서 있었다.

침묵을 깨뜨리려 테이트가 말을 이었다. "우리 아버지가 새들에 대해 가르쳐주셨어."

결국 카야는 눈을 들어 테이트를 보고 말했다. "쪽지를 읽을 줄 몰라."

"아, 그렇지. 학교를 안 다니니까. 깜박했다. 거기에는 그냥, 낚시하면서 몇 번 본 적 있다고, 그래서 씨앗들하고 스파크 플러그가 쓸 일이 있을지 모르겠다는 생각이 들었다고, 그 말밖에 안 썼어. 나한테 남는 게 하나 있어서, 그거면 네가 마을까지 굳이 걸어가지 않아도 될 거 같고. 깃털은 네가 좋아할 거 같아서."

카야는 고개를 숙이면서 말했다. "고마워. 정말 좋았어."

테이트는 카야의 얼굴과 몸매에서는 희미하게 여자 태가 나기 시작하지만 행동거지와 말투는 어쩐지 아이 같다는 사실을 깨달았다. 진하게 화장하고 욕설을 입에 달고 담배를 피우며 어른처럼 행동하고 말하지만 성숙한 여자 태는 안 나는 마을의 소녀들과는 달랐다.

"천만에. 어, 나는 이제 가봐야겠어. 시간이 늦어서. 괜찮다면 가끔 놀러 올게."

카야는 한마디도 대꾸하지 않았다. 게임은 끝난 게 틀림없다. 테이트는 카야가 입을 다물었음을 깨닫고 모자챙에 손을 대고 까닥 인사하더니 가려고 돌아섰다. 하지만 머리를 낮추고 덤불로 막 들어가려다가 문득 카야를 돌아보았다.

"있잖아, 내가 글 읽는 거 가르쳐줄 수 있어."

16

\

책
을
읽
다

1960년

책 읽기를 가르쳐주겠다던 테이트는 며칠이 지나도 오지 않았다. 깃털 놀이 이전에 외로움은 당연히 몸에 항상 붙어 있는 팔다리 같은 것이었지만 이제는 외로움이 카야 마음속에 뿌리를 내리고 가슴을 짓눌렀다.

어느 날 늦은 오후 카야는 보트에 올라타 시동을 걸었다.

"그냥 앉아서 기다리기만 할 수는 없어."

점핑의 가게에 배를 대면 사람들 눈에 띌 것 같아 살짝 남쪽으로 내려가 오목한 후미에 정박했다. 그리고 어망 한 자루를 들고 유색인 마을로 가는 오솔길을 걷기 시작했다. 낮에 내내 보슬비가 내렸고, 해가 지평선에 가까워지자 숲 안개가 눅눅한 습지를 떠다녔다. 유색인 마을에 가본 적은 없지만 어디인지는 알았다. 가보면 점핑과 메이블의 집을 찾는 건 어렵지 않을 것이다.

메이블이 준 청바지에 분홍색 블라우스를 받쳐 입었다. 자루에는 점핑과 메이블의 친절에 보답하기 위해 직접 만든 진짜 블루베리 잼이 두 병 들어 있었다. 사람이 그리워서, 여자 친구와 이야기를 나누고 싶어서 충동적으로 한 방문이었다. 점핑이 아직 집에 안 왔대도 메이블과 마주 앉아 잠깐 쉴 수 있을 것이다.

길모퉁이로 다가서는데 카야 쪽으로 가까워지는 목소리가 들렸다. 탁 멈춰 서서 귀를 쫑긋 세웠다. 그리고 재빨리 길가 숲으로 숨었다. 잠시 후 너덜너덜한 멜빵바지 차림의 백인 소년 둘이 낚시 장비를 메고 카야 팔뚝만 한 메기를 덜렁거리며 나타났다. 꼼짝도 하지 않고 기다렸다.

한 소년이 오솔길 저 아래를 가리켰다. "저기 좀 봐라."

"참 나, 재수 째지네. 깜둥이가 깜둥이 마을로 가고 있잖아."

내다보니 점핑이 집으로 돌아오고 있었다. 거리가 아주 가까웠기 때문에 점핑도 그 말을 틀림없이 들었을 것이다. 하지만 점핑은 고개를 푹 숙이고 소년들이 지나갈 수 있도록 숲 쪽으로 비켜서기만 했다.

'아저씨, 왜 그러세요, 왜 뭐라도 하지 않으세요?' 카야는 혼자 화를 냈다. 깜둥이가 정말 나쁜 말이라는 걸 알고 있었다. 아버지가 험한 욕을 할 때 쓰는 걸 여러 번 들었다. 점핑은 두 소년의 머리를 잡고 서로 쾅 박아서 정신을 차리게 해줘야 했다. 하지만 점핑은 발걸음을 재촉해 황급히 지나쳤다.

"깜둥이 노인네가 마을로 가네. 조심해라, 깜둥아, 그러다가 넘어지지 말고."

소년들은 발끝만 보고 걷는 점핑을 놀려댔다. 한 소년이 허리를 굽히고 돌멩이를 주워들어 점핑의 등에 던졌다. 돌은 툭, 소리를 내며 점핑의 어깨뼈 바로 밑에 명중했다. 점핑은 비틀, 하고 고꾸라졌지만 다시 걸었다. 소년들이 배를 잡고 웃어대는 사이 점핑은 길모퉁이를 돌았다. 그러자 소년들은 돌멩이를 더 많이 주워 들고 뒤를 따라갔다.

카야는 나뭇가지 사이로 팔랑거리는 소년들의 모자를 주시하며 수풀을 지나 길 앞으로 질러갔다. 길가 빽빽한 수풀에 숨어 쭈그리고 앉았다. 몇 초 후에 소년들이 바로 앞을 지나갈 것이다. 점핑은 한참 앞서가 잘 보이지 않았다. 카야는 자루로 잼병을 단단히 싸서 비틀어 묶어 쥐었다. 소년들이 다가오자 카야는 가로막는 수풀을 아랑곳하지 않고 묵직한 가방을 휘둘러 가까운 녀석의 뒤통수를 세게 쳤다. 그 애는 푹 고꾸라져 얼굴을 땅에 처박았다. 악다구니를 쓰고 괴성을 지르며 또 다른 남자애 대가리도 박살 낼 기세로 달려들자 소년은 도망쳐버렸다. 카야는 좀 따라가다가 나무 사이로 몸을 숨겼고, 처음의 그 소년이 일어나 뒤통수를 움켜쥐고 욕을 할 때까지 지켜보았다.

카야는 잼병이 든 가방을 둘러메고 돌아서서 다시 보트 쪽으로 걸어가 통통거리며 집으로 돌아왔다. 다시는 남의 집을 찾아가는 일은 없을 거라고 생각하면서.

다음 날, 모터보트 소리가 물길에 울려 퍼지자 카야는 석호로 달려가 수풀 속에 숨어 배에서 내려 배낭을 둘러메는 테이트를 바라보았다. 테이트는 두리번거리다가 큰 소리로 카야 이름을 불렀다. 그래서 카야는 딱 맞는 청바지와 단추 짝이 안 맞는 하얀 블라우스 차림으로 천천히 걸어 나갔다.

"안녕, 카야. 더 일찍 오지 못해서 미안해. 아빠 일을 도와드려야 했어. 하지만 이제 같이 공부하면 금세 글을 읽을 수 있게 될 거야."

"안녕, 테이트."

"여기 좀 앉자." 테이트는 석호의 어둑한 그늘 아래 구부러진 참나무 등걸을 가리키며 말했다. 그러더니 배낭에서 누렇게 변색된 얇은 알파벳 교본과 줄이 그어진 공책을 꺼냈다. 신중하고 느린 필체로 줄 사이에 a A, b B라고 쓰고는 카야에게도 똑같이 써보라고 했다. 그러고는 입술로 혓바닥을 물고 낑낑거리는 카야를 참을성 있게 지켜봐주었다. 카야가 글씨를 다 쓰면 테이트는 글자를 소리 내어 읽었다. 부드럽게, 느릿느릿.

카야는 조디와 엄마가 쓰던 몇 글자는 알아봤지만 조합해서 멀쩡한 단어로 만들어본 적은 없었다.

몇 분이 채 지나지 않았는데 테이트가 말했다. "봐, 벌써 한 단어를 쓸 줄 알잖아."

"무슨 말이야?"

"C-a-b. 택시라는 단어를 쓸 수 있어."

"택시가 뭔데?" 카야가 물었다. 사려 깊은 테이트는 웃지 않았다.

"몰라도 괜찮아. 계속해보자. 좀 있으면 네가 아는 단어를 쓸 수 있게 될 거야."

한참 후 테이트가 말했다. "알파벳 공부는 아주 많이 해야 해. 다 익히는 데 시간이 좀 걸리거든. 하지만 넌 이미 글을 좀 읽을 수 있게 됐어. 내가 보여줄게."

테이트는 문법 교본이 없었고, 그래서 카야가 처음 읽은 책은 테이트 아버지가 소장한 알도 레오폴드Aldo Leopold의 『모래 군의 열두 달』이었다. 테이트는 첫 문장을 손으로 가리키며 읽어보라고 했다. 첫 단어는 There였는데, 카야는 읽기 전에 다시 알파벳을 찾아보고 각 글자의 소리를 연습해야 했다. 하지만 테이트는 절대 서두르지 않고 th라는 특별한 소리를 설명해주었고, 카야는 간신히 그 단어를 소리 내어 읽고는 신이

나서 두 팔을 하늘로 치켜들고 깔깔 웃었다. 테이트는 활짝 웃으면서 카야를 바라보았다.

카야는 천천히 문장의 단어들을 풀었다. "야생의 존재 없이 살 수 있는 사람도 있지만 그렇지 못한 사람도 있다."

"아." 카야가 말했다. "아."

"카야, 넌 이제 글을 읽을 수 있어. 까막눈이던 시절로 다시는 돌아갈 수 없을 거야."

"그게 다가 아니야." 카야의 말은 속삭임에 가까웠다. "단어가 이렇게 많은 의미를 품을 수 있는지 몰랐어. 문장이 이렇게 충만한 건지 몰랐어."

테이트는 미소를 지었다. "아주 좋은 문장이라서 그래. 모든 단어가 그렇게 많은 의미를 품고 있는 건 아니거든."

이어지는 나날 동안 그늘진 참나무 등걸에 걸터앉아서, 아니면 양지바른 해변에서, 테이트는 단어들 읽는 법을 가르쳐주었다. 단어들은 그들 주위에서 살아 움직이는 기러기와 학들을 노래했다. "기러기의 노래가 더 이상 들리지 않는다면 어떻게 될 것인가?"

아버지의 일을 돕거나 친구들과 야구를 하지 않을 때마다 테이트는 카야의 집을 찾아왔다. 일주일에도 몇 번씩. 이제 카야는 당장 무슨 일을 하고 있더라도 – 텃밭 잡초를 뽑고 있건, 닭 모이를 주고 있건, 조개껍데기를 찾고 있건 – 항상, 귀를 쫑긋 세워 물길에서 웅웅 울리는 테이트의 보트 소리가 들리는지 주의를 기울였다.

어느 날 바닷가에서 박새가 점심으로 무엇을 먹는지 읽고 있다가 카야가 테이트에게 물었다. "바클리코브에서 가족과 함께 살아?"

"난 아버지와 함께 살아. 그래, 바클리에서."

카야는 가족이 더 있는데 떠나버린 거냐고 묻지 않았다. 테이트의 엄마도 아들을 두고 가버린 게 틀림없었다. 마음 한켠으로는 테이트의 손을 잡고 싶었다. 이상한 갈망이었다. 하지만 손가락은 꿈쩍도 하지 않았다. 그래서 대신 테이트의 손목 안쪽에 있는 푸른빛 정맥들을 기억했다. 핏줄은 말벌 날개에 그려진 문양처럼 정교하고 복잡했다.

카야는 밤에 식탁에 앉아 등불을 켜놓고 복습을 했다. 부드러운 불빛이 창밖으로 배어나와 참나무의 낮은 가지들을 어루만졌다. 온화한 반딧불을 제외하면 사방 몇 킬로미터에 걸친 암흑 속에서 유일하게 빛나는 불빛이었다.

세심하게 단어를 쓰고 말하고 쓰고 말했다. 테이트가 긴 단어는 짧은 단어를 쭉 붙여놓은 것일 뿐이니까 겁낼 것 없다고 했다. 카야는 두려움 없이 sat 앉았다를 외우고 곧장 Pleistocene 홍적세을 익혔다. 이제껏 살아오면서 읽기만큼 즐거운 건 없었다. 그렇지만 아무리 생각해도 테이트가 자기처럼 가난한 백인 쓰레기한테 왜 글을 가르쳐주겠다고 했는지 알 수가 없었다. 아니 애초에 왜 어여쁜 깃털을 들고 찾아왔는지 그 이유를 알 수 없었다. 카야는 묻지 않았다. 괜히 물어봤다 테이트가 생각이 많아져서 떠나버릴까봐서.

이제 카야는 귀중한 표본들에 적어도 라벨을 붙일 수 있게 되었다. 깃털과 곤충과 조개껍데기와 꽃을 하나씩 들고 엄마의 책들에서 철자를 찾아본 후 갈색 종이봉투 그림 위에 꼼꼼하게 적었다.

"스물아홉 다음에는 뭐야?" 어느 날 카야는 테이트에게 물었다.

테이트는 카야를 바라보았다. 조수간만의 차이와 흰기러기, 독수리와 별에 대해서는 모르는 게 없는 소녀가 아직 서른까지 셀 줄도 몰랐다. 테이트는 카야가 부끄러워할까봐 놀란 기색을 하지 않았다. 카야는 사람의 눈빛을 꿰뚫어 마음을 읽었다.

"서른." 테이트는 아무렇지 않게 말했다. "내가 숫자를 가르쳐줄게. 기본적인 산수를 배우자. 쉬워. 내가 책 몇 권 가져다줄게."

카야는 눈에 띄는 글자는 닥치는 대로 읽었다. 그리츠 포장에 쓰인 요리법, 테이트가 준 쪽지들, 몇 년째 읽는 척만 했던 동화책. 그러다 어느 날 밤 카야는 자그맣게 '오' 소리를 내고는 선반에 놓인 낡은 성경을 꺼냈다. 식탁에 앉아서 얇은 책장을 조심스럽게 넘기자 가족들 이름이 나왔다. 카야 자신의 이름이 맨 아래 적혀 있고 옆에 생일이 쓰여 있었다. *미스 캐서린 대니얼 클라크, 1945년 10월 10일.* 명단 맨 위로 돌아가 오빠와 언니들의 진짜 이름을 읽었다.

마스터 제러미 앤드루 클라크, 1939년 1월 2일. "제러미." 소리 내어 말해보았다. "조디 오빠, 오빠가 마스터 제러미일 줄은 꿈에도 몰랐어."

미스 어맨다 마거릿 클라크, 1937년 5월 17일. 카야는 손끝으로 이름을 어루만졌다. 몇 번이나.

마스터 네이피어 머피 클라크, 1936년 4월 4일. 카야는 나직하게 말했다. "머프 오빠 이름은 네이피어구나."

맨 위에는 맏이인 *미스 메리 헬렌 클라크, 1934년 9월 19일.* 손가락으로 이름을 쓸어보니 눈앞에 언니 오빠의 얼굴이 선하게 떠올랐다. 희미한 기억이었지만 비좁은 식탁에 다 같이 앉아 스튜를 먹고 콘브레드를 건네주고 심지어 웃기도 했던 광경이 그려졌다. 언니와 오빠의 이름을 잊었다는 게 부끄러웠지만 이제 되찾았으니 다시는 놓치지 않으리라.

아이들 이름 위에는 이렇게 적혀 있었다. *마스터 잭슨 헨리 클라크 미스 줄리엔 마리아 자크와 결혼하다, 1933년 6월 12일.* 그때까지 카야는 부모님 이름도 제대로 몰랐다.

식탁 위에 성경을 펼쳐놓고 한참을 가만히 앉아 있었다. 카야 앞에 가족이 있었다.

시간은 흘러가니 자식은 부모의 젊은 시절을 알 리가 없다. 카야는 1930년대 초반 애슈빌의 소다수 가게로 당당하게 걸어 들어가던 핸섬한 청년 제이크를 영영 보지 못할 것이다. 제이크는 그곳에서 마리아 자크를 보게 된다. 검은 곱슬머리에 붉은 입술의 미녀는 뉴올리언스에서 잠시 놀러온 참이었다. 밀크셰이크를 함께 먹으면서 제이크는 마리아에게 자기 가족은 플랜테이션을 소유하고 있고 고등학교를 졸업하면 법을 공부하고 기둥이 즐비한 대저택에서 살 거라고 말했다.

하지만 공황이 닥치자 은행은 클라크 가문이 깔고 있던 땅을 휙 빼앗아 경매에 부쳤고 제이크도 학교를 중퇴해야 했다. 새로 이사한 아담한 통나무집은 한때, 사실 그리 멀지 않은 과거에, 노예들이 살던 집이었다. 제이크는 담배밭에서 화려한 원색 포대기로 아기를 둘러업은 흑인들과 함께 담뱃잎을 따서 쌓았다.

그렇게 2년이 흐른 어느 날 동트기 전 제이크는 좋은 옷과 가보를 최대한 많이 챙겨 인사도 없이 집을 떠났다. 증조부의 금시계와 할머니의 다이아몬드 반지도 있었다. 제이크는 차를 얻어 타고 뉴올리언스에 가서 수변의 우아한 저택에서 가족과 함께 살고 있던 마리아를 찾았다. 마리아의 가족은 프랑스 상인의 후손으로 구두공장을 소유하고 있었다.

제이크는 가보를 전당포에 맡기고 붉은 벨벳 커튼이 드리워진 근사한 레스토랑으로 마리아를 데리고 다니며 기둥이 늘어선 대저택을 사주겠노라 약속했다. 제이크가 목련꽃 그늘 아래 무릎을 꿇었을 때 마리아는 그와 결혼하겠다고 답했고, 두 사람은 1933년 작은 교회에서 예식을 올렸다. 마리아의 가족은 입을 굳게 다물고 아무 말 없이 식장에 서 있었다.

이제 돈이 다 떨어진 제이크는 장인어른의 구두공장에서 일하기로 했다. 제이크는 자기가 매니저 일을 맡을 줄 알았지만, 만만한 성격이 아니었던 자크 씨는 사위가 다른 직원들과 똑같이 바닥부터 일을 배우기를 바랐다. 그래서 제이크는 구두창을 자르는 노역을 해야 했다.

제이크와 마리아는 혼수로 장만한 화려한 가구 몇 점에 벼룩시장에서 산 테이블과 의자를 뒤섞어 비좁은 집을 꾸미고 살았다. 제이크는 야간 강의에 등록해 고등학교를 마치려 했지만 보통은 수업을 빼먹고 포커를 치러 가거나 위스키 냄새를 풍기며 늦은 밤 새신부가 기다리는 집으로 돌아오곤 했다. 불과 3주 만에 교사는 그를 제적 처리했다.

마리아는 제이크에게 술을 끊고 제발 열심히 일하라고 애걸했다. 그래야 아버지가 승진을 시켜줄 거라고. 하지만 아기들이 태어나기 시작했고 음주는 멈추지 않았다. 1934년에서 1940년까지 네 명의 아이가 태어났지만 제이크는 딱 한 번 승진했을 뿐이었다.

독일과의 전쟁은 만인을 평등하게 했다. 남들과 똑같은 색 군복을 입자 제이크는 수치를 숨기고 다시 한번 당당하게 행세할 수 있었다. 하지만 어느 날 밤 프랑스의 진흙 참호에 앉아 있는데, 누군가 하사관이 피격되어 20미터 앞에 피를 흘리고 쓰러져 있다고 외쳤다. 병사들은 그저 어린 남자애들일 뿐이었다. 야구장 더그아웃에 앉아서 타격 차례나 기다리며 직구 칠 걱정이나 하고 있을 나이였다. 하지만 다들 서슴없이 달려들어 부상당한 하사를 구하겠노라고 포복하기 시작했다. 단 한 사람만 빼고 전원이.

제이크는 겁에 질려 꼼짝도 못 하고 한쪽 구석에 쭈그리고 앉아 있었다. 하지만 박격포탄이 참호 바로 옆에 떨어져 황열을 내뿜으며 폭발해 왼쪽 다리를 산산조각냈다. 하사관을 끌고 참호로 돌아온 군인들은 제이크가 구조작전을 돕다가 부상당했다고 생각했다. 그래서 제이크는 영웅이 되었다. 진상은 아무도 몰랐다. 제이크만의 비밀이었다.

훈장을 받고 의가사 제대를 한 그는 집으로 돌아왔다. 다시는 구두공장에서 일하지 않겠다고 결심한 제이크는 뉴올리언스에서 불과 며칠 밤밖에 머무르지 않았다. 마리아가 말없이 지켜보는 가운데 제이크는 고급 가구와 은제 식기를 남김없이 팔고는 가족을 기차에 실어 노스캐롤라이나로 떠났다. 지인한테 부모님이 돌아가셨다는 소식을 전해 들은 후라 더 거리낌 없이 계획을 실행할 수 있었다.

제이크는 마리아에게 아버지가 노스캐롤라이나 연안에 낚시 거점으로 지어둔 통나무집에서 살면서 새 출발 할 수 있을 거라고 설득했다. 월세를 내지 않아도 되고 고등학교 교육도 마칠 수 있을 거라고. 바클리코브에서 작은 낚싯배를 사서 식구들과 세간을 어지럽게 실은 후 수 킬로미터 물길을 달렸다. 짐 더미 위에 고급 모자 상자가 몇 개 도도하게 놓여 있었다. 마침내 석호에 들어서자 녹슨 차양문이 달린 쓰러져가는 움막이 참나무 그늘 아래 모습을 드러냈고, 마리아는 눈물을 꾹 참으며 막내 조디를 힘주어 꼭 끌어안았다.

제이크는 마리아를 위로했다. "하나도 걱정할 거 없어. 내가 금세 집을 말끔하게 고쳐놓을 테니까."

하지만 제이크는 움막을 수리하지도 고등학교를 마치지도 않았다. 도착하기가 무섭게 스왐프 기니에서 술을 마시고 포커를 치는 데 맛을 들이고, 술잔에 참호의 기억을 묻으려 했다.

마리아는 가정을 꾸리려 할 수 있는 모든 노력을 다했다. 떨이 세일하는 곳에서 바닥 매트리스에 깔 홑청과 양철 욕조를 샀다. 마당의 수도꼭지에서 빨래를 하고 텃밭을 가꾸고 닭치는 법도 혼자 터득했다.

도착하고 나서 얼마 되지 않아 마리아는 아이들에게 제일 좋은 옷을 입혀 바클리코브의 학교에 등록시켰다. 그러나 제이크는 교육 따위 믿지 않았고 머프와 조디에게 학교를 결석하고 저녁거리로 먹을 다람쥐나 생선을 잡아오라고 시키는 날이 점점 더 많아졌다.

제이크는 휘영청 달빛을 받으며 마리아와 선상 데이트를 딱 하루 즐겼다. 그 결과 마지막 아이인 캐서린 대니엘이라는 딸이 생겼다. 나중에 캐서린 대니엘이 카야라는 별명을 갖게 된 건, 처음 이름을 물었을 때 '카야'라고 대답했기 때문이다.

가끔 술에 취하지 않았을 때 제이크는 학업을 마치고 모두를 위해 더 나은 삶을 영위하는 꿈을 꾸곤 했지만, 참호의 그림자는 그의 마음속에서 영영 걷히지 않았다. 한때 자신만만하고 핸섬하고 늘씬했던 제이크는 이제 초라하게 전락한 자신의 진짜 모습을 감당할 수 없어 술을 마셨다. 습지에서 싸움판을 벌이고 술을 마시고 욕을 퍼붓는 도망자들과 어울리는 건, 이제까지 제이크가 했던 그 어떤 일보다 쉬웠다.

1960년

글을 배우던 어느 여름날 배를 타고 갔더니 점핑이 말했다.

"자, 미스 카야, 할 얘기가 있어요. 어떤 사람들이 미스 카야의 뒤를 캐면서 이것저것 묻고 다니더라고요."

카야는 눈길을 옆으로 피하지 않고 똑바로 받았다. "누가요, 원하는 게 뭔데요?"

"사회복지 쪽에서 나온 거 같아요. 별의별 질문을 다 하더라고요. 아직 이 근처에 사는지, 엄마는 어디 계신지, 올가을에 학교에 갈 건지. 언제 여기 오는지, 특히 몇 시쯤 찾아오는지 그런 걸 꼬치꼬치 캐물었어요."

"뭐라고 했어요, 점핑 아저씨?"

"글쎄요, 뭐, 최선을 다해서 따돌리려 했는데. 미스 카야는 아주 잘 지낸다고, 낚시도 하고 다 한다고 했죠." 점핑은 고개를 젖히며 웃었다. "그리고 보트 몰고 여기 오는 시간은 도깨비 같아서 감도 못 잡는다고 했어요. 자, 이제 아무 걱정하지 말아요. 미스 카야. 그 사람들 또 오면 점핑이 꺅도요나 잡으라고 다 쫓아버릴게요."

"고마워요." 연료 탱크를 채우고 나서 카야는 곧장 집으로 갔다. 이제 정신을 더 바짝 차려야 했다. 그 사람들이 포기할 때까지 습지에 나가 숨어 있을 데를 찾아봐야 할지도 모른다.

오후 늦게 테이트가 해변에 배를 대자 선체가 부드럽게 사각거리며 모래밭으로 올라왔다. 카야가 말했다.

"우리 여기 말구'sides 다른 데서 만나도 될까?"

"어이, 카야, 잘 지냈어." 테이트가 여전히 조종석에 앉은 채로 인사를 했다.

"어떻게 생각해?"

"'sides라고 줄여 쓰지 말고 besides라고 제대로 써. 그리고 부탁할 때는 인사부터 하는 거야."

"오빠도 가끔 그렇게 쓰잖아." 번지려는 미소를 물고 카야가 말했다.

"그래, 우리는 다 노스캐롤라이나에서 자랐으니까 남부 사투리가 심하지. 하지만 노력은 해야 하지 않겠어?"

"안녕하세요, 테이트 씨." 카야는 살짝 무릎을 꿇고 고개를 숙이며 말했다. 테이트는 카야의 내면 어딘가에 있는 장난꾸러기 말괄량이를 스치듯 보았다. "이제 우리 여기 말고beside 다른 데서 만나면 안 될까요? 부탁이에요."

"그럼, 안 될 거 없지, 그런데 왜?"

"점핑 아저씨가 그러는데 사회복지사들이 나를 찾고 있대. 송어처럼 끌려가서 어디 위탁되거나 그럴까봐 무서워."

"그래, 저기 어디 가재들이 노래하는 곳에 가서 꼭꼭 숨어야겠네. 누군지 몰라도 카야를 데리고 가서 키워야 되는 사람들 참 안됐다." 테이트가 만면에 웃음을 띠었다.

"무슨 말이야, 가재가 노래하는 곳이라니? 엄마도 그런 말을 했었어." 엄마는 언제나 습지를 탐험해보라고 독려하며 말했다. "갈 수 있는 한 멀리까지 가봐. 저 멀리 가재가 노래하는 곳까지."

"그냥 저 숲속 깊은 곳, 야생동물이 야생동물답게 살고 있는 곳을 말하는 거야. 그런데 어디서 만날지 생각해봤어?"

"전에 내가 찾아둔 데가 있어. 다 낡아서 쓰러져가는 통나무집이야. 분기점만 잘 기억하면 배로 갈 수 있어. 나는 여기서 걸어가면 되고."

"좋아, 그럼, 타. 이번에는 네가 길을 가르쳐줘. 다음에는 거기서 보자."

"거기 가 있을 때는 내가 여기 줄 묶는 말뚝 옆에 돌을 몇 개 쌓아놓을 게." 카야는 호소 물가의 한 지점을 가리켰다. "안 그러면, 나는 여기 어딘가에 있는 거니까 오빠 모터 소리가 들리면 나올게."

탓, 탓, 통통배가 서서히 습지를 헤치고 마을에서 멀리 떨어진 탁 트인 바다로 나갔다. 덜컹거리는 뱃머리에 앉은 카야는 바람에 눈이 시어 뺨으로 흐르는 눈물에 귓가가 간질거렸다. 후미진 작은 만에 다다르자 카야는 거친 덤불이 낮게 드리운 좁은 민물 하천으로 테이트를 인도했다. 냇물이 말라 사라질 것 같은 지점이 여러 번 나왔지만 카야는 계속 가도 괜찮다고 손짓했다.

마침내 숲이 걷히자 널찍한 초원이 나왔다. 흐르는 강물 옆으로 방이 하나밖에 없고 한쪽 구석이 무너져내린 낡은 통나무집이 나왔다. 통나무가 무게를 못 이겨 휘어지고 부러져서 땔감처럼 여기저기 널려 있었다. 반만 남은 벽에 아직 얹혀 있는 천장은 비뚤어진 모자처럼 꼭대기부터 기울어져 있었다. 테이트는 보트를 진흙 위로 끌어올렸고, 둘은 말없이 열린 문 안으로 걸어 들어갔다.

집 안은 어둡고 쥐 오줌 냄새가 났다.

"어, 여기서 살 계획은 아니라면 좋겠는데. 자다가 머리 위로 와장창 무너져 내릴 거 같아."

테이트는 벽을 손으로 밀어보았다. 다행히 웬만큼 튼튼해 보였다.

"그냥 좀 숨어 있을 거야. 한동안 도망쳐야 할 때를 대비해서 음식도 저장해둘 수 있고."

테이트는 눈이 어둠에 적응하자 돌아서서 카야를 봤다.

"카야, 그냥 다시 학교에 가는 건 생각 안 해봤어? 그런다고 죽이지는 않을 텐데. 학교에 가면 그 사람들도 더는 상관 안 할지도 모르고."

"내가 혼자라는 걸 이미 다 알았을 거야. 그러니까 학교에 가면 붙잡혀서 위탁가정으로 끌려갈걸. 아무튼, 이제 학교 가기에도 늦은 나이고. 내가 어디로 들어가겠어, 1학년?" 단어들을 발음할 줄도 알고 쉰까지 셀 줄도 아는 어린아이들한테 둘러싸여 조그만 의자에 앉아 있어야 한다는 생각에 카야의 눈이 커다래졌다.

"아니 그럼 습지에서 영원히 혼자 살 거야?"

"위탁가정에 보내지는 것보다는 나아. 우리가 착하게 굴지 않으면 위탁가정에 보내버린다고 아버지가 늘 말씀하셨어. 굉장히 고약한 사람들이라고 했어."

"아니, 그렇지만은 않아. 항상 그런 건 아니야. 대부분은 그저 아이들을 좋아하는 착한 사람들이야."

"그럼 오빠는 습지에서 사느니 위탁가정에 가겠다는 거야?"

카야는 허리에 손을 척 얹고 턱을 비쭉 내밀며 따졌다.

테이트는 잠시 말이 없었다.

"뭐, 담요도 좀 갖다줘. 혹시 추워질 때를 대비해서 성냥도 가져오고. 정어리 깡통 있으면 그것도 좋겠다. 웬만해서는 상하지 않으니까. 하지만 신선한 식품은 갖다놓지 마. 곰을 끌어들일 수도 있으니까."

"나 안 무서워 곰I ain't scared of bears."

"나는 곰이 무섭지 않아I am not scared of bears라고 해야지."

그해 여름 카야와 테이트는 쓰러져가는 통나무집에서 읽기 수업을 했다. 팔월 중순쯤 『모래 군의 열두 달』을 독파했고, 카야는 책에 나오는 단어를 거의 다 익혔다. 저자인 알도 레오폴드한테서 범람원은 살아 있는 강의 팔다리나 마찬가지고, 강이 마음만 먹으면 언제든 다시 거둘 수 있다는 사실을 배웠다. 범람원에 사는 사람은 강의 날개 밑에서 때를 기다리고 있는 셈이다. 기러기가 겨울에 어디 가는지, 기러기의 음악이 무슨 뜻인지도 배웠다. 시처럼 온화한 알도 레오폴드의 단어들로부터 생명이 응축된 토양은 무엇보다 풍요로운 지구의 자산이라는 사실도 배웠다. 습지의 물을 빼면 그 너머 수십 킬로미터에 걸친 땅이 메마르고 물길 따라 살아가는 식물과 동물이 죽어버린다는 것도 알았다. 어떤 씨앗들은 바짝 마른 흙 속에서 잠을 자며 수십 년을 기다리다가 마침내 물이 다시 집에 돌아오면 흙을 뚫고 힘차게 솟아올라 얼굴을 드러낸다는 것도 알았다. 학교에서 배울 수 없는 자연의 경이와 실제 삶의 지식, 누구나 알아야 하는데, 버젓이 주위에 노출되어 있는데 씨앗처럼 은밀하게 숨어 있는 진실들.

테이트와는 일주일에 몇 번씩 통나무집에서 만났지만 잠은 판잣집에서 자거나 갈매기를 벗 삼아 바닷가에서 잤다. 겨울이 닥치기 전에 땔나무를 주워와야 해서 아예 작정하고 한 아름 모아 소나무 두 그루 사이에 깔끔하게 쌓아두었다. 텃밭의 무순은 아직 미역취 위로 디밀고 올라오지 못했지만 채소는 사슴하고 나눠 먹고도 남을 만큼 넉넉했다. 늦여름에 수확할 작물을 남김없이 정리해 단호박과 비트를 벽돌과 판자 계단 밑 그늘에 보관해두었다.

하지만 카야는 그녀를 잡아갈 사람들이 잔뜩 탄 자동차 엔진 소리가 들리는지 한시도 경계를 풀지 않았다. 가끔은 쉼 없는 긴장 상태가 피곤하고 소름 끼쳤고, 다 쓰러져가는 통나무집으로 걸어가 담요로 꽁꽁 몸을 감싸고 흙바닥에서 잤다. 홍합 채취와 훈제 생선은 테이트가 점핑에게 전해주고 생필품을 받아올 수 있도록 시간을 맞췄다. 배때기를 너무 많이 드러내고 누워 있으면 곤란하다.

"첫 문장 읽었을 때 기억나? 몇 단어가 너무나 많은 의미를 품고 있다고 했잖아." 테이트가 어느 날 강둑에 앉아서 말했다.

"응, 기억나, 왜?"

"어, 특히 시가 그래. 시의 단어들은 단순한 말이 아니거든. 감정을 휘저어놓지. 심지어 웃음이 터지게 하기도 해."

"엄마가 시를 읽으셨던 거 같은데 나는 하나도 기억 못 해."

"이거 들어봐. 에드워드 리어Edward Lear의 시야." 테이트는 곱게 접은 봉투를 펼쳐서 읽었다.

그리고 키다리 아저씨와

헐렁한 바지춤 아저씨는

외마디 즉흥 – 해면 소리를 내면서

거품 보글거리는 바다로 달려 내려가

분홍과 회색 닻을 올린

작은 배를 타고

파도를 가르고

멀리, 저 멀리 나아갔어요

카야는 웃으며 말했다. "리듬이 해변을 때리는 파도 소리 같네."

그 후로 카야는 시를 쓰는 단계에까지 들어갔다. 습지에서 배를 타거나 조개껍질을 찾을 때면 시를 지었다. 소박한 시구, 별 뜻도 없는 노래. "가지에서 날아오르는 엄마 어치가 있네. 기회를 찾으면 나도 날아오를 거야." 그러면 절로 웃음이 났다. 길고 외로운 하루의 외로운 몇 분을 시가 채워주었다.

어느 날 늦은 오후 부엌 식탁에 앉아 책을 읽다가 엄마의 시집이 문득 생각나 온 집 안을 뒤졌다. 낡아 너덜너덜한 책 표지는 이미 오래전에 떨어져나갔고 책장은 끊어질락 말락 하는 고무줄 두 줄로 간신히 묶여 있었다. 카야는 조심조심 고무줄을 벗기고 책장을 넘기며 여백에 쓴 엄마의 메모를 읽었다. 마지막에는 엄마가 좋아하는 시들의 페이지가 나열되어 있었다.

카야는 제임스 라이트James Wright의 시를 펼쳤다.

불현듯 길 잃고 추워져서

마당이 벌거벗고 누워 있다는 걸 알았네

손을 뻗어 어루만지고 꼭 품에 안고 싶었지

내 아이, 말을 하는 내 아이,

웃거나 순하거나 제멋대로인 내 아이……

나무들도 태양도 사라지고

모든 게 사라지고 우리만 남았네

내 아들의 어머니가 집 안에서 노래하며

우리 저녁 식사를 따끈하게 준비해두고

우리를 사랑했지, 하느님 말고는 그 사랑의 깊이를 알지 못하네

너른 땅이 그렇게 어두워졌네

그리고 골웨이 키널Galway Kinnel의 시도 있었다.

마음은 함께 있었단다……

내가 아는 한 가장 부드러운 말씨로

생각했던 모든 말을 했단다. 그런데 지금은……

다 끝나서 마음이 놓인다고 말할 수밖에 없구나

마지막에는 삶을 더욱더 갈구하는 그 충동에

연민밖에 느낄 수 없었다

……안녕

카야는 그 단어들을 손끝으로 쓸었다. 언젠가 딸이 침침한 등불 빛으로 읽고 이해할 수 있도록 엄마가 특별히 밑줄 그어 전달한 메시지처럼 느껴졌다. 손으로 쓰고 양말 서랍 깊이 넣어둔 쪽지는 아니더라도 큰 의미가 있었다. 카야는 말들이 손아귀로 강렬한 의미를 움켜쥐고 있다는 느낌을 받았지만, 그 손을 활짝 펼쳐 의미를 풀어낼 수는 없었다. 혹시라도 시인이 된다면 카야는 메시지를 명료하게 쓰고 싶었다.

구월에 졸업 학년을 시작한 테이트는 카야의 집을 예전처럼 자주 찾을 수가 없었다. 하지만 올 때마다 학교에서 남들이 버린 교재를 카야에게 가져다주었다. 생물 교과서는 카야가 읽기에 너무 어려울 거라는 말은 하지 않았다. 그래서 카야는 4년 더 공부해야 배울 내용을 꾸역꾸역 읽었다. "걱정 마. 읽을 때마다 조금씩 더 잘 이해하게 될 테니까." 테이트의 말은 사실이었다.

날이 짧아지면서 통나무집에 책을 읽을 만큼 빛이 잘 들지 않자 두 사람은 다시 판잣집 근처에서 만나기 시작했다. 언제나 밖에서 공부했지만 미친 듯 바람이 불던 어느 날 아침에는 카야가 장작 화덕에 불을 피웠다. 4년 전 아버지가 자취를 감춘 후로 판잣집 문지방을 넘은 사람은 아무도 없었다. 집 안에 남자를 초대한다는 건 상상조차 못 할 일이었다. 테이트가 아니라면.

"우리 부엌에 가서 화덕 옆에 앉을까?" 호소사장에 배를 끌어올리는 테이트에게 카야가 물었다.

"좋지." 속 깊은 테이트는 아무렇지도 않게 초대에 응했다.

포치에 발을 들여놓은 테이트는 20분도 넘게 카야의 깃털과 조개껍데기와 뼈와 둥지 수집품을 살펴보며 탄성을 연발했다. 카야는 의자를 테이트 쪽으로 끌고 와 바짝 붙어 앉았다. 팔꿈치가 스칠 정도로 가까이. 테이트의 존재를 바로 곁에서 느끼고 싶었다.

테이트가 아버지 일을 돕느라 바쁠 때는 하루가 끔찍하게 느렸다. 어느 늦은 저녁 카야는 엄마의 선반에서 첫 소설인 대프니 듀 모리에 Daphne du Maurier의 『레베카』를 꺼내 사랑에 관한 이야기를 읽었다. 한참 후에 책을 덮고 옷장으로 갔다. 엄마의 선드레스를 꺼내 입고 치맛자락을 살랑살랑 휘날리며 사뿐사뿐 집 안을 돌아다니다가 거울 앞에서 빙글 돌았다. 머리칼을 휘날리고 허리를 흔들면서 테이트가 댄스를 신청하는 상상을 했다. 그 손이 카야의 허리를 잡는 상상. 마치 카야가 드윈터 부인인 것처럼.

갑자기 정신을 차린 카야는 배를 잡고 깔깔 웃었다. 그러다 아주, 아주 조용히, 미동도 없이 섰다.

"이리로 와봐요, 귀여운 아가씨." 메이블이 어느 날 오후 노래하듯 불렀다. "우리가 줄 게 있으니까." 카야에게 줄 물건이 든 상자들은 보통 점핑이 갖다주곤 했다. 하지만 메이블이 직접 올 때는 보통 특별한 선물이 들어 있었다.

"어서, 골라봐요. 나는 연료 탱크를 채울 테니까." 점핑의 말에 카야가 부두로 폴짝 뛰어올랐다.

"여기 좀 봐요, 미스 카야." 메이블은 꽃무늬 스커트에 시폰 레이어가 덮인 살구색 원피스를 치켜들었다. 이렇게 아름다운 옷은 본 적이 없었다. 심지어 엄마의 선드레스보다도 예뻤다. "우리 카야 같은 공주님한테 꼭 맞는 옷이지." 메이블이 눈앞에 옷을 들어 보여주자 카야는 손으로 살짝 만져보고 미소를 지었다. 메이블은 점핑이 못 보게 돌아서서 힘겹게 허리를 굽히고 상자에서 하얀 브라를 꺼냈다.

카야의 온몸이 화끈 달아올랐다.

"자, 미스 카야, 수줍어할 거 없어요. 이제는 이런 게 필요할 때가 됐거든. 혹시라도 나한테 상의하고 싶은 일이 생기면, 뭐든 이해가 안 되는 일이 생기면 이 메이블한테 말을 해요, 알았죠?"

"네, 아주머니. 감사해요, 메이블 아주머니." 카야는 브라를 상자 속 깊이, 청바지와 티셔츠, 콩 한 자루와 복숭아 병조림 밑에 쑤셔 넣었다.

몇 주 후 바다를 떠다니며 먹이를 잡아먹는 펠리컨들을 바라보며 배를 타고 파도 따라 흔들리고 있는데, 카야의 아랫배가 갑자기 경련하듯 죄어들었다. 카야는 한 번도 뱃멀미를 한 적이 없거니와 이제까지 느껴보지 못한 종류의 복통이었다. 보트를 포인트비치에 대고 다리를 날개처럼 한쪽으로 접고는 모래사장에 털썩 주저앉았다. 통증이 더 날카로워지자 얼굴을 찌푸리며 낮게 신음했다. 설사를 하려는 모양이었다.

갑자기 부릉거리는 모터 소리가 들리더니 하얗게 부서지는 파도를 가르며 달려오는 테이트의 보트가 보였다. 테이트는 카야를 보자마자 뭍으로 키를 돌렸다. 카야는 아버지의 욕설을 씹어뱉었다. 테이트를 만나는 건 늘 좋았지만, 언제 설사가 나와 참나무 그늘로 뛰어가야 할지 모르는 상황이라면 얘기가 다르다. 카야의 보트 옆에 배를 댄 테이트는 카야 옆 모래밭에 털썩 주저앉았다.

"어이, 카야. 뭐 하고 있어? 지금 너희 집으로 가려던 참인데."

"안녕, 테이트. 오빠 보니까 좋다." 아무 일도 없는 것처럼 말하려 했지만 배가 또 단단하게 죄어들었다.

"왜 그래?" 테이트가 물었다.

"무슨 말이야?"

"안색이 좋지 않아. 어디 아파?"

"멀미가 났나봐. 배가 막 조여들듯 아파."

"아." 테이트는 먼바다를 바라보았다. 그러더니 맨발가락으로 모래를 팠다.

"오빠 오늘은 그냥 가는 게 좋겠어." 카야는 고개를 푹 숙이고 말했다.

"좀 나을 때까지 네 곁에 있는 게 좋겠어. 혼자서는 집에 못 가겠지?"

"숲속에 가야 할지도 몰라. 토할 거 같기도 해서."

"어쩌면. 하지만 그런다고 나아지진 않을 거야." 테이트는 조용히 말했다.

"무슨 말이야? 내가 어디가 아픈지 오빠가 어떻게 알아."

"배 아픈 게 좀 다르지 않아?"

"달라."

"너 이제 열다섯 살이 다 됐지?"

"응. 그게 무슨 상관인데?"

테이트는 1분쯤 말이 없었다. 발을 끌며 발가락으로 괜한 모래만 파들어갔다. 눈길을 돌리고 카야를 피하면서 테이트가 말했다. "별일 아닐 수도 있지. 그런데 말이야. 네 나이 또래 여자애들한테 생기는 일이 있어. 기억해? 몇 달 전에 내가 팸플릿 하나 갖다줬잖아. 그 생물 교과서하고 같이 있던 거." 테이트는 활활 타오르는 불길처럼 새빨개진 얼굴로 흘끔 카야를 보고는 금세 또 시선을 피했다.

카야는 눈을 아래로 깔았다. 온몸이 발갛게 상기되었다. 이런 말을 해줄 엄마는 없었지만 테이트가 가져다준 학교 안내문이 어느 정도 설명해주었다. 이제 카야에게도 차례가 온 것이다. 지금 카야는 소년의 눈앞에서 여자가 되는 채로 바닷가에 앉아 있었다. 수치심과 함께 당혹감이 덮쳤다. 어떻게 해야 하지? 정확히 무슨 일이 일어나는 걸까? 얼마나 피를 흘리게 될까? 카야는 제 몸에서 흐르는 피가 모래를 적시는 상상을 했다. 말없이 앉아 있는데 또다시 쑤시는 듯한 통증이 덮쳤다.

"집에 혼자 갈 수 있겠어?" 테이트는 여전히 카야를 보지 않고 말했다.

"그런 거 같아."

"괜찮을 거야, 카야. 여자애들이라면 다 별 탈 없이 지나가는 일이야. 어서 집에 가. 잘 들어가는지 내가 거리를 두고 뒤따라가면서 봐줄게."

"그럴 필요 없어."

"나는 걱정하지 마. 어서 가." 테이트는 일어서서 카야 쪽을 보지 않고 보트로 갔다. 모터에 시동을 걸고 해변에서 멀찌감치 떨어져서 카야가 연안을 따라 집으로 이어지는 물길로 들어서는 모습을 지켜보았다. 한참 뒤처져 한 점 얼룩처럼 보일 때까지 기다렸다가 테이트는 카야가 호소에 닿을 때까지 뒤를 따랐다. 카야는 둑에 올라서 테이트에게 짧게 손을 흔들어 보였지만 여전히 고개를 푹 숙이고 눈도 맞추지 않았다.

거의 모든 걸 독학으로 배웠듯 여자가 되는 법도 혼자 터득했다. 하지만 다음 날 첫 동이 트자마자 카야는 점핑의 가게로 향했다. 흐릿한 태양이 짙은 안개에 걸릴 무렵 점핑의 부두에서 메이블을 찾았다. 메이블이 거기 있을 확률은 희박했다. 아니나 다를까 점핑 혼자 나와 카야를 맞았다.

"안녕하세요, 미스 카야. 벌써 연료가 다 떨어졌어요?"

보트에 그냥 앉은 채로 카야는 조용히 대답했다. "메이블 아주머니를 만나야 해요."

"정말 미안한데, 꼬마 아가씨, 메이블은 오늘 여기 없어요. 내가 도와줄 수는 없어요?"

고개를 푹 숙이고 또 말했다. "메이블 아주머니를 꼭 뵈어야 해요. 빨리요."

"뭐, 그렇다면야 할 수 없죠." 점핑은 작은 만을 두리번거리며 바다를 살피고는 더 들어오는 배가 없는 걸 확인했다. 크리스마스는 물론이고 1년 중 언제 어느 때라도 연료가 필요하면 점핑이 반드시 그 자리를 지키고 있었다. 50년 동안 하루도 빠짐없이 가게를 지킨 점핑이었다. 천사 같던 아기 데이지가 죽은 날 딱 하루 예외였다. 점핑은 자기 가게를 비우는 사람이 아니었다.

"그럼 잠깐만 참고 있어요, 미스 카야. 아저씨가 횡하니 달려가서 메이블을 데려올게요. 배가 들어오면 무조건 점핑이 금방 온다고 말해줘요."

"그럴게요. 감사합니다."

점핑은 삽시간에 부두로 달려가 사라졌고, 카야는 다른 배가 들어올까 두려워 몇 초마다 만을 살폈다. 하지만 점핑은 메이블을 불러오라고 애들 몇 명을 보냈다면서 금세 돌아왔다.

점핑은 꾸러미를 풀고 선반에 담배를 진열하며 바삐 일했고, 카야는 보트에 가만히 앉아 있었다. 마침내 메이블이 헐레벌떡 달려왔다. 작은 피아노가 부두로 들어오듯 판자가 흔들거렸다. 종이 가방을 들고 온 메이블은 여느 때와 달리 우렁찬 인사도 건네지 않고 부두에서 카야를 내려다보며 조용히 말했다.

"좋은 아침이에요, 미스 카야. 이게 다 뭔 일이래요, 꼬마 아가씨? 어디 아파요?"

카야는 고개를 더 폭 숙이고 뭐라고 중얼거렸지만 메이블은 알아들을 수가 없었다.

"그 보트에서 나올래요, 아니면 내가 그리로 들어갈까요?"

카야는 대답이 없었고, 90킬로그램에 육박하는 거구의 메이블은 한 발, 또 한 발 조심스레 작은 고깃배에 몸을 실었다. 배가 말뚝에 쿵쿵 부딪으며 투덜거렸다. 메이블은 배 한가운데 앉아 고물에 앉은 카야를 바라보았다.

"자, 이제 뭐가 문제인지 말을 해봐요."

두 사람은 허리를 굽혀 고개를 맞댔고, 카야는 속살거리며 말했다. 그러자 메이블이 카야를 끌어당겨 풍만한 가슴으로 꼭 안고 아기처럼 어르며 흔들어주었다. 카야는 포옹을 받을 줄 몰라 몸이 빳빳이 굳었지만 메이블은 아랑곳하지 않았다. 결국 카야도 힘을 빼고 포근한 베개 같은 품에 폭 안겼다. 한참 후에 메이블은 물러나서 갈색 종이봉투를 열었다.

"대충 짐작이 가서 몇 가지 갖고 온 게 있어요." 점핑의 부두 앞 보트에 앉아서 메이블은 카야에게 자세하게 설명해주었다.

"자, 미스 카야, 부끄러워할 거 하나도 없어요. 저주 어쩌고 하지만 말도 안 돼요. 이건 모든 생명의 시작이에요. 그리고 여자만이 할 수 있는 일이에요. 이제 여자가 된 거예요, 꼬마 아가씨."

카야는 다음 날 오후 테이트의 배 소리를 듣고 빽빽한 수풀 속에 숨었다. 세상에 그녀를 아는 사람이 있다는 것만도 이상한데, 이제 테이트는 카야 인생에서 가장 은밀하고 사적인 사건마저 알게 되었다. 생각만 해도 뺨이 화끈 달아올랐다. 카야는 테이트가 갈 때까지 숨어 있으려 했다.

호소에 배를 대고 뭍으로 내려온 테이트는 끈이 달린 하얀 상자를 들고 있었다. "어이, 카야! 어디 있어?" 테이트가 외쳤다. "파커 빵집에서 꼬마 케이크를 사왔어."

카야는 몇 년 동안 케이크는 맛도 보지 못했다. 테이트는 보트에서 책 몇 권을 꺼내 치켜들었고, 결국 카야는 수풀에서 살금살금 나오고 말았다.

"아, 거기 있었구나. 이것 좀 봐."

카야가 상자를 열자 가지런하게 놓인 작은 케이크들이 나왔다. 사방 2~3센티미터 크기의 꼬마 케이크에는 바닐라 아이싱이 덮여 있고 꼭대기에 작은 장미꽃 장식이 꽂혀 있었다. "어서, 먹어 봐."

카야는 하나를 집어들고 살짝 깨물었다. 여전히 테이트를 쳐다볼 수가 없었다. 그리고 나머지를 입 안에 밀어 넣고 손가락을 핥았다.

"여기." 테이트는 그들의 참나무 옆에 상자를 놓았다.

"마음껏 먹어. 이제 수업 시작하자. 새 책을 가져왔어."

그게 다였다. 두 사람은 수업을 시작했고 다른 일에 대해서는 입도 뻥긋하지 않았다.

가을이 다가오고 있었다. 상록수는 몰라도 시카모어는 이미 눈치를 챘다. 암회색 하늘 가득 수천 장의 황금빛 잎사귀를 휘날렸다. 어느 날 오후 늦게 수업이 끝난 뒤 테이트는 가야 할 시간이 넘었는데도 가지 않고 미적거렸다. 테이트와 카야는 숲속 통나무집에 함께 앉아 있었다. 카야는 몇 달 동안 마음에 걸렸던 질문을 드디어 입 밖에 내어 물었다.

"테이트, 오빠가 읽기도 가르쳐주고 여러 가지 갖다줘서 정말 고마워. 그런데 왜 그러는 거야? 오빠는 여자 친구나 뭐 그런 거 없어?"

"에이, 없어. 아니다. 가끔 있을 때도 있었지. 한 사람 사귄 적도 있는데 지금은 아니야. 여기 한적한 데 나와 있는 것도 좋고, 네가 습지에 흥미를 갖는 것도 참 보기 좋아, 카야. 사람들은 낚시할 때 말고는 습지를 제대로 보지도 않거든. 매립해서 개발해야 할 황무지라고 생각하지. 바다 생물한테 습지가 필요하다는 것도 몰라. 자기네들이 그것 때문에 먹고살면서."

카야가 혼자라서 마음이 아프다고, 아이들한테 몇 년 동안 험한 취급을 받았다는 걸 안다고, 마을 사람들이 마시 걸이라고 부르면서 이상한 이야기를 꾸며낸 것도 다 안다고 말하지는 않았다. 몰래 어둠을 틈타 카야의 판잣집에 와서 태그하고 찜하는 게 일종의 전통이 되었다고, 남자애들의 성인식이 되었다고 말하지 않았다. 그걸 알면 남자를 어떻게 생각할까? 카야의 순결을 처음 훔치는 게 누구일지를 두고 벌써 내기를 거는 녀석들도 있었다. 화가 치밀고 걱정됐다.

하지만 숲속에 깃털을 남겨두거나 계속해서 카야를 보러 오는 주된 이유는 그것 때문만은 아니었다. 테이트가 하지 않은 다른 말은 잃어버린 누이에 대한 다정한 마음과 소녀를 향한 불타는 사랑 사이에서 뒤엉켜 있었다. 자기도 도저히 정리할 수 없는 마음이었지만 이보다 더 거센 파도에 휩쓸려본 적은 없었다. 쾌감만큼이나 고통스러운 이 감정들의 강력한 힘이란.

개미굴을 풀줄기로 쿡쿡 쑤시던 카야는 결국 그 질문을 하고 말았다.

"오빠 엄마는 어디 계셔?"

산들바람이 나무 사이로 하릴없이 불어와 부드럽게 가지를 흔들었다. 테이트는 대답하지 않았다.

"말 하나도 안 해도 돼." 카야가 말했다.

"아무 말도 안 해도 돼, 라고 하는 거야."

"아무 말도 안 해도 돼."

"우리 엄마하고 여동생은 애슈빌에서 자동차 사고로 죽었어. 동생 이름은 캐리언이었어."

"아, 어떡해. 틀림없이 오빠 엄마는 정말 친절하고 예뻤을 거야."

"그래. 엄마랑 동생 다 그랬어." 테이트는 무릎 사이를 보며 땅바닥에다 대고 말했다. "이 얘기는 한 번도 한 적이 없어. 아무한테도."

'나도 그래,' 카야는 생각했다. 그리고 입 밖에 내어 말했다.

"우리 엄마는 어느 날 떠나서 돌아오지 않았어. 엄마 사슴은 언제나 돌아오는데."

"그래, 그래도 너희 엄마는 돌아오실 거라는 희망이라도 있잖아. 우리 엄마는 영영 돌아오지 못해서."

두 사람은 잠시 말이 없었다. 그러다 테이트가 말을 이었다. "내 생각에는……." 하지만 멈칫하더니 고개를 돌리고 먼 산을 바라보았다.

카야는 테이트를 바라보았지만 그는 땅바닥만 물끄러미 쳐다보았다. 조용히.

"뭐? 오빠 생각에는 뭐? 나한테는 무슨 말이든지 해도 돼."

그래도 테이트는 말이 없었다. 깊은 이해에서 나오는 참을성으로 카야는 기다렸다.

드디어, 아주 나직하게, 테이트가 말했다. "내 생일선물을 사러 애슈빌에 갔던 것 같아. 내가 꼭 갖고 싶어하던 자전거가 있었어. 정말 꼭 가져야만 했어. 웨스턴 오토에서는 그런 자전거를 팔지 않았거든. 그러니까 내 생각에 나를 위해서 자전거를 사러 애슈빌에 갔던 것 같아."

"그렇다고 오빠 잘못은 아니잖아."

"알아, 하지만 내 잘못처럼 느껴져." 테이트가 말했다. "심지어 어떤 자전거였는지 이제 기억도 안 나."

카야는 테이트에게 더 가까이 다가앉았지만, 손이 닿을 만큼 가까이는 아니었다. 하지만 어떤 느낌이 카야를 훑었다. 어쩐지 두 사람의 어깨 사이 공간이 변한 것 같았다. 테이트도 느꼈을까. 더 가까이 가고 싶었다. 어깨가 살짝 스칠 정도까지만. 닿을 때까지만. 혹시 테이트가 눈치챌까.

바로 그때 한 줄기 바람이 거세게 휘몰아쳐 수천 장의 노란 시카모어 낙엽이 생명줄을 놓치고 온 하늘에 흐드러져 떨어지기 시작했다. 가을의 낙엽은 추락하지 않는다. 비상한다. 시간을 타고 정처 없이 헤맨다. 잎사귀가 날아오를 단 한 번의 기회다. 낙엽은 빛을 반사하며 돌풍을 타고 소용돌이치고 미끄러지고 파닥거렸다.

테이트가 등걸에서 벌떡 일어나 카야에게 외쳤다. "땅바닥에 떨어지기 전에 낙엽을 몇 장이나 잡는지 보자!" 카야도 벌떡 일어났고 둘은 커튼처럼 떨어지는 낙엽 사이로 팔짝팔짝 뛰면서 두 팔을 한껏 벌려 땅에 닿기 전에 잡았다. 큰 소리로 웃으면서 테이트는 몸을 던져 땅에 닿을락 말락 하는 잎사귀 한 장을 붙잡고 넘어져 땅바닥에 구르면서 트로피를 공중에 치켜들었다. 카야는 두 팔을 하늘로 획 던져 구조한 낙엽들을 모두 바람에 되돌려주었다. 바람을 헤치며 낙엽들 사이로 달려가자 잎사귀들이 금박처럼 머리카락에 들러붙었다.

그 순간 카야는 몸을 빙글 돌렸고 그 자리에 서 있던 테이트에게 부딪혔다. 둘은 그대로 얼어붙어 서로의 눈을 들여다보았다. 웃음은 뚝 그쳤다. 테이트는 카야의 어깨를 잡고 잠시 머뭇거리다가 입술에 키스했다. 낙엽이 비처럼 내리며 눈송이처럼 고요히 춤을 추었다.

카야는 키스에 대해서는 아무것도 몰랐기에 머리와 입술이 뻣뻣했다. 두 사람은 서로 떨어져 잠시 마주 보며, 어떻게 된 영문인지 다음에 뭘 어떻게 해야 할지 고민했다. 테이트가 카야의 머리에 붙은 낙엽을 부드럽게 떼어 땅에 떨어뜨렸다. 카야의 심장이 미친 듯 뛰었다. 엇나간 가족에게서 카야가 받았던 삐뚤빼뚤한 사랑을 다 합쳐도 이런 느낌은 아닐 것 같았다.

"이제 내가 오빠 여자 친구야?" 카야가 물었다.

테이트는 미소 지었다. "그러고 싶어?"

"응."

"너는 너무 어릴지도 모르겠는데."

"하지만 나는 깃털을 알잖아. 다른 여자애들은 깃털을 모를걸."

"좋아, 그럼."

그리고 테이트는 다시 키스했다. 이번에는 카야가 고개를 살짝 틀고 입술을 부드럽게 벌렸다. 평생 처음으로 카야의 심장이 한 점 모자람 없이 가득 차올랐다.

18
\ 하얀 카누

1960년

이제 새로 배우는 단어는 모두 꺅, 하는 비명으로 시작했고 모든 문장은 달리기로 시작했다. 테이트가 카야를 잡으러 가면 둘은 껴안고서 반쯤은 아이처럼, 반쯤은 어른처럼, 가을이라 붉게 물든 애기수영 사이를 나뒹굴었다.

"1초만 진지하자." 테이트가 말했다. "구구단을 배우는 유일한 방법은 외우는 거란 말이야." 테이트는 12×12＝144라고 모래에 썼지만 카야가 그 옆으로 지나쳐 뛰어가더니 부서지는 파도에 몸을 던졌다. 파도가 차분하게 가라앉자 카야는 테이트가 쫓아올 때까지 헤엄쳐서 회청색 빛살이 정적을 가르고 두 사람의 형체를 도드라지게 비춰주는 곳으로 갔다. 거북이들처럼 매끈하게. 모래와 소금에 뒤범벅이 된 둘은 한 몸처럼 서로 꼭 껴안은 채로 바닷가를 데굴데굴 굴렀다.

다음 날 오후 테이트는 호소에 와서 보트를 해변에 대고도 내리지 않았다. 빨간 체크무늬 천으로 싼 커다란 바구니가 발밑에 놓여 있었다.

"이게 뭐야? 오빠 뭐 가져왔어?" 카야가 물었다.

"깜짝 선물이야. 어서, 배에 타."

둘은 천천히 흘러가는 물길을 타고 바다로 나와 남쪽으로 뱃머리를 돌려 작은 반달 모양의 만으로 갔다. 테이트는 모래 위에 담요를 펼쳐 깔고는 천으로 싼 바구니를 내려놓았다. 그리고 둘이 자리 잡고 앉은 후에 천을 벗겼다.

"생일 축하해, 카야." 테이트가 말했다. "이제 열다섯 살이 된 거야." 모자 상자만큼 키가 크고 분홍색 아이싱으로 만든 조개껍데기들로 장식한 2층짜리 케이크가 바구니에서 솟아올랐다. 카야의 이름이 맨 위에 필기체로 쓰여 있었다. 색색의 종이로 싸서 리본으로 묶은 선물들이 케이크를 빙 둘러 놓여 있었다.

카야는 너무 놀라서, 입을 벌린 채, 멍하니 쳐다보기만 했다. 엄마가 떠난 후로 생일을 축하해준 사람은 아무도 없었다. 아무도 카야의 이름이 쓰인 케이크를 가게에서 사다준 적이 없었다. 진짜 포장지로 싸서 리본으로 묶은 선물을 받아본 적도 없었다.

"내 생일 어떻게 알았어?" 달력이 없는 카야는 오늘이 자기 생일인 줄도 몰랐다.

"네 성경책에서 봤어."

이름을 자르면 안 된다고 카야가 애걸하는 사이, 테이트는 케이크를 커다란 조각으로 잘라 종이 접시에 철퍼덕 옮겼다. 둘은 서로의 눈을 들여다보며 한입 크기로 케이크를 잘라 입 안에 넣었다. 쩝쩝 요란하게 소리 내면서 먹었다. 손가락을 핥았다. 아이싱이 묻어 번진 얼굴을 활짝 펴고 깔깔 웃어댔다. 케이크를 먹는 정석대로, 세상 모든 사람이 부러워할 만큼 멋진 방법으로.

"선물 풀어보고 싶어?" 테이트가 활짝 웃었다.

첫 번째 선물은 작은 확대경. "곤충 날개의 세밀한 디테일을 관찰하라고." 두 번째는 갈매기 모양으로 라인스톤이 박힌 은색 플라스틱 핀. "머리에 꽂아야지." 약간 어색하게 테이트는 카야의 머리를 뒤로 모아 핀을 제자리에 잘 꽂아주었다. 카야는 손가락으로 만져보았다. 엄마의 핀보다 아름다웠다.

마지막 선물은 더 큰 상자에 들어 있었다. 카야가 상자를 열어보니 유화물감 열 병과 수채화 물감 세트, 사이즈가 다른 붓들이 들어 있었다. "너 그림 그릴 때 쓰라고."

카야는 물감 하나하나, 붓 하나하나를 들어보았다. "필요하면 내가 더 구해줄 수 있어. 시오크스에 가면 심지어 캔버스도 살 수 있다니까."

카야는 고개를 푹 숙였다. "고마워, 테이트."

"살살 해야지. 천천히, 지금." 스커퍼가 소리쳐 지시하는 대로, 낚시 그물과 기름걸레와 몸단장하는 펠리컨들로 둘러싸인 테이트는 권양기捲揚機에 동력을 걸었다. 체리파이호의 선미가 받침대 위에서 통통거리며 푸르르 몸을 떨고는 피트 선착장의 수중 레일로 미끄러져 내려갔다.

"좋았어, 됐어, 이제 떴다. 끌고 나와봐라." 테이트가 권양기의 동력을 올리자, 보트는 트랙을 타고 천천히 드라이 독으로 들어갔다. 아버지와 아들이 배를 케이블로 단단히 고정하고 선체에 얼룩덜룩 들러붙은 조개삿갓들을 긁어내기 시작하자 수정처럼 예리한 밀리차 코르유스의 아리아들이 축음기에서 커다랗게 울려 퍼졌다. 프라이머를 먼저 바르고 나서 매년 칠하는 붉은 페인트 작업을 해야 했다. 테이트의 어머니가 이 색을 골랐기 때문에, 스커퍼는 영영 바꿀 생각이 없었다. 간혹 스커퍼는 조개를 긁어내던 손길을 멈추고 음악의 기복에 맞춰 두 팔을 휘젓곤 했다.

초겨울이 되자 스커퍼는 방과 후와 주말에 테이트에게 성인 임금을 주고 일을 시켰다. 하지만 테이트는 전처럼 카야에게 자주 갈 수가 없어 마음이 쓰였다. 아버지에게 이런 얘기를 꺼내지는 않았다. 카야에 대해서는 아버지에게 한마디도 한 적이 없다.

두 사람은 어두워질 때까지 조개삿갓을 긁어냈다. 심지어 스커퍼의 팔뚝마저 얼얼하게 아려왔다. "피곤해서 도저히 요리를 못 하겠다. 너도 그렇겠지. 집에 가는 길에 식당에서 대충 때우고 가자."

모르는 사람이 없었으므로 보는 사람마다 고개를 끄덕여 인사를 하고는 구석 테이블을 찾아 들어가 앉았다. 부자는 둘 다 스페셜을 시켰다. 프라이드치킨 스테이크, 매시트포테이토와 그레이비, 순무와 코울슬로, 비스킷, 아이스크림을 곁들인 피칸 파이. 바로 옆 테이블에서 한 가족 네 식구가 다 같이 손을 잡고 고개를 숙이자 그 아버지가 큰 소리로 감사기도를 올렸다. "아멘"이 떨어지자 그들은 허공에 키스하고 서로의 손을 꼭 힘주어 잡은 후 콘브레드를 돌렸다.

스커퍼가 말했다. "얘야, 이 일 때문에 이런저런 할 일을 못 하고 있는 건 안다. 원래 일이란 게 그런 거지만, 넌 지난가을에 홈커밍 댄스 같은 행사에 전부 빠졌잖니. 올해가 마지막 학년인데 다 놓치지는 않았으면 좋겠다. 대형 천막을 치고 하는 댄스파티도 한다면서. 여자애한테 댄스 신청은 할 거냐?"

"아니요. 갈 수도 있는데, 잘 모르겠어요. 하지만 댄스 신청하고 싶은 여자애가 없어요."

"학교에 데이트하고 싶은 애가 하나도 없어?"

"넵."

"뭐, 그럼……." 스커퍼는 웨이트리스가 음식 접시를 놓는 사이 몸을 뒤로 젖혀 비켜주었다. "고마워요, 베티. 아주 듬뿍, 산더미만큼 담아줬네요." 베티는 식탁을 빙 둘러 테이트의 접시를 놓아주었다. 심지어 음식이 더 높이 쌓여 있었다.

"전부 다 드세요. 부엌에 더 많이 있으니까. 스페셜은 먹고 싶은 만큼 먹는 거예요." 베티는 테이트를 보고 미소를 짓더니 엉덩이를 더 크게 흔들면서 주방으로 갔다.

테이트가 말했다. "학교에 있는 여자애들은 바보 같아요. 머리 모양이나 하이힐 얘기밖에 안 하는걸요."

"뭐, 그야, 여자애들이 다 그렇지 뭐. 가끔은 그냥 있는 그대로 받아들여야 할 때도 있는 법이다."

"그럴지도 모르죠."

"애야, 아버지는 헛소리를 유념해 듣는 사람이 아니다. 하지만 네가 그 습지 여자애하고 어울려 다닌다는 뜬소문이 가끔 한 번씩 돌더구나." 테이트가 손바닥을 펼치고 양손을 탁 치켜들었다. "잠깐, 잠깐만 들어봐." 스커퍼가 말을 이었다. "그 애에 대한 온갖 소문은 아버지도 믿지 않아. 착한 아이겠지. 하지만 조심해라. 너무 이른 나이에 가정을 꾸리는 건 좋지 않아. 아버지 말뜻은 알지, 응?"

목소리를 낮게 깐 채로 테이트가 씩씩거렸다. "처음에는 그 애에 대한 소문들을 믿지 않는다고 하시고서, 그다음에는 너무 일찍 가정을 꾸리면 안 된다니, 아버지도 그 애가 그런 부류라고 믿으시는 거죠. 제가 하나 말씀드리자면, 그런 애 아니에요. 아버지가 저한테 댄스파티에 가서 만나라고 하시는 여자애들보다 훨씬 더 순수하고 천진하단 말입니다. 맙소사, 이 마을에 어떤 애들은요, 그래요, 무리로 몰려다니면서 남자를 사냥한다고만 말씀드리죠. 장난이 아니에요. 그리고 맞습니다. 가끔씩 카야를 만나러 갔었어요. 이유를 알고 싶으세요? 제가 글 읽는 법을 가르쳐줬어요. 이 마을 사람들이 그 애를 괴롭혀서 학교에도 못 다니게 했으니까요."

"그건 괜찮아, 테이트. 잘한 일이야. 하지만 제발 이해해다오. 원래 이런 말을 하는 게 아버지 일이야. 기분 좋은 얘기는 아니지만, 부모는 아이들한테 이런저런 경고를 해줘야 하는 법이거든. 그게 아버지가 할 일이다. 그러니까 너무 마음에 두지 마라."

"압니다." 테이트는 비스킷에 버터를 바르며 입 안으로 중얼거렸다. 굉장히 마음에 걸렸다.

"자, 이제 먹자. 한 접시 더 먹고 피칸 파이도 좀 먹어야지."

파이가 나온 후에 스커퍼가 말했다. "자, 우리가 서로 절대 꺼내지 않던 얘기를 한 김에 하고 싶었던 말을 한 가지 더 해야겠다."

테이트는 파이를 보며 눈을 굴렸다.

"얘야, 아버지가 널 얼마나 자랑스럽게 생각하는지 아니. 순전히 네 힘으로 습지를 연구하고 학교에서 공부도 정말 잘하고 과학을 전공하겠다고 대학에 원서도 냈잖니. 게다가 합격했고. 아버지는 원래 이런 얘기를 터놓고 하는 사람이 아니다. 하지만 네가 정말로 자랑스럽다, 알겠니?"

"네. 알겠어요."

그날 밤 자기 방으로 돌아온 테이트는 제일 좋아하는 시를 찾아 읊조렸다.

아 어스름 내린 호수를
내 사랑하는 이의 하얀 카누를 언제 볼 수 있을까?

일하는 시간을 최대한 에둘러 테이트는 카야를 보러 갔지만 오래 머무를 수는 없었다. 40분 동안 배를 몰고 나가서 10분 동안 손잡고 바닷가를 산책하다 돌아올 때도 있었다. 키스를 수없이 하고, 1분도 낭비하지 않고, 배를 타고 다시 돌아오고. 테이트는 카야의 젖가슴을 만지고 싶었다. 한 번만 볼 수 있다면 누굴 죽이라고 해도 그럴 수 있을 것 같았다. 한밤중에 뜬눈으로 누워 카야의 허벅지를 생각했다. 얼마나 부드럽고, 얼마나 탄탄할까. 허벅지 너머 거기를 상상하면 이불 속에서 몸이 요동쳤다. 하지만 카야는 너무 어리고 서툴렀다. 그가 뭔가 잘못하면 크게 후유증을 앓을 테고, 그러면 입으로만 따먹겠다고 떠드는 남자애들보다도 더 나쁜 인간이 되어버린다. 테이트는 카야를 보호하고 싶은 욕망이 또 다른 욕망만큼 컸다. 아니, 그럴 때도 있었다.

카야를 찾아갈 때마다 테이트는 학교나 도서관의 책을 가지고 갔다. 특히 습지 생태와 생물학에 관한 책들이 많았다. 카야의 진도는 놀라울 정도로 빨랐다. 이제 뭐든지 읽을 수 있어, 라고 테이트는 말했다. 뭐든 읽을 수 있게 되면 모든 걸 배울 수 있어. 이제 카야에게 달린 거야. "우리 두뇌는 아무리 써도 도저히 꽉 채울 수 없거든. 우리 인간은 마치 기다란 목이 있으면서도 그걸 안 써서 높은 곳에 있는 잎사귀를 따먹지 못하는 기린 같은 존재야."
몇 시간 동안 등잔불을 벗 삼아 카야는 혼자서 식물과 동물이 시시각각 변화하는 지구에 적응하기 위해 오랜 시간에 걸쳐 어떻게 진화했는지 책을 읽고 배웠다. 어떤 세포는 분열해 폐나 심장으로 특화되고 줄기 세포처럼 나중에 필요할 경우를 대비해 목적을 특정하지 않은 채 남겨지기도 한다. 새들이 주로 새벽에 노래하는 이유는 서늘하고 촉촉한 아침 공기가 자신들의 노래와 의미를 가장 널리 퍼뜨리는 데 적합하기 때문이다. 평생 이런 기적 같은 현상들을 눈높이에서 보아왔기에 자연의 섭리를 쉽게 이해할 수 있었다.

카야는 생물학의 세계를 샅샅이 뒤지며 어미가 새끼를 떠나는 이유에 답이 될 만한 설명을 찾아 헤맸다.

어느 추운 날, 시카모어 잎사귀가 떨어지고 나서도 한참 지난 뒤, 테이트가 빨간색과 초록색 포장지로 싼 선물을 들고 보트에서 내렸다.

"난 오빠한테 줄 게 없는데." 테이트가 선물을 내밀자 카야가 말했다. "크리스마스인 줄도 몰랐어."

"크리스마스 아니야." 테이트가 웃었다. "아직 멀었어." 그는 거짓말을 했다. "어서 풀어봐. 별거 아니야."

조심스럽게 포장지를 뜯자 중고 웹스터 사전이 나왔다. "어머, 테이트, 고마워."

"안을 봐." P 영역에는 펠리컨Pelican 깃털 하나가, F 영역의 책갈피로는 말린 물망초꽃Forget-Me-Not이, M에는 말린 버섯Mushroom이 끼워져 있었다. 갈피마다 보물이 가득 담겨 있어 책이 잘 닫히지도 않았다.

"크리스마스 다음 날 시간 내서 꼭 다시 올게. 저녁 식사로 칠면조 요리를 가져올 수 있을지도 몰라." 테이트는 카야에게 작별의 키스를 했다.

테이트가 떠난 후 카야는 자기도 모르게 큰 소리로 욕설을 내뱉었다. 엄마가 떠난 후 처음으로 사랑하는 사람에게 선물할 기회가 찾아왔는데 이렇게 놓쳐버리다니.

며칠 후 카야는 소매 없는 살구색 시폰 드레스를 입고 달달 떨면서 석호에서 테이트를 기다렸다. 테이트에게 줄 선물을 꼭 안고 종종거리며 왔다 갔다 했다. 테이트가 썼던 포장지로 다시 곱게 싼 홍관조 머리털이었다. 테이트가 보트에서 내리자마자 카야는 그의 손에 선물을 마구잡이로 쥐여주면서, 당장 그 자리에서 풀어보라고 했다. 그래서 테이트는 선물을 풀었다. "고마워, 카야. 이건 나한테 없는 거야."

카야의 크리스마스는 이제 완벽해졌다.

"자, 어서 집으로 들어가자. 그런 드레스를 입고 얼마나 추웠을 거야." 장작 화덕에 불을 피워두어서 주방은 따뜻했지만, 그래도 테이트는 자꾸만 카야에게 스웨터와 청바지로 갈아입으라고 했다.

둘이 나란히 부엌에서 테이트가 가져온 음식을 데웠다. 칠면조, 콘브레드 드레싱, 크랜베리 소스, 고구마 캐서롤과 호박 파이. 아버지와 함께 식당에서 크리스마스 만찬을 먹고 나서 싸온 음식이었다. 카야가 미리 비스킷을 굽고 부엌 식탁을 야생 호랑가시나무와 조개껍질로 장식해두었다. 두 사람은 같이 식탁에 앉아 밥을 먹었다.

"설거지해야겠다." 카야는 화덕에 얹어뒀던 뜨거운 물을 대야에 부었다.

"내가 도와줄게." 그러더니 테이트는 카야 뒤로 다가와 그녀의 허리에 팔을 감았다. 카야는 고개를 뒤로 젖혀 두 눈을 감고 그의 가슴에 기댔다. 테이트의 손가락이 서서히 카야의 스웨터 아래에서 움직여 매끈한 복부를 지나 젖가슴으로 다가갔다. 여느 때나 마찬가지로 브라를 하지 않은 카야의 유두를 그의 손가락이 동그랗게 굴렸다. 테이트의 손길은 가만히 그곳에 머물렀지만, 흡사 그 손이 사타구니로 파고들듯 이상한 감각이 카야의 온몸을 훑고 지나갔다. 다급히 채워야만 할 것 같은 빈자리가 카야의 몸속에서 펄떡거렸다. 하지만 어떻게 해야 할지, 뭐라고 말해야 할지, 알 수가 없어 카야는 그를 밀쳐냈다.

"괜찮아." 테이트가 말했다. 그리고 그냥 그대로 꼭 안아주었다. 둘 다 숨결이 깊어져 있었다.

아직 수줍어 겨울에 순종하는 해가 이제 고약한 바람과 못된 비가 쏟아지는 나날들 사이로 빼꼼 얼굴을 디밀고 밖을 내다보기 시작했다. 그러던 어느 날 오후, 거짓말처럼 봄이 팔꿈치로 쓱 밀치고 들어와서는 아예 눌러앉았다. 낮이 따스해지고 하늘이 윤을 낸 듯 반들거렸다. 카야는 테이트와 깊은 천변의 풀밭을 거닐며 나직나직 이야기하고 있었다. 키큰 미국풍나무들이 가지를 축축 늘어뜨리고 있었다. 느닷없이 테이트가 카야의 손을 꼭 잡더니 쉿, 하고 조용히 하라는 신호를 보냈다. 테이트의 시선을 따라가보니 거대한 황소개구리 한 마리가 이파리 아래 웅크리고 있었다. 평범한 광경일 수도 있었다. 다만 이 개구리가 완전히, 눈부시게 흰색이라는 점만 빼면.

테이트와 카야는 눈을 맞추고 활짝 웃으며 황소개구리가 그 큰 다리를 딱 한 번 움직여, 단번에 껑충 뛰어 사라질 때까지 바라보았다. 그러고 나서도 조심조심 뒷걸음쳐 한참 물러날 때까지 아무 말도 하지 않았다. 카야가 양손으로 입을 막고 키득키득 웃었다. 이제 그리 소녀 같지 않은 몸을 소녀처럼 살랑거리며 테이트에게서 장난스럽게 도망쳤다.

테이트는 이제 개구리 생각은 까맣게 잊고 1초쯤 카야를 바라보았다.

그리고 결연하게 그녀에게로 걷기 시작했다. 그 표정을 본 카야가 너른 참나무 앞에 멈춰 섰다. 테이트는 카야의 어깨를 단단히 잡고 나무 쪽으로 밀었다. 가만히 내린 카야의 두 팔을 꼼짝 못 하게 붙잡은 채로 테이트는 아랫도리를 밀어붙이며 키스했다. 크리스마스 이후로 키스도 하고 서로의 몸을 천천히 탐색하기도 했지만, 이런 적은 없었다. 테이트는 항상 리드하면서도 카야에게 끝없이 물으며 조심스레 그만둘 신호를 찾곤 했다. 하지만 지금은 달랐다.

그가 곧 힘겹게 물러섰다. 진한 황갈색 눈동자가 그녀를 파고들었다. 테이트는 느릿느릿 카야의 셔츠 단추를 풀어 벗기고 젖가슴이 훤히 드러나게 했다. 서두르지 않고 차근차근 눈으로 음미하며 손가락으로 젖꼭지를 둥글렸다. 그러더니 카야의 반바지 지퍼를 열고 끌어내려 땅바닥에 툭 떨어트렸다. 그 앞에서 처음으로 벌거벗다시피 한 카야는 숨을 헐떡이며 손으로 몸을 가리려 했다. 테이트는 부드럽게 그 손을 치우고 차분하게 그녀의 몸을 감상했다. 사타구니에 온몸의 피가 쏠린 듯이 카야의 아랫도리가 펄떡거렸다. 테이트는 반바지를 벗고 여전히 그녀를 바라보며 발기한 분신을 그녀 몸에 바짝 붙였다.

카야가 부끄러워 고개를 돌리자 테이트가 그녀의 턱을 잡고 치켜들며 말했다. "날 봐. 내 눈을 봐, 카야."

"테이트, 테이트." 카야는 손을 뻗어 그에게 키스하려 했지만, 테이트는 저지하며 그저 눈으로만 그를 받아들이게 막았다. 벌거벗은 나신이 이런 갈망을 불러일으킬 줄은 꿈에도 몰랐다. 테이트가 속삭이는 손길로 안쪽 허벅지를 어루만지자 카야는 본능적으로 살짝 발을 옮겨 다리를 벌리고 섰다. 그의 손가락이 다리 사이로 들어와 카야에게 있는 줄도 몰랐던 부위를 천천히 마사지했다. 카야는 고개를 뒤로 젖히고 신음했다.

갑작스레 테이트는 그녀에게서 떨어져 한발 물러섰다. "맙소사, 카야, 미안해. 정말 미안해."

"테이트, 부탁이야. 나도 원해."

"이렇게는 안 돼, 카야."

"왜 안 돼? 왜 이렇게는 안 되는데?"

카야는 테이트의 어깨로 손을 뻗으며 다시 끌어당겨 안으려 했다.

"왜, 왜 안 돼?" 카야는 다시 물었다.

테이트는 카야의 옷가지를 주워 다시 입혀주었다. 그녀가 원하는 곳, 아직도 쿵쿵 뛰고 있는 그곳에는 손도 대지 않았다. 테이트는 카야를 안아 들고 강둑으로 데리고 갔다. 강둑에 그녀를 내려놓고 옆에 앉았다.

"카야, 세상 그 무엇보다 널 원해. 영원히 너를 원할 거야. 하지만 넌 너무 어려. 열다섯 살밖에 안 됐잖아."

"그래서? 오빠도 겨우 네 살 위잖아. 오빠가 갑자기 모르는 게 없는 어른이 된 것도 아니잖아."

"그래, 하지만 나는 임신하지 않으니까. 이 일로 너처럼 쉽게 상처받지도 않고. 그러지 않을 거야, 카야. 너를 사랑한단 말이야."

사랑. 그 말에는 카야가 이해할 수 있는 구석이 하나도 없었다.

"오빠는 아직도 내가 어린 여자애라고 생각하는구나." 카야는 칭얼거렸다.

"카야, 순간순간 점점 더 어린애처럼 굴고 있잖아." 하지만 테이트는 그 말을 하면서 미소 지었고, 카야를 끌어당겨 품에 꼭 안았다.

"그럼 언제, 지금이 아니면 언제? 우리 언제 할 수 있어?"

"그냥, 아직 안 돼."

잠시 아무 말도 없다가 카야가 물었다. "어떻게 하는 건지 오빠는 어떻게 알았어?" 그렇게 묻고는 부끄러워서 다시 고개를 푹 숙였다.

"네가 알게 된 것과 똑같이."

오월의 어느 오후, 함께 호소를 걷다가 테이트가 말했다. "있잖아, 나 금세 떠나. 대학에 가."

채플힐에 간다는 얘기를 테이트가 한 적이 있지만 카야는 마음속에서 그 생각을 치워두고 있었다. 적어도 여름은 함께 보낼 수 있을 거라고 생각했던 것이다.

"언제? 지금은 아니지?"

"얼마 안 남았어. 몇 주 후에."

"하지만 왜? 대학교는 가을에 시작하는 줄 알았는데."

"학교 생물학 실험실에서 일하게 됐어. 그냥 넘기기에는 아까운 기회야. 그래서 여름 학기부터 가게 됐어."

카야를 떠난 모든 사람 중에 작별인사를 건넨 건 조디뿐이었다. 다른 사람들은 가버리고는 영영 돌아오지 않았다. 하지만 이런 생각을 해도 기분이 나아지지 않았다. 카야는 가슴이 쓰라리게 아파왔다.

"힘닿는 한 열심히 돌아올게. 사실 그렇게 멀지 않아. 버스를 타면 하루도 안 걸려."

카야는 말없이 앉아 있었다. 그러다 마침내 입을 열었다. "왜 가야 해, 테이트? 왜 여기 있으면 안 돼? 아버지처럼 새우를 잡으면 안 돼?"

"카야, 너도 이유를 알잖아. 그냥 그럴 수가 없어. 습지를 연구하고 싶어, 생물학자가 되고 싶단 말이야." 바닷가에 다다른 둘은 모래밭에 앉았다.

"그다음에는? 여기에는 그런 일자리가 없잖아. 오빠는 영영 고향에 돌아오지 않을 거야."

"아니, 돌아올 거야. 나는 너를 떠나지 않아, 카야. 약속해. 너한테 돌아올 거야."

카야가 벌떡 일어서는 바람에 물떼새가 놀라서 꽥꽥 울며 날아가버렸다. 카야는 해변을 달려 숲속으로 들어가버렸다. 테이트는 카야 뒤를 따라 달리다가 나무들이 있는 데서 딱 멈춰 서더니 주위를 둘러보았다. 이미 카야는 테이트를 따돌리고 달아나버렸다.

하지만 혹시라도 아직 자기 목소리가 들릴까 싶어 테이트는 큰 소리로 외쳤다. "카야, 매번 이런 식으로 도망치기만 할 수는 없어. 가끔은 같이 의논해야 한단 말이야. 현실을 직면해야지." 참을성이 한계에 달한 테이트는 결국 불쑥 내뱉고 말았다. "빌어먹을, 카야. 맘대로 해!"

일주일 후, 카야는 호소로 들어오는 테이트의 보트 엔진 소리를 듣고 덤불에 숨었다. 물길로 테이트의 배가 유유히 들어오자 왜가리가 느린 은빛 날개로 후드득 날아올랐다. 도망치고 싶은 마음도 있었지만 카야는 해변으로 걸어나와 기다렸다.

"어이." 테이트가 말했다. 어쩐 일로 야구 모자를 쓰지 않아서 풍성한 금빛 곱슬머리가 그을린 얼굴 위로 마구 휘날렸다. 지난 몇 달 사이 어깨가 떡 벌어져서 남자 태가 완연했다.

"안녕."

테이트는 배에서 내려 카야의 손을 잡고 글을 읽던 등걸로 데리고 갔다. 두 사람은 거기 앉았다.

"생각보다 일찍 떠나게 됐어. 졸업식도 빠지고 일을 시작해야 해. 카야, 작별인사하러 온 거야." 심지어 목소리도 남자다워졌다. 더 진지한 세계로 나아갈 채비를 마친 것이다.

카야는 대답 없이 앉아서 눈길을 돌리고 그를 보려 하지 않았다. 목이 멨다. 테이트는 학교와 도서관에서 가지고 온 파본들이 든 가방 두 개를 카야 발밑에 놓았다. 거의 다 과학책이었다.

카야는 말을 할 자신이 없었다. 테이트가 한 번 더 하얀 개구리가 있는 곳으로 데려가주기만을 바랐다. 다시는 안 돌아올지도 모르니까, 지금 당장 거기로 데려가줬으면 했다.

"보고 싶을 거야, 카야. 날마다, 하루 종일."

"나를 잊을지도 몰라. 대학교 공부로 바빠지고 예쁜 여자애들을 많이 보다보면."

"절대로 너를 잊지 않을 거야. 영원히. 내가 돌아올 때까지 습지를 잘 보살펴줘, 알겠지? 몸조심하고."

"그럴게."

"내 말은 지금 말이야, 카야. 사람들을 조심해. 낯선 사람들이 가까이 오게 하면 절대로 안 돼."

"누구든 피해서 숨고 따돌리고 도망칠 수 있어."

"그래, 믿어. 한 달쯤 뒤에 집에 올 거야, 약속해. 독립기념일 때. 정신 차려보면 아마 내가 이미 와 있을걸."

카야에게서 답이 없자 테이트는 일어서서 청바지 호주머니에 손을 꾹 찔러 넣었다. 카야는 테이트 옆에 서 있었지만 둘 다 눈을 돌리고 나무만 바라보았다.

테이트는 카야의 어깨를 잡고 오랫동안 키스했다.

"안녕, 카야." 잠시 테이트의 어깨너머 먼 곳을 바라보던 카야의 눈이 테이트를 똑바로 바라보았다. 그녀가 가장 깊은 바닥까지 알게 된 심연.

"안녕, 테이트."

다른 말은 한마디도 없이 테이트는 보트에 올라타 호소를 가로질러 떠나버렸다. 물길의 빽빽한 수풀로 들어가기 바로 직전, 테이트는 뒤를 돌아보며 손을 흔들었다. 카야는 손을 머리 위로 높이 치켜들었다가 가슴에 얹고 제 심장을 어루만졌다.

1969년

두 번째 검시 보고서를 읽은 다음 날, 체이스 앤드루스의 시체가 늪에서 발견된 지 8일째 되는 날 아침, 부보안관 조 퍼듀가 보안관 집무실 문을 발로 박차고 들어왔다. 종이컵에 든 커피 두 잔과 갓 튀겨 뜨거운 도넛 한 봉지를 들고 있었다.

"맙소사, 파커 빵집의 도넛 냄새구만." 조가 사온 음식을 책상에 올려놓자 에드가 탄성을 질렀다. 두 사내는 기름이 얼룩진 갈색 종이봉투에서 커다란 도넛을 하나씩 집어들었다. 요란하게 쩝쩝대며 손가락을 핥았다. 그리고 입을 맞춘 듯 동시에 말했다. "그런데 할 말이 있는데……."

"먼저 말해보게." 에드가 말했다.

"복수의 출처에 의하면 체이스가 습지에서 뭔가 심상치 않은 일이 있었다는 얘기를 들었어요."

"심상치 않아? 무슨 소린가?"

"확실히는 모르겠고, 도그곤 비어홀 사람들이 그러는데 4년 전쯤부터 혼자 습지를 뻔질나게 드나들기 시작했대요. 굉장히 쉬쉬하면서 몰래 다녔다고 하네요. 친구들하고 낚시도 하고 배도 탔지만 대체로 혼자 다니는 경우가 많았대요. 마약중독자나 뭐 더 나쁜 부류하고 얽힌 게 아닐까요. 고약한 마약 딜러한테 찍혔다든가. 개하고 뒹굴다 일어나면 벼룩이 꼬인다잖아요. 뭐, 이 경우에는 일어나지도 못했지만."

"모르겠어. 운동을 얼마나 잘했는데. 체이스가 마약에 손댔다니 상상이 잘 안 가는데."

"은퇴했잖아요. 아무튼 운동선수들도 마약 하는 애들 많아요. 화려했던 영웅 시절이 끝나면 어디 다른 데서 흥분을 느껴야 되니까요. 아니면 습지에 여자가 있었던가."

"그쪽 여자들 중에 체이스가 좋아할 타입이 어디 있나. 소위 바클리 엘리트들하고만 어울렸는데. 쓰레기 쪽은 쳐다보지도 않았다고."

"뭐, 색다르게 슬럼 체험을 한다고 생각했을 수도 있죠. 그래서 그렇게 쉬쉬했는지도 모르고."

"그건 그래." 보안관이 말했다. "아무튼, 습지에서 뭘 했는지는 몰라도, 이렇게 보면 그 친구 인생에서 우리가 전혀 모르는 면이 열리는 셈이군. 뭘 하고 다녔는지 냄새를 좀 맡아보자고."

"아까 뭐 하실 말씀이 있다고……."

"정확히 짚어 말하기는 그래. 체이스의 어머니가 전화를 해서 사건에 대해 중요하게 할 말이 있다고 했거든. 체이스가 항상 걸고 다니는 조개목걸이와 상관이 있다면서. 그게 확실한 단서가 될 거라고 믿고 있더라고. 여기 와서 다 얘기해주겠다고 했어."

"언제 온대요?"

"오늘 오후에, 바로 온대."

"진짜 단서를 찾을 수 있으면 좋겠네요. 살인 동기를 가진 빨간 스웨터를 입은 어떤 남자를 찾으러 돌아다니는 것보다야 훨씬 낫죠. 솔직히 인정할 건 해야 해요. 살인이라면 정말로 교묘한 사건이에요. 증거가 있었다 해도 습지가 꼭꼭 씹어 훌렁 삼켜버렸을 테니. 패티 러브가 오기 전에 우리 밥 먹을 짬은 나나요?"

"그럼. 게다가 다이너 스페셜이 프라이드 폭찹이라니까. 블랙베리 파이하고."

1961년

7월 4일, 이제 너무 짧아진 살구색 시폰 드레스를 입은 카야는 맨발로 호소를 걷다가 책을 읽던 둔덕에 가 앉았다. 잔인한 열기가 안개의 마지막 자락을 휙 걷어버리고 숨 막히는 습기가 공기를 가득 채웠다. 가끔 호소에 무릎을 꿇고 목덜미에 찬물을 끼얹었으며 내내 테이트의 보트 소리가 나는지 귀를 기울였다. 기다림은 길어도 괜찮았다. 테이트가 준 책을 읽으면 되니까.

　하루가 1분 단위로 늘어지고 해는 중천에 걸려 꼼짝도 하지 않았다. 둔덕이 딱딱해져서 바닥에 내려가 나뭇둥걸에 등을 기대고 앉았다. 결국 배가 고파져 카야는 황급히 판잣집으로 가서 먹다 남은 소시지와 비스킷을 찾았다. 잠깐 자리를 비운 사이 테이트가 올까봐 걱정돼서 허겁지겁 먹었다.

　후텁지근한 오후에는 모기들이 기승을 부렸다. 보트는 오지 않았고 테이트도 오지 않았다. 어스름이 내리자 카야는 학처럼 반듯이, 고요히, 말없이 서서 텅 비어 정적이 내려앉은 물길을 뚫어져라 바라보았다. 숨쉬기가 고통스러웠다. 벗어던진 드레스에서 걸어 나와 스르르 물속으로 미끄러져 들어가 서늘한 어둠 속을 헤엄쳤다. 물이 살갗을 따라 갈라지며 카야의 핵에서 열기를 덜어주었다. 호소에서 뭍으로 나온 카야는 이끼 덮인 둑에서 나신으로 물기를 말리며 달이 땅 밑으로 떨어질 때까지 누워 있었다. 그러다 옷가지를 챙겨 집 안으로 들어갔다.

다음 날도 기다렸다. 한 시간 한 시간, 정오까지 뜨끈해지다가 화상을 입을 정도로 뜨거워진 한낮이 지나고 두근두근 석양이 저물었다. 달이 수면 위로 희망을 드리우다 그조차 죽어버렸다. 또 한 번의 일출, 또 한 번 새하얗게 이글이글 타오르는 해, 또 일몰. 모든 희망은 사라지고 무채색으로 변했다. 카야의 눈길은 무기력하게 흔들렸다. 테이트의 보트 소리에 귀를 기울이면서도 이제는 멈칫멈칫 반응하지 않았다.

석호는 삶과 죽음의 냄새를 동시에 풍겼다. 약속과 부패가 유기적으로 난잡하게 얽혀 있었다. 개구리들이 꾸룩꾸룩 울었다. 카야는 탁한 눈으로 멍하니 밤에 낙서하는 반딧불을 바라보았다. 병에 반딧불을 잡아 수집한 적은 없었다. 병에 가둘 때보다 풀어놓고 관찰할 때 훨씬 더 많이 배울 수 있다. 암컷 반딧불은 꽁무니의 불을 깜박여 수컷에게 짝짓기 준비가 되었다는 신호를 보낸다고 조디가 말해주었다. 반딧불은 종마다 불빛 언어가 다르다. 카야가 지켜보는 사이 어떤 암컷들은 지그재그 댄스를 추며 *점, 점, 점, 줄*, 이렇게 신호를 보냈지만 또 전혀 다른 패턴으로 춤을 추면서 *줄, 줄, 점* 신호를 보내는 것들도 있었다. 물론 자기 종의 신호를 잘 아는 수컷은 그런 암컷만 찾아서 짝을 지으려고 날아간다. 그리고 조디의 표현을 빌리자면 대다수 생명체가 그러듯 서로 엉덩이를 비벼

새끼를 만든다.

카야는 문득 벌떡 일어나 앉아 주의를 집중했다. 암컷 한 마리가 암호를 변경했다. 처음에는 올바른 줄과 점의 조합을 반짝거리며 자기 종의 수컷을 끌어들여 짝짓기했다. 그러다가 언제부턴가 다른 신호를 반짝거렸고, 그러자 다른 종의 수컷이 날아왔다. 그 암컷의 메시지를 읽은 두 번째 수컷은 짝짓기 의사가 있는 자기 종의 암컷을 찾았다고 확신하고 암컷의 머리 위에서 체공滯空했다. 하지만 별안간 그 암컷 반딧불이 다리를 뻗더니 입으로 수컷을 물어 잡아먹었다. 여섯 다리와 날개 두 쌍을 모조리.

카야는 다른 반딧불을 바라보았다. 암컷들은 원하는 걸 얻어낸다. 처음에는 짝짓기 상대를, 다음에는 끼니를. 그저 신호를 바꾸기만 하면 됐다.

여기에는 윤리적 심판이 끼어들 자리가 없다. 악의 희롱이 끼어들 자리가 없다. 다른 참가자의 목숨을 희생시켜 그 대가로 힘차게 지속되는 생명이 있을 뿐이다. 생물학에서 옳고 그름이란, 같은 색채를 다른 불빛에 비추어보는 일이다.

카야는 한 시간 더 테이트를 기다리다가 결국 판잣집을 향해 걷기 시작했다.

다음 날 아침, 너덜너덜 걸레짝처럼 끈질기게 붙어 있는 잔인한 희망을 욕하면서 카야는 다시 석호로 갔다. 물가에 앉아 통통거리며 물길을, 아니면 저 아득한 강어귀를 달려오는 배 소리를 들었다.

정오가 되자 카야는 벌떡 일어나 악을 쓰며 외쳤다. "테이트, 테이트, 아니야, 아니야." 그러다 무릎을 풀썩 꿇고 엎드려 진흙에 얼굴을 묻었다.

몸 아래에서 무언가 끌어당기는 강력한 힘을 느꼈다. 그녀가 너무나 잘 아는 조수였다.

21
\
쿠
프

1961년

뜨거운 바람이 작고 메마른 뼈다귀처럼 팔메토 잎을 뒤흔들었다. 테이트를 포기하고 나서 카야는 사흘 동안 침대에서 나오지 않았다. 식은땀으로 축축하게 젖은 옷과 이불 속에서 절망과 신열에 취해 뒤척이는 바람에 살갗이 끈적끈적했다. 발가락으로 열심히 이불 속에서 그나마 시원한 데를 찾았지만 허사였다.

달이 뜨는 시간도 수리부엉이가 야간에 어치를 사냥하는 시간도 몰랐다. 침대에 누운 채 찌르레기 날갯짓 너머 습지의 소리를 들었지만 나가지 않았다. 바닷가를 나는 갈매기들이 울부짖으며 부르는 소리에 마음이 아팠다. 하지만 평생 처음 카야는 갈매기들에게 가지 않았다. 갈매기를 못 본 척하느라 아픈 마음으로 심장이 흘리는 눈물을 덮고 싶었다. 하지만 허사였다.

카야는 힘없이 자기가 무슨 짓을 했기에 모두가 떠나버리는 걸까 생각했다. 친엄마, 언니들, 온 가족, 조디 그리고 이제 테이트까지. 카야에게 가장 아린 기억은 오솔길을 따라 하나씩 사라지는 가족들이었다. 하얀 스카프 끝자락이 잎사귀 사이로 날리고. 바닥 매트리스에 남아 있던 양말 더미.

테이트와 삶과 사랑은 같은 말이었다. 그런데 이제 테이트가 없다.

"왜, 테이트, 어째서?" 카야는 이불에 얼굴을 묻고 중얼거렸다. "다른 사람과는 다를 거라고 했잖아. 곁에 있어줄 거라고 했잖아. 나를 사랑한다고 했잖아. 하지만 사랑 같은 건 없어. 이 세상에 믿을 사람은 아무도 없어." 어딘가 마음속 아주 깊은 데서, 앞으로는 아무도, 믿지도, 사랑하지도 않겠다는 결심이 단단하게 뭉쳤다.

카야는 진흙탕에서 빠져나올 근육과 심장을 끝내 찾아내곤 했다. 아무리 위태롭더라도 다음 한 발을 내디뎠다. 하지만 그 지독한 깡으로 얻은 건 무엇인가? 얕은 선잠이 들었다 깼다 하며 카야는 표류했다.

갑자기 태양이 – 충만하고 환하고 이글거리는 태양이 – 카야의 얼굴을 비췄다. 평생 살면서 정오까지 잠을 잔 적은 없었다. 부드럽게 사각거리는 소리를 들은 카야는 팔꿈치로 짚고 몸을 일으켰다. 차양문 너머에 까마귀만 한 쿠퍼스 호크 한 마리가 안을 슬며시 들여다보고 있었다. 며칠 만에 처음으로 호기심이 동했다. 카야가 일어나자 매는 날아갔다.

결국 카야는 그리츠 죽을 만들어 바닷가로 나가 갈매기에게 먹이를 주었다. 카야가 바닷가로 달려나가자 갈매기들이 전부 무리 지어 주위를 휘돌며 자맥질을 했다. 카야는 무릎을 꿇고 앉아 모래에 먹이를 뿌려주었다. 사방에 갈매기들이 까맣게 모여들자 팔과 허벅지에 스치는 깃털이 느껴져 고개를 젖히고 갈매기들과 함께 웃었다. 눈물이 뺨을 타고 흘렀지만 그래도 웃었다.

7월 4일 이후 한 달 동안 카야는 집 밖 출입을 하지 않고 습지에도 가지 않고 점핑의 가게에 연료나 생필품을 사러 가지도 않았다. 말린 생선, 홍합, 굴만 먹고 살았다. 그리츠와 채소만 있으면 되었다.

선반이 텅 비었을 때 카야는 점핑의 가게에 통통배를 끌고 가서 생필품을 구했지만 보통 때처럼 수다를 떨지는 않았다. 볼일만 보고는 물끄러미 서서 바라보는 점핑을 등지고 떠났다. 다른 사람들한테 상처를 주고 싶었다.

며칠이 지나 또 아침이 오자 쿠퍼스 호크가 다시 계단으로 날아와 앉아 차양 너머로 그녀를 살폈다. '참 이상한 일이지.' 카야는 고개를 살짝 기울여 매를 보며 생각했다.

"안녕, 쿠프."

매는 한 번 폴짝 뛰더니 낮게 날다가 높이 비상해 구름 속으로 날아갔다. 쿠프를 지켜보며 카야는 마침내 혼잣말을 했다.

"습지로 돌아가야 해."

카야는 테이트에게 버림받은 후 처음으로 배를 타고 물길과 후류를 누비며 새 둥지와 깃털과 조개껍데기를 찾았다. 테이트 생각을 아예 피할 수는 없었다. 지적인 자극이나 채플힐의 어여쁜 여자애들한테 마음이 끌렸겠지. 대학교에 다니는 여자들을 카야는 상상도 할 수 없었지만 어떤 모습이라도 판잣집에 살면서 산발을 하고 맨발로 홍합을 잡는 여자애보다는 나을 것이다.

팔월 말이 되자 카야는 다시 발판을 딛고 일어섰다. 보트, 채집, 그림. 몇 달이 흘러갔다. 생필품이 떨어지지 않으면 점핑을 찾지 않았고 몇 마디 말도 섞지 않았다.

카야의 수집품은 성숙해 목, 속, 종으로 분류되었다. 뼈의 마모 상태에 따라 연대를 표시하고 깃털을 밀리미터로 측정해 크기를 표시해서 정리했으며, 가끔은 초록색이 희미하게 달라지는 채도를 기준으로 나누기도 했다. 과학과 예술은 서로의 강점을 보완하며 어우러졌다. 색채, 빛, 종, 생명이 지식과 아름다움을 씨실과 날실 삼아 걸작을 짜내어 판잣집 방마다 가득 채웠다. 카야의 세계. 카야는 수집품을 벗 삼아 홀로 자라나며 넝쿨 줄기처럼 모든 기적을 하나로 엮었다.

하지만 수집품이 커질수록 외로움은 깊어졌다. 심장 크기만 한 아픔이 카야의 가슴속에 살았다. 그 무엇도 아픔을 덜어주지 못했다. 갈매기도, 눈부신 석양도, 세상에서 가장 희귀한 조개껍질도.

몇 달은 1년이 되었다.

외로움은 점점 커져 카야가 품을 수 없을 지경이 되었다. 카야는 누군가 다른 사람의 목소리, 존재, 손길을 바랐지만, 제 심장을 지키는 일이 우선이었다.

몇 달이 흐르고 또 한 해가 갔다. 그리고 또 한 해가 흘렀다.

2부 _ 늪

1965년

열아홉 살, 길어진 다리, 더 커지고 어쩐지 더 검어진 것 같은 눈. 카야는 포인트비치에 앉아 농게가 뒤집어져 물보라에 파묻히는 모습을 지켜보았다. 그러나 갑자기 남쪽에서 말소리가 들리는 바람에 벌떡 일어서야 했다. 이제 청소년으로 자라난 한 무리의 아이들이 축구공을 툭툭 치며 뛰어다니고 밀려오는 파도를 발로 차며 다가오고 있었다. 지난 몇 년에 걸쳐 가끔 본 적이 있는 아이들이었다. 눈에 띌까 두려워 카야는 모래를 박차고 숲으로 달려 커다란 참나무 뒤에 숨었다. 이러고 있는 게 얼마나 이상한 일인지 잘 알면서도.

'별로 변한 게 없네.' 카야는 생각했다. '저 애들은 깔깔 웃고, 나는 농게처럼 구멍을 파고 숨고.' 괴짜 같은 삶의 방식을 부끄러워하는 야생의 존재.

키큰말라깽이금발, 포니테일주근깨, 항상진주목걸이, 동그랗고통통한 얼굴이 폭소와 포옹으로 하나로 뒤엉킨 채 바닷가를 뛰놀았다. 아주, 아주 가끔 마을에 갈 때마다 카야는 여자애들이 흘리는 말을 들었다. "그래, 마시 걸은 유색인들한테서 옷을 받아 입는대. 홍합을 그리츠로 바꿔 먹는다잖아."

하지만 그 오랜 세월이 흐른 지금도, 여전히 그 애들은 함께 몰려다니는 친구들이었다. 대단한 일이다. 겉으로 보면 멍청해 보이는 여자애들이었지만, 메이블이 여러 번 말한 대로 확실한 한 패거리였다.

"카야에게도 여자 친구들이 필요해요. 영원히 지속되거든. 서약도 필요 없고. 여자들끼리 꼭꼭 뭉쳐 다니면 거기가 이 땅에서 제일 따뜻하고 제일 터프한 곳이지요."

소녀들이 서로 소금물을 차서 튀기자 카야는 자기도 모르게 함께 웃었다. 여자애들은 꺅꺅 비명을 지르며 더 깊은 파도를 찾아 뛰어들었다. 하지만 물속에서 나온 소녀들이 언제나처럼 한데 엉켜 포옹하자 카야의 미소는 사그라졌다.

그들의 환호성 때문에 카야의 정적은 더 시끄러워졌다. 그들이 함께 있다는 사실이 카야의 외로움을 더 아프게 당겼다. 하지만 늪지 쓰레기라는 딱지 때문에라도 참나무 뒤에 숨어 있어야 했다.

카야의 눈길이 제일 훤칠한 남자에게로 이끌렸다. 카키색 반바지를 입고 웃통을 드러낸 청년이 축구공을 던졌다. 카야는 그 등짝에서 꿈틀거리는 근육을 바라보았다. 그을린 어깨. 카야는 그 청년이 체이스 앤드루스라는 걸 알았다. 자전거로 카야를 칠 뻔한 후로 지난 수년 동안, 카야는 체이스가 바닷가에서 친구들과 어울리거나 밀크셰이크를 먹으러 식당에 가거나 점핑에게서 연료를 사는 모습을 봐왔다.

지금, 친구들 무리가 가까이 다가오는 지금, 카야 눈에는 체이스밖에 보이지 않았다. 누군가 공을 휙 던지자 체이스가 받으려고 달려와 카야가 숨은 나무 바로 앞까지 왔다. 그의 맨발이 뜨거운 모래를 파고들었다. 공을 던지려고 팔을 치켜들다가 하필 고개를 돌린 체이스의 눈길이 카야와 딱 마주쳤다. 공을 던져준 체이스는 친구들에게 아무 신호도 하지 않고 돌아서더니 카야의 눈을 가만히 바라보았다. 머리카락은 카야처럼 검었지만 눈은 연하늘색이었다. 강인하고, 또 강렬한 얼굴이었다. 그림자 같은 미소가 그의 입가에 떠올랐다. 그는 어깨에 힘을 빼고, 자신만만하게, 친구들에게로 돌아갔다.

하지만 체이스는 그녀를 눈여겨보았다. 눈길을 오래도록 받아주었다. 카야의 숨은 얼어붙었지만 몸에는 뜨거운 열기가 짜릿하게 흘렀다.

카야는 바닷가에서 그들을 좇았다. 아니 주로 체이스를 좇았다. 카야의 마음은 다른 곳을 향해 있었지만 욕망이 이끌리는 방향은 달랐다. 카야의 심장이 아니라 몸이 체이스 앤드루스를 주시했다.

다음 날 카야는 해변을 다시 찾았다. 같은 조수, 다른 시간, 그러나 아무도 없었다. 시끄러운 삑삑도요와 물살을 타는 농게들이 다였다.

억지로라도 그 바닷가는 피하고 습지에서만 새 둥지와 깃털을 찾으려 했다. 안전하게 몸을 사리고, 갈매기 먹이를 주고. 삶을 살아가며 보관할 수 있는 크기로 감정을 잘게 자르는 데는 도가 텄다.

하지만 외로움을 참는 데도 한계가 있다. 그래서 카야는 그다음 날에도 그 바닷가로 돌아가 체이스를 찾았다. 그리고 또 그다음 날도.

어느 늦은 오후, 체이스 앤드루스를 지켜본 후에 카야는 판잣집에서 걸어 나와 마지막 파도가 휩쓸고 가 매끄러워진 모래사장에 하늘을 보고 눕는다. 팔을 머리 위로 치켜들고 젖은 모래에 스치다가 발끝을 모으고 다리를 쭉 뻗는다. 눈을 꼭 감고 서서히 바다로 몸을 굴린다. 그녀의 골반과 팔이 은은히 빛나는 모래를 눌러 자국을 남긴다. 카야의 움직임에 따라 모래가 찬란하게 반짝이다가 그늘진다. 파도 가까이로 굴러가면서 카야는 머리끝에서 발끝까지 관통하는 태양의 포효를 감지하고 몸으로 질문을 느낀다. '언제 바다가 애무해줄까? 제일 먼저 어딜 어루만져줄까?'

물거품이 이는 파랑이 해변으로 밀려와 손을 뻗는다. 간질일 거라는 기대감에 카야는 깊은숨을 쉰다. 점점 더 느리게 몸을 굴린다. 한 번 회전할 때마다, 얼굴이 모래를 스치기 직전에, 고개를 살짝 들고 태양과 소금기가 밴 바다 냄새를 맡는다. '이제 다 왔어, 거의 다 왔어. 곧 닥칠 거야. 언제 느낄 수 있을까?'

서서히 열기가 달아오른다. 카야가 깔고 누운 모래가 더 축축해지고, 우르릉거리는 파도 소리가 더 커진다. 더 느리게, 더 느리게, 살짝, 살짝 몸을 움직이며 바다의 손길을 기다린다. 금세, 이제 금방. 닥치기도 전부터 미리 느낌이 온다.

실눈을 뜨고 살짝 엿보고 싶다. 얼마나 더 기다려야 하는지 알고 싶다. 하지만 꾹 참는다. 눈꺼풀에 힘을 주고 꼭 눌러 감는다. 눈꺼풀 너머 하늘이 환하게 빛나지만, 아무런 실마리도 주지 않는다.

별안간 카야는 비명을 올린다. 강력한 힘이 아래로 덮쳐 허벅지를 어루만지고 사타구니를 애무하며 등을 따라 머릿밑에서 휘돌아 물에 풀리는 잉크처럼 새까만 머리칼을 끌어당긴다. 깊어지는 파도 속으로 더 빨리 몸을 굴려 흘러가는 조개껍질과 바다의 파편들에 부빈다. 물이 그녀의 몸을 꼭 껴안는다. 바다의 강인한 몸에 밀착한 채, 카야의 몸이 손에 잡히고, 붙들리고, 품어진다. 혼자가 아니다.

카야는 일어나 앉아 눈을 뜨고 보드라운 흰 문양으로 물거품을 일으키는 바다를 본다. 항상 변하는 바다를.

체이스가 바닷가에서 카야를 슬쩍 쳐다본 후로 카야는 벌써 일주일에 두 번씩이나 점핑의 가게를 찾았다. 거기서 체이스를 만나고 싶은 마음이 있다는 걸 스스로 인정하지는 않았지만, 누군가가 그녀를 눈여겨보았다는 사실 자체가 사회성의 도화선에 불을 댕겼다. 그래서 카야는 점핑에게 물었다. "메이블 아주머니는 어떠세요? 잘 지내고 계세요? 손자들은 집에 있고요?" 예전처럼, 점핑은 변화를 눈치챘지만 괜한 소리를 할 만큼 어리석지는 않았다. "그럼요. 지금은 집이 복작복작해요. 온 집안이 깔깔거리는 웃음소리로 터져나가는데 난 대체 뭔 일인지 모르겠더라고요."

하지만 며칠 뒤 아침에 찾아와보니 점핑은 아무 데도 보이지 않았다. 갈색펠리컨들이 말뚝에 홰를 치고 앉아서 대신 가게라도 봐주는 듯 카야를 노려보았다. 카야는 펠리컨들을 보고 웃었다.

그 순간 어깨에 닿는 손길에 카야는 소스라쳤다.

"안녕." 돌아보니 체이스가 서 있었다. 카야는 얼굴에 떠올랐던 미소를 싹 지웠다.

"나는 체이스 앤드루스라고 해." 얼음 팩처럼 파란 눈이 카야의 눈동자를 꿰찔렀다. 사람 눈을 똑바로 바라보면서도 전혀 불편한 기색이 없었다.

아무 말도 하지 않고 카야는 살짝 몸을 들썩였다.

"가끔 근처에서 봤어. 습지에서, 지난 몇 년 동안. 이름이 뭐니?" 잠시 체이스는 카야가 말하지 않을 줄 알았다. 사람들 말대로 벙어리거나 원초적인 언어로 말하는 건 아닐까. 자신감이 없는 남자였다면 포기하고 가버렸을 것이다.

"카야." 체이스는 자전거로 그녀를 칠 뻔했던 일도 전혀 기억하지 못하는 눈치였다. 그저 마시 걸로만 알고 있을 뿐이었다.

"카야. 그건 또 색다른 이름이네. 하지만 좋다. 소풍 가지 않을래? 이번 주 일요일에 내 보트 타고."

카야는 체이스의 등 뒤로 먼 산을 바라보며 천천히 그 말뜻을 새겨 보려 했지만 생각이 정리되지 않았다. 누군가와 함께 있을 기회가 여기 있는데.

마침내 카야는 말했다. "좋아." 체이스는 카야에게 포인트비치 북쪽에 있는 오크반도에서 정오에 만나자고 했다. 그리고 금속 조각들이 반짝이는 파란색과 흰색 스키보트에 올라타더니 쾌속으로 사라졌다.

또 들려오는 발소리에 고개를 돌려보니 점핑이 황급히 부두로 달려왔다. "안녕, 미스 카야, 미안해요. 저쪽에서 빈 궤짝을 옮기다보니. 꽉 채워줄까요?"

카야는 고개를 끄덕였다.

집으로 오는 길에 카야는 모터를 끄고 표류했다. 해변이 눈에 들어왔다. 낡은 배낭에 몸을 기대고 하늘을 바라보며 가끔 그러듯 시를 외웠다. 제일 좋아하는 시 중 존 메이스필드John Masefield의 「바다 열병」이었다.

……내가 청하는 건 그저 하얀 구름이 날아다니는 바람 많은 날,
흩뿌려진 물안개와 부푼 물거품, 울부짖는 갈매기뿐.

카야는 덜 알려진 시인 어맨다 해밀턴의 시를 기억해냈다. 피글리 위

글리에서 산 지역신문에 최근 시가 게재된 신인이었다.

> 덫에 걸려 나오지 못하는
> 사랑은 우리에 갇힌 짐승,
> 제 살을 갉아 먹는다
>
> 사랑은 자유롭게 배회하다가
> 선택한 해변에 상륙해
> 숨을 쉬어야만 하는데

그 시의 말들이 테이트를 생각나게 하는 바람에 숨이 멎었다. 테이트는 더 좋은 걸 발견하자마자 미련 없이 떠나버렸다. 심지어 작별인사를 하러 오지도 않았다.

카야는 알지 못했지만 테이트는 카야를 보러 왔다.

그해 7월 4일, 집으로 가는 버스를 타기로 한 전날 테이트에게 일자리를 준 교수인 블룸 박사가 원생동물학 실험실에 들어와서 테이트에게 주말에 저명한 생태학자들과 단체로 탐사 여행을 떠나는데 합류하지 않겠느냐고 물었다.

"자네가 조류학에 관심이 있다는 건 알고 있었는데, 혹시 같이 가고 싶은가 해서 말이야. 학생 한 사람 자리밖에 없어서 자네 생각을 했지."

"그럼요, 물론입니다. 가겠습니다." 블룸 박사가 떠나고 나서 테이트는 실험실 테이블과 현미경, 고압 멸균기의 윙윙거리는 소리 가운데 혼자 서서 어쩌다 이렇게 빨리 무리의 일원이 됐을까 신기해했다. 얼마나 이른 시일 내에 교수들의 인정을 받았는지, 초대받은 학생은 그뿐이었다. 특별 취급을 받았다는 사실이 자랑스러웠다.

다음번 집에 갈 기회는 15일 후였다. 하지만 하룻밤밖에 여유가 없었다. 카야에게 정신없이 빌어야겠다는 생각뿐이었다. 블룸 박사가 초대한 얘기를 하면 이해해줄 거야.

바다에서 물길로 들어서면서 스로틀을 껐다. 통나무들은 일광욕하는 거북이들의 번들거리는 등딱지로 뒤덮여 있었다. 절반쯤 왔을 때 키 큰 갯줄풀 사이에 조심스레 숨겨놓은 카야의 배가 보였다. 즉시 속도를 낮추자 저 앞에 카야가 보였다. 넓은 모래톱에 무릎을 꿇고 앉아 작은 갑각류에 매료된 모양이었다.

고개를 땅에 대고 있어 카야는 테이트를 보지 못했고 느리게 흘러가는 보트 소리도 듣지 못했다. 테이트는 조용히 배를 갈대밭으로 몰고 들어가 숨었다. 가끔 카야가 수풀에 숨어서 자신을 지켜본다는 걸 테이트는 몇 년 전부터 알고 있었다. 문득 자기도 따라 해보고 싶었다.

맨발에 청바지와 흰 티셔츠를 걸친 카야가 일어나서 두 팔을 쭉 폈다. 말벌처럼 가느다란 허리가 도드라져 보였다. 카야는 다시 무릎을 꿇고 앉더니 손으로 모래를 퍼서 손가락 사이로 체 치듯 흘려보내고 손에 남아 꼬물거리는 유기 생명체들을 살펴보았다. 테이트는 깊이 몰입한 어린 생물학자를 보고 웃음이 났다. 조류관찰 대원들 뒤편에 서 있는 카야를 상상해보았다. 눈에 띄지 않으려 애쓰면서도 모든 새를 제일 먼저 발견하고 종류를 알아낼 테지. 수줍고도 부드럽게 새 둥지에 짜인 풀을 정확한 종까지 나열하고, 날개 끝에서 돋아나는 색색의 깃털에 근거해서 새끼 암컷의 나이를 날짜까지 알아맞히겠지. 안내서는 물론이고 저명한 생태관찰 연구단의 지식으로도 따라잡을 수 없이 정교하고 세세하게.

느닷없이 카야가 일어나는 바람에 테이트는 놀라 움찔했다. 카야의 손가락 사이로 모래가 주르르 흘렀다. 카야는 테이트 반대편 상류를 바라보았다. 그들 쪽으로 다가오는 아웃보드 모터의 나직한 엔진 소리는 테이트의 귀에 잘 들리지도 않았다. 어부나 습지의 주민이 마을로 가는 모양이었다. 비둘기처럼 평범하고 차분한 푸르르 소리. 하지만 카야는 배낭을 움켜쥐더니 모래톱을 가로질러 전력으로 질주해 키 큰 수풀로 후다닥 숨었다. 땅에 바짝 쭈그리고 앉아서 보트가 시야에 들어오는지 흘끗흘끗 바라보던 카야는 자기 보트가 있는 쪽으로 수그린 채 오리걸음을 걸었다. 무릎이 뺨을 스쳤다. 이제 카야는 테이트 쪽으로 훨씬 가까이 다가와 있었다. 광기에 번득이는 카야의 검은 눈이 보였다. 보트에 다다른 카야는 선체 옆에 머리를 바짝 수그려 웅크렸다.

명랑한 얼굴에 모자를 쓴 늙은 어부는 통통거리며 가시 범위에 들어왔지만 테이트도 카야도 보지 못하고 저 너머로 사라졌다. 하지만 카야는 얼어붙은 채 가만히 그대로 앉아 모터 소리가 다 사라질 때까지 귀를 기울이고 있었다. 그러더니 일어서서 이마를 훔쳤다. 팬서가 사라지고 없는 텅 빈 숲을 사슴이 노려보듯 보트가 사라진 쪽을 계속 쳐다보면서.

카야가 이런 식으로 행동한다는 걸 테이트도 어느 정도는 알고 있었다. 그러나 깃털 게임 이후로는 있는 그대로의, 거친 야생의 모습을 목격한 적이 없었다. 너무나 괴롭고, 소외되고, 이상해 보였다.

테이트는 대학에 간 지 두 달밖에 되지 않았지만 이미 원하는 세상에 곧장 들어서서 DNA 분자의 경이로운 대칭 구조를 분석하고 있었다. 배배 꼬인 원자의 빛나는 성전으로 들어가 나선형으로 휘도는 산酸의 가로장을 밟고 올라서는 느낌이었다. 모든 생명이 의존하는 이 정교하고 복잡한 암호는 섬세하고 약한 유기체에 전사되는데, 살짝만 덥거나 추운 세상으로 가면 즉시 죽어버린다. 그 못지않게 호기심이 강한 사람들 사이에서 함께 거대한 질문들에 대한 해답을 찾는 일이야말로 단독연구실을 갖고 다른 과학자들과 교류하는 연구 생물학자의 꿈에 가까워지는 길이었다.

카야의 정신은 쉽게 그곳에 가서 살 수 있겠지만 카야는 그럴 수 없다. 힘겹게 숨을 몰아쉬며 테이트는 갯줄풀 속에 숨은 자신의 결단을 똑바로 직시했다. 카야냐, 아니면 세상의 다른 모든 것이냐.

"카야, 카야, 난 도저히 못 하겠어." 테이트는 속삭였다. "미안해."

카야가 떠난 후 테이트는 보트에 올라타고 모터에 시동을 걸고는 다시 바다로 나아갔다. 차마 작별인사를 하지 못하는 제 안의 겁쟁이에게 욕을 퍼부으면서.

1965년

점핑의 부두에서 체이스 앤드루스를 만난 날 밤, 카야는 식탁의 깜박거리는 랜턴 불빛 속에 앉아 있었다. 다시 요리를 시작해서 버터밀크 비스킷과 순무, 콩을 먹으며 책을 읽었다. 하지만 한 문장을 읽을 때마다 다음 날 체이스와 피크닉 갈 생각이 자꾸 떠올랐다.

　카야는 일어나서 크림색 달빛이 은은히 빛나는 밤 속으로 걸어 들어갔다. 습지의 부드러운 공기가 실크처럼 어깨 위로 내려앉았다. 달빛은 뜻밖에도 소나무 숲 사이의 오솔길을 선택해 그림자를 각운처럼 흩뿌려두었다. 카야는 물에서 나온 달에 이끌려 몽유병자처럼 팔다리를 차례로 움직이며 참나무를 헤치고 올랐다. 미끈한 진흙이 선명한 달빛에 반들거리고 수백 마리의 반딧불이 숲속에서 점점이 날아다녔다. 하얀 원피스의 치맛자락을 넘실거리며 카야는 천천히 팔을 휘저어 여치와 개구리의 노래에 맞춰 왈츠를 추었다. 손으로 자기 옆구리를 쓸어 목덜미까지 어루만졌다. 그리고 체이스 앤드루스의 얼굴을 눈앞에서 감싸 쥐듯 제 허벅지를 따라 훑었다. 그가 이렇게 자신을 만져주기를 바랐다. 숨결이 깊어졌다. 아무도 체이스 같은 눈으로 그녀를 바라보지 않았다. 심지어 테이트마저도.

카야는 환한 달과 진흙 위에서 파득거리는 하루살이의 투명한 날개 사이에서 춤을 추었다.

다음 날 아침, 반도를 돌아서니 바로 앞바다에 보트에 탄 체이스가 보였다. 여기 밝은 대낮의 햇살 속에서 현실은 먼저 흘러가서 기다리고 있었다. 카야는 목이 탔다. 바닷가에 댄 보트를 끌어올리자 선체가 모래에 긁혔다.

체이스의 배가 바로 옆으로 떠내려왔다. "안녕."

카야는 어깨너머로 보며 고개를 끄덕였다. 체이스는 배에서 내려 카야에게 손을 내밀었다. 그을린 갈색의 긴 손가락, 펼친 손바닥. 카야는 잠시 망설였다. 누군가를 만진다는 건 자신의 일부를 내어준다는 뜻이었다. 그리고 다시는 되찾지 못한다는 뜻이었다.

그런데도 카야는 체이스의 손바닥에 가볍게 손을 얹었다. 체이스는 카야가 이물로 걸어와 쿠션이 달린 벤치에 앉을 때까지 손을 잡고 부축해주었다. 다사롭고 청명한 날이 찬란하게 쏟아졌고 청바지와 하얀 면 블라우스를 입은 카야는 보통의 여자애 같았다. 체이스가 옆자리에 앉자 그의 소매가 사르르 카야의 팔을 스쳤다.

체이스는 매끄럽게 배를 몰고 바다로 나갔다. 잔잔한 습지보다 탁 트인 대양에서 배가 훨씬 심하게 흔들린다. 카야는 곤두박질치는 바닷물의 움직임 때문에 체이스와 팔을 더 많이 부딪치게 되리라는 걸 알았다. 살이 닿는 순간이 기대되어 설레는 마음에 카야는 앞만 똑바로 보고 꼼짝도 하지 않았다.

드디어 큰 파도가 솟구쳐 올랐다 툭 떨어졌고, 단단하고 따뜻한 그의 팔이 카야의 팔을 어루만졌다. 흔들리며 멀어졌다가는, 다시 닿았다. 그리고 유달리 큰 파랑이 배를 한껏 밀어올리자 이번에는 허벅지가 맞닿았고 카야는 숨이 멎는 듯했다.

이렇게 먼바다에서 연안을 따라 남쪽으로 달려가는 보트는 한 대뿐이었다. 체이스는 속도를 높였다. 10분쯤 지났을까, 둥글고 빽빽한 숲에 에워싸여 다른 세상과 단절된 하얀 백사장이 밀물의 한계선을 따라 뻗어 있었고, 저 앞에는 포인트비치가 눈부신 흰색 부채처럼 물속으로 펼쳐져 있었다.

체이스는 인사말을 건넨 뒤로 아무 말이 없었고 카야는 아예 한마디도 하지 않았다. 보트를 해변에 부드럽게 대고 나서 체이스는 피크닉 바스켓을 꺼내 모래밭 그늘에 놓았다.

"산책할까?" 그가 물었다.

"그래."

두 사람은 물길을 따라 천천히 걸었다. 잔잔한 물결이 발목에 감겨 작은 소용돌이로 휘몰아치다 다시 바다로 쓸려가며 발밑의 물을 빨아들였다.

체이스는 카야의 손을 잡지 않았지만 가끔씩, 자연스럽게, 두 사람의 손이 살짝살짝 스쳤다. 간혹 무릎을 꿇고 조개껍데기나 예술적인 형상으로 휘도는 투명한 해초 한 가닥을 살펴보기도 했다. 체이스의 파란 눈에는 장난기가 가득했다. 그는 편안했고 잘 웃었다. 그의 피부는 그녀처럼 그을린 갈색이었다. 함께 선 두 사람은 훤칠하고, 우아하고, 서로 닮았다.

카야는 체이스가 대학에 가지 않고 아버지의 가게에서 일하기로 했다는 걸 알았다. 그는 마을에서 독보적으로 잘난 청년이고 최고의 인기남이었다. 마음 깊은 곳에서, 카야는 자기 역시 체이스에게 해변의 예술작품 같은 게 아닐까 두려움이 앞섰다. 손으로 이리저리 뒤집어보다가 모래밭에 휙 던져버릴 신기한 조개껍데기 같은 존재. 그러나 카야는 계속 걸었다. 사랑에는 이미 한 번 기회를 주었다. 지금은 그저 텅 빈 공간을 채우고 싶을 뿐이었다. 심장에 울타리를 쌓되 외로움을 덜고 싶었다.

1킬로미터쯤 걷고 나자 체이스가 그녀를 마주 보더니 잔뜩 멋 부려 절을 하면서 과장되게 팔을 휙 저어 모래에 앉으라는 시늉을 했다. 물에 떠밀려온 통나무가 하나 있었다. 두 사람은 하얀 크리스털 가루에 발을 파묻고 편안히 뒤로 기대앉았다.

체이스가 호주머니에서 하모니카를 꺼냈다.

"아." 카야가 말했다. "연주할 줄 아는구나." 말이 혀에서 거칠게 버석거렸다.

"아주 잘하지는 못해. 하지만 해변의 통나무에 앉아서 들어주는 사람이 있다면……." 체이스는 눈을 감고 「셰난도」를 연주했다. 그의 손바닥이 유리병에 갇힌 새처럼 악기를 감싸고 파닥거렸다. 머나먼 고향에서 날아온 음표처럼 사랑스럽고 애처로운 소리였다. 체이스는 불쑥 중간에서 연주를 끊고는 5센트 동전보다 조금 더 큰 조개껍데기 하나를 주워들었다. 상앗빛 도는 흰색 바탕에 빨강과 보라의 원색 얼룩 반점이 흩뿌려져 있었다.

"어이, 이거 좀 봐."

"아, 화려한 조가비지. 펙텐 오르나투스라고 해." 카야가 말했다. "아주 귀하게 볼 수 있는 조개야. 여기에 같은 속屬 조개들이 많은데, 이 종은 보통 특히 이 위도에서 남쪽 지역에 서식해. 얘들이 자라기에는 수온이 너무 차거든."

체이스는 카야를 빤히 바라보았다. 온갖 뜬소문이 범람했지만, 마시 걸이, 'dog' 철자도 못 쓰는 여자애가 조개의 라틴어 학명과 서식지와 그 이유까지 안다고 말한 사람은 아무도 없었다. 맙소사.

"그런 것까진 몰랐어. 하지만 이것 봐. 꼬여 있어." 경첩 양편으로 펼쳐진 작은 날개들이 일그러져 밑에 완벽하게 동그란 구멍이 뚫려 있었다. 체이스는 손바닥 위에 놓고 조개를 뒤집었다. "자, 너 가져. 너는 조개껍데기를 모으잖아."

"고마워." 카야는 받아서 주머니에 넣었다.

체이스는 몇 곡 더 연주한 뒤 발을 굴러가며 「딕시」를 신나게 부르고는 마무리했다. 둘은 함께 등나무 피크닉 바구니가 놓인 자리로 가서 체크무늬 담요에 앉아 식은 프라이드치킨, 햄과 비스킷, 감자 샐러드를 먹었다. 여러 종류의 피클, 1센티미터 두께의 캐러멜 아이싱이 발라져 있는 네 겹의 레이어 케이크 모두 집에서 만들어 왁스종이로 싼 음식이었다. 체이스는 로열 크라운 콜라 두 병을 따서 작은 종이컵에 따랐다. 카야가 평생 처음 먹어보는 탄산음료였다. 천 냅킨과 플라스틱 접시와 포크가 정갈하게 놓인 푸짐한 상차림은 보면서도 믿어지지 않았다. 심지어 주석으로 된 초소형 소금 통과 후추 통도 있었다. '아들이 마시 걸을 만나는 줄도 모르고 어머니가 싸주셨겠지,' 카야는 생각했다.

두 사람은 나직하게 바다의 생물들 얘기를 했다. 우아하게 활강하는 펠리컨과 경박하게 돌아다니는 삑삑도요에 대해. 신체접촉도 전혀 없이, 가끔 조금씩 웃으면서. 카야가 비쭉배쭉 한 줄로 나는 펠리컨들을 가리키자 체이스가 고개를 끄덕이고는 카야에게 가까이 다가앉았다. 어깨가 가볍게 스쳤다. 카야가 바라보자 그는 손으로 카야의 턱을 받치고 키스했다. 가볍게 목덜미를 어루만지다가, 더 단단히 카야를 붙잡고 둘이 담요에 함께 누운 자세가 될 때까지 서서히 몸을 뒤로 젖혔다. 그리고 천천히 카야의 몸을 타고 올라와 다리 사이로 아랫도리를 밀며 단번에 블라우스를 치켜올렸다. 카야는 고개를 홱 돌려 피하며 체이스의 몸에 깔려 버둥거렸다. 밤보다 검은 눈동자가 활활 불타올랐다. 카야는 블라우스 자락을 꼭 붙잡고 끌어내렸다.

"괜찮아, 살살. 괜찮아."

카야는 그대로 누워 있었다. 모래밭에 흐트러진 머리카락, 발갛게 상기된 얼굴, 살짝 벌어진 붉은 입술. 눈부시게 아름다웠다. 체이스는 조심스럽게 손을 뻗어 카야의 얼굴을 만지려 했지만, 카야는 고양이처럼 민첩하게 발딱 일어나 도망가버렸다.

카야는 밭은 숨을 몰아쉬었다. 어젯밤 혼자 호소에서 춤을 추며 달과 하루살이 속에서 몸을 흔들 때는 준비가 되었다고 생각했었다. 비둘기의 교미를 관찰하면서 짝짓기에 대해서는 배울 만큼 배웠다고 생각했다. 아무도 카야에게 섹스를 가르쳐주지 않았고, 전희도 테이트하고 해본 게 다였지만, 그래도 생물학책에서 자세한 내용을 읽었고 세상 사람 그 누구보다 많은 생물이 번식하는 광경을 지켜보았다. 조디의 말대로 아랫도리를 서로 비벼대는 정도가 아니라는 것도 알았다.

하지만 이건 너무 급작스러웠다. 그저 피크닉을 가서 마시 결과 교미를 하겠다는 속셈. 조류의 수컷이라도 먼저 한참 구애를 하는 법이다. 화려한 깃털을 과시하고 정자를 짓고 근사한 춤과 사랑 노래를 부르고. 그래, 물론 체이스도 만찬을 차려오긴 했지만 카야는 식은 프라이드치킨보다는 값진 여자였다. 그리고 「딕시」를 러브송으로 쳐줄 수는 없다. 이런 식으로 끝날 줄 미리 알았어야 했는데. 포유류 수컷은 발정이 났을 때만 암컷 근처에 얼씬거리는 법이지.

서로 노려보는 사이 침묵이 점점 커졌다. 두 사람의 숨소리와 부서지는 파도 소리 말고는 완전한 정적이었다. 체이스는 일어나 앉아 카야의 팔을 잡으려고 손을 뻗었지만 카야는 홱 뿌리쳤다.

"잘못했어. 괜찮아." 체이스는 일어나면서 말했다. 그래, 솔직히 여기 온 건 그녀를 따먹고 싶어서였다. 첫 남자가 되고 싶어서였다. 하지만 활활 불타는 눈을 보자 그만 넋을 잃고 홀리고 말았다.

체이스는 다시 한번 말했다. "이러지 마, 카야. 미안하다고 했잖아. 우리 잊어버리자. 네 보트로 데려다줄게."

그 말에 카야는 돌아서서 모래사장을 가로질러 숲으로 걸어갔다. 카야의 길고 가녀린 몸이 휘청거렸다.

"뭐 하는 거야? 여기서 집까지 걸어서는 못 가. 몇 킬로미터가 넘는 거리란 말이야."

그러나 카야는 벌써 나무 사이로 들어가버린 후였다. 카야는 까마귀의 지름길을 타고 처음에는 내륙으로 걷다가 반도를 가로질러 보트로 향했다. 이 지역은 생소했지만 찌르레기들이 내륙의 습지를 가로질러 길을 인도해주었다. 수렁이나 도랑이 나와도 멈추지 않았다. 냇물을 첨벙거리며 건너고 통나무를 뛰어넘었다.

마침내 헐떡거리며 고꾸라진 카야는 무릎을 털썩 꿇었다. 헐어빠진 욕설을 내뱉으면서, 악다구니를 부리며 욕을 퍼붓는 동안에는 흐느낌이 치받쳐 올라오지 못한다. 하지만 어떻게 해도 불타는 수치심과 날카로운 슬픔이 멎지 않았다. 누군가와 함께 있고 싶다는 소박한 희망, 누군가가 자신을 진심으로 원하고, 어루만져주고, 끌어당겨 품어주면 좋겠다는 소망. 하지만 이렇게 다급하게 더듬는 손길은 나눔도 베풂도 아닌 그저 포획일 뿐이다.

체이스가 쫓아오는지 귀 기울여 인기척을 확인했다. 그가 수풀을 헤치고 나와 그녀를 안아주며 제발 용서해달라고 빌기를 원하는지, 아닌지, 제 마음조차 종잡을 수 없었다. 그래서 또 미친 듯 화를 냈다. 그러다 제풀에 녹초가 된 카야는 일어서서 보트까지 남은 길을 터벅터벅 걸었다.

1965년

적란운이 뭉게뭉게 지평선을 밀어낼 무렵 카야는 보트를 몰고 오후의 바다에 들어섰다. 열흘 전 해변의 피크닉 이후 체이스를 보지는 못했지만, 여전히 모래밭에 꼼짝 못 하게 눕히고 밀어붙이던 그 단단한 몸의 윤곽은 느낌이 선했다.

포인트비치 남쪽 어귀로 키를 돌리며 보니 다른 보트는 한 대도 없었다. 카야는 예전에 그곳에서 비범한 나비를 본 적이 있다. 눈부시게 강렬한 흰색 나비는 알비노 종이었을 수도 있다. 하지만 카야는 십여 미터 앞에서 피크닉 바구니와 원색 타월을 챙겨 배로 옮기는 체이스의 친구들을 보고 불쑥 스로틀을 껐다. 재빨리 돌아서서 속도를 높이고 가버리려다가 이성의 인력을 억누르고 돌아서서 체이스를 찾았다. 말도 안 되는 갈망인 줄 알고 있었다. 비논리적 행위로 공허를 채우려 해봤자 좋은 결과가 나올 리가 없다. 고독을 좇는 대가로 얼마나 큰 값을 치러야 할까?

그런데 카야에게 키스한 자리 근처에서 낚싯대를 들고 자기 보트로 걸어가는 체이스가 보였다. 그 뒤로 항상진주목걸이가 쿨러를 들고 따라가고 있었다.

별안간 그가 고개를 돌려 동력 없이 부유하는 보트 속의 카야를 바라보았다. 카야는 고개를 돌리지 않고 똑바로 시선을 맞받았다. 그러나 항상 그렇듯 결국 수줍음에 진 카야는 마주친 눈길을 거두고 속도를 높여 그늘진 후미로 도망쳤다. 체이스의 작은 군대가 떠날 때까지 기다렸다가 해변에 상륙하면 된다고 생각하면서.

10분 후 바다로 나온 카야는 물살에 흔들리며 보트에 혼자 앉아 있는 체이스를 보았다. 기다리고 있었다.

또 갈망이 부풀었다. 그는 아직도 그녀에게 관심이 있다. 피크닉 때 과하게 밀어붙인 건 사실이지만, 카야가 뿌리치자 중간에 그만두지 않았던가. 사과도 했다. 어쩌면 한 번 더 기회를 주어야 할지도 모른다.

체이스는 가까이 오라고 손짓하며 불렀다. "안녕, 카야."

카야는 다가가지 않았지만 멀어지지도 않았다. 그가 모터에 시동을 걸고 바짝 붙었다.

"카야, 지난번에는 내가 미안했어. 응? 이러지 말고. 너한테 소방망루를 보여주고 싶어."

아무 말도 하지 않고 카야는 체이스의 보트 앞을 떠다녔다. 자기가 약점을 드러내고 있음을 알면서도.

"있잖아, 망루에 올라가본 적 없지? 거기서 습지가 정말 잘 보여. 나 따라와."

카야는 스로틀을 올리고 그의 보트 쪽으로 돌면서 친구들이 정말로 안 보이는지 바다를 눈으로 훑었다.

체이스는 바클리코브를 지나 북쪽을 가리켰다. 멀리서 보니 마을이 평화롭고 알록달록해 보였다. 두 사람은 깊은 숲속 작은 만에 상륙했다. 체이스는 카야를 이끌고 반질반질한 도금양과 까슬까슬한 호랑가시나무가 무성하게 웃자란 오솔길로 걸어 들어갔다. 물이 질고 나무뿌리가 많은 이 숲에 카야는 들어와본 적이 없다. 마을 반대편이라 사람들과 너무 가까웠다. 궁벽한 후미의 실개천이 수풀 아래로 흘러 스몄다. 이 땅의 주인은 바다라고, 은밀하게 소유권을 주장하고 있었다.

그리고 참된 늪이 저지대의 악취와 퀴퀴한 공기를 대동하고 깊숙이 자리하고 있었다. 급작스럽고 교묘하고 소리 없는 늪이 어둡게 물러서는 숲의 입구까지 뻗어 있었다.

카야는 우듬지 위로 솟아오른 버려진 소방망루의 닳아빠진 목제 망대를 올려다보았다. 그리고 몇 분 후에 두 사람은 거칠게 자른 말뚝으로 세운 망루 다리 밑에 다다랐다. 검은 진흙이 망루 다리를 휘감고 탑 아래로 질척이며 스몄고, 축축한 부패물이 다리를 갉아 먹으며 타오르고 있었다. 계단이 꼭대기까지 엇갈려가며 놓여 있었고, 망루는 한 층씩 올라갈수록 좁아졌다.

진창을 건너 계단을 오르면서부터 체이스가 앞장섰다. 다섯 번째 스위치백에서 내려다보니 서쪽으로 둥근 참나무 숲이 눈길 닿는 곳 끝까지 펼쳐져 있었다. 그리고 다른 어느 방향을 보나 후류, 호소, 개천과 강어귀의 생태계가 화려한 녹색 풀밭을 가르며 바다까지 치닫고 있었다. 카야는 습지 위로 이렇게 높이 올라온 적이 없었다. 발밑에서는 모든 조각이 맞춰져 있었고 카야는 오랜 친구의 얼굴을 처음으로 선명하게 보았다.

마지막 계단에 올라서자 체이스가 계단 입구를 덮은 철문을 밀어서 열었다. 망대에 올라서서는 다시 덮었다. 카야는 손으로 톡톡 두드려본 다음 철문을 밟고 섰다. 체이스가 가볍게 웃었다. "괜찮아, 걱정 마." 둘은 난간으로 가서 함께 습지를 내려다보았다. 붉은꼬리말똥가리 두 마리가 눈높이에서 솟구쳐 날아올랐다. 날개 밑으로 바람이 바스락거렸다. 새들은 자신의 활공 영역에 우뚝 선 젊은 남녀를 보고 놀라서 고개를 외꼬았다.

체이스가 카야에게로 돌아서며 말했다. "와줘서 고마워, 카야. 지난번 일에 대해 한 번 더 사과할 기회를 준 것도 고마워. 내가 넘어서는 안 될 선을 넘었어. 그런 일은 이제 없을 거야."

카야는 아무 말도 하지 않았다. 마음 한구석에는 지금 당장 키스하고 싶은 충동이 일었다. 강인한 육체의 감각을 느끼고 싶었다.

청바지 호주머니에 손을 넣으며 카야가 말했다. "네가 찾은 조개껍데기로 목걸이를 만들었어. 싫으면 하고 다니지 않아도 돼." 전날 밤 카야는 생가죽에 조개껍질을 꿰어 목걸이를 엮으면서 자기가 하고 다녀야겠다고 생각했지만, 사실은 다시 만나 기회가 닿으면 체이스에게 주고 싶다고 내내 바랐다. 하지만 아련한 백일몽 속에서도 세상을 내려다보는 망루에 함께 선 모습은 그려보지 못했다. 세계의 정상에 서 있다.

"고마워, 카야." 체이스는 목걸이를 바라보더니 머리 위로 넘겨 걸고는 달랑달랑 목젖을 스치는 조개껍데기를 만지작거렸다. "당연히 하고 다녀야지."

'죽는 날까지, 영원히 벗지 않을 거야' 같은 진부한 대사는 없었다.

"너희 집에 데리고 가줘." 체이스가 말했다. 카야는 참나무들 아래 쓰러져가는 판잣집을 떠올렸다. 벌겋게 녹슨 천장에서 흘러내린 핏자국이 흥건한 회색 판자, 망보다 구멍이 더 숭숭 뚫린 차양, 여기저기 기운 자국들.

"멀어." 카야는 그 말만 했다.

"카야, 아무리 멀어도, 어떤 곳이라도, 나는 좋아. 어서, 가자."

싫다고 말하면 받아들일 기회가 사라질지도 모른다.

"좋아." 체이스는 앞장서서 만으로 돌아가 보트를 타더니 길을 가르쳐 달라고 카야에게 손짓했다. 카야는 미로 같은 강어귀를 향해 남쪽으로 순항하다 머리 위로 녹음이 우거진 그녀의 물길로 들어서면서 머리를 숙였다. 밀림의 식생 사이로 운항하기에는 체이스의 보트가 너무 커보였지만, 선체로 나뭇가지를 긁으며 간신히 진입에 성공했다. 너무 파랗고 너무 하얀 보트는 풍경과 어울리지 않았다.

카야의 호소가 나타나 시야가 트이자 이끼 긴 나뭇가지와 반짝이는 잎사귀의 정교한 디테일이 맑고 어두운 수면에 비쳤다. 잠자리와 눈처럼 하얀 백로가 낯선 보트를 보고 날아올랐다가 소리 없는 날갯짓으로 다시 내려앉았다. 카야는 배를 묶었고 체이스는 해변으로 갔다. 오래전 야생이 아닌 존재들과 타협한 그레이트 블루 헤론이 불과 몇 미터 거리에서 의연하게 서 있었다.

빛바랜 청바지와 티셔츠가 빨랫줄에 허름하게 널려 있고, 순무가 싹을 틔워 숲속까지 자라났다. 어디서 텃밭이 끝나고 야생이 시작되는지 알 수 없었다.

누덕누덕 기운 차양문을 바라보며 체이스가 물었다. "여기서 얼마나 오래 혼자 산 거야?"

"아버지가 언제 떠났는지 정확히 기억이 안 나. 하지만 10년은 넘은 거 같아."

"대단한데. 잔소리하는 부모님 없이 여기서 혼자 살다니 근사하다."

카야는 대답 대신 이 말만 했다. "안에는 볼 게 하나도 없어." 그러나 체이스는 이미 벽돌과 판자로 된 계단을 올라가고 있었다. 그가 처음 본 건 직접 만든 선반을 가득 메운 카야의 수집품이었다. 차양 바로 너머로 은은히 빛나는 생명의 콜라주가 보였다.

"이걸 다 네가 모았어?" 그가 물었다.

"응."

체이스는 잠시 나비들을 구경하다가 금세 흥미를 잃었다. '어차피 밖에 나가면 볼 수 있는데 뭐 하러 집 안에 보관하지?'라는 생각이 들었다.

포치 바닥에 있는 작은 매트리스 커버는 낡은 목욕가운만큼이나 해져 있었지만 깔끔하게 정리된 상태였다. 몇 계단 내려가니 푹 꺼진 소파가 놓인 비좁은 거실이 나왔고, 체이스는 뒤편 침실을 슬쩍 엿볼 수 있었다. 온갖 색깔과 형태와 크기의 깃털들이 벽을 가로질러 날개처럼 펼쳐져 있었다.

카야는 부엌으로 들어오라고 손짓하며 뭘 내놓을까 고민했다. 코카콜라나 아이스티가 있을 리 없고, 쿠키나 심지어 식은 비스킷도 없었다. 먹다 남은 콘브레드가 저녁거리로 끓여 먹으려고 준비해둔 강낭콩 요리 냄비 옆에 놓여 있었다. 손님을 대접할 음식은 한 가지도 없었다.

버릇대로 카야는 장작 몇 개를 화덕 아궁이에 쑤셔 넣었다. 불쏘시개를 넣자 불길이 금세 화르르 피어올랐다.

"됐다." 카야는 말하면서 체이스에게 등을 돌리고 크랭크를 돌려 우그러진 주전자에 물을 채웠다. 1960년대였지만 이곳에서는 1920년대 풍경이 펼쳐지고 있었다. 수돗물도 없고 전기도 없고 화장실도 없었다. 우그러지고 녹슨 양철 욕조가 부엌 한구석에 놓여 있었고, 먹다 남은 음식은 깔끔하게 행주를 덮어 찬장에 보관했고, 덩치 큰 냉장고가 파리채가 끼워진 채 입을 헤벌리고 있었다. 체이스는 이 비슷한 광경마저 본 적이 없었다.

체이스는 펌프를 돌리자 개수대를 대신하는 에나멜 대야에 물이 콸콸 쏟아져 나오는 걸 보았다. 화덕 옆에 가지런히 쌓인 땔감을 만져보았다. 조명이라고는 등불 몇 개뿐이고 굴뚝에서는 회색 연기가 피어올랐다.

이곳을 찾아온 사람은 테이트 이후 체이스가 처음이었다. 테이트는 습지의 다른 생물들과 마찬가지로 자연스러웠고, 이곳을 있는 그대로 받아들였다. 체이스와 함께 있으면 무방비로 노출된 기분이 들었다. 누군가가 생선처럼 살을 발라내려는 양 적나라한 수치심이 일렁이며 차올랐다. 등을 돌리고 있는데도 방 안을 돌아다니는 체이스의 일거수일투족과 삐걱거리는 마룻널의 익숙한 소리를 날카롭게 의식해야 했다. 그때 체이스가 카야 뒤로 다가와 부드럽게 잡고 돌려세워 살짝 안았다. 체이스가 그녀 머리칼에 입술을 지그시 대자 뜨거운 숨결이 귓가를 스쳤다.

"카야, 내 주위에는 여기서 이렇게 혼자 살 수 있는 사람은 아무도 없어. 대부분의 아이들은, 아니 심지어 남자 어른들이라도 무서워서 못 살 거야."

카야는 체이스가 키스할 거라 기대했지만 그는 팔을 내리고 식탁으로 걸어갔다.

"나한테 원하는 게 뭐야?" 카야가 물었다. "진실을 말해줘."

"그래, 거짓말하지는 않을게. 너는 눈부시게 아름답고 자유롭고 미치도록 야성적이야. 그날은 무조건, 최대한 가까이 가고 싶었어. 누군들 안 그러겠어? 하지만 그건 옳지 않아. 그런 식으로 덮쳐서는 안 되는 거지. 난 너하고 같이 있고 싶을 뿐이야. 서로 알아가면서."

"그다음에는?"

"우리 감정이 어떤지 잘 봐야지. 네가 원치 않는 짓은 안 할게. 어때?"

"좋아."

"너희 집에 해변이 있다고 했지. 우리 바닷가로 나가자."

카야는 갈매기에게 주려고 콘브레드를 몇 조각 잘라 들고 앞장섰다. 좁다란 오솔길이 넓게 트이더니 눈부신 모래와 바다가 나왔다. 카야가 나직하게 울음소리를 뱉자 갈매기들이 나타나 그녀의 어깨 위를 빙글빙글 돌았다. 커다란 수컷 빅 레드는 착지하더니 카야의 발을 밟고 서성거렸다.

체이스는 약간 거리를 두고 서서 나선형으로 휘몰아치는 새들 속으로 사라지는 카야를 바라보았다. 이 이상한 맨발의 야생 소녀에게 뭔가 감정을 품는 건 계획에 없었다. 그러나 손끝으로 새들을 몰고 모래밭에서 빙빙 돌며 자유롭게 뛰어다니는 카야를 보자 아름다움뿐 아니라 자립심 면에서도 흥미가 동했다. 이런 여자는 처음이었다. 욕망과 함께 호기심이 꿈틀거렸다. 체이스는 다음 날 또 와도 되느냐고 물었다. 손도 잡지 않을 거라고, 곁에 있고 싶을 뿐이라고 말했다. 카야는 고개만 끄덕였다. 테이트가 떠난 후 처음으로 심장에 희망이 피었다.

25
\

1969년

보안관 집무실에 가벼운 노크 소리가 울려 퍼졌다. 조와 에드가 고개를 들자 체이스의 어머니 패티 러브 앤드루스가 반투명 유리 너머에서 유령처럼 파편화된 이미지로 비쳤다. 그래도 검은 드레스와 모자를 쓴 그녀를 둘 다 알아보았다. 깔끔하게 올린 회갈색 머리, 점잖고 차분한 립스틱.

두 남자는 일어섰고 에드가 문을 열었다. "패티 러브, 안녕하세요. 어서 들어와 앉으십시오. 커피 좀 드릴까요?"

패티 러브는 반쯤 비운 머그잔들과 테두리에 지저분하게 흐른 음료 자국을 슬쩍 쳐다보았다. "아니, 괜찮아요, 에드." 조가 의자를 빼주자 패티 러브가 앉았다. "단서를 좀 찾았나요? 검시 보고서 이후 새로 나온 정보는 없어요?"

"네, 없습니다. 모든 정황을 꼼꼼하게 점검하고 있으니까 뭐든 찾아내면 두 분께 제일 먼저 연락드리지요."

"하지만 사고가 아니었어요, 에드. 그렇죠? 사고가 아니라는 걸 나는 알아요. 체이스가 저 혼자 망루에서 떨어질 리가 없어요. 얼마나 운동을 잘했는데. 똑똑했고요."

"수상한 정황이 있다는 증거는 충분합니다. 하지만 수사는 진행 중이고 아직은 확실한 게 아무것도 없어요. 그런데 하실 말씀이 있다고요."

"네, 중요한 문제라고 생각해서요." 패티 러브는 에드를 보던 눈길을 조에게 돌렸다가 다시 에드를 쳐다보았다. "체이스가 항상 걸고 다니던 조개 목걸이가 하나 있었어요. 몇 년째 걸고 다녔죠. 그날 밤 망루에 갈 때도 걸고 있었어요. 샘하고 내가 저녁 식사를 하고 가라고 불렀거든요. 제가 그 말씀 드렸는데 기억나시죠. 펄은 못 온다고 했어요. 밤에 브리지 게임을 하러 가는 날이었거든요. 체이스는 그날 망루로 가기 직전까지 그 목걸이를 하고 있었어요. 그런데 그다음에…… 아무튼, 우리가 병원에서 봤을 때는 목걸이가 없었어요. 검시관이 풀었을 거라 생각하고 그때는 굳이 말하지 않고 지나갔죠. 그리고 장례식을 치르고 이래저래 정신이 없어서 잊고 있었어요. 그러다 얼마 전 시오크스에 가서 검시관에게 체이스의 소지품을 보여달라고 했죠. 사적인 유품이니까요. 실험실에서야 이유가 있어서 보관하고 있겠지만 내 손으로 직접 만져보고 싶었어요. 마지막 날 밤에 그 애가 입고 있던 옷가지의 촉감을 느끼고 싶었어요. 그랬더니 테이블에 앉으라고 하고 유품을 살펴보게 해주더군요. 그런데 보안관님, 그 조개 목걸이가 없었어요. 검시관한테 물어봤더니 자기는 목걸이를 풀지 않았다더군요. 목걸이 같은 건 본 적도 없대요."

"거 참 희한한 일이군요." 에드가 말했다. "뭐로 엮은 목걸이죠? 추락할 때 벗겨진 게 아닐까요?"

"생가죽 끈으로 조개껍데기 하나를 꿰어 만든 목걸이인데 길이는 체이스의 머리가 겨우 들어갈 정도였어요. 느슨하지도 않았고 단단히 매듭이 지어져 있었죠. 도저히 저절로 벗겨졌을 리 없어요."

"그렇군요. 생가죽은 질기고 한 번 매듭 지으면 웬만해서는 안 풀리죠." 에드가 말했다. "왜 그 목걸이를 항상 하고 다녔죠? 누구 특별한 사람이 만들어준 건가요? 선물받은 겁니까?"

패티 러브는 말없이 앉아서 눈길을 돌린 채 보안관 책상 옆을 바라보 았다. 차마 말하기가 두려웠다. 예전에는 아들이 늪지 쓰레기와 얽혔다 는 사실을 끝끝내 인정하지 않았다. 물론 체이스와 마시 걸이 결혼 전에 1년 이상 사귀었다는 소문이 마을에 돌기는 했다. 심지어 결혼한 후에도 아들이 그 여자를 만나러 다니는 게 아닐까 의심스럽기도 했다. 하지만 친구들이 물어봐도 패티 러브는 극구 부인했다. 그러나 이제는 사정이 달랐다. 이제는 솔직히 터놓고 다 말해야 한다. 패티 러브는 아들의 죽음 에 틀림없이 그 계집이 연관되어 있다는 걸 직감적으로 알았다.

"그래요, 체이스에게 그 목걸이를 만들어준 사람이 누군지 알아요. 낡 아빠진 쥐덫 같은 보트를 몰고 돌아다니는 그 여자예요. 예전에 둘이 사 귈 때 그 여자가 만들어줬죠."

"마시 걸 말입니까?" 보안관이 물었다.

조가 지적했다. "최근에 그 여자를 본 적 있으세요? 이제는 소녀가 아 니에요. 아마 이십 대 중반일 텐데 굉장한 미녀라니까요."

"캐서린 클라크, 그 여자 말이죠? 그저 명확하게 해두려고 여쭙는 겁니 다." 에드가 물었다. 미간에서 눈썹이 하나로 모였다.

패티 러브가 말했다. "그 여자 이름은 몰라요. 이름이 있는지도 모르겠 어요. 사람들은 마시 걸이라고 부르더군요. 벌써 몇 년째 점핑한테 홍합 을 팔아 먹고살잖아요."

"맞습니다. 같은 사람이에요. 말씀 계속하시죠."

"검시관한테 체이스가 목걸이를 하고 있지 않더라는 얘기를 듣고 충격을 받았어요. 그 목걸이를 가져갈 만큼 관심을 보일 사람은 그 여자밖에 없다는 생각이 퍼뜩 들더군요. 체이스는 그 관계를 깨고 펄과 결혼했어요. 자기 차지가 못 되니까, 그래서 죽이고 목에 걸린 목걸이를 가져가지 않았을까요."

패티 러브는 살짝 몸을 떨고 숨을 골랐다.

"알겠습니다. 이건 아주 중요한 문제예요, 패티 러브. 추적 조사할 가치가 충분하고요. 하지만 너무 앞서가지는 맙시다." 에드가 말했다. "그 여자가 준 게 확실해요?"

"그럼요. 체이스는 나한테 말하기 싫어했지만 결국 말해줬어요. 그래서 알았죠."

"목걸이나 두 사람의 관계에 대해 더 아시는 건 없습니까?"

"잘 알지는 못해요. 얼마나 오래 사귀었는지도 확실히 잘 몰라요. 아마 아무도 모를 거예요. 체이스가 굉장히 용의주도하게 숨겼거든요. 말씀드렸다시피 저한테도 몇 달 동안 말하지 않았어요. 그리고 그 애가 말한 후에도, 보트를 몰고 나갈 때마다 다른 친구들과 가는지 그 여자랑 가는지 알 길이 없었고요."

"뭐, 그 문제는 저희가 조사해보겠습니다. 약속드리죠."

"고마워요. 저는 이게 단서라고 확신해요." 패티 러브가 가려고 일어나자 에드가 문을 열어주었다.

"언제든 하실 말씀 있으시면 또 오세요, 패티 러브."

"안녕히 계세요, 에드, 조."

문을 닫고 에드가 자리에 앉자 조가 물었다. "어떻게 생각하세요?"

"망루에서 누가 체이스의 목걸이를 벗겼다면 적어도 현장에 함께 있었다는 얘기고, 이 문제에 습지 사람이 연루되었다는 건 있을 법한 얘기야. 그쪽에는 그쪽 법이 있으니까. 하지만 체이스처럼 덩치 큰 남자를 여자 혼자 힘으로 그 구멍으로 밀어 떨어뜨렸다니 그건 잘 모르겠는걸."

"그 여자가 망루로 오도록 유혹해서 체이스가 오기 전에 쇠살문을 미리 열어둔 다음에 어둠 속에서 다가오는 체이스가 자기를 미처 보지도 못했을 때 밀어버렸다면요." 조가 말했다.

"가능성은 있지. 쉽지는 않겠지만 가능한 일이야. 사실 단서라고 하기에도 뭐한데, 조개껍질 목걸이의 부재라니." 보안관이 말했다.

"이 시점에서는 우리가 가진 유일한 단서죠. 지문의 부재와 수수께끼의 빨간 섬유를 제외한다면."

"맞아."

"하지만 제가 이해가 안 되는 건 말입니다." 조가 말했다. "왜 굳이 목걸이를 벗겨갔을까요? 그래요, 뭐, 남자한테 버림받고 눈이 뒤집혀서 죽이려 했다 쳐요. 그것도 동기로 보기에는 좀 무리가 있는데, 범죄와 곧장 연결되는 목걸이를 왜 가져가느냐고요?"

"자네도 어떤지 알잖나. 모든 살인사건에는 말이 안 되는 구석이 하나씩 있다는 거 말이야. 인간은 실수하지. 아직도 그 목걸이를 하고 있는 걸 보고 충격받아 머리끝까지 화가 났을지도 모르고, 막상 살인을 저지르고 나서는 목걸이를 벗겨가는 정도는 별일 아니라고 생각했을지 모르지. 자네 정보원도 체이스가 습지에서 벌인 일이 있다고 했잖나. 자네가 전에 한 말처럼 마약이 아니라 여자였는지도 모르지. 이 여자."

조가 말했다. "종류만 다르지 마약이나 마찬가지죠."

"게다가 습지 사람들은 덫을 놓고 추적하고 뭐 그런 일로 먹고사니까 지문을 지우는 건 일도 아닐 거야. 자, 가서 그 여자와 한번 얘기해본다고 나쁠 건 없겠지. 그날 밤 소재도 물어보고, 목걸이 얘기가 나올 때 동요하는지도 살펴보고."

조가 물었다. "그 여자 집에 어떻게 가는지 아세요?"

"뱃길은 잘 모르지만 트럭으로 가면 찾을 수 있을 거야. 굉장히 길게 호소가 잇달아 나오는 엄청나게 바람 많은 길을 따라가면 돼. 옛날에 몇 번 그 여자 아버지를 만나러 방문 조사하러 갔었지. 고약한 인간이었거든, 그치가."

"언제 갈까요?"

"날이 밝자마자 가야지. 여자가 집에서 나가기 전에 가야 하니까. 내일. 하지만 먼저 망루에 가서 그 목걸이가 있는지 아주 꼼꼼하게 찾아봐야 해. 내내 거기 있었는지도 모르잖아."

"어떻게요? 거기는 우리가 이미 샅샅이 뒤지지 않았습니까. 발자국이나 단서를 얼마나 찾아 헤맸는데요."

"그래도 또 해야지. 가자고."

하지만 갈퀴와 손가락으로 망루 밑을 빗질하듯 뒤지고 나서 그들은 조개 목걸이가 현장에 없다는 결론을 내렸다.

낮고 묵직한 새벽 밑으로 창백한 빛이 스며들 무렵 에드와 조는 마시걸이 보트를 타고 어딘가로 가버리기 전에 집에 도착하길 바라며 습지의 흙길을 달렸다. 몇 번 길을 잘못 들었더니 막다른 길 끝이나 허물어져가는 폐가가 나오곤 했다. 어떤 집에서 누가 "보안관!"이라고 외치자 거의 벌거벗은 몸뚱어리들이 사방으로 튀어나와 수풀로 도망쳤다. "빌어먹을 약쟁이들." 보안관이 말했다. "적어도 불법 양조업자들은 옷은 제대로 입고 다녔는데 말이야."

이제 드디어 카야의 판잣집으로 이어지는 긴 진입로에 들어섰다. "여기야." 에드가 말했다.

에드는 거대한 픽업트럭을 돌려 그 집 쪽으로 달리다가 문에서 15미터 거리에 정차했다. 두 남자는 아무 소리도 내지 않고 차에서 내렸다. 에드는 차양문의 나무틀을 두드렸다. "안녕하세요! 아무도 안 계세요?" 적막만이 감돌았다. 다시 두드렸다. 2~3분가량 기다렸다. "뒤로 돌아가서 보자고. 보트가 거기 있는지."

"없어요. 저 말뚝에 배를 묶는 거 같은데. 벌써 나갔나봐요. 빌어먹을." 조가 말했다.

"그렇군. 우리가 오는 소리를 들었을 거야. 잠자는 토끼 소리도 들을 여자군."

다음에 그들은 해가 뜨기 전에 와서 멀찌감치 도로에 차를 세우고 말뚝에 배가 묶여 있는 것도 확인했다. 그런데도 아무도 문을 열어주지 않았다.

조가 속삭였다. "바로 곁에서 우리를 지켜보고 있다는 느낌이 드는데요. 안 그래요? 빌어먹을 팔메토 속에 쭈그리고 앉아 있단 말입니다. 뒤지게 가까워요. 그냥 딱 느낌이 와요." 머리를 흔들며 눈으로 수풀을 훑어보았다.

"이래서야 아무것도 못 하겠어. 다른 수를 내지 못하면 영장을 들고 와야지. 일단 여기서 나가자고."

1965년

카야와 함께 지낸 첫 주 체이스는 웨스턴 오토의 일이 끝나면 카야의 호소에 거의 날마다 배를 댔고, 두 사람은 멀리 참나무가 우거진 물길들을 탐험했다. 토요일 아침에 체이스는 연안을 따라 북쪽으로 한참 올라가 카야의 작은 보트로는 갈 수 없었던 장소로 데려가주었다. 카야의 습지처럼 개펄과 망망한 풀밭이 펼쳐져 있는 게 아니라 밝고 탁 트인 사이프러스 숲 사이로 맑은 민물이 시야가 닿는 곳까지 흘렀다. 수련과 초록색 물풀을 등지고 선 순백의 왜가리와 학들이 눈부시게 빛났다. 소파처럼 널찍한 사이프러스 가지에 걸터앉아서 두 사람은 피멘토치즈 샌드위치와 포테이토칩을 먹으며 발밑으로 날아가는 기러기들을 보고 활짝 웃었다.

보통 사람들이 다 그렇듯 체이스는 습지를 착취할 대상으로만 보았다. 보트를 타고 낚시를 하고 매립해서 농사를 지을 땅이라고 생각했다.

그래서 습지 생물, 하천, 부들에 대한 카야의 마르지 않는 지식이 흥미로웠다. 그러나 사슴 곁을 지날 때는 소리를 내지 않고 저속으로 표류한다거나 새 둥지 근처에서 목소리를 낮춰 속삭이는 카야의 배려에는 코웃음을 쳤다. 조개껍데기나 깃털에 대해서도 배우고 싶은 마음이 전혀 없었을 뿐만 아니라 카야가 일기장에 메모하거나 표본을 채집하면 꼭 따져 물었다.

"왜 풀을 그려?" 어느 날 카야의 부엌에서 체이스가 물었다.

"꽃을 그리는 거야."

체이스가 웃음을 터뜨렸다. "풀에 꽃이 어디 있어."

"당연히 있지. 저 꽃망울을 봐. 아주 작지만 아름다워. 풀의 표본마다 서로 다른 꽃이 피고 꽃차례도 다르단 말이야."

"그런데 이걸 다 모아서 대체 뭘 할 건데?"

"습지에 대해 배우고 싶어서 기록하는 거야."

"언제 어디서 물고기 입질이 오는지만 알면 돼. 그건 내가 가르쳐줄 수 있는데."

카야는 체이스를 생각해서 웃어주었다. 살면서 해본 적 없는 일인데도 곁에 누군가를 두기 위해 자신의 한 조각을 포기했다.

그날 오후 체이스가 돌아가자 카야는 보트에 시동을 걸고 혼자 습지로 들어갔다. 외롭지 않았다. 보통 때보다 속도를 살짝 높여 긴 머리를 바람에 휘날리며 달리자 입가에 희미한 미소가 떠올랐다. 체이스를 다시 볼 수 있다는 확신만으로도, 누군가 함께해줄 거라는 생각만으로도, 전혀 다른 세상으로 들어선 느낌이었다.

그런데 키 큰 수풀을 돌아선 순간, 저 앞에 테이트가 보였다. 꽤 멀리 있어 카야의 보트 소리는 듣지 못했을 터였다. 즉시 스로틀을 내리고 엔진을 껐다. 노를 움켜쥐고 다시 수풀로 들어갔다.

"대학에 있다가 집에 왔나봐." 카야는 속삭였다. 수년에 걸쳐 몇 번 본 적은 있지만, 이렇게 가까운 데서 본 건 처음이었다. 저기 그가 서 있었다. 제멋대로 뻗친 머리를 또 다른 빨간 야구모자로 꾹 눌러쓰고, 그을린 얼굴로.

테이트는 허벅지까지 올라오는 고무장화를 신고 호소를 휘적휘적 걸으며 아주 작은 비닐에 물을 떠서 샘플을 채취하고 있었다. 맨발로 뛰놀던 어린아이 시절처럼 오래된 잼병이 아니라 특별한 휴대용 틀에서 짤랑거리는 시험관들이었다. 교수 같아. 나와는 전혀 다른 세상이야.

카야는 노를 저어 가버리는 대신 테이트를 한참 동안 바라보았다. 여자들은 누구나 첫사랑을 기억할 거라고 생각하면서. 카야는 긴 숨을 토하고 왔던 길로 되돌아갔다.

다음 날, 체이스와 카야가 연안을 따라 북쪽으로 올라가는데 돌고래 네 마리가 배의 항적航跡을 따라 헤엄쳤다. 하늘이 회색으로 물든 날이었고 안개의 손가락이 물결에 추파를 던지고 있었다. 체이스는 엔진 스위치를 껐고, 보트가 표류하자 하모니카를 꺼내 「마이클이 해변으로 보트를 저어가네」를 연주했다. 1860년대에 노예들이 사우스캐롤라이나의 시 아일랜즈에서 본토로 배를 저어가면서 부른 애절하고 선율이 고운 노래다. 엄마가 그 노래를 부르며 바닥을 박박 닦았기 때문에 카야도 가사를 조금 기억했다. 음악에 영감을 받은 듯 돌고래들이 바짝 헤엄쳐 와서 똘망똘망한 눈으로 카야를 바라보며 배 주위를 돌았다. 돌고래 두 마리가 선체에 배를 대고 쉬자 카야는 고개를 숙여 돌고래 코앞에 얼굴을 대고 나직하게 노래를 불러주었다.

언니, 보트를 단장하게 도와주세요, 할렐루야
오빠, 도움의 손길을 주세요, 할렐루야
우리 아버지는 미지의 땅으로 떠나버렸어요, 할렐루야
마이클, 해변으로 노를 저어요, 할렐루야

요르단강은 깊고 넓어요,
강을 건너서 우리 어머니를 만나요, 할렐루야
요르단강은 싸늘하고 추워요,
몸은 추워도 영혼은 따뜻하지요, 할렐루야

돌고래는 몇 초 더 카야를 응시하다가 스르르 바닷속으로 들어갔다.

그 후 몇 주에 걸쳐 체이스와 카야는 집 앞 해변에서, 아직 태양의 온기가 남은 모래에 누워 갈매기들과 게으르게 뒹굴며 저녁 시간을 보냈다. 체이스는 카야를 마을에 데려가지 않았다. 영화관이나 댄스파티에 데리고 가지도 않았다. 언제나 단둘이었다. 습지, 바다 그리고 하늘. 체이스는 카야에게 키스하지 않았다. 손을 잡거나 서늘해지면 카야의 어깨에 가볍게 팔을 두를 뿐이었다.

어느 날 그는 밤이 늦어 어두워질 때까지 머물렀다. 둘은 바닷가에 작은 모닥불을 피워놓고 총총한 별빛 아래 함께 담요를 덮고서 나란히 어깨를 대고 앉아 있었다. 모닥불이 두 사람 얼굴에 빛을 밝히고 등 뒤의 바닷가에는 어둠을 드리웠다. 카야의 눈을 들여다보며 체이스가 물었다. "지금 키스해도 괜찮아?" 카야가 고개를 끄덕이자 그가 고개를 숙여 처음에는 부드럽게, 다음에는 남자로 키스했다.

두 사람은 담요 위에 몸을 눕혔고, 카야는 몸을 꿈틀거리며 할 수 있는 한 그에게 가까이 닿으려 했다. 힘센 그의 몸을 느끼면서. 체이스는 두 팔로 카야를 꼭 안아주면서도, 손으로 어깨를 어루만지기만 했다. 더는 하지 않았다. 카야는 깊이 숨을 쉬었다. 그 온기를, 그 남자와 그 바다의 냄새를, 함께 있는 그 순간을 깊이 들이마셨다.

그로부터 불과 며칠 후, 대학원에서 휴가를 내고 집에 와 있던 테이트는 카야의 습지를 향해 쏜살같이 보트를 몰았다. 5년 만에 처음이었다. 어째서 지금까지 카야에게로 돌아가지 않았는지, 그 이유는 자기도 설명하지 못했다. 겁쟁이라서, 수치스러워서 그랬을 것이다. 마침내 카야를 찾기로 마음먹었다. 한순간도 사랑을 그친 적이 없다고 고백하고 제발 용서해달라고 빌 작정이었다.

대학에서 보낸 4년 동안, 테이트는 자기가 추구하는 학문적 세계에 카야가 설 자리는 없다고 믿었다. 학부 내내 카야를 잊으려 했다. 채플힐에 한눈을 팔 여자들은 적지 않았다. 몇 번인가 꽤 진지하게 사귄 적도 있지만 카야와는 비길 수가 없었다. DNA, 동위원소, 원생동물 바로 다음에 테이트가 배운 건 카야가 없이는 숨 쉴 수 없다는 사실이었다. 물론 카야는 대학 세계에서 살 수 없지만 이제는 그가 카야의 세상에서 살 수 있었다.

테이트는 이미 해결책까지 다 강구해놓았다. 지도교수는 테이트가 3년이면 대학원을 마칠 수 있을 거라고 말했다. 박사 논문 연구는 학부 시절에 꾸준히 진행해서 이제 완료 단계에 이르렀다. 게다가 최근 테이트는 시오크스 근방에 연방정부 연구소가 설립된다는 소식을 들었다. 정규직 연구원으로 채용될 가능성이 굉장히 컸다. 지구상에 그보다 더 자격 있는 사람은 없을 것이다. 한평생을 바쳐 이 지역의 습지를 연구한데다 경력을 뒷받침해줄 만한 박사학위도 곧 따게 될 테니까. 몇 년만 더 견디면 카야와 여기 습지에서 살며 연구소에서 일할 수 있다. 카야와 결혼할 수도 있다. 카야가 받아주기만 한다면.

물살에 퉁겨 오르는 배를 몰고 카야의 물길로 향하는데, 느닷없이 그녀의 배가 항로와 수직으로 남쪽에서 다가왔다. 테이트는 조종간을 놓고 두 팔을 머리 위로 치켜들어 미친 듯이 카야의 주의를 끌려 애썼다. 카야의 이름을 소리쳐 불렀다. 그러나 카야는 동쪽을 보고 있었다. 그쪽을 봤더니 방향을 트는 체이스의 배가 보였다. 테이트는 엔진을 끄고 물러서서 카야와 체이스가 청회색 파도를 일으키며 마주 보고 원을 그리며 하늘에서 구애하는 독수리들처럼 점점 가까워지는 광경을 보았다. 둘의 보트가 지나간 항적이 미친 듯 휘몰아쳤다.

테이트의 눈앞에서 두 사람은 소용돌이치는 물살을 건너 손끝을 맞대었다. 바클리코브의 옛 친구에게서 소문을 듣고도 사실이 아니길 바랐다. 카야가 어째서 그런 남자에게 빠졌는지 이해할 수 있었다. 핸섬하고, 당연히 낭만적일 테고, 근사한 보트에 카야를 태우고 달리며 근사한 피크닉에 데려갈 것이다. 카야는 마을에서 체이스가 어떻게 사는지 알 리가 없다. 바클리는 물론이고 시오크스까지 섭렵하며 젊은 여자들과 데이트를 하고 애정행각을 벌이고 다닌다는 걸.

하지만, 하고 테이트는 생각했다. '내가 뭐라고 그런 말을 하지? 카야한테 더 나은 대접을 해주지도 못했는데. 내가 약속을 깼잖아. 심지어 배짱이 없어서 작별인사도 못 했어.'

고개를 푹 숙였다가 딱 한 번만 더 보려고 눈을 들었는데, 하필이면 그 순간 체이스가 허리를 굽히고 카야에게 키스했다. '카야, 카야,' 테이트는 생각했다. '어떻게 내가 너를 버리고 떠날 수가 있었을까?' 테이트는 천천히 배의 속도를 올리고 새우 궤짝을 부리는 아버지를 도우러 마을 항구 쪽으로 향했다.

체이스는 기약이 없었고, 카야는 자기가 또 보트 소리를 기다리며 귀를 쫑긋 세우고 있다는 걸 깨달았다. 테이트 때와 똑같이. 잡초를 솎거나 화덕에 넣을 장작을 패거나 홍합을 채취할 때도 보트 소리를 놓치지 않으려 고개를 살짝 꼬고 있었다. "귀로 곁눈질하는 거지." 조디는 그렇게 표현했었다.

희망의 무게에 짓눌리다 지친 카야는 사흘 치 비스킷과 차가운 고깃덩어리, 정어리를 배낭에 챙겨 예의 쓰러져가는 통나무집으로 갔다. 카야의 마음속에 '책읽기 통나무집'으로 남아 있는 그 집. 정말로 외딴 이곳에서는 마음껏 돌아다니고 마음껏 채집하고 글을 읽고 야생을 읽을 수 있었다. 타인의 기척을 기다리지 않는 건 해방이었다. 그리고 힘이었다.

모퉁이만 하나 돌면 나오는 졸참나무 덤불에서 카야는 아비의 작은 목털을 찾고 큰 소리로 웃었다. 하류로 조금만 내려가면 이렇게 있는 걸, 얼마나 오래전부터 갖고 싶었는지 기억조차 가물가물했다.

카야는 주로 책을 읽으러 여기 왔다. 오래전 테이트가 떠나고 책을 구할 수가 없어지자, 아침에 배를 몰고 포인트비치를 지나 한참을 달려가서 바클리코브보다 넓고 훨씬 점잔을 빼는 마을 시오크스로 갔었다. 점평이 거기 도서관에서 책을 빌릴 수 있을 거라고 했다. 늪지 사람도 빌릴 수 있는지는 의심스러웠지만 일단 알아볼 작정이었다.

마을 부두에 배를 묶고 바다를 조망하는 광장을 가로질렀다. 도서관으로 걸어가는 그녀를 아무도 쳐다보지 않았고 등 뒤에서 속살거리는 소리도 들리지 않았으며 가게 진열장 밖으로 달려나와 내쫓는 사람도 없었다. 여기서는 카야도 마시 걸이 아니었다.

사서인 하인스 부인에게 대학 교재 목록을 건네주었다. "가이스먼이 쓴 『유기화학의 원칙』과 존스의 『연안 습지의 무척추 동물학』 그리고 오덤의 『생태학의 기초』를 좀 찾아주시겠어요…….." 테이트가 대학으로 가버리기 전에 마지막으로 갖다준 책들에서 참고서적으로 인용된 제목들이었다.

"어머, 이런. 알았어요. 이 책들은 채플힐의 노스캐롤라이나 대학에서 대여해와야 할 것 같네요."

그래서 지금 카야는 낡은 통나무집 밖에 앉아 과학 다이제스트를 집어들 수 있었다. 번식전략에 관한 논문 제목이 「음흉한 섹스 도둑」이었다. 카야는 깔깔대며 웃었다.

논문의 서두는 이렇게 시작했다.

잘 알려져 있듯 자연에서는 2차 성적 특징이 두드러지게 드러나는 수컷들이 약한 수컷들을 물리치고 최고의 영역을 확보하기 마련이다. 이를테면 뿔이 가장 크다든가 목소리가 굵다든가 가슴이 넓다든가 우월한 지식을 가졌다든가. 암컷들은 이런 위풍당당한 수컷들을 선택해 짝짓기하고 주위에서 가장 뛰어난 DNA를 지닌 씨앗을 받아 자식에게 물려준다. 생명의 적응과 지속 측면에서 가장 강력한 현상이다. 덤으로 암컷들은 새끼에게 최고의 영역도 물려줄 수 있다.

그러나 강인하지도 못하고 아름답게 꾸미지도 못하고 지능도 떨어져서 좋은 영역을 지킬 능력이 없는 발육 미달의 수컷 중 일부는 온갖 교묘한

술수를 써서 암컷을 속이려든다. 왜소한 몸을 한껏 부풀린 자세로 돌아다니며 과시하거나 쇳소리가 나는 목소리라도 자주 고함을 질러댄다. 이런 수컷들은 위장과 거짓 신호에 의존해서 여기저기에서 교미의 기회를 움켜쥔다. 작가에 따르면, 조막만 한 황소개구리들은 풀밭에 웅크리고 숨어 우렁차게 울며 암컷을 부르는 알파들 옆에 바짝 붙어 있곤 한다. 강인한 목청에 이끌린 암컷이 여러 마리 나타나 알파 수컷이 그중 한 마리와 교미하느라 바쁜 틈을 타 약한 수컷이 펄쩍 뛰어나와 남은 암컷 중 한 마리와 교미를 하곤 한다. 이런 사기꾼 수컷이 바로 '음흉한 섹스 도둑'이다.

카야는 아주 오래전 엄마가 언니들에게 녹슨 픽업트럭을 과하게 튜닝해 몰고 다니거나 고물 자동차의 라디오를 귀청이 떨어지게 틀고 다니는 젊은 남자들을 조심하라고 일러주었던 기억이 떠올랐다. "무가치한 남자들이 시끄러운 법이거든." 엄마는 말했다.

카야는 암컷에게 한 가지 위로가 되는 부분도 읽었다. 안하무인의 자연은 부정직한 신호를 발산하거나 이 암컷 저 암컷 전전하는 수컷들은 예외 없이 외톨이가 되게 만들고야 만다.

또 다른 논문에서는 정자 간의 격렬한 경쟁을 다루고 있었다. 대부분의 생명체는 암컷에게 자기 씨를 뿌리기 위해 수컷들끼리 치열하게 경쟁한다. 수사자들은 간혹 목숨을 걸고 싸운다. 라이벌 관계인 수코끼리들은 어금니를 걸고 서로의 살점을 찢으며 발밑의 흙을 갈기갈기 찢는다. 몹시 의례적인 갈등이지만, 그럼에도 한쪽이 불구가 되고야 끝나는 일이 없지 않다.

그런 상해를 피하기 위해 어떤 종의 수컷들은 덜 폭력적이고 더 창의적인 방식으로 경쟁한다. 곤충들은 가장 상상력이 뛰어나다. 수컷 실잠

자리의 페니스에는 작은 국자가 달려 있어 자기 씨앗을 뿌리기 이전에 파정破精한 경쟁자의 정자를 걷어낸다.

카야는 논문을 무릎 위에 올려놓고 구름을 바라보며 상념에 빠졌다. 곤충 암컷은 짝짓기 상대인 수컷을 잡아먹고, 과도한 스트레스에 시달리는 포유류 어미는 새끼를 버리며, 많은 수컷이 경쟁자보다 더 잘 파정하기 위해 위태롭고 아슬아슬한 방법들을 고안해낸다. 생명의 시계가 똑딱똑딱 돌아가는 한, 천박하건 무례하건 아무 상관 없다. 카야는 이것이 자연의 어두운 면이 아니라 그저 모든 위험요소에 맞서 살아남으려는 창의적인 방법이라는 걸 알았다. 인간이라면 물론 그보다는 훌륭하게 행동해야 하겠지만 말이다.

사흘 연속 카야를 찾아왔다 허탕을 친 체이스는 날짜와 시간을 미리 정해 카야의 판잣집이나 이런저런 바닷가에서 만날 수 있느냐고 먼저 물어봤고 약속시간도 엄수했다. 수컷 새가 짝짓기를 위해 털갈이한 것처럼 화려한 색으로 칠해진 체이스의 보트가 물살을 가르며 다가오면 아주 멀리서도 잘 보였다. 카야 한 사람만을 위해 찾아오는 배였다.

카야는 체이스가 친구들과의 피크닉에 데려가주는 꿈을 꾸기 시작했다. 다 함께 웃으면서 바다로 뛰어들어 파도를 발로 차는 꿈. 체이스가 그녀를 훌쩍 안아들어 빙글빙글 도는 상상. 그러다 함께 둘러앉아 샌드위치와 쿨러에 든 음료수를 나눠 먹겠지. 심리적 저항에도 불구하고 결혼과 아이들이라는 그림이 조각조각 맞춰지기 시작했다. 틀림없이 나한테 번식을 하게 하려는 생물학적 충동 같은 거야. 카야는 스스로를 타일렀다. 하지만 카야라고 남들처럼 사랑하는 가족을 갖지 말라는 법이 어디 있단 말인가? 하지만 친구와 가족들에게 언제 소개시켜줄 거냐고 체이스에게 물어보려 하면 어김없이 말이 혀에 들러붙어버렸다.

두 사람이 만나기 시작하고 몇 달이 흐른 어느 무더운 날, 바닷가에서 물살에 배를 맡기고 표류하다가, 수영하기에 완벽한 날씨라고 체이스가 말했다. "안 볼게. 옷을 벗고 먼저 뛰어들어. 그러면 나도 뛰어들게." 카야는 균형을 잡으며 체이스 앞에 섰다. 하지만 티셔츠를 머리 위로 벗을 때 체이스는 돌지 않았다. 팔을 뻗어 카야의 단단한 젖가슴을 손가락으로 살짝 쓸었다. 카야도 제지하지 않았다. 체이스는 카야의 몸을 당겨안으며 반바지 지퍼를 내리고 늘씬한 엉덩이에서 스륵 미끄러져 떨어지게 두었다. 그러더니 자기 셔츠와 반바지를 벗고 보트 바닥에 깔아놓은 타월에 부드럽게 밀어 눕혔다.

카야의 발치에 무릎을 꿇고 앉은 체이스는 아무 말도 하지 않고 속삭임처럼 손가락을 움직여 그녀의 왼쪽 발목에서 무릎 안쪽으로 올라가 서서히 안쪽 허벅지를 탔다. 카야는 몸을 살짝 들어 체이스의 손길을 맞았다. 그 손가락이 허벅지 위에서 머뭇거리더니 팬티 위를 문지르다가, 생각처럼 가볍게 복부를 가로질렀다. 배를 타고 젖가슴을 향해 다가오는 손길을 느낀 카야는 몸을 뒤틀어 멀어지려 꿈틀거렸다. 체이스는 단호한 손길로 그녀 몸을 꾹 누르고 손을 쓱 젖가슴으로 밀어올리더니 한 손가락으로 유륜을 둥글리기 시작했다. 체이스는 웃음기 없이 카야를 바라보며 손을 내려 팬티를 잡아당겼다. 카야는 그를, 그의 모든 걸 원했고, 몸을 더 바짝 붙였다. 그러나 몇 초 후, 카야는 체이스의 손을 잡았다.

"이러지 마, 카야. 제발. 기다리는 것도 유분수지. 나도 이만하면 참을 만큼 참았잖아, 안 그래?"

"체이스, 약속했잖아."

"제기랄, 카야. 대체 뭘 더 기다리고 있는 거야?" 체이스는 일어나 앉았다. "너를 아끼고 존중하는 마음을 보여줬잖아. 왜 안 돼?"

카야는 앉아서 티셔츠를 끌어내렸다. "그다음엔 어떻게 돼? 나를 떠나지 않을 거라는 걸 어떻게 알아?"

"그걸 누가 어떻게 알겠어? 하지만 카야, 난 아무 데도 안 가. 사랑에 빠졌단 말이야. 항상 너와 함께 있고 싶단 말이야. 뭘 어떻게 해야 알아줄 거야?"

체이스는 지금까지 한 번도 사랑을 말한 적이 없었다. 카야는 그 눈을 들여다보며 진실을 찾았지만 거기엔 냉랭함밖에 없었다. 속을 읽을 수 없는 눈빛이었다. 카야는 체이스에 대한 자기 마음이 어떤 건지 정확히 알 수 없었지만, 적어도 이제 외롭지는 않았다. 그거면 된다는 생각이 들었다.

"조금만 더 기다려, 응?"

체이스는 카야를 끌어당겼다. "그래, 됐어. 이리 와." 그는 카야를 안았고 둘은 햇볕을 쬐며 바다를 떠다녔다. 밑에서 바닷물이 철썩, 철썩, 소리를 냈다.

낮이 스르르 물처럼 빠지고 밤이 묵직하게 가라앉자 아득한 해변에서 드문드문 마을의 불빛이 켜졌다. 바다와 하늘로 이루어진 두 사람의 세계 위로 별빛이 깜박였다.

체이스가 말했다.

"별들이 왜 깜박이는지 궁금해."

"대기에 동요가 생겨서 그래. 상층대기권의 바람 같은 거 있잖아."

"그런 거야?"

"대부분 별은 너무 멀리 있어서 우리 눈에 보이지 않는다는 건 알지? 우리가 보는 건 별의 빛뿐인데, 빛은 대기에 의해 굴절되거든. 당연히 별들은 정지해 있는 게 아니라 굉장히 빨리 움직이고 있지만."

카야는 별뿐 아니라 시간도 고정된 게 아니라는 사실을 알베르트 아인슈타인의 책에서 읽어 알고 있었다. 시간은 행성과 태양을 두고 속도를 내거나 휘어지고, 골짜기와 산에서 서로 다르며, 공간과 같은 결인데 이 시공간의 결은 바다처럼 휘어지고 부푼다. 행성이나 사과 같은 사물이 추락하거나 궤도를 도는 건 중력에너지 때문이 아니라 질량이 높은 사물이 창출하는 실크처럼 부드러운 시공의 주름으로 – 마치 연못에 잔물결을 일으키듯 – 직하하기 때문이다.

그러나 카야는 이런 말은 한마디도 하지 않았다. 불행히도 중력은 인간의 사고엔 아무런 영향력도 끼치지 않으며, 고등학교 교재는 여전히 지구의 강력한 중력으로 인해 사과가 땅으로 떨어진다고 가르치고 있기 때문이었다.

"아, 있잖아." 체이스가 말했다. "고등학교 풋볼팀 코치 일을 도와달라는 부탁을 받았어."

카야는 그를 보고 미소 지었다.

그리고 생각했다. '우주의 다른 모든 사물처럼 우리도 질량이 더 높은 쪽으로 굴러가기 마련이지.'

다음 날 아침, 점핑의 가게에서 팔지 않는 물건을 사기 위해 오랜만에 피글리 위글리를 찾은 카야는 식료품점에서 나오다가 하마터면 체이스의 부모님과 부딪힐 뻔했다. 샘과 패티 러브, 그들도 카야가 누군지 알았다. 모르는 사람이 없었다.

예전에도 마을에서 가끔 본 적이 있지만, 대개는 멀찌감치 떨어진 곳에서나 봤다. 샘은 보통 웨스턴 오토 카운터 뒤에서 고객을 응대하고 현금출납기를 여닫는 모습이었다. 카야는 어렸을 때 진짜 손님을 다 쫓는다며 가게 진열장 뒤에서 뛰쳐나와 그녀를 내쫓던 샘을 기억했다. 패티 러브는 하루 종일 가게 일을 보지 않았고, 남는 시간에 거리로 나와 돌아다니며 〈퀼트 콘테스트〉나 〈블루크랩 퀸 축제〉 팸플릿을 나눠주곤 했다. 언제나 고급스러운 옷차림에 높은 굽이 달린 펌프스를 신고 작은 성경책을 들고 남부의 계절에 맞게 잘 어울리는 모자를 갖춰 썼다. 이야기의 주제와 상관없이 패티 러브는 언제나 체이스가 이 마을 역사상 최고의 쿼터백이라는 말을 꼭 하고 넘어가곤 했다.

카야는 수줍게 미소 지으며 패티 러브의 눈을 똑바로 들여다보고 개인적으로 말을 건네면 서로 인사라도 할 수 있기를 바랐다. 체이스의 여자친구로 인정받고 싶었다. 하지만 두 사람은 멈칫하더니 아무 말도 하지 않고 그녀를 멀찌감치, 정말 불필요할 정도로 거리를 두고 멀찌감치 비켜 돌아갔다.

두 사람과 마주친 날 저녁, 카야와 체이스는 구부러진 줄기가 물 위로 툭 튀어나와 수달과 오리가 굴처럼 숨어드는 참나무 거목 아래 배를 띄워놓고 부유했다. 카야는 체이스에게 부모님과 마주쳤던 얘기를 하며 곧 만나뵐 수 있는지 물었다. 목소리를 나직하게 깔았던 건, 청둥오리를 놀라게 하고 싶지 않은 마음 반, 두려움 반에서였다.

체이스가 말없이 앉아만 있자 카야의 뱃속에서 응어리가 복받쳐 올랐다.

한참 후에 체이스가 말했다. "그럼, 만나야지. 오래 걸리지 않을 거야. 약속해." 하지만 체이스는 그 말을 하면서 카야를 보지 않았다.

"나에 대해서는 알고 계시지, 응? 우리 사이 아시는 거지?" 카야가 물었다.

"당연하지."

보트가 참나무에 너무 가까이 떠밀려갔는지, 거위 털처럼 통통하고 보드라운 수리부엉이가 나무에서 날개를 펼치고 툭 떨어져 호소를 가로 질러 유유히 날아갔다. 부엉이의 가슴 털이 물 위에 부드러운 무늬를 새 겼다.

체이스가 카야의 손을 잡고 손깍지를 끼더니 힘을 꼭 주어 의심을 짜 냈다.

저무는 해와 떠오르는 달이 습지를 유유히 배회하는 체이스와 카야를 따라다닌 지 벌써 몇 주째였다. 그러나 카야가 다가드는 손길을 막으면 체이스는 어김없이 그만두었다. 수컷은 오래전 다른 암컷을 찾아가버리 고, 먹이를 달라고 졸라대는 새끼를 혼자 데리고 다니는 어미 사슴이나 칠면조 암컷의 이미지가 카야의 마음을 무겁게 짓눌렀다.

마을 사람들이 뭐라 해도 보트에서 거의 벗은 몸으로 함께 누워 있는 정도가 다였다. 체이스와 카야는 아무에게도 말하지 않았지만, 마을은 작았고 사람들은 체이스의 보트나 해변에 함께 있는 두 사람을 보았다. 새우를 잡는 어부들은 바다에서 아무것도 놓치지 않는다. 뒷말이 돌았 다. 수군수군.

1966년

찌르레기가 이른 날갯짓을 시작해도 판잣집은 고요했다. 겨울 안개가 땅에 깔리면서 벽을 타고 커다란 목화솜처럼 덩어리로 뭉쳤다. 카야는 몇 주 치 홍합 값으로 특별히 장을 봐서 사워크림 비스킷과 블랙베리 잼에 튀긴 몰라스 햄과 레드아이 그레이비를 차려냈다. 체이스는 인스턴트 맥스웰하우스 커피를 마셨고 카야는 테틀리 홍차를 마셨다. 두 사람이 사귄 지 1년이 다 되어가고 있었지만 아무도 그런 얘기는 하지 않았다. 체이스는 웨스턴 오토의 주인을 아버지로 둔 자기는 행운아라고 했다. "이런 식이면 우리가 결혼할 때 좋은 집을 장만할 수 있을 거야. 빙 둘러 베란다가 있는 이층집을 바닷가에 지어줄게. 아니, 카야, 자기가 원하는 집이라면 뭐든 지어줄게."

카야는 숨이 잘 쉬어지지 않았다. 체이스가 제 삶에 카야가 들어오기를 원하다니. 슬쩍 흘리는 말도 아니고 청혼이나 다름없었다. 타인의 삶에 소속되다니. 가족의 일원이 된다니. 의자에 앉아 있던 카야는 바짝 긴장해 허리를 쭉 폈다.

체이스가 말을 이었다. "곧장 마을에서 살아야 한다는 말은 아니야. 그건 자기한테 너무 급작스러운 변화일 테니까. 하지만 교외에 집을 지을 수는 있을 거야. 습지 근처에 말이야."

최근 들어 체이스와 결혼하면 어떨까 하는 막연한 생각들이 머릿속에 가끔 스쳐도 용기가 없어 늘 털어버리곤 했다. 그런데 그가 먼저 자기 입으로 말하고 있다. 카야는 숨이 가빠왔다. 믿지 못하는 마음 반, 세세하게 내용을 되짚어보는 생각 반. 나도 할 수 있어. 사람들과 떨어져 살면 잘할 수 있을지도 몰라.

그래서 고개를 숙이고 물었다. "부모님은 어떻게 해? 말씀드렸어?"

"카야, 우리 가족에 대해서 이것만은 확실히 알아둬야 해. 그분들은 날 사랑하셔. 내가 선택한 여자가 너라고 말씀드리면 그걸로 되는 거야. 너와 친해지면 정말 잘해주실 거야."

카야는 입술을 잘근잘근 씹었다. 믿고 싶어서.

"네 물건을 둘 작업실도 지어줄게." 체이스가 말했다. "저 엄청난 깃털들을 자세히 볼 수 있게 커다란 창을 내야겠다."

체이스에게 느끼는 감정이 아내다운 건지 알 길은 없었지만, 지금 이 순간만큼은 카야의 마음에 사랑 비슷한 무언가가 솟구쳐 날아올랐다. 이제 홍합을 캐지 않아도 돼.

카야는 팔을 뻗어 체이스의 목덜미에서 달랑거리는 조개 목걸이를 어루만졌다.

"아, 그건 그렇고, 며칠 뒤에 가게 물건을 사러 애슈빌까지 차를 몰고 가야 해. 생각해봤는데, 같이 갈래?"

눈을 깔고 카야가 말했다. "하지만 큰 도시잖아. 사람들도 굉장히 많을 테고. 나는 적당한 옷도 없어. 아니 적당한 옷이 뭔지도 모르겠어. 그리고……."

"카야, 카야, 내 말 좀 들어봐. 나하고 같이 가는 거라니까. 내가 다 알아. 근사한 데는 안 가도 돼. 거기까지 드라이브하는 길에 노스캐롤라이나 풍경을 아주 많이 보게 될 거야. 피드몬트 지역도 보고, 그레이트스모키산맥 같은 거랑, 얼마나 근사하다고! 거기 가서는 드라이브인 햄버거집 같은 데 가자. 아무거나 입고 싶은 옷 입어. 하기 싫으면 아무하고도 말 안 해도 돼. 내가 다 알아서 할게. 한두 번 가본 게 아니니까. 애틀랜타도 가봤는데 애슈빌은 아무것도 아니야. 나 좀 봐, 우리가 결혼하면 자기도 바깥나들이도 좀 하고 그래야지. 당신의 그 커다란 날개를 펼치고 말이야."

카야는 고개를 끄덕였다. 다른 건 제쳐두고라도 산맥은 보고 싶었다.

"이틀 걸리니까 하룻밤 어디서 묵어야 해. 소박한 데, 어디 작은 모텔 같은 데 말이야. 괜찮아, 우리 둘 다 성인이니까."

"아." 카야는 그 말만 했다. 그리고 속삭였다. "알았어."

카야는 도로를 쭉 타고 달려본 적이 없어서, 며칠 후 체이스의 픽업트럭을 타고 바클리를 벗어나서는 양손으로 좌석을 꼭 잡고 창밖 구경에 여념이 없었다. 도로가 끝없이 펼쳐진 억새밭과 팔메토 숲을 구불구불 헤치며 끝없이 이어졌고, 바다는 백미러에만 담겼다.

한 시간 이상 억새와 물길들, 낯익은 풍광이 트럭 미러를 스쳐 지나갔다. 카야는 이곳에 서식하는 굴뚝새와 왜가리가 습지와 똑같아서 위로가 됐다. 집을 떠나오면서도 고향을 함께 데려온 느낌이었다.

그런데 갑자기, 땅에 금이라도 그어진 것처럼 습지의 평원이 불쑥 끝나고 먼지 덮인 경작지가 - 거칠게 갈아 네모 울타리를 치고 이랑을 만들어놓은 땅이었다 - 눈앞에 펼쳐졌다. 숲들을 싹 베어버린 벌판에 불구가 된 등걸들만 남아 있었다. 전선이 축축 늘어진 전봇대들이 지평선을 향해 터벅터벅 걷고 있었다. 카야도 연안의 습지가 세상의 전부가 아니라는 건 알고 있었지만 바깥세상은 처음이었다. 사람들이 땅에다 무슨 짓을 한 걸까? 똑같은 구두 상자 모양 같은 집들이 잘 깎은 잔디밭에 쭈그리고 앉아 있었다. 분홍색 홍학 한 무리가 마당에서 모이를 먹고 있는 모습을 보고 놀라 고개를 휙 돌려보니 플라스틱이었다. 사슴은 시멘트였다. 날아다니는 오리들은 우체통에 그려진 그림뿐이었다.

"굉장하지, 응?" 체이스가 말했다.

"뭐가?"

"집들. 이런 건 처음 봤잖아, 안 그래?"

"그래, 처음이야."

몇 시간 지나 피드몬트평원으로 나가자 애팔래치아산맥이 지평선을 따라 흐릿한 푸른 선으로 스케치처럼 그려져 있었다. 산맥에 가까워지자 봉우리들이 사방에서 치솟고 숲이 우거진 산들이 카야의 시선이 닿는 한 계선까지 부드럽게 굽이쳤다.

팔짱 낀 야산의 주름마다 구름이 나른하게 게으름을 피우다 파랑처럼 솟구쳐 스르르 흘러 사라졌다. 구름의 촉수가 뒤틀려 나선으로 꼬이더니 기온이 높은 협곡의 윤곽을 훑으며 마치 물기 많은 수렁을 따라가는 안개처럼 굴었다. 생물학의 장은 달라져도 물리학의 법칙은 똑같이 적용된다.

카야는 저지대의 생물이었다. 수평선과 지평선의 땅에서는 정시에 해가 지고 달이 뜬다. 그러나 지형이 뒤섞인 이곳에서는 해가 봉우리 정상에 아슬아슬하게 균형을 잡고 걸려 있다가 한순간 골짜기 너머로 툭 떨어지는가 하면, 체이스의 트럭이 다음 구릉을 오를 때 다시 톡 튀어나오곤 했다. 산맥에서는 언덕 어디쯤 서 있는지에 따라 일몰 시각이 달라졌다.

카야는 할아버지의 땅이 어디쯤일지 궁금해졌다. 카야의 친척이 그 땅에서 돼지를 치고 있을지도 모른다. 아까 초원에서 본 것처럼 근처에 냇물이 흐르는, 풍상에 닳은 회색 헛간 같은 그런 곳에서. 카야가 속했어야 하는 어느 가족이 이런 풍경 속에서 일하고 웃고 울고 있다. 여기저기 흩어졌어도 이름 없이 남아 있는 누군가가 있을지도 모른다.

도로가 사차선 고속도로가 되자 체이스의 트럭이 다른 차량과 바짝 붙어 속도를 올렸고 카야는 손잡이를 더 꼭 잡았다. 크게 꺾어지는 도로에 오르자 길이 마술처럼 허공으로 떠올랐고 마을이 나왔다. "인터체인지야." 체이스는 자랑스럽게 말했다.

8층, 10층 높이의 높다란 건물들이 산맥의 윤곽을 등지고 서 있었다. 수십 대의 차량이 농게처럼 정신없이 치닫고 인도에도 헤아릴 수 없이 많은 사람이 오갔다. 카야는 얼굴을 차창에 딱 붙이고 사람들의 얼굴을 살피며 엄마와 아버지도 틀림없이 그 사이에 있을 거라고 생각했다. 그을린 얼굴에 검은 머리칼의 소년이 인도를 뛰어가고 있었는데, 꼭 조디 같아 보였다. 카야는 몸을 돌리고 소년을 눈으로 좇았다. 오빠는 이제 다 큰 어른이 되었을 테지만, 그래도 소년이 모퉁이를 돌아 사라질 때까지 눈을 뗄 수 없었다.

마을 반대편으로 넘어간 체이스는 호그마운틴로드 외곽의 모텔에 체크인했다. 갈색 방들이 늘어선 1층 건물에는 하필이면 야자나무 모양의 네온사인이 빛나고 있었다.

체이스가 키로 방문을 열자 카야는 그럭저럭 깨끗하지만 소독약 냄새가 나는 방 안으로 들어갔다. 전형적인 미국식 취향의 싸구려 가구들이 놓여 있었다. 인조 원목을 댄 벽, 5센트를 넣으면 진동하는 푹 꺼진 침대, 터무니없이 큰 자물쇠와 사슬로 테이블에 고정된 흑백 TV. 침대 시트는 라임그린색이고 카펫은 오렌지색 인조양모였다. 카야의 마음은 두 사람이 함께 누웠던 다른 모든 장소를 그리워했다. 바닷물이 고여 있던 수정 같은 모래밭, 달빛이 담뿍 비치던 흔들리는 보트. 온 방을 침대가 다 차지하고 있는데도 이곳은 사랑스러워 보이지 않았다.

카야는 의도적으로 문간에 서 있었다. "멋진 곳은 아니지." 체이스는 더플백을 의자에 놓으며 말했다.

그리고 카야에게 다가왔다. "때가 됐잖아. 자기도 그렇게 생각하지, 카야? 이제 때가 됐어."

물론 바로 이게 체이스의 계획이었다. 하지만 카야는 준비가 되어 있었다. 몸이 갈망에 뒤친 지는 이미 몇 달째였고 결혼 얘기가 나온 후로는 마음도 내주었다. 고개를 끄덕였다.

체이스는 천천히 다가와 블라우스의 단추를 풀고 부드럽게 카야를 돌려세워 브라도 풀었다. 손가락으로 젖가슴의 윤곽을 가로질렀다. 뜨거운 흥분이 젖가슴에서 허벅지로 흘러내려갔다. 얇은 커튼에 걸러진 초록과 빨강 네온 불빛 속에서 체이스의 손에 이끌려 침대에 누웠을 때, 카야는 눈을 감았다. 예전에, 하마터면 할 뻔했던 그 수많은 순간에, 카야가 체이스를 저지했을 때는, 배회하는 그의 손가락들에 마술 같은 힘이 있어 카야의 감각을 깨우고 몸이 활처럼 그를 향해 휘어지게 하고, 갈망하고 원하게 했다. 하지만 드디어 허락이 떨어진 지금 체이스는 카야의 욕구를 묵살하고 제 뜻을 관철시키느라 급급했다. 카야는 쓰라리게 찢어지는 파열감에 외마디 비명을 질렀다. 어딘가 잘못된 게 틀림없었다.

"괜찮아. 이제 훨씬 나아질 거야." 체이스는 대단한 권위자라도 되는 듯 말했지만 별로 나아지지 않았고, 금세 만면에 흡족한 미소를 머금고 카야 옆에 쓰러지듯 돌아누웠다.

체이스는 잠에 빠져들고 카야는 '빈방 있음'이라고 깜박거리는 네온 불빛을 물끄러미 바라보았다.

몇 주가 지나고, 카야의 판잣집에서 달걀 프라이와 햄 그리츠로 아침을 마친 두 사람은 식탁에 앉아 있었다. 카야는 사랑을 나눈 후 맨몸에 담요를 두르고 있었다. 섹스는 모텔에서의 첫 경험 이후 별로 나아진 게 없었다. 카야의 욕구는 채워지지 않은 채 남아 있곤 했지만 어떻게 그 얘기를 꺼내야 할지 감도 잡을 수 없었다. 게다가 어차피 원래 어떤 기분이라야 하는지도 몰랐다. 이런 게 정상인지도 모른다.

체이스는 식탁에서 일어나 손가락으로 카야의 턱을 받치고 치켜들며 키스했다. "나, 앞으로 며칠간 자주 못 올 거 같아. 크리스마스도 곧 다가오고 하니까 할 일도 많고 행사도 많고 친척들도 오시거든."

카야는 체이스를 올려다보며 말했다. "나는 혹시…… 있잖아, 파티나 행사에 따라갈 수 있으면 좋겠다고 생각했는데. 적어도 자기 가족하고 크리스마스 만찬이라도."

체이스는 다시 의자에 앉았다. "카야, 내 말 좀 들어봐. 안 그래도 이 문제로 의논을 좀 하고 싶었어. 나도 자기를 데리고 엘크스 클럽 무도회랑 그런 데 가고 싶은데. 가면 자기 기분이 엉망이 될 거야. 아는 사람도 아무도 없고, 적당한 옷도 없잖아. 춤은 출줄 아는 거야? 자기는 원래 그런 거 하나도 안 하잖아. 이해하지, 응?"

방바닥을 바라보며 카야가 말했다. "그래, 다 맞는 말이야. 하지만 자기 삶에 나도 적응하기 시작해야 하잖아. 자기 말대로 날개를 펼쳐야지. 적당한 옷도 좀 사고, 자기 친구들도 만나야 할 거 같아." 카야는 고개를 들었다. "춤은 자기가 가르쳐주면 되잖아."

"뭐, 그렇지, 당연히 가르쳐주지. 하지만 내 머릿속에서는 자기하고 나, 지금 여기 이 모습대로가 좋아. 지금 우리가 누리는 것들, 나는 여기서 함께 보내는 시간이 좋아. 당신과 나 단둘이서. 솔직히 말해서 멍청한 무도회는 이제 지겨워졌거든. 재미없어진 지 오래야. 고등학교 체육관에서 허구한 날 나이 든 사람들이랑 젊은 사람들 다 같이 어울리는 것도 똑같고, 멍청한 음악도 만날 똑같아. 이제 그런 건 그만둘 때도 됐어. 있잖아, 우리가 결혼하면 어차피 그런 거 안 할 텐데, 지금 뭐 하러 당신을 그런 데 끌고 가겠어? 말이 안 되잖아, 안 그래?"

카야가 다시 바닥을 내려다보자 체이스는 그녀의 턱을 들고 눈을 똑바로 바라보았다. 그러더니 환하게 웃으며 말했다. "그나저나 우리 가족과 크리스마스 저녁을 같이하는 거 말인데. 연세가 많이 드신 어머니 쪽 숙모님들이 플로리다에서 오셔. 잠시라도 말을 안 하면 혀에 가시가 돋는 분들이야. 그런 고역을 누구한테 강요하겠어. 더구나 자기한테. 내 말 믿어. 정말 다 자기를 위해서라니까."

카야는 아무 말도 하지 않았다.

"정말이야, 카야. 나는 자기가 이대로 행복했으면 좋겠어. 우리가 여기서 누리는 건, 세상 그 누구도 꿈조차 못 꿀 행운이거든. 다른 건 죄다……." 체이스는 허공을 양손으로 휙 치우는 시늉을 했다. "다 바보 같은 짓거리야."

그가 살며시 끌어당겨 무릎에 앉히자 카야는 그의 어깨에 머리를 기댔다.

"이게 진짜야, 카야. 다른 거 말고." 체이스는 키스했다. 부드럽고 다정하게. 그리고 일어났다. "자, 나 이제 가야겠다."

카야는 엄마가 떠난 후 매년 그래왔듯 이번에도 크리스마스를 혼자 갈매기들과 함께 보냈다.

크리스마스가 이틀이나 지났지만 체이스는 오지 않았다. 다시는 아무도 기다리지 않겠다는 혼자만의 약속을 깨고 카야는 머리카락을 프렌치브레이드 스타일로 땋고 엄마의 오래된 립스틱으로 입술을 칠하고는 호소 해변을 서성거렸다.

습지는 갈색과 회색으로 된 겨울옷을 입고 길게 누워 있었다. 씨앗을 퍼뜨리고 진이 다 빠진 망망한 수풀이 항복의 뜻으로 고개를 숙이고 물을 바라보았다. 바람이 혹독하게 몰아쳐 소란스러운 합창으로 거친 줄기를 뒤흔들었다. 카야는 머리칼을 잡아뜯다시피 풀고 손등으로 입술을 닦았다.

넷째 날 아침에는 혼자 부엌에 앉아 접시에 놓인 비스킷과 달걀을 쿡쿡 쑤셨다. "여기서 우리가 누리는 것 어쩌고 하더니 지금 어디 있는 거야?" 카야는 씹어뱉듯 말했다. 마음속으로 친구들과 터치 풋볼을 하고 파티에서 춤을 추는 체이스의 모습을 상상했다. "바보 같은 짓거리는 지겹다면서."

마침내 그의 보트 소리. 카야는 벌떡 일어나 쾅, 소리가 나게 문을 밀고 판잣집에서 호소로 달려갔다. 보트가 통통, 엔진 소리를 내며 시야에 들어왔다. 그러나 체이스의 스키보트도 아니고 체이스도 아니고 샛노란 금발 머리 청년이었다. 예전보다 훨씬 짧게 잘랐지만 여전히 스키 모자 아래로 제멋대로 삐져나와 흩날리는 머리칼. 낚싯배는 예전 그대로였지만 전진하는 뱃전에 똑바로 선 테이트는 남자로 자라나 있었다. 앳된 티가 사라진 얼굴은 핸섬하고 어른스러웠다. 두 눈에는 질문이, 입가에는 수줍은 미소가 머물러 있었다.

카야는 도망쳐야 한다는 생각부터 들었다. 하지만 마음이 외쳤다. '안 돼! 이건 내 호소야! 나는 왜 항상 도망만 쳐야 하지. 이번에는 싫어.' 다음에 떠오른 생각에 카야는 돌멩이를 주워 그의 얼굴에 던졌다. 테이트가 재빨리 피한 덕분에 돌멩이가 이마를 스쳐 날아갔다.

"제기랄, 카야! 잠깐, 잠깐만." 카야가 돌을 주워 겨냥하자 테이트가 외쳤다. 그는 손을 들어 얼굴을 가렸다. "카야, 부탁이야, 그만해. 제발. 얘기 좀 하자고!"

돌멩이가 그의 어깨를 세게 때렸다.

"내 호소에서 꺼져! 이 저열하고 소름 끼치는 인간아! 얘기 좋아하네!" 카야는 악을 쓰며 미친 듯 돌을 찾아 헤맸다.

"카야, 내 말 좀 들어봐. 지금 체이스와 사귀는 거 알아. 존중해. 그냥 얘기를 좀 하고 싶을 뿐이야. 부탁이야, 카야, 제발."

"내가 왜 당신하고 말을 해야 하는데? 다시는 그 면상 보기도 싫어!" 카야는 작은 자갈을 한 움큼 집어 그의 얼굴에 대고 확 뿌렸다.

테이트는 확 몸을 돌려 피했다가 허리를 굽혀 배가 모래톱에 닿자 뱃전을 잡았다.

"말했잖아, 여기서 꺼지란 말이야!" 여전히 악을 쓰고는 있었지만 목소리는 한층 누그러졌다. "그래, 지금 다른 남자 만나고 있어."

배가 땅에 부딪는 충격에 휘청한 테이트는 몸을 가누고 보트 뱃머리에 앉았다. "카야, 부탁이야. 그 녀석에 대해서 네가 알아야 할 사실이 있어." 테이트는 체이스 이야기를 할 계획이 아니었다. 이 깜짝 방문은 무엇 하나 생각대로 흘러가지 않았다.

"무슨 소리야? 당신이 무슨 자격으로 내 사생활을 왈가왈부해?" 카야는 바짝 다가가서 단어를 하나씩 짓씹으며 뱉어내듯 말했다.

테이트는 결연히 말했다. "자격 없다는 건 알아. 하지만 어쨌든 할 생각이야."

이 말에 카야는 가차 없이 돌아섰지만 테이트는 그녀 등에 대고 언성을 높였다. "너는 마을에 살지 않잖아. 체이스가 다른 여자들과 데이트하는 것도 모르잖아. 얼마 전에도 밤에 파티가 끝난 후에 그 녀석이 픽업트럭에 금발 머리 여자애를 태우고 가는 걸 봤어. 그 자식한테는 네가 아깝단 말이야."

카야가 빙글 돌아섰다. "아, 그러셔! 나를 두고 떠난 건 너잖아. 약속해놓고 돌아오지 않았잖아. 영영 돌아오지 않았잖아. 하다못해 이유도 말해주지 않고, 심지어 죽었는지 살았는지 일언반구 연락도 없었잖아. 나랑 헤어질 배짱도 없었던 주제에. 남자답게 내 얼굴 보고 말할 용기도 없었지. 그래서 그냥 사라졌잖아. 닭똥만도 못한 겁쟁이 새끼. 그 많은 세월 다 흘려보내고 이제 슬렁슬렁 여기에 얼굴을 디밀고…… 너는 그놈보다 더 나빠. 체이스가 완벽한 남자는 아닐지 모르지만, 너는 비교도 안 되게 나쁜 놈이야." 카야는 갑자기 말을 뚝 끊고 테이트를 노려보았다.

테이트는 두 손바닥을 펼쳐 들고 애원했다. "네 말이 다 맞아, 카야. 네가 한 말이 다 사실이야. 나는 닭똥만도 못한 놈이야. 체이스 얘기를 입에 올릴 자격도 없어. 내가 상관할 일도 아니고. 다시는 귀찮게 하지 않을게. 그저 사과하고 사정을 설명하고 싶었을 뿐이야. 오래도록 마음에 걸렸어, 카야, 제발 부탁이야."

카야는 바람이 막 빠져나간 돛처럼 축 늘어졌다. 테이트는 첫사랑 그 이상이었다. 카야처럼 습지를 헌신적으로 사랑했고, 카야에게 글을 가르쳐주었고, 아무리 희박한 인연이라도 사라진 가족과 이어주는 유일한 끈이었다. 테이트는 시간의 한 갈피였고 스크랩북에 붙인 사진이었다. 카야에게는 오로지 그뿐, 다른 아무도 없었다. 분노가 옅어지자 카야의 심장이 쿵쿵 뛰었다.

"너, 정말 아름답구나. 여자가 됐어. 잘 지내고 있었어? 아직도 홍합 팔아?" 테이트는 카야의 놀라운 변모에 넋을 잃었다. 선이 다듬어져 더욱 잊을 수 없는 얼굴이 되었다. 광대뼈는 날카롭고 입술은 풍만했다.

"그래. 맞아."

"여기, 이거 주려고 가져왔어." 테이트는 북아메리카 딱따구리의 아주 작은 빨간색 볼 털을 봉투에서 꺼내 카야에게 내밀었다. 카야는 땅바닥에 던져버릴까 생각했지만 이 털은 아직 못 찾은 표본이었다. 그냥 가지면 왜 안 돼? 카야는 호주머니에 털을 넣고 고맙다는 인사는 하지 않았다.

테이트는 빠르게 말했다. "카야, 너를 두고 떠난 건 잘못한 정도가 아니야. 내 평생 살면서 저지른 최악의 짓거리야. 몇 년째 후회했고 또 영원히 후회할 거야. 날마다 네 생각을 해. 남은 평생을 너를 떠난 걸 자책하며 살 거야. 네가 습지를 떠나 다른 세상에서는 살 수 없을 거라고, 그때는 정말로 그렇게 생각했어. 그래서 우리가 어떻게 함께할 수 있을지 머릿속에 그릴 수가 없었어. 하지만 내 생각이 틀렸어. 다시 돌아와서 너와 얘기했어야 했는데, 병신 같은 짓을 했어. 네가 얼마나 여러 번 버림받았는지 알아. 나 때문에 네가 얼마나 큰 상처를 받을지 알고 싶지 않았어.

남자답지 못했어. 네가 말한 그대로야." 테이트는 말을 끝맺고 카야를 지켜보았다.

한참 후에야 카야가 말했다. "이제 원하는 게 뭐야, 테이트?"

"어떤 식으로든, 네가, 나를 용서해주는 거." 테이트는 깊이 숨을 들이마시고 기다렸다.

카야는 자기 발치를 내려다보았다. 왜 상처받은 사람들이, 아직도 피흘리고 있는 사람들이, 용서의 부담까지 짊어져야 하는 걸까? 카야는 대답하지 않았다.

"너한테 말을 해야만 했어, 카야."

여전히 카야가 아무 말도 하지 않자, 테이트는 계속 말을 이어나갔다. "나는 대학원에 다녀. 동물학, 주로 원생동물학이야. 네가 정말 좋아할 거야."

카야는 상상이 가지 않아 혹시 체이스가 오는지 등 뒤의 호소를 살폈다. 테이트는 이 몸짓을 놓치지 않았다. 카야가 여기 나와 체이스를 기다리고 있을 거라는 짐작은 옳았다.

바로 지난주에 테이트는 체이스를 보았다. 크리스마스 축제에서 하얀 디너 재킷을 차려입고 다른 여자들과 춤을 추고 있었다. 바클리코브의 마을 행사가 다 그렇듯, 그 무도회는 고등학교 체육관에서 열렸다. 농구 링 아래 설치된, 턱없이 작은 하이파이 오디오에서 힘겹게 「울리불리」가 흘러나오자 체이스는 갈색 머리 여자를 빙글빙글 돌렸다. 「미스터 탬버린」이 시작되자 댄스플로어와 갈색 머리 여자를 내버려둔 채 내려와서 휴대용 술병에 든 와일드터키 위스키를 옛 패거리들과 함께 마셨다. 테이트는 바로 곁에서 고등학교 때 선생님들과 대화를 나누다가 체이스의 말을 엿듣고 말았다. "그래, 그년은 덫에 걸린 암여우처럼 야성적이라니까. 딱 습지의 암캐한테서 남자가 기대하는 그대로야. 가솔린값이야 얼마든지 써도 아깝지 않아."

테이트는 떨어지지 않는 발걸음을 옮겨 돌아서야 했다.

차가운 바람이 휩쓸고 사라지자 호소에 잔물결이 일었다. 체이스를 기다리던 카야는 청바지와 얇은 스웨터 바람으로 달려 나왔었다. 카야는 한기가 들어 두 팔로 제 몸을 꼭 껴안았다. 그런데 체이스가 아닌 테이트가 불쑥 나타났다.

"얼어 죽겠다. 안으로 들어가자." 테이트가 판잣집 쪽을 가리켰다. 녹슨 화덕 파이프에서 연기가 피어오르고 있었다.

"테이트, 이제 가줘야 할 것 같아." 카야는 물길 쪽을 몇 번이나 흘끔거리며 살폈다. 테이트가 있는 동안 체이스가 오면 어떡하지?

"카야, 부탁이야. 몇 분이면 돼. 네 수집품을 꼭 한 번만 더 보고 싶어."

대답 대신 카야는 돌아서서 집으로 달렸고, 테이트도 그 뒤를 따랐다. 포치로 들어서던 그는 멈칫했다. 카야의 수집품은 어린아이의 취미에서 습지의 자연사박물관으로 자라나 있었다. 테이트는 조가비 껍데기 하나를 집어들었다. 처음 발견한 해변의 물빛으로 색칠한 라벨이 붙어 있고, 이 생물이 바다의 더 작은 생물을 잡아먹는 삽화들도 첨부되어 있었다. 각각의 표본이 – 수백, 아니 수천 개에 달하는 표본들에 – 하나도 빠짐없이 이렇게 정리되어 있었다. 일부는 소년 시절 본 적이 있지만, 동물학 박사과정을 밟고 있는 지금은 과학자의 눈으로 보게 되었다.

아직도 문간에 서 있는 카야를 돌아보았다. "카야, 이건 경이로워, 아름다운 디테일이야. 책으로 출판해도 되겠어. 이걸로 책을 쓸 수 있을 거야. 수도 없이 쓸 수 있을 거야."

"아니, 아니야. 이건 그냥 나만을 위한 거야. 내가 배우는 데 도움이 되면 그뿐이야."

"카야, 내 말 잘 들어. 이 지역을 다룬 참고서적은 거의 없다시피 하다는 걸 누구보다 네가 제일 잘 알잖아. 이런 주해와 기술적 데이터와 기가막힌 그림들이라니, 이거야말로 모두가 기다려온 책이 될 거야." 그건 사실이었다. 출판된 건 이 지역의 조개, 식물, 조류와 포유류를 다룬 낡은 안내서뿐이었고, 그나마도 각 항목에 달린 단순한 흑백 화보와 엉성한 정보는 한심하리만큼 부정확했다.

"표본 몇 개 가져갈 수 있게 해주면 출판사를 알아보고, 그쪽 의향을 타진해볼게."

카야는 어떻게 해야 할지 몰라 물끄러미 바라만 보았다. 직접 어디론가 가야 하는 걸까, 그래서 사람을 만나야 하는 걸까? 테이트는 카야의 눈에 떠오른 의문을 놓치지 않았다.

"집을 떠나지 않아도 돼. 표본들은 우편으로 출판사에 보내면 돼. 그러면 수입이 좀 될 거야. 큰돈은 아니겠지만 남은 평생 홍합을 캐지 않아도 될 거야."

그래도 카야는 입을 굳게 다물고 있었다. 이번에도 테이트는 자기가 돌봐주겠다고 말하지 않고, 카야가 자기 자신을 돌볼 수 있도록 격려해주고 있다. 카야의 삶에는 언제나 그가 있었다. 그러다가 사라져버렸다.

"한번 해봐, 카야. 나쁠 게 뭐 있겠어?"

마침내 카야는 테이트에게 표본 몇 개를 골라 가도 좋다고 허락했다. 그래서 테이트는 조개들을 그린 부드러운 색조의 수채화와 그레이트 블루 헤론을 골랐다. 철 따라 바뀌는 새의 모습을 그린 카야의 상세한 스케치와 휘어진 눈썹 깃털의 섬세한 유화 때문이었다.

테이트는 깃털 그림을 집어들었다. 수백 회의 얇디얇은 붓질로 풍부한 색채들이 화려하게 어우러지다 심도 깊은 검정으로 절정을 이루고, 햇빛이 캔버스를 어루만지듯 빛을 반사했다. 줄기가 살짝 찢어진 디테일은 너무나 독특했기에 테이트와 카야는 동시에 깨달아버렸다. 이건 테이트가 숲속에서 처음으로 카야에게 선물했던 그 깃털 그림이라는 걸. 둘은 깃털을 바라보다 서로의 눈을 보았다. 카야가 고개를 돌렸다. 억지로 감정을 눌렀다. 믿지 못할 남자에게 또 끌려갈 수는 없었다.

테이트가 다가와 카야의 어깨에 손을 얹었다. 그리고 부드럽게 돌려세우려 했다. "카야, 널 두고 떠나서 정말로 미안해. 부탁이야, 용서해줄 수는 없겠어?"

마침내 카야가 돌아서서 그를 보았다. "용서하는 법을 모르겠어, 테이트. 다시는 믿을 수 없을 것 같아. 테이트, 이제 그만 가줘, 제발."

"알았어. 내 말 들어줘서 고마워. 사과할 기회를 줘서." 테이트는 한 박자 기다렸지만 카야는 이미 입을 다물어버렸다. 적어도 빈손으로 떠나는 건 아니었다. 출판사를 찾겠다는 희망은 카야와 다시 연락할 끈이 생겼다는 뜻이었으니까.

"안녕, 카야." 카야는 답이 없었다. 테이트가 바라보았지만 카야는 잠시 쳐다보다 고개를 돌렸다. 테이트는 문을 나서 보트로 갔다.

카야는 테이트가 갈 때까지 기다렸다가 호소의 축축하고 차가운 모래 위에 앉아 체이스를 기다렸다. 큰 소리로 혼잣말을 하며 아까 테이트에게 했던 말을 되풀이했다. "체이스가 완벽한 남자는 아닐지 모르지만 넌 더 나쁜 자식이야."

하지만 검은 물을 들여다보는 카야의 마음에 테이트가 한 말이 고여 사라지지 않았다. "파티가 끝나고 픽업트럭에 금발 여자를 태우고 갔어."

체이스는 크리스마스가 지나고 일주일이 지나도록 오지 않았다.

호소에 들어선 그는 밤새도록 머물 수 있다면서 함께 새해를 맞이하자고 했다. 둘이 팔짱을 끼고 판잣집으로 걸어오는데, 똑같은 안개가 지붕에 걸쳐 드리워져 있었다. 사랑을 나누고 나서는 담요를 두르고 화덕 앞에 앉았다. 농밀한 공기는 물 분자 하나도 더는 끼어들 수 없을 만큼 포화상태였고, 주전자가 끓자 묵직한 물방울이 서늘한 창유리에 맺혀 부풀어 올랐다.

체이스는 호주머니에서 하모니카를 꺼내 입술에 대고 청승맞은 「몰리 말론」을 연주했다. "이제 몰리의 유령이 손수레를 몰고 넓고 좁은 거리를 배회하며, 조개 있어요, 홍합 있어요, 신선한 생물이랍니다, 살아 있어요, 라고 노래 부르네."

카야는 체이스가 이런 애절한 노래를 연주할 때 가장 영혼이 있어 보인다고 생각했다.

1969년

맥주가 도는 시간에 도그곤 비어홀은 다이너보다 훨씬 질 좋은 가십을 팔았다. 보안관과 조는 사람들이 빽빽이 들어찬 기다란 비어홀을 지나 소나무 한 그루를 통으로 베어 만든 바로 향했다. 바는 술집 왼쪽을 쭉 따라 들어가 어둑어둑 잘 보이지 않는 데까지 뻗어 있었다. 동네 사람들이 – 여자는 출입금지였기 때문에 모두가 남자뿐이었다 – 옹기종기 바에 모여 앉거나 드문드문 놓인 테이블에 앉아 있었다. 바텐더 두 명이 핫도그를 굽고 새우, 굴, 허시퍼피*를 튀기고 그리츠를 휘젓고 맥주와 버번을 따르고 있었다. 여기저기 걸려 번쩍이는 맥주 광고판 말고는 조명도 없었고, 호박색 검불에서 빛이 뿜어져 나와 턱수염 무성한 얼굴들을 캠프파이어처럼 핥았다. 당구공이 탕, 통, 부딪는 소리가 뒤편에서

---

* 허시퍼피 hush puppy는 옥수숫가루, 베이킹파우더, 양파가루 등을 반죽해 기름에 튀겨먹는 남부 요리다.

흘러나왔다.

에드와 조가 바에서 어부들과 자연스럽게 어울려 밀러 맥주와 굴튀김을 시키자마자 질문이 쏟아지기 시작했다. 뭐 새로운 거 없어요? 어떻게 지문이 없을 수가 있소, 그 부분이 사실이요? 당신네 보안관들 핸슨 노인네는 생각해봤소? 완전히 미쳐 돈 인간인데, 딱 그놈이 할 짓 같단 말이오. 망루에 올라가서 누가 오면 밀어 떨어뜨리고. 이번 사건 때문에 아주 골치깨나 아프겠구먼, 안 그렇소?

조가 한쪽을 보면 에드는 다른 쪽을 보면서 시끌벅적한 수다의 파도를 탔다. 대답을 하고, 귀를 기울이고, 고개를 끄덕이고. 소란스러운 와중에 보안관의 귀가 차분한 목소리, 균형 잡힌 말투의 한 자락을 붙잡았다. 에드는 고개를 돌리고 팀오닐호의 새우잡이 어부 햄 밀러를 마주 보았다.

"잠깐 얘기 좀 할 수 있을까요, 보안관님? 단둘이서?"

에드는 바에서 멀찌감치 물러섰다. "물론이지, 햄, 따라오게." 그는 벽에 붙은 작은 테이블로 햄을 데리고 가서 자리에 앉았다. "그 맥주 리필해오겠나?"

"아니, 지금은 괜찮아요. 뭐, 고맙습니다."

"마음에 걸리는 게 있나보지, 햄?"

"네, 있어요. 빨리 털어버려야 마음이 편할 거 같습니다. 영 기분이 찜찜해서."

"어디 들어보자고."

"아, 제기랄." 햄이 고개를 저었다. "모르겠어요. 별일 아닐지도 모르지만요, 안 그랬으면 더 빨리 말했겠죠. 내가 본 광경을 잊을 수가 없어서."

"그냥 나한테 털어놔봐, 햄. 중요한지 아닌지는 그다음에 판단하자고."

"체이스 앤드루스 건에 관한 거예요. 녀석이 죽은 바로 그날 밤인데, 팀 오닐호에서 뱃일을 하고 있었단 말이에요. 늦은 밤에 만으로 들어서는데, 그때가 자정이 훨씬 지났을 시각이에요. 나하고 앨런 헌트가 그 여자를 봤어요. 마시 걸이라고들 하는 그 여자가 보트 엔진에 시동을 걸고 막 만을 빠져나가더라 그 말입니다."

"그래? 자정에서 얼마나 지났을 땐데?"

"새벽 1시 40분쯤 됐을 거예요."

"어디로 가던가?"

"글쎄요, 그게 문젠데요, 보안관님. 곧장 소방망루 쪽으로 갔어요. 그 항로를 유지했다면 망루 바로 옆에 있는 작은 만에 닿았을 겁니다."

에드는 깊게 숨을 내쉬었다. "그래, 헬. 그건 중요한 정보야. 아주 중요한 정보. 그 여자가 확실한가?"

"뭐, 그때도 앨런하고 얘길 했지만 확실히 그 여자였어요. 내 말은, 우리 둘 다 같은 생각을 했단 말입니다. 이렇게 늦은 시각에, 불도 안 켜고 배를 몰고 다니면서 뭐 하고 있는 건가. 제때 봐서 다행이지, 하마터면 부딪칠 뻔했어요. 그러다 잊어버리고 말았는데, 나중에 이것저것 맞춰보니까 체이스가 망루에서 죽은 그날 밤이더라고요. 그래서, 뭐, 아무래도 털어놓는 게 낫겠다 싶었죠."

"그 여자를 본 다른 배는 없고?"

"그건 모르겠어요. 뭐, 다른 배들도 나와 있었겠죠. 우리는 일을 다 접고 들어가고 있었으니까. 하지만 다른 사람들한테는 그 얘기 한 적 없어요. 그렇잖아요, 특별히 말할 이유도 없고, 물어보지도 않았어요."

"알겠네, 헬. 나한테 얘기한 건 정말 잘한 거야. 해야 할 일을 한 거지. 아무 걱정할 거 없네. 나한테 본 대로만 얘기했으면 된 거야. 자네하고 앨런한테 진술을 부탁할지도 몰라. 이제 내가 맥주 한잔 사도 되겠나?"

"아니요, 그냥 집에 들어가야겠습니다. 안녕히 계세요."

"잘 가게. 고맙네." 햘이 일어서자 에드는 조에게 손을 흔들었다. 조는 몇 초마다 보안관의 안색을 살피며 눈치를 보고 있었다. 두 사람은 햘이 맥줏집을 돌며 사람들에게 작별인사할 시간을 준 후, 거리로 나왔다.

에드가 햘의 목격담을 들려주었다.

"맙소사." 조가 말했다. "그럼 끝 아닙니까. 그렇게 생각하지 않으세요?"

"판사한테 이 건으로 영장을 발부받을 수 있겠어. 아직 자신은 없는데, 발부 신청 전에 확실히 해두고 싶군. 영장만 있으면 그 여자 집을 뒤져서 체이스의 옷에서 나온 빨간 섬유와 일치하는 게 있는지 찾아낼 수 있다고. 이제 그날 밤 그 여자의 행적을 알아낼 차례야."

1967년

겨우내 체이스는 카야의 집을 찾아와서 보통 주말마다 하룻밤씩 묵고 갔다. 춥고 습한 날에도 배를 타고 안개 핀 수풀을 헤치고 다니면서 그녀는 채집하고 그는 하모니카로 별난 곡조들을 불었다. 음표들은 안개와 떠다니다 흩어져 어두운 저지대의 숲으로 사라졌지만 어쩐지 습지가 흡수해 기억에 새겨둔 모양이었다. 카야가 그 물길들을 다시 찾을 때마다 그 음악이 들렸던 것이다.

　이른 삼월 어느 날 아침, 카야는 혼자 바닷길을 타고 마을 나들이를 나섰다. 하늘이 회색 구름으로 뜬 수수한 스웨터를 걸치고 있었다. 체이스의 생일이 이틀 뒤로 다가와 피글리에 가서 특별한 저녁 식사를 위한 장을 볼 생각이었다. 카야는 평생 처음 굽는 캐러멜 케이크를 메뉴에 포함시켰다. 체이스 앞에 촛불을 꽂은 케이크를 내놓는 상상을 했던 것이다. 엄마가 떠난 후로는 이 부엌에서 한 번도 없었던 일이다. 체이스는 집 지을 돈을 마련하려 저축을 한다는 얘기를 요즘 들어 유독 자주 했다. 카야도 빵 굽기를 배워두는 게 좋을 것 같았다.

보트를 대고 부두를 따라 일렬로 늘어선 상가 쪽으로 걸어가던 카야는 길 끝에 체이스가 서서 친구들과 이야기를 나누고 있는 모습을 보았다. 늘씬한 금발 처녀의 어깨에 한쪽 팔을 두르고서. 카야의 머리는 이 상황을 파악하려고 핑핑 돌았지만 다리는 제멋대로 앞으로 나아갔다. 체이스가 다른 사람들과 함께 있거나 마을에 있을 때는 한 번도 다가가서 아는 척을 한 적이 없지만, 바다에 뛰어들지 않는 한 일행을 피할 길은 없었다.

체이스와 친구들은 즉시 돌아서서 카야를 마주 보았고, 바로 그 순간 체이스는 처녀의 어깨에서 팔을 내렸다. 카야가 입은 하얀 컷오프 데님이 긴 다리를 돋보이게 했다. 양 갈래로 땋은 검은 머리가 가슴까지 흘러내렸다. 일행은 하던 말을 멈추고 물끄러미 쳐다보았다. 체이스에게 달려가서 아는 척할 수 없다고 자각하니 억울해 심장이 타들어갔다.

카야는 그들이 서 있는 부두 끝까지 걸어갔고, 체이스는 그제야 카야에게 인사를 했다. "안녕, 카야."

체이스에게서 일행으로 시선을 옮기며 카야가 말했다. "안녕, 체이스."

체이스의 목소리가 들려왔다. "카야, 브라이언, 팀, 펄, 티나 기억하지." 따발총처럼 이름 몇 개를 정신없이 읊고 나서야 그 목소리가 가라앉았다. 카야를 보면서 체이스가 말했다. "그리고 여기는 카야 클라크야."

카야가 그 친구들 이름을 기억할 리가 없다. 한 번도 소개받지 못했으니까. 그저 키큰말라깽이금발과 나머지로 알 뿐이었다. 줄에 엮여 질질 끌려가는 해초가 된 기분이었지만 간신히 미소를 띠고 인사했다. 기다려왔던 기회다. 함께 어울리고 싶었던 친구들과 이렇게 서 있잖아. 머릿속으로 단어를 찾아 헤맸다. 뭔가 똑똑한 말을 해서 흥미를 끌고 싶었다. 하지만 일행 중 두 명이 냉랭하게 인사하고는 불쑥 돌아서서 가버렸다. 그러자 다른 친구들도 재빨리 뒤쫓아갔다. 지느러미를 종종거리며 헤엄쳐 사라지는 피라미 떼처럼 사라져버렸다.

"어, 여기서 만났네." 체이스가 말했다.

"방해할 생각은 아니었어. 그냥 살 게 있어서 왔다가, 금방 집에 가려고."

"자기가 무슨 방해가 돼. 저 녀석들은 방금 길에서 우연히 만났을 뿐이야. 전에 말한 대로 일요일에 갈게."

체이스는 불안하게 발을 바꾸며 조개껍데기 목걸이를 만지작거렸다.

"그때 봐, 그럼." 하지만 체이스는 카야 말을 듣지도 않고 바삐 친구들을 뒤쫓아버린 후였다. 카야는 서둘러 시장으로 가다가 메인스트리트에서 뒤뚱거리는 청둥오리 가족을 조심스럽게 피했다. 따분한 무채색 인도 위의 오리발은 놀라울 정도로 화려한 오렌지색이었다. 피글리 위글리에서 카야는 체이스와 젊은 여자의 잔상을 머리에서 털어버리려 애쓰며 빵들이 진열된 매대를 돌아서다 그만 무단결석 선도원 컬페퍼 부인과 딱 맞닥뜨리고 말았다. 두 사람은 울타리에 갇혀버린 토끼와 코요테처럼 서 있었다. 카야는 이제 그 여자보다 키도 크고 교육도 잘 받았지만, 물론 그때 두 여자의 머릿속에 그런 생각은 떠오르지 않았다. 도망치는 게 버릇이 된 카야는 이번에도 줄행랑을 치고 싶었지만 꿋꿋이 버티고 서서 컬페퍼 부인의 눈을 똑바로 마주 보았다. 부인이 살짝 고개를 끄덕이더니 그냥 지나쳤다.

카야는 피크닉 용품을 찾았다. 치즈, 프랑스 빵, 케이크 재료, 체이스의 생일을 위해 아끼고 모아뒀던 돈을 다 써버렸다. 하지만 물건들을 찾아 카트에 넣는 손이 남의 손 같았다. 카야의 눈앞에는 여자의 어깨에 둘려 있던 체이스의 팔만 어른거렸다. 지역신문을 한 장 샀다. 근방의 연안에 습지 연구소가 들어선다는 헤드라인이 눈에 띄었다.

가게에서 나온 카야는 고개를 푹 숙이고 도둑질한 족제비처럼 종종걸음 치며 부두로 향했다. 간신히 집에 돌아온 카야는 부엌 식탁에 앉아 새 연구소 기사를 읽으려 신문을 펼쳤다. 과연 멋진 현대식 시설이 바클리 코브에서 시오크스 쪽으로 30여 킬로미터쯤 내려간 지점에 건설되고 있었다. 과학자들이 무려 전체 해양 생물 절반의 생존과 직결된 습지의 생태를 연구하게 된다고……

기사를 계속 읽으려고 페이지를 넘기자 체이스와 아까 그 여자의 사진이 커다랗게 나왔다. 약혼발표였다. 앤드루스−스톤. 말이 뭉쳐 쏟아지는가 싶더니 흐느낌으로 변하고, 극심한 과호흡이 잇달았다. 카야는 벌떡 일어나 멀찍이 물러서서 신문을 바라보다가 다시 가서 신문을 주워 들고 읽었다. 머릿속 상상이 틀림없다. 현실일 리가 없다. 하지만 거기 떡하니, 얼굴을 꼭 붙이고 미소 짓고 있는 그들이 있었다. 젊은 여자, 펄 스톤, 아름답고 부티 나는 얼굴에 진주목걸이와 레이스 블라우스. 체이스가 팔을 두르고 끌어안고 있던 여자. 항상 진주목걸이.

카야는 벽을 짚고 포치로 가서 손으로 입을 막고는 침대에 쓰러졌다. 바로 그때 모터보트 소리가 들렸다. 벌떡 일어나 앉아 호소 쪽을 봤더니 체이스가 해변에 보트를 대고 있었다.

뚜껑 열린 상자에서 탈출하는 생쥐처럼 포치문을 날렵하게 빠져나간 카야는 체이스가 미처 보기도 전에 호소에서 멀리 떨어진 숲속으로 가 숨었다. 팔메토 야자나무 뒤에 쭈그리고 앉아 자기 이름을 부르며 집 안으로 들어가는 체이스를 주시했다. 식탁에 펼쳐진 기사를 보겠지. 몇 분 후 집 밖으로 나온 체이스는 카야를 찾아 바닷가로 갔다.

체이스가 그녀 이름을 소리쳐 부르며 돌아왔지만 카야는 꿈쩍도 하지 않고 자리를 지켰다. 체이스가 모터보트를 타고 가버린 뒤에야 덤불에서 나왔다. 비척거리며 갈매기 먹이를 가지고 나와서 이우는 해를 따라 바닷가로 걸어갔다. 바닷바람이 무섭게 불어와 해변에서는 최소한 바람에 의지해 설 수 있었다. 갈매기들을 불러 숭덩숭덩 뜯은 프랑스 빵 조각을 공중에 던져주었다. 바람보다 독하고 거센 욕설을 소리쳐 뱉었다.

1967년

바닷가에 댄 보트로 달려가 스로틀을 최고로 올리고 굉음을 내며 바다로 나간 카야는 곧장 이안류로 직진했다. 머리를 한껏 젖히고 절규했다. "비열한 새끼…… 인간 쓰레기!" 질척하고 혼란스러운 물살이 뱃머리를 좌우로 비틀며 조종간에 압박을 가했다. 바다는 늘 습지보다 크게 분노한다. 깊은 만큼 할 말도 많다.

 오래전, 카야는 정상적인 조류와 이안류를 읽는 법을 배웠다. 이안류를 끝까지 타거나 이안류가 몰아치는 방향에서 직각으로 꺾어 질러 탈출하는 법도. 그러나 깊은 조류를 향해 똑바로 치달은 적은 없었다. 이안류 중에는 1분에 1억 리터의 물을 뿜어내는 멕시코 만류의 여파도 있었다. 지구의 강을 모두 합쳐도 노스캐롤라이나의 돌출부 너머에서 흐르는 만류의 힘에는 미치지 못한다. 파랑이 잔인한 후류를 자아내고 소용돌이가 주먹처럼 뭉쳐지면 물이 역류해 연안의 급류를 가로지르며 휘몰아쳐 지구상에서 가장 위험천만한 덫이 만들어진다. 카야는 살면서 이 근처는 얼씬도 하지 않았지만 지금은 달랐다. 오늘은 이안류의 목구멍으로 똑바로 들어가볼 생각이었다. 아픔을, 분노를 삭일 수 있다면 뭐든 좋았다.

무서운 물기둥이 밀어닥쳐 이물 밑에서 솟구치더니 보트를 우현으로 휙 잡아챘다. 배가 무겁게 들썩거리다 오른쪽으로 기울어졌다. 성난 급류에 빨려들어가자 속도가 무섭게 빨라졌다. 반대 방향으로 탈출하는 건 지나치게 위험했다. 그래서 카야는 급류의 흐름을 타며 조종하려 애썼고, 수면 밑에서 시시각각 모양을 바꾸며 장벽을 형성하는 모래톱을 주시했다. 살짝 스치기만 해도 배가 전복될 수 있는 상황이었다.

파도가 등 뒤로 부서져 머리를 흠뻑 적셨다. 먹구름이 머리 바로 위에서 쏜살같이 흘러가며 햇빛을 가로막아 소용돌이와 난류의 징후를 살피기 어려웠다. 낮의 열기가 먹구름에 빨려들었다.

그럼에도 두려움은 카야를 비껴갔다. 간절한 마음으로 공포에 사로잡히기를 바랐건만. 심장에 꽂힌 칼날을 뽑을 수만 있다면 무슨 짓이든 할 수 있는데.

느닷없이 시커멓게 굴러떨어지던 급류의 물살이 방향을 바꿨고 작은 보트는 우현으로 핑그르르 돌았다. 엄청난 여세에 카야는 보트 바닥에 세차게 던져졌고 바닷물이 쓰러진 몸을 덮쳤다. 얼이 빠져 물속에 주저앉은 카야는 다음에 닥쳐올 파도를 맞을 각오를 했다.

카야는 사실 멕시코 만류 근처에도 가지 못했다. 이건 훈련캠프에 불과했다. 진짜 바다에 비하면 놀이터였다. 하지만 카야는 고약한 바다로 뛰어들어 파도를 이겨낼 생각이었다. 무언가를 얻어내야 했다. 아픔을 죽여야 했다.

대칭 감각을 철저히 상실한 먹색 파도가 사방에서 부서졌다. 카야는 무거운 몸을 이끌고 다시 자리로 돌아와 조종간을 잡았지만 어느 방향으로 가야 할지 막막했다. 뭍은 아득한 선으로 걸려 하얗게 파란이 일 때만 수면으로 떠올랐다. 육지를 찾았다고 생각하면 어김없이 보트가 휘돌거나 기울어져 놓치곤 했다. 카야는 조류를 탈 수 있다고 확신했지만, 이제 조류는 남자처럼 우악스러워져서 성나 날뛰는 시커먼 바다로 점점 더 멀리 내치기만 했다. 구름이 한 덩어리로 뭉쳐 낮게 깔리더니 태양을 가렸다. 머리끝에서 발끝까지 흠뻑 젖은 카야는 몸을 떨었다. 서서히 기력이 떨어져 조종간을 잡고 있기조차 힘들었다. 악천후를 대비한 장비는 하나도 없었다. 식량도 물도 없었다.

드디어 두려움이 덮쳐왔다. 바다보다 깊은 장소에서, 다시 외톨이가 될 거라는 깨달음에서 오는 두려움. 아마 영원히 혼자일 거라는 두려움. 종신형 선고. 배가 마구잡이로 흔들리고 기우는 와중에 카야의 목구멍에서는 듣기 싫은 헐떡임이 비어져 나왔다. 파도가 한 번 칠 때마다 위태롭게 팔랑거렸다.

15센티미터에 달하는 물거품이 보트 바닥을 뒤덮어 냉기에 언 카야의 맨발을 쓰라리게 했다. 바다와 구름은 삽시간에 봄의 온기를 물리쳤다. 한쪽 팔은 가슴을 꾹 눌러 몸을 체온을 보전하려 애쓰고 다른 팔로는 힘없이 조종간을 돌렸다. 물과 싸우려들지 않고, 물과 함께 움직이려 했다.

마침내 요동치던 바닷물이 가라앉았다. 조류는 제 뜻대로 카야를 실어가고 있었지만 바다의 회초리와 채찍질은 그쳤다. 저 앞에 아담하고 긴 모래톱이 보였다. 바닷물에 젖은 조개들이 은은히 빛났다. 세찬 저류底流를 물리치며 정확한 찰나에 조종간을 꺾어 조류에서 벗어났다. 카야는 물살이 잔잔한 곳을 찾아 바람을 등지고 모래톱에 다가가 첫 키스처럼 부드럽게 정박했다. 좁은 해변에 내려 카야는 모래밭에 쓰러지듯 누웠다. 전신에 닿는 모래알의 감촉에 몸을 맡겼다.

카야는 체이스를 잃었기 때문에 슬픈 게 아니라는 걸 알았다. 거절로 점철된 삶이 슬펐다. 머리 위에서 씨름하는 하늘과 구름에 대고 카야는 큰 소리로 외쳤다. "인생은 혼자 살아내야 하는 거라지. 하지만 난 알고 있었어. 사람들은 결코 내 곁에 머무르지 않을 거라는 걸 처음부터 알고 있었단 말이야."

체이스가 교묘하게 결혼 얘기를 꺼내 미끼를 던지고, 지체 없이 카야를 침대로 끌어들인 다음 헌신짝처럼 버리고 딴 여자를 선택한 건 우연이 아니다. 카야는 수컷들이 여러 암컷을 전전한다는 연구 결과를 읽어 이미 알고 있었다. 그런데 왜 이 남자한테 빠졌을까? 체이스의 멋진 스키 보트는 발정 난 수사슴의 잔뜩 힘준 목이나 거대한 뿔과 다름없었다. 경쟁자 수컷을 쫓아내고 끝없이 암컷들을 유혹하려는 부속기관이다. 카야는 엄마와 똑같은 덫에 걸려들었다. '음흉한 바람둥이 섹스 도둑들.' 아버지는 엄마에게 얼마나 많은 거짓말을 했을까. 얼마나 비싼 레스토랑에 데리고 다녔을까. 그러다가 돈이 떨어지자 자신의 진짜 영역으로, 늪지의 판잣집으로 데리고 와버렸다. 사랑이란 차라리 씨도 뿌리지 않고 그냥 두는 게 나은 휴경지인지도 모른다. 카야는 어맨다 해밀턴의 시를 생각했다.

이제는 가야만 해
너를 떠나보내야 해
사랑은 너무 자주
머무를 이유라지만
가야 할 이유로는

흔치 않지

난 밧줄을 놓고

표표히 멀어지는 너를 바라봐

내내

너는 생각했어

연인의 젖가슴

맹렬한 물살이

심연으로 너를 잡아끌었다고

하지만 해초와 함께

표표히 흘러가도록

너를 놓아주는 건

내 심장의 조류

시들한 해의 엉덩이가 무거운 먹구름 사이 틈새를 찾아내어 모래톱에 닿았다. 주위를 둘러보았다. 조류와 장엄한 노도怒濤와 이 모래사장이 공모해 정교한 그물망을 짜낸 게 틀림없다. 세상에서 가장 경이로운 조개껍데기의 표본들이 사방에 널려 있었다. 카야가 본 적 없는 광경이었다. 모래톱의 각도와 부드러운 흐름이 바람이 부는 반대편에 조개껍데기들을 모아서 하나도 깨지지 않도록 조심조심 내려놓은 모양이었다. 희귀한 조개 몇 종과 좋아하는 종들 여러 개를 찾을 수 있었다. 어느 한 군데 깨진 데 없이 진주처럼 반들반들했다. 광택을 잃지 않고 반짝거렸다.

조개들 사이를 돌아다니며 가장 귀한 것들만 골라 한 군데 쌓아두었다. 보트를 뒤집어 물을 빼고 바닥 이음새를 따라 꼼꼼하게 조개들을 끼위 넣었다. 카야는 당당하게 서서 물을 탐색하며 돌아갈 길을 연구했다. 바다를 읽고 조개들한테 배운 교훈대로 바람 부는 반대편으로 들어가 곧장 물으로 갈 작정이었다. 가장 거센 물살은 아예 피하는 게 상책이다.

보트를 타고 출발하면서 카야는 다시는 이 모래톱을 보지 못할 거라는 사실을 깨달았다. 아주 짧은 찰나 자연이 모래의 각도를 정확하게 비춰 스치는 미소를 빚어냈다. 다음번 조수가 빠지면, 다음번 급류가 닥치면 또 다른 모래톱을 조각하고 또 다른 모래톱을 빚어내겠지만, 이 모래톱은 또다시 생겨나지 않는다. 카야를 받아주고 삶의 교훈을 가르쳐준 이 모래톱과는 작별이었다.

그날 집 앞 바닷가를 거닐며 카야는 좋아하는 어맨다 해밀턴의 시를 마음속으로 읊었다.

빛바랜 달아, 내 발자국을
따라와
물의 그늘이 끊지 않은
빛을 헤치고
서늘한
침묵의 어깨를 느낀
내 감각을 함께 나눠줘

너밖에 몰라
찰나의 면面이
외로움으로

까마득하게 늘어져

다른 모서리에 닿는지

모래사장에서 시간이

썰물처럼 빠지면

얼마나 많은 하늘이

한숨에 담기는지

외로움을 아는 이가 있다면 달뿐이었다.

예측 가능한 올챙이들의 순환고리와 반딧불이의 춤 속으로 돌아온 카야는 언어가 없는 야생의 세계로 더 깊이 파고들었다. 한창 냇물을 건너는데 발밑에서 허망하게 쑥 빠져버리는 징검돌처럼 누구도 못 믿을 세상에서 자연만큼은 한결같았다.

1968년

녹슨 우체통은 이름 없는 거리 끝에 있었다. 카야의 우편물은 주민 전체를 대상으로 대량 발송하는 전단지밖에는 없었다. 공과금도 없고 친구도 없고 별 의미 없이 다정한 쪽지를 보내줄 나이 지긋한 숙모님도 없었다. 수년 전 엄마가 보낸 편지 한 통을 제외하면 카야의 우편물은 아무 뜻 없는 물건에 불과했고, 몇 주씩 우체통을 비우지 않을 때도 허다했다.

하지만 스물두 살이 되던 해, 체이스와 펄이 약혼발표를 하고 나서 1년 남짓 흘렀을 무렵, 카야는 날마다 무섭게 내리쬐는 땡볕 아래 흙길을 걸어 우체통을 찾았다. 드디어 어느 날 아침, 우체통 속에 든 두툼한 마닐라지 봉투를 발견한 카야는 내용물을 꺼내보았다. 캐서린 대니엘 클라크가 지은 『동부 연안의 바닷조개』 가제본이 나왔다. 카야는 숨을 들이쉬었다. 이걸 보여줄 사람이 아무도 없었다.

집 앞 바닷가에 앉아 모든 페이지를 빠짐없이 읽었다. 테이트가 처음

출판사와 접촉한 후 몇 장의 드로잉을 더 제출하고 나서 우편으로 출판 계약을 했다. 조개 표본 그림과 텍스트는 이미 수년에 걸쳐 완성되었으므로, 편집자인 로버트 포스터 씨의 편지에 따르면 책이 기록적인 속도로 출판될 예정이고 조류에 대한 후속작도 곧 나올 거라고 했다. 그는 선인세로 5천 달러를 동봉해 보냈다. 절름발이 아버지가 놀라 자빠져 술을 다 쏟을 만한 액수였다.

그런데 이제 드디어 카야의 손에 최종본이 들어온 것이다. 붓 자국 하나하나, 세심하게 고른 색채 하나하나, 자연사를 설명하는 낱말 하나하나, 모두가 이 한 권에 인쇄되어 있었다. 조개껍데기 속에 사는 생물들 그림도 실려 있었다. 어떻게 먹이를 먹고 움직이고 짝짓기하는지도 설명되어 있었다. 사람들은 조개껍데기 속에 살아 있는 생물이 산다는 걸 쉽게 잊는다.

카야는 책장을 어루만지며 조개껍데기 하나하나에 깃든 이야기를 떠올렸다. 발견한 곳, 바닷가에 어떤 모양으로 놓여 있었는지, 계절과 해돋이. 그건 카야의 가족 앨범이었다.

향후 몇 달에 걸쳐 노스캐롤라이나, 사우스캐롤라이나, 조지아, 버지니아, 플로리다, 뉴잉글랜드 연안의 기념품 가게와 서점들에 카야의 책이 진열될 예정이었다. 인세는 6개월마다 수표로 보내줄 건데 회당 수천 달러가 될 거라 추산한다고 출판사는 전했다.

카야는 부엌 식탁에 앉아서 테이트에게 감사 편지를 쓰려고 했다. 하지만 다시 읽어보니 마음이 가라앉았다. 쪽지만으로는 터무니없이 모자랐다. 테이트의 친절 덕분에, 습지에 대한 카야의 사랑이 일생의 작품으로 승화되었다. 카야의 일생. 채집한 낱낱의 깃털, 조개껍데기, 곤충 표본을 빠짐없이 공유할 수 있게 되었고, 저녁 끼니를 때우기 위해 더는 진흙을 파헤칠 필요도 없어졌다. 날마다 그리츠만 먹고 살지 않아도 된다.

테이트가 시오크스 근처에 새로 생긴 연구소 실험실에서 생태학자로 일하게 됐다는 건 점핑한테 들어 알고 있었다. 말쑥한 연구용 크루저도 새로 장만해주었다고 했다. 가끔 멀리서 테이트의 배가 보일 때도 있었지만 그때마다 마주치지 않으려 조종간을 돌려 지나쳤다.

카야는 추신을 덧붙여 썼다. "언제 우리 집 근처에 오게 되면 한 번 들러. 내 책을 한 권 선물하고 싶어." 그리고 연구실 주소로 편지를 부쳤다.

그다음 주에 카야는 수리공 제리를 고용해 수도와 보일러를 들이고 발톱 모양 받침이 있는 욕조를 뒤쪽 침실에 놓았다. 상판이 타일로 된 주방 가구를 짜서 개수대를 놓고 수세식 변기도 설치했다. 제리는 전기를 끌어와 레인지와 새 냉장고도 놓아주었다. 카야는 옛날식 장작 화덕을 그대로 두고 옆에 땔감을 쌓아두겠다며 고집을 부렸다. 판잣집의 난방 역할을 하기도 하지만 대체로는 엄마가 마음으로 구워준 수천 개의 비스킷이 나온 장소이기 때문이었다. 엄마가 돌아와서 화덕이 사라진 걸 보면 어떡한단 말인가? 제리는 소나무 원목으로 부엌 찬장을 짜주고 새 현관문을 달아주고 포치에 새로 차양을 드리우고 바닥에서 천장까지 꽉 차게 표본을 놓을 선반도 설치해주었다. 카야는 시어즈 로벅 백화점에서 소파, 의자, 침대, 매트리스와 깔개를 주문했지만 오래된 식탁은 그대로 두었다. 이제 몇 가지 기념품을 보관할 진짜 장이 생겼다. 뿔뿔이 흩어진 가족을 기념할 작은 장식장.

판잣집 외관은 예전과 다름없이 새로 페인트칠을 하지 않은 채 그대로 두었다. 풍상에 닳은 소나무 판자로 올린 벽, 회색 바탕에 붉은 녹이 슬어 색감이 풍부해진 지붕에 아름드리 드리워진 참나무에 걸린 스패니시 모스가 살랑이며 스쳤다. 예전보다는 덜 위태로워 보였지만 여전히 습지의 짜임에 자연스럽게 엮인 모습이었다. 카야는 정말로 추운 겨울밤이 아니면 계속 포치에서 잤다. 하지만 이제는 진짜 침대가 생겼다.

어느 날 아침, 카야는 점핑에게서 컴컴한 늪의 물을 빼고 호텔을 지을 거창한 계획을 세운 거물 개발업자들이 이 지역에 온다는 소식을 들었다. 카야도 이전 해에 간혹, 중장비들을 동원해 일주일 만에 참나무 숲 전체를 베어버리고 물길을 내어 습지를 마른 땅으로 바꾸는 광경을 본 적이 있었다. 개간을 마친 후에는 갈증에 허덕이는 땅과 경질지층만 남겨두고 새로운 장소로 이동했다. 알도 레오폴드의 책을 읽어보지 않은 사람들이 분명했다.

카야는 이 땅이 그녀 가족 소유인지, 아니면 4세기에 걸쳐 대다수 습지 사람들이 그랬듯 불법점거 하고 있을 뿐인지 여부를 알지 못했다. 엄마의 행방을 말해줄 실마리를 찾아 집 안에 있는 종잇조각이란 종잇조각은 죄다 뒤졌지만 땅문서 같은 건 본 적도 없었다.

집에 오자마자 카야는 예의 가족 성경을 천에 싸서 바클리코브 법원으로 가지고 갔다. 엄청나게 넓은 이마와 왜소한 어깨를 지닌 백발의 직원이 커다란 가죽으로 제본한 기록들과 지도, 항공사진 몇 장을 꺼내와서 책상에 죽 펼쳤다. 카야는 손가락으로 지도를 짚어 그녀가 사는 호소를 가리키고 대충 자기 땅이라 생각하는 지역의 경계를 그려 보였다. 직원은 참고번호를 확인하고 낡은 목제 서류 캐비닛에서 땅문서를 찾았다.

"아, 여기 있네요. 1897년에 네이피어 클라크 씨가 제대로 측량 절차를 거쳐서 매입했습니다."

"우리 할아버지예요." 카야가 말했다. 엄지로 성경의 얇은 갈피를 넘기자 출생과 사망 기록 부분에 네이피어 머피 클라크가 나왔다. 거창하기 짝이 없는 이름이었다. 오빠의 이름과 똑같았다. 카야는 직원에게 아버지는 돌아가신 것으로 추정된다고 말했다.

"매매 기록은 없어요. 그러니까 아가씨 땅이 맞을 거 같네요. 하지만 말씀드리기 죄송하지만 밀린 세금이 좀 있어요, 클라크 씨. 땅의 소유권을 유지하려면 세금을 내야 해요. 사실, 법에 따르면 누구든 와서 먼저 세금을 내는 사람이 임자예요. 땅문서가 없더라도 말이지요."

"얼마나 되는데요?" 카야는 아직 계좌를 개설하지 않았고 집을 수리한 후 남은 현금 3천 달러는 모두 배낭에 넣어 짊어지고 있었다. 그러나 40년에 걸쳐 밀린 세금이니까, 수천수만 달러에 달할지도 모른다.

"어디 한번 봅시다. 황무지 범주로 분류되어 있군요. 그러니까 대체로 1년에 5달러 정도예요. 여기 보면, 계산을 좀 해봐야겠네……." 직원은 뚱뚱한 계산기 앞에 가서 숫자를 하나씩 쳐 넣고 크랭크 손잡이를 당겼다. 그러자 기계에서는 정말로 연산을 하는 것처럼 쿨렁쿨렁 소리가 났다.

"대충 800달러쯤 될 거 같네요. 그걸 해결하면 땅의 소유권을 깔끔하게 확보하게 될 겁니다."

카야는 무성한 호소들과 반짝이는 습지와 참나무 숲과 노스캐롤라이나 연안의 긴 사유 해변을 포함한 38만 평에 달하는 땅에 대해 전적으로 적법한 소유권을 인정하는 문서를 받아들고 법원에서 나왔다. 황무지 범주. 컴컴한 늪.

어스름 무렵에 그녀의 호소로 돌아온 카야는 혜론과 대화를 나누었다. "이제 다 괜찮아. 네가 사는 이곳은!"

다음 날 정오에 보니 우체통에 테이트의 쪽지가 들어 있었다. 테이트는 깃털 둥걸에만 쪽지를 남겼던 터라 낯설었고 격식을 차리는 느낌이 들었다. 테이트는 초대에 감사하며 그날 오후에 바로 오겠다고 했다.

카야는 출판사가 보내준 새 책 여섯 권 중 한 권을 들고 예의 책 읽기 등걸에 앉아 기다렸다. 20분쯤 지났을 무렵 테이트의 옛 보트가 통통거리며 물길을 달려오는 소리가 나자 카야는 일어섰다. 수풀을 헤치고 그가 시야에 들어오자 두 사람은 손을 흔들며 온화하게 웃었다. 둘 다 경계를 풀지 않았다. 지난번 테이트가 이곳에 배를 댔을 때는 카야가 얼굴에다 돌을 던졌으니까.

배를 묶고 나서 테이트가 카야에게 다가왔다. "카야, 네 책 굉장해." 테이트는 포옹을 하려는 듯 살짝 몸을 기울였지만 카야의 심장은 이미 딱딱하게 굳어 홱 물러섰다.

카야는 대신 책을 내밀었다. "여기, 테이트. 이거 주려고."

"고마워, 카야." 테이트는 책을 펼쳐 책장을 넘겼다. 물론 이미 시오크스의 북셰프 책방에서 한 권 샀고 한 장 한 장 읽으며 경탄을 금치 못했다는 말은 하지 않았다. "이 비슷한 책도 출간된 적이 없을 거야. 장담하건대 이건 너한테 시작에 불과해."

카야는 고개를 까딱해 보이고 살짝 미소를 머금었다.

테이트는 다시 속표지를 넘기며 말했다. "아, 작가 서명을 안 해줬잖아. 테이트 앞으로 한마디 안 써줄 거야?"

테이트는 청바지 주머니에서 펜을 꺼내 그녀에게 주었다.

카야는 펜을 받아들고 몇 초 생각하다가 썼다.

깃털 소년에게,

고마워.

습지 소녀가

테이트는 카야가 쓴 글을 읽고 카야를 안고 싶은 마음을 억누르려고 돌아서서 멀리 습지 너머를 바라보았다. 한참 후에야 테이트는 카야의 손을 잡고 꼭 힘을 주었다.

"고마워, 카야."

"덕분이야, 테이트." 카야는 말하면서 마음속으로 생각했다. '항상 너였어.' 심장의 반쪽은 갈망하고 다른 반쪽은 경계했다.

테이트는 잠시 서 있다가 카야가 아무 말도 하지 않자 가려고 돌아섰다. 하지만 보트에 타면서 결국 이 말을 하고 말았다. "카야, 나중에 습지에서 나를 보면 제발 사람들한테 들킨 새끼 사슴처럼 풀숲에 숨지 마. 그냥 나를 소리쳐 부르면 같이 탐사할 수도 있잖아. 알았지?"

"알았어."

"책 고마워."

"안녕, 테이트." 카야는 수풀 속으로 사라지는 테이트를 끝까지 지켜보며 중얼거렸다. "차라도 마시고 가라고 할걸. 그런다고 해될 것도 없는데. 친구가 될 수도 있잖아." 그리고 흔치 않은 자긍심으로 카야는 책을 생각했다. "동료가 될 수도 있고."

테이트가 떠나고 한 시간 후, 카야는 배낭에 책 한 권을 더 넣어가지고 점핑의 부두를 찾았다. 카야가 다가가며 보니 점핑은 낡은 가게 벽에 기대앉아 있었다. 점핑이 일어나서 손을 흔들었지만 카야는 손을 흔들어

답례하지 않았다. 오늘은 뭔가 다르다는 눈치를 채고 점핑도 말없이 뱃줄을 묶는 카야를 지켜보며 기다려주었다. 카야는 점핑에게 다가가 그의 손을 잡고 손바닥에 책을 놓아주었다. 점핑은 처음에는 영문을 몰라 어리둥절해했다. 그래서 카야는 자기 이름을 손으로 가리키며 말했다. "이제 나 괜찮아요, 점핑 아저씨. 고마워요. 그리고 지금까지 해주신 모든 것들 고맙다고 메이블 아주머니에게도 감사 인사 전해주세요."

점핑은 카야를 물끄러미 바라보았다. 다른 시간 다른 장소였다면 늙은 흑인과 젊은 백인 여자는 포옹했을 것이다. 하지만 그 장소, 그 시간에는 안 될 말이었다. 카야는 양손으로 점핑의 손을 꼭 감싸 쥐었다가 돌아서서 떠났다. 꿀 먹은 벙어리가 되어버린 점핑의 모습은 그때가 처음이었다. 카야는 그 후로도 점핑의 가게에서 연료와 생필품을 샀지만 다시는 구호 물품을 받지 않았다. 점핑의 부두를 찾을 때마다 카야는 훤히 잘 보이는 창가에 자랑스럽게 자기 책이 놓여 있는 모습을 보았다. 아버지가 딸의 책을 자랑하듯이.

1969년

낮은 먹구름이 강철 바다 위로 질주해 바클리코브로 달려갔다. 바람이 먼저 닥쳐와 창문을 흔들고 방파제 위로 파란을 일으켰다. 부두에 묶인 배들이 장난감처럼 속절없이 위아래로 요동치고 노란 방수복 차림의 사내들이 이런저런 밧줄을 더욱 단단히 묶었다. 사선으로 빗발치는 비가 마을을 때리고 회색빛 속에서 뜬금없이 돌아다니는 노란 형체들을 제외한 만물을 덮어버렸다.

바람이 창틈으로 파고들며 휘파람을 불어대자 보안관이 목소리를 높였다. "그러니까 조, 나한테 뭐 할 말이 있다고?"

"그럼요. 체이스가 죽은 날 밤 캐서린 클라크가 어디 있었다고 주장할지 알아냈습니다."

"뭐라고? 드디어 그 여자를 만난 거야?"

"농담해요? 빌어먹을 뱀장어보다 더 잡기 어려운데. 근처에 가기만 하면 흔적도 없이 사라진다니까요. 그래서 오늘 아침에 점핑의 부두로 가서 그 여자가 다음에 언제쯤 올지 알아보려 했죠. 다들 그렇듯이 연료는 거기서 넣으니까, 거기 죽치고 있다보면 조만간 오겠지 하고. 그런데 뭘 알아냈는지 아세요? 놀라실 겁니다."

"어디 들어나보자고."

"믿을 만한 정보원 두 군데서 그날 밤 여자가 마을 밖으로 나갔다고 확인해줬어요."

"뭐라고? 누구? 마을 밖으로 나가는 일은 죽었다 깨어도 없는 여잔데. 행여 그랬다 해도 그걸 누가 알았다는 거야?"

"테이트 워커 기억하세요? 지금은 워커 박사가 됐지만. 새 생태학 연구소에서 일하잖아요."

"그럼, 알지. 아버지가 새우잡이 배 선장인데. 스커퍼 워커."

"아무튼 테이트가 어린 시절부터 카야를 꽤 잘 안대요. 카야라고 부르더군요."

"어라?"

"아니, 그런 식으로 아는 게 아니고요. 그냥 소꿉친구였대요. 글 읽는 법을 가르쳐줬나보더라고요."

"자기가 직접 그런 말을 했어?"

"그럼요. 마침 점핑네 가게에 와 있었거든요. 마시 걸한테 몇 가지 물어보고 싶은 게 있는데 언제 어디로 찾아가야 되냐고 점핑한테 물어보고 있었죠. 점핑은 언제 다시 보게 될지 1분 앞도 예측이 안 된다 하더군요."

"점핑은 늘 그 여자애한테 잘해줬어. 별 얘기 안 해줄 거야."

"뭐, 혹시라도 체이스가 죽은 날 밤에 여자가 어디서 뭘 했는지 아느냐고 물었죠. 그랬더니 사실 잘 안다면서, 체이스가 죽고 이틀 후에 카야가 왔기에 자기가 직접 소식을 전해줬다고 하더라고요. 그 여자는 체이스가 죽은 당일을 포함해서 이틀 밤을 그린빌에 가서 자고 왔다나봐요."

"그린빌?"

"점펑이 그렇게 말했어요. 그리고 내내 거기 서 있던 테이트가 끼어들더니 맞다고, 그린빌에 갔다고, 자기가 직접 버스표 사는 법을 가르쳐줘서 잘 안다고 그러더군요."

"허, 그건 대단한 뉴스인데." 잭슨 보안관이 말했다. "입이라도 맞춘 듯이 둘이서 똑같이 얘기하다니 아주 편리하기도 하고. 그린빌에는 왜 갔는데?"

"테이트 말로는 출판사에서, 어, 그 여자가 조개껍데기와 조류에 대한 책을 쓴 건 아시죠, 아무튼 출판사에서 경비를 대줘서 편집자를 만나러 갔대요."

"고매하신 출판사 분들께서 그 여자를 만나려 하다니 상상이 잘 안 가는데. 그걸 확인하는 건 아주 쉬울 것 같고. 읽기를 가르쳤다니, 테이트는 뭐라고 하던가?"

"어떻게 그 여자를 아느냐고 물었죠. 그랬더니 옛날에 그 여자 집 근처로 낚시를 나갔었는데, 그 여자가 까막눈이라는 걸 알고 글을 가르쳐줬답니다."

"흠. 그렇다 이거지?"

조가 말했다. "아무튼, 이렇게 되면 판이 완전히 뒤집히는데요. 알리바이가 있잖아요. 썩 훌륭한 알리바이가. 그린빌에 있었다는 건 아주 훌륭한 알리바이라고요."

"그래, 표면적으로는. 훌륭한 알리바이에 대해서는 할 말이 있지. 게다가 체이스가 죽던 날 밤 곧장 망루로 가는 걸 봤다고 새우잡이 배가 진술도 했고.”

“잘못 봤을 수도 있어요. 어두웠잖아요. 새벽 2시가 넘으면 달도 없어요. 여자는 그린빌에 있었는데 비슷한 보트를 타고 나온 다른 사람을 보고 착각했을 수도 있죠.”

“뭐, 아까 내가 말했듯이, 소위 이 그린빌 나들이를 확인해보는 건 쉬운 일이야.”

태풍이 잦아들어 칭얼거리는 부슬비로 변했다. 그래도 보안관들은 다이너까지 가는 대신 심부름꾼한테 치킨 덤플링, 버터 빈, 애호박 캐서롤, 사탕수수 시럽과 비스킷을 사오라고 시키기로 했다.

점심을 먹자마자 집무실 문을 두드리는 소리가 났다. 팬지 프라이스가 문을 열고 들어왔다. 조와 에드가 자리에서 일어섰다. 팬지 프라이스의 터번 모자가 장밋빛으로 반들거렸다.

“안녕하세요, 미스 팬지.” 두 보안관은 고개를 숙였다.

“안녕하세요, 에드, 조. 자리에 앉아도 될까요? 오래 걸리지는 않을 거예요. 사건과 관련해서 중요한 정보가 있어서요.”

“물론이죠. 앉으세요.” 팬지 프라이스가 살진 암탉처럼 부산을 떨며 여기저기 깃털을 정리하고 귀중한 달걀처럼 무릎에 성경을 올려놓은 후 드디어 의자에 자리를 잡고 앉자 보안관들도 그제야 자리에 앉았다. 보안관은 그만 못 참고 물어보고 말았다. “그런데 무슨 사건 말씀인가요, 미스 팬지?”

“아, 맙소사, 에드. 무슨 사건인지 다 알잖아요. 체이스 앤드루스 살인 사건이죠. 그 사건이요.”

“살해 여부는 잘 모릅니다만, 미스 팬지. 괜찮으세요? 자, 무슨 얘기를 갖고 오셨나요?"

"아시다시피 제가 크레스에서 일하잖아요." 팬지 프라이스는 크레스의 오센트 잡화점이라는 상호를 끝까지 말해서 자기 체면을 깎는 법이 절대 없었다. 보안관이 자기 말에 고개를 끄덕여 알아들었다는 신호를 할 때까지 기다렸다가 – 보안관이 소년 시절 장난감 병정을 팔 때부터 그녀가 그 가게에서 일했다는 걸 모르는 사람이 없는데도 – 그제야 말을 이었다. "그 마시 걸이 용의자라면서요. 맞나요?"

"누가 그런 얘기를 하던가요?"

"아, 그렇다고 단단히 믿고 있는 사람들이 아주 많아요. 하지만 패티 러브가 주로 그런 얘기를 했죠."

"그렇군요."

"뭐, 크레스에서 나하고 다른 직원들이 마시 걸이 버스를 타고 내리는 걸 똑똑히 봤어요. 체이스가 죽은 날 밤에 아마 마을에 없었을 거예요. 날짜와 시간까지 증언할 수 있어요."

"그래요?" 조와 에드가 시선을 교환했다. "날짜와 시간이 언제인데요?"

팬지 프라이스가 의자에서 등을 쭉 펴고 자세를 고쳐 앉았다. "10월 28일 오후 2시 반 버스를 타고 갔다가 30일 1시 16분 버스로 돌아왔어요."

"다른 사람들도 봤다고 하셨죠?"

"그래요. 원한다면 명단을 작성해줄 수도 있어요."

"그럴 필요까지는 없습니다. 진술을 받고 싶으면 우리가 오센트 잡화점으로 찾아갈 테니까요. 감사합니다, 미스 팬지." 보안관이 일어서자 팬지 프라이스와 조도 일어났다.

그녀가 문 쪽으로 걸어갔다. "시간 내줘서 고마워요. 아까도 말했지만 어디로 와야 날 만날 수 있는지는 아시죠."

그들은 인사를 나누었다.

조가 다시 자리에 가 앉았다. "거 보세요. 테이트와 점핑이 말한 대로잖아요. 그날 밤에 그린빌에 있었어요. 아니 적어도 버스를 타고 어디론가 갔어요."

보안관이 길게 한숨을 쉬었다. "겉으로 보기에는 그렇군. 하지만 낮에 버스를 타고 그린빌에 갔다면 밤에 버스를 타고 돌아왔을 수도 있지. 볼일을 보고. 다시 버스를 타고 그린빌로 가는 거야. 아무도 모르게."

"그럴 수도 있죠. 좀 무리수 같긴 하지만."

"가서 버스 일정표를 가져오게. 시간대가 말이 되는지 보자고. 하룻밤 사이에 왕복할 수 있는지 말이야."

조가 나가기 전에 에드가 말을 이었다. "벌건 대낮에 버스에 오르고 내리는 모습을 보여주고 싶었던 게 아닐까. 생각해보면, 알리바이를 원했다면 보통 때와는 다른 행동을 했어야 하니까. 체이스가 죽은 날 밤 보통 때처럼 집에 혼자 있었다면 알리바이가 성립되지 않을 테니까. 아무튼 그래서 자기가 뭘 했는지 많은 사람한테 보여줄 계획을 세웠던 거야. 메인스트리트의 그 많은 사람한테 멋진 알리바이를 보여준 거지. 기가 막히게 영악하군."

"뭐, 그렇네요. 아주 좋은 지적이에요. 아무튼 우리는 정보를 찾아서 냄새 맡고 다닐 필요도 없겠어요. 여기 앉아서 커피나 마시고 있으면 동네 부인들이 신나게 돌아다니면서 쏠쏠한 얘기들을 다 물어오잖아요. 저는 가서 버스 일정표나 찾아오렵니다."

조는 15분 후 돌아왔다.

"보안관님 말씀이 맞아요. 여기 보세요. 그린빌에서 바클리코브로, 또 다시 그린빌로 돌아가는 게 하룻밤 만에 가능해요. 사실 아주 쉬워요."

"그래, 버스 두 대 간격을 보면 소방망루에서 사람을 밀어 떨어뜨릴 시간은 충분하군. 영장을 신청하자고."

33
흉터

1968년

1968년 겨울 어느 아침, 카야는 부엌 식탁에 앉아서 오렌지와 분홍색 수채물감을 종이에 쓱쓱 칠해 통통한 버섯 형태를 빚어내고 있었다. 조류에 대한 책을 마치고 이제 버섯 안내서 작업을 하는 중이었다. 나비와 나방에 대한 후속 작업도 이미 구상해두었다.

강낭콩, 붉은 양파, 햄이 우그러진 낡은 냄비에 담겨 장작 화덕 위에서 끓고 있었다. 아직도 카야는 새 레인지보다 화덕이 좋았다. 특히 겨울에는 더. 양철지붕이 가벼운 빗물 아래서 노래를 불렀다. 그런데 갑자기, 모래밭을 꾸역꾸역 굴러 진입로로 들어오는 트럭 소리가 들렸다. 지붕보다 시끄럽게 우르릉거린다. 불안해진 카야가 창가로 가서 봤더니 질척거리는 비포장도로의 바큇자국을 꾸역꾸역 헤치며 붉은 픽업트럭 한 대가 다가오고 있었다.

처음에는 덮어놓고 도망쳐야 한다는 생각부터 했지만 트럭은 이미 포치 앞에 정차하고 있었다. 카야는 창턱 아래 웅크리고 앉아 회녹색 군복 차림 남자가 내려서는 모습을 지켜보았다. 남자는 트럭 문을 활짝 열어 놓은 채, 숲을 가로질러 호소로 난 오솔길을 그저 가만히 바라보고만 있었다. 그리고 부드럽게 차 문을 닫더니 비를 피해 포치까지 달려와 문을 두드렸다.

카야의 입에서 쌍욕이 튀어나왔다. 십중팔구 길 잃은 사람이니 방향을 물어보다 금세 가겠지만 굳이 상대해주고 싶은 마음이 아니었다. 여기 부엌에 숨어 있으면서 그냥 가기를 기다릴 수도 있다. 하지만 남자가 부르는 소리가 들렸다. "어이! 여기 아무도 없어요? 이봐요!"

짜증 났지만 호기심도 동해서 새로 꾸민 거실을 가로질러 포치로 갔다. 낯선 사람은 검은 머리칼에 장신이었고, 카야로부터 1미터 거리의 차양문을 열어 손으로 잡고 서 있었다. 군복이 사람을 버텨 세우고 있는 형상이었다. 하도 빳빳해서 옷 속에 사람이 없어도 혼자 설 수 있을 것 같았다. 상의 가슴에는 색색의 사각형 훈장들이 잔뜩 달려 있었다. 하지만 가장 눈길을 끄는 건, 왼쪽 귀부터 윗입술까지 얼굴을 반으로 가른 붉고 깔쭉깔쭉한 흉터였다. 카야는 흡, 하고 숨을 참았다.

한순간에 카야는 엄마가 영영 떠나버리기 6개월 전쯤의 부활절로 돌아갔다. 「영원의 반석」을 부르면서 엄마와 팔짱을 끼고 거실을 지나 부엌으로 걸어가 전날 밤 함께 칠한 화려한 원색의 부활절 달걀들을 주워 담았다. 언니 오빠들은 낚시하러 가고 없어서 엄마와 둘이서 달걀들을 숨기고 닭과 비스킷을 화덕에 넣을 시간이 충분했다. 언니 오빠들은 다 커서 달걀 사냥은 이제 졸업했지만, 그래도 열심히 뛰어다니면서 찾는 척하고, 하나도 못 찾은 척하다가 깔깔 웃으면서 발견한 보물을 공중에 치켜들 것이다.

엄마와 카야가 달걀 바구니와 오센트 잡화점에서 산 초콜릿 토끼를 들고 부엌에서 나오는데 복도에서 모퉁이를 돌아서던 아버지와 딱 마주쳤다.

카야의 부활절 보닛을 홱 잡아채 벗기고는 허공에 흔들면서 아버지는 어머니에게 호통을 쳤다. "이렇게 비싼 물건 살 돈은 어디서 났냐? 보닛이며 반짝거리는 가죽구두라? 새끈한 달걀에다 초콜릿 토끼까지? 말해. 어디서 났냐고?"

"이러지 마, 제이크, 제발 조용히 말해. 부활절이잖아. 애들 선물이야."

아버지는 엄마를 뒤로 밀쳤다. "너 나가서 몸 팔고 다녔지, 그런 거야? 그래서 돈이 났어? 당장 말해." 아버지는 엄마의 팔을 움켜쥐고는 세차게 흔들었다. 엄마의 눈알만 남겨두고 온 얼굴이 쩔렁거렸다. 엄마의 눈은 전혀 움직이지 않고 휘둥그레 치켜뜨고 있었다. 달걀들이 바구니에서 굴러떨어져 마룻바닥을 출렁거리는 파스텔 빛깔로 물들이며 흩어졌다.

"아빠, 제발 그만하세요!" 카야가 소리를 지르며 흐느꼈다.

아버지는 손을 들어 카야의 따귀를 때렸다. "입 닥쳐, 새침데기 울보 년아! 병신 같은 드레스랑 주제에도 안 맞는 신발은 벗어버리고. 몸 파는 년들 옷이라고."

카야는 얼굴을 싸쥐고 엎드려 엄마가 손수 칠한 달걀을 잡으려 쫓아갔다.

"너 들으라고 하는 소리야, 이년아! 돈이 어디서 났냐고?" 아버지는 쇠불쏘시개를 구석에서 집어들고 엄마에게 다가갔다.

카야는 목이 터져라 비명을 지르며 아버지의 팔을 붙들었지만 그는 불쏘시개를 가로로 휘둘러 엄마의 가슴을 때렸다. 꽃무늬 선드레스에 붉은 피가 폴카도트 무늬처럼 흩뿌려졌다. 그때 커다란 몸뚱어리가 복도에서 달려왔고, 카야가 고개를 들자 조디가 아버지를 등 뒤에서 기습적으로 공격해 같이 쓰러져 나뒹굴었다. 오빠가 엄마와 아버지 사이에 끼어들어 막고는 카야와 엄마에게 도망치라고 소리 질러서 둘은 도망쳤다. 그러자 아버지가 불쏘시개를 치켜들어 조디의 얼굴을 철썩 때렸고, 오빠의 턱이 흉측하게 일그러지더니 피가 뿜어져 나왔다. 지금 그 장면이 섬광처럼 카야의 마음속에서 재생되었다. 바닥에 쓰러져 보라색과 분홍색 달걀과 초콜릿 토끼들 가운데 누워 있는 오빠. 팔메토 야자나무를 헤치며 달려 수풀에 숨는 엄마와 카야. 피범벅이 된 드레스를 입고 엄마는 계속 괜찮다고, 달걀들은 깨지지 않았을 거라고, 집에 가면 그래도 닭요리를 할 수 있을 거라고, 그 말만 했다. 카야는 어째서 둘이 거기 숨어 있어야 하는 건지 알 수 없었다. 오빠가 죽어가는데, 가서 도와줘야 하는데, 하지만 너무 무서워서 몸이 움직이지 않았다. 엄마와 카야는 오랫동안 기다렸다가 살금살금 돌아가서 창문으로 아버지가 없는 걸 확인했다.

조디 오빠는 차가운 바닥에 쓰러져 있고, 피가 흥건하게 고여 있었다. 카야는 오빠가 죽었다며 울었다. 하지만 엄마는 오빠를 일으켜 세워 소파로 데려가서 바느질하는 바늘로 오빠의 얼굴을 꿰맸다. 전부 조용해지자 카야는 땅바닥에 떨어진 보닛을 낚아채 숲으로 정신없이 달려가 온 힘을 다해 억새밭에 던져버렸다.

카야는 포치에 서 있는 낯선 남자의 눈을 보고 말했다. "조디 오빠."

남자가 미소를 짓자 흉터가 일그러졌다. "카야, 여기 있어주길 바랐어." 두 사람은 물끄러미, 이제 훨씬 더 나이가 든 서로의 눈을 탐색하며 응시했다. 조디는 지난 세월 그가 항상 그녀와 함께 있었다는 걸 알 리가 없다. 수십 번이나 카야에게 습지의 물길을 알려주고, 헤론과 반딧불이에 대한 지식을 수없이 가르쳐주었다는 걸. 카야는 세상 누구보다 조디와 엄마가 보고 싶었다. 그런데 카야의 마음이 오빠의 흉터와 쓰라린 아픔을 한 묶음으로 엮어 싹 지워버렸던 것이다. 카야가 그 장면을 마음 깊은 곳에 묻어버렸던 건 당연하다. 엄마가 떠난 것도 당연하다. 불쏘시개에 가슴을 맞아 찢기다니. 꽃무늬 선드레스의 흐릿한 얼룩이 이제야 다시 피로 보였다.

조디는 카야를 두 팔로 꼭 껴안고 싶었지만 막상 가까이 다가가자 카야가 몹시 수줍어하며 고개를 돌리고 물러섰다. 그래서 조디는 그냥 포치로 올라섰다.

"들어와." 카야가 조디를 표본들이 빽빽이 들어찬 작은 거실로 안내했다.

"아." 조디가 탄성을 질렀다. "그래, 맞아. 네 책을 봤어, 카야. 정말 너일까 반신반의했는데. 그래, 이제 보니 네가 맞구나. 굉장하다." 조디는 걸어다니며 수집품을 구경하고 새 가구로 꾸민 방 안을 찬찬히 살피고 복도 건너 침실에도 눈길을 주었다. 기웃거리기는 싫었지만 무엇 하나 놓치고 싶지 않았다.

"커피 마실래? 아니면 차?" 오빠가 잠시 들른 건지, 아예 살러 온 건지 알 수 없었다. 이토록 긴 세월이 흘렀는데 이제 와서 무엇을 원할까?

"커피면 좋겠어. 고마워."

부엌에 들어선 조디는 새 레인지와 냉장고 옆의 오래된 장작 화덕을 알아보았다. 카야가 그대로 보존해둔 옛날 식탁 상판을 손으로 쓸었다. 페인트가 벗겨진 대로, 구구절절한 역사 그대로. 카야가 머그잔에 커피를 따르자 두 사람은 식탁에 앉았다.

"그럼 오빠는 군인이구나."

"베트남에 두 번 파병 나갔었어. 이제 몇 달만 더 있으면 제대야. 군대에서 나한테 아주 잘해줬어. 대학 등록금도 내주고. 조지아 공대에서 기계공학을 전공했어. 그러니까 은혜에 보답하려면 군대에 좀 오래 있어야지."

조지아면 그렇게 멀지 않은데. 훨씬 빨리 찾아올 수도 있었잖아. 하지만 이제 여기 있으니까.

"다 떠나버렸어." 카야가 말했다. "오빠가 떠나고 나서 아버지는 집에 한참 있었지만 결국은 가버렸지. 어디로 갔는지 몰라. 죽었는지 살았는지도 몰라."

"그 후로 내내 여기서 혼자 산 거야?"

"응."

"카야, 그 괴물하고 살게 널 두고 떠나는 게 아니었어. 두고두고 마음이 아팠어. 끔찍하게 괴로웠어. 내가 겁쟁이였어, 멍청한 겁쟁이였어. 이 빌어먹을 훈장들은 아무 의미도 없어." 조디는 가슴팍을 철썩 쳤다. "너를, 너같이 어린애를, 미친놈하고 단둘이 늪에서 살아남으라고 두고 도망치다니. 용서 따위는, 꿈도 꾸지 않아."

"조디, 괜찮아. 오빠도 그때는 그냥 어린애였잖아. 오빠가 뭘 어떻게 할 수 있었겠어?"

"더 커서 돌아올 수도 있었지. 처음에는 애틀랜타 뒷골목에서 하루하루 목숨을 연명하는 수준이었지만." 조디는 코웃음을 쳤다. "떠날 때 주머니에 75센트가 있었어. 아버지가 부엌에 두고 간 돈에서 훔쳤지. 네가 쪼들릴 걸 알면서도 가져갔어. 닥치는 대로 아무 일이나 하면서 살다가 군대가 받아줘서 들어갔어. 훈련이 끝나자 곧바로 전쟁이었고. 집에 돌아와보니 이미 너무 오랜 세월이 흘러서, 네가 오래전에 떠났을 거라고, 당연히 도망쳤을 거라고 생각했어. 그래서 편지도 쓰지 않았던 거야. 베트남에 재차 파병을 자원한 건 나 자신에게 내린 형벌이었던 거 같아. 너를 두고 떠난 내가 용서가 안 돼서. 그러다 두세 달 전 조지아 공대를 졸업했는데, 서점에서 네 책을 봤어. 캐서린 대니엘 클라크. 가슴이 미어지게 슬프기도 하고, 날아갈 듯 기쁘기도 하더라. 너를 찾아내야만 했어. 여기서부터 시작해 행적을 짚어보려 했지."

"이제, 이렇게 만났네." 카야는 처음으로 미소를 지었다. 조디의 눈은 예전과 똑같았다. 사람의 얼굴은 풍상을 겪으며 달라지지만 눈은 본성의 창으로 남아 있나보다. 카야는 그 눈에서 조디의 참모습을 보았다. "조디, 날 두고 간 일로 그렇게 마음고생 해서 어떡해. 난 오빠를 한 번도 원망한 적 없어. 우리는 가해자가 아니라 피해자잖아."

조디가 미소를 지었다. "고마워, 카야." 눈물이 복받쳐 올라 둘 다 먼 산을 보았다.

카야가 망설이다가 말했다. "좀 믿기 힘들지도 모르지만 한동안 아버지가 나한테 아주 잘해줬었어. 술도 덜 먹고 낚시도 가르쳐주고 같이 보트 타고 굉장히 자주 나가서 습지 구석구석을 돌아다녔어. 하지만 당연히 그러다가 또 술에 손댔고, 나 혼자 알아서 살라고 버려두고 떠나버렸어."

조디가 고개를 끄덕였다. "그래, 나도 아버지의 그런 면을 몇 번 본 적 있어. 하지만 어김없이 결국 또 술병을 찾았지. 언젠가 나한테 전쟁 탓이라는 둥 그런 얘기를 한 적도 있어. 나도 전쟁에 나가서 인간을 술 없이 못 사는 폐인으로 만들 일들을 수없이 봤고. 하지만 아버지처럼 자기 아내와 자식들에게 화풀이하면 안 되는 거잖아."

"엄마랑 다른 언니 오빠들은?" 카야가 물었다. "혹시 소식 들은 적 있어? 어디 있는지 몰라?"

"머프나 맨디, 미시 소식은 전혀 몰라. 길에서 마주쳐도 못 알아볼 거야. 하지만 지금쯤은 다들 바람 따라 뿔뿔이 흩어졌을 거라고 생각해. 하지만 엄마는, 있잖아, 카야, 그게 사실 너를 찾고 싶었던 또 다른 이유야. 엄마 소식 들었어."

"소식? 뭔데? 말해줘." 카야의 팔을 타고 손끝까지 오한이 차르르 흘렀다.

"카야, 좋은 소식 아니야. 나도 지난주에 듣고 알았어. 엄마는 2년 전에 돌아가셨대."

카야는 얼굴을 손에 묻고 허리를 푹 꺾었다. 나지막한 신음이 목구멍에서 새어나왔다. 조디가 안아주려 했지만 카야가 물리쳤다.

"엄마한테 여동생이 있었어, 로즈메리 이모라고. 엄마가 돌아가셨을 때 적십자를 통해서 우리를 추적하려 했는데 결국 허사였나봐. 그런데 두서너 달 전에 군대를 통해서 적십자의 연락을 받았어. 로즈메리 이모와는 연결이 됐고."

쉰 목소리로 카야가 중얼거렸다. "엄마는 2년 전까지는 살아 계셨던 거잖아. 엄마가 저 길로 걸어올 거라고, 그렇게 오래 기다렸는데." 일어나서 개수대를 손으로 붙잡고 섰다. "왜 돌아오지 않았을까? 왜 엄마의 행방을 아무도 알려주지 않았을까? 이제 너무 늦었잖아."

조디가 카야에게 다가갔다. 카야가 돌아서려 했지만 조디가 두 팔을 둘러 꼭 껴안았다. "그러게 말이야, 카야. 여기 와서 앉아. 로즈메리 이모가 해준 얘기를 들려줄게."

조디는 카야를 기다렸다가 이야기를 시작했다. "엄마는 우리를 두고 뉴올리언스로 갔을 때 극심한 신경쇠약에 걸려 있었어. 엄마 고향이 뉴올리언스거든. 몸도 마음도 아팠대. 나는 뉴올리언스가 조금 기억나. 내가 다섯 살 때쯤 거길 떠났을 거야. 기억나는 건 좋은 집이랑, 정원을 내다볼 수 있는 커다란 창문들밖에 없지만. 여기 이사 오고 나서 아버지는 우리한테 뉴올리언스 얘기는 입에도 담지 못하게 했어. 할아버지 할머니는 물론이고, 아무 얘기도 못 하게 했어. 그래서 기억에서 싹 지워졌지."

카야는 끄덕거렸다. "난 전혀 몰랐어."

"로즈메리 이모 말로는 할아버지 할머니가 처음부터 엄마가 아버지와 결혼하는 걸 반대했었대. 그리고 엄마는 집안의 돈은 한 푼도 받지 않고 남편과 노스캐롤라이나로 떠나버렸다는 거야. 결국 엄마는 로즈메리 이모에게 편지를 써서 비참한 상황을 알려주었대. 아내와 자식들을 폭행하는 술주정뱅이 미친놈과 늪지의 판잣집에서 살게 되었다고. 그리고 수년이 지난 어느 날 엄마가 불쑥 나타난 거야. 그렇게 아끼던 가짜 악어가죽 구두를 신고 있었대. 며칠째 씻지도 않고 머리도 감지 않은 꼬락서니로.

엄마는 몇 달을 벙어리처럼 보내면서 한마디도 하지 않았대. 부모님 댁 옛날 자기 방에 머물면서 식음을 전폐하다시피 하면서. 당연히 의사 진료도 받았지만 아무도 고칠 수가 없었지. 외할아버지가 바클리코브의 보안관한테 연락해서 엄마의 자식들이 무사한지 알아봐달라고 요청했는데, 보안관 집무실에서는 습지 사람들은 추적할 생각을 하면 안 된다고 답변이 왔대."

카야는 가끔 코를 훌쩍거렸다.

"그러다 결국, 1년이 거의 지난 후에야 엄마가 히스테리 발작을 일으키면서 로즈메리 이모에게 자식들을 두고 온 생각이 났다고 말했대. 그래서 이모 도움을 받아서 아버지한테 편지를 썼다는 거야. 엄마가 애들을 뉴올리언스로 데리고 와서 살면 안 되겠냐고. 그러자 아버지는 엄마한테 감히 돌아오거나 누구한테라도 연락하려들면, 우리들을 형체도 못 알아보게 펠 거라고 답장했다는 거야. 아버지가 얼마든지 그런 짓을 할 수 있는 인간이라는 걸 엄마는 알았지."

파란 봉투에 든 편지. 엄마가 카야를, 그들 모두를 달라고 부탁했다. 엄마가 카야를 보고 싶어했다. 하지만 편지의 결과는 생각과는 전혀 달랐다. 아버지가 격분해 다시 술을 퍼마시기 시작했고 카야는 아버지마저 잃었다. 아직도 그 편지의 재를 작은 단지에 넣어 보관하고 있다는 말을 조디에게는 하지 않았다.

"로즈메리 이모 말로는 엄마는 끝내 친구도 사귀지 않고 가족과 함께 식사도 하지 않고 그 누구와도 어울리지 않았대. 자신에게 어떤 삶의 기쁨도 허락지 않았다는 거야. 한참이 지나자 말수가 좀 많아졌는데, 자식들 얘기밖에 하지 않았대. 로즈메리 이모가 그랬어. 엄마는 평생 우리를 사랑했지만, 돌아가면 우리가 다칠 거고 돌아가지 않으면 우리가 버림받은 채 살아갈 거라는 끔찍한 믿음에 갇혀 있었다고. 엄마는 혼자 재미를 보려고 우리를 버리고 떠난 게 아니라고. 광기에 내몰려서 자기가 떠났다는 사실조차 몰랐다고."

카야가 물었다. "어떻게 돌아가셨대?"

"백혈병에 걸리셨대. 이모 말로는 치료할 수도 있었는데 약물을 모조리 거부했대. 그냥 점점 쇠약해져서 2년 전에 돌아가셨대. 살아온 대로 돌아가셨다고 하더라. 어둠 속에서, 정적 속에서."

조디와 카야는 가만히 앉아 있었다. 카야는 엄마가 밑줄 쳐놓은 골웨이 키널Galway Kinnel의 시를 떠올렸다.

다 끝나서 마음이 놓인다고 말할 수밖에 없구나
마지막에는 삶을 더욱더 갈구하는 그 충동에

연민밖에 느낄 수 없었다

……안녕

조디가 일어섰다. "따라와봐, 카야. 너한테 보여줄 게 있어." 조디를 따라 픽업트럭으로 가서 짐칸으로 올라갔다. 조디가 조심스럽게 방수포를 걷고 커다란 마분지 상자를 열더니 유화를 하나씩 꺼내 포장을 풀었다. 그리고 그림들을 트럭 짐칸에 빙 둘러 세워놓았다. 하나는 세 소녀가 그려진 그림이었다. 카야와 언니들이 호소 물가에 쭈그리고 앉아 잠자리 구경을 하고 있었다. 또 다른 그림에는 조디와 또 다른 형제가 물고기를 줄줄이 꿴 줄을 치켜들고 있었다.

"네가 아직 여기 있으면 보여주려고 가져왔어. 로즈메리 이모가 보내준 거야. 몇 년 동안 엄마가 밤낮으로 우리를 그렸대."

어떤 그림에는 다섯 아이 모두가 그림 그리는 사람을 바라보는 듯한 모습으로 그려져 있었다. 카야는 언니와 오빠들의 눈을 한참 들여다보다가, 자기 모습을 쳐다보았다.

카야는 속삭이듯 물었다. "누가 누구야?"

"뭐?"

"사진이 한 장도 없었어. 난 아무도 몰라. 누가 누구야?"

"아." 숨이 턱 막혔지만 조디는 간신히 말을 꺼냈다. "그러니까 여기가 미시 큰누나야. 그다음이 머프 형, 맨디 누나, 여기 이 귀여운 꼬마가 나고 저게 너야."

조디는 카야에게 잠시 시간을 주었다가 말했다. "이 그림 좀 봐."

조디 앞에 소용돌이치는 푸른 풀밭과 야생 꽃밭에 쭈그리고 앉은 두 아이를 담은, 눈부시게 화려한 색채의 유화가 놓여 있었다. 여자아이는 이제 막 걸음마 할 나이로 세 살쯤 되어보였고, 검은 생머리가 어깨 위에서 찰랑거렸다. 나이가 좀 많은 황금빛 고수머리 남자아이가 검고 노란 날개를 데이지꽃 위로 펼치고 날아가는 황제나비를 손가락으로 가리키고 있었다. 남자아이는 한 손으로 여자아이의 팔을 잡고 있었다.

"저건 테이트 워커인 거 같아." 조디가 말했다. "그리고 너하고."

"오빠 말이 맞는 것 같아. 테이트처럼 생겼어. 왜 엄마가 테이트를 그렸을까?"

"옛날에 자주 놀러 와서 나하고 같이 낚시도 하고 그랬어. 너한테 항상 곤충 같은 걸 보여주곤 했지."

"왜 나는 기억이 없을까?"

"넌 아주 어렸잖아. 어느 날 오후에 테이트가 우리 호소에 보트를 타고 놀러 왔는데, 아버지가 완전히 취해서 술을 마구 들이켜고 있었거든. 원래는 물에서 노는 너를 봐야 하는데 말이야. 갑자기 아무 이유도 없이 아버지가 네 팔뚝을 덥석 잡더니 고개가 뒤로 꺾이도록 마구 흔들어댔어. 그러다 진흙에 던지고는 낄낄거리며 웃기 시작하더라. 테이트가 보트에서 뛰어내려서 너한테 갔어. 테이트도 나이가 일곱 살인가 여덟 살밖에 안 됐을 땐데 아버지한테 마구 소리를 지르며 대들더라. 당연히 아버지한테 맞았지. 아버지는 고래고래 소리를 지르면서 자기 땅에서 썩 꺼지라고, 다시 얼씬거리면 총으로 쏴버리겠다고 난리를 쳤어. 이쯤 되자 다들 무슨 일인지 보려고 뛰쳐나왔고, 아버지가 쌍욕을 퍼부으며 날뛰는데도 테이트는 너를 일으켜 세워서 엄마한테 데려다줬어. 네가 괜찮은지 보고 나서야 집으로 돌아갔지. 그 후로도 나하고는 몇 번 더 낚시를 했는데, 우리 집에 다시는 오지 않았어."

'그런데 처음 보트를 끌고 습지로 나갔을 때 나를 집에 데려다준 거야.'

카야는 생각했다. 카야는 그림을 바라보았다. 고운 파스텔 빛깔의 너무나 평화로운 그림. 엄마의 마음은 광기에서 어떻게든 아름다움을 끌어냈다. 사람들이 이 초상화들을 본다면 해변에 살며 햇볕 속에서 노는, 세상에서 가장 행복한 가족이라고 생각하겠지.

조디와 카야는 트럭 짐칸에 앉아 말없이 그림들을 바라보았다.

"엄마는 세상과 격리된 채 외롭게 지냈어. 그런 상황이라면 이상하게 행동하기 마련이야."

카야는 조그맣게 목을 긁는 듯한 소리로 말했다. "제발 격리 같은 소리는 내 앞에서 하지 마. 누가 굳이 말해주지 않아도 인간이 어떻게 변하는지 내가 제일 잘 알아. 그렇게 살아봐서 알아. 격리가 내 인생이었어." 카야는 살짝 날을 세우며 속삭였다.

"엄마가 떠난 건 용서해. 하지만 어째서 돌아오지 않았는지 모르겠어. 왜 나를 버렸는지. 오빠는 기억 못 할지 모르지만, 엄마가 떠나고 나서 나한테 암여우는 배를 곯거나 지독한 스트레스를 받으면 새끼들을 버리고 간다고 했잖아. 어차피 죽을 운명이니까 그 새끼들은 죽지만 암여우는 살아서 상황이 나아지면 다시 번식한다고. 성체가 될 때까지 새끼를 키울 수 있게 됐을 때 말이야.

그 후로 책을 아주 많이 읽었어. 대자연에, 저기 가재들이 노래하는 곳에서는 이렇게 잔인무도해 보이는 행위 덕분에 실제로 어미가 평생 키울 수 있는 새끼의 수를 늘리고, 힘들 때 새끼를 버리는 유전자가 다음 세대로 전해져. 그렇게 계속 끝없이 이어지는 거야. 인간도 그래. 지금 우리한테 가혹해 보이는 일 덕분에 늪에 살던 태초의 인간이 생존할 수 있었던 거라고. 그런 짓을 하지 않았다면 우리는 지금 여기 없을 거야. 아직도 우리는 그런 유전자와 본능을 갖고 있어서 특정한 상황이 닥치면 발현되지. 우리의 일부는 언제까지나 과거의 그 모습 그대로일 거야. 생존하기 위해 해야만 했던 일들, 까마득하게 오랜 옛날에도 말이야.

어쩌면 원초적 충동이, 지금 시대와는 맞지 않는 태고의 유전자가, 아버지와 함께 사는 스트레스와 공포와 엄연한 위험에 반응해서 엄마가 우리를 두고 떠나게 내몰았을지도 몰라. 하지만 그렇다고 옳은 일이 되는 건 아니야. 엄마는 의지로 남는 쪽을 선택했어야 한단 말이지. 하지만 이런 성향이 우리 생물학적 청사진에 존재한다는 사실을 알면 심지어 실패한 엄마도 용서하기가 조금은 쉬워져. 다만 이렇게 보면 엄마가 떠난 이유는 설명이 되지만, 돌아오지 않은 이유는 설명이 안 돼. 엄마는 왜 나한테 편지 한 통 쓰지 않은 걸까? 해마다 편지를 쓰고 또 쓰고, 그러다보면 결국 한 통이라도 내가 받았을 텐데.”

“설명할 수 없는 일들이 있나봐. 그냥 용서하거나 안 하거나, 둘 중 하나지. 해답은 모르겠어. 해답 같은 게 없을지도 모르고. 이런 소식을 전하게 돼서 유감이다.”

“살면서 수많은 시간을 가족도 없이 지냈고 소식조차 못 들었었는데. 이제 몇 분도 안 되는 사이에, 오빠가 생기고 엄마를 잃었네.”

“정말 미안해, 카야.”

“그러지 마. 솔직히 내가 엄마를 잃은 건 여러 해 전이고, 지금 오빠가 돌아온 거지. 얼마나 보고 싶었는지 말로 다 할 수가 없어. 오늘은 내 생애 가장 슬프고 행복한 날이야.” 카야는 손가락으로 조디 오빠의 팔뚝을 어루만졌고, 조디는 정말로 흔치 않은 손짓임을 알았다. 조디는 어느새 카야를 파악했다.

함께 판잣집으로 돌아가서 조디는 새로 장만한 살림과 새로 칠한 벽과 수제 주방가구를 바라보았다.

"어떻게 살았어, 카야? 책을 쓰기 전에는? 돈하고 음식은 어떻게 장만했어?"

"아, 그건 아주 길고 따분한 얘기야. 대체로 홍합과 굴을 캐고 생선을 훈제해서 점핑한테 팔았어."

조디가 고개를 젖히고 웃음을 터뜨렸다. "점핑! 정말 몇 년 만에 들어보는 이름이네. 아직도 있어?"

카야는 웃지 않았다. "점핑 아저씨는 나의 가장 친한 친구야. 수년 동안 유일한 벗이었어. 재갈매기를 제외하면 유일한 가족이기도 했고."

조디가 정색을 했다. "학교에서는 친구가 없었어?"

"학교에는 내 평생 하루밖에 가지 않았어." 카야가 키득거렸다. "애들이 놀려서 다시는 가지 않았어. 몇 주 동안 교육공무원들을 따돌리느라고 숨어다녔지. 오빠가 워낙 잘 가르쳐줘서 하나도 어렵지 않았어."

조디는 정말로 놀랐다. "그럼 글은 어떻게 배웠어? 책은 어떻게 쓰고?"

"사실 테이트 워커가 글을 가르쳐줬어."

"지금도 만나?"

"가끔." 카야는 일어나서 화덕을 보고 섰다. "커피 더 마실래?"

조디는 카야의 부엌에 대롱대롱 매달린 외로운 삶을 보았다. 채소 바구니 속 소량의 양파들, 접시꽂이에서 마르고 있는 접시 하나, 늙은 미망인처럼 행주로 곱게 싸둔 콘브레드에 고독이 걸려 있었다.

"이제 됐어, 고마워. 대신 습지 한 바퀴 어때?"

"물론이지. 오빠 기절할걸. 새 모터보트를 장만했는데, 그래도 아직 옛날 배를 타."

태양이 구름을 가르고 떠올라 겨울날을 환하고 따뜻하게 비춰주었다. 카야가 좁은 물길과 유리처럼 반들거리는 강어귀를 헤치며 달리는 사이 조디는 변함없는 등걸과 예전과 똑같은 자리에 쌓여 있는 비버 서식지를 가리키며 탄성을 질렀다. 엄마와 카야와 누이들이 함께 탄 보트가 진창에 좌초됐던 호소에 다다라서는 소리 내어 함께 웃었다.

다시 집으로 돌아와서는 카야가 피크닉을 준비했고 두 사람은 바닷가에서 갈매기들과 함께 식사했다.

"다들 떠났을 때 난 정말 어렸어. 다른 언니 오빠들 얘기 좀 해줘." 그래서 조디는 카야를 어깨에 태우고 숲속을 돌아다니던 머프 형 이야기를 해주었다.

"그러면 너는 내내 깔깔 웃어댔어. 너를 목말 태운 채로 형은 뛰어다니고 빙글빙글 돌았지. 한 번은 네가 웃다가 형 목에 걸터앉은 채 오줌 싼 적도 있어."

"어머, 설마! 말도 안 돼." 카야는 꺅 웃으며 뒤로 넘어갔다.

"진짜야. 형은 소리를 지르다가 어깨에 너를 그대로 태우고 호소 물에 뛰어들었어. 엄마랑 미시 누나, 맨디 누나랑 나는 구경하다가 눈물 콧물 쏙 빼고 웃었지. 엄마는 배를 쥐고 웃다가 마당에 털썩 주저앉았다니까."

카야의 마음이 이야기와 어울리는 그림을 만들어냈다. 카야가 감히 꿈도 꿔보지 못한 가족들의 스크랩 앨범.

조디가 말을 이었다. "갈매기에게 먹이를 주기 시작한 건 미시 누나였어."

"뭐라고? 정말로! 다들 떠난 다음 내가 처음 시작한 줄 알았는데."

"아니야, 누나는 야단맞지 않는 선에서 날마다 갈매기한테 먹이를 줬어. 이름도 붙여주고. 한 마리는 빅 레드라고 불렀어, 그건 기억나. 있잖아, 부리에 있는 빨간 반점 때문에."

"같은 새는 당연히 아니겠지만, 나도 몇 세대에 걸쳐서 빅 레드들을 만났어. 하지만 저기, 왼쪽에 있는 저 새, 저 녀석이 현재의 빅 레드야." 카야는 자신에게 갈매기들을 선물해준 언니와의 교감을 찾아보려 했지만, 눈앞에는 그림 속 얼굴만 떠올랐다. 그래도 예전에 비하면 감지덕지가 아닐 수 없었다.

재갈매기 부리의 붉은 반점은 단순히 장식이 아니다. 새끼들이 부리의 그 붉은 점을 콕콕 쪼아야만 부모가 잡아온 먹이를 내어준다. 붉은 반점이 더러워지거나 안 보여서 새끼들이 쪼지 못하면 부모는 밥을 주지 않고 새끼를 죽게 내버려둔다. 자연에서도 부모 노릇은 생각보다 애매한 일이다.

잠시 앉아 있다가 카야가 말했다. "난 그때가 잘 생각나지 않아."

"네가 운이 좋은 거야. 굳이 기억하려 애쓰지 마."

남매는 조용히, 그렇게 앉아 있었다. 아무 기억도 하지 않으려 하면서.

카야는 엄마가 차렸을 법한 남부식 저녁을 요리했다. 강낭콩과 붉은 양파, 튀긴 햄, 버터와 우유를 넣고 지글지글 요리한 콩, 크림을 곁들인 블랙베리 코블러를 조디가 가져온 버번과 함께 먹었다. 식사하면서 조디는 괜찮다면 며칠 묵어도 되느냐고 물었고, 카야는 원하는 만큼 얼마든지 있다 가도 된다고 했다.

"이 땅은 이제 네 소유야, 카야. 네가 해낸 거야. 나는 좀 있으면 포트 베닝에 주둔해야 돼서 오래 머물지는 못해. 그 후로는 아마 애틀랜타에서 직장을 얻을 거니까 연락하고 지낼 수 있을 거야. 올 수 있는 한 최대한 자주 보러 올게. 네가 잘살고 있는지 보고 싶어, 평생 그게 내 소원이었어."

"나도 좋아, 조디 오빠. 시간 나면 언제든지 놀러와."

다음 날 저녁 해변에 함께 앉아 있는 두 사람의 맨발을 파도가 간질이

자 카야는 말문이 트여 유별나게 말이 많아졌다. 그런데 문단마다 테이트가 등장했다. 어렸을 때 습지에서 길을 잃고 헤매는데 테이트가 구해준 일. 테이트가 처음 읽어준 시. 카야는 깃털 게임이며, 테이트가 글을 가르쳐준 얘기며, 지금 연구소에 과학자로 취직했다는 소식까지 오빠에게 얘기해주었다. 첫사랑이었다고. 하지만 대학에 가면서 카야를 버렸고, 호소에서 혼자 기다리게 만들었다고. 그래서 끝났다고.

"그게 언제야?" 조디가 물었다.

"7년 전쯤일 거야, 아마. 처음 테이트가 채플힐에 갔을 때니까."

"그다음에 다시 만났어?"

"사과하러 왔었어. 아직도 날 사랑한다고 했어. 나한테 참고서적을 내라고 조언도 해주고. 가끔 습지에서 만나면 반갑긴 한데, 다시는 사귀지는 않을 거야. 못 믿을 남자니까."

"카야, 7년이나 됐잖아. 테이트도 덜 자란 남자애였을 뿐이야. 처음 집을 떠나서 수백 명의 예쁜 여자애들과 어울리게 된 거잖아. 그런데 돌아와서 사과하고 사랑한다고 말했으면 너도 좀 이해해줘야 하지 않을까."

"대부분의 수컷은 암컷들을 전전해. 무가치한 수컷들이 뻐기며 걸어다니고 거짓으로 암컷을 유혹하지. 그래서 아마 엄마가 아버지 같은 남자한테 빠졌을 거야. 나를 떠난 남자는 테이트 말고도 또 있어. 체이스 앤드루스는 심지어 결혼 얘기까지 들먹였는데 다른 여자와 결혼했거든. 나한테는 말도 안 했어. 신문에서 읽고 알았어."

"속상하지, 당연해. 하지만 카야, 신의를 지키지 않는 건 남자만이 아니야. 나도 속고 차이고 여러 번 상처받았어. 사실, 사랑이라는 게 잘 안 될 때가 더 많아. 하지만 실패한 사랑도 타인과 이어주지. 결국은 우리한테 남는 건 그것뿐이야. 타인과의 연결 말이야. 우리를 봐. 지금은 이렇게 서로가 있잖아. 내가 아이를 낳고 너도 아이들을 갖게 되면, 그건 또 전혀 다른 인연의 끈이야. 그렇게 죽 이어지는 거지. 카야, 테이트를 사랑하면 다시 한번 모험해봐."

카야는 어린 테이트와 자신을 그린 엄마의 그림을 생각했다. 서로 머리를 꼭 맞대고 파스텔 빛깔 꽃과 나비에 에워싸여 있는 아이들. 어쩌면 엄마가 보낸 메시지일지도 모른다고 생각했다.

조디가 오고 사흘째 되는 날, 카야는 엄마의 그림들을 한 점만 빼고 모두 풀어서 벽에 걸었다. 한 점은 조디가 갖기로 했다. 집안 분위기가 달라졌다. 창문이 몇 군데 더 뚫린 느낌이었다. 카야는 물러서서 그림들을 응시했다. 엄마의 그림들이 벽에 다시 걸리다니 기적이었다. 불길 속에서 건져낸 그림들.

카야는 조디를 픽업트럭까지 배웅했다. 여행하면서 먹으라고 도시락도 싸주었다. 둘 다 나무 사이로 난 오솔길을 바라보았다. 서로의 눈만 빼고 사방을 바라보았다.

마침내 조디가 말했다. "이제 가봐야겠다. 주소와 전화번호 여기 있어." 그러더니 공책을 찢어 적은 종이 한 장을 건네주었다. 카야는 숨이 턱 멎어 왼손으로 트럭을 짚고 오른손으로 종이를 받았다. 이렇게 간단한 일. 오빠의 주소가 적힌 종잇조각. 이렇게 경이로운 일. 힘들 때 찾을 가족이 있다는 것. 전화를 걸면 오빠가 받는다는 것. 조디가 끌어안자 카야의 목이 메었다. 드디어, 한평생을 보낸 후에, 카야는 따뜻한 오빠의 품 안에 힘없이 무너져 엉엉 울었다.

"오빠를 다시 보게 될 줄은 꿈에도 몰랐어. 영영 가버린 줄 알았어."

"항상 여기 있을게, 약속해. 이사를 가더라도 새 주소를 보내줄 거야.

내가 필요하면 언제든 편지를 쓰거나 전화해, 알았지?"

"알았어. 그리고 시간 나면 언제든지 와야 해."

"카야, 가서 테이트를 찾아. 좋은 남자야."

조디는 진입로를 빠져나가는 동안 트럭 창문으로 손을 내밀어 내내 흔들었고, 카야는 울고 웃으면서 바라보았다. 드디어 트럭이 오솔길로 돌아서자, 카야는 한때 하얀 스카프 끝자락이 사라졌던 숲 구멍 사이로 붉은 픽업트럭을 보았다. 조디는 보이지 않을 때까지 긴 팔을 흔들었다.

1969년

"자, 이번에도 여자는 없군요." 조가 카야의 차양 문틀을 두드리며 말했다. 에드는 벽돌과 널판으로 된 층계에 서서 손을 모아쥐고 망 너머로 집안을 살폈다. 스패니시 모스가 축축 늘어진 거대한 참나무 가지들이 풍화한 판자와 뾰족지붕에 그늘을 드리웠다. 십일월 하순의 아침을 뚫고 회색 하늘 조각들이 점점이 깜박였다.

"당연히 있을 리가 없지. 상관없어. 수색영장이 있으니까. 그냥 들어가자고, 잠겨 있진 않을 거야."

조는 문을 열며 외쳤다. "누구 계세요? 보안관입니다." 집 안에 들어선 보안관들은 표본들이 즐비한 선반을 멍하니 쳐다보았다.

"에드, 이것들 좀 봐요. 옆방으로도 계속 이어져서 복도까지 가득해요. 제정신이 아닌 거 같은데요. 눈 셋 달린 쥐새끼처럼 완전히 돌았어요."

"그럴지도 모르지. 하지만 굉장한 습지 전문가임은 틀림없어. 그 책들

출판한 거 자네도 알잖나. 바삐 움직이자고. 좋아, 찾아야 할 물건 목록은 여기 있어." 보안관이 짧은 목록을 큰 소리로 낭독했다. "체이스의 상의에서 발견된 붉은 섬유와 일치하는 울 소재의 물품. 일기, 달력, 메모, 여자의 행적과 관련된 날짜와 장소가 드러날 만한 자료, 조개껍데기 목걸이, 그날 밤 야간 버스표. 괜히 수집품을 엉망으로 만들지는 말자고. 그럴 이유는 없으니까. 들어보고, 뒤를 보고, 그러면 돼. 이걸 망칠 필요는 없지."

"그럼요, 안 되죠. 여기는 꼭 성전 같은데요. 감동받은 마음 반, 소름 끼치는 마음 반, 그렇습니다."

"따분한 일이 될 거야, 그건 확실해." 보안관은 조심스럽게 나란히 놓인 새 둥지 뒤를 살폈다. "나는 저 뒤에 여자 침실부터 시작하겠네."

남자들은 소리 없이 움직이며, 서랍 속 옷가지를 이리저리 옮겨보고, 옷장 구석을 찔러보고, 뱀 껍질과 상어 이빨이 든 유리단지들을 이리저리 치우며 증거를 찾았다.

10분쯤 지나 조가 외쳤다. "어서 와서 이것 좀 보세요."

에드가 포치로 올라서자 조가 말했다. "암컷 새들한테는 난소가 하나밖에 없다는 거 아셨어요?"

"대체 무슨 소리야?"

"보세요. 이 그림이랑 메모를 보면 암컷 새들한테는 난소가 하나밖에 없대요."

"빌어먹을, 조. 우리가 여기 생물학 수업받으러 온 줄 아나. 일이나 하라고."

"잠깐만요. 여기 보세요. 이게 수컷 공작 깃털인데요. 메모를 보면, 까마득하게 긴 세월에 걸쳐서 암컷을 유혹하려고 수컷 깃털이 점점 커졌답니다. 그러다가 결국 수컷은 깃털을 땅에서 들어올리기도 어렵게 되었다네요. 제대로 날 수조차 없게 된 거죠."

"수색 다 했어? 우린 할 일이 있다고."

"그래도 흥미롭잖아요."

에드가 방에서 걸어나와 말했다. "일을 하라고, 이 친구야."

10분 뒤, 조가 다시 외쳤다. 에드는 작은 침실에서 나와 거실로 가면서 말했다. "이번엔 또 뭔가. 눈이 셋 달린 생쥐 박제를 발견했겠군."

대답이 없었다. 방 안으로 들어온 에드를 향해 조가 붉은 양털 모자를 들어보였다.

"어디서 찾은 건가?"

"바로 여기요. 이 코트들과 다른 모자들 사이에 같이 걸려 있었어요."

"그렇게 떡하니?"

"말씀드린 대로 바로 여기에서요."

에드는 호주머니에서 체이스의 데님 재킷에서 채취한 붉은 섬유가 든 비닐봉지를 꺼내 빨간 모자 옆에 대고 대조했다.

"정확히 일치하는 것 같군요. 색깔도 똑같고, 사이즈와 굵기도 일치해요." 모자와 표본을 살펴보면서 조가 말했다.

"그래. 둘 다 빨간색에 포슬포슬한 베이지 양털이 섞여 있군."

"맙소사, 이건가 봅니다."

"모자를 실험실에 보내봐야지. 이 섬유가 일치하면 잡아들여 심문할 수 있어. 모자를 봉투에 넣고 라벨을 붙이게."

네 시간 수색 끝에 그들은 부엌에서 만났다.

허리를 쭉 펴며 에드가 말했다. "뭔가가 더 나올 거였으면 이미 찾았을 거야. 언제든지 다시 올 수 있으니까. 오늘은 이만하자고."

폭 파인 바큇자국을 따라 마을로 돌아오는 길에 조가 말했다. "정말 이 사건의 범인이었으면 모자를 숨겼을 텐데요. 그냥 보란 듯이 걸어놓을 게 아니라."

"모자에서 떨어져 나간 섬유가 재킷에 묻었을 거라는 생각을 전혀 못 했을 수도 있지. 아니면 실험실에서 그걸 찾아낼 거라는 생각을 못했거나. 그런 건 아예 모를 거야."

"글쎄요, 그런 건 모를지도 모르지만 어마어마하게 아는 게 많은 여자던데요. 섹스를 두고 경쟁하며 뻐기고 돌아다니던 수컷 공작들 말이에요, 결국 잘 날지도 못하게 되잖아요. 그게 다 무슨 뜻인지 확실히는 모르겠지만, 뭔가 다 합쳐보면 깊은 의미가 있다니까요."

1969년

1969년 7월의 오후, 조디가 찾아온 후 7개월도 넘는 시간이 흐른 뒤 캐
서린 대니엘 클라크의 두 번째 저서 『동부 해안의 새들』이 우체통에 모
습을 드러냈다. 카야는 눈에 번쩍 띄는 표지를 손가락으로 쓸었다. 재갈
매기를 그린 그녀의 그림이었다. 미소 지으며 카야는 말을 걸었다. "안녕,
빅 레드, 표지에도 나오고 출세했구나."

　카야는 새 책을 들고 조용히 판잣집 근처의 그늘진 참나무 숲 공터로
걸어가며 눈으로 버섯을 찾았다. 강렬한 노란색 광대버섯 군집 가까이
가자 촉촉한 포자가 서늘하게 발에 닿았다. 발을 내딛다 말고 카야는 갑
자기 동작을 멈췄다. 낡은 깃털 등걸 위에 까마득한 옛날 그때처럼 빨강
과 흰색의 작은 우유갑이 놓여 있었다. 자기도 모르게 카야는 웃음을 터
뜨리고 말았다.

　우유갑 안에는 군용 나침반이 포장지에 곱게 싸인 채 들어 있었다. 청

동 케이스는 세월에 빛이 바래 회청색으로 변색되어 있었다. 카야는 나침반을 보자마자 숨을 몰아쉬었다. 언제나 방향은 정확하게 정해져 있었기 때문에 나침반이 필요하다고 생각해본 적은 없었다. 그러나 흐린 날, 햇빛이 잘 보이지 않으면 나침반에 의지할 수도 있다.

곱게 접힌 쪽지에는 이렇게 쓰여 있었다.

> 소중한 카야, 이 나침반은 제1차 세계대전 때 우리 할아버지가 쓰시던 거야. 어렸을 때 나한테 주셨는데 한 번도 쓴 적이 없어서 너라면 누구보다 잘 쓰지 않을까 생각했어.

> 사랑을 담아, 테이트.

> 추신: 네가 이 쪽지를 읽을 수 있어서 정말 다행이야!

카야는 '소중한'과 '사랑'이라는 말을 다시 한번 읽었다. 테이트, 보트를 타고 폭풍우가 오기 전에 집으로 가는 길을 인도해준 황금빛 머리칼의 소년. 닳아빠진 등걸에 깃털 선물을 놓아두고 글을 가르쳐준 소년. 여자가 되는 첫 고비를 순조롭게 지나칠 수 있게 도와주고 처음으로 암컷의 욕정을 일깨워준 상냥한 마음씨의 십 대. 책을 펴낼 용기를 준 젊은 과학자.

조개껍데기 책을 선물하긴 했지만, 카야는 습지에서 테이트를 보면 여전히 수풀에 숨거나 보이지 않게 노를 저어 도망가곤 했다. 반딧불의 거짓 신호, 그게 카야가 아는 사랑의 전부였다.

조디마저 테이트에게 한 번 더 기회를 줘보라고 했지만 테이트를 생각하거나 막상 얼굴을 보게 되면, 카야의 심장이 소스라치듯 옛사랑과 버림받은 아픔을 오갔다. 어느 한쪽으로든 마음을 정할 수 있게 되기를 바랐다.

그러고 몇 번의 아침을 더 보낸 후, 카야는 새벽안개 속에서 강어귀를 따라 유유히 노를 저어가고 있었다. 별로 필요할 것 같지 않은 나침반도 배낭에 고이 챙겨왔다. 바다로 돌출된 모래톱의 우거진 숲에서 희귀한 야생화를 찾아볼 계획이었지만 테이트의 보트가 보이지 않을까 물길을 살피고픈 마음도 있었다.

안개가 고집을 부리며 사라지지 않고 촉수로 나무뿌리와 낮게 깔린 가지를 휘감았다. 공기는 고요했다. 물길을 타고 스르르 나아가자 새들도 숨을 죽였다. 근처에서 천천히 움직이는 노가 뱃전을 두드리는 통, 통, 소리가 나더니 아지랑이 사이에서 보트 한 대가 유령처럼 나타났다.

어두침침해 채도가 낮아보이는 색채가 양지로 나오면서 형상으로 변했다. 빨간 모자 아래 금빛 머리칼. 꿈속에서 현실로 나온 사람처럼 테이트가 낡은 고깃배 뱃머리에 서서 장대를 저어 물길을 헤쳐나가고 있었다. 카야는 엔진을 끄고 후진해 수풀에 숨어서 지나치는 그를 바라보았다. 언제나 후진해서 지나치는 그를 바라본다.

해거름에 마음을 좀 가라앉히고, 심장이 제자리를 찾은 후에 카야는 해변에 서서 시를 생각했다.

일몰은 결코 단순하지 않다
석양은 굴절되고 반사되지만
결코 참되지 않다
어스름은 위장이라

발자취를 덮고
거짓말을 덮는다

어스름의 기만을
우리는 개의치 않는다
찬란한 색채를 보며
지평 아래로 해가 저물었다는 걸
깨닫지 못한 채
급기야 쓰라린 화상火傷을 보고야 만다

일몰은 위장한 채
진실을 덮고 거짓을 덮는다

A. H.

1969년

조가 보안관 집무실의 열린 문으로 들어왔다. "여기, 보고서 나왔습니다."

"어디 보자고."

두 남자는 재빨리 마지막 페이지까지 훑어보았다. 에드가 말했다. "됐군. 완벽하게 일치해. 모자의 섬유가 체이스가 시체로 발견된 날 입고 있던 재킷에서 채취한 것과 똑같아." 보안관은 보고서로 자기 손목을 찰싹 치고는 계속해서 말했다. "여기 우리가 가진 증거를 되짚어보면 말이야. 1번, 체이스가 추락사하기 직전 소방망루 쪽으로 배를 타고 가는 캐서린 클라크를 봤다는 새우잡이의 증언이 있고 동료도 그 증언에 힘을 실어준다고 했어. 2번, 캐서린 클라크가 체이스한테 조개 목걸이를 만들어줬는데 그게 죽던 날 사라졌다고 패티 러브가 말했지. 3번, 여자 모자의 섬유가 체이스의 재킷에 묻어 있었어. 4번, 동기. 남자한테 차이고 원한을 품은 여자. 그리고 우리가 반박할 수 있는 알리바이. 이 정도면 되겠는데."

"더 좋은 동기가 있으면 도움이 될 텐데요." 조가 말했다. "차였다고 죽이는 건 좀 약해 보여요."

"우리가 수사를 종료한 건 아니니까. 하지만 적어도 소환해서 조사하기에는 충분한 것 같군. 기소까지 갈 수도 있을 거야. 일단 여자를 여기로 데려온 다음에 어떻게 진행할지 타진해보자고."

"그런데 그게 문제 아닙니까? 어떻게요? 몇 년 동안 그 여자를 붙잡은 사람은 아무도 없어요. 교육공무원, 인구조사원, 어디 생각나는 대로 다 읊어보세요. 누구든 모조리 따돌렸다니까요. 우리도 마찬가지고. 우리가 거기 늪지 수풀을 헤치면서 쫓아다녀봤자 바보 꼴이 될 게 뻔합니다."

"그런 건 두렵지 않아. 아직 잡은 사람이 없다고 우리도 못 잡을 거라는 법은 없지. 하지만 그보다 똑똑한 방법을 찾을 수 있을 걸세. 덫을 놓으면 어떨까."

"아, 그렇군요. 뭐⋯⋯." 부보안관이 말했다. "덫을 놓는 건 제가 좀 아는데요. 여우를 잡으려고 덫을 놓으면 대개 덫이 여우한테 잡혀요. 우리가 뭐 놀랍게 기발한 계략이 있는 것도 아니고, 그렇게 집을 찾아가서 문을 두드려댔으면 갈색 곰이라도 꽁무니를 빼지 않겠습니까. 사냥개를 풀면 어때요? 그게 확실할 텐데."

보안관은 몇 초쯤 말이 없었다. "모르겠어. 쉰한 살이 되니까 내가 늙어서 물러진 건지. 하지만 여자를 잡아서 심문하자고 사냥개들을 푸는 건 옳은 일은 아닌 거 같아. 탈주한 죄수나 전과자라면 또 모를까. 하지만 대개 다 그렇듯이 유죄 판명이 나기까지는 무죄니까 여자 용의자를 잡자고 사냥개를 풀 수는 없어. 최후의 수단이라면 모를까, 아직은 안 돼."

"좋습니다. 어떤 덫을 놓으실 건데요?"

"그건 이제부터 생각해봐야지."

12월 15일, 에드와 조가 카야를 잡아들일 방안을 논의하고 있는데 누군가 집무실 문을 두드렸다. 거대한 덩치의 사내가 반투명 유리 너머로 나타났다.

"들어오세요." 보안관이 말했다.

남자가 안으로 들어오자 에드가 말했다. "잘 지내셨어요, 로드니. 무슨 용건입니까?"

은퇴한 정비공 로드니 혼은 주로 친구인 데니 스미스와 낚시를 하면서 소일했다. 언제나 멜빵바지를 입고 다니는 로드니는 마을 사람들에게 과묵하고 차분한 사람이라는 평판이 나 있었다. 교회에는 한 번도 빠지지 않고 나가지만 예배 때도 멜빵바지를 입었다. 다만 셔츠는 아내 엘시가 빨아서 널빤지처럼 빳빳하게 새로 다려 입혔다.

로드니는 펠트 모자를 벗고 배 앞을 가리며 들고 서 있었다. 에드가 의자를 권했지만 로드니는 고개를 저었다. "오래 걸리지 않을 거요. 그냥 뭐 좀, 체이스 앤드루스 사건과 관련 있어 보여서."

"뭔데요?" 조가 물었다.

"글쎄, 좀 된 일이에요. 바로 지난 8월 30일에 데니하고 낚시를 하고 있었는데, 사이프러스코브에서 본 게 있어요. 그쪽에서들 관심 있어할 거 같아서."

"말씀해보세요." 보안관이 말했다. "하지만 먼저 좀 앉으세요, 로드니. 앉으셔야 우리도 편하게 듣죠."

로드니는 의자에 앉아 5분 동안 이야기를 털어놓았다. 그가 나가고 나서 에드와 조는 서로를 바라보았다.

조가 말했다. "자, 그럼 이제 동기가 생겼네요."

"그 여자를 잡아서 데리고 오자고."

37
\
회
색
상
어

1969년

크리스마스 바로 며칠 전, 보통 때보다 이른 아침에 카야는 통통배를 천천히 몰고 점핑을 찾아갔다. 보안관들이 몰래 집으로 찾아와서 그녀를 잡으려 하자 – 여러 번 헛걸음하는 모습을 팔메토 야자나무 숲에 숨어서 지켜보았다 – 첫 동이 트기 전, 어부들만 나와 있을 때 연료와 생필품을 사러 갔다. 낮은 구름이 철벅거리는 바다에 바짝 붙어 화드득 몰려갔고, 동쪽으로는 지평선에 채찍처럼 단단히 휘말린 스콜이 무섭게 협박하고 있었다. 점핑의 가게에서 재빨리 일을 보고 스콜이 닥치기 전에 집에 가야 했다. 400미터 앞에서 보니 부두를 휘감고 안개가 넘실거렸다. 카야는 속도를 좀 더 낮추고 축축한 정적 속에 다른 배들이 있는지 주변을 살폈다.

마침내 거리가 50미터쯤 되자 낡은 의자에 앉아 벽에 등을 기댄 점핑의 형체가 보였다. 카야는 손을 흔들었다. 점핑은 손을 흔들지 않았다. 일어서지도 않았다. 살짝 고개를 흔들었다, 속삭이며 말하듯. 카야는 스로틀을 잡고 있던 손을 놓았다.

카야는 다시 손을 흔들었다. 점핑은 카야를 응시했지만 움직이지 않았다.

카야는 스틱을 홱 잡아채고 급후진해 바다로 돌아가려 했다. 그러나 안개 속에서 보안관이 조종간을 잡은 커다란 보트가 나타났다. 좌우 측면으로 두서너 대의 다른 보트들이 포위해 들어왔다. 그리고 바로 뒤에는 스콜이 버티고 있었다.

엔진을 고속 회전시켜 다가오는 배들의 틈새를 노렸다. 탁 트인 바다를 향해 질주하는 카야의 보트가 물마루에 충돌했다. 지름길을 통해 습지로 직행하고 싶었지만 보안관의 배가 너무 가까웠다. 거기 도착하기 전에 잡힐 것이다.

바다는 이제 대칭의 파도로 솟구쳐 오르는 게 아니라 혼돈으로 뒤척였다. 태풍 언저리로 들어가자 폭우는 지독해졌다. 몇 초 만에 엄청난 강수량이 방출되었다. 카야의 온몸은 흠뻑 젖고 긴 머리칼이 가닥가닥 얼굴에 들러붙었다. 잡히지 않으려고 바람을 향해 돌진했지만 바다가 뱃머리 위로 치고 들어왔다.

그들의 보트가 더 빠르다는 걸 잘 아는 카야는 거친 바람 속으로 몸을 웅크리고 뛰어들었다. 짙은 안개 속에서 저들을 따돌리거나 바다로 뛰어들어 헤엄쳐 갈 수도 있다. 카야의 마음은 번개 같은 속도로 물에 뛰어들 타이밍을 쟀다. 지금으로서는 카야가 선택할 수 있는 최선의 방책이었다. 해변과 가까우니 후류나 이안류가 있을 테고, 그걸 타면 물속에서 삽시간에 이동할 수 있다. 저들이 카야가 헤엄칠 수 있을 거라 추정하는 속도보다 훨씬 빠를 것이다. 가끔 수면으로 올라와 숨을 쉬면 뭍에 도착해

덤불이 우거진 해안으로 몰래 도망칠 수 있다.

카야 뒤에서 모터보트들이 폭풍보다 요란하게 달려왔다. 거리가 좁아진다. 그냥 그만두는 건 어떻게 하는 걸까? 카야는 한 번도 포기한 적이 없다. 지금 뛰어들어야 한다. 하지만 회색 상어처럼 순식간에 그들이 카야 주위를 에워싸고 포위망을 좁혀왔다. 보트 한 대가 휙 카야의 전면에서 치달리더니 측면으로 충돌했다. 휘청하며 넘어져 아웃보드에 부딪는 바람에 고개가 뒤로 휙 꺾였다. 보안관이 손을 뻗어 카야의 뱃전을 움켜쥐었고, 휘몰아치는 후류 속에서 다 같이 허우적거렸다. 두 남자가 훌쩍 카야의 보트로 뛰어올라왔고 부보안관이 말했다. "캐서린 클라크, 체이스 앤드루스의 살인 혐의로 체포합니다. 귀하는 묵비권을 행사할 권리가 있으며······."

카야는 나머지를 듣지 않았다. 아무도 나머지는 듣지 않는다.

1970년

머리 위 조명과 천장까지 닿는 통창에서 꿰찌르는 빛살이 쏟아지자 카야는 눈이 부셔 껌벅거리다 눈을 감았다. 두 달 동안 침침한 어둠 속에서 살다가 나와 꼭 감았던 눈을 다시 뜨니, 바깥에는 습지의 부드러운 언저리가 보였다. 둥근 참나무들이 무성한 덤불로 자란 고사리와 겨울 호랑가시나무를 아늑하게 보호하고 있었다. 카야는 생명 같은 녹음을 1초라도 오래 눈에 담으려 했지만 단단한 손에 이끌려 변호사 톰 밀턴이 앉아 있는 긴 테이블과 의자로 가야 했다. 손목을 앞으로 모아 수갑을 채워서 어색하게 기도하는 모양이 되었다. 검은 바지와 심플한 흰 블라우스를 입고 하나로 땋은 머리채를 날개뼈 사이로 늘어뜨린 카야는 고개를 돌려 방청객들을 보지 않았다. 하지만 사람들이 발산하는 열기와 바스락거리는 소리가 꽁꽁 매듭져 살인사건 재판정을 채우고 있다는 건 느낄 수 있었다. 어떻게든 그녀를 보려고 어깨를 디밀고 목을 쭉 빼는 사람들의 몸짓도 감지할 수 있었다. 수갑을 찬 습지의 여자를 보겠다고 아우성이었다. 땀, 담배에 절은 체취, 싸구려 향취의 악취에 메스꺼움이 심해졌다. 시끄러운 기침 소리는 가라앉았지만 카야가 자리에 가까이 가자 좌중의 소요는 더 커졌다. 하지만 이런 소리들이 그녀에게는 다 아득하고 멀게만 느껴졌다. 귓전에는 깔쭉깔쭉하게 날이 선 카야 자신의 받은 숨소리로 가득했기 때문이다. 카야는 마루의 널판을 물끄러미 바라보았다. 반짝반짝 윤이 나는 소나무 원목이었다. 수갑을 풀어주자 무겁게 털썩 의자에 앉았다. 1970년 2월 25일 오전 9시 30분이었다.

톰은 카야 쪽으로 몸을 기울이고 다 잘될 거라고 속삭였다. 카야는 아무 말도 하지 않고 톰의 눈에 진정성이 담겨 있는지 찾았다. 붙잡고 의지할 무언가가 절실히 필요했다. 톰을 믿었기 때문이 아니라 평생 처음으로 다른 사람에게 제 운명을 온전히 맡겨야 하는 처지가 됐기 때문이다. 일흔한 살치고는 상당한 장신인 톰 밀턴은 무성한 백발에 수수한 리넨 양복 차림으로, 의도하지는 않았겠지만 지방의 정치가처럼 우아한 분위기를 풍겼다. 신사다운 몸가짐에 항상 얼굴에 유쾌한 미소를 띤 채 조용조용 말했다.

심스 판사는 아무런 자기방어 조치를 취하지 않는 캐서린 클라크에게 젊은 변호사를 배정했지만 은퇴를 선언했던 톰 밀턴이 이 소식을 듣고 무료 변호를 자처하고 나섰다. 다른 모든 사람처럼 밀턴 역시 마시 걸에 대해 떠도는 소문을 들었고 간혹 직접 본 적도 있었다. 마치 흐르는 물과 한 몸인 것처럼 물길을 소리 없이 타고 가거나 쓰레기통을 뒤지다 들킨 너구리처럼 식료품점에서 서둘러 나오는 모습, 둘 중 하나였다.

두 달 전 처음으로 옥중의 카야에게 면회 갔을 때, 톰 밀턴이 작고 어두운 방 안으로 안내받아 들어가자 카야가 테이블 앞에 앉아 있었다. 카야는 고개를 들어 그를 쳐다보지도 않았다. 톰은 자기소개를 하고 변호를 맡게 되었다고 말했지만 카야는 아무 말도 하지 않고 눈길조차 주지 않았다. 팔을 뻗어 손을 쓰다듬어주고 싶은 걷잡을 수 없는 충동이 솟구쳤지만, 무슨 영문에선지 ─ 아마 카야의 반듯한 자세나 텅 빈 눈빛 때문이었을까 ─ 손을 대서는 안 될 것 같은 기분이 들었다. 고개를 이런저런 각도로 틀어서 ─ 눈길을 마주치려고 애쓰며 ─ 톰 밀턴은 재판 절차와 미리 예상하고 있어야 할 일을 설명하고 나서 몇 가지 질문을 했다. 그러나 카야는 대답도 하지 않고 움직이지도 않고 그를 보지도 않았다. 면회실에서 끌려나가다가 카야는 고개를 돌려 하늘이 보이는 작은 창 너머를 바라보았다. 바닷새들이 마을 항구 위에서 울고 있었는데 흡사 그 새들의 노랫소리를 듣는 듯한 모습이었다.

다음 면회 때 톰은 작은 갈색 봉투에 손을 넣어 반짝반짝하고 두툼한 책 한 권을 꺼냈다. 『세계에서 가장 희귀한 조개들』이라는 제목의 양장본을 펼치자 지구상에서 가장 접근하기 어려운 해변들에 서식하는 조개들의 유화가 실물 크기로 실려 있었다. 천천히 책장을 넘기며 특정 표본에 절로 고개를 끄덕이는 카야의 입이 살짝 헤벌어졌다. 톰 밀턴은 느긋하게 시간을 두고 한 번 더 말을 걸었다. 이번에는 카야가 그의 눈을 바라보았다. 힘들이지 않고 인내심을 발휘하는 재능으로 톰 밀턴은 재판 절차를 설명하고 재판정 그림까지 그려주면서 배심원석, 판사석, 검사와 변호사들, 카야가 앉을 자리를 알려주었다. 그리고 쓱쓱 줄을 그어 법정 경위, 판사, 기록원 자리를 그리고 각자의 역할을 설명했다.

첫 면회 때와 마찬가지로 톰 밀턴은 카야에게 불리한 증거들을 설명하고 체이스가 죽던 날 밤의 행적을 물었지만 카야는 자세한 이야기가 나오면 어김없이 조개껍데기를 닫아버리고 숨어들었다. 한참 뒤 톰 밀턴이 일어서자 카야는 테이블 위의 책을 그쪽으로 쓱 밀었다. 하지만 변호사는 말했다. "아니에요, 드리려고 가져왔습니다. 가지세요."

카야는 입술을 깨물며 눈을 깜박였다.

그리고 처음으로 재판정에 출두한 지금, 톰 밀턴은 그림으로 설명했던 사람과 자리를 손가락으로 가리키며 등 뒤에서 웅성거리는 사람들의 소리로부터 카야의 마음을 끌어보려고 애썼지만 허사로 돌아갔다. 오전 9시 45분이 되자 방청석을 가득 채우고도 남을 만큼 마을 사람들이 몰려와 증거니 사형 선고니 떠들어대며 제각각 자기 의견을 외쳐댔기 때문이다. 뒤편의 비좁은 2층 발코니는 20명을 더 수용할 수 있었고, 명백한 표식이 있는 건 아니라도 유색인은 그곳에만 앉을 수 있다는 묵계를 모두 알고 있었다. 오늘은 그 자리가 백인들로 거의 다 찼고 흑인은 몇 명 안 되었다. 이건 어느 모로 보나 철저히 백인들 사건이었다. 일반석과 격리해 따로 마련된 앞자리에는 「애틀랜타 컨스티튜션」과 「롤리 헤럴드」 기자들이 몇 명 앉아 있었다. 자리를 잡지 못한 사람들은 뒷벽이나 측면의 높은 유리창 가에 모여 서 있었다. 들썩거리고 중얼거리고 가십거리로 수다를 떨면서. 마시 걸이 살인사건으로 기소되었다니, 이보다 신나는 일은 있을 수 없었다. 법원에서 기르는 고양이 선데이 저스티스가 깊숙한 창턱에서 홍건한 햇살을 받으며 기지개를 켰다. 등은 까맣고 얼굴은 하얗고 초록색 눈 주위로 가면처럼 검은 털이 나 있는 고양이는 몇 년째 법원을 떠나지 않고 살면서 지하의 시궁쥐를 싹 잡아주고 법정의 생쥐를 소탕하며 밥값을 제대로 하고 있었다.

바클리코브는 노스캐롤라이나 연안의 황폐한 습지에 최초로 정착한 마을이기 때문에 형사법원에서는 이곳을 지방 행정구역의 본청으로 삼고 1754년 최초로 법원 건물을 지었다. 시간이 흐르면서 시오크스 같은 다른 소도시들이 더 발전하고 인구도 많아졌지만, 바클리코브는 여전히 정부의 공식적인 행정구역이었다.

1912년 원래의 법원 건물에 벼락이 떨어져 목조 건물이 거의 전소되었다. 이듬해 메인스트리트 끝의 같은 광장에 재건된 새 법원은 화강암으로 장식된 유리창이 둘러쳐진 2층짜리 벽돌 건물이었다. 1960년대가 되자 깔끔하게 잔디가 깔려 있던 정원에 야생 잡풀과 팔메토 야자나무는 물론이고 부들까지 이사 와서 아예 장악해버렸다. 봄이면 숨 막히게 흐드러진 백합 향기 가득한 호소가 범람해 인도 일부를 잡아먹었다.

이와는 대조적으로 원래의 모습을 그대로 복원한 법정은 위압적이었다. 높은 단상에 자리한 판사석은 검은 마호가니에 주 정부 인장이 화려한 색으로 새겨져 있었고, 연방 정부 깃발을 비롯해 여러 깃발이 머리 위로 휘날리고 있었다. 배심원석 앞을 절반쯤 가리는 벽도 마호가니에 붉은 삼나무로 테두리가 둘러져 있었고, 한쪽 벽은 즐비하게 늘어선 높은 창들이 액자처럼 바다를 담고 있었다.

공무원들이 법정에 배석하자 톰은 그림 속의 인물들을 가리키며 누가 누군지 설명해주었다. "저 사람이 법정 경위 행크 존스예요." 예순 살의 호리호리한 남자가 법정 앞으로 걸어갔다. 헤어라인이 귀 뒤까지 밀려 머리가 정확히 대머리와 머리칼로 반 나뉘어 있었다. 회색 제복에 넓은 벨트를 차고 무선통신기, 손전등, 인상적인 열쇠 꾸러미를 걸고 콜트 6연발 권총을 홀스터에 넣어 메고 있었다.

행크 존스가 좌중을 향해 말했다. "죄송합니다, 여러분. 하지만 소방 수칙은 다들 아시리라 믿습니다. 자리가 없으신 분들은 나가주시기 바랍니다."

"저 사람은 헨리에타 존스라고 합니다. 법정 경위의 딸이고 기록원이에요." 톰 밀턴이 설명하는 사이 아버지만큼이나 키가 크고 깡마른 젊은 여자가 조용히 들어와서 판사석 근처 책상에 앉았다. 이미 자리를 잡고 앉아 있던 검사 에릭 채스테인이 서류 가방에서 공책을 꺼냈다. 어깨가 떡 벌어진 붉은 머리의 에릭은 2미터에 육박하는 장신으로 애슈빌의 시어즈 로벅에서 구입한 파란 정장을 입고 밝은 원색 와이드 타이를 메고 있었다.

존스 경위가 외쳤다. "모두 일어나십시오. 공판을 시작하겠습니다. 오늘 재판을 주재하실 담당 재판장은 해럴드 심스 판사님이십니다." 돌연 침묵이 깔렸다. 문이 열리고 심스 판사가 들어와 묵례로 좌중에게 착석하라는 신호를 보낸 후 검사와 변호사에게 판사석으로 오라고 지시했다. 둥근 얼굴에 눈에 띄는 백발 구레나룻을 기른 장대한 기골의 판사는 시오크스에 살지만 바클리코브의 사건을 9년째 관장하고 있었다. 헛소리가 통하지 않고 상식적이며 공명정대한 판사라는 게 세간의 평판이었다. 판사의 목소리가 쩌렁쩌렁하게 장내에 울려 퍼졌다.

"밀턴 변호사님, 이 지역사회에서 캐서린 클라크에 대해 부정적인 편견을 갖고 있으므로 공정한 재판이 기대되지 않는다는 사유로 다른 행정구역으로 사건 이관 신청을 하셨는데, 이 청원은 기각되었습니다. 정황상 피고인이 평범하지 않은 생활을 영위했고 일부 편견에 노출되어 있다는 사실은 인정합니다만, 전국의 소도시에서 재판을 받는 수많은 다른 사람들보다 더 심한 편견의 희생자라는 증거는 찾을 수 없었습니다. 그리고 일부 대도시들도 마찬가지고요. 우리는 여기서 지금 재판을 진행하도록 하겠습니다." 검사와 변호사가 각자의 자리로 돌아가는 사이 장내에는 잘한 조치라는 듯 끄덕이는 고갯짓이 잔물결처럼 퍼졌다.

판사가 말을 이었다. "피고인 노스캐롤라이나주 바클리코브의 캐서린 대니엘 클라크는 바클리코브 주민이었던 체이스 앤드루스의 일급살인 혐의로 기소되었습니다. 일급살인은 미리 계획된 범죄행위로 규정되며, 이러한 경우 주 정부는 사형 선고를 허락하고 있습니다. 검사는 피고인의 유죄가 판명될 경우 사형을 구형할 것이라는 의사를 피력했습니다." 장내가 술렁거렸다.

톰 밀턴은 아주 조금 더 카야에게 붙어 앉았고, 카야는 그런 위로를 굳이 거부하지 않았다.

"배심원 선정을 시작하겠습니다." 심스 판사는 배심원 후보들이 앉아 있는 맨 앞 두 줄을 바라보았다. 판사가 규칙과 조건을 읽어나가는 사이 선데이 저스티스가 창턱에서 쿵, 소리를 내며 둔탁하게 뛰어내리더니 물 흐르듯 단번에 판사석으로 뛰어올랐다. 심스 판사는 규칙을 계속 읽어 내려가면서 별생각 없이 고양이의 머리를 쓰다듬었다.

"중범죄의 경우 노스캐롤라이나주 정부에서는 사형 선고에 반대하는 배심원에게 사의를 표명할 수 있도록 허락하고 있습니다. 유죄 판결이 날 경우 사형 선고를 내릴 수 없거나 내리지 않겠다고 생각하시면 손을 들어주십시오." 아무도 손을 들지 않았다.

카야의 귀에는 '사형 선고'라는 말만 들렸다.

판사가 이어서 말했다. "배심원직을 사양할 수 있는 또 한 가지 정당한 사유는 현재나 과거에 캐서린 클라크나 체이스 앤드루스와 친밀한 관계를 맺어 이 사건에서 공정한 시각을 유지할 수 없는 경우입니다. 이에 해당하시는 분은 말씀해주십시오."

두 번째 줄 가운데에서 샐리 컬페퍼 부인이 손을 들고는 자기 이름을 말했다. 회색 머리칼은 팽팽하게 당겨 뒤로 올려져 있었고, 모자, 슈트,

구두는 한결같이 따분하게 탁한 갈색이었다.

"좋습니다, 샐리. 하실 말씀 있으시면 하십시오."

"아시다시피 저는 25년 가까이 바클리코브에서 무단결석 학생 지도원으로 재직했습니다. 캐서린 클라크 역시 제 담당이었고 몇 번인가 접촉을 시도한 적이 있습니다."

카야는 고개를 돌리지 않고서는 컬페퍼 부인은 물론 방청석에 앉은 사람들을 한 사람도 볼 수 없었다. 하지만 고개를 돌릴 생각은 전혀 없었다. 그러나 컬페퍼라는 성은 뚜렷이 기억했다. 컬페퍼 부인이 차에 앉아 있는 사이 중절모를 쓴 남자가 카야를 찾느라 사방을 뛰어다녔다. 카야는 노인의 숨바꼭질을 최대한 도와주려 애썼고, 시끄러운 기적을 내며 단서를 던져주고, 다시 빙글 돌아 차 바로 옆 수풀에 숨었다. 하지만 중절모는 반대 방향인 바닷가로 뛰어가버렸다.

수풀에 쭈그리고 숨어서 카야는 호랑가시나무 줄기로 차 문을 긁었고, 마침 차창 밖을 바라보던 컬페퍼 부인의 시선과 똑바로 마주쳤다. 그때 무단결석 아줌마가 살짝 미소를 지었다고 생각했다. 어쨌든 부인은 중절모가 쌍욕을 내뱉으며 돌아와서 영영 사라질 때까지 카야의 행방을 일러바치지 않았다.

그때 컬페퍼 부인이 판사에게 말했다. "글쎄요, 제 담당이었다는 사실이 배심원석에서 물러날 사유가 되는지 모르겠군요."

심스 판사가 말했다. "감사합니다, 샐리. 여러분 중에는 컬페퍼 부인처럼 과거에 가게나 공공시설에서 캐서린 클라크를 대한 분들이 계실 겁니다. 요점은 여기서 증언을 경청하고 과거의 경험이나 감정이 아니라 증거에 의거해 유무죄 여부를 결정할 수 있는가 하는 것입니다. 어떻게 생각하십니까?"

"예, 그렇게 할 수 있습니다, 재판장님."

"감사합니다, 샐리, 배심원석에 머물러 계셔도 좋습니다."

11시 30분이 되자 배심원석에 일곱 명의 여성과 다섯 명의 남성이 자리했다. 그 자리는 카야가 곁눈질로 슬쩍 보며 얼굴과 표정을 살필 수 있었다. 대부분은 마을에서 본 적 있는 낯익은 얼굴이었지만 이름을 아는 사람은 몇 명 되지 않았다. 컬페퍼 부인이 한가운데 앉아 있었는데 카야는 왠지 조금 안심이 되었다. 그러나 바로 그 옆자리에 테리사 화이트가 앉았다. 감리교 목사의 금발 사모는 수년 전 신발가게에서 황급히 달려나와 아버지와 – 처음이자 마지막으로 – 식당에서 점심을 먹고 길가에 나와 있던 카야와 말을 섞던 딸을 낚아채듯 데리고 가버린 그 여자였다. 자기 딸에게 카야를 더럽다고 가까이하지 말라고 했던 그 화이트 부인이 지금 배심원석에 앉아 있었다.

심스 판사는 오후 1시가 되어서야 점심 휴정을 선포했다. 다이너에서 참치, 치킨 샐러드와 햄 샌드위치를 배심원에게 점심으로 지급하고, 배심원들은 배심원 회의실에서 도시락을 먹게 되어 있었다. 마을에 두 개밖에 없는 외식 시설이라는 이름이 무색하지 않게 다이너와 교대로 도그곤 비어홀 역시 핫도그, 칠리와 슈림프 포보이 샌드위치를 제공할 예정이었다. 도그곤 비어홀에서는 항상 고양이 먹이도 따로 챙겨왔다. 선데이 저스티스는 특히 포보이를 좋아했다.

1969년

1969년 8월 아침 안개가 걷히자 카야는 지역주민들이 사이프러스코브
라고 부르는 멀리 떨어진 반도로 향했다. 예전에 그곳에서 희귀한 독버
섯을 본 적이 있기 때문이었다. 팔월은 버섯을 채취하기에는 늦은 계절
이지만 사이프러스코브는 시원하고 습기가 많아서 그 희귀한 표본을 다
시 찾을 가능성도 있었다. 테이트가 나침반을 깃털 등걸에 두고 간 후로
한 달도 넘게 시간이 흘렀고, 습지에서 몇 번 본 적도 있지만, 카야는 그
에게 가까이 다가가 선물을 줘서 고맙다고 인사할 용기가 도무지 나지
않았다. 언제나 배낭의 여러 호주머니 중 하나에 넣고 다녔지만 나침반
을 꺼내 쓸 일은 없었다.

 이끼가 축축 늘어진 나무들이 강둑을 껴안고 자랐고, 낮게 드리운 가
지들은 바닷가 근처에 동굴을 형성했다. 카야는 그 사이로 미끄러지듯
흘러 수풀을 뒤져가며 줄기가 가는 오렌지색 작은 버섯을 찾았다. 마침

내 낡은 둥걸 측면에 들러붙어 대담하고 화려한 원색으로 빛나는 버섯 군락을 찾아낸 카야는 보트를 해변에 대고 양반다리를 한 채 바닷가에 앉아 그림을 그렸다.

그때 갑자기 뒤에서 발소리가 들리더니 누군가가 말했다. "아니 이게 누구야. 마시 걸이잖아." 몸을 휙 돌리며 벌떡 일어난 카야는 체이스의 얼굴과 똑바로 맞닥뜨렸다.

"안녕, 카야." 카야는 고개를 돌렸다. 어떻게 저 사람이 여기 온 걸까? 보트 소리도 못 들었는데. 체이스는 카야의 의문을 읽었다. "낚시하다가 네가 오는 걸 보고 저쪽 반대편에 배를 댔지."

"제발 그냥 가줘." 카야는 연필과 스케치북을 배낭에 쑤셔 넣으며 말했다.

하지만 체이스는 손으로 카야의 팔을 잡았다. "이러지 마, 카야. 일이 그렇게 된 건 미안해." 그는 바짝 다가섰고, 숨결에 섞인 희미한 위스키 냄새가 풍겼다.

"나한테 손대지 마!"

"어이, 미안하다고 했잖아. 어차피 우리가 결혼 못 할 거라는 건 너도 알았잖아. 네가 마을 근처에 와서 살 사람도 아니고. 하지만 난 항상 네 걱정을 했어. 네 곁에 머물러줬잖아."

"내 곁에 머물렀다고! 그게 대체 무슨 소리야? 날 내버려둬." 카야는 배낭을 겨드랑이에 끼고 보트 쪽으로 걸어가려 했지만, 체이스가 팔뚝을 세게 잡고 놓아주지 않았다.

"카야, 너 같은 여자는 다시는 없을 거야, 다시는. 그리고 네가 날 사랑하는 것도 알아." 카야는 체이스의 손길을 무섭게 뿌리쳤다.

"틀렸어! 과연 내가 널 사랑한 적이 있었는지도 잘 모르겠어. 하지만 년 나한테 결혼 얘기를 했잖아. 기억나? 너랑 나랑 둘이 살 집을 짓겠다고 했잖아. 그런데 난 다른 여자하고 네가 약혼한다는 소식을 신문을 보고 알았어. 왜 그랬니? 왜? 체이스!"

"진정해, 카야. 어차피 말도 안 되는 얘기였어. 그게 잘될 리가 없다는 건 너도 알았을 거 아니야. 예전에 우린 아무 문제 없었잖아? 옛날의 우리로 다시 돌아가자." 체이스는 카야의 어깨를 잡고 자기 쪽으로 끌어당겼다.

"놔줘!" 카야는 몸을 뒤치며 벗어나려 애썼지만 체이스는 양손으로 카야의 팔뚝을 아플 정도로 꽉 잡았다. 그는 카야의 입술에 키스했다. 카야는 팔을 치켜들고 그의 손을 마구 때렸다. 고개를 뒤로 젖히며 씩씩거렸다. "키스하기만 해봐."

"이래야 내 살쾡이지. 야성적인 맛이 그만이라니까." 체이스는 어깨를 꽉 움켜잡은 채로 카야의 오금을 발로 세게 차서 무릎을 꿇렸다. 카야의 머리가 흙먼지에 심하게 부딪혀 되튕겼다. "날 원한다는 걸 알아." 더러운 추파를 흘리며 그가 말했다.

"아니야, 하지 마!" 카야는 비명을 질렀다. 체이스가 앉으면서 무릎으로 카야의 배를 짓누르자 숨이 다 빠져나가버리는 듯했다. 체이스는 지퍼를 내리고 청바지를 벗었다.

카야가 엉덩이를 들고 일어나며 양손으로 체이스를 밀쳤다. 그러자 체이스가 오른손 주먹으로 카야의 얼굴을 강타했다. 메스껍게 뭔가 펑, 터지는 소리가 카야의 머릿속에서 울렸다. 목이 뒤로 꺾이고 몸이 그대로 뒤로 나자빠져 쓰러졌다. 엄마를 때리던 아버지와 똑같아. 쿵쾅거리는 통증에 카야의 마음이 잠시 하얗게 백지가 되었다. 간신히 정신을 차린 카야는 몸을 꿈틀거리며 자신을 깔아뭉개는 체이스의 몸뚱어리에서 빠져나오려 뒤척였지만 그의 힘이 너무 셌다. 체이스는 한 손으로 카야의 양 손목을 머리 위로 모아쥐고 카야의 반바지 지퍼를 내리고는 발길질하는 카야의 팬티를 단번에 찢었다. 카야는 절규했지만 들어줄 사람은 아무도 없었다. 땅바닥을 발로 차며 벗어나려고 발버둥 쳤지만 체이스는 카야의 허리를 틀어잡고 몸을 뒤집어 엎드리게 했다. 쿵쿵 울리는 카야의 얼굴을 흙바닥에 처박고 카야의 배 밑으로 손을 넣어 골반을 치켜들면서 무릎을 꿇고 앉았다.

"이번에는 절대 안 놔줘. 좋든 싫든 넌 내 거야."

어딘가 원초적인 곳에서 흘러나오는 힘을 모아 카야는 팔과 무릎으로 땅을 박차고 일어나며 팔꿈치를 휘둘러 체이스의 턱을 갈겼다. 그의 머리가 휙 옆으로 꺾이자 카야는 미친 듯이 주먹으로 때렸다. 결국 체이스는 균형을 잃고 흙바닥에 대자로 나자빠지고 말았다. 그때 카야는 체이스의 사타구니를 정확히 겨냥해서 제대로 발로 찼다.

체이스는 고꾸라져 옆으로 구르더니, 고환을 부여잡고 몸부림을 쳤다. 확실히 해두려고 카야는 체이스의 등에 발길질을 했다. 신장이 있는 자리를 정확하게 알고 있었다. 몇 번이나. 온 힘을 다해서.

카야는 반바지를 추켜올리면서 배낭을 움켜쥐고 보트로 달렸다. 밧줄을 휙 잡아당겨 시동을 걸고 돌아보니 체이스는 손발을 짚고 엎드려 앓는 소리를 내고 있었다. 카야는 모터 크랭크가 돌아갈 때까지 쌍욕을 퍼부었다. 당장이라도 체이스가 뒤쫓아올 것만 같아서 조종간을 날카롭게 꺾고 강둑에서 멀리 도망치는데, 그때 체이스가 일어섰다. 덜덜 떨리는 손으로 바지 지퍼를 올리고 한 손으로 몸을 꼭 감싸 안았다. 광기가 번득이는 눈으로 바다를 바라보니 근처에 있던 낚싯배의 두 남자가 그녀를 빤히 바라보고 있었다.

1970년

점심시간이 지나고 나서 심스 판사가 검사에게 물었다. "에릭, 첫 증인을 부를 준비가 됐습니까?"

"네, 준비됐습니다, 재판장님." 과거 살인사건에서 에릭은 보통 첫 번째 증인으로 검시관을 불렀다. 검시관의 증언으로 살인 흉기, 사망 장소와 시각, 범죄 현장 사진 등 물적 증거를 소개하면 배심원들이 깊은 인상을 받기 때문이다. 그러나 이 사건에서는 흉기도 지문도 발자국도 없었기 때문에 살인 동기에서부터 시작할 생각이었다.

"재판장님, 검사 측 증인 로드니 혼 씨를 불러주십시오."

법정 안의 모든 사람이 증인석에 올라 진실만을 말할 것을 선서하는 로드니 혼을 바라보았다. 카야는 몇 초밖에 보지 못했지만 그 얼굴을 알아보았다. 그리고 고개를 돌렸다. 은퇴한 정비공인 로드니 혼은 거개의 나날을 낚시와 사냥, 스왐프 기니에서 포커를 치는 일로 소일하는 부류였다. 술이 빗물받이처럼 한도 끝도 없이 들어가는 사람. 늘 그렇듯 오늘도 로드니 혼은 멜빵 청바지에 칼라가 차렷 자세로 바짝 설 만큼 빳빳하게 다린 플란넬 체크 셔츠를 받쳐 입고 있었다. 오른손으로 선서하는 동안 낚시 모자를 벗어 왼손에 들고 있다가 증인석에 앉자 무릎 위에 올려놓았다.

에릭 검사가 친근하게 증인석에 다가가 말했다. "안녕하세요, 로드니."

"안녕하시오, 에릭."

"자, 로드니. 제가 알기로는 1969년 8월 30일 아침에 사이프러스코브 근처에서 친구와 낚시를 하셨다고 들었는데, 맞습니까?"

"정확하고말고요. 데니와 낚시를 나가서 새벽까지 있었어요."

"기록을 위해서 다시 한번 확인하는데, 데니 스미스가 맞습니까?"

"그래요, 나하고 데니."

"좋습니다. 그날 아침 보신 광경을 법정 안의 모든 사람에게 말씀해주시면 좋겠는데요."

"뭐, 말씀드린 대로, 새벽까지 있었는데요, 아마 11시쯤 됐을 거예요. 하도 입질이 안 오기에 낚싯줄 걷고 철수하자, 그런 참에 툭 튀어나온 곳 쪽의 나무숲 속에서 소란스러운 소리가 들려왔어요. 숲속에서요."

"어떤 소란이었나요?"

"뭐, 말소리가 들렸고요. 처음에는 잘 안 들리다가 점점 커졌어요. 남자하고 여자였고. 하지만 우리 쪽에서 그 사람들이 보이지는 않았어요. 그냥 둘이 야단법석 소란을 피운다는 것만 알 수 있었지."

"그러다 무슨 일이 일어났습니까?"

"글쎄요, 여자가 악을 쓰기 시작해서 우리는 좀 더 잘 보이는 쪽으로 배를 몰고 갔습니다. 혹시 곤란한 지경에 처했을까 싶어서요."

"그런데 무엇을 보셨습니까?"

"뭐, 우리가 가까워졌을 때는 여자가 남자 옆에 서서 발로……." 로드니는 재판장을 바라보았다.

심스 판사가 말했다. "어디를 찼습니까? 말씀하셔도 좋습니다."

"발로 곧장 불알을 찼어요. 그러자 남자가 끙끙거리고 앓으면서 옆으로 쓰러져 나뒹굴더군요. 그러자 여자가 남자의 등을 정신없이 차고 또 차고 또 찼습니다. 꿀벌 쐰는 노새보다 더 돌아이 같았어요."

"여자의 신원을 알아보셨나요? 오늘 법정에 나와 있습니까?"

"예, 확실히 알아봤죠. 저기 저 여자예요, 피고인. 사람들이 마시 걸이라고 부르는 그 여자요."

심스 판사가 증인 쪽으로 몸을 기울였다. "로드니 혼, 피고인의 이름은 캐서린 클라크입니다. 다른 이름으로 부르지 마십시오."

"뭐 그럼 좋수다. 우리가 본 건 캐서린 클라크였어요."

에릭이 심문을 계속했다. "여자가 발로 차던 남자는 누군지 알아보셨습니까?"

"글쎄요, 뭐, 땅바닥에서 몸부림치며 나뒹굴고 있어서 잘 보이지 않았어요. 하지만 몇 분 후에 일어나더군요. 보니까 체이스 앤드루스였어요. 몇 년 전에 쿼터백으로 뛰던."

"그리고 다음에 어떻게 됐습니까?"

"여자가 휘청거리면서 보트로 달렸는데, 반쯤 옷이 벗겨져 있었어요. 반바지가 발목에 걸리고 팬티가 무릎까지 흘러내려가 있더군요. 반바지를 추켜올리면서 동시에 뛰려고 했죠. 그러면서 내내 남자에게 소리를 질렀어요. 자기 보트로 가더니 뛰어올라 타고서는 반바지를 계속 잡아당기며 멀어져갔습니다. 여자는 우리 보트 옆을 지나치면서 우리 눈을 똑바로 바라봤어요. 그래서 정확히 누군지 알게 됐지요."

"피고인이 보트로 달리면서 내내 남자에게 소리를 질렀다고 하셨습니다. 정확히 뭐라고 외쳤는지 들으셨나요?"

"네, 상당히 가까이 있었기 때문에 아주 똑똑히 잘 들렸습니다."

"피고인이 소리친 내용을 법정 안의 사람들 모두가 들을 수 있도록 말씀해주십시오."

"악을 쓰고 있었어요. 날 가만 내버려둬, 이 개새끼야! 한 번만 더 건드리면 죽여버릴 거야!라고 했지요."

요란한 웅성거림이 좌중을 가르더니 멈출 줄 몰랐다. 심스 판사가 의사봉을 두드렸다. "알겠습니다. 그거면 됐습니다."

에릭이 검사 측 증인에게 말했다. "그거면 충분합니다. 감사합니다, 로드니. 더 이상 질문 없습니다. 피고인 측 질문하십시오."

톰이 에릭을 지나쳐 증인석으로 걸어갔다.

"자, 로드니, 처음에 잘 들리지는 않아도 시끌벅적한 말소리를 들었다고 증언하셨잖습니까. 그때 캐서린 클라크와 체이스 앤드루스 사이에 무슨 일이 벌어졌는지 보지 못하셨지요, 맞습니까?"

"그렇습니다. 좀 가까이 가서야 보였죠."

"그런데 여자가, 나중에 캐서린 클라크라고 명시하신 그 여자가 큰일을 당한 것처럼 소리쳤다고 하셨죠. 맞습니까?"

"예."

"합의하에 키스하거나 성적인 행위를 하는 성인 두 명을 보지 못하셨습니다. 공격을 당하는 사람처럼 비명을 지르는 여자의 목소리를 들었을 뿐입니다. 맞습니까?"

"그렇습니다."

"그러면 캐서린 클라크가 체이스 앤드루스를 발로 찬 건 숲속에 혼자 사는 여성이 아주 힘센 운동을 하는 남자로부터 자기방어를 하려 했던 것일 가능성이 크겠군요? 은퇴한 쿼터백이 덮쳤다면 말입니다?"

"네, 그럴 가능성이 있다고 생각합니다."

"더 이상 질문 없습니다."

"검사 측에서 다시 질문 기회를 받으시겠습니까?"

"예, 재판장님." 에릭이 검사 측 테이블에서 일어서며 말했다.

"그러니까 로드니, 두 사람 사이에 소정의 행위가 합의에 따른 것인가 여부와 상관없이 피고인 캐서린 클라크가 사망한 체이스 앤드루스에게 극도로 화가 나 있었다고 말할 수 있을까요?"

"네, 몹시 화가 나 있었습니다."

"다시 건드리면 죽여버리겠다고 악을 쓸 정도로 화가 나 있었죠, 맞습니까?"

"그렇습니다."

"더 이상 질문 없습니다, 재판장님."

1969년

카야는 손으로 조종간을 더듬더듬 찾으면서 고개를 돌려 사이프러스코 브에서 체이스가 자기를 따라오는지 보았다. 빠르게 호소로 돌아와 부어오른 무릎으로 절뚝거리며 판잣집으로 뛰었다. 부엌에 들어서자마자 마룻바닥에 주저앉아 울면서 부은 눈을 손끝으로 만지며 입 안의 흙을 뱉었다. 그리고 체이스가 올까봐 인기척에 귀를 기울였다.

카야는 조개 목걸이를 보았다. 아직도 걸고 있었다. 어떻게 그럴 수가 있어?

"넌 내 거야." 체이스는 말했다. 카야가 발로 찼으니 길길이 화를 낼 테고 곧 그녀를 찾아올 것이다. 오늘 올 수도 있다. 아니면 하룻밤쯤 기다렸다 올지도 모른다.

아무한테도 말할 수 없었다. 점핑은 보안관한테 신고하자고 하겠지만 보안관이 체이스 앤드루스가 아닌 마시 걸의 말을 믿어줄 리가 없다. 두 낚시꾼이 무슨 꼴을 봤는지는 모르지만 역시 그녀 편을 들어줄 리 없었다. 카야가 자초한 일이라고 손가락질할 것이다. 체이스한테 차이기 전 몇 년을 부둥켜안고 키스하고 숙녀답지 못하게 굴었다고 욕할 것이다. 걸레처럼 몸을 함부로 굴렸다고 말할 것이다.

바깥에서는 바람이 바다에서 울부짖으며 불어왔다. 그래서 카야는 모터보트가 접근해도 소리를 듣지 못할까봐 걱정되었다. 통증으로 굼떠진 몸을 움직여 비스킷, 치즈, 견과류를 배낭에 챙겨 넣고 머리를 낮게 숙여 광풍을 받으며 억새밭을 지나 물길을 따라 책읽기 오두막으로 갔다. 통나무집까지는 걸어서 45분이 걸렸는데 무슨 소리가 날 때마다 쓰라리고 뻣뻣한 카야의 몸은 움츠러들었고 머리를 홱 옆으로 꺾어 잡풀 속을 살폈다. 마침내 무르팍까지 잡풀에 가려진 채 간신히 강둑에 붙어 있는 낡은 통나무집이 시야에 들어왔다. 이곳은 바람이 한결 잔잔했다. 부드러운 초원도 고요했다. 체이스에게는 은신처 얘기를 한 적이 없지만 알지도 모른다. 도무지 확신을 가질 수가 없었다.

쥐 떼의 악취는 사라지고 없었다. 테이트가 생태연구소에 취직한 후 스커퍼와 함께 낡은 통나무집을 수리해 가끔 탐험 여행을 하다가 하룻밤 지내는 용도로 썼다. 두 사람은 벽을 보강하고 천장을 반듯하게 맞추고 기본적인 가구를 들여놓았다. 퀼트가 덮인 아담한 침대, 요리용 스토브, 테이블과 의자. 냄비와 프라이팬이 서까래에 걸려 있었다. 그리고 주위와는 어울리지 않게 비닐로 덮어둔 현미경이 접이식 책상 위에 놓여 있었다. 한쪽 구석에 놓인 낡은 금속 트렁크에는 통조림 베이크 빈과 정어리 깡통도 들어 있었다. 곰을 끌어들일 만한 음식은 하나도 없었다.

그러나 실내로 들어간 카야는 덫에 걸린 기분이 들었다. 체이스가 가까이 와도 볼 수가 없었다. 그래서 냇가에 앉아 오른쪽 눈으로 수풀이 우거진 물의 땅을 망보았다. 왼눈은 퉁퉁 부어 감겨버렸다.

하류에서 다섯 마리의 암사슴 무리가 카야를 못 본 체하고 물가를 뛰어다니며 잎사귀를 오물오물 씹고 있었다. 저 무리에 속할 수 있다면, 자기도 저 암사슴 무리에 낄 수만 있다면 얼마나 좋을까. 사슴이 한 마리 없어져도 무리는 아쉽지 않겠지만 무리가 없으면 사슴은 완전할 수 없다. 한 마리가 고개를 치켜들어 검은 눈으로 북쪽 나무들 사이를 바라보더니 오른쪽 앞발을 굴렀다. 다른 사슴들도 고개를 들더니 놀라 휘파람을 불었다. 즉시 카야의 멀쩡한 눈이 체이스나 다른 포식자의 기척을 찾아 숲을 탐색했다. 하지만 고요하기만 했다. 산들바람에 놀랐던 모양이다. 사슴들은 발 구르기를 멈추었지만 서서히 이동해 키 큰 풀숲으로 들어가버렸다. 외롭고 불안한 카야만 홀로 남겨졌다.

카야는 다시 초원을 눈으로 훑어 침입자가 없는지 살폈지만, 경계하고 탐색하느라 에너지를 다 소모하는 바람에 어쩔 수 없이 오두막으로 돌아갔다. 배낭에서 쿰쿰한 치즈를 파냈다. 마루에 쭈그리고 앉아 멍든 뺨을 어루만지며 멍하니 아무 생각 없이 먹었다. 얼굴, 팔, 다리가 찢어져 피 묻은 흙투성이가 되어 있었다. 무릎이 긁혀 피가 쿵쿵 울렸다. 카야는 수치심과 싸우며 흐느껴 울다가, 문득 복받쳐 씹던 치즈를 뱉고 말았다. 치즈가 축축한 알갱이가 되어 사방으로 튀었다.

카야는 자기 탓이라고 자책했다. 보호자도 없이 짝짓기를 하다니. 자연의 욕망에 이끌려 결혼도 하지 않고 싸구려 모텔로 이끌려갔지만 욕구는 충족되지 않았다. 번쩍이는 네온 불빛 아래의 섹스는 동물의 종적처럼 시트에 번진 피의 흔적 말고는 아무것도 남기지 않았다.

체이스는 틀림없이 둘이 한 짓을 사람들에게 떠벌리고 자랑했을 것이다. 사람들이 죄다 자기를 피하는 것도 당연하다. 혐오스러운 사회 부적

응자.

획획 흘러가는 구름 사이로 반달이 나타나자 카야는 웅크리고 숨어 작은 창으로 남자 같은 형체가 나타나는지 지켜보았다. 그러다 결국 테이트의 침대에 기어들어가 테이트의 퀼트를 덮고 잤다. 자주 잠에서 깨어 발소리가 나는지 귀를 기울이다 부드러운 퀼트를 얼굴까지 끌어올려 꼭 여몄다.

아침에도 부스러지는 치즈를 먹었다. 얼굴은 이제 녹색과 보라색으로 시커멓게 변색되고 눈은 삶은 달걀처럼 부풀어올랐다. 목은 뻣뻣하게 굳어 꼼짝도 할 수 없었다. 윗입술은 한쪽이 엽기적으로 뒤틀렸다. 엄마처럼, 괴물 같은 몰골이 되어 무서워서 집에도 가지 못하고 있었다. 느닷없이 카야는 엄마가 왜 참았고 엄마가 왜 떠났는지 선명하고도 뚜렷한 깨달음을 얻었다. "엄마, 엄마." 카야는 속삭였다. "이제 알겠어. 이제야 엄마가 왜 떠나서 다시는 돌아오지 못했는지 알았어. 몰라서 미안해. 도와주지 못해서 미안해." 카야는 머리를 툭 떨어뜨리고 흐느껴 울었다. 그러다가 홱 고개를 젖혀 높이 치켜들었다. "난 그렇게는 살지 않을 거야. 언제 어디서 주먹이 날아올까 걱정하면서 사는 삶 따위 싫어."

오후에는 집으로 돌아갔지만, 배가 고프고 생필품이 필요해도 점핑의 가게에는 가지 않았다. 체이스가 거기서 카야를 볼지도 모른다. 게다가 아무에게도, 특히나 점핑에게는 엉망으로 얻어터진 얼굴을 보이고 싶지 않았다.

딱딱한 빵과 훈제한 생선으로 소박하게 끼니를 때우고 포치의 끄트머리에 걸터앉아 차양 너머를 뚫어져라 노려보았다. 그때 암컷 사마귀가 카야 얼굴 근처 나뭇가지를 따라 기어왔다. 사마귀는 분절된 앞다리로 나방들을 뽑아서 파닥거리는 날개 따위 아랑곳하지 않고 우적우적 씹어먹었다. 수컷 사마귀가 포니처럼 허세를 떨며 고개를 높이 치켜들고 왔다 갔다 하며 구애를 했다. 암컷은 흥미를 보이며, 촉수를 마술지팡이처럼 마구 흔들었다. 수컷의 포옹이 힘찼는지 부드러웠는지 카야는 알 수 없었지만, 수컷이 생식기로 암컷의 알을 수정시키려 이리저리 찌르는 사이 암컷은 길고 우아한 목을 돌려 수컷의 머리를 물어뜯어버렸다. 쑤시고 박느라 바빠서 수컷은 눈치채지 못했다. 수컷이 제 볼일을 보는 사이 머리가 뜯겨지고 목만 남은 자리가 흔들렸고, 암컷은 수컷의 흉부를 갉아 먹더니 날개까지 씹어먹어버렸다. 마침내 수컷의 마지막 앞다리가 암컷의 입 안에서 툭 튀어나왔을 때도 머리 없고 심장 없는 하체는 완벽하게 리듬에 맞춰 교미했다.

암컷 반딧불은 허위 신호를 보내 낯선 수컷들을 유혹해 잡아먹는다. 암컷 사마귀는 짝짓기 상대를 잡아먹는다. 암컷 곤충들은 연인을 다루는 법을 잘 안다는 생각이 들었다.

며칠 후 카야는 습지로 보트를 몰고 가서 체이스가 알 리 없는 지역을 탐색했지만, 신경이 날카로워지고 불안해 그림을 그리기가 어려웠다. 눈에는 여전히 얇은 자상을 둘러싸고 붓기가 남아 있었고 피멍은 그 메스꺼운 색깔을 뻗어 얼굴 절반을 뒤덮었다. 여전히 온몸이 통증으로 쑤셨다. 다람쥐가 찍찍거리자 카야는 몸을 홱 돌려 까마귀 울음소리가 나는지 귀를 쫑긋 세웠다. 까마귀 울음소리는 소통이 단순하던 시절, 말이 있기 전의 언어다. 그리고 어디를 가든 마음속으로 대피 경로부터 파악하고 숙지했다.

1970년

음산한 빛살이 카야의 감방에 난 작은 창문으로 흘러들어왔다. 카야는 꿈속의 지도자라도 따라가듯 한쪽 방향으로 소리 없이 춤추는 먼지와 티끌을 바라보았다. 그림자에 닿으면 먼지와 티끌은 사라졌다. 햇빛이 없으면 아무것도 아니다.

카야는 하나밖에 없는 테이블인 나무 궤짝을 끌어와서 마루에서 2미터 높이에 난 창문 아래 놓았다. 등에 '카운티 교도소 수감자'라고 새겨진 회색 점프수트를 입은 카야는 궤짝 위에 올라서서 두꺼운 유리와 창살 너머로 보일락 말락 하는 바다를 응시했다. 파도가 철썩이자 하얀 물보라가 일었고 펠리컨들이 물고기를 찾아 고개를 휙휙 돌리며 물결에 바짝 붙어 낮게 날았다. 카야가 오른쪽 끝까지 목을 뺄면 습지 언저리의 빽빽한 끄트머리가 보였다. 어제는 독수리 한 마리가 급강하하며 몸을 틀어 물고기를 잡는 광경을 보았다.

카운티 교도소는 시 경계선에 자리한 보안관 사무소 바로 뒤에 소재한 단층 시멘트 블록 건물로 3.5평방미터 감방 여섯 실로 구성되어 있었다. 감방은 건물 길이를 따라 일렬로 늘어서 있었다. 한쪽에만 감방들이 있었는데, 이는 죄수들이 서로 보지 못하게 하기 위해서였다. 삼면 벽은 축축한 시멘트 블록이고 네 번째 벽은 자물쇠가 채워진 쇠살문이었다. 각 감방에는 울퉁불퉁한 코튼 매트리스가 깔린 나무 침대, 깃털 베개, 시트, 회색 담요 한 장, 세면대, 테이블로 쓰는 나무 궤짝 그리고 변기가 구비되어 있었다. 세면대 위에는 거울 대신 감리교 여성회에서 제공한 예수 그림이 걸려 있었다. 유치장에 하룻밤 정도 구류되는 게 아니라 본격적인 수인으로 들어온 첫 여성인 카야를 위해 특별히 세면대와 변기를 둘러칠 수 있는 커튼이 설치되었다.

재판이 열리기 전까지 두 달 동안, 카야는 보트를 타고 보안관을 따돌리려다 실패하는 바람에 보석도 못 받고 감방에 구금되었다. 카야는 '우리Cage'가 아니라 '감방Cell'이라는 말을 누가 처음 쓰기 시작했을까 궁금했다. 인류 역사상 이런 언어적 전환이 필요해진 어느 순간이 있었을 텐데. 제 손으로 긁어 만든 붉은 갈퀴 같은 상처 자국이 팔에 죽죽 나 있었다. 헤아릴 수 없는 몇 분 동안 카야는 침대에 걸터앉아서 제 머리카락을 깃털처럼 뽑아 가닥가닥 살펴보았다. 갈매기들이 그러듯이.

궤짝을 밟고 올라서서 학처럼 목을 습지 쪽으로 길게 뻗으며 카야는 어맨다 해밀턴의 시를 생각했다.

브랜든비치의 상처받은 갈매기

날개 달린 영혼아, 너는 하늘을 춤추었고

새된 비명으로 새벽을 놀래켰지
닻들을 좇고 용감히 바다에 맞서고
다시 바람을 타고 내게 돌아왔지

날개를 부러뜨렸구나. 그 날개가 땅에 끌려
모래 위에 너의 흔적을 새겼구나
깃털이 부러지면 너는 날 수가 없지
하지만 죽을 때를 누가 결정한단 말이니?

너는 사라졌지, 어디로 갔는지 몰라
하지만 네 날개 자국이 아직도 거기 남아 있어
부러진 심장은 날 수 없지
하지만 죽을 때를 누가 결정한단 말이니?

수감자들은 서로 볼 수 없지만, 교도소 저 끝에 갇힌 두 남자는 밤낮으로 수다를 떨며 소일했다. 둘 다 도그곤 비어홀에서 제일 멀리 침을 뱉는 사람이 누구인가를 두고 싸우기 시작해 술집 거울 몇 점을 깨고 뼈마디 몇 대를 부러뜨린 죄로 30일 금고형을 선고받았다. 대개 남자 수인들은 침대에 누워서 옆 감방에 있는 수인을 향해 서로 고래고래 소리쳤다. 오가는 대화는 대부분 면회 온 사람들이 카야의 사건에 대해 얘기해준 가십이었다. 특히 20년 동안 행정구역 내에서 한 번도 선고된 적 없고, 여성에게는 전례 없는 사형 선고가 내려질 확률이 커 대단한 화제가 되었다.

카야는 한마디도 빠짐없이 들었다. 죽는 건 무섭지 않았다. 이 유령 같은 삶을 끝낸다는 협박으로 겁을 줄 수는 없었다. 그러나 타인의 손에 미리 계획된 대로, 일정에 맞추어, 죽임을 당하는 절차는 생각조차 할 수 없었고, 생각하면 숨이 멎는 것만 같았다.

잠은 카야를 피해 다녔다. 언저리에 주저앉았다가 홱 달아났다. 카야의 마음이 불현듯 수면의 벽을 따라 낙하해 찰나의 행복을 누리면 카야의 몸이 금세 부르르 떨며 그녀를 깨웠다.

카야는 궤짝에서 내려와 침대에 걸터앉은 후 무릎을 세우고 턱을 괴었다. 재판이 끝나고 이리 끌려왔으니까 이제 6시쯤 되었을 것이다. 한 시간밖에 지나지 않았다. 아니 그만큼도 안 되었을지도 모른다.

1969년

구월 초, 체이스한테 습격당하고 나서 일주일도 넘게 지난 후, 카야는 집 앞 바닷가를 거닐었다. 바람이 손에 든 편지를 찢어발길 기세라서 가슴에 꼭 안고 있었다. 출판사 편집자가 그린빌에서 만나자고 카야를 초청했다. 자주 시내에 나오지 않는 건 잘 알지만 만나고 싶다면서 출판사에서 경비를 댈 거라고 했다.

　맑고 뜨거운 날이라서 카야는 습지로 배를 몰고 나갔다. 좁은 강어귀 끝에서 수풀이 우거진 모퉁이를 돌자 테이트가 널찍한 모래톱에 쭈그리고 앉아 작은 유리병에 물 표본을 채취하고 있었다. 그의 크루저 ─ 연구 조사선 ─ 는 통나무에 묶인 채 이리저리 표류하며 물길을 막고 있었다. 카야는 조종간을 잡고 가슴을 들썩였다. 얼굴의 부기와 타박상은 많이 누그러졌지만 흉측한 초록색과 보라색 반점은 여전히 눈가에 남아 있었다. 카야는 당황해 겁에 질렸다. 테이트한테 망가진 얼굴을 보여줄 수는 없어 재빨리 보트를 돌려 떠나려 했다.

하지만 테이트가 고개를 들고 손을 흔들었다. "여기 대, 카야. 새 현미
경 보여줄게."

이건 무단결석 지도원이 치킨 파이로 카야를 유혹하던 것과 똑같은 효
과를 냈다. 카야는 속도를 늦췄지만 대답은 하지 않았다.

"어서. 확대율은 아마 보고도 못 믿을걸. 아메바의 위족僞足도 보인단
말이야."

카야는 아메바의 신체 부위는커녕 아메바도 본 적이 없었다. 그리고
테이트를 다시 만나자 왠지 마음의 평화가 찾아왔다. 멍든 얼굴은 고개
를 돌려서 보여주지 않기로 하고 카야는 보트를 물가에 대고 얕은 물을
건너 그가 있는 쪽으로 왔다. 카야는 청바지와 하얀 티셔츠를 입고 머리
를 풀어헤치고 있었다. 이물 사다리 끝에 서 있던 테이트가 손을 내밀자
카야가 눈을 맞추지 않은 채 손을 잡았다.

크루저의 부드러운 베이지색은 습지와 자연스럽게 녹아들었고, 티크
데크와 황동 조종간은 카야가 지금까지 본 것 중 가장 고급스러운 물건
이었다. "이리 내려와." 테이트는 갑판 아래 선실로 내려가며 말했다. 카
야는 선장의 책상과 자기 집 부엌보다 더 설비가 좋은 작은 주방과 선상
실험실로 개조된 객실을 훑어보았다. 현미경 여러 대와 시험관이 꽂힌
틀도 줄줄이 놓여 있었다. 다른 기구들이 웅웅거리며 깜박였다.

테이트는 제일 큰 현미경을 조작하며 슬라이드를 조절했다.

"여기, 잠깐만." 테이트는 습지의 물 한 방울을 슬라이드에 떨어뜨리고
다른 슬라이드로 덮어 접안렌즈의 초점을 맞췄다. 그리고 일어섰다. "한
번 봐."

카야는 아기에게 키스하듯 부드럽게 몸을 숙였다. 현미경 빛이 카야의

검은 홍채에 반사되고, 마디그라 축제처럼 화려한 의상을 입은 주인공들이 발끝으로 돌며 춤을 추듯 나타나자 카야는 숨을 혁 들이마셨다. 생명을 뜨겁게 갈구하는 몸뚱어리를 상상할 수도 없이 아름다운 머리 장식 스카프가 휘감고 있었다. 생물들은 한 방울 물이 아니라 서커스 천막 안에 있는 것처럼 신나게 놀이판을 벌이고 있었다.

카야는 손을 심장에 갖다대었다. "이렇게 아름다운 생물이 이렇게 많을 줄은 상상도 못 했어." 카야는 눈을 떼지 못하고 말했다.

테이트는 몇 가지 이상한 표본들의 이름을 알려주고, 한 발 물러서서 카야를 관찰했다.

'생명의 맥박을 느끼는 거야.' 테이트는 생각했다. '카야와 지구 사이에 아무런 장막이 없기 때문이야.'

테이트는 카야에게 슬라이드 몇 개를 더 보여주었다.

카야는 속삭이며 말했다. "별을 한 번도 본 적이 없다가 갑자기 보게 된 느낌이야."

"커피 좀 마실래?" 테이트가 나직하게 물었다.

카야는 머리를 들었다. "아니. 아니야, 고마워." 그리고 카야는 현미경에서 물러서더니 조리실 쪽으로 다가갔다. 갈색과 녹색으로 얼룩진 눈을 테이트에게 보이지 않는 쪽으로 어색하게 돌리면서.

테이트는 카야가 경계하는 건 낯설지 않았지만, 이렇게까지 거리를 두고 이상하게 행동하는 건 본 적이 없었다. 계속 머리를 특정한 각도로 돌리고 있었다.

"그러지 말고, 카야. 그냥 커피 한잔 하자." 테이트는 이미 작은 주방으로 들어가 커피머신에 물을 따르고 있었다. 카야는 갑판으로 올라가는 사다리 옆에 서 있었다. 테이트는 카야에게 올라가라고 손짓하며 커피 머그잔을 건네주었다. 쿠션을 댄 벤치에 앉으라고 손짓했지만 카야는 이 물에 서 있었다. 고양이처럼 탈출구를 파악했다. 눈부시게 하얀 모래톱이 아늑하게 그늘을 드리운 참나무들 아래 휘어져 있었다.

"카야……." 테이트는 뭔가 질문을 하려다가 카야가 고개를 돌렸을 때 뺨에 흐릿하게 남은 타박상 자국을 보았다.

"얼굴 어떻게 된 거야?" 테이트는 카야에게 다가서서 손으로 뺨을 만져보려 했다. 그러자 카야가 고개를 돌렸다.

"아무것도 아니야. 한밤중에 문짝에 부딪혔어." 카야가 손을 홱 치켜들어 얼굴을 가리는 걸 보고 테이트는 그 말이 사실이 아니라는 걸 알았다. 누군가 그녀를 때렸다. 체이스였을까? 그놈이 결혼한 후에도 카야는 만나주는 걸까? 테이트의 턱이 꿈틀거렸다. 카야는 가려는 듯 머그잔을 내려놓았다.

테이트는 억지로 아무렇지 않은 척했다. "새 책 시작했어?"

"버섯에 대한 책은 마무리 단계야. 편집자가 시월 말쯤 그린빌로 올 일이 있다고 거기서 한번 만나면 좋겠다고 해. 하지만 난 잘 모르겠어."

"꼭 가야 해. 편집자를 만나보면 좋을 거야. 바클리에서 매일 떠나는 버스편이 있어. 야간 버스도 있고. 오래 걸리지 않아. 1시간 20분 정도, 그쯤 걸려."

"어디서 버스표를 사는지 몰라."

"운전기사가 잘 알고 있어. 메인스트리트의 버스정류장까지 제시간에 도착하기만 하면 돼. 기사가 어떻게 하면 되는지 가르쳐줄 거야. 점핑네 가게에도 일정표가 붙어 있는 것 같던데." 테이트는 채플힐에서 여러 번 버스를 타고 다녔다고 말하려다가 혼자 칠월의 해변에서 그를 기다리던 나날들을 카야에게 상기시켜서 좋을 게 없다는 생각을 했다.

두 사람은 한참 커피를 홀짝이며 높게 솟은 구름 장벽을 따라 휘파람을 부는 한 쌍의 매 소리를 들었다.

테이트는 커피를 더 권하면 카야가 가버릴 거라는 걸 알았기 때문에 망설였다. 그래서 버섯 책에 대해 이런저런 질문을 하고 자기가 연구하는 원생동물들에 대해 설명했다. 카야를 잡아두기 위해서 닥치는 대로 미끼를 던졌다.

오후의 빛이 누그러지고 서늘했던 바람이 거세졌다. 머그를 다시 내려놓으며 카야가 말했다. "이제 가봐야겠다."

"와인을 좀 딸까 생각 중이었는데. 좀 마실래?"

"아냐, 괜찮아."

"가기 전에 잠깐만 기다려." 테이트는 배 밑의 주방으로 내려가서 먹다 남은 빵과 비스킷이 든 봉지를 들고 왔다. "갈매기한테 안부 전해줘."

"고마워." 카야는 사다리를 타고 내려갔다.

보트로 걸어가는 카야에게 테이트가 소리쳐 말했다. "카야, 날씨가 추워지는데 재킷이나 그런 거 필요 없어?"

"아냐, 괜찮아."

"여기, 그럼 내 모자라도 가져가." 그 말과 함께 테이트가 빨간 스키 모자를 카야에게 던졌다. 카야는 모자를 받아서 다시 휙, 그에게 던졌다. 그가 다시 더 멀리 던지자 카야는 모래톱을 달려 허리를 굽히고 주워들었다. 카야는 깔깔 웃으면서 보트에 뛰어올라 모터에 시동을 걸고, 테이트 근처로 달려오더니 모자를 다시 그의 보트에 휙 던져 넣었다. 테이트는 씩 웃었고 카야는 키득거렸다. 그러다 둘은 웃음기를 거두고 서로를 바라보면서 모자만 주고받았고, 그러다 결국 카야는 시동을 걸고 모퉁이를 돌아 사라져버렸다. 카야는 이물에 털썩 주저앉아 손으로 제 입을 막았다. "안 돼." 카야는 소리 내어 말했다. "또 테이트한테 빠질 순 없어. 다시는 똑같은 상처를 받진 않을 거야."

테이트는 뱃전에 그대로 서 있었다. 누군가 카야를 때리는 모습이 눈앞에 선하게 떠올라 불끈 주먹을 쥐면서.

카야는 연안쇄파를 넘자마자 최대한 해안선을 따라 남쪽으로 달렸다. 이 길로 곧장 가면 집으로 가는 물길이 나오기 전에 집 앞의 바닷가를 볼 수 있다. 보통은 모터에 시동을 걸고 곧장 지나쳐 미로 같은 물길을 헤쳐 호소로 가서 해변으로 걸어가곤 했다.

하지만 지나치는데 갈매기들이 카야를 알아보고 보트로 몰려들었다. 빅 레드가 뱃머리에 내려앉아 고개를 까닥거렸다. 카야는 웃음을 터뜨렸다. "알았어, 너희가 이겼다." 쇄파를 가르고 질러서 해변에 무성한 키 큰 시오트 풀숲에 배를 대고 해변에 서서 테이트가 준 빵 부스러기를 던져주었다.

태양이 물 위로 황금빛과 분홍빛을 퍼뜨리자, 카야는 모래사장에 털썩 주저앉았고 갈매기들도 주위에 내려앉았다. 느닷없이 모터보트 소리가 들리더니 체이스의 스키보트가 카야의 물길을 향해 달려갔다. 시오트 수풀 뒤에 있는 카야의 보트는 보이지 않겠지만 탁 트인 모래사장에 있는 카야는 숨을 곳이 없었다. 카야는 즉시 납작 엎드려 고개를 옆으로 돌려 그의 행동을 관찰했다. 키를 잡고 선 체이스는 바람에 머리를 뒤로 흩날리며 흉측하게 인상을 쓰고 있었다. 하지만 카야 쪽은 보지 않고 판잣집으로 이어지는 물길로 꺾어 들어갔다.

체이스가 보이지 않게 되자 카야는 일어나 앉았다. 바닷가에 배를 대고 갈매기와 놀고 있지 않았다면 집에서 체이스한테 잡혔을 것이다. 아버지한테서 거듭, 거듭 배운 교훈이 있었다. 이런 남자들은 최후의 한 방을 꼭 자기가 때려야만 한다. 카야가 떠날 때 체이스는 흙먼지 속에 나뒹굴고 있었다. 카야가 체이스를 납작하게 두들겨 패는 모습을 낚시꾼들이 다 봤을 것이다. 아버지의 말을 빌리면, 체이스는 카야의 버르장머리를 고쳐놓아야 직성이 풀릴 것이다.

카야가 판잣집에 없다는 걸 알면 체이스는 곧장 이리로 자기를 찾으러 올 것이다. 카야는 보트로 달려가서 스로틀을 올리고 다시 테이트에게로 갔다. 하지만 체이스에게 당한 일을 테이트한테 말하고 싶지는 않았다. 이성보다 수치심이 앞섰다. 카야는 속도를 낮추고 해가 사라질 때까지 파도를 타고 출렁이며 표류했다. 숨어서 체이스가 떠날 때까지 기다려야 했다. 떠나는 걸 눈으로 확인하지 않으면 언제 집으로 가도 되는지 종잡을 수가 없을 테니까.

물길로 돌아서자 당장이라도 체이스가 덮쳐올 수 있을 거라는 미칠 듯한 불안감에 사로잡혔다. 동력은 걸어두기만 한 상태라 체이스의 보트 소리를 들을 수 있었다. 카야는 머리 위로 나무와 덤불이 울창하게 우거진 수풀 속으로 조용히 후진했다. 나뭇가지를 헤치며 잡풀 숲속으로 점점 더 깊이 후진해 겹겹의 잎사귀와 내리는 어둠 속에 몸을 숨겼다.

힘겹게 숨을 몰아쉬면서 카야는 귀를 기울였다. 마침내 체이스의 엔진이 새된 비명을 지르며 부드러운 저녁 공기를 가르는 소리가 들려왔다. 체이스가 접근하자 카야는 몸을 더 바짝 낮췄다. 갑자기 보트 끝이 보이면 어떡하나 걱정이 되었다. 엔진 소리는 아주 가까워졌다가 몇 초 만에 멀어져갔다. 카야는 30분 가까이 그 자리에 그대로 있다가 정말로 캄캄해지고 나서야 별빛을 길잡이 삼아 집으로 갔다.

카야는 바닷가로 이불을 끌고 나와 갈매기들과 함께 앉았다. 갈매기들은 카야한테 아무 관심도 없이 쫙 펼친 날개를 단장하고 나서 털이 보송 보송 달린 바윗돌처럼 바닷가에 자리를 잡았다. 갈매기들이 조용히 흡족한 웃음소리를 내고는 머리를 날개 밑에 넣고 잠이 들자, 카야는 최대한 갈매기들 곁에 바짝 몸을 붙이고 누웠다. 하지만 보드랍게 짹짹거리고 바스락거리는 새소리에도 불구하고 카야는 잠을 이룰 수가 없었다. 좌우로 몸을 계속 뒤척이다가 바람이 축구공 흉내를 낼 때마다 퍼뜩 일어나 앉았다.

새벽의 쇄파가 카야의 뺨을 따갑게 때리며 철썩이는 바람을 타고 포효했다. 카야는 새들 가운데서 일어나 앉았다. 갈매기들은 근처를 돌아다니면서 기지개를 켜고 발로 모래를 차고 있었다. 빅 레드는 눈을 크게 뜨고 목을 살짝 꼰 모양이, 날개 밑에서 뭔가 흥미로운 걸 발견한 눈치였다. 보통 그런 행동을 보면 카야는 웃음을 터뜨렸을 것이다. 하지만 새들을 봐도 어떤 기쁨도 느낄 수가 없었다.

카야는 물의 경계로 걸어갔다. 체이스는 이대로 포기할 사람이 아니다. 혼자 외톨이로 사는 건 그렇다 치자. 하지만 두려움에 떨며 사는 건 완전히 다른 문제였다.

카야는 한 발 한 발 다리를 옮겨 휘몰아치는 바다로 걸어 들어가는 상상을 했다. 파도 아래 깊이 가라앉으면, 연푸른 바다에 풀린 검은 수채물감처럼 머리카락이 떠오르고, 긴 손가락과 팔이 후광을 받아 빛나는 수면을 향해 치켜들겠지. 탈출의 꿈은, 심지어 죽음이라 해도, 언제나 빛을 향해 떠올랐다. 마침내 카야의 몸이 바닥으로 가라앉아 시커먼 침묵 속에 가만히 자리 잡으면, 그제야 저 멀리 대롱대롱 걸려 찬란히 빛나는 평화의 포상이 손에 잡히겠지. 안전할 것이다.

'죽을 때를 누가 결정한단 말인가?'

44
감방 동무

1970년

카야는 감방 한가운데 서 있었다. 교도소 수인 신세가 되다니. 조디와 테이트를 비롯해 사랑하는 사람들이 카야를 버리고 떠나지 않았다면 이 지경까진 되지 않았을 것이다. 믿고 의지할 사람이 있으면 버티고 살 수 있다.

체포되기 직전에는 테이트에게 돌아가는 길이 다시 보이는 듯했다. 카야의 심장이 조금 열리고, 머무르고 있던 사랑이 수면 가까이 떠올랐다. 그러나 테이트가 여러 번 찾아와 면회를 신청했을 때 카야는 일절 거부했다. 열리고 있던 마음이 수감된 후로 더 꼭 닫힌 이유는 알 수 없었다. 이런 곳에서 테이트가 주는 위로를 기쁘게 받을 수 없는 이유는 무엇일까. 그 어느 때보다 여리고 상처받기 쉬워진 지금, 타인을 믿기가 예전보다 더 힘들었다. 살아오면서 가장 무너지기 쉬운 자리에 서서 카야는 그녀가 아는 유일한 안전망에 의지할 수밖에 없었다. 바로 그녀 자신 말이다.

보석도 없이 쇠창살 너머로 처넣어졌다는 사실 자체가 카야의 철저한 외로움을 방증했다. 단 한 통의 전화통화만 허락된다는 보안관의 말을 듣고 카야는 절실히 실감했다. 전화할 사람이 아무도 없었다. 세상에서 카야가 아는 단 하나의 전화번호는 조디의 것이었지만, 어떻게 오빠한테 전화해서 살인죄로 감옥에 갇혔다고 말한단 말인가? 그토록 오랜 세월이 흘렀는데, 이제 와서 힘든 일이 있다고 오빠를 귀찮게 한단 말인가? 아니, 어쩌면 그저 수치심 때문이었는지도 모른다.

사람들은 그녀 혼자 자기 몸을 방어하며 살라고 저버리고 떠났다. 그래서 이렇게, 혼자 여기 있게 된 거다.

카야는 톰 밀턴이 선물해준 기적 같은 조개에 관한 책을 다시 펼쳤다. 지금까지 카야가 가장 소중하게 아껴 읽는 책이었다. 바닥에는 생물학 교재들이 몇 권 쌓여 있었는데, 간수 말로는 테이트가 가져왔다고 했다. 하지만 카야의 머릿속에 단어들이 잘 들어오지 않았다. 제멋대로 문장들이 사방으로 튀어 나갔다가, 다시 책의 첫머리에 들러붙곤 했다. 조개 그림을 보는 편이 쉬웠다.

싸구려 타일 바닥에 발소리가 철렁거리더니 간수 노릇을 하는 키 작은 흑인 제이컵이 카야의 감방문 앞에 나타났다. 손에는 커다란 갈색 꾸러미가 들려 있었다. "귀찮게 해서 죄송한데요, 미스 클라크. 손님이 찾아왔어요. 저를 따라와주셔야겠네요."

"누군데요?"

"톰 밀턴 변호사님이세요."

제이컵이 자물쇠를 열고 꾸러미를 건네주는데 쇠와 쇠가 쨍그랑 맞부딪히는 소리가 났다. "그리고 이건 점핑이 보낸 거예요." 카야는 꾸러미를 침대에 놓고 제이컵을 따라 복도를 지나 면회실로 들어갔다. 카야의 감방보다 더 좁았다. 톰 밀턴이 의자에 앉아 있다가 카야가 들어오자 일어섰다. 카야는 묵례를 하고 창밖을 바라보았다. 어마어마하게 큰 적운이 살굿빛 뺨을 한껏 부풀리고 있었다.

"안녕하세요, 카야."

"밀턴 씨."

"카야, 그냥 톰이라고 불러요. 그리고 팔은 왜 그래요? 자해라도 한 겁니까?"

카야는 손을 홱 잡아채 제 손으로 긁어 만든 생채기를 가렸다. "그냥 모기에 물린 거예요."

"보안관에게 얘기해두겠습니다. 그…… 방에 모기가 있으면 안 되죠."

고개를 숙이고 카야가 말했다. "아니에요, 그러지 마세요. 정말 괜찮아요. 벌레는 아무렇지도 않아요."

"그렇다면 좋습니다. 당신이 원하지 않는 건 아무것도 하지 않을 거예요. 카야, 오늘은 몇 가지 선택 가능성을 의논하려고 왔어요."

"어떤 선택이요?"

"설명해드릴게요. 이 시점에서 배심원이 어느 쪽으로 기울었는지는 파악하기 어렵습니다. 검사 측 논리도 꽤 좋아요. 탄탄하다고 말하기는 어렵지만, 이 마을 사람들의 편견을 고려하면 우리가 이기기 어렵다는 사실에 대비해야 합니다. 그러나 형량을 감축할 만한 대안이 있어요. 제가 무슨 얘기 하는지 알겠습니까?"

"정확하게 짚이지는 않아요."

"현재 우리는 일급살인에 무죄를 주장했습니다. 우리가 지면 크게 지는 겁니다. 종신형이나, 아시겠지만 저쪽에서는 사형을 구형하고 싶어해요. 한 가지 대안은 형량이 좀 약한 다른 범죄에 유죄를 인정하는 겁니다. 예를 들면 과실치사 같은 거지요. 마음이 내킨다면, 예컨대 그날 밤 실제로 망루에 갔고, 거기서 체이스를 만났고, 의견의 불일치가 생겼고, 그러다 끔찍한 사고가 벌어져 체이스가 뒷걸음치다가 열려 있던 쇠살문 구멍으로 추락했다고 말할 수도 있습니다. 그러면 재판은 즉시 종결되고, 이 드라마를 더는 견디지 않아도 되는 거죠. 그다음에 형량을 놓고 검사 측과 협상할 수 있을 겁니다. 범죄로 기소된 전력이 전무하므로 10년 형 정도를 선고할 테고, 그러면 대략 6년쯤 후엔 출소할 수 있습니다. 굉장히 나쁘게 들리겠지만 평생을 감옥에서 지내거나, 더 나쁜 사태를 맞는 것보다는 낫지요."

"아니요, 유죄를 함축하는 그 어떤 말도 할 생각이 없습니다. 교도소에 가지 않을 거예요."

"카야, 이해해요. 하지만 부탁이니 시간을 두고 생각해봐요. 남은 평생 감옥에서 살길 원치 않잖아요. 또 다른 가능……."

카야는 다시 창밖을 바라보았다. "생각해볼 필요 없습니다. 감옥에서 살지 않을 거예요."

"어쨌든 지금 결정할 필요는 없습니다. 아직 시간이 좀 있으니까요. 상황을 지켜봅시다. 가기 전에 저와 의논하실 사항은 없습니까?"

"부탁이에요. 빨리 여기서 빼내주세요. 영 안 되겠으면…… 다른 방법으로라도."

"최선을 다해 빼낼 거예요, 카야. 하지만 포기하지 말아요. 그리고 제발 날 좀 도와줘요. 아까도 말씀드렸지만 당신도 노력해줘야 해요. 가끔 배심원석도 좀 봐주고……."

하지만 카야는 이미 일어서서 갈 준비를 하고 있었다.

제이컵을 따라 감방으로 돌아온 카야는 점핑이 보낸 꾸러미를 펼쳐보았다. 이미 간수가 열어보고 대충 다시 붙여놓은 몰골이었다. 카야는 포장지를 고이 풀어 보관해두었다. 꾸러미 안에는 작은 병에 든 물감과 붓, 종이, 메이블의 콘 머핀 한 봉지가 들어 있었다. 바구니에는 새 둥지처럼 솔잎을 깔고 참나무 잎사귀 몇 장, 조개껍데기, 부들 몇 줄도 들어 있었다. 카야는 코를 박고 냄새를 깊이 들이마셨다. 그리고 입술을 악물었다. 점핑 아저씨. 메이블 아줌마.

해가 저물었다. 눈으로 좇을 먼지와 티끌도 사라졌다.

제이컵이 한참 있다 저녁 식사 쟁반을 치웠다. "미스 클라크, 정말이지 도무지 이렇게 먹지를 않아서야 어떡하려고 그래요. 저 폭찹과 채소가 얼마나 맛있다고요." 카야는 가볍게 웃어보이고 복도 끝까지 이어지는 그의 발소리를 들었다. 두꺼운 금속 문이 무겁고 결연하게 닫히는 소리가 들릴 때까지 기다렸다.

그런데 복도 바닥에서, 바로 쇠창살 밖에서 무언가가 움직였다. 카야의 눈동자가 그쪽으로 홱 돌아갔다. 선데이 저스티스가 초록빛 눈으로 카야의 검은 눈을 바라보며 앞발을 깔고 앉아 있었다.

카야의 심장이 요동쳤다. 몇 주나 혼자 갇혀 있던 그녀에게 마법사처럼 쇠창살 너머로 이런 생명체가 찾아와주다니. 그녀와 함께 있어주다니. 선데이 저스티스는 눈길을 돌려 다른 수인들이 수다를 떠는 복도 저편을 바라보았다. 카야는 고양이가 자기를 버리고 그들에게 가버릴까봐 덜컥 겁이 났다. 하지만 고양이는 다시 카야를 바라보고는 따분하게 눈을 끔벅거리더니 손쉽게 쇠창살 사이로 몸을 밀어 넣어 안으로 들어왔다.

카야는 참고 있던 숨을 뱉었다 속삭였다. "제발 가지 마."

고양이는 서두르지 않고 느긋하게 감방 안 구석구석을 냄새 맡고 다니며 축축한 시멘트 장벽과 노출 파이프와 세면대를 연구하며 카야는 본체만체했다. 갈라진 벽의 작은 틈새가 가장 흥미로운 모양이었다. 고양이가 꼬리를 휘저어 그런 생각을 표현했기에 카야는 그 마음을 알 수 있었다. 고양이는 작은 침대 옆에서 답사를 마쳤다. 그리고 아무렇지도 않게 카야의 무릎 위로 폴짝 뛰어올라 동그랗게 몸을 말고 하얗고 커다란 앞발로 허벅지의 보드라운 부분을 찾았다. 카야는 고양이에게 방해가 될까 봐 팔을 살짝 치켜든 채로 얼어붙어 꼼짝도 하지 않았다. 마침내 고양이는 평생 밤이면 밤마다 여기서 잠들었다는 듯 자연스럽게 정착했다. 그리고 카야를 올려다보았다. 카야는 부드럽게 머리를 쓰다듬다가 목을 긁어주었다. 요란하게 갸르릉, 하는 소리가 물살처럼 목구멍에서 흘러나왔다. 카야는 이렇게 수월하게 자신을 받아주는 고양이에게 감동해 눈을 감았다. 갈망으로 점철된 삶에 찾아온 심오한 휴식의 시간이었다.

　움직이면 고양이가 가버릴까 무서워서 다리에 쥐가 날 때까지 꼿꼿이 앉아 있었다. 그러다가 아주 조금씩 들썩거리며 스트레칭했다. 선데이 저스티스는 눈도 뜨지 않고 허벅지에서 스르르 미끄러져 내려와 카야 곁에서 몸을 말았다. 카야는 옷 입은 채로 그 자리에 누웠고 둘 다 아늑하게 자리를 잡았다. 카야는 고양이가 잠자는 모습을 지켜보다 따라서 잠이 들었다. 더는 화들짝 소스라쳐 깨어나지 않고, 마침내 아무것도 없이 텅 빈 평온 속에 표류했다.

　밤중에 카야는 딱 한 번 눈을 뜨고 벌렁 나자빠져 세상모르게 잠든 고양이를 보았다. 앞발은 위로 쭉 치켜올리고 뒷발은 아래로 쩍 벌린 채였다. 하지만 카야가 새벽에 일어나보니 고양이는 이미 가고 없었다. 아무리 삼켜도 목구멍에서 아픈 신음 소리가 비어져 나왔다.

얼마 후 제이컵이 감방문 앞에 서서 한 손으로 아침 식사 쟁반을 들고 다른 손으로 자물쇠를 열었다. "오트밀 가져왔어요, 미스 클라크."

카야는 쟁반을 받으며 말했다. "제이컵, 법정에서 자는 흑백 고양이 말이에요. 어젯밤에 여기 왔었어요."

"아, 정말 죄송합니다. 선데이 저스티스예요. 가끔 제가 들어올 때 슬쩍 들어오는데 저녁 식사를 들고 있느라 못 봤나봅니다. 결국 녀석까지 넣고 문을 닫아버렸네요." 친절한 제이컵은 문을 '잠가'버렸다고 말하지 않았다.

"괜찮아요. 여기 있어서 좋았어요. 부탁인데 저녁 시간 후에 고양이를 보면 이 안으로 넣어주시겠어요? 아니, 아무 때나요."

제이컵은 부드러운 눈길로 카야를 바라보았다. "물론이죠. 그럴게요, 미스 클라크. 그럼요, 그러고말고요. 아주 좋은 친구가 될 거예요."

"고마워요, 제이컵."

그날 저녁 제이컵이 다시 왔다. "여기 식사예요, 미스 클라크. 다이너에서 제공한 프라이드치킨, 매시트포테이토랑 그레이비예요. 오늘은 뭘 좀 드실 수 있었으면 좋겠네요, 자요."

카야는 일어나서 제이컵의 발치를 눈으로 살피며 쟁반을 받아들었다. "고마워요, 제이컵. 혹시 고양이 보셨어요?"

"아뇨. 코빼기도 못 봤네요. 하지만 잘 찾아볼게요."

카야는 고개를 끄덕였다. 유일하게 앉을 만한 자리인 침대에 걸터앉아 쟁반을 노려보았다. 여기 감옥에서는 평생 카야가 구경도 못 해본 좋은 음식들이 나왔다. 치킨을 쿡쿡 쑤시다가 버터 빈을 밀었다. 음식을 찾자 입맛이 사라졌다.

그때 자물쇠 돌아가는 소리가 들리고 묵직한 금속 문이 휙 열렸다.

복도 끝에서 제이컵의 말소리가 들렸다. "자, 여기, 이리로 들어가요, 선데이 저스티스 씨."

숨도 쉬지 않고 카야는 감방 밖의 땅바닥만 쳐다보았고 몇 초 지나지 않아 선데이 저스티스가 시야로 걸어 들어왔다. 고양이의 털 무늬는 놀라울 정도로 대조적이면서 또 부드러웠다. 이번에는 아무 망설임 없이 곧장 감방으로 들어와 카야에게로 다가왔다. 카야가 쟁반을 바닥에 내려놓자 선데이 저스티스가 치킨을 먹었다. 뒷다리를 끌어다 바닥에 놓고 그레이비를 핥았다. 버터 빈은 입에도 대지 않았다. 카야는 내내 미소를 머금고 고양이가 먹는 모습을 바라보다가 휴지로 바닥을 깨끗이 닦았다.

고양이는 카야의 침대로 폴짝 뛰어올랐고, 달콤한 잠이 둘을 함께 감쌌다.

다음 날 제이컵이 카야의 감방문 앞에 와서 섰다. "미스 클라크, 또 손님이 오셨어요."

"누군데요?"

"또 테이트 씨예요. 벌써 여러 번 왔다 가셨어요, 미스 클라크. 뭘 갖고 오기도 하고 면회를 신청하기도 하는데 오늘 한번 만나보지 않으실래요, 미스 클라크? 토요일이고 재판도 없고 하루는 긴데 할 일도 없잖아요."

"알았어요, 제이컵."

제이컵을 따라 톰 밀턴과 만났던 그 추레한 방으로 들어갔다. 문으로 들어가자 테이트가 의자에서 벌떡 일어나 빠르게 다가왔다. 테이트는 가볍게 미소 지었지만 이런 곳에서 카야를 봐야 한다는 슬픔이 눈빛에서 다 드러났다.

"카야, 좋아 보인다. 정말 걱정했어. 오늘 만나줘서 고마워. 어서 앉아."

두 사람이 마주 보고 앉자 제이컵이 한구석에 서서 사려 깊게 신문을 펼치고 열심히 읽었다.

"안녕, 테이트. 가져다준 책들 고마워." 카야는 차분한 척했지만 심장이 갈기갈기 찢어지는 것만 같았다.

"달리 뭐 해줄 게 있어야지."

"혹시 우리 집 근처에 갈 일 있으면 갈매기들한테 밥 좀 줄 수 있어?"

테이트가 엷게 웃었다. "사실 밥 주고 있었어. 하루 이틀 걸러서 한 번씩." 별일 아닌 것처럼 말했지만 사실 그는 날마다 새벽녘과 어스름에 카야의 집에 차를 몰고 가거나 보트를 타고 가서 갈매기 밥을 주고 있었다.

"고마워."

"재판에 갔었어, 카야. 네 바로 뒤에 앉아 있었어. 한 번도 돌아보지 않아서 모를 거라고 생각했어. 하지만 하루도 빠짐없이 갈 거야."

카야는 창밖을 바라보았다.

"톰 밀턴은 아주 훌륭한 변호사야, 카야. 아마 이 지방에서는 단연 최고일 거야. 그 사람이 여기서 빼내줄 거야. 그러니까 마음 단단히 먹고 버티고 있어야 해."

카야가 또 아무 말이 없자 테이트가 계속해서 말했다. "그리고 여기서 나오면 다시 옛날처럼 같이 호소 탐험을 하자."

"테이트, 부탁이야, 나를 잊어야 해."

"한 번도 너를 잊은 적 없고, 앞으로도 잊지 않을 거야, 카야."

"이제 내가 다른 사람이라는 걸 알잖아. 난 남들과 어울릴 수가 없어. 그 세상의 일부가 될 수 없단 말이야. 부탁이야, 이해가 안 돼? 무서워서 아무하고도 가까워질 수가 없어. 못 하겠어."

"그럴 만도 해, 카야. 하지만······."

"테이트, 내 말 들어. 나는 오랫동안 사람들과 함께 살기를 갈망했어. 정말로 누군가 내 곁에 머물러줄 거라고, 실제로 친구와 가족을 갖게 될 거라고 진심으로 믿었어. 집단 어딘가에 소속될 수 있다고 말이야. 하지만 아무도 내 곁에 머물러주지 않았어. 그쪽도 떠나버렸고, 우리 가족도 내 곁에 남지 않았지. 이제서야 그런 상황에 대처하고 나 자신을 보호하는 법을 알았단 말이야. 하지만 지금은 이런 얘기 못 하겠어. 여기로 나 보러 와준 건 고마운데, 정말 고마워. 언젠가 우리가 친구가 될 수도 있겠지. 하지만 앞으로 어떻게 될지, 그런 생각은 지금은 도저히 할 수가 없어. 여기서는 못 해."

"알았어. 알아들었어. 정말로 알았어."

짧은 침묵이 흐른 뒤에 테이트가 말을 이었다. "수리부엉이들이 벌써 울고 있어."

카야는 고개를 끄덕였고, 하마터면 미소를 지을 뻔했다.

"아, 그리고 어제 너희 집에 갔을 때, 아마 들어도 못 믿을걸. 쿠퍼스 호크 한 마리가 바로 너희 집 앞 계단에 앉아 있었어."

쿠프를 생각하자 드디어 카야의 얼굴에 미소가 떠올랐다. 수많은 개인적인 추억의 한 장이었다. "아냐, 믿어."

10분 후, 제이컵이 면회 시간이 끝났으니 이제 테이트는 가야 한다고 말했다. 카야는 와줘서 고맙다고 인사했다.

"갈매기 밥은 내가 계속 줄게, 카야. 그리고 책도 몇 권 더 갖다주고."

카야는 고개를 젓고 제이컵을 따라가버렸다.

45

빨간 모자

1970년

월요일 아침, 테이트가 면회를 왔던 그다음 주, 카야는 법정 경위의 손에 이끌려 재판정에 출두했다. 예전처럼 방청석을 외면하고 바깥의 그늘진 나무숲 깊은 곳만 쳐다보았다. 그러다 문득 익숙한 소리가 들려 고개를 돌렸다. 아마 나직한 기침 소리였을 것이다. 첫 줄에 점핑과 메이블이 테이트와 나란히 앉아 있었다. 메이블은 교회 갈 때만 쓰는, 실크 장미로 장식된 모자를 쓰고 있었다. 두 사람이 테이트와 함께 들어와 백인 구역인 아래층에 앉자 장내에 소란이 일었다. 그러나 법정 경위가 이 사실을 아직 판사실에서 나오지 않은 심스 판사에게 보고하자, 판사는 자기가 주재하는 재판정에서는 피부색이나 종교를 불문하고 누구든 원하는 자리 아무 데나 앉을 수 있으며 이런 조치가 마음에 들지 않는 사람은 이석할 자유가 있다고 전하라는 명령을 내렸다. 실제로 나가지 않고 소란을 피우는 사람이 있다면 쫓아낼 작정이었다.

점핑과 메이블을 보자 카야는 조금이나마 기운이 났고, 구부러졌던 등도 살짝 펴졌다.

검사 측에서 소환한 다음 증인은 검시관인 스튜어트 콘 박사였다. 콘 박사는 희어진 머리를 아주 짧게 깎고 안경을 코끝에 흘러내릴 듯 쓰고 있었다. 이런 습관 덕분에 머리를 젖혀야 렌즈 너머를 볼 수 있었다. 검시관이 에릭의 질의에 응답하는 사이 카야의 마음은 갈매기들에게로 날아갔다. 감옥에서 기나긴 몇 달을 보내면서 갈매기들을 그토록 걱정했는데, 내내 테이트가 밥을 주고 있었구나. 갈매기들은 버림받지 않았어. 카야는 빵 부스러기를 던져줄 때마다 그녀의 발가락 사이로 걷던 빅 레드를 생각했다.

검시관이 머리를 한껏 젖히고 안경을 만지작거리자, 그 몸짓에 카야의 정신이 퍼뜩 법정으로 돌아왔다.

"그러니까 요약하자면, 체이스 앤드루스는 1969년 10월 29일 자정에서 30일 새벽 2시 사이에 사망했다는 말씀이시죠. 사망 원인은 소방망루에서 20미터 아래 지면으로 추락하는 과정에서 뇌와 척추에 발생한 광범위한 손상이었습니다. 추락하면서 체이스의 후두부가 버팀목에 충돌했고, 이 사실은 버팀목에서 채취한 혈액과 체모 표본으로 재차 확인되었습니다. 박사님의 전문가적 소견에 이 모든 사실이 부합합니까?"

"그렇습니다."

"자, 콘 박사님, 그렇다면 체이스 앤드루스처럼 지적이고 튼튼한 청년이 열려 있는 쇠살문에서 발을 헛디뎌 추락사한 이유가 무엇이겠습니까? 한 가지 가능성을 배제하기 위해서 여쭈어보는데, 판단을 흐리게 만들 만한 알코올이나 다른 약물이 혈액에서 검출되었습니까?"

"아니요, 전혀 없었습니다."

"이전에 제출된 증거는 체이스 앤드루스가 버팀목에 이마가 아니라 후두부를 부딪었음을 보여줍니다." 에릭은 배심원들 앞에 서서 성큼 한 발크게 내디뎠다. "하지만 제가 앞으로 이렇게 한 발을 내디딘다면, 제 머리가 몸보다 살짝 앞서게 됩니다. 여기 제 앞에 있는 구멍으로 발을 헛디뎌빠진다면 추진력과 제 머리의 무게 때문에 앞으로 고꾸라질 것입니다. 맞습니까? 체이스 앤드루스가 앞으로 나아가며 발을 내디뎠다면 뒤통수가 아니라 이마를 부딪쳤을 것입니다. 그렇다면 콘 박사님, 증거의 함의는 체이스가 추락했을 때 앞이 아니라 뒷걸음질 치고 있었을 거라는 뜻입니까?"

"그렇습니다. 증거로 보면 그런 결론이 나올 수 있습니다."

"그렇다면 또한 체이스 앤드루스가 열린 쇠살문을 등지고 서 있다가누군가한테 떼밀렸다 해도, 앞이 아니라 뒤로 추락했을 거라는 결론을내릴 수 있겠군요?" 톰이 이의를 제기하기도 전에 에릭이 아주 신속하게덧붙여 말했다. "체이스를 떼밀어 사망에 이르게 한 사람이 있다는 확정적 증거라고 진술하시라는 의미가 아닙니다. 그저 누군가 체이스를 뒤로밀어 구멍으로 떨어뜨렸다면, 버팀목에 부딪어 생긴 두부 손상과 부합한다는 사실을 확실히 해두고 싶을 뿐입니다. 맞습니까?"

"그렇습니다."

"좋습니다. 콘 박사님, 10월 30일 체이스 앤드루스를 병원에서 진찰했을 때 목에 조개 목걸이가 걸려 있었습니까?"

"아니요."

카야는 스멀스멀 올라오는 메스꺼움을 삼키느라 창턱에서 몸단장하는선데이 저스티스에게 집중했다. 고양이는 프레첼처럼 희한하게 몸을 꼬아서 한 다리를 허공으로 치켜들고 꼬리 안쪽 끝을 핥고 있었다. 고양이는 오로지 제 몸을 씻는 일에만 정신없이 몰두해 즐기고 있는 것처럼 보였다.

몇 분 후 검사는 이런 질문을 던졌다. "체이스 앤드루스가 사망 당일 청재킷을 입고 있었다는 게 사실입니까?"

"예, 사실입니다."

"그리고 공식 보고서에 따르면요, 콘 박사님, 체이스의 재킷에서 붉은 섬유를 발견하지 않았습니까? 당시 입고 있던 옷 어디서도 발견되지 않은 섬유라면서요?"

"그렇습니다."

에릭은 붉은 양털이 담긴 투명한 비닐봉지를 들어보였다. "이 붉은 섬유가 체이스 앤드루스의 재킷에서 발견된 것입니까?"

"그렇습니다."

에릭은 책상에서 더 큰 비닐봉지를 치켜들었다. "그리고 체이스의 재킷에서 발견된 붉은 양털이 이 빨간 모자의 섬유와 일치하지 않습니까?" 에릭 검사는 증인에게 증거물을 넘겼다.

"그렇습니다. 이것은 제가 라벨을 붙인 표본들이고 모자와 재킷의 섬유는 정확히 일치했습니다."

"이 모자는 어디에서 발견되었습니까?"

"보안관이 캐서린 클라크의 거주지에서 모자를 발견했다고 했습니다." 이 사실은 일반인들에게 알려지지 않은 증거였기 때문에 웅성거림이 잔물결처럼 좌중을 훑고 퍼져나갔다.

"피고인이 모자를 썼다는 다른 증거가 있습니까?"

"그렇습니다. 모자에서 캐서린 클라크의 머리카락 몇 가닥이 발견되었습니다."

선데이 저스티스를 법정에서 보게 되니 카야의 가족이 애완동물을 한 마리도 키우지 않았다는 게 생각났다. 개 한 마리, 고양이 한 마리 키운 적이 없었다. 그나마 애완동물 비슷했던 건 암컷 스컹크 한 마리뿐이었다. 실크처럼 보드랍고 나긋나긋한 새침데기였는데 판잣집 밑에 집을 짓고 살았다. 엄마는 그 스컹크를 샤넬이라고 불렀다.

몇 번인가 아슬아슬하게 충돌을 피한 후로 스컹크도 사람도 서로를 잘 알게 되었고, 샤넬은 아주 예의 바르게 애들이 지나치게 시끌벅적해질 때만 무기를 휘두르게 되었다. 샤넬은 왔다 갔다 하며 가끔 벽돌과 판자 계단을 오르내렸고 몇 미터 떨어지지 않은 거리에서도 돌아다니곤 했다.

봄마다 샤넬은 어린 새끼들을 데리고 참나무 숲이나 가느다란 후류를 따라 약탈 여행을 떠나곤 했다. 새끼들은 혼란스러운 흑백 덩어리로 뭉쳐 서로 부딪고 넘어지며 어미 뒤를 졸졸 따라갔다.

아버지는 스컹크를 없애버리겠노라 협박을 일삼았지만, 아버지보다도 훨씬 어른스럽던 조디가 정색하며 말했다. "어차피 다른 놈이 이사 올 거예요. 항상 하던 생각인데, 그래도 아는 스컹크가 모르는 스컹크보단 낫잖아요." 카야는 조디 생각을 하자 웃음이 났다. 하지만 곧 정신을 차리고 표정을 가다듬었다.

"그러니까 콘 박사님, 체이스 앤드루스가 사망한 날 밤, 열린 쇠살문을 통해 뒤로 추락한 그 밤 말입니다. 이 자세는 누가 밀었을 가능성과 부합한다고 말씀하셨죠. 그 밤 재킷에 묻은 섬유는 캐서린 클라크의 집에서 발견된 모자와 일치한다고 얘기하셨고요. 그리고 모자에는 캐서린 클라크의 머리카락이 몇 가닥 있었고요."

"그렇습니다."

"감사합니다, 콘 박사님. 더 이상 질문 없습니다."

톰 밀턴은 잠깐 카야 쪽을 쳐다보았지만, 카야는 하늘을 바라보고 있었다. 좌중은 마치 마루 자체에 경사가 진 것처럼 육체적으로도 검사 쪽으로 기울어져 있었다. 그런데 카야가 저렇게 뻣뻣하고 초연한 표정으로 – 얼음 조각처럼 앉아 있는 건 도움이 되지 않았다. 이마에 흘러내린 백발을 휘날리며 톰 밀턴이 검시관을 교차 심문하기 위해 앞으로 나갔다.

"안녕하십니까, 콘 박사님."

"안녕하세요."

"콘 박사님, 체이스 앤드루스의 후두부 외상이 열린 구멍을 통해 뒤로 떨어졌다는 정황과 부합한다고 말씀하셨습니다. 혼자서 뒷걸음질을 치다가 사고로 추락했다면 뒷머리를 부딪는 결과는 정확히 동일하게 나오지 않을까요?"

"맞습니다."

"체이스의 가슴이나 팔에 누군가한테 떼밀렸다든가 압박을 당했을 경우 생길 만한 타박상이 있었습니까?"

"아니요. 물론 추락으로 인해 전신에 타박상이 있었습니다만 밀거나 잡아채는 행위에 기인한 것으로 특정되는 상흔은 전혀 없었습니다."

"콘 박사님, 그러니까 박사님의 전문적 소견으로는 체이스 앤드루스의 시신을 검시했을 때 이것이 사고가 아니라 살인이라는 사실을 입증할 만한 증거가 없었다는 말씀이시죠?"

"그렇습니다."

톰은 잠시 뜸을 들이며 이 대답이 배심원들에게 충분히 효과를 발휘되도록 기다렸다가 변론을 이었다. "자, 이제 체이스의 재킷에 남아 있던 섬유 얘기를 해보겠습니다. 섬유가 얼마나 오래 재킷에 묻어 있었는지 특정할 방법이 있습니까?"

"아니요. 어디서 나온 건지만 알 수 있습니다. 언제 묻었는지는 알 수 없습니다."

"바꿔 말하자면 그 섬유가 1년, 심지어 4년 동안 그 재킷에 묻어 있었을 수도 있다는 말씀이지요?"

"그렇습니다."

"재킷을 세탁했다 하더라도요?"

"네."

"그러니까 체이스 앤드루스가 죽던 날 밤에 재킷에 섬유가 묻었다는 증거는 전혀 없는 거죠?"

"없습니다."

"체이스 앤드루스가 사망하기 전 무려 4년에 걸쳐 피고와 친분이 있었다는 증언이 있었습니다. 그러니까 박사님 말씀은 그 4년 중 어느 시점에서라도 그 옷을 입고 만났다면 섬유가 모자에서 재킷으로 옮겨갈 수 있다는 거죠."

"제가 보는 관점에서는, 그렇습니다."

"그러면 빨간 섬유는 체이스 앤드루스의 사망 당일 캐서린 클라크가 함께 있었다는 사실을 입증하지 못합니다. 캐서린 클라크가 그날 밤 체이스 앤드루스와 아주 가까이 있었다는 증거가 하나라도 있습니까? 예를 들어 시신에, 손톱 밑에 피부 각질 같은 게 남았다든가, 재킷의 단추나 스냅에 지문이 묻어 있다든가, 그런 증거 말입니다. 체이스의 옷이나 시신에서 피고인의 머리카락이 검출되었습니까?"

"아닙니다."

"그러니까 사실은 그 붉은 섬유가 길게는 4년 동안 그 재킷에 묻어 있었을 가능성이 있으므로, 캐서린 클라크가 사망 당일 체이스 앤드루스 근처에 있었다는 증거가 될 수 없는 거군요."

"제 검시 결과에 의하면, 그렇습니다."

"감사합니다. 더 이상 질문 없습니다."

심스 판사는 점심 휴정을 평상시보다 일찍 선언했다.

톰은 카야의 팔꿈치를 부드럽게 건드리며 교차 심문이 잘 진행되었다고 말했다. 카야는 사람들이 일어나 기지개를 켜는 모습을 보며 작게 고개를 끄덕였다. 방청객은 거의 전원이 끝까지 남아서 카야가 수갑을 차고 끌려나가는 모습을 지켜보았다.

카야를 감방에 데려다준 제이컵의 발소리가 멀어지는 사이, 카야는 침대에 힘들게 걸터앉았다. 처음 투옥될 때 감방에 배낭을 갖고 들어갈 수는 없지만 갈색 종이봉투에 몇 가지 내용물은 넣어 가져가도 좋다고 했다. 카야는 그때 가방 안에 손을 넣어 조디의 전화번호와 주소가 적힌 쪽지를 꺼냈다. 거기 있는 동안 카야는 거의 하루도 빠짐없이 쪽지를 보며 오빠한테 전화해서 와달라고, 같이 있어달라고 할까 생각했다. 조디가 바로 달려오리라는 걸 잘 알았다. 그리고 제이컵은 전화를 써도 좋다고 했다. 하지만 카야는 전화하지 않았다. 그 말을 어떻게 한단 말인가. '제발 와줘. 나 감옥에 있어. 살인죄로 기소됐어.'

카야는 조심조심 쪽지를 다시 봉투에 넣고 테이트가 준 제1차 세계대전 때 나침반을 집어들었다. 바늘이 북쪽으로 돌아가 자리를 잡는 걸 바라보았다. 카야는 나침반을 심장에 대었다. 이곳보다 더 절실하게 나침반이 필요한 장소가 어디 있을까?

그리고 카야는 에밀리 디킨슨Emily Dickinson의 시구를 속삭여 읊었다.

심장을 싹싹 쓸고

사랑을 잘 치워두네

다시는 쓰고 싶어질 일이 없으리

영원토록

1969년

구월의 바다와 하늘이 온화한 햇살에 연하늘색으로 반짝이며 빛날 때 카야는 점핑에게 버스 일정표를 얻으려고 작은 보트를 몰고 달렸다. 낯선 도시로 낯선 사람들과 함께 버스를 타고 가는 건 생각만으로도 불안했지만, 그녀는 담당 편집자 로버트 포스터를 만나고 싶었다. 2년 이상 두 사람은 짤막한 메모를 교환했고 가끔은 긴 편지도 오갔다. 대체로는 편집상의 이유로 책의 산문이나 삽화를 수정하자는 내용이었지만, 시적인 묘사가 어우러진 생물학 용어로 쓰인 편지들은 언어 그 자체만으로도 단단한 유대를 쌓기에 충분했다. 카야는 이 편지들을 주고받은 상대를 직접 만나보고 싶었다. 평범한 빛이 벌새의 깃털에서 극도로 미세한 분광기를 통과해 수천수만 조각으로 부서져 어떻게 황금빛 도는 붉은 목덜미의 윤기를 만들어내는지, 색채만큼이나 깜짝 놀랄 만한 언어로 그런 말을 할 줄 아는 그 사람을 만나고 싶었다.

카야가 부두에 올라서자 점핑이 인사를 건네며 연료가 필요하냐고 물었다.

"아니에요, 이번에는 다른 용건이 있어요. 버스 일정을 좀 알아보고 싶어서요. 아저씨가 일정표 갖고 계시죠?"

"그럼요. 저기 벽에다 딱 붙여놨죠. 문 왼쪽에요. 마음껏 보세요."

일정을 적어서 가게를 나오는데 점핑이 물었다. "어디 여행이라도 가요, 미스 카야?"

"어쩌면요. 편집자가 그린빌에서 만나자고 초대해서요. 아직 잘 모르겠어요."

"아주 잘됐네요. 먼 길 가야 되는데, 여행을 좀 하면 미스 카야한테 좋을 거예요."

카야가 보트로 가려고 몸을 돌리는데 점핑이 다가오더니 카야를 찬찬히 살펴보았다. "눈하고 얼굴이 어떻게 된 거예요? 꼭 얻어맞은 것 같아 보여요, 미스 카야." 카야는 황급히 고개를 돌렸다. 체이스의 주먹에 맞아 생긴 멍은 이제 한 달 가까이 지나 희미한 누런 얼룩으로 빛이 바랬다. 그래서 카야는 아무도 모를 줄 알았다.

"아니에요, 그냥 걷다가 문에 찧어서……."

"내 앞에서 거짓부렁 꾸며내고 하지 말아요, 미스 카야. 순무 트럭에서 갓 굴러떨어진 똥멍청이도 아니고. 누가 이렇게 때렸어요?"

카야는 말없이 서 있었다.

"체이스 씨가 이런 짓을 했어요? 나한테는 얘기해도 되는 거 알잖아요. 아니, 말 안 해주면 여기서 꼼짝도 안 할 겁니다."

"네, 체이스예요." 카야는 자기 입에서 나오는 말을 들으면서도 믿을 수 없었다. 이런 말을 남한테 하리라고는 생각도 못 했다. 카야는 억지로 눈물을 삼키며 돌아섰다.

점핑이 오만상을 쓰며 얼굴을 구겼다. 몇 초 동안 아무 말도 없던 점핑이 말했다. "또 무슨 짓 했어요?"

"다른 짓은 안 했어요, 정말이에요. 점핑 아저씨, 그 사람은 그러려고 했는데, 내가 싸워서 뿌리쳤어요."

"그 인간은 말채찍으로 때려서 마을에서 쫓아내야 해요."

"점핑 아저씨, 부탁이에요. 아무한테도 말하면 안 돼요. 보안관한테도, 아무한테도 말하면 안 되는 거 아시잖아요. 나를 보안관 집무실로 데려가서 수많은 남자한테 무슨 일을 벌였는지 말하라고 할 거예요. 도저히 그러고 살 수는 없어요." 카야는 고개를 숙이고 얼굴을 손에 묻었다.

"그래도 뭐라도 해야 하잖아요. 계속 그런 짓 하고 다니면서 그 잘난 보트나 타고, 물놀이나 하고 다니게 둘 수는 없잖아요. 자기가 세상의 왕도 아니고."

"점핑 아저씨, 세상이 어떤지 아시잖아요. 그 사람들은 체이스 편을 들거예요. 내가 괜한 골칫거리를 들쑤신다고 할 거예요. 부모한테 돈을 뜯어내거나 뭐 그런 걸 원한다고 할지도 몰라요. 유색인 마을의 처녀가 체이스 앤드루스가 자기를 습격해서 강간하려 했다고 고발하면 어떻게 되겠어요? 저들은 아무 조치도 취하지 않을 거예요. 아무것도." 카야의 목소리가 점점 더 날카롭고 높아졌다. "그 처녀만 죽도록 고생하겠죠. 뉴스에 기사가 나고. 사람들한테 창녀라고 손가락질받을 거예요. 그러니까, 나도 마찬가지일 거예요. 점핑 아저씨도 아시잖아요. 제발, 아무한테도 말하지 않겠다고 약속해주세요." 카야는 결국 울음을 터뜨리고 말았다.

"그래요, 미스 카야가 다 옳아요. 다 옳다는 거 알아요. 내가 나서서 괜히 긁어 부스럼 만들까봐 걱정할 필요 하나도 없어요. 하지만 그놈이 또 쫓아오지 않는다고 어떻게 보장해요? 거기 그렇게 항상 혼자 있는데?"

"전에도 늘 내 몸은 내가 지켰어요. 이번에는 기척을 못 들어서 실수했을 뿐이에요. 안전하게 있을게요, 점핑 아저씨. 그린빌에 가려고 마음먹으면, 갔다 와서 한동안 책읽기 오두막에 가서 지낼지도 몰라요. 체이스는 아마 거기는 모를 거예요."

"그럼 됐어요. 하지만 난 미스 카야가 우리 가게에 더 자주 들렀으면 좋겠어요. 자주 와서 어떻게 지내는지 좀 알려주면 좋겠어요. 언제든지 와서 메이블이랑 나하고 같이 지내도 되는 건 알지요? 알아야 돼요."

"고마워요, 점핑 아저씨. 알아요."

"그린빌은 언제 가요?"

"잘은 모르겠어요. 편집자는 편지에 시월 말이라고 했어요. 구체적인 약속은 잡지 않았고, 심지어 초대를 아직 수락하지도 않았어요." 이제는 멍이 완전히 없어질 때까지 아무 데도 못 간다는 걸 알게 됐지만.

"그래요, 언제 거기 가는지, 언제 돌아오는지, 꼭 알려줘요, 알겠죠? 미스 카야가 마을에 없으면 내가 알아야 해요. 하루 넘게 얼굴을 안 보여주면 내가 직접 미스 카야네 집으로 찾아갈 거예요. 필요하면 보안관을 끌고 갈 겁니다."

"알았어요. 고마워요, 점핑 아저씨."

1970년

검사 에릭 채스테인은 보안관에게 10월 30일 소방망루 밑에서 체이스 앤드루스의 사체를 발견한 두 소년과 의사의 검시, 초동수사에 대해 질의하고 있었다.

에릭은 말을 이었다. "보안관님, 어떤 경위로 체이스 앤드루스가 사고로 추락한 게 아니라는 결론을 내리게 되었는지 말씀해주시기 바랍니다. 범죄라고 생각하신 이유는 무엇입니까?"

"글쎄요, 처음 눈에 띈 건 체이스의 사체 근처에 발자국이 전혀 없었다는 사실이었습니다. 심지어 체이스 본인의 발자국조차 없었습니다. 사체를 발견한 아이들의 발자국밖에 없었기에 누군가 범죄를 덮을 목적으로 지웠다고 생각했습니다."

"보안관님, 현장에 지문도 없고 차량통행 흔적도 없었다는 게 사실입니까?"

"사실입니다. 검시 보고서에 망루에 새로 난 지문이 전혀 없다고 적혀 있습니다. 누군가가 쇠살문을 열었을 텐데, 거기에서도 지문이 나오지 않았습니다. 부보안관과 제가 차량 흔적을 찾아 수색했습니다만, 바큇자국도 없었습니다. 이 모든 사실을 고려할 때 누군가 의도적으로 증거를 인멸했다고 봅니다."

"그러니까 캐서린 클라크의 모자에서 나온 붉은 양털 섬유가 그날 밤 체이스가 입었던 옷에서 발견되었다는 사실이 과학수사 보고서에서 입증되었을 때……."

"이의 있습니다, 재판장님." 톰이 말했다. "증인을 유도하고 있습니다. 그리고 이미 캐서린 클라크의 옷가지에서 나온 붉은 섬유가 체이스 앤드 루스의 옷으로 10월 29일에서 30일 이전에 옮겨갔을 가능성이 있다는 기존의 증언이 있습니다."

"이의 인정합니다." 판사가 쩌렁쩌렁한 목소리로 말했다.

"더 이상 질문 없습니다. 변호인에게 심문 순서를 넘기겠습니다." 에릭은 보안관의 증언이 기소 근거로는 약하다는 걸 잘 알고 있었다. 흉기도 지문도 발자국도 트럭의 바큇자국조차 없는 마당에 뭘 할 수 있단 말인가? 그럼에도 불구하고 누군가가 체이스를 살해했다는 믿음을 배심원에게 심어줄 만한 정황은 충분했으며, 붉은 섬유를 고려할 때 그 '누군가'는 캐서린 클라크가 될 가능성 또한 충분했다.

톰 밀턴이 증인석으로 다가갔다. "보안관님, 보안관님이나 다른 누구든, 현장의 발자국 또는 발자국이 의도적으로 지워졌다는 증거를 채취해 달라고 전문가에게 의뢰한 적이 있습니까?"

"그럴 필요는 없었습니다. 제가 전문가니까요. 발자국 검사는 제 공식적인 수련 과정의 일환이었습니다. 다른 전문가는 필요 없습니다."

"그렇군요. 그렇다면 지면의 발자국이 지워졌다는 증거가 있었습니까? 제 말은, 예를 들어서 종적을 감추려고 솔이나 나뭇가지로 지운 흔적이 있었습니까? 아니면 진흙 위로 다른 진흙을 덮은 흔적이 있었습니까? 그런 행위의 증거나, 사진이 남아 있습니까?"

"아니요. 저는 전문가로서 우리 발자국과 그 남자애들의 발자국 말고는 망루 밑에 아예 발자국이 없었다는 증언을 하러 이 자리에 나왔습니다. 그러니 누군가 싹 다 지워버린 게 틀림없습니다."

"좋습니다. 하지만 보안관님, 조수가 들어왔다 빠지는 게 습지의 물리적 특성입니다. 심지어 해안선에서 한참 떨어진 뭍의 물도 수위가 올라갔다 낮아졌다 하죠. 한참 메말라 있던 땅이라도 몇 시간도 못 되어 다시 물이 차곤 합니다. 물이 차서 땅이 젖으면 발자국을 비롯해서 진흙 위에 생겼던 자취는 싹 사라지고 맙니다. 그러면 아주 깔끔하게 지워지죠. 그렇지 않습니까?"

"뭐, 예, 그럴 수도 있지요. 하지만 그 비슷한 일이 일어났다는 증거는 없었습니다."

"제가 여기 10월 29일 밤부터 10월 30일 아침까지의 조수간만 시간표를 가지고 왔습니다. 보십시오, 잭슨 보안관님. 썰물이 자정 즈음으로 되어 있습니다. 그러니까 체이스가 망루에 도착해서 계단으로 가던 시각에는 젖은 진흙에 발자국이 남았을 겁니다. 그리고 밀물이 들어와 땅에 물이 차면서 그의 종적이 씻겨나간 겁니다. 바로 그런 이유로 보안관님과 소년들의 발자국이 땅에 깊게 파인 것이고, 체이스의 발자국 역시 같은 이유로 사라진 겁니다. 이러한 가능성이 있다는 데 동의하십니까?"

카야는 작게 고개를 끄덕거렸다. 재판이 시작된 이후로 증언에 반응을 보인 건 처음이었다. 카야는 습지의 물이 어제의 이야기를 삼켜버리는 광경을 여러 번 보았다. 냇가의 사슴 발자국이나 죽은 새끼 사슴 곁에 난 삶의 종적이 흔적도 없이 사라져버린다.

보안관은 대답했다. "뭐, 그렇게 완전히 지워지는 건 본 적이 없습니다. 그래서 잘 모르겠군요."

"그렇지만 보안관님, 말씀하신 대로 보안관님께서는 종적 검토 분야에 대해서는 전문가가 아닙니까. 그런데 이제 와서 그날 밤에 흔히 일어나는 현상이 일어났는지 여부를 모르시겠다고 하시는군요."

"글쎄요, 이렇든 저렇든 입증하는 게 그렇게 어려운 일은 아니지 않겠습니까? 썰물 때 거기 가서 발자국을 찍은 다음에 밀물이 들어올 때 싹 씻겨나가는지 보면 되는 거니까요."

"그렇습니다, 이렇든 저렇든 알아내는 게 어려운 일은 아니지요. 그런데 왜 그런 조사를 하지 않으셨습니까? 여기 우리는 이렇게 재판을 하고 있는데, 보안관님께서는 누가 발자국을 지우거나 범죄를 덮으려 했다는 증거를 하나도 갖고 있지 않습니다. 체이스 앤드루스가 망루 밑에서 실제로 발자국을 남겼는데 물이 차올라 씻겨나갔을 가능성이 더 높아 보이는군요. 그리고 함께 어울려 망루에서 놀던 친구들이 있었다 해도, 그 발자국 역시 씻겨나갔을 수 있고요. 이토록 개연성이 높은 정황이 있는 반면, 범죄의 함의는 어디서도 찾아보기 어렵습니다. 그렇지 않습니까, 보안관님?"

에드의 눈이 왼쪽, 오른쪽, 왼쪽, 오른쪽으로 굴러갔다. 벽에 해답이 쓰여 있는 것도 아닌데. 의자에 앉은 방청객들이 들썩거렸다.

"보안관님?" 톰이 재차 물었다.

"제 전문적 소견으로는, 정상적인 조수간만의 주기로는 이 사건의 경우처럼 완벽하게 종적이 씻겨나가기 어렵다고 봅니다. 그러나 위장된 범죄라는 증거도 없으므로, 발자국의 부재 그 자체만으로 범죄가 저질러졌다는 증거는 아니라고 봅니다. 하지만…….”

“감사합니다.” 톰은 배심원에게로 돌아서서 보안관의 말을 되풀이했다. “발자국의 부재는 범죄가 저질러졌다는 증거가 될 수 없습니다. 자, 그럼 다음으로 넘어가죠, 보안관님. 소방망루 바닥에 열려 있던 쇠살문은 어떻습니까? 쇠살문에서 캐서린 클라크의 지문을 찾아보셨나요?”

“그럼요, 물론입니다.”

“그런데 캐서린 클라크의 지문이 쇠살이나 망루에 남아 있던가요?”

“아니요. 없었습니다. 하지만 다른 지문도 전혀 없었습니다. 그래서…….”

판사가 몸을 앞으로 기울였다. “질문에만 대답하십시오, 에드.”

“머리카락은 어떤가요? 캐서린 클라크는 길게 기른 흑발입니다. 그 꼭대기까지 올라가서 망대 위에서 쇠살문을 열고 이런저런 일을 하며 분주했다면, 머리카락이 어딘가에 남아 있어야 하는데 캐서린 클라크의 머리카락을 한 가닥이라도 발견하셨습니까?”

“아니요.” 보안관의 이마가 식은땀으로 번들거렸다.

“검시관의 증언에 따르면, 체이스의 사체를 검사하고 나서도 캐서린 클라크가 그날 밤 근접한 곳에 있었다는 증거를 발견하지 못했다고 했습니다. 아, 그 섬유가 있습니다만, 묻은 지 4년이 되었을 수도 있죠. 그런데 지금 보안관님께서는 캐서린 클라크가 심지어 그날 망루에 있었다는 어떤 증거도 없다는 말씀을 하고 계시네요. 정확한 진술입니까?”

“그렇습니다.”

“그러니까 캐서린 클라크가 체이스 앤드루스가 추락사한 당일 밤에 소방망루에 있었음을 입증하는 증거가 없습니다. 맞습니까?”

"그렇게 말씀드렸습니다."

"그러니까 맞다는 얘기군요."

"그래요, 맞습니다."

"보안관님, 망루 꼭대기의 쇠살문은 그 위에서 놀던 아이들이 열어놓는 경우가 허다하지 않습니까?"

"그렇습니다, 가끔 열려 있을 때가 있습니다. 하지만 아까 말씀드렸듯, 보통은 꼭대기로 올라가기 위해서 여는 문이지, 다른 문들은 아닙니다."

"하지만 계단 옆에 있는 그 쇠살문을 비롯해 다른 문들도 종종 열려 있는 경우가 있기 때문에 위험하다고 간주하셔서 보안관 집무실에서 이 상황을 개선해달라는 서면 요청을 미국 산림청에 제출하지 않았습니까?" 톰은 보안관에게 서류를 치켜들어보였다. "작년 7월 18일에 산림청에 제출된 공문이 맞습니까?" 보안관은 서류를 살펴보았다.

"그렇습니다. 맞습니다."

"정확히 이 요청서를 누가 작성했습니까?"

"제가 직접 썼습니다."

"그러니까 체이스 앤드루스가 소방망루의 열린 쇠살문으로 빠져 추락하기 불과 3개월 전에, 보안관님께서 누가 다치는 일이 없도록 망루를 폐쇄하거나 쇠살문을 고정시키는 조치를 취해달라고 직접 서면으로 산림청에 요청하셨군요. 맞습니까?"

"예."

"보안관님, 보안관님께서 직접 작성해서 산림청에 보낸 이 문서의 마지막 문장을 배석한 모든 분이 들을 수 있도록 읽어주시겠습니까? 여기, 마지막 문장만 읽어주시면 됩니다." 톰 밀러는 문서를 보안관에게 건네주며 마지막 행을 손으로 가리켰다.

보안관은 법정의 모든 사람이 들을 수 있도록 큰 소리로 낭독했다. "재차 말씀드립니다. 이 쇠살문들은 몹시 위험하며 조치가 취해지지 않는다면 심각한 부상이나 심지어 사망사고를 유발할 것입니다."

"더 이상 질문 없습니다."

1969년

1969년 10월 28일, 카야는 점핑의 부두에 올라서서 약속대로 다녀오겠다고 인사를 하고 보트를 몰아 마을 부두로 갔다. 여느 때와 마찬가지로 어부며 새우잡이들이 일손을 멈추고 노골적으로 그녀를 바라보았다. 카야는 어부들의 시선을 묵살하며 배를 묶고 엄마의 옛 옷장에서 꺼낸 빛바랜 여행 가방을 메인스트리트로 끌어올렸다. 핸드백이 없어서 책들을 잔뜩 넣고 햄과 비스킷 조금, 소액의 현금을 챙긴 배낭을 메고 있었다. 인세로 들어온 현금 대부분은 깡통에 넣어 호소 근처에 묻어두었다. 그래도 지금 카야는 굉장히 평범해 보였다. 시어즈 로벅에서 산 갈색 치마와 하얀 블라우스에 플랫을 신고 있었다. 이리저리 분주히 돌아다니거나 고객을 응대하거나 인도를 비질하던 가게 점원들이 일제히 카야를 돌아보았다.

카야는 교차로의 버스정류장 표지판 밑에 서서 장거리 버스가 씩씩 에

어브레이크 소리를 내며 바다를 다 가릴 때까지 정차하길 기다렸다. 아무도 타거나 내리지 않았다. 카야가 앞으로 나가서 기사한테서 그린빌행 버스표를 한 장 샀다. 돌아오는 버스 편의 날짜와 시간을 묻자 기사는 인쇄된 일정표 한 장을 주고 여행 가방을 짐칸에 실었다. 카야는 배낭을 손으로 꼭 움켜쥐고 버스에 탔다. 그리고 뭐라 생각할 겨를도 없이, 마을만큼 긴 것처럼 느껴지는 버스가 출발하더니 바클리코브를 벗어났다.

카야는 그로부터 이틀 후, 오후 1시 16분에 그린빌에서 오는 장거리 버스에서 내렸다. 이제는 마을 사람들이 더 많이 나와서 돌아다니다가, 손으로 긴 머리를 어깨 뒤로 넘기고 기사한테 여행 가방을 받아드는 카야를 빤히 쳐다보며 수군덕거렸다. 카야는 길을 건너 부두로 가서 자기 보트에 타고 곧장 집으로 돌아갔다. 약속대로 점핑한테 들러서 잘 돌아왔다고 말하고 싶었지만, 부두에 다른 배들이 연료를 넣으려고 줄을 서서 기다리고 있어서 다음 날 다시 들르기로 했다. 그러면 갈매기들을 더 빨리 볼 수 있을 테니까.

그래서 카야는 다음 날인 10월 31일에 부두에 배를 대고 점핑을 불렀고, 점핑은 작은 가게에서 걸어나왔다.

"안녕하세요, 점핑 아저씨. 이제 집에 왔다고 말씀드리려고요. 어제 돌아왔어요." 점핑은 아무 말 없이 카야에게로 걸어왔다.

카야가 부두로 올라서자 그제야 점핑이 말했다. "미스 카야, 저……."

카야는 고개를 모로 꼬았다. "뭔데요? 뭐 잘못됐어요?"

점핑은 가만히 서서 카야를 바라보았다. "카야, 체이스 씨 뉴스 혹시 들었어요?"

"아니요. 무슨 뉴스인데요?"

점핑이 고개를 가로저었다. "체이스 앤드루스가 죽었어요. 카야가 그린빌에 있을 때 한밤중에 죽었어요."

"뭐라고요?" 카야와 점핑은 서로의 눈 깊은 곳을 들여다보았다.

"어제 아침에 낡은 소방망루 밑에서 발견했대요……. 어, 목하고 머리가 다 깨졌다네요. 꼭대기에서 그대로 추락했다나봐요."

카야의 입술이 다물어지지 않았다.

점핑이 하던 말을 마저 이었다. "마을 전체가 시끌벅적해요. 어떤 사람들은 사고라고 단정하던데, 들리는 말이 보안관은 또 잘 모르겠다고 한대요. 체이스 어머니가 길길이 날뛰면서 더러운 냄새가 난다고 했대요. 난리도 아니에요."

카야가 물었다. "왜, 무슨 더러운 냄새가 난대요……?"

"그 망루 바닥에 문 하나가 활짝 열려 있었는데, 그리로 떨어진 게 수상하대요. 애들이 만날천날 거기서 노니까 주야장천 열려 있다고, 체이스 씨가 사고로 떨어진 거라 하는 사람들도 있고요. 하지만 살인이라고 노래를 부르는 사람도 있어요."

카야가 아무 말도 하지 않자 점핑이 계속해서 말했다. "한 가지 이유는 체이스 씨가 발견됐을 때 몇 년 동안 날마다 하고 다니던 조개 목걸이가 없어졌대요. 그런데 부인은 바로 그날 집을 나갈 때 그 목걸이를 걸고 있었다고 하거든요. 체이스 씨는 그날 부모님이랑 식사를 했다고 하고요. 부인 말로는 항상 걸고 다녔다고 하네요."

목걸이 얘기가 나오자 카야의 입 안이 바짝 말랐다.

"그리고 체이스를 발견한 어린애들 둘이 그러는데, 보안관이 현장에 발자국이 없다고 얘기했다나요. 하나도 없었답니다. 누가 증거를 싹 다 지운 것처럼요. 애들이 동네방네 떠들고 다니고 있어요."

점핑은 장례식이 언제인지 알려주었지만 카야가 갈 리 없다고 생각했다. 재봉 동아리나 성경공부 모임에 굉장한 구경거리가 될 것이다. 물론, 무성한 억측과 가십에 카야가 빠질 리 없다. '체이스가 죽었을 때 카야가 그린빌에 있어서 정말 얼마나 다행인지 몰라. 아니면 다 뒤집어쓸 뻔했잖아.' 점핑은 생각했다.

카야는 점핑에게 살짝 고개를 숙여 인사하고 집으로 돌아갔다. 호소의 진흙 둑에 서서 어맨다 해밀턴의 시를 속삭였다.

절대로 심장을
과소평가하지 말 것,
정신이 생각해낼 수 없는 일들을
저지를 수 있으니까
심장은 느끼고 또 명령하지
아니면 내가 선택한 길을
어떻게 설명할까
이 시련을 헤쳐나갈 기나긴 길을
당신이 선택했음을
어떻게 설명할까

1970년

래리 프라이스라고 자기 이름을 밝히면서 – 짧게 깎은 곱슬곱슬한 백발의 남자는 번들거리는 파란 싸구려 양복을 입고 있었다 – 노스캐롤라이나 이쪽 지역으로 여러 노선의 장거리 버스를 운전한다고 말한 다음 증인이 선서를 했다. 에릭의 질의가 진행되는 동안 래리 프라이스는 그린빌에서 바클리코브로 버스를 타고 왔다가 같은 날 밤 버스를 타고 돌아가는 여정이 가능하다고 확인해주었다. 그리고 체이스가 죽던 날 밤 그린빌에서 바클리코브로 들어오는 버스를 직접 몰았는데, 그중 캐서린 클라크처럼 보이는 승객은 없었다는 얘기도 했다.

  에릭이 말했다. "자, 래리 프라이스, 수사 중이던 보안관에게 그날 밤 남자로 위장한 키 큰 여자일 수도 있는 깡마른 승객을 보았다고 말씀하셨는데요. 사실입니까? 이 승객의 외모를 묘사해주시면 감사하겠습니다."

"예, 그러죠. 젊은 백인 남자였어요. 대충 178센티미터쯤 되어 보였고, 바지가 울타리 말뚝에 걸린 이불 홑청처럼 헐렁했어요. 커다랗고 두툼한 파란 모자를 쓰고, 아무도 쳐다보지 않았습니다."

"지금 캐서린 클라크를 보고 계시는데, 버스에 탔던 말라깽이 남자가 변장한 캐서린 클라크일 가능성이 있습니까? 그 두툼한 모자 속에 긴 머리를 숨길 수 있었을까요?"

"네, 그렇게 생각합니다."

에릭은 재판장에게 카야의 기립을 요청했고, 카야는 나란히 앉아 있던 톰 밀턴과 함께 일어섰다.

"이제 다시 앉으셔도 좋습니다, 캐서린 클라크." 에릭이 이렇게 말하고는 다시 증인을 보았다. "버스의 젊은 남자가 캐서린 클라크와 같은 몸매와 키였다고 증언하실 수 있습니까?"

"아주 똑같습니다." 래리 프라이스가 말했다.

"그러니까 모든 정황을 고려할 때, 10월 29일 밤 11시 50분에 그린빌에서 바클리코브로 버스를 타고 들어온 깡마른 남자가 사실 변장한 캐서린 클라크라고 말씀하실 수 있습니까?"

"예, 그럴 가능성이 아주 높다고 보네요."

"감사합니다, 래리 프라이스 씨. 더 이상 질문 없습니다. 변호인 심문 시작하십시오."

톰은 증인석 앞에 서서, 5분쯤 래리 프라이스를 심문하고 나서 짤막하게 요약했다. "그러니까 지금 증인께서 하신 말씀은 다음과 같습니다. 첫째, 1969년 10월 29일 밤 그린빌에서 바클리코브로 들어온 버스에 피고처럼 보이는 여성은 없었다. 둘째, 키가 크고 여윈 남자가 타고 있었는데, 아주 가까이서 얼굴을 봤는데도 불구하고 여자라는 생각은 하지 못했다.

셋째, 변장을 했다는 생각은 보안관의 이야기를 듣고 난 후에야 들었다."

톰은 증인이 뭐라 대답하기도 전에 말을 이었다. "프라이스 씨, 그 마른 남자가 10월 29일 11시 50분 버스를 탔다는 걸 어떤 근거로 확신하시는지 말씀해주십시오. 메모를 했습니까? 글로 적었나요? 그 전날 밤이나 그다음 날 밤일 수도 있습니다. 10월 29일이었다고 백 퍼센트 확신하십니까?"

"어, 무슨 얘기를 하시려는지 알겠는데요. 보안관이 제 기억을 되살리려 할 때는 그 남자가 꼭 버스를 탔던 것 같았거든요. 그런데 지금 생각하니까, 백 퍼센트 확신한다고 말하기는 좀 어렵네요."

"그렇다면 프라이스 씨, 그날 밤에 버스가 상당히 늦게 도착하지 않았습니까? 사실 일정보다 25분이나 늦어서 바클리코브에 실제로 도착한 시각은 새벽 1시 40분이었는데요. 맞습니까?"

"맞아요." 래리 프라이스는 에릭을 바라보았다. "그냥 좀 도움을 줄까 하고 나왔을 뿐입니다. 옳은 일을 하려고요."

톰은 그를 안심시켜주었다. "아주 큰 도움이 되었습니다, 프라이스 씨. 대단히 감사합니다. 더 이상 질문 없습니다."

에릭은 다음 증인을 불렀다. 10월 30일 새벽 2시 30분에 바클리코브에서 그린빌로 향하던 버스의 운전기사인 존 킹이었다. 그는 피고인 캐서린 클라크는 버스에 타지 않았지만 '캐서린 클라크처럼 훤칠하고 반백에 파마한 것처럼 짧은 곱슬머리의' 할머니가 있었다고 말했다.

"존 킹 씨, 피고인 캐서린 클라크가 할머니로 분장하면 버스에 탔던 여성과 비슷해 보일 수 있을까요?"

"어, 상상하기는 힘든데, 그럴 수도 있겠죠."

"그렇다면 가능하다는 말씀이시죠?"

"네, 그런 것 같네요."

교차 심문 차례가 오자 톰이 말했다. "그런 것 같다, 라는 단어는 살인 사건 재판에서 용납할 수 없습니다. 증인은 1969년 10월 30일 새벽 바클리코브에서 그린빌로 가는 2시 30분 버스에서 피고인 캐서린 클라크를 보았습니까?"

"아니요, 보지 못했습니다."

"그러면 그날 밤 바클리코브에서 그린빌로 가는 다른 버스가 있었습니까?"

"없습니다."

1970년

다음 날 법정에 들어선 카야는 테이트와 점핑, 메이블 옆에 선 군인 정복을 보고 숨을 크게 들이쉬었다. 흉이 진 얼굴에 희미한 미소가 떠올라 있었다. 조디 오빠. 카야는 살짝 고개를 숙이고 어떻게 재판 이야기를 알게 되었을까 생각했다. 십중팔구 애틀랜타 신문에 기사가 났을 것이다. 카야는 부끄러워서 머리를 푹 처박았다.

　에릭이 일어섰다. "재판장님, 샘 앤드루스 부인을 검사 측 증인으로 모시겠습니다." 슬픔에 잠긴 어머니 패티 러브가 증인석에 올라서자 좌중은 긴 숨을 토했다. 한때 시어머니가 되기를 바랐던 여인을 보면서 카야는 얼마나 터무니없는 생각이었는지 절실히 실감했다. 이런 언짢은 자리에서도, 최고급 검은색 실크로 옷을 맞춰 입은 패티 러브는 오로지 자기 외모와 지위에만 온 정신을 쏟고 있었다. 반짝이는 핸드백을 무릎에 올려놓고 꼿꼿한 자세로 앉은 그녀는 빈틈없이 머리칼을 뒤로 묶어올리고 정확한 각도로 기울여쓴 모자에 극적인 검은 망사를 늘어뜨려 눈을 가리고 있었다. 절대 맨발의 습지 주민을 며느리로 들일 여자가 아니었다.

"앤드루스 부인, 몹시 힘든 일이라는 거 잘 압니다. 그러니 최대한 짧게 여쭙겠습니다. 아드님 체이스 앤드루스가 조개껍데기가 달린 생가죽 목걸이를 하고 다녔습니까?"

"네, 그렇습니다."

"언제, 얼마나 자주, 그 목걸이를 걸었습니까?"

"항상 걸고 다녔어요. 한 번도 빼지 않았습니다. 4년 동안 그 목걸이 없이 다니는 모습을 본 적이 없어요."

에릭은 가죽 장정의 일기장을 앤드루스 부인에게 건네주었다. "이 일기장이 무엇인지 법정에서 설명해주시겠습니까?"

검사가 장내의 모든 사람이 볼 수 있도록 일기장을 치켜들자 카야는 무자비한 사생활 유린에 분노가 치밀어 입술만 깨물며 바다를 노려보았다. 카야는 체이스와 사귀고 얼마 되지 않아 이 일기장을 손수 만들어주었다. 살아오면서 카야는 선물을 주는 기쁨을 별로 누려보지 못했다. 물론 그런 박탈감을 이해해줄 이는 얼마 없었다. 몇 날 며칠을 매달려 작업한 일기장을 갈색 포장지에 싸서 눈에 번쩍 띄는 초록색 고사리와 하얀 흰기러기 깃털로 장식했다. 그리고 보트에서 호소 물가로 내려서는 체이스에게 내밀었다.

"이게 뭐야?"

"그냥 내가 주는 선물이야." 카야는 그렇게 말하고 웃었다.

함께한 시간을 그림으로 그려 남긴 기록이었다. 첫 번째 그림은 표류목에 함께 기대앉은 두 사람이었다. 그림 속에서 체이스는 하모니카를 불고 있었다. 시오트와 흩어진 조개껍데기들의 라틴어 학명이 카야의 필체로 적혀 있었다. 소용돌이치는 수채화로 달빛을 받으며 흔들리는 체이스의 보트가 형체를 드러냈다. 다음 그림은 보트를 가운데 두고 빙글빙글 도는 희한한 돌고래 무리 추상화였고, '마이클이 해변으로 보트를 저어 가네'라는 노랫말이 구름 속에 떠다녔다. 또 다른 그림 속에서는 카야가 은빛 바닷가에서 은빛 갈매기들에 에워싸여 어지럽게 돌고 있었다.

체이스는 놀라움에 말을 잃고 페이지를 넘겼다. 어떤 그림들은 손가락으로 가볍게 쓸어보기도 하고, 어떤 그림들을 보고는 웃음을 터뜨렸지만 대체로는 아무 말 없이 고개만 끄덕였다.

"이런 건 평생 본 적도 없어." 허리를 굽혀 카야를 품에 안으며 체이스는 말했다. "고마워, 카야." 두 사람은 서로의 손을 꼭 잡고 포근하게 담요를 둘러쓰고 모래밭에 앉아 한참 동안 이야기를 나누었다.

카야는 베풂의 기쁨에 쿵쾅거리던 심장을 떠올렸다. 그 일기장을 다른 사람이 보게 될 거라고는 상상도 하지 못했다. 그런데 심지어 살인사건의 증거물이라니.

에릭의 질의에 답하는 패티 러브를 쳐다보지도 않았다. "캐서린 클라크가 체이스에게 만들어준 그림 모음집이에요. 선물로 준 겁니다." 패티 러브는 아들의 방을 청소하다가 쌓여 있는 앨범들 밑에서 그 일기장을 처음 발견했던 기억을 떠올렸다. 자기가 볼까봐 숨겨둔 게 틀림없었다. 체이스의 침대에 앉아 두꺼운 표지를 넘겼다. 표류목에 몸을 기대고 그 계집과 함께 누워 있는 아들의 모습이 잉크로 세밀하게 그려져 있었다. 마시 걸. 그녀의 아들 체이스가 쓰레기와 함께. 숨조차 제대로 쉬어지지 않았다. 사람들한테 들키면 어떻게 하지? 처음에는 오한이 들었다가, 다음에는 식은땀이 흘렀다. 현기증이 덮쳐 몸을 가누기조차 힘들었다.

"앤드루스 부인, 피고인 캐서린 클라크가 그린 이 그림에 어떤 광경이 묘사되어 있는지 말씀해주시겠습니까?"

"체이스와 캐서린 클라크가 소방망루에 함께 서 있는 그림이에요." 중얼거리는 소리가 방청석에 물결쳐 흘렀다.

"또 어떤 일이 있습니까?"

"저기, 두 사람의 손 사이를 보면, 캐서린 클라크가 체이스에게 조개 목걸이를 주고 있습니다."

그리고 그 후로 체이스는 끝내 그 목걸이를 벗지 않았지, 패티 러브는 생각했다. '우리 아들은 나한테 숨기는 게 없다고 생각했어. 다른 엄마들보다 훨씬 더 끈끈한 사이라고 생각했지. 나 혼자서 그렇게 믿어버렸어. 하지만 난 아무것도 몰랐던 거야.'

"그러니까, 아드님의 말씀과 이 일기장을 근거로 아드님이 캐서린 클라크와 사귀고 있고 캐서린 클라크한테서 조개 목걸이를 받았다는 사실을 알게 되신 거군요?"

"그래요."

"10월 29일 댁에 저녁을 먹으러 왔을 때, 체이스는 조개 목걸이를 걸고 있었습니까?"

"네, 우리 집에서 밤 11시가 다 되어서 나갔고, 그때도 목걸이를 하고 있었어요."

"그렇다면 다음 날 시체의 신원을 확인하러 병원에 가셨을 때, 그때도 목걸이를 보셨나요?"

"아니요. 못 봤습니다."

"캐서린 클라크를 제외하고 체이스의 친구나 다른 누구라도 체이스의 목에서 목걸이를 벗겨가고 싶어 할 사람이 있습니까?"

"아니요."

"이의 있습니다, 재판장님." 톰이 자리에서 벌떡 일어났다. "근거 없는 추론입니다. 검토가 필요합니다. 피고인은 타인의 추론에 반박할 의무가 없습니다."

"이의 인정합니다. 배심원들께서는 마지막 질문과 응답을 무시해주시기 바랍니다." 그리고 재판장은 오리처럼 목을 빼고 검사를 바라보며 말했다. "논리 전개에 주의를 기하시오, 에릭. 정말 이렇게까지 마구잡이로 밀어붙일 정도로 무분별한 스타일은 아니지 않소."

에릭은 전혀 풀죽은 기색 없이 말했다. "좋습니다. 우리는 피고인이 손수 그린 그림을 통해 피고인 캐서린 클라크가 적어도 한 번 이상 체이스와 함께 소방망루에 올랐으며 조개 목걸이를 선물했다는 사실을 알게 되었습니다. 그 후로 체이스는 사망하던 날 밤까지 꾸준히 그 목걸이를 착용했습니다. 그리고 사망 전후로 목걸이는 자취를 감추었습니다. 모두 사실입니까?"

"그렇습니다."

"감사합니다. 변호인 측으로 질문할 기회를 넘기도록 하겠습니다."

"질문 없습니다." 톰이 말했다.

1970년

법정의 언어는 습지의 언어처럼 시적이지는 않았다. 그러나 카야는 본질적으로 유사한 점을 꿰뚫어보았다. 대장 수컷에 해당하는 재판장은 위상이 확고하므로 제 영토의 멧돼지처럼 위압적인 자세를 취하면서도 느긋하고 두려움이 없었다. 톰 밀턴 역시 수월한 동작과 자세로 온몸에서 자신감을 풍기며 높은 위상을 뽐냈다. 강력한 수사슴의 위상을 의심할 자는 없었다. 그러나 검사는 원색의 와이드 넥타이와 어깨가 떡 벌어진 양복 정장으로 자기 입지를 본래보다 부풀리려 했다. 두 팔을 허우적거리거나 언성을 높여 의견에 무게를 실었다. 법정 경위는 제일 하급의 수컷이었고 빛나는 피스톨과 쩔렁거리는 열쇠 꾸러미, 거추장스러운 무전기의 힘을 빌려 자기 입지를 공고히 했다. '지배의 위계는 자연에서 안정을 도모하지.' 카야는 생각했다. '그런데 좀 덜 자연적인 세계에서도 마찬가지인가 봐.'

진홍색 넥타이를 맨 검사는 대담하게 앞으로 나가 다음 증인을 불렀다. 햅 밀러는 나뭇가지처럼 앙상하게 여윈 스물여덟 살의 더벅머리 청년이었다.

"밀러 씨, 1969년 10월 29일에서 30일 사이 밤, 오전 1시 45분경 어디에 계셨으며 무엇을 보셨는지 말씀해주십시오."

"저와 앨런 헌트는 팀 오닐의 새우잡이 배에서 일하고 있었습니다. 늦게 바클리코브 항만으로 돌아가다가 캐서린 클라크가 1킬로미터쯤 떨어진 만 동쪽에서 자기 배를 타고 북북서로 달리는 걸 보았습니다."

"그 경로로 가면 어디가 나옵니까?"

"곧바로 소방망루 근처의 만이 나옵니다."

심스 판사는 탄성이 터져 나오고 좌중의 소란이 족히 1분 이상 이어지자 의사봉을 탕탕 쳤다.

"피고인이 어디 다른 곳으로 가고 있었을 가능성은 없습니까?"

"뭐, 그랬을 수도 있겠죠. 하지만 그리로 가면 늪에 잠긴 숲이 몇 킬로미터씩 이어질 뿐 아무것도 없습니다. 제가 아는 목적지는 소방망루뿐이에요."

부인들의 장례식 부채가 열기가 후끈 달아올라 불안하게 들썩이는 장내 여기저기서 펼쳐졌다. 창턱에서 자고 있던 선데이 저스티스가 물처럼 땅바닥으로 흘러내려 카야에게 걸어왔다. 법정에서는 처음으로 선데이 저스티스가 카야의 다리에 몸을 비비더니 폴짝 무릎으로 뛰어올라 자리를 잡고 앉았다. 에릭은 말을 멈추고 재판장을 바라보았다. 이처럼 노골적으로 편애를 드러내선 안 된다고 이의라도 신청할 기세였지만 법적인 전례는 없었다.

"캐서린 클라크였다고 어떻게 확신하십니까?"

"아, 그 여자 보트는 우리가 다 알아요. 자기 배를 타고 돌아다닌 지 여러 해 됐으니까요."

"보트에 불이 켜져 있었습니까?"

"아니요, 불은 없었어요. 못 봤으면 칠 뻔했어요."

"하지만 어두워지고 나서 전조등을 켜지 않고 배를 모는 건 불법 아닙니까?"

"네, 원래 불을 켜고 다녀야죠. 하지만 안 켰어요."

"그러니까 체이스 앤드루스가 소방망루에서 사망하던 날, 캐서린 클라크는 사망 추정 시각 불과 몇 분 전에 정확히 그 방향으로 보트를 타고 가고 있었군요. 맞습니까?"

"네, 우리가 본 건 그랬어요."

에릭이 자리에 앉았다.

톰이 증인 쪽으로 걸어갔다. "안녕하세요, 핼 밀러 씨."

"안녕하십니까."

"밀러 씨, 팀 오닐의 새우잡이 배에서 선원으로 일한 지 얼마나 되셨습니까?"

"이제 3년째입니다."

"그러면 10월 29일에서 30일로 넘어가던 날 밤 몇 시에 달이 떴는지 말씀해주실 수 있겠습니까?"

"그믐달이었으니까, 우리가 바클리에 정박할 때까지 달이 뜨지 않았습니다. 새벽 2시 넘어 뜨는 일도 가끔 있으니까요."

"그렇군요. 그러니까 그날 밤 바클리코브 근처를 운항하는 작은 모터보트를 보셨는데, 달이 없었네요. 몹시 어두웠을 텐데요."

"그래요. 캄캄했습니다. 별빛은 좀 있었는데, 네, 굉장히 캄캄했어요."

"그날 밤 모터보트를 타고 지나쳐갈 때 캐서린 클라크가 입고 있던 의상을 설명해주시겠습니까?"

"글쎄요, 무슨 옷을 입었는지 보일 만큼 가깝지는 않았어요."

"오, 그래요? 옷이 보일 만큼 가깝지는 않았군요." 톰은 배심원들을 바라보며 말했다. "자, 그렇다면 얼마나 멀리 계셨습니까?"

"적어도 50미터는 족히 넘는 거리였을 거예요."

"50미터라." 톰은 배심원들을 다시 보았다. "어둠 속에서 작은 모터보트를 알아보기에는 상당히 먼 거리군요. 그럼 말씀해주십시오, 밀러 씨. 이 보트의 어떤 특징, 어떤 모습을 보고 캐서린 클라크라고 그토록 확신하셨습니까?"

"글쎄요, 앞에서도 말씀드렸지만, 이 마을에서 그 보트를 모르는 사람은 아무도 없어요. 가깝건 멀건 그 배는 보면 압니다. 우리는 보트 모양도 알고 이물에 앉아 있는 체형도 알죠. 저렇게 훤칠하고 마른 몸매는 아주 특이하니까요."

"아주 특이하다. 그러니까 이 비슷한 몸매에, 이렇게 훤칠하고 마른 체형이라면 누구나 비슷한 보트를 타고 있을 때 캐서린 클라크처럼 보이겠군요, 맞습니까?"

"다른 사람이야 비슷하게 볼 수 있겠죠. 하지만 우리는 날마다 나가서 배를 타니까, 배와 주인들에 대해서는 빠삭해요."

"하지만 밀러 씨, 다시 한번 말씀드리겠습니다. 이건 살인사건 공판입니다. 이보다 더 심각한 사안은 없습니다. 이런 경우 우리는 한 치의 의심도 허용할 수 없습니다. 어둠 속에서 50미터 거리에서 본 형체나 모양으로 짐작해서는 안 됩니다. 그러니 1969년 10월 29일에서 30일로 넘어가던 날 밤에 본 사람이 캐서린 클라크가 확실한지 법정 앞에서 말씀해주십시오."

"어, 아니, 틀림없다고 할 수는 없고요. 틀림없이 그 여자라고는 한 번도 말한 적 없습니다. 하지만 그래도……."

"질의 끝내겠습니다, 밀러 씨. 감사합니다."

심스 판사가 물었다. "다시 질문하시겠습니까?"

자리에 앉은 채로 에릭이 말했다. "헬, 캐서린 클라크가 보트를 모는 모습을 적어도 3년 이상 봤다고 증언했습니다. 멀리서 캐서린 클라크라고 생각했던 배 근처에 갔을 때, 캐서린 클라크가 아니었던 적이 있었습니까? 그런 일이 한 번이라도 있었습니까?"

"아니요, 한 번도 없었습니다."

"3년 동안 한 번도 없었다고요?"

"3년 동안 한 번도 없었습니다."

"재판장님, 검사 측 질의는 이상입니다."

1970년

심스 판사가 재판정에 들어서서 피고석을 보고 고개를 끄덕였다. "밀턴 변호사, 피고인 측 첫 증인을 소환할 준비가 되었습니까?"

"예, 재판장님."

"진행하십시오."

증인이 선서를 하고 착석하자 톰 밀턴이 말했다. "증인의 이름과 바클리코브에서 하고 있는 일을 말씀해주십시오." 카야는 보라색 도는 흰머리에 빡빡하게 파마한 작은 할머니가 보일 만큼은 고개를 들고 있었다. 오래전 왜 항상 혼자서 장을 보러 오느냐고 물어봤던 점원이었다. 예전에는 지금보다 체구가 더 왜소하고 머리도 뽀글뽀글했던 것 같지만, 놀랄 만큼 변함없는 모습이었다. 싱글터리 부인은 오지랖이 넓고 독단적이었지만, 엄마가 떠난 해 겨울 파란 호루라기가 든 크리스마스 양말을 카야에게 선물로 주었다. 그것이 카야에게는 유일한 크리스마스 선물이었다.

"저는 세라 싱글터리이고 바클리코브의 피글리 위글리 식료품점에서 점원으로 일하고 있어요."

"세라, 피글리 위글리의 카운터에서 장거리 버스정류장이 보이는 게 사실입니까?"

"예, 똑똑히 보입니다."

"작년 10월 28일 피고인 캐서린 클라크가 오후 2시 30분에 버스정류장에서 버스를 기다리고 있는 모습을 보았습니까?"

"네, 캐서린 클라크가 그곳에 서 있는 모습을 보았습니다." 이 말을 하며 세라는 카야를 슬쩍 쳐다보았고, 까마득히 오래전 맨발로 장을 보러 오던 어린 소녀를 기억했다. 아무도 모르겠지만, 카야가 셈을 배우기 전에 세라는 꼬마에게 잔돈을 더 얹어주곤 했다. 그리고 자기 주머니에서 비는 돈을 채웠다. 물론 카야가 들고온 돈이 워낙 푼돈이라서 기껏 동전 몇 푼밖에 줄 수 없었지만, 그나마 도움이 되었을 것이다.

"얼마나 오래 기다렸습니까? 그리고 오후 2시 30분 버스에 타는 모습을 직접 보셨습니까?"

"10분 정도 기다렸던 거 같아요. 피고인이 운전기사한테서 표를 사고 여행 가방을 주고 버스에 타는 모습을 우리 모두 보았습니다. 버스가 출발했고 피고인은 확실히 그 버스를 타고 떠났어요."

"고마워요, 세라. 질문 끝내겠습니다."

심스 판사가 물었다. "에릭, 질문 없습니까?"

"질문 없습니다, 재판장님. 증인 명단을 보니 변호인 측에서 캐서린 클라크가 싱글터리 부인이 진술한 날짜와 시각에 장거리 버스에 타고 내렸다는 사실을 뒷받침할 마을 사람들을 여러 명 소환할 생각인 모양입니다. 검사 측에서는 이 증언을 반박할 의사가 없습니다. 솔직히 말해서 그

시각에 캐서린 클라크가 버스를 타고 내렸다는 사실은 검사 측 논거에 부합합니다. 그러므로 이 문제로 다른 증인을 소환하는 절차는 불필요합니다."

"좋습니다. 싱글터리 부인, 증인석에서 내려가셔도 좋습니다. 밀턴 씨, 변호인 측은 어떻습니까? 캐서린 클라크가 1969년 10월 28일 2시 30분 버스에 승차해 1969년 10월 30일 1시 16분경 돌아왔다는 사실을 검사 측에서 인정한다 해도 다른 증인들을 부를 필요가 있겠습니까?"

"아닙니다, 재판장님." 겉으로는 침착한 표정을 지었지만 톰은 마음속으로 욕을 퍼붓고 있었다. 체이스의 사망 시각에 시외에 있었다는 카야의 알리바이는 변호에 있어 가장 강력한 논거였다. 하지만 에릭은 단순히 인정해버림으로써 멋지게 알리바이를 희석해버렸다. 심지어 낮에 카야가 그린빌까지 왕복했다는 증언을 아예 들을 필요가 없다고까지 말하다니. 어차피 검사 측에서는 카야가 밤에 바클리로 돌아와 살인을 저질렀다는 논리를 내세우고 있기 때문에 아무 상관도 없었다. 톰은 위험요소를 예상했지만 배심원이 실제로 증언을 듣는 게 결정적으로 중요하다고 판단했었다. 그래야 카야가 한낮에 마을을 떠나 사고가 일어난 후 돌아오는 모습을 눈앞에 그려볼 수 있기 때문이었다. 그러나 이제 배심원들은 카야의 알리바이가 굳이 확인할 가치도 없는 하찮은 사실이라고 생각할 것이다.

"좋습니다. 그럼 다음 증인을 소환하도록 하겠습니다."

뱃살이 터질 듯 코트 버튼을 꽉 채운 땅딸막한 대머리 랭 펄로는 그린빌에서 스리 마운틴스 모텔을 운영하고 있으며 캐서린 클라크가 1969년 10월 28일에서 10월 30일까지 모텔에 묵었다고 증언했다.

카야는 머리에 기름이 줄줄 흐르는 남자의 증언을 듣고 앉아 있는 것

자체가 고역스러웠다. 다시는 안 봐도 된다고 생각한 인간이 여기 나와서 이 자리에 없는 사람 뒷담화를 하듯 그녀의 이야기를 하고 있었다. 랭 펄로는 자기가 모텔 객실까지 안내해주었다는 증언을 하면서 빨리 나가지 않고 지나치게 오래 미적거렸다는 얘기는 쏙 빼놓았다. 카야가 문을 열고 나가라는 눈치를 줄 때까지 어떻게든 조금이라도 오래 그녀와 한방에 있으려고 온갖 이유를 생각해냈다는 얘기도. 캐서린 클라크가 모텔에서 언제 나가고 들어왔는지 그토록 행적을 확신하는 이유가 뭐냐고 톰이 묻자 랭 펄로는 킬킬 웃으며 그런 여자는 남자들 눈에 띄기 마련이라고 말했다. 그러더니 굉장히 이상한 여자였다고 덧붙여 말했다. 전화기를 쓸 줄도 모르고 커다란 종이 여행 가방을 들고 버스정류장에서부터 걸어온 데다 저녁거리까지 다 싸왔더라는 것이다.

"펄로 씨, 다음 날 밤, 그러니까 1969년 10월 29일이 되겠군요. 체이스 앤드루스가 사망한 날 밤에 밤새 안내 데스크에서 일을 하셨지요? 맞습니까?"

"그렇습니다."

"캐서린 클라크가 편집자와 식사를 마치고 밤 10시에 객실로 돌아오고 나서 다시 나가는 모습을 보셨습니까? 10월 29일 밤에서 10월 30일 새벽에 걸쳐 캐서린 클라크가 객실에서 나가거나 들어오는 모습을 본 적이 있으십니까?"

"아니요. 밤새 자리를 지켰는데 객실에서 한 번도 나가지 않았습니다. 말씀드린 대로 캐서린 클라크의 객실은 안내 데스크를 바로 마주 보고 있기 때문에 나갔다면 제가 봤을 겁니다."

"감사합니다, 펄로 씨. 이상입니다."

몇 분에 걸쳐 교차 심문을 하던 에릭이 말했다. "좋습니다, 펄로 씨. 지금까지 말씀하신 바에 따르면 집에까지 걸어갔다 오느라고 두 번, 화장실에 한 번 다녀오셨고, 피자 배달부가 피자를 가져와서 계산했고, 기타 등등 네 명의 손님이 체크인했고, 두 명이 체크아웃했고, 그 사이사이 영수증 장부 정리까지 모두 마치셨군요. 그렇다면 제 생각에는 정신없는 와중에 캐서린 클라크가 조용히 방에서 나가 재빨리 길을 건너도 못 보셨을 가능성이 상당히 높아 보입니다. 그런 일이 가능할까요?”

“글쎄요, 가능하긴 하겠죠. 하지만 저는 정말 아무것도 못 봤습니다. 그날 밤 방에서 나가는 모습을 본 적이 없어요. 그게 제가 하고 싶은 말입니다.”

“그건 잘 알겠습니다, 펄로 씨. 제가 드리는 말은 캐서린 클라크가 객실을 나가서 버스정류장까지 걸어가서 바클리코브행 버스를 타고 가서 체이스 앤드루스를 살해한 후 객실로 다시 돌아왔다 해도 선생님께서는 자기 할 일을 하느라 바빠서 못 봤을 가능성이 몹시 높다는 것입니다. 더이상 질문 없습니다.”

점심 휴정이 끝나고 대다수 사람들이 다시 착석하고 재판장이 자리에 앉았을 때, 스커퍼가 재판장 안으로 들어왔다. 고개를 돌린 테이트는 아버지를 보았다. 여전히 멜빵바지에 노란 해병대 군화를 신고 회랑을 따라 걸어 들어왔다. 스커퍼는 일 때문에 재판에 참석할 수 없다고 했지만, 사실 진짜 이유는 아들이 그토록 오랜 세월에 걸쳐 캐서린 클라크에게 품어온 연정에 대해 어떻게 반응해야 할지 몰라 혼란스러웠기 때문이었다. 아무리 봐도 테이트는 다른 여자한테 마음을 준 적이 없고, 성인이 되어 전문직을 가진 지금도 여전히 이 이상하고 신비스러운 여인을 사랑하는 것 같았다. 살인 용의자로 지목된 여인을.

그날 한낮에 장화 주위에 그물을 늘어뜨리고 보트에 서 있던 스커퍼는 무거운 한숨을 내쉬었다. 문득, 그 역시 다른 무지한 주민들과 조금도 다를 바 없이 오로지 습지에서 자랐다는 이유로 카야에게 편견을 갖고 있었다는 깨달음이 덮쳐와 부끄러움에 얼굴이 벌겋게 달아올랐다. 테이트가 카야가 조개에 대해 쓴 첫 책을 자랑스럽게 보여주었던 기억, 과학적 예술적 조예에 깜짝 놀랐던 기억이 새삼스럽게 떠올랐다. 그 후로 카야의 책을 한 권도 빠짐없이 직접 돈 주고 샀지만 테이트에게는 말하지 않았다. 이게 무슨 엉터리 같은 짓인가.

스커퍼는 자기가 원하는 바를 정확히 알고 그것을 성취할 길을 찾아내고야 마는 아들이 이루 말할 수 없이 자랑스러웠다. 카야도 똑같은 일을 해낸 것이다. 훨씬 높은 장애물을 뛰어넘고.

그런데 테이트와 함께 있어주지 않았다니, 어떻게 그럴 수가 있었던 걸까? 아들을 응원하는 것보다 더 중요한 일은 없었다. 그는 발치에 그물을 떨어뜨리고 배를 부두에 버려둔 채 곧장 법원으로 향했다.

첫 줄에 다가가자 조디와 점핑, 메이블이 일어나 스커퍼가 지나갈 수 있도록 비켜주고 테이트와 나란히 앉을 자리를 내어주었다. 아버지와 아들은 서로를 바라보며 고개를 끄덕였고 테이트의 눈에 눈물이 차올랐다.

톰 밀턴은 스커퍼가 자리에 앉고 장내가 완벽하게 정숙해질 때까지 기다렸다가 말했다. "재판장님, 피고인 측에서 로버트 포스터를 증인으로 소환합니다." 트위드 재킷과 넥타이, 카키색 바지를 차려입은 로버트 포스터는 군살 없는 늘씬한 몸매에 중키였고 깔끔한 턱수염에 친절한 눈빛을 지닌 신사였다. 톰은 이름과 직업을 물었다.

"제 이름은 로버트 포스터고 매사추세츠주 보스턴의 해리슨 모리스 출판사의 수석편집자입니다." 카야는 손으로 이마를 짚고 바닥만 노려보았다. 담당 편집자는 이 세상에서 유일하게 그녀를 마시 걸로 보지 않고, 존중해주고, 심지어 지식과 재능에 경탄했던 사람이었다. 그런데 지금 그 사람이 법정에 앉아 살인죄로 기소되어 피고석에 앉은 그녀를 보고 있었다.

"캐서린 클라크의 저서를 담당한 편집자 맞습니까?"

"네, 맞습니다. 캐서린 클라크는 재능이 뛰어난 자연과학자이고 예술가이며 작가입니다. 우리 출판사에서 가장 선호하는 작가 중 한 명이지요."

"1969년 10월 28일 노스캐롤라이나주 그린빌을 방문하셨고 그곳에서 29일과 30일 양일에 걸쳐 캐서린 클라크와 만남을 가졌다는 사실을 확인해주실 수 있습니까?"

"맞습니다. 그곳에서 소규모 콘퍼런스가 열렸고, 시내에 있는 동안 여유 시간을 좀 낼 수 있었습니다. 하지만 캐서린 클라크가 사는 곳까지 갈 시간은 되지 않아서 제가 캐서린 클라크를 초대해 만났습니다."

"작년 10월 29일 밤에 캐서린 클라크의 모텔까지 차로 데려다주셨는데 정확한 시각을 말씀해주십시오."

"만나서 상의한 후 우리는 호텔에서 식사를 했고 밤 9시 55분에 모텔까지 캐서린 클라크를 데려다주었습니다."

카야는 식당 문간에 서 있던 기억을 떠올렸다. 부드러운 샹들리에 불빛 아래 촛불이 놓인 테이블들이 가득 들어차 있었다. 하얀 테이블보에 놓인 키 큰 와인글라스들, 세련된 옷차림의 손님들이 조용히 대화를 나누고 있는데, 그녀만 초라한 블라우스에 치마를 입고 있었던 기억. 편집자 로버트와는 아몬드 크러스트를 곁들인 노스캐롤라이나 송어와 와일드 라이스, 크림 시금치, 롤빵을 먹었다. 로버트가 그녀에게 익숙한 생태 얘기로 우아하고 자연스럽게 대화를 이끌어나가자 카야는 마음이 편안해졌다.

지금 생각하니 자기가 어떻게 그렇게 당당할 수 있었을까 놀랍기까지 했다. 하지만 생각해보면 화려하게 반짝이던 레스토랑은 그녀가 가장 사랑했던 피크닉에 비하면 아무것도 아니었다. 카야가 열다섯 살이던 어느 새벽, 테이트가 집 앞까지 보트를 타고 와서 카야의 어깨에 담요를 둘러주고 미로 같은 물길을 헤쳐 내륙으로 깊이 들어가 카야가 한 번도 본 적 없는 숲속에 데려간 적이 있었다. 1킬로미터쯤 걸어들어가 질척하게 물이 들어찬 초원 언저리에 다다르자 진흙을 뚫고 햇잔디가 파랗게 올라와 있는 것이 보였다. 테이트는 우산만큼 거대한 고사리 밑에 담요를 깔았다.

"자, 이제 기다리는 거야." 보온병에서 뜨거운 차를 따르며 테이트는 이렇게 말했다. 그리고 '너구리 볼'을 카야에게 건네주었다. 비스킷 반죽과 핫 소시지, 톡 쏘는 맛이 나는 체더치즈를 섞어 특별하게 구운 음식이었다. 차가운 법정에 앉아 있는 지금도, 그 피크닉 아침 식사를 오물거리며 함께 앉아 있을 때 담요 밑에서 그녀의 어깨에 닿던 테이트의 온기가 생생하게 느껴졌다.

오래 기다릴 필요도 없었다. 잠시 후 대포 소리처럼 요란한 난리법석이 북쪽에서부터 일었다. "자, 온다." 테이트가 그렇게 말했다.

얇고 검은 구름이 지평선에서 나타나더니 그들 쪽으로 다가오다 하늘로 치솟아 날아올랐다. 날카로운 울음소리의 강도와 울림이 점점 커지고 구름이 금세 하늘을 꽉 채우더니 단 한 점의 푸른색도 남지 않았다. 수십만 마리의 흰기러기가 날개를 퍼덕이고 꽥꽥 울어대고 활공하면서 온 세상을 뒤덮었다. 소용돌이처럼 휘몰아치는 새떼가 미끄러지며 착륙하기 위해 선회했다. 족히 오십만 개는 될법한 하얀 날개들이 똑같은 소리를 내며 펄럭이고, 핑크와 오렌지 빛깔의 발들이 달랑거리더니, 새들은 마치 눈 폭풍처럼 착륙하기 위해 한꺼번에 하강했다. 가까운 곳과 먼 곳, 이 지상의 만물이 사라지는 진정한 화이트아웃 현상이었다. 한 번에 한 마리, 그러다 열 마리, 다음엔 수백 마리의 기러기들이 고사리 아래 앉은 카야와 테이트에게서 불과 몇 미터 떨어지지 않은 거리에 내려앉았다. 하늘이 텅 비고 축축한 초원이 포슬포슬한 털의 눈보라에 파묻혔다.

아무리 고급 식당이라도 그곳에 비길 수 없었다. 너구리 볼은 아몬드 크러스트 송어보다 훨씬 더 향기롭고 근사했다.

"캐서린 클라크가 객실에 들어가는 모습을 직접 보셨습니까?"

"물론입니다. 제가 직접 문을 열어주었고, 캐서린 클라크가 안전하게 방 안에 들어가는 모습까지 확인한 후 차를 타고 떠났습니다."

"다음 날도 캐서린 클라크를 만나셨습니까?"

"아침 식사 때 만나기로 약속했기 때문에 오전 7시 30분에 모텔로 데리러 갔습니다. 스택엄 하이 팬케이크 식당에서 아침을 먹었습니다. 그리고 9시 정각에 모텔에 내려줬습니다. 그때 마지막으로 보고 오늘 처음 만나는 겁니다." 로버트는 카야를 슬쩍 곁눈질했지만 카야는 눈을 내리깔고 테이블만 내려다보고 있었다.

"감사합니다, 포스터 씨. 더 이상 질문 없습니다."

에릭이 일어나 물었다. "포스터 씨, 궁금한 점이 있는데 어째서 본인은 그 지역에서 가장 고급 호텔인 피드몬트 호텔에 묵으면서 출판사 경비로 지불하는 캐서린 클라크의 숙소는 – 말씀대로 그렇게 재능 있는 작가라면 말입니다 – 아주 일반적인 모텔인 스리 마운틴스로 정해주셨는지 이유를 말씀해주시겠습니까?"

"뭐, 물론, 우리 쪽에서는 캐서린 클라크에게 피드몬트 호텔을 제안하고 또 권유하기도 했지만 본인이 굳이 모텔에 묵겠다고 했습니다."

"그렇습니까? 캐서린 클라크가 모텔 이름을 알던가요? 특별히 스리 마운틴스 모텔에 묵겠다고 요청했던 겁니까?"

"네, 스리 마운틴스에 묵는 편이 더 좋다고 메모를 전달했습니다."

"이유도 밝혔습니까?"

"아니요, 이유는 모릅니다."

"글쎄요, 제가 든 생각이 하나 있는데요. 여기 그린빌 관광 지도가 있습니다." 에릭은 증인석에 다가가서 지도를 흔들어 보였다. "포스터 씨, 여기 보시면 피드몬트 호텔 ─ 그러니까 처음에 제안하신 4성급 호텔이지요 ─ 은 도심에 자리 잡고 있습니다. 반면 스리 마운틴스 모텔은 하이웨이 258번지이므로 장거리 버스정류장 근방이지요. 저처럼 지도를 숙지하셨다면 스리 마운틴스가 버스정류장에서 가장 가깝다는 걸 아실 겁니다……."

"이의 있습니다, 재판장님." 톰이 외쳤다. "포스터 씨는 권위를 가지고 말할 수 있을 만큼 그린빌의 지형지물에 익숙지 않습니다."

"그렇지만 지도는 권위가 있습니다. 검사 측이 어떤 주장을 하는지 알 것 같은데 허용하도록 하겠습니다. 진행하십시오."

"포스터 씨, 누군가 한밤중에 버스를 타고 급히 다녀올 곳이 있다면 피드몬트보다 스리 마운틴스가 논리적인 선택일 겁니다. 특히 걸어가야 한다면 더 그렇겠지요. 제가 선생님께 원하는 건 단 하나뿐입니다. 캐서린 클라크가 피드몬트 호텔이 아니라 스리 마운틴스 모텔을 특정해서 요청했다는 사실만 확인해주시면 됩니다."

"말씀드렸다시피 스리 마운틴스 모텔을 요청했습니다."

"이상입니다."

"다시 질문하시겠습니까?" 심스 판사가 물었다.

"네, 재판장님. 포스터 씨, 캐서린 클라크와 함께 일한 지 몇 년 되셨습니까?"

"3년입니다."

"작년 시월 그린빌에 방문하시기 전까지 한 번도 만난 적이 없지만, 그 3년의 세월 동안 서신 교환을 통해 캐서린 클라크를 아주 잘 알게 되었다고 말씀하실 수 있습니까? 그렇다면 어떤 사람이라고 생각하십니까?"

"네, 잘 알게 되었다고 생각합니다. 캐서린 클라크는 수줍고 온화한 성품입니다. 야생 속에 혼자 있기를 좋아합니다. 그린빌로 와달라고 설득하는 데도 상당히 오랜 시간이 걸렸습니다. 확실히 사람들이 북적이는 곳은 피할 것입니다."

"피드몬트처럼 커다란 호텔에서 마주칠 만한 인파 말입니까?"

"그렇습니다."

"그렇다면요, 포스터 씨. 혼자 있는 쪽을 좋아하는 캐서린 클라크가 도심 한가운데 소재하고 인파가 북적이는 대형 호텔보다 작고 외딴 모텔을 선택하는 게 놀라운 일은 아니겠군요? 이 선택이 그녀의 성품에 부합한다고 보십니까?"

"예, 그렇습니다."

"그렇다면 대중교통에 익숙하지 않고 버스정류장에서 호텔까지 여행가방을 들고 걸어갔다 다시 돌아와야 한다는 걸 잘 아는 캐서린 클라크가 정류장에서 가장 가까운 호텔이나 모텔을 선택하는 게 전혀 이상하지 않겠군요?"

"그렇습니다."

"감사합니다. 이상입니다."

로버트 포스터는 증인석에서 내려와 테이트, 스커퍼, 조디, 점핑, 메이블과 함께 카야 뒤에 앉았다.

그날 오후 톰은 다음 증인으로 보안관을 다시 불렀다.

카야는 톰의 증인 명단을 보고 부를 사람이 많이 남지 않았다는 걸 알았고 그 생각을 하자 속이 메슥거렸다. 그다음에 최종변론을 하고 나면 평결이다. 증인들이 끝없이 나와 호의적인 진술을 해준다면 사면이라는 희망을 품을 수도 있다. 아니 적어도 평결을 하루라도 미룰 수 있었다. 재판 절차가 끝없이 늘어진다면 선고도 영원히 내려지지 않으리라. 카야는 재판이 시작될 때부터 그랬듯 흰기러기가 가득한 벌판으로 생각을 돌리려 했지만 눈앞에는 감옥과 창살, 끈적끈적한 시멘트벽밖에 떠오르지 않았다. 가끔 전기의자가 섬광처럼 번쩍거렸다. 가죽끈이 아주 많이 달린 의자.

갑자기 숨이 쉬어지지 않고, 더 이상 그 자리에 앉아 있을 수 없다는 느낌이 들었다. 머리가 너무 무거워서 고개를 들고 있을 수가 없었다. 카야의 몸이 축 늘어지자 보안관을 바라보던 톰이 눈을 돌렸고, 그때 카야가 두 손에 얼굴을 푹 파묻었다. 톰이 다급하게 카야에게 달려갔다.

"재판장님, 잠시 휴정을 요청합니다. 캐서린 클라크는 휴식이 필요합니다."

"허락합니다. 해산하고 15분 휴정합니다."

톰이 카야를 부축해 일으키더니 옆문으로 나가 작은 회의실로 데리고 들어갔다. 카야는 의자에 풀썩 주저앉았다. 톰이 카야 옆에 나란히 앉아 말했다. "왜 그래요, 카야? 무슨 일이에요?"

카야는 손에 얼굴을 묻었다. "어떻게 그런 질문을 할 수가 있으세요?

보면 아시잖아요? 사람이 어떻게 이런 일을 참고 살 수가 있어요? 메스껍고 피곤해서 거기 앉아 있을 수가 없어요. 꼭 그래야 하나요? 저 없이 재판하면 안 되나요?" 카야가 지금 할 수 있는 건, 그저 바라는 건, 감방으로 돌아가 선데이 저스티스를 꼭 껴안고 눕는 것뿐이었다.

"유감이지만 그럴 수는 없습니다. 법정최고형이 걸려 있는 이런 사건에는 피고인이 반드시 배석해야 합니다."

"제가 못 한다면 어떻게 되나요? 제가 거부하면 어떻게 하나요? 기껏해야 감방에 처넣기밖에 더하겠어요?"

"카야, 법이 그래요. 피고인이 배석해야 합니다. 그리고 어쨌든 그쪽이 더 유리합니다. 배심원들은 부재한 피고인에게 선고 내리는 걸 더 쉽게 생각하거든요. 하지만 카야, 이제 끝이 머지 않았어요."

"그렇다고 제 기분이 나아지진 않아요. 모르시겠어요? 다음에 더 나쁜 일이 닥칠 텐데요."

"그건 모르는 일이에요. 잊지 말아요. 이번에 우리 생각대로 되지 않더라도 항소할 수 있습니다."

카야는 대답하지 않았다. 항소할 생각을 하자 메스꺼움이 더 심해졌다. 억지로 이 법정 저 법정 끌려다니고, 습지에서 점점 더 멀어질 것이다. 십중팔구 대도시겠지. 갈매기가 없는 하늘. 톰이 회의실을 나갔다가 달콤한 아이스티와 땅콩을 들고 돌아왔다. 카야는 차에 입을 조금 대다 말았고 땅콩은 사양했다. 몇 분 후 법정 경위가 와서 문을 두드리더니 다시 법정으로 안내했다. 카야의 정신은 현실과 비현실을 오갔고 증언은 조각조각 조각난 채 흘려들었다.

"잭슨 보안관님" 하고 톰이 말했다. "검사 측에서는 캐서린 클라크가 몰래 밤늦게 모텔에서 빠져나와 스리 마운틴스 모텔에서 버스정류장까지 걸어갔다고 주장하고 있습니다. 적어도 20분 이상 걸리는 여정입니다. 그리고 11시 50분 야간 버스를 타고 그린빌에서 바클리코브를 갔다고 주장하고 있지만, 버스는 그날 늦게 도착했으니 아무리 일러도 새벽 1시 40분이 되어서야 바클리에 도착했을 겁니다. 검사 측 주장에 따르면 캐서린 클라크는 바클리 버스정류장에서 걸어서 마을 부두로 갔고, 여기까지 3분에서 4분 정도 걸립니다. 보트를 타고 소방망루 인근으로 가서, 적어도 20분 걸리는 거리고요. 망루까지 걸어갔습니다. 또 8분이 걸립니다. 칠흑 같은 어둠 속에서 망루로 올라가 쇠살문을 열고, 또 몇 초 걸리겠지요, 체이스를 기다렸다가, 시간 추정은 불가능합니다. 다시 이 모든 과정을 거꾸로 반복합니다.

이런 행동은 최소한 한 시간 이상 걸렸을 테고, 그나마 체이스를 기다렸다는 추정 시간을 뺐을 때 가능합니다. 그린빌로 돌아오는 버스를 탔어야 하는데, 이 버스는 도착 시각 이후 50분 만에 출발했습니다. 그러므로 단순한 사실만 말씀드리자면, 혐의를 받고 있는 범죄를 저지를 시간이 없었다는 겁니다. 그렇지 않습니까, 보안관님?"

"시간이 촉박했을 겁니다. 그건 사실입니다. 그러나 보트에서 망루까지 갔다가 돌아오는 길은 뛰었을 수도 있습니다. 이것저것 하면 1분 정도의 시간은 벌었을 겁니다."

"이것저것 1분 정도로는 안 됩니다. 여유 시간이 20분은 있어야 합니다. 최소한으로 잡아서요. 20분을 어떻게 벌었을까요?"

"글쎄요, 아예 보트로 가지 않았을지도 모르죠. 메인스트리트의 버스정류장에서 걷거나 뛰어서 흙길을 타고 망루로 갔을 수도 있습니다. 바닷길로 가는 것보다 훨씬 빨랐을 겁니다." 검사 측에 배석한 에릭 채스테인이 보안관을 무섭게 노려보았다. 카야가 범죄를 저지르고 버스로 돌아갈 시간이 충분했다고 배심원을 이미 설득해둔 터였기 때문이다. 장황하게 설득할 필요도 없었다. 게다가 보트를 타고 망루로 가는 캐서린 클라크를 보았다고 증언한 새우잡이 선원도 있었다.

"캐서린 클라크가 육지로 해서 망루까지 갔다는 증거가 하나라도 있습니까, 보안관님?"

"없습니다. 하지만 뭍으로 갔다는 건 그럴싸한 이론이에요."

"이론이라고요!" 톰이 배심원 쪽으로 고개를 돌렸다. "이론을 들먹이는 건 캐서린 클라크를 체포하기 전에 끝냈어야 합니다. 두 달이나 감방에 가둬두기 전에 했어야지요. 사실을 말하자면, 당신은 그녀가 육로로 갔다는 사실은 입증할 수 없고, 해상으로 갔다고 하면 시간이 부족합니다. 더 이상 질문 없습니다."

에릭이 교차 심문하기 위해 보안관을 마주 보았다. "보안관님, 바클리 코브 근방의 조수가 강력한 조류, 이안류, 혹은 저류가 생겨 보트의 속도에 영향을 미치는 일이 있다고 하던데요?"

"네, 사실입니다. 여기 사는 사람이면 다 압니다."

"그런 물살을 이용할 줄 아는 사람이라면 보트를 타고 항구에서 망루까지 아주 신속하게 이동할 수 있겠군요. 이런 경우라면 왕복 20분 정도는 시간을 줄일 수 있습니다. 그렇지 않습니까?" 에릭은 또 다른 이론을 제시해야 한다는 게 짜증스러웠지만, 지금은 배심원들의 생각을 휘어잡고 끌어올 그럴싸한 개념만 있으면 됐다.

"네, 맞습니다."

"감사합니다." 에릭이 증인석에서 돌아서자 톰이 재차 질문하기 위해 일어섰다.

"보안관님, 네, 아니요로만 대답해주십시오. 조류, 이안류, 강력한 바람이 10월 29일에서 30일 사이에 발생해서 바클리코브 항만에서 소방망루까지 보트로 달려갈 시간을 줄였다는 증거가 있습니까? 아니면 캐서린 클라크가 육로를 통해 소방망루에 갔다는 증거가 있습니까?"

"아니요, 하지만 확신하는데……."

"보안관님, 보안관님의 확신은 아무 상관이 없습니다. 1969년 10월 29일 강력한 이안류가 발생했다는 증거가 있습니까, 없습니까?"

"없습니다."

1970년

다음 날 아침, 톰에게는 단 한 사람의 증인밖에 남지 않았다. 마지막 패였다. 그는 바클리코브에서 38년간 자기가 소유한 배로 새우잡이 어업에 종사한 팀 오닐을 소환했다. 예순다섯 살이 다 되어가는 팀은 키가 크고 몸이 다부졌고 숱 많은 갈색 머리에 새치는 몇 가닥밖에 보이지 않지만 풍성한 턱수염은 거의 하얗게 세어 있었다. 팀 오닐은 조용하고 진중하며 정직하고 예의 바른 성품에 언제나 숙녀들을 위해 문을 잡아주는 신사로 알려져 있었다. 최후의 증인으로 완벽했다.

"팀, 작년 10월 29일에서 30일로 넘어가던 밤 새벽 1시 45분에서 2시경, 배를 타고 새우를 잡고 있었습니다. 맞습니까?"

"맞습니다."

"같은 배의 선원 두 명, 여기서 증언한 핼 밀러와 진술서에 서명한 앨런 헌트는 모두 캐서린 클라크가 상기한 시각에 자신의 배를 타고 항만을 지나 북쪽으로 달려가는 모습을 보았다고 주장했습니다. 두 사람의 진술을 알고 있습니까?"

"네."

"그 시각과 장소에 헬 밀러와 앨런 헌트 두 명이 보았다는 그 보트를 직접 보셨습니까?"

"네, 봤습니다."

"모터에 시동을 걸고 북쪽으로 달려가던 사람이 캐서린 클라크라는 두 사람의 진술에 동의하십니까?"

"아니요. 동의하지 않습니다."

"어째서 그렇습니까?"

"어두웠습니다. 달도 없었고요. 그리고 그 보트는 너무 멀리 있어서 도저히 사람을 알아볼 수 있는 상황이 아니었습니다. 이 동네 사람들은 전부 그런 류의 보트를 갖고 있고, 저도 캐서린 클라크의 보트는 워낙 여러 번 봐서 한눈에 알아볼 수 있습니다. 그렇지만 그날 밤은 너무 어두워서 보트도, 타고 있는 사람도 알아볼 수가 없었어요."

"감사합니다, 팀. 더 이상 질문 없습니다."

에릭이 증인석 가까이 걸어갔다. "팀, 그 보트를 알아보거나 거기 탄 사람의 신원을 정확히 파악하지는 못했다 하더라도, 체이스 앤드루스가 사망하던 당일 비슷한 시각에 캐서린 클라크의 보트와 유사한 크기와 형태의 선박이 바클리코브 소방망루 쪽으로 향하고 있었다는 사실에는 이견이 없으신 겁니까?"

"그렇습니다. 형태와 크기는 캐서린 클라크의 배와 비슷했습니다."

"정말 감사합니다."

질의할 기회가 다시 돌아오자 톰이 일어나 변호인석에 그대로 서서 질문했다. "팀, 한 번 더 확인하기 위해 여쭙습니다. 배에 탄 캐서린 클라크를 여러 번 봤지만 그날 밤에는 그 보트나 자기 배를 탄 캐서린 클라크라고 알 만한 단서를 전혀 보지 못하셨군요?"

"정확합니다."

"그렇다면 이 지역에 캐서린 클라크의 배와 크기와 형태가 같은 선박들이 아주 많이 활동하고 있나요?"

"아, 그럼요. 그 배는 이 지역에서 아주 흔합니다. 여기서 활동하는 배 중에 똑같은 선박이 아주 많이 있어요."

"그러니까 그날 밤 보트를 타고 간 사람은 비슷한 배를 가진 수많은 사람 중 누구라도 될 수 있다는 말씀이군요?"

"바로 그겁니다."

"감사합니다. 재판장님, 변호인 심문은 이상입니다."

심스 판사가 말했다. "20분 휴정하겠습니다. 법정은 해산합니다."

에릭은 최종 연설을 위해 금빛과 버건디 스트라이프의 와이드 타이를 매고 나왔다. 검사가 배심원들 쪽으로 걸어가 난간을 잡고 서서 의미심장하게 한 사람 한 사람과 눈을 맞추자 방청석은 조용한 기대감이 차올랐다.

"배심원석의 신사 숙녀 여러분, 여러분은 이 자랑스럽고 독특한 마을이 이룬 지역사회의 일원입니다. 작년에 우리는 우리 모두의 아들을 잃었습니다. 여러분이 사는 동네의 빛나는 스타, 아름다운 아내와 오래오래 행복한 삶을 꿈꾸던 젊은 청년……."

카야는 자신이 체이스를 살해한 경위가 자세히 반복되는 동안 제대로 듣지 않았다. 팔꿈치를 테이블에 놓고 머리를 양손에 묻은 채로 가끔 앞뒤가 잘린 조각난 말들만 흘려들었을 뿐이다.

"……이 지역사회에서 다들 알고 있는 두 사람이 캐서린 클라크와 체이스가 숲속에서 함께 있는 모습을 보았습니다…… '죽여버릴 거야!'라는 말을 들었다고…… 빨간 모자의 섬유가 청재킷에 묻어 있었고……. 그 목걸이를 없애고자 할 사람이 또 누가…… 여러분도 조류와 바람으로 보트의 속도가 극적으로 높아질 수 있다는 사실을 잘…….

캐서린 클라크의 라이프스타일로 보아 그녀가 야간 보트 조종이나 어둠 속에서 망루를 오르는 일에 능하리라는 걸 알 수 있습니다. 시계태엽 장치처럼 완벽하게 맞아떨어지는 이야기입니다. 그날 밤 캐서린 클라크의 모든 행적은 명백합니다. 여러분은 피고인이 일급살인의 죄가 있다고 판단하실 수 있고, 또 그래야만 합니다. 성실하게 의무를 이행해주시는 여러분께 감사드립니다."

심스 판사가 고개를 끄덕이자 톰이 일어나 배심원석으로 다가갔다.

"배심원석에 앉아 계신 신사 숙녀 여러분, 저는 바클리코브에서 성장했고 지금보다 젊었을 때 마시 걸에 대한 황당무계한 이야기들을 많이 들었습니다. 그래요, 이 문제를 터놓고 이야기해보도록 합시다. 우리는 그녀를 마시 걸이라고 불렀습니다. 아직도 그렇게 부르는 사람들이 많지요. 어떤 이들은 마시 걸은 반인 반늑대라고 속삭였고, 유인원과 인간 사이의 잃어버린 사슬이라고 말하기도 했습니다. 어둠 속에서 그녀가 안광을 발한다는 얘기도 들었습니다. 하지만 사실 그녀는 그저 버림받은 아이였습니다. 유기되어 혼자 늪에서 배고픔과 추위와 싸우며 살아남은 어린 소녀를, 우리는 돕지 않았습니다. 그녀의 하나뿐인 친구 점핑을 제외하면 우리 교회는 물론 지역사회 어떤 집단도 그녀에게 음식이나 옷가지를 제공하지 않았습니다. 대신 우리는 그녀에게 늪지 쓰레기라는 딱지를 붙이고 거부했습니다. 우리와 다르다고 생각했기 때문입니다. 하지만 신사 숙녀 여러분, 우리와 다르기 때문에 캐서린 클라크를 소외시켰던 건가요, 아니면 우리가 소외시켰기 때문에 그녀가 우리와 달라진 건가요? 우리가 일원으로 받아주었다면, 지금 그녀는 우리 중 한 사람이 되었을 겁니다. 그녀를 먹이고 입히고 사랑해주었다면, 우리 교회와 집에 초대했다면, 그녀를 향한 편견도 없었을 겁니다. 그리고 오늘날 범인으로 기소되어 이 자리에 있지도 않았을 겁니다.

우리는 이 수줍은 외톨이 처녀를 재판해야 하는 책임을 짊어지고 있습니다. 하지만 여러분은 이 사건에서, 이 법정에서 제시된 사실을 근거로 판단해야만 합니다. 루머나 지난 24년간 쌓인 감정으로 판단해서는 안 됩니다. 그렇다면 참되고 견고한 사실이 무엇이냐고요?"

검사 때와 마찬가지로 카야의 귀에는 단편적인 구절들만 들려왔다.

"……검사 측에서는 이 사건이 단순한 비극적 사고가 아니라 살인사건이라는 사실조차 입증하지 못했습니다. 살인에 쓰인 흉기도 없고 누군가 밀쳐서 생긴 상처도 없으며 증인도 없고 지문도 없습니다…….

확실히 입증된 중요한 사실이 있다면 캐서린 클라크는 견실한 알리바이가 있다는 것입니다. 우리는 체이스가 사망한 당일 그녀가 그린빌에 있었다는 걸 알고 있습니다…… 남자 옷을 입고 바클리로 갔다는 증거도 없습니다…… 사실을 적시하자면 검사 측은 그날 밤 캐서린 클라크가 바클리코브에 있었다는 사실 자체를 입증하지 못했으며, 망루에 갔다는 사실 역시 입증하지 못했습니다. 다시 한번 말씀드립니다. 캐서린 클라크가 소방망루에, 바클리코브에 있었거나 체이스 앤드루스를 죽였다는 증거는 단 한 가지도 없습니다.

……그리고 30년 동안 자기 소유의 새우잡이 어선을 운영한 팀 오닐은 그 배의 정체를 파악하기에는 사위가 너무 어두웠다고 증언했습니다.

……재킷의 섬유는 4년 전에 묻었을 수도 있습니다…… 이것은 반박 불가한 진실입니다…….

검사 측 증인 중에 자신이 목격한 광경을 확신을 가지고 말할 수 있는 사람은 한 사람도, 단 한 사람도 없었습니다. 그러나 피고인 측의 모든 증인은 백 퍼센트 확신하고 있습니다……."

톰은 잠시 배심원석 앞에 가만히 서 있었다. "저는 여러분 대다수를 아주 잘 압니다. 그리고 여러분이 캐서린 클라크에 대한 과거의 편견을 잠시 내려놓을 수 있을 것이라고 믿습니다. 다른 학생들의 괴롭힘 때문에 평생 단 하루밖에 학교에 다니지 않았지만 캐서린 클라크는 독학으로 유명한 자연과학자이자 작가가 되었습니다. 우리는 그녀를 습지 소녀라고 불렀습니다. 이제 과학연구소들은 습지 전문가라고 인정합니다.

여러분이 뜬소문과 황당한 이야기들을 모두 내려놓으실 수 있으리라고 믿습니다. 여러분이 지난 수년간 들어온 거짓된 풍문이 아니라 이 법정에서 들은 사실에 근거해 평결을 내리실 거라 믿습니다.

마침내 우리가 마시 걸을 공정하게 대우할 때가 온 것입니다."

1970년

톰은 작은 회의실의 짝이 맞지 않는 의자들을 손짓으로 가리키며 테이트, 조디, 스커퍼, 로버트 포스터에게 앉으라고 권했다. 그들은 커피 머그잔의 동그란 얼룩이 찍힌 사각형 테이블을 가운데 두고 둘러앉았다. 벽에 바른 두 가지 색의 석고는 벗겨져 떨어져나갔다. 벽 상부는 라임그린색이고 하부는 다크그린이었다. 퀴퀴하고 습한 냄새가 – 습지뿐 아니라 벽에서 나는 악취가 – 스며들었다.

"여기서 기다리시면 됩니다." 톰이 문을 닫고 들어와서 말했다. "복도를 따라가면 배석 판사실 맞은편에 커피머신이 있는데 세눈박이 노새라도 못 먹을 맛이에요. 다이너의 커피는 그럭저럭 괜찮고. 봅시다, 지금이 11시 좀 넘었으니까. 점심 계획은 좀 있다가 짜도 되겠군요."

테이트는 창가로 걸어갔다. 창문에는 하얀 쇠살로 촘촘한 망이 짜여 있었다. 평결을 기다리던 다른 사람들이 탈출이라도 시도했던 것처럼.

테이트는 톰에게 물었다. "카야는 어디로 데려간 겁니까? 감방으로요? 거기서 혼자 기다려야 하는 거예요?"

"그래요, 감방에 있습니다. 이제 제가 만나러 갈 거예요."

"배심원들이 평결을 내리는 데 얼마나 걸릴까요?" 로버트가 물었다.

"꼭 짚어 말하기는 불가능해요. 금세 나올 거라고 생각했는데 며칠씩 걸리기도 하고, 그 반대도 마찬가지죠. 대부분은 아마 결정을 내렸을 텐데, 카야한테 유리한 쪽은 아닐 겁니다. 배심원들 몇 명이 의심을 품고 유죄가 확정적으로 입증된 게 아니라고 다른 사람들을 설득하면 우리한테도 승산이 있죠."

다들 말없이 고개를 끄덕였다. '확정적'이라는 말의 무게가 그들을 짓눌렀다. 유죄는 입증되었지만 절대적인 확신은 없다는 뜻이라서.

"그럼, 저는 카야를 만나러 갔다가 일을 하러 갈 겁니다. 항소신청서를 작성하고 심지어 편견에 의한 재판 무죄 신청도 준비해야 할 것 같거든요. 여러분이 마음에 새겨야 할 것은 혹시 유죄 판결이 나더라도 막다른 골목에 다다른 건 아니라는 겁니다. 절대 끝이 아닙니다. 새로운 소식이 있으면 제가 가끔 들러서 여러분께 꼭 전해드리겠습니다."

"감사합니다." 테이트가 인사를 하고 곧 덧붙여 말했다. "우리가 여기서 기다린다고 카야한테 꼭 말해주세요. 그리고 원한다면 함께 있어줄 거라고." 카야는 두 달 동안 사람을 거의 만나지 않았고, 지난 며칠 동안은 톰을 제외한 누구의 면회도 사절했지만, 그래도 이 말은 해야 했다.

"그럼요. 꼭 전할게요." 톰이 떠났다.

점핑과 메이블은 다른 흑인 몇 사람과 함께 바깥에 있는 팔메토 야자나무와 억새밭에서 평결을 기다려야 했다. 그들이 땅바닥에 원색의 퀼트를 깔고 종이봉투에 넣어온 비스킷과 소시지를 차리려는 순간 소나기가 쏟아져 정신없이 짐을 챙겨서 싱 오일 주유소로 비를 피하러 가야 했다. 조니 레인은 그들에게 밖에 나가서 기다리라고 – 이미 그들이 백 년 넘는 세월을 통해 잘 아는 사실인데도 – 손님들한테 방해가 된다고 호통쳤다. 어떤 백인들은 다이너나 도그곤 비어홀에서 북적거리며 커피를 마셨고, 또 다른 백인들은 환한 우산을 펴고 길거리에 삼삼오오 모여 서 있었다. 갑자기 고인 물웅덩이에서 아이들은 물장난을 치며 크래커 잭을 먹었고, 퍼레이드를 기대하며 들떴다.

혼자서 보낸 수백만 분의 시간으로 수련한 카야는 자기가 외로움을 안다고 생각했다. 낡은 부엌 식탁을, 텅 빈 침실 안을, 끝없이 망망하게 펼쳐진 바다와 수풀을 바라보며 보낸 한평생. 새로 발견한 깃털이나 완성한 수채화의 기쁨을 함께 나눌 이 하나 없는 삶. 갈매기들에게 시를 읊어주던 나날.

그러나 제이컵이 철컹, 감방의 빗장을 걸고 복도를 걸어가 최후의 쿵, 소리와 함께 묵직한 문을 잠그고 나자 싸늘한 정적이 내려앉았다. 자신의 살인사건 재판 평결을 기다리고 있자니 전혀 다른 수위의 고독이 밀려왔다. 살고 죽는 문제는 의식 표면에 떠오르지도 못하고 습지 없이 혼자 오랜 세월을 보내야 할지도 모른다는 두려움에 깊이 가라앉았다. 별도 없는 장소에 바다도, 갈매기도 없이.

복도 끝의 짜증 나는 감방 동기들은 이미 석방되었다. 쉬지 않고 이어지던 수다가 그리울 지경이었다. 아무리 저열해도 인간의 존재를 느낄 수 있었으니까. 이제 그녀는 자물쇠와 빗장으로 점철된 이 기나긴 시멘트 터널에 혼자 남게 되었다.

그녀에게 쏟아지는 반감과 편견이 얼마나 큰지 카야는 잘 알고 있었다. 평결이 빨리 나온다는 건 별로 깊이 숙고하지 않았다는 뜻이고, 곧 유죄를 의미했다. 파상풍 생각이 났다. 온몸이 뒤틀려 고통에 시달리는 저주받은 자의 삶.

카야는 창가로 궤짝을 옮기고 습지에서 맹금들을 찾아볼까 생각했지만 그 대신 그냥 가만히 앉아 있었다. 침묵 속에.

두 시간 후, 오후 1시에 톰이 테이트, 조디, 스커퍼, 로버트 포스터가 기다리는 방의 문을 열었다. "어, 뉴스가 있습니다."

"뭔데요?" 테이트가 홱 고개를 치켜들었다. "벌써 평결이 내려진 건 아니죠?"

"아니, 아니, 평결은 아니고. 하지만 좋은 소식 같아요. 배심원들이 버스 운전기사들이 한 증언의 법정기록을 요구했다고 합니다. 이 말은, 적어도 꼼꼼하게 사건 내역을 살펴보고 있다는 뜻이에요. 그냥 평결로 건너뛰는 게 아니고요. 버스 운전기사들이 물론 핵심적인 열쇠입니다. 두 사람 다 카야가 자기 버스에 타고 있지 않았다는 건 확신했지만 변장에 대해서는 자신이 없다고 했어요. 가끔은 흑백으로 인쇄된 증언을 읽으면 배심원들이 좀 더 확실하게 인지하게 되니까요. 두고 봐야 알겠지만 일말의 희망을 가져도 될 것 같습니다."

"일말이라도 희망은 좋죠." 조디가 말했다.

"저, 점심시간이 지났습니다. 다들 다이너로 가시는 게 어떨까요? 무슨 일이든 생기면 꼭 말씀드리지요."

"저는 됐습니다." 테이트가 말했다. "거기 가면 다들 카야가 유죄라고 떠들어대고 있을 테니까요."

"알겠습니다. 제가 직원을 보내서 버거를 좀 사오라고 하지요. 그러면 되겠습니까?"

"좋습니다. 감사합니다." 스커퍼가 지갑에서 지폐 몇 장을 꺼내며 말했다.

2시 15분에 톰이 돌아와서 배심원들이 검시관의 증언을 요청했다는 소식을 전해주었다. "이게 유리한지 아닌지는 모르겠어요."

"빌어먹을!" 테이트가 욕설을 내뱉었다. "대체 이게 사람한테 할 짓입니까?"

"마음 편하게 먹어요. 며칠 걸릴 수도 있습니다. 계속 소식은 전해드리겠습니다."

웃음기 하나 없이 정색한 얼굴로 톰이 4시 정각에 다시 문을 열었다. "자, 신사 여러분, 배심원들이 평결을 내렸습니다. 판사가 모두 법정에 돌아와 배석하라고 명령을 내렸고요."

테이트가 일어섰다. "무슨 뜻입니까? 이렇게 빨리 평결이라니."

"자, 테이트." 조디가 그의 팔을 잡았다. "일단 가자고."

복도로 나가자 마을 사람들이 물밀 듯 밀려들어와 어깨를 마구 밀치며 지나갔다. 자리가 없어 복도나 계단에 구겨 앉는 사람들도 많았다. 4시 30분에 법정 경위가 카야를 피고인석으로 끌고 왔다. 처음으로 카야의 팔꿈치를 잡고 부축해야 했는데, 그러지 않으면 당장이라도 쓰러질 것 같았기 때문이다. 카야의 눈길은 바닥을 떠나지 않았다. 테이트는 카야 얼굴의 씰룩이는 작은 움직임 하나도 놓치지 않았다. 숨이 막혀 어지러울 지경이었다.

기록원 헨리에타 존스가 들어와 자기 자리에 앉았다. 그리고 장례식의 성가대처럼 우울하고 엄숙한 표정의 배심원들이 좌석을 하나씩 채웠다.

컬페퍼 부인이 카야를 흘끗 쳐다보았다. 다른 배심원들은 똑바로 앞만 쳐다보았다. 톰은 그들의 표정을 읽으려 애썼다. 방청석에서는 기침 소리나 바스락거리는 인기척 하나 들려오지 않았다.

"모두 일어서십시오."

심스 판사의 문이 열리고, 그가 들어와 판사석에 앉았다. "착석하십시오. 배심장님, 배심원이 평결을 내렸다는 게 사실입니까?"

버스터 브라운 신발가게를 소유한 과묵한 사내 톰린슨이 첫 줄에서 일어섰다. "그렇습니다, 재판장님."

심스 판사가 카야를 바라보았다. "평결 낭독을 위해 피고인은 자리에서 일어서주십시오." 톰이 카야의 팔을 살짝 건드리고 부축해서 일으켜 세웠다. 테이트는 최대한 카야 가까이 몸을 기울인 채 난간을 꼭 붙잡고 있었다. 점펑이 메이블의 손을 꼭 잡았다.

집단으로 날뛰는 심장 박동, 다 같이 겪는 호흡곤란, 장내의 누구도 이런 경험은 해본 적이 없었다. 황망한 눈길들이 오가고 손에 땀이 쥐어졌다. 새우잡이 선원 헬 밀러의 마음이 꼬이고 조여들었다. 그날 밤 자기가 본 게 정말로 캐서린 클라크의 보트였다고 확신을 가지려면 싸워야 했다. 그가 틀렸다면 어떻게 하나. 대부분의 사람은 카야의 뒤통수가 아니라 바닥을, 벽을 뚫어져라 노려보았다. 평결을 기다리는 장본인은 카야가 아니라 마을 전체 같았고, 이 갈림길에서 추잡한 즐거움을 기대하는 사람은 거의 없었다.

배심장인 톰린슨이 작은 종이쪽지 한 장을 법정 경위에게 넘기자 경위가 판사에게 전달했다. 판사는 쪽지를 펼쳐 무표정한 얼굴로 읽었다. 법정 경위는 심스 판사에게서 쪽지를 다시 받아 기록원 헨리에타 존스에게 전달했다.

"누구든 빨리 우리한테 좀 읽어주라고." 테이트가 짓씹으며 말했다.

헨리에타 존스가 일어나 카야를 바라보고 종이쪽지를 펼치더니 읽었다. "우리 배심원들은 체이스 앤드루스의 일급살인 혐의로 기소된 캐서린 대니엘 클라크가 무죄라는 평결을 내립니다." 카야는 무릎에 힘이 풀려 풀썩 주저앉았다. 톰도 자리에 앉았다.

테이트는 눈만 끔벅거렸다. 조디는 참았던 숨을 들이쉬었다. 메이블은 흐느껴 울었다. 방청석은 미동도 없이 앉아 있었다. 분명히 오해가 있었던 거다. "무죄라고 한 거야?" 속삭임이 물결처럼 퍼지더니 언성이 높아져 성난 질문들로 바뀌었다. 조니 레인이 버럭 소리를 질렀다. "말도 안 돼."

판사가 의사봉을 탕탕 내리쳤다. "정숙하십시오! 캐서린 클라크, 배심원들은 무죄 평결을 내렸습니다. 이제 자유의 몸이 되었으니 가도 좋습니다. 그리고 두 달의 구금 기간에 대해서는 국가를 대신해 사죄드립니다. 배심원 여러분, 여러분의 시간과 지역사회를 위한 봉사와 노력에 감사를 표합니다. 해산합니다."

몇몇 사람들이 체이스의 부모를 중심으로 무리 지어 섰다. 패티 러브는 울었다. 세라 싱글터리는 다른 모든 사람처럼 험악하게 인상을 쓰고 있었지만 마음 깊이 안도감을 느꼈다. 팬지 프라이스는 아무도 자기 턱에 들어간 힘이 빠지는 걸 보지 못했기를 바랐다. 외로운 눈물 한 방울이 컬페퍼 부인의 뺨을 타고 흘렀고, 또다시 잡히지 않고 도망친 늪지의 어린 무단결석 학생을 위한 유령 같은 미소가 흐릿하게 떠올랐다.

멜빵바지 작업복 차림의 사내들이 뒷문 근처에 서 있었다. "배심원 놈들 제대로 해명을 해야 해."

"에릭이 재판 무효를 신청할 수는 없는 건가? 처음부터 다시 하게?"

"안 돼. 기억 안 나? 살인죄로 두 번 재판은 안 되는 거야. 그년은 자유야. 아주 보란 듯이 쏙 빠져나갔다고."

"그놈의 보안관이 에릭 일을 다 망쳐놓은 거야. 앞뒤가 맞는 소리를 지껄여야지, 아주 생각나는 대로 말을 막 만들어내고 말이야. 이론이 이러쿵, 이론이 저러쿵."

"서부영화 주인공이나 되는 것처럼 빼기고 다니더니."

그러나 불만에 찬 이 작은 패거리는 재빨리 해산했다. 할 일이 밀렸다는 둥, 비가 내려서 훨씬 시원하다는 둥, 문밖으로 하나둘씩 빠져나갔다.

조디와 테이트는 다급히 나무문을 밀어젖히고 피고석으로 달려갔다. 점핑, 메이블과 로버트도 뒤를 따라가 카야를 에워쌌다. 꼼짝도 하지 않고 앉아 있는 그녀에게 아무도 손을 대지 못하고 최대한 바짝 다가붙어 설 뿐이었다.

조디가 말했다. "카야, 이제 집에 갈 수 있어. 내가 차로 데려다줄까?"

"응, 그래, 오빠."

카야가 일어나 보스턴에서 이 먼 데까지 와주셔서 감사하다고 로버트에게 인사했다. 로버트는 미소를 지었다. "이런 말도 안 되는 일은 깡그리 잊어버리고 멋진 작업이나 계속하세요." 카야는 점핑의 손을 살짝 짚었고, 메이블은 푹신한 가슴으로 그녀를 꼭 안아주었다. 그리고 카야는 테이트를 바라보았다. "그간 나한테 갖다준 물건들 고마웠어." 그리고 톰을 본 카야는 말을 잊었다. 톰은 그저 팔로 카야를 감싸안았을 뿐이다. 다음에 카야는 스커퍼를 보았다. 소개받은 적도 없건만 카야는 눈빛만 봐도 스커퍼가 누구인지 알 수 있었다. 부드럽게 고개를 숙이며 감사를 표하자, 놀랍게도 스커퍼는 카야의 어깨에 손을 얹고 부드럽게 힘주어 잡았다.

그리고 카야는 조디와 함께 법정 경위를 따라 법원 후문으로 걸어나갔다. 창턱을 지나면서 카야는 손을 뻗어 선데이 저스티스의 꼬리를 쓰다듬었다. 선데이 저스티스는 카야를 모르는 체했고, 카야는 작별인사 따위 전혀 필요 없다는 듯 도도한 고양이의 완벽한 태도에 감탄했다.

문이 열리자 얼굴에 바다의 숨결이 훅 끼쳐왔다.

1970년

트럭이 덜컹거리며 인도를 지나 습지의 흙길로 들어서자 조디는 카야에게 부드럽게 말을 걸었다. "괜찮을 거야, 시간이 좀 걸리겠지만 그뿐이야." 카야는 휙휙 지나치는 부들과 백로, 소나무와 연못을 훑어보았다. 목을 쭉 빼고 물장구치는 비버 두 마리를 바라보았다. 1만 킬로미터를 날아 고향 해변으로 돌아온 제비갈매기처럼 카야의 마음은 집을 향한 그리움과 기대감에 설레서 어쩔 줄 몰랐다. 조디가 중얼거리는 소리는 잘 들리지도 않았다. 오빠가 좀 조용히 하고 자기 내면의 황야에 귀를 좀 기울였으면 좋겠다고 생각했다. 그러면 오빠한테도 보일 텐데.

　구불구불한 오솔길의 마지막 길모퉁이를 조디가 돌아서고, 참나무 그늘 아래 그녀를 기다리고 있던 판잣집이 시야에 들어오는 순간 카야는 숨이 멎는 듯했다. 녹슨 지붕 위로 스패니시 모스가 산들바람에 살랑거리고 호소 그늘에는 왜가리가 한 다리로 균형을 잡고 서 있었다. 조디가 트럭을 세우자마자 카야는 뛰어내려 판잣집으로 달려들어가 침대를, 식탁을, 화덕을 어루만졌다. 카야가 하고 싶을 일이 뭔지 잘 아는 조디는 조리대에 빵 부스러기 한 봉지를 내려놓았고, 카야는 새삼 기운이 솟구치는 듯 빵 봉지를 들고 바닷가로 달려갔다. 해변의 갈매기들이 사방에서 그녀에게 날아오자 눈물이 줄줄 뺨을 타고 흘러내렸다. 빅 레드가 내려앉아 고개를 까닥이며 카야 주위를 힘차게 걸어다녔다.

새들의 광풍에 휩싸인 채 해변에 무릎을 꿇고 앉은 카야는 온몸을 떨었다. "난 사람들한테 아무것도 바라지 않았어. 이제 드디어 나를 좀 내버려둘지도 몰라."

조디가 몇 안 되는 소지품을 집 안에 갖다놓고 낡은 주전자에 차를 끓였다. 그는 식탁에 앉아 기다렸다. 한참 후에야 포치문이 열리는 소리가 나고 카야가 부엌으로 들어왔다. "아, 오빠 아직 있었구나." 당연히 아직 있다는 걸 알면서. 밖에 세워둔 조디의 트럭이 뻔히 보이는데.

"제발 잠깐만 앉아봐, 응?" 조디가 말했다. "얘기를 좀 하고 싶어."

카야는 앉지 않았다. "난 괜찮아, 조디 오빠. 정말이야."

"그러니까 이제 내가 갔으면 좋겠다는 말이니? 카야, 두 달이나 감방에 혼자 있었어. 온 마을이 너를 적으로 돌렸다고 생각하면서. 면회도 다 사절했잖아. 그것까진 다 이해해, 정말이야. 하지만 지금 너를 혼자 두고 가버릴 수는 없어. 며칠만이라도 너와 함께 있을게. 그러면 안 되겠니?"

"나는 두 달이 아니라 한평생을 혼자 살았어! 그리고 온 마을이 나를 적으로 돌렸다고 생각한 게 아니야, 사실을 알았을 뿐이야!"

"카야, 이런 끔찍한 일을 당했다고 사람들한테서 더 멀어지면 안 돼. 사람의 영혼까지 쥐어짜는 시련이었지만 새 출발 할 기회일 수도 있어. 평결은 그들 나름대로 너를 받아들이겠다는 선언일 수도 있다고."

"웬만한 사람들은 살인죄 사면을 받지 않아도 잘만 사회의 일원이 되더라."

"알아. 네가 사람들을 미워하는 것도 당연해. 너한테 뭐라고 하는 게 아니야, 다만……."

"이래서 아무도 나를 모른다고 하는 거야." 카야가 언성을 높였다. "난 한 번도 사람들을 미워하지 않았어. 사람들이 날 미워했어. 사람들이 나를 놀려댔어. 사람들이 나를 떠났어. 사람들이 나를 괴롭혔어. 사람들이 나를 습격했단 말이야. 그래, 그 말은 맞아. 난 사람들 없이 사는 법을 배웠어. 오빠 없이. 엄마 없이! 아무도 없이 사는 법을 배웠다고!"

조디는 카야를 안으려 했지만 그녀가 몸을 홱 빼고 그를 물리쳤다.

"조디 오빠, 내가 지금은 좀 지쳤나봐. 아니, 완전히 진이 빠졌어. 부탁이야, 난 혼자서 이겨내야 해. 재판이랑, 감방이랑, 사형을 당할지도 모른다는 생각이랑…… 나 혼자서 이겨내야 한다고. 내가 알고 살아온 건 그뿐이란 말이야. 위로받는 법도 몰라. 이런 대화조차 힘들어서 더는 못하겠어. 나는……." 카야는 말꼬리를 흐렸다.

카야는 대답을 기다리지도 않고 판잣집에서 걸어 나와 참나무 숲으로 들어가버렸다. 쫓아가봤자 허사라는 걸 알기에 조디도 따라가지 않았다. 기다릴 생각이었다. 전날 혹시 사면될 경우를 생각해서 미리 장을 봐둔 게 있었다. 조디는 카야가 제일 좋아하는 치킨 파이를 만들려고 채소를 썰기 시작했다. 그러나 해가 저물자 카야가 제집에 못 들어오게 막고 있다는 게 못 견디게 마음에 걸려 결국 보글보글 끓는 뜨거운 치킨 파이를 화덕에 올려둔 채 문밖으로 나섰다. 카야는 해변을 빙빙 돌다가 조디의 트럭이 진입로로 천천히 나가는 소리를 듣고는 집으로 달려갔다.

황금빛 페이스트리 냄새가 천장까지 가득 차 있었지만 카야는 여전히 배고프지 않았다. 부엌에서 물감을 꺼내 습지 풀에 대한 다음 책을 계획하기 시작했다. 사람들은 풀을 제대로 눈여겨보지 않는다. 깎거나 밟거나 제초제를 뿌려 없앨 생각만 한다. 카야는 녹색보다 검정에 가까운 색으로 캔버스를 가로질러 미친 듯 붓을 놀렸다. 어두운 이미지들이 나타났다. 폭풍의 눈 아래 죽어가는 초원일까. 알아보기 어려웠다.

카야는 머리를 푹 숙이고 흐느껴 울었다. "왜 이제 와서 화가 나는 거야? 왜 지금? 왜 나는 조디 오빠한테 그렇게 못되게 굴었을까?" 힘이 하나도 없는 봉제 인형처럼 카야의 몸이 스르르 마루로 미끄러져 떨어졌다. 공처럼 몸을 꼭 말고, 울음을 그치지 못하면서, 카야는 자기 모습 그대로 받아준 유일한 생물을 꼭 껴안고 싶다는 생각을 했다. 하지만 고양이는 감옥에 있다.

사위가 완전히 캄캄해지기 직전 카야는 갈매기들이 밤 준비를 하며 몸단장을 하고 자리를 잡는 해변으로 다시 갔다. 하얗게 부서지는 파도를 헤치며 물로 들어가는데, 날카로운 조개껍질 조각과 부서진 게 껍데기가 바다로 되쓸려 가다 카야의 발가락을 스쳤다. 허리를 구부려 테이트가 오래전 크리스마스 선물로 준 사전의 P 영역에 끼워두었던 것과 똑같은 펠리컨 깃털을 주웠다. 카야의 입에서 어맨다 해밀턴의 시가 속삭임처럼 흘러나왔다.

    너는 다시 와서
    바다에 떨어져 반짝이는 햇살처럼
    내 눈을 멀게 했어
    내가 자유를 느끼는 순간
    달이 네 얼굴을 창턱에 드리워

너를 잊을 때마다

네 눈이 내 심장에 출몰해 가만히 떨어져

그러니까 안녕

다음에 네가 올 때까지

드디어 내 눈에 네가 보이지 않을 때까지

다음 날 동이 트기 전에 카야는 포치의 잠자리에서 일어나 앉아 습지의 짙은 향을 심장으로 들이마셨다. 희미한 빛이 망에 걸러져 부엌으로 흘러들자 카야는 그리츠와 스크램블드에그를 요리하고 엄마가 구운 것처럼 포슬포슬한 비스킷을 구웠다. 마지막 한 입까지 싹 다 먹어치웠다. 그리고 해가 뜨기가 무섭게 보트로 달려가 호소를 통통 달리며 손가락을 맑고 깊은 물에 담갔다.

물길을 헤치며 거북이와 왜가리들에게 말을 걸고 두 팔을 머리 위로 한껏 치켜들었다. 집이다. "하루 종일 채집을 할 거야. 하고 싶은 대로 맘대로 할 거야." 마음속 더 깊이 파고들면 테이트를 볼 수 있을지도 모른다는 기대가 도사리고 있었다. 근처에서 작업하고 있으면 우연히 마주칠지도 모른다. 판잣집으로 다시 초대해서 조디가 구운 치킨 파이를 나눠 먹어도 좋을 텐데.

1킬로미터도 채 못 되는 거리에서 테이트는 얕은 물을 헤치며 아주 작은 시험관에 표본을 떠 담고 있었다. 한 발 한 발 내디딜 때마다, 한 번 물을 뜰 때마다 부드러운 잔물결이 동그라미를 그리며 퍼졌다. 카야의 집 근처에서 멀지 않은 곳에 있을 생각이었다. 카야가 습지로 보트를 타고 나오면 만날 수 있을 텐데. 못 만나더라도 저녁에 집으로 찾아갈 생각이었다. 정확히 뭐라 할 말을 찾지는 못했지만, 키스로 정신이 확 들게 하면 어떨까 하는 생각이 스치기는 했다.

저 멀리서 성난 엔진 소리가 포효했다. 모터보트보다 훨씬 음색이 높고 시끄러운 소리 때문에 습지의 잔잔한 소리가 다 파묻히고 말았다. 시끄러운 소리가 자기 쪽으로 다가오고 있다고 생각한 순간 처음 보는 신형 에어보트가 불쑥 시야로 질주해 들어왔다. 심지어 수풀도 아랑곳하지 않고 보트가 수면을 가르자 후면에 부채꼴로 물보라가 튀었다. 사이렌 열 개가 한꺼번에 돌아가며 굉음이 울려 퍼졌다.

나무 덤불과 수풀을 으깨며 보트가 습지를 가로질러 강어귀를 질주했다. 학과 왜가리가 새된 비명을 질렀다. 조종석에 서 있던 세 남자가 테이트를 보더니 그를 향해 방향을 틀었다. 다가오는 선상에서 테이트는 잭슨 보안관과 부보안관 그리고 또 다른 남자의 얼굴을 보았다.

번쩍거리는 보트가 접근하며 서서히 속도를 줄이자 후미가 가라앉았다. 보안관이 테이트에게 뭐라고 소리쳤지만 양손을 모아 귀에 대고 몸을 바짝 기울여도 워낙 시끄러워 아무 소리도 들리지 않았다. 그들이 더 가까이 다가오자 보트가 테이트 바로 옆에서 출렁이며 물을 허벅지까지 튀겼다. 보안관이 아래로 허리를 굽히고 고래고래 소리를 질렀다.

근처에 있던 카야 역시 낯선 보트 소리를 들었고, 그쪽으로 가던 길에 배가 테이트 쪽으로 가는 걸 보았다. 카야는 후진해서 빽빽한 수풀에 몸을 숨기고, 테이트가 보안관의 말을 알아듣고, 고개를 푹 숙인 채, 항복의 뜻으로 어깨를 축 늘어뜨리고, 아주 조용히 서 있는 모습을 보았다. 이렇게 먼 거리에서도 테이트의 자세에서 절망을 읽을 수 있었다. 보안관이 또다시 소리치자 테이트가 마침내 손을 올리고 잡아당기는 부보안관의 손길에 순순히 이끌려 보트에 올라탔다. 다른 남자가 폴짝 뛰어내려 테이트의 크루저에 탔다. 고개를 숙이고 눈을 내리깐 채로 테이트는 제복을 입은 두 남자 사이에 서 있었고 보트는 다시 돌아서 습지를 가로질러 바클리코브를 향해 쏜살같이 달려갔다. 그 뒤를 테이트의 보트를 운전하며 다른 남자가 뒤따랐다.

카야는 보트 두 대가 거머리말류 서식지점을 지나 사라질 때까지 눈길을 떼지 않았다. 보안관이 왜 테이트를 데려갔을까? 체이스의 죽음과 관련이 있는 걸까? 테이트를 체포한 걸까?

괴로움에 온몸이 찢기는 느낌이었다. 한평생이 걸려 이제야 스스로 인정했는데. 일곱 살 때부터 날이면 날마다 습지로 이끌리듯 달려나갔던 건 냇물의 모퉁이를 돌면 테이트가 있을지도 모른다는 희망, 갈대 사이로 지켜볼 수 있다는 생각, 테이트를 만날지도 모른다는 기대 때문이었다는 걸 이제야 스스로 인정했는데. 카야는 테이트가 좋아하는 호소와 까다로운 수렁을 가로지르는 길을 알았고, 안전한 거리를 두고 언제나 그의 뒤를 쫓았다. 몰래 맴돌면서, 사랑을 훔치면서, 절대로 사랑은 나누지 않으면서. 강어귀 너머에서 사람을 사랑하면 상처받을 수도 없다. 테이트를 거부했던 그 오랜 시간 내내 카야는 테이트가 습지 어딘가 있었기에, 기다려주었기에 생존할 수 있었다. 하지만 이제 어쩌면 테이트가 더는 그 자리에 있어주지 않을지도 모른다.

카야는 이상하게 보트의 멀어지는 엔진 소리에 한참 귀를 기울였다. 점핑은 모르는 게 없다. 보안관이 왜 테이트를 데려갔는지, 카야가 어떻게 해야 하는지 점핑이라면 가르쳐줄 것이다.

카야는 엔진의 크랭크 줄을 홱 잡아당기고 습지를 빠르게 가로질렀다.

1970년

바클리코브 공동묘지는 시커먼 참나무 터널 밑으로 길게 늘어서 있었다. 스패니시 모스가 긴 커튼처럼 늘어져 오래된 묘석들을 암굴의 성역처럼 감쌌다. 가족의 유골이 여기, 외톨이 묘석이 저기, 아무 순서도 없이 흩어져 있었다. 거친 나무뿌리 손가락이 묘석들을 찢고 뒤틀어 이름 없이 웅크린 형체들로 바꾸어놓았다. 죽음의 표식들은 모두 자연의 힘에 풍화되어 작은 혹과 덩어리로 바뀌었다. 저 멀리서 바다와 하늘이 이 엄숙한 땅과 어울리지 않게 밝은 노래를 불렀다.

어제 묘지는 끝도 없이 줄을 잇는 개미 떼처럼 북적이는 마을 사람들로 들썩거렸다. 모든 어부와 가게 주인들이 스커퍼를 땅에 묻으러 찾아왔다. 사람들이 어색한 침묵을 지키며 모여 서자 테이트는 낯익은 마을 사람들과 생소한 친척들 사이에서 걸었다. 보안관이 습지에 찾아와 아버지가 돌아가셨다는 소식을 전해준 이후, 테이트는 그저 안내에 따라 걷고 행동했다. 등을 살짝 떼밀고 옆구리를 슬쩍 찌르는 손길에 따랐다. 장례는 기억도 나지 않았다. 오늘 묘지를 다시 찾은 건 아버지에게 작별인사를 하기 위해서였다.

지난 몇 달 동안 처음에는 카야 때문에 가슴앓이하느라, 다음에는 교도소로 면회하러 다니느라, 스커퍼와는 거의 시간을 보내지 못했다. 죄책감과 회한이 마음을 할퀴었다. 제 심장의 문제에 빠져 그토록 허우적대지 않았다면 아버지의 심장이 약해졌다는 걸 알아챘을 텐데. 체포되기 직전 카야는 그에게로 돌아올 것 같은 신호를 보냈다. 첫 책을 선물로 주고, 그의 배를 타고, 현미경을 들여다보고, 모자를 던지며 웃어대고. 하지만 재판이 시작되자 그 어느 때보다 더 싸늘하게 멀리 물러서버렸다. '감옥은 사람을 그렇게 만들 수 있지,' 테이트는 생각했다.

갈색 플라스틱 케이스를 들고 풀도 나지 않은 새 무덤을 찾아가는 지금 이 순간에도 아버지보다 카야를 더 많이 생각하고 있다는 자각에 테이트는 자기도 모르게 욕을 뱉었다. 참나무 아래 새로 난 흉터 같은 무덤 앞에 다가서자 저 너머 넓은 바다가 보였다. 아버지의 묘지 바로 옆에 어머니가 누워 있었다. 여동생은 저 끝에 있고. 모두 거친 돌과 모르타르로 쌓아 조개를 박아 넣은 작은 장벽에 둘러싸여 있었다. 테이트가 들어갈 자리도 충분했다. 아버지가 여기 계시다는 게 도무지 실감 나지 않았다. "아버지도 샘 맥기처럼 화장해드릴 걸 그랬나봐요." 테이트는 하마터면 웃음을 머금을 뻔했다. 그리고 망망대해를 바라보며 스커퍼가 어디 있든 보트에 타고 있기를 바랐다. 빨간색 보트에.

그는 배터리로 작동하는 축음기가 든 플라스틱 케이스를 묘지 옆 땅바닥에 내려놓고 78밀리 레코드를 턴테이블에 걸었다. 바늘이 부들부들 떨다 톡 떨어지자 밀리차 코르유스의 은빛 목소리가 나무들 사이로 치솟았다. 테이트는 어머니의 무덤과 생화가 뒤덮인 봉분 사이에 앉았다. 이상하게도 방금 뒤집은 흙의 달콤한 냄새는 끝보다는 시작에 더 가까운 느낌이었다.

테이트는 고개를 숙이고 큰 소리로 아버지에게 그렇게 오래 따로 시간을 보내 죄송하다고, 용서해달라고 빌었고, 스커퍼의 용서를 받았다는 걸 알았다. 테이트는 아버지가 말한 진짜 남자의 조건을 생각했다. 거리낌 없이 울 수 있고, 심장으로 시와 오페라를 느낄 수 있고, 한 여자를 지키기 위해서라면 세상에 못 할 일이 없다. 스커퍼라면 진흙탕을 헤치고 사랑의 종적을 따르는 마음을 이해해주었을 것이다. 테이트는 한 손으로는 어머니를, 다른 손으로는 아버지를 짚고 그곳에 한참 그렇게 앉아 있었다.

드디어 마지막으로 한 번 더 무덤을 손으로 짚어본 후 테이트는 다시 트럭을 타고 마을 부두에 묶어둔 보트로 갔다. 일터로 돌아가서 꿈틀거리는 생명체 속에서 만사를 잊을 생각이었다. 그를 본 어부 몇 명이 부두에서 다가오자 테이트는 어색하게 조의의 말을 들으며 어정쩡하게 서 있었다.

고개를 푹 숙이고 누가 또 다가오기 전에 어서 떠나야겠다고 생각하면서 크루저의 후미 갑판으로 올라섰다. 하지만 조종석에 앉기도 전에 시트 쿠션에 놓인 연한 갈색 깃털을 보고 말았다. 암컷 나이트 헤론의 깃털이라는 걸 보자마자 알았다. 습지 깊은 곳에서 혼자 살아가는, 은밀한 습성을 가진 조류였다. 그렇지만 여기는 바다에서 너무 가까운데.

테이트는 주위를 둘러보았다. 아냐, 여기 있을 리가 없어, 마을과 너무 가까워. 테이트는 키를 돌리고는 바다를 가르며 마침내 습지로 왔다.

물길을 너무 빠르게 달리는 바람에 낮게 드리워진 가지들이 보트 측면을 마구 때렸다. 동요한 후류가 강둑에 부딪혀 철벅거렸다. 테이트는 카야의 호소에 배를 대고 카야의 보트 옆에 배를 묶었다. 판잣집 굴뚝에서 연기가 올라, 자유롭게 넘실거렸다.

"카야." 테이트가 외쳤다. "카야!"

그녀가 포치문을 열고 참나무 아래로 나왔다. 길고 하얀 치마에 연하늘색 스웨터 차림이었다. 날개의 색깔. 머리카락이 어깨로 흘러내렸다.

테이트는 카야가 걸어올 때까지 기다렸다가 어깨를 잡고 가슴으로 끌어당겨 안았다. 그러고는 다시 밀었다.

"사랑해, 카야. 알잖아, 오래전부터 알고 있었잖아."

"다른 사람들처럼 나를 떠났어."

"다시는 떠나지 않을 거야."

"알아."

"카야, 날 사랑해? 한 번도 나한테 그 말을 한 적이 없어."

"언제나 사랑했어. 어렸을 때부터, 심지어 내가 기억나지 않을 때부터 이미 사랑했어." 카야는 고개를 푹 떨구었다.

"나를 봐." 그는 부드럽게 말했다. 그녀는 고개를 숙인 채 망설였다. "카야, 술래잡기나 숨바꼭질은 이제 끝났다는 걸 내가 확실히 알아야겠어. 네가 나를 두려움 없이 사랑할 거라는 걸 알아야겠어."

그녀는 얼굴을 들고 그의 눈을 바라보았고, 숲을 지나 무성한 참나무 사이로, 깃털이 깔린 장소로 그를 이끌었다.

그들은 첫날 바닷가에서 잤고, 다음 날 그는 짐을 챙겨 판잣집으로 들어왔다. 밀물과 썰물이 한 번 들어왔다 나간 사이 짐을 꾸리고 푸는 일이 다 끝났다. 모래의 생물들이 다 그러하듯이.

늦은 오후 해안선을 따라 걷다가 테이트는 카야의 손을 잡고 그녀의 눈을 바라보았다. "나하고 결혼해줄래, 카야?"

"우리 이미 결혼했잖아. 기러기들처럼." 카야가 말했다.

"좋아. 난 그거면 돼."

아침마다 두 사람은 동틀 녘에 일어났고, 테이트가 커피를 내리는 사이 카야는 엄마의 낡은 주물 프라이팬에 옥수수를 튀기고 그리츠와 달걀을 젓고 그러다 보면 아침 해가 부드럽게 호소 위로 떠올랐다. 안개 속에서 황새 한 마리가 한쪽 다리로 포즈를 잡고 있었다. 두 사람은 강어귀를 순항하고 물길을 헤치고 좁은 냇물을 타고 미끄러지며 깃털과 아메바를 채집했다. 저녁이면 카야의 낡은 보트로 해가 저물 때까지 표류하다 달빛을 받으며 나체로 헤엄치거나 서늘한 고사리를 침대 삼아 사랑을 나누었다.

아치볼드 연구소에서 카야에게 일자리를 제안했지만 카야는 거절하고 책 쓰는 일에만 몰두했다. 카야와 테이트는 다시 한번 수리공을 불러 판 잣집 뒤에 실험실과 작업실을 지었다. 가공하지 않은 원목, 손으로 칠한 기둥, 양철지붕으로. 테이트는 카야에게 현미경을 선물하고 작업대, 표본 을 전시할 선반과 수납장을 설치했다. 기구와 장비가 든 트레이들이 즐 비했다. 그리고 두 사람은 판잣집도 새로 꾸몄다. 침실과 목욕탕을 하나 새로 짓고 거실도 넓혔다. 카야가 부엌은 지금 그 모습 그대로 두고 외관 에는 페인트칠을 하지 말자고 고집을 피워서, 이제는 통나무집에 가까워 진 두 사람의 집은 풍화되어 꾸밈없는 모습 그대로 남았다.

시오크스에 가서 카야는 조디에게 전화를 걸어 조디와 아내 리비를 집 으로 초대했다. 네 사람은 함께 습지를 탐험하고 낚시도 했다. 조디가 커 다란 잉어를 낚아 올리자 카야가 꺅, 소리를 질렀다. "웬일이야! 오빠가 앨라배마주만큼 큰 월척을 낚았네!" 다 같이 생선과 거위 알만 한 허시퍼 피를 튀겨 먹었다.

카야는 평생 다시는 바클리코브에 가지 않았고, 대체로 테이트와 단둘 이 습지에서 시간을 보냈다. 마을 사람들은 안개를 헤치며 유유히 미끄 러지는 아득한 인영으로만 카야를 볼 수 있었다. 그리고 세월이 흐르면 서 카야의 미스터리한 이야기는 전설이 되어 다이너에서 버터밀크 팬케 이크와 뜨거운 포크 소시지를 앞에 놓은 사람들의 입에 끝없이 오르내렸 다. 체이스 앤드루스가 어떻게 죽었는지에 관한 이론과 가십은 끊일 줄 몰랐다.

시간이 지나자 거의 모두가 애초에 보안관이 카야를 체포하지 말았어 야 했다고 믿게 되었다. 어쨌든 카야에게 불리한 실증적 증거도, 결정적으로 유죄를 입증할 만한 증거도 없었다. 수줍은 자연의 생명체를 그런 식으로 취급한 건 정말로 잔혹한 행위였다. 가끔 신임 보안관이 – 잭슨은 재선에 실패했다 – 폴더를 열어보고 다른 용의자들에 대한 조사를 하기도 했지만 별 성과는 없었다. 세월이 흐르며 그 사건 역시 자연스럽게 전설이 되었다. 온 마을 사람들의 경멸과 의혹의 시선에 다친 카야의 마음은 끝내 온전히 아물지 않았지만 부드러운 만족감, 거의 행복에 가까운 평온이 스며들어 그녀 안에 고였다.

카야는 어느 날 오후 호소 근처에 쌓인 부드러운 낙엽 더미에 누워 채집하러 나간 테이트를 기다리고 있었다. 깊은숨을 들이쉰 카야는 테이트가 언제나 다시 돌아올 거라는 걸 알았다. 평생 처음으로, 버림받지 않을 거라는 믿음이 생겼다. 물길을 따라 다가오는 굵직하게 부릉거리는 크루저의 엔진 소리가 들렸다. 땅을 타고 잔잔한 진동이 느껴졌다. 카야는 그의 보트가 수풀을 밀고 다가오자 일어나 앉아 조종간을 잡은 테이트에게 손을 흔들었다. 테이트는 손을 흔들어 답했지만 웃지는 않았다. 그녀는 일어섰다.

테이트가 직접 지은 아담한 부두에 배를 묶고 호변의 카야에게 걸어왔다.

"카야, 안타깝지만 나쁜 소식이 있어. 점핑이 어젯밤에 자다가 세상을 떠났대."

에는 듯한 아픔이 카야의 심장을 쿡 치고 들어왔다. 그녀를 떠난 모든 사람은 자의로 선택한 일이었다. 이번엔 달랐다. 이번엔 거부가 아니었다. 쿠퍼스 호크가 하늘로 돌아가는 이치와 같았다. 눈물이 뺨을 타고 또르르 흘러내리자 테이트가 그녀를 꼭 안았다.

테이트는 물론이고 마을주민 거의 모두가 점핑의 장례식에 참석했다.

카야는 가지 않았다. 하지만 장례식이 끝난 뒤 오래전에 전했어야 하는 블랙베리 잼을 들고 점핑과 메이블의 집까지 걸어갔다.

카야는 울타리에서 발길을 멈췄다. 친지와 친척들이 휘파람처럼 깔끔하게 청소된 흙 마당에 모여 서 있었다. 몇몇은 이야기를 나누었고, 또 어떤 이들은 점핑의 일화에 웃음을 터뜨렸으며, 또 다른 이들은 울고 있었다. 문을 열자 모두가 그녀를 바라보고 옆으로 비켜 길을 내어주었다. 포치에 서 있던 메이블이 카야에게 달려왔다. 두 사람은 서로 꼭 껴안고 몸을 앞뒤로 흔들며 울었다.

"정말이지, 그이가 친딸처럼 사랑했는데." 메이블이 말했다.

"알아요." 카야가 말했다. "그분이 제 아버지셨어요."

한참 후에 카야는 그녀의 해변으로 걸어가서 자기 나름의 말로, 자기 나름의 방식으로, 혼자서, 점핑에게 작별인사를 했다.

그리고 점핑의 기억을 되살리며 해변을 이리저리 배회하는데, 엄마 생각이 제멋대로 심장으로 밀고 들어왔다. 다시 여섯 살짜리 어린아이로 돌아간 것처럼, 엄마가 낡은 악어가죽 구두를 신고 힘겹게 깊은 바큇자국을 밟고 흙길을 걷는 모습이 눈앞에 생생하게 보였다. 하지만 이번에는, 엄마가 길 끝에서 발길을 멈추고 돌아봐주었다. 손을 높이 치켜들고 작별인사를 했다. 카야를 보고 웃어주고, 다시 길 위로 올라 숲속으로 사라졌다. 그리고 이번에는, 드디어, 괜찮았다.

눈물도 비난도 없이 카야는 속삭였다. "안녕, 엄마." 스치듯 다른 이들도 뇌리에 떠올랐다. 아버지, 오빠와 언니들. 하지만 다른 가족들은 작별인사를 할 만큼도 남겨둔 게 없었다.

조디와 리비가 두 아이를 ― 머프와 민디 ― 데리고 1년이면 몇 번씩 카야와 테이트네 집에 놀러 오기 시작하자 그런 회한도 빛이 바랬다. 다시 한번 판잣집은 가족으로 북적거렸고, 다들 낡은 화덕 가에 모여 앉아 엄마의 옥수수튀김과 스크램블드에그에 토마토를 썰어 곁들여 먹었다. 하지만 이번에는 웃음과 사랑이 있었다.

바클리코브는 세월이 흘러 변했다. 롤리에서 온 한 남자가 백 년 이상 점평의 판잣집이 기대서 있던 자리를 사서 화려한 선착장을 지었다. 사면마다 푸른 차양이 드리워져 요트가 정박할 수 있게 했다. 위아래 해안에서 온 보트 조종사들이 불쑥 바클리코브를 찾아와 에스프레소 한 잔에 3달러 50센트를 선뜻 지불했다.

인도를 따라 예쁜 색깔의 파라솔을 놓은 작은 카페들과 바다 풍경이 내다보이는 아트 갤러리들이 메인스트리트에 들어섰다. 뉴욕에서 온 한 숙녀가 연 선물 가게에서는 마을 사람들한테는 하나도 필요가 없지만 관광객들한테는 반드시 필요한 물건들을 팔았다. 거의 모든 가게에 '캐서린 대니엘 클라크 – 이 지역의 작가 – 화려한 수상 경력의 생물학자'가 지은 책들이 진열된 특별 테이블이 마련되어 있었다. 그리츠가 버섯 소스 폴렌타에 버금가는 음식으로 메뉴의 한 자리를 차지했고, 무려 6달러나 되는 가격이 매겨졌다. 그리고 어느 날, 오하이오에서 온 여자들 몇 명이 도그곤 비어홀에 당당하게 걸어 들어가서, 이 문을 처음으로 지나친 여성들이라는 사실조차 전혀 모른 채 종이배에 차려주는 스파이시 슈림프와 통에서 바로 따른 생맥주를 시켰다. 이제 성별과 인종을 막론하고 모든 성인이 이 문을 지나칠 수 있었지만, 여자들이 거리에서 음식을 주문할 수 있도록 터놓았던 창문은 여전히 그 자리에 있었다.

테이트는 연구소 일을 계속했고 카야는 유수의 상을 휩쓴 책을 일곱 권이나 더 출판했다. 평단의 찬사와 영예가 쏟아졌지만 – 그중에는 채플힐에 소재한 노스캐롤라이나 주립대학의 명예박사 학위도 있었다 - 카야는 대학이나 박물관에서 연설해달라는 초청을 한 번도 수락하지 않았다.

테이트와 카야는 가족을 원했지만 끝내 아이가 생기지 않았다. 실망감으로 두 사람은 더욱더 단단하게 똘똘 뭉쳤고, 절대로 하루에 몇 시간 이상은 떨어져 있지 않았다.

석양이 하늘에 줄무늬를 그릴 때면 카야는 가끔 혼자 바닷가로 걸어가 파도가 심장을 두드리는 느낌에 젖었다. 허리를 굽히고 손으로 모래를 만지다 구름을 향해 두 팔을 쭉 뻗었다, 유대를 만끽하며. 엄마와 메이블이 말한 그런 유대가 아니었다. 카야는 가까운 친구들 패거리나 조디가 묘사한 연대감을 누려본 적은 한 번도 없었다. 그녀만의 가족도 없었다. 고립된 세월로 행동이 변해 이제는 보통 사람들과 달라졌다는 걸 알았지만, 혼자 지낸 건 그녀 잘못이 아니었다. 그녀가 아는 것은 거의 다 야생에서 배웠다. 아무도 나서지 않을 때 자연이 그녀를 기르고 가르치고 보호해주었다. 그 결과 그녀의 행동이 달라졌다면, 그 역시 삶의 근본적인 핵심이 기능한 탓이리라.

테이트의 헌신으로 카야도 결국 인간의 사랑이 습지 생물들의 엽기적인 짝짓기 경쟁보다 훌륭하다는 사실을 믿게 되었지만, 삶은 또한 태고의 생존본능이 복잡하게 꼬인 인간의 유전자 어딘가에 여전히 바람직하지 못한 행태로 남아 있다는 가르침을 주었다.

카야는 조수간만처럼 확실한 이런 자연적 과정의 일환으로 살면 그것으로 충분했다. 그녀만큼 이 지구라는 별과 그 속의 생명체들과 끈끈하게 유착되어 살아가는 사람은 찾기 힘들었다. 흙 속에 단단히 뿌리를 내리고, 대지의 어머니에게서 태어나서.

예순여섯이 된 카야의 검고 긴 머리는 모래처럼 하얗게 세었다. 어느 날 저녁 카야는 채집 여행을 나갔다 돌아오지 않았고, 그래서 테이트가 통통배를 몰고 습지를 돌며 수색했다. 어스름이 깔릴 무렵 테이트는 모퉁이를 돌자마자 하늘을 어루만지는 시카모어 나무들에 둘러싸인 호소에서 배를 타고 표류하는 카야를 발견했다. 그녀는 뒤로 힘없이 쓰러져 낡은 배낭을 베고 누워 있었다. 테이트는 그녀의 이름을 나직하게 불렀으나 아무 움직임이 없자 소리쳐 부르다가 절규했다. 그녀의 배 옆에 나란히 배를 대고 카야의 고물 쪽으로 서투르게 넘어지다시피 건너갔다. 긴 팔을 뻗어 카야의 어깨를 잡고 부드럽게 흔들었다. 카야의 머리는 더 멀리, 모로 꺾여 넘어갔다. 눈은 아무것도 보고 있지 않았다.

"카야, 카야. 안 돼. 안 돼!" 테이트는 소리쳤다.

아직 젊고 너무나 아름다운 그녀의 심장은 고요히 멎었다. 그녀는 흰머리수리가 돌아오는 것을 볼 만큼 오래 살았다. 카야에게는 그것만으로도 충분히 긴 인생이었다. 두 팔로 푹 꺾인 그녀의 몸을 꼭 안고 테이트는 울면서 어르듯 앞뒤로 몸을 흔들었다. 담요로 그녀의 몸을 꼭 싸서 낡은 그녀의 보트에 태워 미로 같은 냇물과 강어귀를 지나 황새와 사슴들을 마지막으로 지나쳐 그녀의 호소로 데리고 왔다.

죽음의 발걸음이 가까이 다가오면
나는 그 처녀를 사이프러스 나무에 숨기리라

테이트는 바다가 보이는 참나무 아래, 그녀의 땅에 시신을 매장해도 좋다는 특별 허가를 받았고, 마을 사람 모두가 장례식에 참석했다. 카야는 천천히 이어지는 조문객들의 기나긴 행렬을 보고도 믿지 못했을 것이다. 물론 조디와 가족들도 왔고 테이트의 사촌들도 빠짐없이 찾아왔다. 호기심에 찾아온 사람들도 있었지만, 대부분은 야생에서 오랜 세월 살아남은 그녀에게 존경심을 표하러 온 이들이었다. 몸에 맞지 않게 헐렁하고 추레한 코트를 입고 보트를 타고 부두로 와서 맨발로 식료품점에 가그리츠를 사던 어린 소녀를 기억하는 이들도 몇 사람 있었다. 무덤 곁에선 또 다른 사람들은 카야의 책에서 습지가 서로가 서로에게 필요한 육지와 바다를 어떻게 이어주는지 배웠기 때문에 왔다.

이제 테이트는 카야의 별명이 잔인한 게 아니었음을 깨달았다. 전설이 되는 이는 적다. 그래서 테이트는 카야의 묘석에 새길 비문을 이렇게 선택했다.

캐서린 대니엘 클라크

카야

마시 걸

1945~2009

장례식 날 저녁, 드디어 모두가 떠나고 테이트는 카야의 수제 작업실에 들어갔다. 꼼꼼하게 라벨을 붙인 표본들, 50년 이상의 가치가 녹아든 이 표본들은 동류의 수집품 중에서도 가장 오래 유지되었을 뿐만 아니라 가장 포괄적이었다. 카야는 이 수집품을 아치볼드 연구소에 기증하길 바랐다.

카야가 끝까지 판잣집이라고 불렀던 그 집에 들어서며 테이트는 벽이 그녀의 숨결을 내뿜고, 마룻바닥이 그녀의 발소리를 선명하게 속삭이는 듯한 느낌을 받았다. 그래서 그녀의 이름을 소리 내어 불렀다. 그러다 벽에 기대서서 흐느껴 울었다. 낡은 배낭을 주워 들고 가슴에 꼭 껴안았다.

법원의 공무원들이 테이트에게 카야의 유언장과 출생증명서를 찾아보라고 했다. 한때 카야의 부모님이 사용하던 오래된 뒤쪽 침실에 들어가 테이트는 옷장을 뒤졌고, 옷장 바닥에서 카야의 삶이 간직된 상자들을 찾아냈다. 담요 몇 장을 덮어 숨겨두다시피 한 상자들이었다. 그는 상자들을 마루로 끌어내 그 옆에 주저앉았다.

아주아주 조심스럽게 테이트는 낡은 시가 상자를 열었다. 그 모든 수집이 시작된 곳이었다. 상자에서는 아직도 달큰한 담배 냄새와 어린 소녀의 냄새가 났다. 새털 몇 개와 벌레 날개, 씨앗들 속에 엄마의 편지를 태운 재를 담은 작은 단지와 레블론 매니큐어 베얼리 핑크가 있었다. 삶의 쪼가리와 유골, 그녀라는 냇물의 돌멩이들.

맨 밑바닥에는 카야가 개발하지 못하도록 보존 지역권을 명시한 땅문서가 있었다. 적어도 이 습지의 한 조각은 영원히 야생으로 남을 것이다. 그러나 유언장이나 사적인 문서는 하나도 없었다. 테이트는 놀라지 않았다. 그런 생각은 하지도 않았을 사람이니까. 테이트는 그녀의 집에서 여생을 보낼 계획이었다. 카야가 그러길 원할 테고 조디도 반대하지 않을 것이다.

그날 밤 늦게, 해가 호소 뒤로 뚝 떨어졌을 때, 테이트는 갈매기에게 줄 옥수수죽을 휘젓다 아무 생각 없이 부엌 바닥을 흘끗 보았다. 장작더미 밑이나 낡은 화덕 밑에는 리놀륨이 깔려 있지 않다는 사실이 처음으로 눈에 들어왔다. 카야는 여름에도 언제나 장작을 높이 쌓아두었지만 이제 더미가 많이 낮아져서 마룻널을 잘라낸 언저리가 보였다. 테이트가 남은 장작 몇 개를 옆으로 치우자 비밀 문이 보였다. 무릎을 꿇고 천천히 비밀 문을 열자 들보 사이로 숨겨진 수납공간이 나왔다. 여러 물건들 사이에 먼지투성이 낡은 마분지 상자가 하나 있었다. 상자를 꺼내보니 속에는 수십 개의 마닐라지 봉투들과 더 작은 상자가 나왔다. 봉투에는 모두 A. H.라는 이니셜이 적혀 있었고, 그 속에서는 수십 수백 장에 달하는 시가 나왔다. 이 지역의 잡지에 소박한 시를 싣는 시인 어맨다 해밀턴의 시였다. 테이트는 해밀턴의 시들이 좀 약하다고 생각했지만 카야는 언제나 활자화된 시를 오려 보관했다. 그런데 여기 그 시들로 가득한 봉투들이 있었다. 몇 페이지는 완성된 시였지만 대다수는 미완 된 채였다. 시행에 선을 죽죽 그어 지운 자국도 있고 몇몇 단어는 여백에 시인의 필체로 – 카야의 필체로 – 다시 쓰여 있었다.

어맨다 해밀턴은 카야였다. 카야가 그 시인이었다.

테이트는 도저히 믿을 수가 없어 얼굴을 찌푸렸다. 그 오랜 세월 카야는 녹슨 우체통에 시를 넣고 지역 출판사에 투고했던 것이다. 필명을 앞세웠기 때문에 안전했을 것이다. 아마 손을 뻗어 다가가려는 몸짓, 갈매기들이 아닌 누군가에게 그녀의 감정을 표현하는 길이었을 것이다. 그녀의 말들에 어딘가 갈 곳을 찾아주려고.

시 몇 편을 대충 훑어봤는데 대개는 자연이나 사랑을 노래하고 있었다. 하지만 한 편은 깔끔하게 접혀 따로 봉투에 들어 있었다. 테이트는 그 시를 꺼내 읽었다.

반딧불

그를 꼬드겨내는 건

밸런타인의 불빛을 깜박이듯 쉬웠지
하지만 숙녀 반딧불처럼
그 불빛들에는 죽음의 은밀한 부름이 담겨 있네

마지막 터치,
끝이 아니야
마지막 발자국, 덫
아래로, 아래로 추락하네
그 눈이 내 눈을 꼭 붙들다
끝내는 다른 세상을 보지

그 눈이 달라지는 걸 봤어
처음에는 질문
다음에는 해답
마침내 끝

그리고 사랑 그 자체가 스쳐지나
그게 무엇이었든 시작하기 전으로 돌아가네

A. H.

아직 바닥에 무릎을 꿇고 앉아 있던 테이트는 다시 한번 읽었다. 가슴 속에서 미친 듯 나대는 심장에 종이를 꼭 갖다대었다. 오솔길로 걸어오는 사람이 없는지 창밖을 살폈다. 올 사람도 없는데, 뭐하러? 하지만 그래도 확인해야 했다. 테이트는 작은 상자를 열었다. 그 속에서 뭐가 나올지 이미 알고 있었지만 거기에, 목화솜 위에 조심스럽게 놓아둔 그것, 체이스가 죽던 날 밤에 걸고 있던 조개 목걸이였다.

테이트는 한참을 부엌 식탁에 앉아 야간 버스를 타고 이안류를 붙잡아 달을 계산해 계획을 짜는 카야를 상상했다. 어둠 속에서 부드럽게 체이스를 부르는 목소리. 뒤로 밀쳐 떨어뜨리고. 그리고 바닥의 진창에 앉아 죽음으로 무거워졌을 체이스의 머리를 들어올려 목걸이를 되찾았겠지. 발자국을 지우고 아무 흔적도 남기지 않고.

테이트는 불쏘시개를 잘게 부러뜨려서 오래된 나무 화덕에 불을 피웠다. 그리고 봉투를 하나씩, 하나씩 불길에 던져 넣어 시들을 태웠다. 전부다 태우지 않아도 되었을지도 모른다. 그냥 그 시 한 편만 없애버리면 되었을지도 모른다. 하지만 똑바로 생각할 수가 없었다. 오래되어 누렇게 바랜 종이들이 30센티미터도 넘게 휙, 불길을 일으켰다 사그라졌다. 테이트는 생가죽 끈에서 조개를 떼어 가죽끈은 불길에 던져버리고 널빤지를 다시 바닥에 덮었다.

어스름이 거의 다 내릴 무렵 테이트는 바닷가로 걸어가 부서진 연체동물과 갑각류의 사체가 날카롭게 발을 찌르는 모래밭에 섰다. 1초쯤 펼쳐진 손바닥 위에 놓인 체이스의 조개껍데기를 바라보다 모래에 툭 떨어뜨렸다. 다른 조개들과 하나도 다를 것 없어 보이는 그 조개껍데기는 곧 사라졌다. 밀물이 들어오고 있었고, 파도가 발 위로 솟아올랐다 수백 개의 조개껍데기를 끌고 바다로 돌아갔다. 카야는 이 땅과 이 물의 생명체였다. 이제 그 땅과 물이 카야를 다시 받아줄 것이다. 그녀의 비밀을 깊이 묻어줄 것이다.

그리고 갈매기들이 왔다. 거기 선 테이트를 보고는 머리 위에서 어지럽게 선회했다. 울부짖어 부르며. 부르며.

밤이 내리자 테이트는 다시 판잣집으로 돌아갔다. 하지만 호소에 다다랐을 때는 높은 캐노피 밑에서 발길을 멈추고 습지의 어두운 비원으로 손짓해 부르는 수백 마리의 반딧불을 바라보았다. 저 멀리 깊은 곳, 가재들이 노래하는 곳으로.

올
긴
이
의
말

외로움을 넘어서는 순연한 이야기의 힘

2018년 8월 14일, 평생 야생동물을 연구해온 한 과학자가 일흔이 가까운 나이에 첫 소설을 출간했다. 미국 남부의 노스캐롤라이나주 아우터 뱅크스의 해안 습지를 배경으로 한 소녀의 성장 이야기가 출판계에 불러올 어마어마한 파장을 이때는 아무도 예측하지 못했다. 하지만 얼마 후, 강력한 영향력을 행사하는 〈헬로 선샤인 북클럽〉 운영자인 할리우드 스타 리즈 위더스푼Reese Witherspoon이 이 책을 발굴해 북클럽 추천작으로 소개하자 『가재가 노래하는 곳』은 단번에 「뉴욕 타임스」 베스트셀러 순위 9위로 뛰어올랐다. 뜻밖의 행운이었다. 그러나 이상한 일은 아니었다. 정말 이상한 일은 그때부터였다.

보통 무명작가의 데뷔작은 운 좋게 베스트셀러 목록에 오르더라도 하위권에서 몇 주 머물다 소리 없이 사라지기 마련이다. 하지만 『가재가 노래하는 곳』은 입소문을 타고 계속, 계속, 계속 무섭게 순위가 뛰어올랐고, 아마존의 독자 리뷰 수가 1만 2,000개를 넘어서는 상황에서도 별점 5점을 유지했다. 출판계 관계자들의 예상을 뒤엎고 「뉴욕 타임스」 베스트셀러 리스트와 아마존 판매순위에서 결국 1위를 차지한 『가재가 노래하는 곳』은 치열한 봄철 신간 경쟁을 뚫고 무려 30주 넘게 1위 자리를 내어주지 않는다. 2019년 3월 4일, 작가 델리아 오언스는 웹사이트를 통해 100만 부 판매로 밀리언셀러에 등극했음을 알렸다. 전자책과 오디오북을 망라하면 이제는 250만 부를 훌쩍 넘어선다. 전설은 지금 이 순간에도 새로 쓰여지고 있다.

이 소설이 독자의 마음을 사로잡은 이유는 무엇일까? 남아프리카를 여행하며 야생동물을 벗 삼아 평생을 떠돌며 살아온 작가의 특이한 경험, 가볍지 않게 인간성을 바라보는 융합 학문적 시각, 성장소설+오해와 엇갈림으로 점철된 러브스토리+살인 미스터리+법정 스릴러라는 대중소설 형식들의 유려한 황금배합, 정신없이 책장을 넘기게 만드는 흡입력, 신비로운 배경과 살아 움직이는 듯한 인물……. 하나하나 짚어보면 깜짝 히트작이라 부르기에는 민망할 정도로 장점이 많은 책이다. 무엇보다 이 모든 요소가 어우러져 선사하는 '클래식한 읽는 재미'야말로 가장 특별하다. 아무 잔재주도 부리지 않고 고전적인(말하자면 구식의) 스토리텔링으로 우직하게 밀고 나가는 순연한 이야기의 힘이 주는 충만한 만족감이 있다. 게다가 이 소설은 강력한 페이지터너에 머물지 않고 시의적절한 화두들을 예리하게 던진다. 여성의 독립, 계급과 인종, 자연과 인간의 관계, 진화론적으로 바라보는 인간의 본성, 과학과 시 그리고 외로움.

작가 델리아 오언스는 『가재가 노래하는 곳』이 '외로움'에 대한 책이라고 단언했고 처음부터 '고립이 인간에게 미치는 영향'을 그리고 싶었다고 했다. 카야가 느끼는 쓰라린 외로움의 정서는 현대의 독자들에게 굉장한 호소력을 갖는다. 습지의 판잣집에서 혼자 살아남으려 분투하지 않더라도 이 시대의 우리는 각자 빌딩 숲이란 정글에서 치열한 생존경쟁을 벌이며 하루하루 '외롭다.' 타인을 믿고 진정성 있는 관계를 맺기란 어렵고도 무서운 일이다. 카야는 사람에게 기대를 걸었다 버림받고 또 사랑을 주었다 배반당하며 대자연의 동물처럼 혼자 서는 법을 배운다. 그리고 비로소 '두려움 없이' 사랑하고 사랑받는 법을 깨우친다. 다만 주목해야 할 것은 카야의 '외로움'을 다루는 작가의 시선이다.

델리아 오언스는 외로움이 인간 본성이라고 말하지 않는다. 심리학적으로, 생물학적으로, 사회학적으로 인간은 외로워서는 안 되는 존재다. 따라서 사회적 약자와 소외 계급을 부당하게 격리하는 차별과 편견이 문제가 된다. 카야의 고립은 사회적 정치적 불의의 소산이다. 그러니 부모 형제에게 버림받은 늪지 쓰레기를 불쌍하게 여기고 거둬준 어른들이 '깜둥이'뿐인 것도 당연하다.

그리고 마지막으로 이 소설의 진짜 주인공인 습지가 있다. 노스캐롤라이나 해안에 가본 적은 없지만 루이지애나주 뉴올리언스에는 두 번 다녀온 적이 있다. 잠시 일별한 미국 남부 습지의 풍광이 비현실적으로 나른하고 아름다웠던 기억이 있다. 거대한 참나무와 바오밥 나무가 드리운 그늘, 나뭇가지마다 유령 머리카락처럼 걸려 바람에 흔들리는 새하얀 이끼류인 스패니시 모스, 밟으면 물이 흥건히 배어나오는 무른 흙, 드넓은 늪과 못에 떠다니는 푸른 물풀, 억새와 부들, 축축 늘어져 땅을 파고드는 나무뿌리들. 한 번 보면 평생 잊을 수 없는 기묘한 풍광이었다. 습지는 숲에서 호소와 늪을 지나 개펄과 바다로 이어지는, 민물과 바닷물이 만나고 섞이는 광대한 생태계로 생물 다양성에서 결정적인 역할을 하지만 인간이 살아가기에는 가혹한 환경이다. <u>으스스</u>한 야생성과 마술적인 매혹을 한 몸에 지닌 카야는 완벽한 습지 생물이다.

나는 trans라는 접두사를 좋아한다. 횡단하고 초월하고 교환하는 융합의 움직임을 소환하기 때문이다. 이 책을 번역하면서 좋은 소설은 세 가지 trans의 행위로 우리를 초대한다는 생각을 했다. Transport^{이동}, Transfix^{몰입}, Transform^{변신}. 우리를 다른 세계로 데려가주고, 낯선 세계에 홀린 듯 몰입하게 해주고, 처음 책을 펼칠 때와는 다른 모습으로 마지막 책장을 넘기게 만든다. 그런 점에서 『가재가 노래하는 곳』은 우리를 노스캐롤라이나의 습원으로 훌쩍 데리고 가서 그곳 사람들과 풍경에 몰두하게 만들고, 여정이 끝나면 처음 책장을 폈을 때와는 전혀 다른, 더 멀고 깊은 자리에 우리를 내려놓는다.

* 인물 호칭에서 쓰이는 '미스' 또는 '마스터'는 노예제도의 문화가 잔존해 있던 60년대 미국 남부의 독특한 언어습관으로 판단하고, 굳이 우리말로 옮기지 않았음을 밝혀둔다.

결국 우리에게 남는 것은 연결

김선형 먼저 작가님의 아름다운 소설을 한국어로 옮기는 귀한 경험을 하게 해주셔서 깊이 감사하다는 말씀을 드리고 싶습니다. 문학 번역가는 책과 동행하는 여정 그 자체로 보답받는 가장 내밀한 독자라고 하지요. 그런 점에서 저는 정말 행운아라고 느낍니다.

『가재가 노래하는 곳』을 번역하며 품게 된 질문을 몇 가지 드리려고 합니다. 한국 독자를 대신해 이런 대화를 나누게 되어 영광입니다.

델리아 오언스 친애하는 번역가님, 제가 오히려 영광입니다. 제 소설이 전 세계 아름다운 언어들로 이토록 많이 번역되는 영예는 상상조차 해보지 못했습니다. 한 단어 한 단어 고심해 쓴 글입니다. 그 아름다운 분투를 알아봐주셔서 감사합니다.

김선형 번역하는 과정에서 작가님의 강력한 묘사력에 무엇보다 강한 인상을 받았습니다. 손에 잡힐 듯 구체적이면서도 서정적으로 섬세하게 표현한 문장들이 우리 상상 속에서 생생히 살아나 춤추는 것 같습니다. 어떻게 그토록 효과적인 묘사를 하실 수 있나요? 작가님만의 특별한 창작 과정이 있으신가요? 작가를 꿈꾸는 이들에게 들려주고 싶은 지혜의 말씀이 있다면 부탁드립니다.

델리아 오언스 저는 '문단'을 단어가 모여 이루는 그룹이 아니라 색채와 빛, 생생한 캐릭터, 별과 파도, 움직임이 있는 한 장면으로 봅니다. 독자가 몸소 그곳에 있는 듯 느낄 수 있도록 말이지요. 우리가 사는 세계는 워낙 속도가 빨라서, 플롯이 신속하게 전개되기를 바라는 독자들도 많습니다. 묘사적 글쓰기가 플롯을 느리게 한다고 보는 이들도 있기에, 작가는 속도감을 늦추지 않는 선에서 이야기를 생생히 살릴 수 있는 문장들을 고르고 골라야 합니다. 저는 독자가 생생한 세부 묘사를 통해 배경을 보고 체감하며 그 순간의 감정을 느낄 수 있도록, 세밀한 단어들을 찾으려고 열심히 고민합니다. 가끔은 아주 작은 디테일이 ─ 이를테면 숲속의 파란색 여행 가방이 ─ 정서와 배경을 환기시킬 수 있지요. 제대로 해내기 쉽지 않을 때가 많지만요.

김선형 처음, 그것도 일흔의 연세에 소설 쓰기에 도전하셨다는 사실이 도저히 믿기지 않습니다. 물론 베스트셀러 논픽션은 세 권이나 쓰셨다 하더라도 말이지요. 소설 창작이라는 가보지 않은 길을 걷겠다는 결정은 어떻게 하신 건가요? 허구의 이야기를 쓴다는 게 두렵지는 않으셨나요? 아니면 강물처럼 자연스럽게 그 이야기가 작가님께 흘러왔나요? 소설을 읽어보면 정말 그렇게 느껴지거든요. 작가님, 글쓰기라는 측면에서 픽션과 논픽션의 가장 큰 차이는 무엇이라고 생각하시나요?

델리아 오언스 사자, 갈색 하이에나, 코끼리를 날마다 관찰하며 지낸 23년의 세월을 통해서, 우리의 행동이 얼마나 그들과 비슷한지, 또 얼마나 많이 유전학에 근거하고 있는지 깨닫게 되었습니다. 예를 들어, 영장류인 인간은 탄탄한 유대 관계로 집단을 이루어 생활하는 경향이 있지요.
저는 그런 야생을 관찰하며 무리 없이 대체로 혼자서 성장해야 할 상황에 내몰린 어린 소녀의 행동에 고립이 얼마나 큰 영향을 미치는지 탐구하는 소설을 써야겠다는 영감을 얻었습니다. 자연에서 인간 본성을 얼마나 많이 배울 수 있는지를 글로 쓰고 싶었습니다.

거의 평생에 걸쳐 논픽션을 쓰다가 픽션을 쓰니 해방감이 느껴지고 짜릿하게 설레더군요. 논픽션을 쓴다는 건 목장에서 말을 타는 것과 같아요. 사실fact이라는 높은 울타리에 구속받지요. 스토리라인은 정확해야 하고 타임라인은 엄밀해야 하고 캐릭터 묘사는 리얼해야 합니다. 실존 인물을 거론하고 있는 것이니까요. 반면 픽션을 쓰는 건 말을 구보로 몰아 대문을 지나서 초원으로, 산속으로 달려가는 일입니다. 가고 싶은 쪽이면 어느 방향으로나 갈 수 있지요. 플롯도 바꿀 수 있고, 캐릭터도 마음대로 묘사해도 됩니다. 제 상상력이 솟구쳐 날아올랐어요.

김선형 소설의 배경 이야기를 좀 들려주십시오. 이야기만큼이나 배경도 비범합니다. 대다수 한국 독자는 노스캐롤라이나 해안의 습지가 어떤 풍경인지 짐작하기도 어렵습니다. 그래서 오로지 작가님의 생생한 산문에 의지해 이야기를 헤쳐나가야 하지요.

선생님의 필력이 훌륭한 안내자이긴 합니다만, 독자들에게 습지는 상상하기 힘든 곳입니다. 습지라는 이국적이고 낯선 풍광이 우리 한국 독자들을 매혹하는 동시에 소외시키기 때문입니다. 우리 자연 풍광은 아무 시각적 단서를 주지 못하고, 망망한 습지는 외계의 행성만큼이나 낯설어요. 그렇지만 서사의 공간을 채우고 있는 사람과 생명체들에 이끌려 우리는 기꺼이 상상력의 도움닫기를 합니다. 아마도 그것이 훌륭한 스토리텔링의 힘이겠지요.

델리아 오언스 배경이라면, 물속에서 자라는 키 큰 풀숲이 거의 끝없이 펼쳐진 전역에 맑은 운하와 후류가 흐르고 있어요. 이 광활한 풍경 사이사이에는 거대한 삼나무 거목들이 어우러져 있는 섬들이 군집해 있지요. 정말로 물의 땅이고 땅의 물이에요. 다리가 긴 새들이 고요한 날개를 펼쳐 날아오르고 수천 마리의 흰기러기들이 하늘을 움직이지요.

김선형 특별히 이 습지를 배경으로 정하신 이유가 있으신가요? 작가님께서는 조지아에서 태어나 아프리카에서 사셨다고 들었습니다. 그렇다면 어째서 노스캐롤라이나인가요? 이야기에서 배경은 어떤 의미인지 궁금합니다.

델리아 오언스 평생에 걸쳐 노스캐롤라이나를 여행했기 때문에 이곳의 습지들을 잘 알고 있었어요. 배경을 습지로 한 이유는, 온화한 기후에서 홍합이나 물고기 같은 식량을 조달하면서 어린 여자아이가 혼자 살아남는다는 게 믿을 법하기 때문이었지요. 이 이야기의 개연성은 대단히 중요했습니다.

김선형 실제로 작가님의 어머니께서 "저 멀리 가재가 노래하는 곳으로 가라"고 말씀하셨다고요. 정말 아름다운 표현이라고 생각했습니다. 그리고 왠지 'out there'가 아니라 'out yonder'라고 쓰셨다는 게 눈에 들어오더라고요. 남부의 사투리인가요, 아니면 일부러 고르신 단어인가요? 어느 쪽이든 죄송스럽지만, 저는 그 단어가 지닌 의미를 훼손하지 않고 담을 수 있는 단어를 도저히 한국어에서 찾을 수 없다는 결론을 내리게 되었습니다. 'there'와 'far away' 사이에 있는 '저 멀리'라는 단어로 타협해야 했어요. 번역자로서 좌절감은 직업에 늘 수반되는 위험이지요.
'yonder'라는 단어는 제게 '여기'와 '저기' 중간의 어디쯤이라는 느낌을 줍니다. 너무 멀지도 않고, 너무 가깝지도 않고. 나와 타인 사이 어딘가 말입니다. 제게는 그 단어가 카야가 자신을 둘러싼 자연과 맺는 독특한 관계를 한마디로 축약해 보여준다는 느낌이에요. 저 멀리 자연에 깊이 침잠해 있지만, 늘 필요한 거리를 두면서 야생의 생물을 냉정하게 관찰하거든요.

델리아 오언스 'yonder'는 남부에서 자주 쓰지만, 미국 다른 지역에서도 쓰는 말입니다. 제 생각에 번역가님의 번역은 완벽한 것 같아요. 'yonder'는 'over there'와 'far away' 사이 어딘가이지요. 제게도 그 단어는 상상의 자질을 띤 느낌입니다. 특정되지 않은 먼 곳, 어디든 될 수 있는 마법의 장소 말이에요.

맞습니다. '저 멀리 가재가 노래하는 곳으로 가라'라고 자주 말씀하신 분은 어머니였어요. 어머니에게는 그 말이 생물이 여전히 야성을 간직하고 수백 년에 걸쳐 살아온, 존재하고 있는 장소를 의미했지요. 물론 그 표현은 제 소설에서 아주 중요합니다. 이야기의 핵심주제 중 하나는 인간이 과거 수백만 년 동안 해온 그대로 행동한다는 사실이었으니까요. 우리는 상당 부분 본능적으로 행동하고, 위협을 받거나 고립되거나 거부당하면 부적절한 행동을 할 수도 있습니다. 그러나 그로부터 교훈을 얻어 우리 자신을 더 잘 이해할 수 있지요.

김선형 카야가 다른 사람들과 지역사회와 맺는 관계도 마찬가지 같아요. 심지어 테이트도 카야의 깊은 마음을 몰랐으니까요. 카야는 테이트를 사랑하면서도 자신의 한 자락은 끝내 숨기고 내어주지 않지요. 여기에도 저기에도 끝내 속하지 않았어요. 인간의 문명이나 야생의 자연을 카야가 자기 것이라 말할 수는 없지요. 카야는 'yonder'의 거주민이었던 것 같아요. 적어도 저는 그런 인상을 받았습니다.

델리아 오언스 그래요, 카야는 'yonder girl'이었어요. 살아오면서 저는 굳이 습지에 살지 않아도 외롭거나 고립될 수 있다는 걸 알게 되었습니다. 인구가 많은 도시에 사는 많은 사람이 카야와 같은 감정을 느낍니다. 우리는 탄탄한 유대로 집단을 이루며 살도록 진화했지만 이제 그러지 않는 사람들이 많아요. 그래서 수많은 사람들이 길 잃은 느낌에 시달리고, 저 멀리, 혼자 있다는 느낌을 받지요. 반드시 집단을 찾아 소속되어야 합니다. 언제나 아울러 보듬어야 할 미아들이 많이 있어요.

김선형 그래서 카야의 이야기를 더 듣고 싶어요. 카야는 한참 후에도 독자의 뇌리를 떠나지 않는 주인공이지요. 책을 덮은 후에도 카야를 까맣게 잊기는 힘들어요. 어떤 영감을 받고 그런 매혹적인 캐릭터가 만들어졌나요? 자전적인 부분이 있나요, 아니면 순전한 상상인가요? 카야가 어떤 면에서 작가님을 닮았다고 생각하시나요? 우리 모두가 사랑하는 주인공 카야의 이야기를 들려주세요.

델리아 오언스 카야 안에는 제가 많이 담겨 있습니다. 그리고 우리 안에도 카야가 많이 담겨 있지요. 카야는 태고의 본능에 근거한 우리의 일부를 표상합니다.

김선형 『가재가 노래하는 곳』에 대해 한 가지 얘기하고 싶은 점은 너무나 설득력 있는 '러브스토리'라는 사실입니다. 물론 이 책은 여러 다른 장르를 아우르지요. 살인 미스터리이기도 하고 법정 드라마이기도 하고 인간 본성의 탐구이기도 하지만, 분명히 로맨스입니다. 그리고 로맨스로서 멋지게 성공합니다. 어찌 된 영문인지 우리가 사는 세상에서는 허구의 러브스토리가 설득력을 담보하기가 참으로 어려워진 듯 보이기에, 이는 대단한 성과입니다.
저는 이런 면에서 볼 때 그 중심에 테이트라는 캐릭터가 있다고 생각하는데요. 그 나름의 결함이 있습니다만 – 오히려 개연성에 보탬이 된다고 할까요 – 그래도 주체적 의식을 갖게 된 오늘날의 여성 독자를 실제로 만족시키는 로맨틱 파트너라는 점에서 드문 종류의 남성입니다.
여러 강연에서 작가님께서는 이 집단 저 집단 떠돌며 정착하지 않는 수컷 동물의 본성을 강조하고 싶다고 하셨습니다. 현실에서 우리는 수많은 체이스들을 보아왔고 또 여전히 만나고 있지만, 테이트는 아주 다르지요. 사려 깊고 정감 가고 인내심도 있습니다. 테이트를 비롯해 이 이야기에 등장하는 남성들에 대한 작가님의 생각을 들려주실 수 있을까요?

델리아 오언스 소설에서 체이스는 본능적인 우리 내면의 일부를 표상합니다. 발정 난 수사슴이고 남을 밀치고 유혹해 끝내 자기 목표를 달성하는 공격적인 인간이지요. 우리 모두, 남녀를 막론하고 체이스 같은 면모를 지니고 있습니다. 테이트는 '더 인간적이고 더 진화되고 더 예민한' 우리의 자질, 본능이 아닌 학습된 행동을 표상합니다. 시를 사랑하고 친절한 사람이지요. 우리에게는 테이트와 같은 부분도 있습니다. 어느 쪽도 온전히 좋거나 나쁘지 않지요. 그러나 대체로 우리는 살면서 테이트보다 체이스 같은 사람을 더 많이 만나게 됩니다. 선천적으로 각인된 행동은 강력하고 생존을 정조준하기 때문이지요.

김선형 이 소설 전체에 외로움이 짙게 배어들어 있습니다. 작가님께서는 이 소설이 외로움을 다룬 이야기라 하셨지요. 그 후로 많은 생각을 해보았습니다. 표면적으로 작가님의 말뜻은 자명해 보입니다. 책의 전반부는 절대 고독의 상태에 빠진 어린아이를 따라가니까요. 어린 카야가 혼자서 하루하루 살아남으려 발버둥 칠 때는 책을 계속 읽어나가기가 고통스러울 정도입니다. 그러나 저는 이 소설에서 외로움이 훨씬 더 강력한 존재감을 지니고 있다고 생각합니다. 그 어떤 등장인물과도 견줄 수 있을 정도로요.

시간이 지나면서 우리는 서서히 전개되는 비범한 사건을 보게 됩니다. 눈앞에서 외로움이 완전히 새로운 종의 인간을 창조하는 과정을요. 카야는 누구와도 다른 여성으로 성장하는데요. 어쩌면 인간과 야생동물의 혼종이라 말할 수도 있겠지만, 확실한 것은 세상을 꽉 채운 고독으로 인해 빚어진 존재라는 것입니다. 나머지 이야기는 이 변신의 불가피한 결과로 느껴질 정도입니다. 완벽하게 버려진 아이가 된다는 게 어떤 의미인지,

이토록 설득력 있게 묘사한 것은 처음 봅니다. 저는 언제나 고독이 정서적 상태라고 생각했습니다. 하지만 작가님의 이야기에서 처음으로 고독이 사람을 어떻게 '변화'시키는지 깨달았어요. 카야가 겪는 외로움은 잠시 머물다 사라지는 감정이 아니라 강력한 기운이었지요.

어떻게 그토록 놀라운 통찰을 하셨을까요? 외로움은 작가님께 개인적으로 어떤 의미일까 궁금해하지 않을 수 없네요.

델리아 오언스 저는 과거에도, 또 지금도 아주 고독한 삶을 살고 있습니다. 물론 과거에도, 또 지금도 제가 선택한 겁니다. 버려진 건 아니었어요. 반평생을 참다운 야생의 땅에서 살았고 여전히 자연에서 크나큰 기쁨, 희망, 앎을 찾고 있습니다. 그러나 고립은 우리 종에게 정상이 아니에요. 우리는 탄탄한 유대로 엮인 집단에 속하고자 하는 아주 강한 유전적 성향이 있습니다. 그래서 고립은 인간에게 역경으로 작용해 부정적 영향을 끼치지요. 거부당하거나 차별받는다면 더욱더 그렇고요. 그런 삶을 겪고 나면 아무리 스스로 원하고 추구하더라도 집단에 합류하기가 어려워집니다. 자신감도 떨어지고 사람을 불신하게 되지요.

카야가 시를 썼듯, 제게는 글쓰기가 오랜 세월 고독하게 살아온 후 타인에게 손을 뻗는 길이었어요. 그러나 독자들이 없었다면 그 의미는 훨씬 퇴색되었겠지요. 그래서 제가 쓴 단어들을 통해 이토록 많은 이들과 연결되었다는 사실이 정말로 벅차게 기쁩니다. 감사합니다.

Kim Sunhyung Ms. Owens, first allow me to express my deepest gratitude for the rare experience of translating your beautiful novel into Korean. Literary translators are the most intimate readers, they say, ultimately rewarded by the whole journey accompanying the book itself. In that sense, I feel like I am truly a lucky one.

And I am also honored to have this conversation on behalf of Korean readers. Now here is a list of questions that came up in my mind while translating *Where the Crawdads Sing*.

Delia Owens Dear Translator, I am the honored one. To have my novel translated into languages in so many far-flung beautiful places across the earth is a privilege I never imagined. I labored over every single word. Thank you for appreciating that beautiful struggle.

K. S. While translating, what most struck me was your powerfully descriptive words. Almost palpably specific and lyrically delicate, your description simply brings every component of the story come dance alive in our imagination. How come you write such effective descriptions? Do you have particular writing process of your own? Can I ask you to share any piece of wisdom for aspiring writers, maybe?

D. O. I see a paragraph, not as a group of words, but as a scene with colors and light, vivid characters, stars or waves, and motion. A place where the reader feels as if they are there. We live in a fast-paced world, in which many readers want the plot to unfold quickly. Descriptive writing, to some people, slows the plot, and so the author must choose a few phrases that brings the story to life, without slowing the pace. I struggle very hard to find precise words that will help the reader feel and see the setting in vivid detail and feel the emotions of the moment. Sometimes the smallest detail – a blue train case in the woods – can evoke the emotions and setting. It is often not easy to get it right.

K. S. It is mind–blowing to think that this is your first attempt at fiction writing, although you'd already had three bestselling non-fictions under your belt. And that at the age of 70. What led you to the road you had never trodden before? Trained as a zoologist, weren't you daunted by the challenges of creative writing? Did the story and the characters flow over to you naturally like a river? The novel surely reads like it did. And what is the primary difference between fiction and non–fiction in terms of writing?

D. O. My twenty–three years of observing wild animals such as lions, brown hyenas, and elephants every day, made me realize how much our behavior is like theirs, and therefore how much of our behavior is genetically based. For example, as primates, humans are inclined to live in tightly bonded groups.

Those observations in the wild inspired me to write a novel that would explore how much isolation would affect the behavior of a young girl forced to grow up mostly alone without her troop. I wanted to write about how much we can learn about human nature from Nature itself.

I found writing fiction to be liberating and exciting after writing nonfiction for most of my life. Writing nonfiction is like riding your horse in a corral. You are constricted by the tall fences of facts: the storyline must be accurate; the timeline must be precise; the character descriptions must be real because you are discussing an actual person. Then, writing fiction is like nudging your horse into a canter and riding through the gate across the meadow and into the mountains. You can write in any direction you want to go. The plot can be changed, the characters can be described however you choose. My imagination soared.

K. S. Tell us about the setting. The backdrop is as extraordinary as the story itself. Most Korean readers don't have a clue about what the Coastal marshland of North Carolina looks like, so they have to navigate the scenes solely depending on your vivid prose.

Though your writing is an excellent guide, it is a struggle since the exotic foreign backdrop of the marsh simultaneously fascinates and alienates us Korean readers. Our natural landscape really does not give us any visual cue at all, and the vast marshland depicted in the book remains as strange as any alien planet. Nonetheless, drawn by the people and creatures inhabiting the narrative space, we willingly take a huge imaginative leap. I guess that's the power of great storytelling.

D. O. The setting is an almost an endless sweep of tall grasses growing in water, with clear channels and slipstreams flowing throughout. Now and then, islands of enormous oak trees form clusters in this expanse. It is truly a land of water, and a water of land. Long–legged birds lift on quiet wings and thousands of snow geese move the sky.

K. S. So what is the reason you chose the particular marshland as the setting? You were born in Georgia and lived in Africa, so why North Carolina? Can you elaborate more on the significance of the particular location in this story?

D. O. I knew these marshes well because of trips to North Carolina throughout my life. Also, I chose the marshes because it is believable that a young girl could survive in the temperate climate and available food supply, such as mussels and fish. It was extremely important that this story is believable.

K. S. It was your mother who actually told you to "go out yonder where the crawdads sing." I think it is such a beautiful expression. And I couldn't help notice that it's not out there but yonder. Is it a Southern dialect? Or did you deliberately choose the word? Either way, I ask your forgiveness since I came to a frustrating conclusion that I could never find a right

Korean word to carry over all the layers of the word's meaning unimpaired. So I had to settle with '저 멀리' which is somewhere between 'there' and 'far away'. Well, frustration is the occupational hazard of a translator.

For me, the word 'yonder' gives an impression that it is somewhere between here and there. Not far away, not too close by. Somewhere in between I and the other. To me, it kind of summarizes the exceptional relationship Kya has with the surrounding nature. She is out yonder deep in the nature, but she always keeps necessary distance coolly observing the workings of every wild living creature.

D. O. 'Yonder' is used often in the South, but also other areas in our country. I think your translation is perfect: yonder is somewhere between 'over there' and 'far away.' To me, it also has an imaginary quality, an unspecified spot in the distance, a magical place that might be anywhere. Yes, it was my mother who often told me to 'go way out yonder where the crawdads sing." To her, it meant those places where creatures are still wild and behave as they have for centuries. The phrase, of course, is very important in my novel because one of the central themes of the story is that humans still behave as we have for millions of years. Much of our behavior is instinctual, and when we are threatened, isolated or rejected we may behave in ways that seem inappropriate in today's world. But, we can learn from that and better understand who we are.

K. S. Kya seems to have the same relationship with other people and the local society. Even Tate never knew the depth of her. Kya loves Tate but still keeps a piece of herself hidden from him. She never belonged here or there. Neither the human civilization nor the wild nature can ultimately claim her. She belonged 'yonder.' She is an inhabitant of 'yonder', and at least that was how it felt for me.

D. O. Yes, she was a 'yonder girl.' And in my life, I have learned that you do not have to live in a marsh to be lonely or isolated. Many people in populated cities feel the same as Kya. We evolved living in tightly bonded groups, but many no longer do so. And many feel lost, many feel way out yonder, and alone. It is essential to find a group, to belong. There are always many strays to be rounded up.

K. S. I would love to hear more about Kya. She is a heroine that haunts readers' mind long after. Even after closing the book for good, it is simply impossible to forget about her and move on.

What or who was the inspiration for such a fascinating character? Was it autobiographical or purely imaginative? Do you feel Kya takes after you in some way? Please tell us about Kya, the incredible, amazing heroine we all came to love.

D. O. There is a lot of me in Kya. There is a lot of Kya in all of us. Kya represents that part of us that is based on ancient instincts.

K. S. One thing about *Where the Crawdads Sing* is, it is such a convincing "love story." Of course, the book is a lot of things, like murder-mystery, courtroom drama, exploration of human nature, but also, it is a romance, and it works so beautifully as one. It is a feat since somehow we are living in a world where it seems so difficult to make a fictional love story work.

At the center of the novel's success on that front, I think, stands the character of Tate. He has his own flaws, which only adds to believability, but still is a rare breed of male romantic partner actually satisfying many empowered woman readers of today.

In a lot of talks, you mentioned you wanted to highlight the male animal instinct to wander from group to group, never settling down for good. We have seen and are seeing so many Chases in real life but Tate is so different, considerate, endearing, and patient. Can you share your thoughts about the male characters in the novel, including Tate?

D. O. In the novel, Chase represents the part of all of us that is instinctual. He is the male deer in rut, the aggressive individual that pushes and charms his way to accomplish his goals. We all have some of Chase in us – males and females.

Tate represents that part of us that is "more human, more evolved, more sensitive," – our learned behavior, not our instincts. The person who loves poetry and is kind. There is also a lot of Tate in all of us. Neither is all good or all bad. But usually, we encounter more Chases than Tates in life – because our innate behavior is powerful and "points straight at survival."

K. S. Loneliness pervades the novel. You said that is what the story is all about. I've given it a lot of thought ever since. On the surface, what you meant seems obvious. The first half of the book follows a child in a state of absolute loneliness. It is almost painful to read on, with little Kya struggling to survive on her own one day after another. However, I think loneliness in this novel has a more commanding presence than it seems, rivaling any human character.

Over time, we get to see something extraordinary slowly unfold. Right before our eyes, loneliness creates a whole new human species. Kya transforms into a woman like no other, maybe a cross between a human being and a wild animal, definitely a creature shaped by the all-encompassing loneliness. The rest of the story strikes me as the inevitable outcome of the transformation.

I have never seen such a convincing picture of what it really means to be a completely abandoned child. I always thought loneliness is an emotional state. From your story, however, I realized for the first time how loneliness 'changes' people. The loneliness Kya gets through, especially as a child, is not a passing emotion but a formidable force.

How did you come up with such brilliant insights? I can't but wonder what loneliness personally means to you.

D. O. I have lived, and still live, a very lonely life. In my case, it was and is a choice, I was not abandoned. I spent most of my life in true wilderness and still find the greatest joy, hope, and knowledge from Nature. But isolation is not normal for our species; we have a very strong genetic propensity to belong to a tightly–bonded group. Thus, isolation adversely affects a person, especially if they are rejected or discriminated against. Once you have experienced such a life, it is difficult to join a group no matter how much you desire or seek it. You become less self–confident and distrustful. To me, writing is way of reaching out to others after years of being alone, as Kya found with her poetry. But it would mean much less without readers, so I am overwhelmed with joy that I connected with so many with my words.

가재가 노래하는 곳 – 출간 5주년 기념 에디션

펴낸날	**초판 1쇄 2024년 6월 14일**

지은이	**델리아 오언스**
옮긴이	**김선형**
펴낸이	**심만수**
펴낸곳	**(주)살림출판사**
출판등록	**1989년 11월 1일 제9-210호**

주소	**경기도 파주시 광인사길 30**
전화	**031-955-1350 팩스 031-624-1356**
홈페이지	**http://www.sallimbooks.com**
이메일	**book@sallimbooks.com**

ISBN	978-89-522-4220-4 03840

※ 값은 뒤표지에 있습니다.
※ 잘못 만들어진 책은 구입하신 서점에서 바꾸어 드립니다.